Sue Hincenbergs

Very Bad Widows

SUE HINCENBERGS

VERY BAD WIDOWS

Roman

Aus dem kanadischen Englisch
von Charlotte Lungstrass-Kapfer

PIPER

Mehr über unsere Autorinnen, Autoren und Bücher:
www.piper.de

Wenn Ihnen dieser Roman gefallen hat, schreiben Sie uns unter Nennung des Titels »Very Bad Widows« an *empfehlungen@piper.de*, und wir empfehlen Ihnen gerne vergleichbare Bücher.

ISBN 978-3-492-06547-4

Titel der englischen Originalausgabe:
»The Retirement Plan«, Sphere, London 2025

Piper Verlag GmbH, Georgenstraße 4, 80799 München, *www.piper.de*
Für einen direkten Kontakt und Fragen zum Produkt
wenden Sie sich bitte an: *info@piper.de*
Redaktion: Christine Neumann
Satz: psb, Berlin
Druck und Bindung: GGP Media GmbH, Pößneck
Printed in Germany

Für meine Jungs:
Andy
Jack, Luke & Walker

KAPITEL 1

DAS MUSS DOCH NICHT SEIN

Pam leckte sich das Salz ihrer Margarita von den Lippen, sah sich an ihrem Terrassentisch um und überlegte, welcher ihrer Freunde wohl als Erster abtreten würde. Nicht dass sie eine Vorahnung hätte, in dieser Hinsicht war sie einfach etwas morbide. Außerdem war sie bereits auf den Abschlussfeiern der Kinder dieser drei Paare gewesen und hatte mit allen deren Eltern begraben; in dieser Lebensphase war es also nur logisch, dass die eigenen Beerdigungen als Nächstes anstehen würden. Soweit sie das beurteilen konnte, standen die Chancen, ins Gras zu beißen, bei allen acht ungefähr gleich gut. Wenn sie sich allerdings aussuchen könnte, wen es zuerst traf, würde sie sich wohl für Andre entscheiden.

Mit einem gezielten Schlag zerquetschte sie eine Mücke an ihrem Hals. Um die Citronella-Kerzen auf dem Tisch und die am Geländer aufgehängte Lichterkette schwirrten Scharen herum; ihr Summen kämpfte mit den Grillen und Van Morrison darum, die Begleitmusik zum Essen anzuführen. An schwülen Abenden wie diesen hätten Pam und ihre Freundinnen eigentlich in ihrem Salzwasserpool planschen und Cocktails schlürfen sollen, während ihre Männer sich im Whirlpool ein Bier gönnten. Aber dieses Haus hatten sie ja verkaufen müssen.

Pam warf Hank über die restlichen Burger und Maiskolben hinweg einen prüfenden Blick zu. Im Dunkeln wirkte er beinahe wieder attraktiv. Die Tischplatte verbarg seinen Bierbauch, die Schatten seine Hängebacken. Sie suchte in seinen Zügen nach dem Mann, den sie einst geheiratet hatte, aber den gab es schon lange nicht mehr. Manchmal vermisste sie ihn.

»Gibst du uns noch eine Runde, Babe?«

So durfte er sie nicht mehr nennen, weshalb sie ihm einen finsteren Blick zuwarf, der ihm allerdings vollkommen entging. Schweigend stemmte sie sich von dem abgewetzten Polster hoch und holte vier tropfende, kalte Flaschen aus der Kühlbox. Hank nahm sein Bier entgegen, drehte den Verschluss ab und warf ihn in ihre Hortensienbüsche. Als Larry, Andre und Dave es ihm nachmachten, wusste Pam, dass sie diejenige war, die am Morgen diesen Müll wieder einsammeln musste.

Nun wandte sie sich erst mal dem Krug mit den Margaritas zu. Das musste man Hank lassen – er machte die besten Margaritas der Welt. Pam gab Eiswürfel in die Gläser ihrer Freundinnen, leerte den Krug und stieg über ihren schlafenden Hund hinweg. Selbst in der halbdunklen Küche war die feuchte Julihitze noch so stark, dass alles an ihr klebte. Nachdem sie den Kühlschrank geöffnet hatte, genoss sie einen Moment lang die austretende Kälte, bevor sie Shalisas Schokoladenmousse-Käsetorte herausholte und damit wieder nach draußen ging.

»Nance! Nance!« Larry fiel seiner Frau gerade ungehemmt ins Wort. »Wie hieß der noch gleich …?«

Das tat Larry beständig: Nancy dazu nötigen, dass sie ihr Gehirn nach Details durchforstete, die zu merken er sich selbst nicht die Mühe machte. Als wäre es ihr Lebensinhalt, für ihn das wandelnde Gedächtnis zu spielen. Nancy nannte ihm routiniert den Namen des Highschool-Mathelehrers und wandte sich dann wieder ihrem Gespräch mit Marlene zu. Schweigend verschob Pam einige Sachen auf dem Tisch, um Platz für das Dessert zu schaffen.

Inzwischen deutete Dave mit dem Kopf auf die Gläser, deren Spielkarten- und Würfelaufdruck mit Kondenswasser überzogen war. »Nette Casinogläser, Hank. Hast dich wohl wieder im Merchandising-Lager bedient, was?«

Grinsend schüttelte Hank den Kopf. »Neuer Eigentümer, neues Logo. Die sollten weggeworfen werden, also habe ich sie als Andenken mit nach Hause genommen.« Mit einem schelmischen Zwinkern fügte er hinzu: »Ich würde doch niemals die Hand beißen, die uns füttert!«

Die vier Freunde stießen mit ihren Bierflaschen an und tranken.

Leicht gereizt runzelte Pam die Stirn. Diese Kerle … Denen war jeder Anlass recht, um anzustoßen – nun also auf das Casino, obwohl zwei von ihnen nicht einmal dort arbeiteten. Was kam als Nächstes? Ein Schlückchen auf Larrys Bank oder Andres Kurierdienst?

Dave wischte sich mit dem Handrücken über den Mund und richtete seine Aufmerksamkeit dann auf die Torte. »Wow, die sieht aber toll aus, Pammy.« Im Licht der Kerzen schien sein Lächeln noch mehr zu strahlen, und für einen Moment stockte Pam der Atem. Sie hatte ganz vergessen, wie gut er aussah; diese Lachfältchen um seine Augen. Genau, das war heute anders an ihm. Nicht das feine Grau an seinen Schläfen, das Pam gerade erst aufgefallen war. Nein, er schien heute beinahe glücklich zu sein. Ihr Blick huschte zu Marlene hinüber. Lief bei den beiden etwa wieder etwas? Marlene hatte den Mädels zwar gesagt, dieser Zug sei abgefahren wie bei ihnen allen. Aber vielleicht war sie ja eingeknickt und verschaffte ihrem Mann nun doch wieder ein wenig Spaß. Dave riss sie aus ihren Gedanken, indem er fragte: »Ist das etwa Schokolade?«

Andre antwortete: »Na klar. Die haben wir mitgebracht.«

Typisch Andre, die Lorbeeren für sich einzuheimsen. Pam betonte: »Shalisa hat sie gemacht.«

Sie legte Dave sanft die Hand auf die Schulter, als sie ihm ein Stück anbot. Dass ihr alter Freund zurück war, freute sie, verwirrte sie zugleich aber auch. Wenn es denn wirklich eine solche Veränderung gab. Wieder sah sie zu Marlene hinüber, die gerade kichernd mit Nancy zusammensaß. Vielleicht hatten Dave und sie tatsächlich wieder Sex. Sie würde später bei Marlene nachfragen.

Andre wollte keinen Kuchen und warf Shalisa, als diese ein Stück nahm, über seine Gleitsichtbrille hinweg einen mahnenden Blick zu. »Schatz, das muss doch nicht sein.«

Pam hörte, wie Marlene nach Luft schnappte; sah, wie Nancy betroffen zusammenzuckte. Die drei Freundinnen beobachteten stumm, wie Shalisa den aufsteigenden Ärger unterdrückte. Scheinbar ruhig bedachte sie ihren Mann mit dem Blick, der früher für die Tratschtanten reserviert gewesen war, die sie mit der Frage traktiert hatten, warum sie keine Kinder bekam. Daran erkannte Pam, dass Andre mit diesem Kommentar etwas ausgelöst hatte, das er nun nicht mehr aufhalten konnte, auch wenn ihm das selbst nicht bewusst war. Stumm wickelte sich Shalisa einen ihrer feinen Zöpfe um den Finger. Sie starrte ihren Ehemann unverwandt an, während sie ihr Stück Schokomousse-Käsetorte bis auf den letzten Krümel verputzte.

Pam beobachtete das, und plötzlich glaubte sie, eine Veränderung wahrzunehmen; irgendetwas lag in der Luft. Später räumte sie die Teller zusammen und musterte noch einmal ihren Mann und die Menschen, mit denen sie seit drei Jahrzehnten befreundet waren. Wieder ging ihr die Frage durch den Kopf, wer von ihnen als Erster sterben würde.

Zwei Tage später sollte sie es erfahren.

KAPITEL 2

MARLENE HATTE RECHT

Es war Hank, der Daves Leiche fand.

Am Montagmorgen stand Pam bei Dutton Realty am Kopierer und verfolgte wie hypnotisiert den schmalen Lichtstreifen, der von links nach rechts wanderte. Sie war gerade bei der zehnten der neunzig Kopien, die ihr Boss brauchte, als ihr Telefon summte.

HANK: Halt Marlene und die Kinder vom Haus fern.

Was hatte Pam denn bitte schön damit zu tun, wo sich Marlene aufhielt? Vermutlich war die sowieso gerade dabei, drüben in der Stone Bridge Road Beläge von Zähnen zu kratzen. Ein prüfender Blick auf den Kopierer bestätigte Pam, dass die Zeit ausreichte, um der Sache auf den Grund zu gehen. Beim fünften Klingeln ging Hank dann endlich dran. »Hey. Warum schreibst du mir irgendwas über Marlenes längst erwachsene Kinder? Dir ist schon klar, dass die alle bereits ausgezogen …«

»Kann jetzt nicht reden. Dave ist tot. Marlene darf auf keinen Fall nach Hause kommen.«

»Unser Dave?« Pam suchte am Kopierer Halt. »Bist du sicher?«

»Und ob ich mir sicher bin! Fahr zu Marlene. Sag ihr, dass Dave einen Unfall hatte. Ich bin mir aber nicht sicher, ob du ihr schon sagen solltest, dass er tot ist. Entscheide das besser selbst. Aber lass sie auf keinen Fall in die Nähe ihres Hauses.«

Der Lichtstreifen im Kopierer glitt von links nach rechts.

»Was ist passiert?« Keine Antwort. »Hank! Was ist passiert?«

Hank räusperte sich. »Dave hatte einen Unfall in seiner Garage. Na ja, oder wohl eher in der Einfahrt. Ich muss jetzt Schluss machen, die Polizei ist da. Aber lass Marlene auf keinen Fall nach Hause, Pam!«

»Okay«, gab Pam leise ihre Zustimmung.

Das Licht sprang zurück und begann von vorne.

»Warte mal, Hank!« Mühsam riss sich Pam vom Anblick des wandernden Lichtstreifens los. »Hank! Was machst du überhaupt bei Dave zu Hause?«

Doch er hatte bereits aufgelegt.

*

Hanks Anruf hatte Pam so mitgenommen, dass sie ihrem Mann blind versprach, Marlene fernzuhalten, ohne zu bedenken, mit wem sie es dabei zu tun bekommen würde. Nancy, Shalisa und sie trafen sich in Marlenes Zahnarztpraxis, um ihr die Nachricht gemeinsam zu überbringen. Die Worte waren kaum ausgesprochen, als Marlene ihre Tasche holte und sich umgehend auf den Weg machte.

Die Freundinnen fingen sie auf dem Parkplatz vor der Praxis ein und versuchten, sie mit der Aussicht auf Kaffee und Trost in Shalisas Küche in Pams Van zu locken. Doch Marlene schob sich wortlos an ihnen vorbei und entriegelte ihren ramponierten alten Honda. Diese Frau hatte innerhalb von nicht einmal drei Jahren drei Töchter geboren – die jüngste in der eigenen Einfahrt, weil sie nicht ins Krankenhaus fahren wollte, bevor Dave von seinem Angelausflug zurückkam – und die drei Mädchen, ohne mit der Wimper zu zucken, durch die Stürme der Pubertät bis ins Erwachsenenalter begleitet. Dieses Schätzchen ließ sich nicht in eine Ecke stellen – oder an einen Küchentisch setzen –, wenn sein Ehemann gerade tot in der gemeinsamen Einfahrt lag.

Marlene fuhr so heftig zu ihnen herum, dass ihr blonder Pferdeschwanz durch die Luft peitschte. »Ich weiß zu schätzen, was ihr hier versucht, ehrlich. Aber ich will jetzt verdammt noch mal zu meinem Mann, und ihr werdet mich nicht davon abhalten. Verstanden?«

Ja, das hatten sie verstanden. Mit dem Versprechen, sie umgehend nach Hause zu bringen, stieg Marlene in Pams Van ein.

Auf der Fahrt herrschte drückende Stille. Zu ihrer Linken tauchte immer wieder die Bucht mit ihren vielen, sanft schaukelnden Booten auf, während sie an den weitläufigen historischen Villen vorbei landeinwärts fuhren, in Richtung der bescheideneren Viertel ihres Städtchens. Normalerweise konnte sich Pam kaum auf die Straße konzentrieren, wenn sie zu viert im Auto saßen. Aber diesmal wurde keine Chipstüte herumgereicht, niemand redete über eine neu entdeckte Köstlichkeit, die Lieblings-Playlist wurde nicht aufgedreht, bis die Bässe unter dem Hintern vibrierten. Verstohlen spähte Pam zu Marlene hinüber. Die frischgebackene Witwe hatte die Hände im Schoß gefaltet und sah aus dem Beifahrerfenster.

»Ich bin im Arsch«, erklärte Marlene der Scheibe.

Shalisa streckte den Arm nach vorne und tätschelte ihre Schulter. »Nein, bist du nicht. Wir helfen dir da durch.«

»Mein Mann ist tot, und in meinem Kopf kreist nur ein Gedanke: Ohne ihn werde ich das Haus nicht halten können.«

Mit einem Ruck wandte sich Marlene nach vorne. »Vielen Dank, Arschloch Dave.«

Nancy, die ebenfalls hinten saß, kommentierte: »Arschloch Dave? Sie sind alle Arschlöcher, Marlene.«

Reglos starrte Marlene durch die Windschutzscheibe. »Na ja. Aber eure Arschlöcher können wenigstens noch die Hypotheken abzahlen.« Frustriert stieß sie den Atem aus. »Jawohl, ich bin voll und ganz im Arsch.«

Leicht irritiert runzelte Pam die Stirn. Okay, alles in allem war nicht damit zu rechnen gewesen, dass Marlene dem typischen Bild einer Witwe entsprach. Trotzdem hatte Pam doch mit ein wenig Trauer gerechnet.

Marlene stützte sich auf die Armlehne und wandte sich den Freundinnen zu. »Ich versuche gerade, mich daran zu erinnern, wann ich das letzte Mal mit ihm gesprochen habe. Als er gestern Abend vom Angeln kam, haben wir gemeinsam *Jeopardy* geguckt, aber ich wüsste nicht, dass wir dabei auch nur ein Wort gewechselt hätten. Nach dem Essen bei euch am Samstag«, sie warf Pam einen kurzen Seitenblick zu, »kam er zu Hause in der Küche plötzlich an, hat mir von hinten die Arme um die Taille geschlungen und wollte meinen Hals küssen. Als wäre alles vollkommen normal. Das habe ich abgewürgt.«

Womit auch die Frage beantwortet war, die Pam noch nicht hatte stellen können. Dave und Marlene schliefen also nicht wieder miteinander. Warum hatte er dann an dem Abend so glücklich gewirkt? Sie tätschelte Marlene tröstend das Knie und bog in ihre Straße ein. Wo sonst ruhige Beschaulichkeit waltete, herrschte nun Hochbetrieb: Zwei Feuerwehrfahrzeuge parkten am Straßenrand, im Schatten der Ahornbäume drängten sich die Gaffer zusammen. Während Pam langsam an den Terrassenhäusern und Bungalows im Ranchstil mit ihren ordentlichen Vorgärten vorbeifuhr, entdeckte sie zwischen den

Einsatzfahrzeugen auch Hanks Auto. Marlene schien aus dem Wagen springen zu wollen, sobald er stand, aber Nancy sagte leise zu ihr: »Gewisse Dinge wird man nicht mehr los, wenn man sie einmal gesehen hat, Marlene.« Ergeben sank Marlene in sich zusammen, ließ den Türgriff los und nickte Pam zu, damit sie vorging und sich einen Eindruck verschaffte.

Noch bevor Pam das Haus erreicht hatte, beendete Hank sein Gespräch mit einem Polizisten und stürmte die Einfahrt hinunter, um sie abzufangen. Seinem Leitspruch »Angriff ist die beste Verteidigung« folgend, beschleunigte sie ihre Schritte ebenfalls, sodass sie schließlich am Wagen des Leichenbeschauers aufeinandertrafen.

Hank war knallrot im Gesicht, seine Haut glänzte vor Schweiß. Seine Augen waren gerötet. Noch vor fünf Jahren hätte er nun die Arme ausgebreitet und sie an sich gezogen, sodass sie den Kopf an seine Brust hätte legen können wie ein Puzzleteil, das sich mit seinem Gegenstück vereint. Nun aber reckte er anklagend den Zeigefinger. »Was war so schwer zu verstehen an der Anweisung …«

»Wann hast du das letzte Mal versucht, Marlene Anweisungen zu erteilen?«, schnauzte Pam sofort zurück.

Hank verstummte abrupt, blinzelte und gab dann zu: »Dave hat immer gesagt, sie sei schwer zu bändigen.«

»Allerdings.«

Hank packte Pam an den Schultern und drehte sie so, dass sie Richtung Straße schaute. Als sie auf das Haus zugelaufen war, hatte sie bewusst den Blick abgewandt, da ihr noch immer Nancys warnende Worte im Kopf herumgingen. Sie wollte lieber den Dave in Erinnerung behalten, der lächelnd sein Tortenstück von ihr entgegennahm.

»Es ist kein schöner Anblick. Bist du sicher, dass du Details hören möchtest?«

Pam nickte.

»Okay. Dave wurde vom Garagentor zerquetscht.«

»Nein!« Pam konnte nicht anders; sie riskierte einen kurzen Blick und sah, dass zwischen Garagentor und Boden gut ein halber Meter Platz war. Mehrere Sanitäter in dunkelblauen Uniformen versperrten ihr die Sicht, trotzdem glaubte Pam unter einem schützenden Tuch Daves sandblondes, langsam ergrauendes Haar zu erkennen, das in einer dunklen Lache klebte.

»Das willst du nicht sehen«, versicherte ihr Hank und drückte ihren Arm, damit sie sich wieder ihm zuwandte. »Sie gehen davon aus, dass er das Tor schließen wollte, sich dabei den Kopf gestoßen hat und bewusstlos wurde. Er ist gestürzt, das Tor ist ungebremst auf seinem Schädel gelandet und hat ihn zerquetscht.«

Entsetzt schlug Pam die Hände vor das Gesicht. Sie konnte es nicht fassen.

Jahrelang hatte Marlene Dave damit in den Ohren gelegen, dass sie sich ein automatisches Garagentor anschaffen sollten. Ihr schweres, manuell zu bedienendes Modell war unaufhaltsam wie eine Dampflok, wenn es einmal in Bewegung geriet. Immer wieder hatte Marlene Dave vorgehalten: »Dann wäre es viel leichter, den Müll rauszubringen. Und wir könnten total über die Stränge schlagen und unser Auto in der Garage parken wie normale Menschen. Hast du daran schon mal gedacht, Dave?« Da Dave aber uneinsichtig blieb, beendete Marlene diesen Vortrag gerne mit den Worten: »Eines Tages wird dieses Garagentor einen von uns umbringen.«

Was nun geschehen war.

Pam musterte ihren Mann. Sie gehörte zu der Sorte Mensch, die sämtliche Details hin und her schob wie Scrabble-Steine, bis sich ein ordentliches Bild ergab. Und hier passten einige

Steine noch nicht ganz. »Hast du ihn heute im Casino gesehen?«

»Wie du weißt, arbeiten wir in unterschiedlichen Abteilungen. Wir begegnen uns dort nie.«

»Warum war er an einem Montagmorgen überhaupt zu Hause?«

Hank fuhr sich mit dem Unterarm über die Stirn. »Das weiß ich nun wirklich nicht.«

»Und warum warst du hier?«

Mit einem schweren Seufzer schüttelte Hank den Kopf. »Ich kann das jetzt nicht, Pam. Ich kann einfach nicht.« Er ließ die Schultern hängen, schob die Hände in die Hosentaschen und ging zu den Polizisten zurück.

»Ich habe dich etwas gefragt, Hank!« Frustriert riss Pam die Hände hoch und sah ihm hinterher, während er die Einfahrt hinaufging. In diesem Moment gelang es den Polizisten, das Garagentor vollständig zu öffnen. Das Innere von Daves Garage sah noch genauso aus wie bei Pams letztem Besuch – so vollgestopft mit unnötigem Zeug, dass Marlene niemals die Chance gehabt hätte, dort drin ihren Wagen zu parken.

Nach einem letzten Blick auf das Haus kehrte Pam zu ihrem Van zurück, um ihre Freundinnen auf den neuesten Stand zu bringen. Erleichtert ließ sie sich in den Sitz sinken: Zum einen, weil die kühle Luft wohltuend über ihre Haut glitt, zum anderen, weil sie nun Tränenspuren auf Marlenes Wangen entdeckte. Dreißig Jahre Ehe waren nun einmal dreißig Jahre Ehe, außerdem war Dave der Vater ihrer Kinder. Da war ein wenig Trauer ja wohl angebracht.

Marlene putzte sich lautstark die Nase. »Kann ich ihn sehen?«

Pam schob sich über den Sitz und schloss ihre Freundin in die Arme. »Ach, Marlene, ich denke nicht, dass du das willst.

Lass uns besser zu Shalisa fahren und überlegen, was jetzt zu tun ist.«

Das Kinn fest auf Marlenes Schulter gedrückt, beobachtete Pam durch die Scheibe, wie die Sanitäter Daves Leichnam auf eine Trage hoben. Auch Nancy und Shalisa quetschten sich nach vorne und versuchten, ihre Freundin zu drücken. Marlene flüsterte dicht an Pams Ohr: »Sag mir, was passiert ist.«

Sie weiterhin fest an sich drückend, erzählte Pam, dass Hank den toten Dave eingeklemmt unter dem Garagentor gefunden habe. Marlene erstarrte, ihr Schluchzen verstummte augenblicklich. Sie löste sich aus Pams Umarmung und richtete sich auf. Mit schmalen Augen fragte sie: »Willst du mich verscheißern?«

Stumm schüttelte Pam den Kopf.

Marlene musterte Pam prüfend. Ihr Blick wanderte zu ihrem Haus hinüber, dann wieder zu Pam. Ein kurzes, raues Lachen löste sich aus ihrer Kehle. Besorgt sahen die Freundinnen sich an, während Marlene die Hände vor das Gesicht schlug. Pam befürchtete einen Moment, sie würde nun unhaltbar anfangen zu weinen, doch als Marlene schließlich die Hände sinken ließ und den Kopf gegen die Lehne drückte, erkannten die Frauen schockiert, dass sie lachte. Lauthals und ungehemmt, als würde sie sich einen Comedyauftritt von Robin Williams ansehen. Da sie nicht wussten, wie sie helfen sollten, wechselten die Freundinnen nur ratlose Blicke und warteten ab, bis sich Marlenes Gelächter auf ein sanftes Kichern reduzierte. Schließlich holte sie einmal tief Luft, tupfte sich die Wangen ab und stellte die Lüftungsschlitze so ein, dass die Klimaanlage ihr direkt ins Gesicht pustete. Dann verstaute sie ihr Taschentuch in ihrem Ausschnitt, schüttelte den Kopf und verkündete: »Gut, fahren wir. Aber vergesst den Kaffee, ich brauche jetzt einen Scotch.«

Zwar war Pam sich nicht sicher, ob sie Marlenes plötzlichen Stimmungsumschwung beruhigend oder besorgniserregend finden sollte, aber sie wollte unbedingt hier weg, also lenkte sie den Van wieder auf die Straße hinaus. Als direkt vor ihnen der Leichenwagen losfuhr, bremste sie peinlich berührt ab. Was für ein mieses Timing! Schnell drückte sie Marlenes Hand.

Wie gebannt starrte Marlene auf den Wagen, der ihren Ehemann endgültig von dem Haus fortbrachte, in dem sie ihre drei Mädchen großgezogen hatten. Von dem Vorgarten, in dem er mit jeder seiner Töchter an deren Hochzeitstag posiert hatte.

Sie hielt sich an Pams Hand fest, als ihr Blick die Einfahrt hinaufwanderte zu dem Garagentor, das den Mann getötet hatte, mit dem sie dreißig Jahre verheiratet gewesen war. »Hoffentlich war sein letzter Gedanke: ›Marlene hatte recht.‹«

KAPITEL 3

LEICHENSCHMAUSSCHNITTCHEN

»Sieh sie dir an. Als wäre sie dafür geschaffen worden.« Nancy stupste Pam mit dem Ellbogen an und deutete mit dem Kinn auf Marlene.

»Wofür genau?«, hakte Shalisa nach. »Witwenschaft?«

Nancy nickte. »Ich will ja nicht unsensibel klingen, aber … hat Marlene je besser ausgesehen?«

Die drei standen in einem engen Kreis zusammen, jede ausgestattet mit einem Teller voller dreieckiger Schnittchen, und beobachteten, wie ihre Freundin, flankiert von ihren Töchtern, die Beileidsbekundungen entgegennahm. Marlene sah aus wie die Witwe eines Filmstars. Das lange, blonde Haar umrahmte in sanften Wellen ihr Gesicht, unter dem transparenten schwarzen Trauerschleier schimmerte ein sittsames Lächeln hervor. Sie trug ein ärmelloses schwarzes Kleid, eine farblose Strumpfhose und hohe Schuhe.

Pam konnte nur zustimmen: »Sie strahlt ja beinahe. Hat sie für das Make-up jemanden kommen lassen?«

Nancy stellte fest: »Das müssen Extensions sein, so lang waren ihre Haare doch nicht, oder?«

Auch Shalisa hatte etwas beizutragen: »Das Kleid ist definitiv neu. Ich wette, sie trägt extra starke Shapewear drunter. Steht ihr aber hervorragend.«

Sobald sie von Daves Tod erfahren hatte, war Marlenes

Familie angerückt, und so hatten Pam, Nancy und Shalisa anfangs noch Flughafentaxi gespielt, Blumenlieferungen entgegengenommen und die Aufläufe der freundlichen Nachbarn aufgewärmt. An dritten Tag waren sie dann allerdings wieder in ihre eigenen Häuser zurückgekehrt und hatten es Marlene und ihrer Verwandtschaft überlassen, den offiziellen Bericht der Leichenschau abzuwarten und Daves Beerdigung zu planen.

Wie es bei diesen tragischen Umständen zu erwarten gewesen war, hatte es einige Tage gedauert, bis bestätigt wurde, dass Dave »eines nicht natürlichen Todes aufgrund unbeabsichtigter äußerer Einflüsse« gestorben sei. Anders ausgedrückt: durch einen unglücklichen Unfall. Die weibliche Verwandtschaft von Daves Seite bedauerte es sehr, dass der Sarg bei der Beerdigung geschlossen bleiben würde; schließlich sei er doch so ein attraktiver Mann gewesen, mit außergewöhnlich vollem Haar. Sie hätten ihn gerne noch ein letztes Mal gesehen. Nach der Beisetzung versammelten sich Familie und Freunde in einem Veranstaltungssaal des Casinos. Das hatte Hank arrangiert, einer Gepflogenheit des Casinos folgend, das den Angehörigen verstorbener Angestellter diese Möglichkeit anbot, damit sie sich in ihrer Trauer zumindest nicht auch noch darum kümmern mussten.

Von der Kirche aus hatten zwei schwarze Limousinen die Witwe, ihre drei Töchter und deren Ehemänner zehn Blocks weit durch die Stadt zu dem hochmodernen Bau gefahren, der direkt am Wasser aufragte. Das einzige Casino der Stadt bildete einen der Eckpfeiler der ertragreichen lokalen Tourismusindustrie und dominierte zusammen mit dem mit hundert Zimmern und Konferenzräumen ausgestatteten angrenzenden Hotel einen Großteil des Küstenstreifens.

Nacheinander hielten die Fahrzeuge in der kreisförmigen

Zufahrt und ließen die Trauergäste aussteigen, die anschließend die zehn Stufen zu dem von einer Glas-Stahl-Konstruktion überspannten Eingang des Casinos hinaufstiegen. An dem in der Mitte des Rondells aufragenden Fahnenmast hing die Flagge auf halbmast – ein Zeichen des Respekts gegenüber dem verstorbenen Angestellten Dave. Die kräftige Brise, die vom Atlantik heranwehte, ließ den Fahnenstoff ordentlich flattern.

Pam hatte gewusst, dass Hank und Larry bereits dort sein mussten, da sie fast schon zu Hanks Wagen gerannt waren, kaum dass der Leichenwagen Richtung Krematorium aufgebrochen war. Als Verwaltungschef des Casinos wollte Hank frühzeitig vor Ort sein, um sicherzustellen, dass alles vorbereitet war. Andre hatte die Frauen gefahren, mit Shalisa auf dem Beifahrersitz, Nancy und Pam auf der Rückbank. Er stellte seinen Wagen allerdings auf einem der abgelegeneren Parkplätze ab und begründete dies damit, dass ihnen der Spaziergang guttun würde und sie so leichter ihr Tagesziel an Schritten erreichen konnten. Nancy hatte kurz zu einem Protest angesetzt, es dann aber gelassen, als Shalisa ihr mit einem dezenten Kopfschütteln vermittelte, dass es die Mühe nicht wert sei.

Drinnen hatten sie sich zwischen Touristenhorden in frisch gebügelten Khakishorts und Einheimischen in Jeans hindurchlaviert, vorbei an den flimmernden, klingelnden Spielautomaten, dem leisen Surren der Rouletteräder und dem gedämpften Klappern der auf Filz aufschlagenden Würfel, bis ganz nach hinten zu den Aufzügen, wo ein diskretes Schild auf Daves Trauerfeier im zweiten Stock hinwies.

Die gar nicht mal schlecht besucht war.

Dave war im perfekten Alter abgetreten, um eine optimale Beerdigungsbesucherquote abzubekommen: noch so jung, dass

Familie und Freunde nicht vor ihm weggestorben waren, aber doch schon so alt, dass auch der Freundeskreis seiner Töchter den Anstand hatte, zu erscheinen. Manche davon mit Begleitung.

Bei solchen Gelegenheiten fehlte Pam ihre Tochter ganz besonders, aber die hohen Flugpreise hielten Claire in Neuseeland fest, quasi am anderen Ende der Welt. Noch einmal ließ Pam den Blick bewundernd über Marlene und ihre Töchter wandern. Sie standen vor einer mit Blumen geschmückten Wand, direkt neben einem Foto von Dave in Postergröße, das auf einer Staffelei ausgestellt war. An beiden Enden des Raumes waren Leinwände herabgelassen worden, auf denen alle fünf Sekunden ein neuer Schnappschuss aus Daves Leben erschien. Pam versuchte, einige der Bilder zu entdecken, die sie beigesteuert hatten – wie die von Dave im Kreise seiner Freunde. Kennengelernt hatten sie sich vor vielen Jahren bei den Fußballspielen ihrer Kinder, später dann hatten sie mit Hanks Boot gemeinsame Angeltouren unternommen, hatten in ihren Gärten und Wohnzimmern zusammen gefeiert, sowohl zu Weihnachten als auch zu Silvester, hatten gemeinsam Ferienhäuser gemietet. Aber wo waren nun diese Bilder?

An der Wand stand ein langer Büffettisch, an einem Ende durch eine Kaffeestation eingefasst, am anderen durch eine Bar, und verdeckte zumindest einen Teil des in Primärfarben gehaltenen Mosaikteppichs. Dort wurden auf Etageren Schnittchen, Gemüsestäbchen und Desserthäppchen angeboten. Die Frauen sahen zu, wie Shalisas Gatte Andre seine Anzughose hochzog, sich einen Teller schnappte und schnurstracks auf das geschnittene Gemüse zusteuerte.

»Dieser Arsch«, kommentierte Shalisa mit finsterer Miene.

Dass sie so gereizt auf ihren Karotten auswählenden Ehemann reagierte, verblüffte Pam ein wenig. »Wieso das?«

»Ich denke, er hat eine Affäre.«

»Wer? Andre?« Sofort nahmen Pam und Nancy den hochgewachsenen Mann mit dem kurz geschnittenen Afro ins Visier. Von seinem Jackett befreit und mit gelockerter Krawatte schwang er die Plastikzange, um handverlesene Weintrauben auf seinen Teller zu befördern. Als eine auf dem Boden landete, sah er sich verstohlen um und schob sie mit der glänzenden schwarzen Schuhspitze unter das tief herabhängende Tischtuch.

Pam wusste nicht, was erstaunlicher war: dass Dave Brands hübsches Gesicht von seinem eigenen Garagentor zerquetscht worden war oder dass der schrullige Andre Murphy jemanden gefunden haben sollte, der mit ihm in die Kiste stieg. Vorsichtig fragte sie: »Wie kommst du darauf?«

Shalisa kniff wütend die Augen zusammen. »Er hat auf die Beerdigungsschnittchen verzichtet.«

Nancy und Pam schnappten nach Luft. Während ihrer nun dreißig Jahre andauernden Freundschaft hatten die Paare genügend Veranstaltungen dieser Art besucht, um zu wissen, wie sehr Andre Beerdigungsschnittchen liebte. Sonst stets auf gesunde Ernährung bedacht, waren Beerdigungsschnittchen für Andre wie eine Offenbarung, ein Genuss, den er sich stets gönnte, unabhängig davon, wie groß seine Trauer war. Er fand Trost in weichen Weißbrotdreiecken mit Eiersalat, mit etwas Mayo und feiner Zwiebelnote. In der überraschenden Verbindung von Essiggurke und gesalzener Butter. Auch Thunfisch lehnte er nicht ab, wenn er richtig zubereitet war. Doch die absolute Krönung jeder Trauerfeier war laut Andre Geflügelsalat. Wurde das am Ende noch mit einem saftigen, nicht zu klumpigen Brownie abgerundet, war Andres Trauermenü perfekt.

Shalisa ließ ihn nicht aus den Augen. »Er hat ja schon immer auf seine Ernährung geachtet, aber in letzter Zeit ist er quasi besessen davon. Das mit den Schritten habt ihr ja mitbekommen. Außerdem hat er sich einen Kalorienzähler aufs Handy geladen, und ich habe in seinem Wagen eine Broschüre von einem Fitnessstudio gefunden.«

»Hm.« Pam verfiel in kurzes Grübeln. »Vielleicht will er einfach mehr aus sich machen.«

Das kommentierte Shalisa nur mit einem vielsagenden Blick. Stumm sahen sie zu, wie Andre die Servierzange zurücklegte und sich am Hintern kratzte.

Nancy lachte leise. »Wer ist wohl die Glückliche?« Sie riss sich zusammen. »Entschuldige, Shalisa.« Nachdem sie sich verlegen geräuspert hatte, formulierte sie die Frage neu: »Was meinst du, mit wem er sich trifft?«

Achselzuckend antwortete die: »Bisher wahrscheinlich mit niemandem. Ich denke, er ist noch in der Planungs...« Eine Bewegung am Eingang lenkte sie ab und ließ sie abrupt innehalten. »Würg.«

Nachdem sie Shalisas Blick gefolgt war, ergänzte Nancy: »Oh-oh.«

Pam schloss sich der allgemeinen Meinung an: »Verdammter Mist!«

In der offenen Tür stand Sabrina Cuomo und ließ sich gekonnt von ihr einrahmen. Die coole Mom, die sie während der Schulzeit ihrer Kinder stets ausgestochen hatte; die erste Mom, die einen *Elf on the Shelf* und Bentoboxen für die Pausenbrote hatte. Fast schon in Zeitlupe schwebte Sabrina in den Saal – makellos zurechtgemacht von der breiten Hutkrempe bis zu den Slingback-Pumps mit Lochmuster. Über ihrer Schulter hing eine Chanel-Tasche. Da fehlte nur noch der Negroni Sbagliato mit Prosecco.

Wortlos schoben sich Pam, Nancy und Shalisa fünf Schritte nach rechts und versteckten sich hinter einer Gruppe hochgewachsener Männer in dunklen Anzügen. Vorsichtig spähte Nancy einem von ihnen über die Schulter. »Sie sieht sich um.«

»Dann sollten wir vor ihr sicher sein. Sie findet bestimmt etwas Besseres als uns. Tut sie ja eigentlich immer«, stellte Shalisa fest.

»Da wäre ich mir nicht so sicher.« Nancy ließ prüfend den Blick schweifen. »Es sind fast nur noch Daves Golfkumpel hier … Oh-oh. Sie hat mich entdeckt. Sie kommt rüber.«

»Bloß keinen Augenkontakt herstellen. Schnappt euch ein paar Teller und tut so, als würdet ihr aushelfen«, befahl Pam.

Sofort griff Nancy nach Pams Teller, die sich jedoch daran festklammerte. Nancy durchbohrte sie mit einem stechenden Blick und zog, Pam hielt dagegen. »Das war meine Idee!«, zischte sie.

»Bonjour, mes amies.« Sabrina hatte sie erwischt.

Widerwillig ließ Pam ihren Teller los. Sofort huschte Nancy Richtung Küche davon, während Shalisa auf das Büffet zusteuerte und unter Einsatz ihrer Ellbogen einen ziemlich überraschten Kellner beiseiteschob, um anschließend das ausliegende Besteck zu ordnen.

Die nun ganz auf sich allein gestellte Pam brachte ein angespanntes Lächeln zustande. »Ihr wart also in Frankreich, Sabrina?«

Sabrina musterte über Pams Schulter hinweg die Gästeschar und berichtete dabei: »Sind gerade erst zurückgekommen. Ich habe es meinem Mann gesagt: Wetten, bei der Beerdigung treffen wir auch Pam und die Mädels?, habe ich gesagt. Mein Beileid zu eurem Verlust.« Jeder Unterhaltung mit Sabrina haftete der Hauch der Vergänglichkeit an, denn sie dauerte stets nur so lange, bis sie einen besseren Gesprächspartner entdeckte. Heute musste die Auswahl extrem begrenzt sein, denn sie schob tatsächlich noch einen weiteren Satz hinterher: »Wir haben uns ja seit Ewigkeiten nicht mehr gesehen. Aber seit Gene im Ruhestand ist, verbringen wir den Großteil unserer Zeit in Europa.«

»Mhm, hmm.« Pam beschloss, Sabrinas Unhöflichkeit zu erwidern, indem sie über deren Schulter hinweg die Diashow betrachtete. Leise Unruhe packte sie, auch wenn sie keinen Grund dafür fand.

Und dann, ohne jede Vorwarnung, verpasste Sabrina ihr einen gezielten Tiefschlag: »Wann geht ihr eigentlich in Rente, Pam?«

Pam schluckte. Mühsam zauberte sie ein Lächeln auf ihr Gesicht und hoffte inständig, dass sie nicht gerade knallrot anlief. Jedes Mal, wenn jemand fragte, wann Hank und sie sich zur Ruhe setzen wollten – was der Kombination aus »ihr seid aber alt geworden« und »wie sieht denn eure Erfolgsbilanz aus« in einer sozialverträglicheren Frage gleichkam –, fiel es Pam schwer, eine Antwort zu formulieren. Denn für sie war es einfach nur demütigend, dass sie ihr gesamtes Erwachsenenleben über gearbeitet hatte und es sich nun trotzdem nicht leisten konnte, in Rente zu gehen. Nicht jetzt, nicht in fünf Jahren, vermutlich niemals. Also tat sie das Einzige, was ihr in einer solch misslichen Lage übrig blieb: Sie log. »Ach, damit haben wir es nicht eilig. Hank und ich, wir lieben unsere Jobs.«

Pam hasste ihren Job. Wie das bei Hank aussah, wusste sie inzwischen nicht mehr, aber es war ihr auch egal. Seit er vor fünf Jahren ihre gesamten Ersparnisse bei einer misslungenen Investmentaktion verloren hatte, sprachen sie nicht mehr über ihre Arbeit. Im Prinzip sprachen sie seitdem über fast gar nichts mehr. Genau wie Marlene und Dave. Und Larry und Nancy. Und Andre und Shalisa. Diese anhaltende Schmach wurde für Pam nur durch die Tatsache erträglicher, dass geteiltes Leid nun einmal halbes Leid war und ihre engsten Freunde ebenfalls in diesem löchrigen Finanzkahn mitschipperten – allesamt Opfer von Hanks miserablem Vorschlag. Aber Pam grübelte nicht gerne darüber nach, das löste nur eine Leidensspirale aus Schuldgefühlen und Verzweiflung aus. Stattdessen hatte sie ihre Strumpfhose zurechtgerückt und sich damit abgefunden, bis zu ihrem letzten Atemzug bei Dutton Realty als Sekretärin zu schuften. Sie hatte sogar unter dem Deckmantel des Inklusionsgedankens eine Initiative ins Leben gerufen, die barrierefreie Büroräume forderte, damit sie im Zweifelsfall selbst noch im Rollstuhl problemlos an ihren Schreibtisch kam.

»Was warst du noch gleich … Sekretärin?«, hakte Sabrina naserümpfend nach.

»Ach, Sabrina, dein Erinnerungsvermögen ist wirklich fabelhaft.« Pam rümpfte ebenfalls die Nase und konzentrierte sich wieder auf die Leinwand. Gerade erschien ein Bild von Dave im Kreise seiner Familie. Am liebsten hätte sie Sabrina daran erinnert, dass sie selbst nur vom Geld ihres Mannes lebte, der wohl irgendwann einmal einen Investmentvolltreffer gelandet hatte, aber sie verkniff es sich. Immerhin war sie sich der Tatsache bewusst, dass sie überglücklich gewesen wäre, von Hanks Geld zu leben. Wenn er denn welches gehabt hätte. Aber Hank konnte kaum seine eigenen Ausgaben decken. So war das nun einmal, wenn man über seine Verhältnisse lebte – im Alter wurde man davon eingeholt. Nun erschien ein Bild von Dave in Golfausrüstung auf der Leinwand.

Pam musste Sabrina dringend loswerden, sonst sagte sie bestimmt bald etwas, das sie bereuen würde. Eine Ausrede war schnell gefunden: »Ich muss mal nach Marlene sehen – au revoir.« In Wahrheit wollte Pam aber Nancy und Shalisa suchen, denn es gab etwas, das noch mehr an ihren Nerven zerrte als Sabrina.

Und gerade hatte sie begriffen, was das war.

Vor ein paar Tagen waren Marlenes Töchter vorbeigekommen und hatten erklärt, dass sie eine Fotocollage über das Leben ihres Vaters zusammenstellen wollten, und hatten dafür um Schnappschüsse gebeten, die ihre Achtergruppe im Laufe der Jahre zeigten. Nun hatte Pam den gesamten Zyklus sonniger Momente aus Daves Leben gesehen, doch kein einziges ihrer Fotos war dabei gewesen. Endlich entdeckte sie Shalisa in der Küche; sie war gerade dabei, ein Stück Kuchen zu verdrücken.

»Du kannst jetzt rauskommen.« Pam winkte ihr von der Tür aus zu. »Sabrina hat ein neues Opfer gefunden.«

Hastig schob sich Shalisa noch einen Bissen in den Mund und sah sich dann nach einem Platz um, an dem sie ihren Teller abstellen konnte. Inzwischen ließ Pam die Küchentür hinter sich zufallen und wandte sich wieder dem Saal zu, wo Nancy in diesem Moment auf ihren Sohn Paul zusteuerte, der mit einigen jungen Leuten zusammenstand. Der stets problemlose Junge war inzwischen über dreißig und heute im schicken Anzug und braunen Lederschuhen erschienen. Sein Haar war kurz geschnitten und ordentlich frisiert, seine Wangen glatt rasiert. Er begann zu strahlen, als er seine Mom entdeckte. Sofort verabschiedete er sich von seinen Freunden und ließ sich von ihr drücken.

Shalisa tauchte an Pams Seite auf. »Was ist denn mit Nancy und Paul los? Sie herzt ihn ja, als käme er gerade aus dem Krieg zurück.«

Ebenfalls in diesen Anblick vertieft, erwiderte Pam: »Genau das habe ich mir eben auch gedacht. Vielleicht liegt es an der Trauer. Ah, da kommt Larry. Mal sehen, ob er bei diesem Knuddelmarathon mithält.«

Larry Clooney blieb am Saaleingang stehen – die Füße

leicht gespreizt, Schultern zurückgenommen, Hände in den Taschen. Vermutlich ließ er das dort verborgene Kleingeld klimpern; eine seiner nervigeren Angewohnheiten. Allerdings musste Pam zugeben, dass Larry recht gut gealtert war. Zwar war er vollständig ergraut, dafür waren seine Wangen aber noch straff, und er hatte nur einen ganz leichten Bauchansatz. Trotzdem wirkte er einsam, wie er dort stand und sich umsah, so ganz ohne Hank, Dave oder Andre an seiner Seite. Schließlich entdeckte er seine Frau und seinen Sohn in inniger Umarmung. Er ging einen Schritt in ihre Richtung, hielt dann aber inne. Nach kurzem Zögern drehte er sich um und verließ den Saal.

Verblüfft fragte Pam: »Was war das denn?«

Shalisa hatte nichts davon mitbekommen, da ihre Aufmerksamkeit etwas anderem galt: »Mit wem unterhält sich denn Sabrina dahinten?« Sie deutete mit dem Kinn auf die Kaffeebar, wo ihre ehemalige Mit-Mom mit Tasse und Untertasse in der Hand über einer fast schon zwergenhaft kleinen Frau in High Heels aufragte.

Pam wusste es. »Ah, sie hat sich Padma geschnappt.«

»*Das* ist Padma?«

»Wo ist Padma?«, wollte Nancy wissen, die zu ihnen trat.

Pam zeigte zu Sabrina hinüber, die offenbar in ein Gespräch mit Padma Singh vertieft war, der neuen Casinochefin und damit Hanks neuer Vorgesetzten. Sie war vor zwei Monaten von der Zentrale in Mumbai hergeschickt worden. Die Endzwanzigerin schob sich gerade das lange, glänzende schwarze Haar hinter die Ohren, in denen dicke Diamantstecker funkelten.

»Ich hätte gedacht, sie wäre größer«, befand Nancy.

Verwirrt runzelte Pam die Stirn. »Warum denn das?«

»Wegen dem, was du von ihr erzählt hast. Weil sie so viel

Macht hat und so. Du weißt schon: Die Mutter eine zwielichtige, milliardenschwere Unterweltgröße; Abschluss in Wirtschaftswissenschaften; Aufstieg auf der Karriereleiter; hergekommen, um sich auf die Führung der Spitzencasinos in Indien vorzubereiten. Da dachte ich eben, sie wäre … größer«, erklärte Nancy achselzuckend.

Shalisa stellte fest: »Das wünscht sie sich auf jeden Fall. Warum sonst sollte sie so hohe Absätze tragen? Seht doch nur, wie sie ständig von einem Fuß auf den anderen tritt. Der Schmerz in den Zehen bringt sie fast um.«

Nancy stupste Pam mit dem Ellbogen an. »Woher kennst du sie überhaupt?«, fragte sie verstohlen.

»Tue ich gar nicht. Aber ich würde sie gerne kennenlernen. Sobald sie Sabrina losgeworden ist, werde ich mich ihr vorstellen.« Pam versuchte, hin und wieder einen Blick auf die Leinwände zu werfen, ohne dabei Padma aus den Augen zu verlieren. »Sagt mal, habt ihr schon eins von unseren Fotos entdeckt? Irgendein Bild, wo Dave zusammen mit uns drauf ist?«

Shalisa schüttelte den Kopf, und auch Nancy runzelte irritiert die Stirn. »Jetzt, da du es sagst … kein einziges.«

»Hm.« Shalisa überlegte. »Vielleicht war mit unserer Datei etwas nicht in Ordnung. Aber dann hätten die Mädchen doch etwas gesagt, oder nicht?«

»Könnte sein. Oh! Padma ist frei. Bin gleich wieder da.« Pam drückte Nancy ihr Glas in die Hand und versuchte, Hanks Chefin abzufangen, die gerade Richtung Tür trippelte. »Padma! Padma! Ich wollte nur kurz Hallo sagen.«

Die Frau blieb stehen und drehte sich um. Pam rutschte das Herz in die Hose. Diesen Gesichtsausdruck kannte sie. Während sie auf Padma zuging, machte deren kühler Blick und steifes Lächeln Pam überdeutlich bewusst, dass sich ein mehrere Zentimeter breiter, grauer Streifen an ihrem Haaransatz entlangzog. Trotzdem richtete sie sich entschlossen auf, während Padma mit einem geübten Blick Pams Räumungsverkaufskleid, ihre Outlet-Handtasche und ihre zehn Jahre alten Beerdigungsschuhe erfasste. Sie konnte auf den Punkt genau den Moment festlegen, in dem sich die junge Frau davon überzeugt hatte, dass einer ihrer Ohrringe mehr gekostet hatte als Pams gesamtes Outfit. Nein, vermutlich mehr als Pams gesamter Kleiderschrank. Nun wurde Padmas Lächeln fast schon übertrieben breit und enthüllte die ebenmäßigen Zähne ihres Unterkiefers. Pam wurde klar, dass sie sich mit Hanks neuem Boss wohl nicht so bald auf einen Kaffee treffen würde. Trotzdem war Padma nun einmal die Hüterin von Hanks dringend benötigtem Einkommen, also streckte Pam ihr die Hand entgegen. »Ich bin Pam Montgomery, Hanks Frau.« Sie konnte einfach nicht anders, sie musste noch ein wenig näher treten, sodass sie spürbar über der winzigen Padma aufragte.

Padma legte beinahe den Kopf in den Nacken, als sie den Gruß erwiderte und fragte: »Besuchen Sie alle Trauerfeiern unserer Angestellten?«

»Wie bitte? Nein!« Wusste Padma denn nicht, dass Hank und Dave eng befreundet gewesen waren? Okay, wer sich nur auf die Diashow stützte, hätte nie gedacht, dass Hank und auch sie über viele Jahre hinweg einen festen Platz in Daves Leben gehabt hatten. »Nicht doch. Hank und ich …«

»Da bist du ja!« Plötzlich stand Hank an ihrer Seite, schob sich zwischen die beiden Frauen und legte Pam den Arm um die Schultern. Die zuckte erschrocken zusammen und warf ihm einen fragenden Blick zu. Wo hatte er seit der Beisetzung gesteckt, und warum ging er dermaßen auf Tuchfühlung? Es war merkwürdig, seine Finger an ihrem nackten Oberarm zu spüren, und sein Hemd war irgendwie feucht. Trotz Klimaanlage hatte er Schweißperlen auf der Stirn. Ging es ihm vielleicht nicht gut? Pam schenkte ihm eigentlich kaum noch Beachtung. War aus ihm etwa ein potenzieller Herzinfarktkandidat geworden? Er atmete schwer, als wäre er gerannt. Sein Blick huschte zwischen den beiden Frauen hin und her. »Ich störe wirklich nur ungern, aber Sie werden draußen gebraucht, Padma.« Damit ließ Hank Pams Schultern los und marschierte zusammen mit seinem Boss zur Tür.

Verwirrt schaute Pam den beiden hinterher. Was sollte das denn? Zwar hatte sich Hank in den fünf Jahren, seit er ihre Ruhestandpläne ruiniert hatte, oft seltsam verhalten, aber seit Daves Unfall hatte sich das merklich verschlimmert. Allerdings hatte Pam auch irgendwo gelesen, dass die Menschen Trauer auf oft unvorhersehbare Weise auslebten.

Pam wandte sich ab und überlegte, ob sie sich noch eine Runde Beerdigungsschnittchen gönnen sollte, um damit auch das Thema Abendessen zu erledigen. Nancy und Shalisa ließen sie zu keinem Ergebnis kommen, da sie plötzlich wieder an ihrer Seite auftauchten. »Das glaubst du nie«, raunte Shalisa ihr zu.

»Was denn?« Automatisch wanderte Pams Blick zu Marlene, die noch immer ihren Trauerschleier trug.

Shalisa flüsterte: »Marlene zieht weg.«

Für einen kurzen Moment schloss Pam die Augen. Das ging ja schnell. Ihre arme Freundin. Der Ehemann kaum unter der Erde, und schon wurde sie in eine zugige Altfrauen-Kellerwohnung bei einer ihrer Töchter verfrachtet. Natürlich würde Pam sie unterstützen, sie dort besuchen und sie zu sich einladen. Schnell wappnete sie sich gegen die grausamen Details. »Bei welcher Tochter zieht sie denn ein?«

»Oh, sie zieht nicht zu ihren Töchtern.« Nancy grinste breit.

»Sie hat sich eine Wohnung in Boca Raton gekauft. Marlene zieht nach Florida.«

Völlig verblüfft starrte Pam ihre Freundinnen an. »Boca Raton! Wie zum Teufel kann sie sich das leisten?«

KAPITEL 4

IST JA NICHTS PASSIERT

Während seine Frau im zweiten Stock auf der Trauerfeier mit Sabrina Cuomo plauderte, hatte Hank Zuflucht in seinem Bürostuhl gesucht und sich gewünscht, das alles möge sich einfach in Luft auflösen: seine Schulden, seine Eheprobleme, Daves gewaltsames Ableben.

Dabei waren sie nur noch wenige Wochen vom Ziel entfernt. Bei ihrem Essen am Samstagabend waren sie so glücklich gewesen wie schon seit fünf Jahren nicht mehr. Dave hatte gelacht und gescherzt, beinahe wie früher. Möglicherweise hatte er sogar wieder Sex gehabt. Bei ihrem Angelausflug hatte Hank vergessen, ihn danach zu fragen, und nun würde er nie mehr die Gelegenheit dazu haben. Wie gerne hätte er jetzt dieses Gesicht mit den mädchenhaften Grübchen vor sich! Es hatte gutgetan, Dave wieder lächeln zu sehen.

Und dann musste das passieren.

Hank wusste, wer Dave umgebracht hatte. Oder vielmehr, wer seinen Tod befohlen hatte. Zumindest war er sich ziemlich sicher. Im besten Fall gingen sie davon aus, dass Dave allein gehandelt hatte, hatten ihn schnell beseitigt und waren jetzt fertig. Im schlimmsten Fall wussten sie, dass er Komplizen gehabt hatte, und hatten Dave unter Folter die Namen von Hank, Larry und Andre abgepresst, bevor sie ihn erschossen und seinen Schädel von dem Garagentor zertrümmern ließen. Jedenfalls hatten die Jungs mit angehaltenem Atem darauf gewartet, dass zwei Dinge geschahen: Erst würde der Gerichtsmediziner die Kugel finden, dann würde eine polizeiliche Untersuchung eröffnet werden. Aber nichts davon war passiert. Irgendwann begriff Hank dann – bei einem dermaßen zertrümmerten Schädel suchte niemand nach einer anderen Todesursache. Und bislang schien er mit dieser Annahme recht zu behalten. Wer sollte auch einen Grund haben, Dave Brand umzubringen? Von außen betrachtet, war er ein einfacher Casinotechniker und miserabler Golfer, mehr nicht.

Der zweite Punkt, der seinen Konsum von Paracetamol und Magentabletten sprunghaft hatte ansteigen lassen, war die ständige Erwartung eines Besuches jener todbringenden Kerle, die bei Dave vorbeigeschaut hatten. Aber auch der war bisher nicht erfolgt. Also, noch nicht. Trotzdem wusste Hank, dass sie irgendwann kommen würden.

Falls sie denn von ihnen wussten.

Obwohl er schon immer im Casino gearbeitet hatte, war Hank kein großer Spieler. Und auch jetzt beschäftigte er sich weniger mit der Wahrscheinlichkeit verschiedener Szenarien, sondern konzentrierte sich voll und ganz darauf, ihr Überleben zu sichern. Selbst wenn ihm die Glücksgöttin auf irgendeine verquere Weise gewogen war und das Casino annahm, dass Dave allein gehandelt hatte, wollten sie trotzdem ihr Geld zurück. Also würden sie jeden auf Daves Beerdigung genau unter die Lupe nehmen.

Mit Daves Tod war es nicht vorbei. Es hatte gerade erst angefangen.

Hank hatte sich in seinem Bürostuhl zurückgelehnt, die Füße auf den Tisch gelegt und die Augen geschlossen, um seine Atmung wieder unter Kontrolle zu bekommen, als Andre, der mit Larry im Schlepptau aufgetaucht war, plötzlich sagte: »Schau mal, Pam unterhält sich mit Padma.«

Ruckartig richtete Hank sich auf und suchte die Überwachungsmonitore an der Wand ab. Schließlich fand er die Aufnahme aus dem Saal. Dort, ganz unten in der Ecke, war seine Frau zu sehen, anscheinend fröhlich mit seinem Boss plaudernd, als wären sie bei irgendeinem Kirchenpicknick und nicht bei der Trauerfeier seines besten Freundes, der gerade ermordet worden war.

Hank sprang so heftig auf, dass sein Stuhl umkippte. Er schob sich an Andre vorbei, der an der Wand lehnte und Trauben aß, und an Larry auf dem Besucherstuhl, der irgendetwas in seinem Handy suchte. Beide sahen fassungslos zu, wie er die Bürotür aufriss und – nachdem er ihnen noch einen finsteren Blick zugeworfen hatte – hinausstürmte. Hank hetzte den Flur entlang, ließ die Aufzüge links liegen und nahm die Treppe. War er eigentlich der Einzige hier, der kapierte, was vorging? Dave hätte es verstanden.

Was wäre gewesen, wenn Andre ihm vor der Beerdigung nicht zufällig die Fotos gezeigt hätte?

*

Er hatte konzentriert an seinem Laptop gearbeitet und Hank und Larry dann zugerufen: »Kommt mal her, Jungs, das müsst ihr euch ansehen.«

Hank war gerade damit beschäftigt gewesen, im Saal noch einmal alles zu überprüfen, bevor sie zum Trauergottesdienst fuhren. Larry hatte sich dem gewidmet, was er am besten konnte: anderen beim Arbeiten zusehen. Nachdem Andre seinen Laptop mit dem Beamer verbunden hatte, der die Fotocollage von Daves Töchtern auf die Leinwände projizierte, drückte er eine Taste, und sofort erschien ein Schnappschuss von ihnen – Hank, Andre, Larry und Dave. Auf dem Bild waren sie ungefähr zwanzig Jahre jünger als heute und standen Seite an Seite auf dem Anleger vor Hanks Boot. Die Sonne brannte auf ihre Wangen, ihr Haar war vom Sommerwind zerzaust. Ja, damals hatte Hank noch genug Haare gehabt, um sie vom Wind zerzausen zu lassen. Stolz präsentierte jeder seinen Fang.

Fast schmeckte Hank noch immer die leichte, buttrige Panade, mit der Pam die Barsche gebraten hatte. Sie hatten bei Sonnenuntergang in Daves und Marlenes Garten gesessen und den Fisch mit Maisbrot und einem Salat aus Neuen Kartoffeln genossen. Zum Runterspülen hatte es eiskaltes Bier und Margaritas gegeben. Anschließend waren Pam und er Arm in Arm durch die stillen Straßen nach Hause gegangen, über ihnen das dichte Laub der alten Eichen. Immer wieder hatte er zarte Küsse auf ihren Hals gehaucht, und sobald sich der Babysitter verabschiedet hatte, hatte er Pam das leichte Sommerkleid vom Körper gerissen.

Mit einem verträumten Lächeln hatte Hank diesen Erinnerungen nachgehangen, bis ihm wieder eingefallen war, wo er sich befand. Und warum.

Nachdem er den bitteren Geschmack aus seinem Mund vertrieben hatte, hatte er gefragt: »Was machst du da, Kumpel?«

Andre hatte seine Gleitsichtbrille zurechtgeschoben, von seinem fettarmen Müsliriegel abgebissen und noch ein paar Tasten gedrückt. »Ich stelle eine sensationelle Fotoshow zusammen, um unseren guten Freund Dave zu ehren.«

Sofort hatte Hank das Kabel des Laptops aus der Buchse gerissen, und die Bilder erloschen. Angespannt hatte er sich das Kabel um die Finger gewickelt. Andre hatte ihn mit offenem Mund angestarrt, den halb gekauten Riegel noch auf der Zunge, und hatte seinen Stuhl ein wenig zurückgeschoben.

Larry war angelaufen gekommen. Mit einem schnellen Blick hatte Hank sich vergewissert, dass die Catering-Leute nichts mitbekommen hatten, dann hatte er mit gedämpfter Stimme gefragt: »Hast du noch alle Tassen im Schrank?«

Verunsichert hatte Andre den Bissen in seine Wange geschoben und erwidert: »Was denn? Was meinst du? Ist doch ein tolles Foto.«

Frustriert hatte Hank für einen Moment die Augen geschlossen. »Ja, Andre, es ist ein tolles Foto. Und es ist auch ein großartiger Beweis dafür, dass Dave und ich verdammt eng befreundet waren. Und du willst es hier präsentieren, in dem beschissenen Casino, in dem wir beide arbeiten, vor all unseren Kollegen und vor Padma, meiner neuen Chefin, die vermutlich Daves Ermordung in Auftrag gegeben hat. Ich frage dich also noch einmal: Hast du noch alle Tassen im Schrank?«

Nun hatte Andre entsetzt die Augen aufgerissen, während Larry beruhigend seine Schulter gedrückt hatte. »Andre hat einfach nicht nachgedacht, Hank. Daves Tod hat ihn schwer getroffen. Uns alle. Es tut ihm leid. Nicht wahr, Andre?«

Sofort hatte Andre, der inzwischen hektisch zu kauen begonnen hatte, genickt. Dann hatte er den restlichen Müsliriegel sorgfältig wieder eingewickelt und in seiner Tasche verstaut.

»Er wird diese Fotos sofort löschen, richtig, Andre? Sämtliche Fotos mit Dave und uns gemeinsam. Und unseren Frauen.« Larry hatte Hank einen wachsamen Blick zugeworfen. »Ist ja nichts passiert.«

Wieder hatte Hank sich prüfend im Saal umgesehen, bevor er warnend zischte: »Gut, diesmal ist nichts passiert. Aber wir müssen vorsichtig sein, einen kühlen Kopf bewahren. Vor allem heute. Padma – oder wer auch immer dahintersteckt – wird herausfinden wollen, mit wem Dave in Verbindung stand.

Ein kleiner Fehltritt wie dieser, und wir sind geliefert. Habt ihr das kapiert? Geliefert im Sinne von Garagentor trifft Schädel.«

*

Hank stürmte aus dem Treppenhaus und hastete den mit dickem Teppich ausgelegten Flur entlang, der zu dem Saal mit Daves Trauergesellschaft führte. Zu seiner Rechten strömte die helle Sommersonne durch die Panoramafenster herein, die einen herrlichen Ausblick über die Bucht ermöglichten. Er spürte, wie ihm der Schweiß über den Rücken bis in die Poritze rann. Um wieder etwas zu Atem zu kommen, drosselte er sein Tempo.

Er musste Daves Ermordung hinter sich lassen und sich wieder auf das eigentliche Spiel konzentrieren. Wann würde es enden? Kaum hatte er den von Andre verursachten Brandherd mit den Fotos gelöscht, tauchte das Problem mit Padma und Pam auf. Das war seine Schuld. Er hätte wissen müssen, dass Pam sich auf Padma einschießen würde und er dazwischengehen musste. Schließlich gehörte das zu den Dingen, die er früher einmal so anziehend gefunden hatte an seiner Frau: Sie schaffte es innerhalb von Minuten, mit jedermann gut Freund zu werden. Aber jetzt musste er Pam von Padma wegholen, bevor sie seiner Chefin ihre gesamte Lebensgeschichte erzählte. Beziehungsweise den Teil ihrer Lebensgeschichte, in dem er einer der besten Freunde des Verstorbenen war.

Es war definitiv der falsche Zeitpunkt, um mit Dave Brand in Verbindung gebracht zu werden.

Als die Indo-USA Gaming Inc. aus Indien das Casino sechs Monate zuvor übernommen hatte, waren Hank und seine Freunde zunächst besorgt gewesen, dass die neuen Eigentümer für diese hübsche kleine Sache, die sie am Laufen hatten, zum Problem werden könnten. Deshalb hatte Hank ein wenig recherchiert und war dabei auf den Wikipedia-Eintrag des Unternehmens gestoßen, in dem auch die wichtigsten Investoren verlinkt waren. So hatte er Verbindungen nach Bollywood entdeckt, was großartig war. Vor seinem inneren Auge sah er sich bereits auf Filmpremieren und in VIP-Logen. Dann aber klickte er den nächsten Link an – und wurde blass.

Er war beim Eintrag mit dem Titel *Organisiertes Verbrechen Indien* gelandet, der unterteilt war in Themenblöcke wie Erpressung, Schmuggel, Drogenhandel, Entführung und Mord. Sein Herz hatte angefangen zu rasen. In seinen E-Mails hatte er Finanzberichte des Konsortiums gefunden und einige der überall auf der Welt verteilten Tochtergesellschaften gegoogelt. Viel zu oft stieß er dabei auf Firmen, die in Zusammenhang gebracht wurden mit vermissten Personen. Auch deren Namen hatte Hank gegoogelt und sich die Artikel durchgelesen: Angestellte aus dem mittleren Management, die alle unter mysteriösen Umständen verschwunden waren. Während er einen Bericht über jene las, die nach wenigen Tagen wiedergefunden wurden, aber nicht in der Lage waren, zu schildern, was mit ihnen passiert war, schenkte er sich seinen ersten Scotch ein. Er füllte das Glas zum zweiten Mal – trotz zitternder Finger –, als er zu jenen kam, die verstümmelt oder enthauptet aufgefunden wurden. Einige davon an einer Brücke aufgeknüpft. Link für Link hatte er angeklickt und dabei Gänsehaut bekommen. Irgendwann wurde ihm klar, dass er diese Recherchen an seinem Firmencomputer anstellte. Sofort klappte er den Laptop zu. Mehr musste er nicht wissen. Eines war klar: Wurden sie jetzt erwischt, würde das einige sehr böse Menschen sehr wütend machen. Menschen, von denen man nicht wollte, dass sie wütend wurden. Menschen, die auf Rache aus waren.

Also durften sie sich nicht erwischen lassen. Zunächst hatten sie ihre Tätigkeiten eingestellt, und Hank hatte Augen und Ohren offen gehalten und nach möglichen Änderungen in den Abläufen des Casinos gesucht – nach allem, was sich auf die Buchhaltung auswirken und sie vielleicht enttarnen könnte. Doch es war alles beim Alten geblieben, und so hatten sie sich dafür entschieden, mit gebotener Vorsicht weiterzumachen. Zum Glück waren sie sowieso fast fertig. Nach Padmas Ankunft hatte Hank sie genau studiert und war zu dem Schluss gekommen, dass sie zwar durchaus ehrgeizig war, aber keine Bedrohung für sie darstellte. Anscheinend war sie mehr an der Farbgestaltung des Casinos interessiert als an den Profiten.

Heute war Hank klar, dass er sich in dieser Hinsicht möglicherweise geirrt hatte. Oder auch nicht. Genau da lag das Problem: Er wusste es nicht mit Sicherheit.

Er wusste nur, dass sie bei Daves Ermordung noch zwölf Wochen von ihrem Zehn-Millionen-Dollar-Ziel entfernt gewesen waren. Und ohne Dave mussten sie den Stecker ziehen. Jetzt ging es nur noch darum, irgendwie zu überleben und die Gefahr richtig einzuschätzen. Und da möglicherweise Padma diejenige war, die Dave die Bluthunde auf den Hals gehetzt hatte, musste Hank sie unbedingt noch eine Weile von seiner Spur abbringen. Was wiederum hieß, dass Padma auf keinen Fall mit Pam reden durfte.

Hank wischte sich mit dem Ärmel den Schweiß aus dem Gesicht, bevor er um die letzte Ecke bog und den Saal betrat.

»Da bist du ja!«

KAPITEL 5

DAS GILT FÜR ALLE

Wenn Pam Montgomery früher über ihr Leben nachgedacht hatte, war es stets in zwei Abschnitte unterteilt gewesen: Davor und Danach. Vor dem Tod ihrer Eltern und danach. Heutzutage versuchte sie gar nicht mehr, in solch großen Dimensionen zu denken, aber wenn es sie doch einmal überfiel, stellte sie fest, dass sich das Davor und Danach einfach nur verschoben hatte. Jetzt teilte sich ihr Leben in *bevor* Hank ihre Ersparnisse verloren hatte und *danach.* Davor musste sie keine Rabattmarken sammeln und hatte Netflix. Danach wohnte sie in einem schäbigen, gemieteten Reihenhäuschen einige Blocks östlich von der Wohngegend ihrer Freunde und musste das wundervolle Heim aufgeben, in dem sie ihre Tochter großgezogen hatte.

In ihrem alten Viertel waren fast alle Nachbarn irgendwann einmal in Pams und Hanks Haus in der Glendale Avenue zu Gast gewesen: die Familien zu Poolpartys; die Freundinnen auf der gemütlichen Couch vor dem Kaminfeuer zum Weihnachtsfilmschauen mit demokratischer Abstimmung: *Tatsächlich Liebe*, *Weiße Weihnachten* oder *Liebe braucht keine Ferien*; Paare zu ihren alljährlich stattfindenden Silvesterfeiern. Dann war das »Zu verkaufen«-Schild in ihrem Vorgarten aufgestellt worden, und gleichzeitig hatte Pam ein Lügengebilde um sich herum errichtet. Dass sie sich einfach nur verkleinern wollten, ihnen der Garten zu groß sei, sie es gerne etwas schlichter hätten.

Die gemütliche Couch wurde verkauft, genau wie der Tisch ihrer Großmutter – das kleine Häuschen hatte kein separates Esszimmer –, das Kingsize-Bett und der Billardtisch. Die Möbel aus dem Hobbyraum hatten sie mit Mühe in ihr neues Wohnzimmer gequetscht, das kleinere Doppelbett aus dem Gästezimmer in ihr Schlafzimmer. Anfangs hatte Pam noch versucht, ihren Küchentisch in die Frühstücksecke zu zwängen, hatte ihn dann aber doch online verkauft und für fünfundzwanzig Dollar einen Ersatz gefunden. Sie versuchte, es positiv zu sehen. So musste sie sich wenigstens keine Gedanken mehr um Poolspielzeug und weihnachtliche Kamindekorationen machen. Und da das neue Haus ganz in der Nähe ihres alten Viertels lag, konnte sie weiter in ihrem alten Supermarkt einkaufen, an der alten Tankstelle tanken und musste nur ein paar Minuten fahren, wenn sie zu ihren Freundinnen wollte.

Heute bekam niemand außer Marlene, Shalisa, Nancy und ihren Ehemännern das abgewetzte Linoleum in Pams Küche zu sehen. Und ihnen musste Pam zum Glück nichts vormachen.

An diesem Morgen hatte sie die Mädels zum Kaffee zu sich eingeladen – so konnten sie sich nach der Beerdigung sammeln und herausfinden, was zur Hölle eigentlich mit Marlene los war. Entschlossen nahm Pam sich zusammen. Ein wenig Stolz war ihr schließlich noch geblieben, und ein ordentliches Heim verursachte keine zusätzlichen Kosten. In ihrem alten Leben hatte sie Schuhe, Mäntel, Jacken und Haushaltskram in einem Raum neben der Diele gelagert, aber hier im Reihenhäuschen gab es derartigen Luxus nicht. Im Moment stand Pam mit in die Hüfte gestützten Händen an der Treppe und musterte mit einem angewiderten Schnauben Hanks Schuhe.

Als Pam ihren Ehemann kennenlernte, lebte er mit zwei

anderen Kerlen in einer heruntergekommenen, muffigen Doppelhaushälfte in der Innenstadt, nicht weit vom College. Der Zustand dieses Haushaltes war so schlimm, dass selbst die örtliche Wohlfahrtsgesellschaft es ablehnte, das Sofa als Spende anzunehmen. Letztlich ließen die Jungs es einfach an der Straße stehen, davon ausgehend, dass es schon jemand mitnehmen würde. Was niemand tat. Und in diesem grauenvollen Haus reihte die Wohngemeinschaft immer sämtliche Schuhe in der Diele auf, als wären sie bewundernswerte Trophäen. Als Pam und Hank schließlich zusammenzogen, gehörte diese Angewohnheit zu den ersten Dingen, die sich ändern mussten. »Benutze den Garderobenraum«, hatte sie Hank eingebläut. »Dafür ist er da.« Für Pam trug ein ordentliches Heim entscheidend zu ihrem Seelenfrieden bei, und um sie glücklich zu machen, hielt sich Hank an ihre Regeln.

An diesem Morgen allerdings lagen ganze sieben Paar von Hanks Schuhen in der Diele herum, zurückgelassen, wo er sie ausgezogen hatte: Turnschuhe, Flip-Flops, Golfschuhe, zwei Paar Slipper, Bootsschuhe, Lederschuhe. Und noch schlimmer – es hatten sich auch noch fünf schmutzige Sockenpaare hinzugesellt. Schon bei ihrem Anblick wurde Pam übel. Wer tat denn bitte so etwas? Wer zog denn an der Haustür seine verschwitzten Socken aus und ließ sie dann einfach liegen? Warum? Warum, Hank? Aber Pam kannte den Grund ja. Dieser Schuh- und Sockenhaufen war schlicht und einfach ein weiteres »Leck mich, Pam«.

Sie öffnete den Garderobenschrank und warf einen seiner Flip-Flops hinein. Der zweite folgte, schon mit ein wenig mehr Schwung. Als der letzte Schuh knallend von der hinteren Schrankwand abprallte, war Pam tatsächlich ins Schwitzen geraten. »Leck du mich doch, Hank.«

*

»Es war wirklich eine schöne Feier.« Shalisa zog Marlene in eine feste Umarmung, als sie sich wenig später auf Pams Terrasse versammelt hatten. »Dave hätte sich bestimmt gefreut, dass so viele gekommen sind. Immerhin hat er sich keine Party entgehen lassen.«

»Wahrscheinlich hätte es ihm noch besser gefallen, wenn auch getanzt worden wäre. Diesen Mann konnte ja nichts und niemand von der Tanzfläche fernhalten. Aber es war auf jeden Fall schön für die Mädchen, zu sehen, dass ihr Dad von so vielen Menschen geliebt wurde.« Marlene zog sich einen Stuhl an die schattige Seite des Tisches, während sie auf Nancy warteten.

Leider ging Pam nun die Geduld aus. »Also, Marlene, erzähl. Du ziehst nach Boca Raton?«

Nachdem Shalisa und Nancy auf der Trauerfeier diese Bombe hatten platzen lassen, hatte Pam unbedingt Genaueres in Erfahrung bringen wollen, aber Marlene war ständig von Leuten umgeben gewesen. Jeder wollte etwas Zeit mit der Witwe verbringen. Als sie dann endlich unter sich gewesen waren, hatte Marlene bloß versprochen, am nächsten Morgen vorbeizukommen und ihnen alles zu erzählen. Das hatte Pam nur noch mehr verwirrt, denn als Marlene sie zum Abschied drückte, schien sie sich vor Freude kaum halten zu können; keine Spur von Niedergeschlagenheit oder Trauer.

Deshalb war Pam nicht sicher gewesen, was sie erwarten sollte, als Marlene sich gerade selbst hereingelassen hatte und in ihre Küche geschwebt war. Schon die Aufmachung der frischgebackenen Witwe war überraschend: makelloses Make-up, das Haar zu einem schmeichelhaften, lockeren Dutt gesteckt, hohe Schuhe und ein schickes Sommerkleid. Sonst sah man sie eher mit Pferdeschwanz, in Shorts und Flip-Flops. Dazu präsentierte sie fröhlich eine Schachtel französischer Macarons (aus Sabrina Cuomos Beileidspräsentkorb, verriet sie) und eine Flasche eisgekühlten Champagner, den sie auf der Fahrt noch gekauft hatte. Etwas Derartiges hatte Pam von einer trauernden Witwe nicht erwartet. Auch nicht von einer, die während der letzten fünf Jahre eine Stinkwut auf ihren Gatten gehabt hatte. Sicher, Pam hatte genug über Trauerprozesse gelesen, um zu wissen, dass man sich kein vorschnelles Urteil bilden sollte, aber … das hier schrie geradezu danach, beurteilt zu werden.

Als nun auch endlich die stets unpünktliche Nancy mit einem lauten Gruß das Haus betrat, hüpfte Marlene beinahe in ihrem Stuhl auf und ab und zeigte auf den Champagner. »Mach ihn auf, Pam, mach ihn auf! Shalisa, hol uns Gläser.«

Nancy kam zu ihnen auf die Terrasse und stieg dabei sorgfältig über Pams ältlichen Adoptivhund Elmer hinweg, der kurz den Kopf hob und zweimal mit dem Schwanz auf den Boden klopfte, bevor er weiterschlief.

Sobald sich alle an dem Tisch eingefunden hatten, an dem sie zuletzt mit Dave gesessen hatten, den extrem unangebrachten Schaumwein vor sich, stieß Marlene einen tiefen Seufzer aus. »Es ist eine solche Erleichterung, mal von der Familie wegzukommen.« Mit theatralischer Trauermiene sank sie in sich zusammen, um sich dann gleich wieder grinsend aufzurichten. »Endlich kann ich ganz ich selbst sein.« Sie griff nach ihrem Glas, setzte sich bequem zurecht und prostete ihnen zu. »Cheers!«

Pam, Nancy und Shalisa wechselten einen verstohlenen Blick und erwiderten den Toast etwas halbherzig. Daves Tod auf so freudige Art zu begießen, war ihnen unangenehm. Marlene hingegen schenkte sich bereits nach. In diesem Moment sprang Elmer auf, rannte über den Rasen und verschwand in der struppigen Hecke hinten am Zaun. Das erschreckte Marlene so, dass ihr die Flasche wegrutschte und der Champagner auf den Tisch spritzte. Lachend stellte sie fest: »Ich wusste gar nicht, dass Elmer sich so schnell bewegen kann.«

»Schnell?«, betonte Shalisa. »Ich wusste gar nicht, dass er sich überhaupt bewegen kann.«

»Bestimmt hat er einen Hasen entdeckt«, erklärte Pam. »Deswegen hat er wohl den Namen Elmer bekommen. Ihr wisst schon, nach Bugs Bunnys Jäger Elmer Fudd.«

»Er jagt Hasen?« Nancy war erstaunt. »Und was macht er mit ihnen, wenn er sie fängt?«

»Oh, er fängt nie einen. Seht ihn euch doch an.«

Gemeinsam sahen sie zu, wie Elmer zurück über die Wiese trottete und sich schwer atmend auf einem schattigen Plätzchen ausstreckte. Vor ein paar Monaten hatte ein Kollege von Pam eine Rettungskampagne für einen verwahrlosten Hund aus dem Tierasyl gestartet. Das geschätzt achtjährige Tier war wochenlang dabei beobachtet worden, wie es sich auf der Straße von Müll ernährte, bis es endlich eingefangen werden konnte. Aber niemand wollte den Hund haben. Vermutlich, weil nichts an ihm so recht zusammenpasste: Er hatte einen lang gezogenen Körper, aber sehr kurze Beine. Sein drahtiges Fell war überwiegend gelbbraun, die extrem weichen Ohren aber grauschwarz.

»Warum hängt seine Zunge so komisch aus dem Maul?«, wollte Shalisa nun wissen.

»Auf der Seite fehlen ihm ein paar Zähne, deshalb rutscht sie immer raus.«

Bei seiner Ankunft im Tierheim waren diese Zähne zersplittert gewesen und mussten gezogen werden. Danach brauchte er ein Zuhause für seine Genesungszeit. Widerwillig hatte Pam zugestimmt, ihn in Pflege zu nehmen. Schließlich sollte es nur für sechs Wochen sein, und ein wenig Gesellschaft konnte sie gut gebrauchen, da sie die von Hank ja nicht mehr bekam. Als Elmer dann gesund genug war, um ins Tierheim zurückzukehren, hatte sie sich bereits daran gewöhnt, dass er wartend neben ihrem Bett saß, wenn sie aufwachte. Oder an der Terrassentür, wenn er rauswollte. Oder hinter der Terrassentür, wenn er reinwollte. Er gab nie ein Geräusch von sich, forderte keine Aufmerksamkeit. Es war deutlich, dass er früher einmal geliebt worden war, und nun war eben Pam damit an der Reihe. Und es tat gut, wieder jemanden lieben zu können.

Pam wandte sich wieder Marlene zu. »Okay, raus mit der Sprache.«

Marlene trank einen Schluck, stellte ihr Glas auf dem Tisch ab und lehnte sich zurück. »Also, habt ihr den Mann bemerkt, mit dem ich mich auf der Beerdigung unterhalten habe? Groß, graue Haare, Anzug?« Da auf Beerdigungen immer ziemlich viele große, grauhaarige Anzugträger zu finden waren, war Pam sich nicht sicher, wen sie meinte. Trotzdem nickte sie, woraufhin Marlene fortfuhr: »Das war Daves Versicherungsmakler. Wer hätte gedacht, dass er überhaupt einen hatte? Ich bestimmt nicht. Jedenfalls hat er mich vor ein paar Tagen aufgesucht, hat sich an meinen Küchentisch gesetzt, seinen Aktenkoffer aufgeklappt und einen Umschlag herausgeholt. Jetzt haltet euch fest: Der gute alte Dave, seines Zeichens Spielautomatentechniker, war bis über beide Ohren versichert. Ist das zu glauben?«

Nein. Pam glaubte es jedenfalls nicht. Dave schien nie weitergedacht zu haben als bis zu seinem nächsten Bier. Auch wenn Hank immer behauptete, der Mann sei ein genialer Mechaniker, und er oft auch irgendwie an Hanks Boot herumschraubte, hatte Pam außer Charme und Rhythmusgefühl nie irgendein Talent an ihm entdecken können. Einen

Moment lang gab sie sich der Erinnerung hin, wie es war, von Dave über das Tanzparkett geführt zu werden. Hank tanzte nicht mehr, und es fehlte Pam. Selbst wenn sie es unter Mühen schaffte, ihn auf eine Tanzfläche zu locken, gelang ihnen keine einzige gemeinsame Drehung. Wenn man mit Dave tanzte, klappte das hingegen wie bei Uma Thurman und John Travolta.

»Was soll das heißen: ›bis über beide Ohren versichert‹?«, hakte sie also nach.

»Dave hatte die höchste Stufe bei der Angestelltenversicherung im Casino – vierfaches Gehalt.«

Pam rechnete schnell nach; das waren vermutlich zwei- bis dreihunderttausend. Recht ordentlich, aber noch kein Hauptgewinn.

Marlene hob nun die Finger und zählte ab: »Außerdem hatte er unsere beiden Hypotheken versichert, die sind also vom Tisch. Puff! Einfach so. Mein Haus gehört komplett mir, und das ab sofort. Ist das zu fassen?« Nun machte Pam doch große Augen. »Die Kreditkarten? Ebenfalls versichert, also sind auch diese Schulden getilgt. Aber ihr werdet nie erraten, was mir dieser Mensch außerdem noch mitzuteilen hatte.«

Das sagte Marlene oft: »Ihr werdet nie erraten, was …« Und dann wartete sie darauf, dass man nachfragte.

Nach einer etwas zähen Pause fragte Shalisa schließlich: »Was hatte er dir noch mitzuteilen, Marlene?«

Marlene wand sich förmlich vor Aufregung. »Also, dieser Typ saß in meiner Küche und sagte, Dave habe noch eine Lebensversicherung gehabt. Noch eine. Versicherungssumme: eine Million Dollar! Und genau diese Summe – eine Million Mäuse – wird man mir auf mein Konto überweisen, schon morgen!« Sie riss die Arme hoch, als hätte sie gerade bei den Olympischen Spielen einen Rückwärtssalto gesprungen und gestanden.

Ihre Freundinnen starrten sie mit offenen Mündern an und bekamen kein Wort heraus.

Wieder nach ihrem Glas greifend, fuhr Marlene fort: »Kein Wunder, dass wir nie Geld hatten, wenn er ständig all diese Versicherungsprämien zahlen musste. Fast so, als hätte er gewusst, dass ihm einmal etwas zustoßen würde. Und es wird sogar noch besser. Die Personalabteilung des Casinos hat mich kontaktiert und mir mitgeteilt, dass Dave dort außerdem noch Pensionsansprüche hat. Er hat, so viel er konnte, in den Rentenplan eingezahlt, und dieses Geld bekomme ich ebenfalls. Seht mich an. Erkennt ihr mich noch? Hier sitzt eure Freundin, die Superreiche!« Marlene legte lachend den Kopf in den Nacken, trank einen Schluck Champagner und verschluckte sich prompt.

Shalisa und Nancy saßen reglos da. Pam hielt sich an ihrer Champagnerflöte fest und beobachtete, wie die kleinen Bläschen aufstiegen und sich die Freiheit erkämpften. Genau wie sie hatten sich Marlenes Geldprobleme in Luft aufgelöst.

Und Marlene hatte noch mehr zu erzählen. »Heute Morgen habe ich erst mal gekündigt. Als ich kam, waren alle sehr mitfühlend. ›Ach, Marlene, nimm dir so viel Zeit, wie du brauchst. Du fängst einfach wieder an, wenn du so weit bist.‹ Und ich sagte: ›Wieder anfangen? Ich komme nicht wieder. Fühlt euch gedrückt, aber diese Lady ist raus.‹ Meine Schwester in Boca Raton hat mir erzählt, dass direkt an ihrem Golfplatz gerade eine hübsche Wohnung zum Verkauf steht. Sie hat mir Bilder geschickt. Ihr müsstet mal diese Garage sehen! Makellos. Jede Menge Ordnungsboxen, ein eigener Haken für jedes Werkzeug. Mit automatischem Toröffner! Ich habe sie gebeten, mit dem Makler zu sprechen. Gekauft!, habe ich ihr gesagt. Und dass ich zahlen werde, was sie haben wollen. In zwei Wochen geht das Geschäft über die Bühne. Morgen fliege ich runter, sehe mir die Wohnung an und bringe alles in Gang.« Als sie ihre verdutzten Mienen sah, versicherte sie schnell: »Ihr werdet mich natürlich besuchen kommen. Ich zahle euch die Flüge. Das wird dann mein Geburtstagsgeschenk für euch. Die Wohnung hat vier Schlafzimmer, also auch eines für jede von euch. Ihr könnt auch bei mir einziehen, dann wären wir die neuen *Golden Girls*!«

Pam wusste sofort, dass jede von ihnen sich als Blanche sah, die Sexbombe. Aber auf keinen Fall wollte sie zu Sophia erklärt werden, die überall ihre Handtasche mitschleppen musste. Sie wollte sich für Marlene freuen. Ja, das sollte sie. Schließlich hatte sie damals die schluchzende Marlene im Arm gehalten, als die Männer ihnen gebeichtet hatten, dass ihr Investment den Bach runtergegangen war und sie alles verloren hatten. Damit hatten sich die Zukunftsträume der vier Paare vom gemeinsamen Ruhestand im sonnigen Süden mit benachbarten Alterswohnsitzen zerschlagen. Allein die Tatsache, damit nicht allein zu sein, hatte Pam noch Trost gespendet. Geteiltes Leid ist halbes Leid. Doch mit Marlenes unverhofftem Geldsegen hatte Pam nun eine Leidensgenossin weniger. Im kommenden Winter würde Marlene den Sand von ihrer Terrasse fegen, während Pam ihre vereisten Eingangsstufen hier oben im Nordosten mit Salz auftauen musste. Verdammt, schon in wenigen Wochen würde Marlene den Lauf der Sonne über dem Pool in Boca Raton verfolgen, während Pam noch immer das Licht des Kopierers bei Dutton Realty verfolgen musste: links, rechts und zurück. Pam sah zu Nancy hinüber, die dann noch immer Bücher in der Bibliothek einräumen würde, und zu Shalisa, die als Hilfskrankenschwester weiterhin Kranken den Sabber vom Kinn wischen musste. Marlene hatte inzwischen weitergeredet, und nun sagte sie etwas, das Pam aufhorchen ließ.

»… gilt für alle. Hank, Larry und Andre.«

»Was?«, hakte sie hastig nach. »Was gilt für alle?«

Marlene leerte ihr Champagnerglas. Dann schob sie ihren Stuhl näher heran, beugte sich zu Pam vor und sagte: »Sie haben alle eine Lebensversicherung über eine Million Dollar abgeschlossen.« Gelassen richtete sie sich wieder auf.

»Woher weißt du das?« Pam kümmerte sich nicht um die Finanzen, das überließ sie Hank; was vermutlich der Grund dafür war, dass sie jetzt in solchen Schwierigkeiten steckten. Aber wenn Hank eine so hohe Lebensversicherung auf sich abgeschlossen hatte, hätte er das doch sicher irgendwann einmal erwähnt, oder?

Marlene schenkte sich noch etwas ein. »Als Steve – das ist Daves Lebensversicherungstyp – kurz auf der Toilette war, habe ich einen Blick in seinen Aktenkoffer geworfen.« Das überraschte hier niemanden, sie hätten es alle genauso gemacht. »Und er hatte einen Brief dabei, in dem alle vier Namen auftauchten. Als hätten sie sich gemeinsam von ihm beraten lassen. Eure Männer haben also denselben Deal abgeschlossen. Wir könnten alle zusammen nach Boca Raton ziehen!«

Sie ließen diese Vorstellung einen Moment im Raum stehen, dann meinte Shalisa: »Da wäre allerdings noch eine Kleinigkeit zu bedenken.«

Marlene zog fragend die Brauen hoch.

Nancy brachte den Gedanken zu Ende: »Unsere Ehemänner leben noch.«

Shalisa griff nach ihrem Glas, nippte daran und ergänzte: »Ganz genau. Noch.«

*

Nachdem Marlene ihnen ihre ellenlange To-do-Liste vorgebetet und mit ihnen vereinbart hatte, dass sie sie am nächsten Morgen zum Flughafen bringen würden, war sie abgerauscht – Termin mit dem Makler wegen des Hausverkaufs. So blieb es Pam, Shalisa und Nancy überlassen, den Champagner auszutrinken. In der Annahme, dass Marlene nach der Abreise der Familie ihre Unterstützung brauchen würde, hatten sie sich alle einen freien Tag gegönnt; so viel dazu. Deshalb machte Pam, als der Schampus leer war, eine Flasche Wein auf. Bestimmt hatte der teure Champagner ihre Geschmacksknospen ausreichend eingelullt, um nun einen Pinot Grigio mit Drehverschluss folgen lassen zu können. Sie füllte die Gläser.

»Sie hat recht«, stellte Shalisa fest, als sie ihres entgegennahm.

»Womit?« Pam schraubte die Flasche zu und stellte sie in den Schatten.

Nancy bekräftigte: »Jawohl, Marlene hat völlig recht. Das Einzige, was zwischen uns und einem Alterssitz in Boca Raton steht, sind unsere Ehemänner.«

»Das hat Marlene so nie gesagt.« Pam schob sich die Haare aus dem Nacken, um eine kühlende Brise abzufangen.

»Hätte sie aber können«, behauptete Nancy.

»Ich habe mal eine Folge von *Dateline* gesehen, in der eine Frau ihren Mann hat umbringen lassen, um seine Lebensversicherung zu kassieren«, berichtete Shalisa.

»Ja, und sie wurde erwischt. Deshalb kam das ja überhaupt nur bei *Dateline.*« Pam versuchte, sich mit einem Zipfel ihres T-Shirts den Schweiß vom Dekolleté zu wischen.

»Zu dumm, dass wir ein automatisches Garagentor haben«, stellte Nancy fest.

Kichernd nippten die drei Frauen an ihrem Wein.

Plötzlich fiel Pam wieder ein, was ihr seit Daves Trauerfeier nicht mehr ganz aus dem Kopf gegangen war. »Sag mal,

Shalisa, denkst du ernsthaft, dass Andre eine Affäre haben könnte?«

Shalisa winkte ab. »Nö. Dazu fehlt ihm der Antrieb. Aber vor einer Weile ist mir dieser Gedanke gekommen, und da fiel mir auf, dass die entscheidende Frage eine ganz andere ist: Würde es mir etwas ausmachen? Und auch hier lautet die Antwort: Nein. Würde es nicht.« Achselzuckend nahm sie den nächsten Schluck.

»Tatsächlich nicht?«, hakte Nancy nach.

»Absolut nicht. Ich habe beschlossen, dass er tun und lassen kann, was er will. Ich bin mit ihm fertig.«

Wieder musste Pam daran denken, wie Shalisa am Samstag hier an diesem Tisch gesessen und ihren Mann mit Blicken durchbohrt hatte, während sie ihre Schokomousse-Käsetorte aß. Und Andre hatte in seiner Ahnungslosigkeit nicht einmal hingesehen. Pam hatte genügend Episoden von *Oprah* und *Dr. Phil* gesehen, um zu wissen, dass es oft nicht ein großes, dramatisches Ereignis war, das einer Ehe den Todesstoß versetzte, sondern vielmehr eine Anhäufung vieler Kleinigkeiten. Sie sollte es wissen. Bei Gott, sie hatten alle eine Menge solcher Kleinigkeiten auf dem Buckel. »Ich könnte nicht einmal den Gedanken ertragen, dass Hank mich neben allem anderen auch noch betrügt. Das tut mir leid, Shalisa. Ich wusste nicht, dass es so schlimm um euch steht.«

Shalisa seufzte. »Das ist es ja gerade, Pam. Es ist nicht wirklich schlimm. Aber will ich das? Will ich mit meinen dreiundsechzig Jahren ein Leben führen, das ›nicht wirklich schlimm‹ ist? Ich kann mich nicht mehr daran erinnern, wann Andre und ich das letzte Mal zusammen Spaß hatten. Oder auch nur ein gutes Gespräch geführt haben. Eines, bei dem es nicht nur darum ging, wer den Müll rausbringen soll. Oder ob ich heute beim Yoga war und warum ich eigentlich nie das

Peloton Bike benutze, das er unbedingt kaufen musste, obwohl wir es uns gar nicht leisten können. Wenn ich das noch einmal von ihm höre: ›Wer rastet, der rostet, Shalisa.‹« Angewidert schüttelte sie den Kopf. »Sex hatten wir auch seit Ewigkeiten keinen mehr. Ein Jahr vielleicht? Ist nicht mehr wichtig genug, um es sich zu merken.«

Pam wusste noch genau, was sie gedacht hatte, als es bei Hank und ihr das letzte Mal zur Sache gegangen war: *Hätte er damit nicht anfangen können,* bevor *ich das Bett gemacht habe?* Abgesehen von diesem einen Mal herrschte auch bei ihnen schon lange Flaute. Bei der Trauerfeier hatte er den Arm um sie gelegt, als sie mit Padma sprach. Das hatte irgendwie gekribbelt. Sogar recht angenehm. Wenn sie das nicht mitrechnete – wann hatte er sie eigentlich das letzte Mal bewusst berührt? Früher hatte sie oft die Hand nach ihm ausgestreckt, wenn sie im Bett lagen, einfach so. Schulter, Brust, Hüfte, es war egal, wo sie landete. Bloß um ihn zu spüren. Dann hatte er seine große Hand auf ihre kleine gelegt und sie gedrückt. Und sie dann nach unten geschoben. Wenn es witzig gemeint war, hatten sie darüber gelacht, er hatte sie in den Arm genommen, und sie hatten Liebe gemacht. Schöne, warme, vertraute, befriedigende Liebe. Doch wann war das zuletzt vorgekommen? Es musste mindestens ein Jahr her sein. Vielleicht sogar zwei. Ein erdrückendes Verlustgefühl packte sie. Pam verdrängte es schnell und leerte ihr Glas. »Hast du dir mal überlegt, Andre einfach zu verlassen?«

»Und dann? Ein Kellerapartment und eine Monatskarte für den Bus? Wir schaffen es ja kaum mit unserem doppelten Einkommen. Hätte er unsere Ersparnisse nicht verloren, wäre alles okay gewesen, aber jetzt … mit den ganzen Hypotheken …«

Pam verstand das nur zu gut. Wenigstens hatte Shalisa keine Kinder, an die sie denken musste. Natürlich war ihre eigene Tochter bereits erwachsen und selbst verheiratet, aber wenn sie Hank verließ, zerstörte sie damit offiziell ihre Familie, und das wollte sie Claire nicht antun.

Shalisa nahm drei von ihren Zöpfchen, wickelte sie sich um die Finger und ließ sie wieder fallen. Mit einem schweren Seufzer gestand sie: »Ja, ich denke darüber nach, Andre zu verlassen. Ständig. Aber ich weiß einfach nicht, wie. Wenn er einen Unfall hätte, so wie Dave, das wäre ein Ausweg. Und wenn ich am Ende eine Million auf meinem Konto hätte, hätte ich wenigstens noch etwas von dieser Ehe gehabt.« Sie trank einen Schluck. »Und wie sieht es bei euch aus? Behauptet jetzt bloß nicht, ihr wärt mit Hank und Larry glücklich.«

Nancy zog sich die Brille mit dem dunklen Rahmen von der Nase und schien ihre Gedanken zu ordnen, während sie mit dem Saum ihres T-Shirts die Gläser putzte. Dann holte sie tief Luft und sagte: »Ich bin mit Larry nicht mehr glücklich, seit Paul uns erzählt hat, dass er mit jemandem zusammen ist, und Larry wortlos aufgestanden und weggegangen ist.«

Pam schnappte entsetzt nach Luft, Shalisa schrie leise auf. Nancy fuhr fort: »Paul hat sich verliebt, und ich habe seinen Partner noch nie zu uns einladen dürfen. Mein Sohn tritt in seine nächste Lebensphase ein, und Larry hat uns einfach davon abgeschnitten. Estuardo ist Anwalt, er kommt aus einer wirklich netten Familie. Paul sagt, er habe einen ganz ähnlichen Humor wie Larry, aber Larry will ihn nicht kennenlernen. Es sei eine Sache, die Tatsache zu akzeptieren, dass Paul schwul sei, sagt er, aber eine ganz andere, ihn mit einem Mann zusammen zu sehen. Ist das zu fassen? Als wären wir noch im finstersten Mittelalter.«

Sie setzte ihre Brille wieder auf und sah Pam und Shalisa offen an. »Also wenn ich irgendeine Möglichkeit sähe, würde ich diese Ehe sofort beenden. Ihr könnt euch nicht vorstellen, wie das ist – wenn du nur heimlich Kontakt zum eigenen Sohn haben kannst. Ich habe gehofft, dass Larry irgendwann zu Verstand kommt, aber das ist nicht passiert. Ganz und gar nicht. Paul war bei der Trauerfeier. Habt ihr ihn gesehen? Er wollte so Daves Töchtern Trost spenden, und aus Respekt gegenüber Larry hat er Estuardo gar nicht erst mitgenommen. Aber das hat auch nicht geholfen, Larry hat ihn einfach ignoriert. Es ist nicht schön, das zu sagen, aber in diesem Moment habe ich mir gewünscht, Larry wäre von diesem Garagentor zerquetscht worden. Und da wusste ich noch nicht einmal etwas von dieser Versicherung.«

Pam dachte daran, dass Larry nach Bier immer furzte, aber auch an seine warmen Augen mit den langen Wimpern. Jetzt hätte sie ihm jedoch am liebsten eine reingehauen. Warum nur hatte sie nichts von dem Kummer einer ihrer engsten Freundinnen bemerkt? »Das tut mir so leid, Nancy. Du hast nie etwas gesagt …«

Nancy wischte sich die Tränen ab. »Ich habe mich so sehr für Larry geschämt, dass ich nicht darüber sprechen konnte. Und tief in meinem Inneren habe ich immer gedacht, er würde zur Vernunft kommen, weil er auch möchte, dass Paul glücklich ist. Sollte das nicht der Wunsch aller Eltern sein? Aber diese Hoffnung habe ich inzwischen begraben. Ich werde meinen Sohn nicht aufgeben. Wenn ich jemanden aufgebe, dann Larry.« Starr sah sie Pam ins Gesicht. »Und wenn ich danach eine Million in der Tasche habe, werde ich kein einziges Mal zurückblicken.«

Shalisa beugte sich zu ihr und strich ihr über die Hand. »Wie schrecklich, dass du das ertragen musstest. Du hättest doch jederzeit zu uns kommen können.«

»Ich weiß.« Nancy drückte kurz Shalisas Hand, dann schob sie ihren Stuhl zurück, beugte sich zu Elmer hinunter, um ihm den Bauch zu streicheln, schob die Terrassentür auf und verschwand in der Küche. Sie hörten, wie sie sich die Nase putzte und anschließend den Kühlschrank öffnete.

Shalisa schenkte ihnen nach, was die Flasche noch hergab. »Wenn wir schon so offen und ehrlich sind … was ist mit dir, Pam? Du hast neulich keine zwei Worte mit Hank gewechselt. Früher hattet ihr so viel Spaß zusammen, und jetzt redest du kaum noch mit ihm. Wäre dein Leben ohne ihn nicht besser?«

Pam starrte auf ihre Hortensienbüsche und stellte dabei fest, dass sie beim Aufräumen nach ihrem Grillabend einen Bierverschluss übersehen hatte. Das war jetzt wie lange her? Kaum mehr als eine Woche. Und doch schien eine Ewigkeit vergangen zu sein, seit sie an jenem schwül-warmen Abend hier gesessen hatten. Nun war Dave tot, Marlene fieberte ihrem Umzug entgegen, und Pam hatte gerade herausgefunden, dass ihre besten Freundinnen direkt vor ihrer Nase jede Menge Geheimnisse gehütet hatten.

Marlene und Shalisa kannten einander am längsten, sie waren schon mit Dave und Andre zusammen zur Highschool gegangen. Und als sie dann alle über den Sport ihrer Kinder zusammengefunden hatten, war auch das kinderlose Paar Andre und Shalisa irgendwie immer dabei gewesen bei den Spielen und Grillpartys.

Da Andre auf dem College Fußball gespielt hatte, war er sogar eine Zeit lang zum Trainer geworden. Schnell wurden die vier Paare zu einer eingeschworenen Truppe. Pam hatte mit diesen Frauen mehr Zeit verbracht als mit irgendjemandem sonst. Worüber hatten sie während der unzähligen Stunden eigentlich gesprochen? Über Kochrezepte und die Royals natürlich, außerdem hatten sie ausführlich diskutiert, ob es so etwas wie Karma überhaupt geben konnte, wenn die schreckliche Sabrina Cuomo und ihr Schleimbeutel von einem Ehemann so unglaublich reich werden konnten, während sie selbst alles verloren hatten? Hautpflege und Gesichtsenthaarung waren ebenfalls Thema gewesen; nach langer Zeit hatte Nancy sie irgendwann davon überzeugen können, dass ihnen keine Bärte wachsen würden, wenn sie den Flaum auf den Wangen einfach abrasierten.

Und immer wieder hatten sie sich gegenseitig ihr Leid geklagt, wenn es um ihre Männer ging: Hank, der seine abgelegte Kleidung im Bad herumliegen ließ, sodass es aussah, als hätte er sich einfach in Luft aufgelöst und nur die Klamotten wären zurückgeblieben. Andre, der jeden benutzten Teller ewig in der Spüle einweichte, auch wenn nur ein paar Toastkrümel daran hafteten. Und der Luftstrom aus Larrys neuem CPAP-Gerät für seine Schlafapnoe erschien ihr immer geräuschvoller, sodass Nancy eines Nachts aufwachte und dachte, sie hätte den Staubsauger nicht ausgeschaltet. Manchmal wurden sie auch persönlicher und tauschten sich über Sexstellungen aus, die mit arthritischen Knien noch möglich waren – und auch über den steten Tätigkeitsschwund auf diesem Gebiet. Nun aber kam es Pam so vor, als hätten sie eigentlich nie wirklich miteinander geredet.

Nancy brachte die nächste Weinflasche, eisgekühlt.

Während Pam ihr dabei zusah, wie sie nachschenkte, erklärte sie: »Wenn ich ihn ansehe, ist da nichts mehr von meinem Hank in ihm. Der Verlust des Geldes hat ihn verändert. Er hat aufgegeben. Er hat unsere Pläne für die Rente aufgegeben, und er hat mich aufgegeben.« Sie trank einen Schluck; erfrischend und kalt glitt der Wein über ihre Zunge. »In den letzten Jahren stelle ich mir morgens beim Aufwachen immer dieselbe Frage: Wie wäre ein Leben ohne Hank? Obwohl ich das ja eigentlich schon habe. Um die Frage gleich auch zu beantworten: Es wäre besser ohne ihn. Ich würde ihn keinen Moment lang vermissen.« Sie strich mit den Fingerspitzen über den Fuß ihres Glases.

Eine Weile saßen die Frauen stumm zusammen. Nur eine zuschlagende Autotür drüben bei den Nachbarn und Elmers leises Schnarchen störten die Stille.

Schließlich brach Nancy das Schweigen, indem sie leise fragte: »Warum sie also nicht loswerden?«

Pam fuhr so heftig zusammen, dass ihr Wein überschwappte. Einige Tropfen ergossen sich auf die Tischplatte. Unsicher sah sie zu Shalisa hinüber, die Nancy mit schräg gelegtem Kopf musterte. Dann hakte sie vorsichtig bei Nancy nach: »Was hast du gesagt?«

Nancy richtete sich auf. »Ich sagte: ›Warum sie also nicht loswerden?‹ Denkt nur einmal darüber nach. Keine von uns ist in ihrer Ehe noch glücklich. Das galt auch für Marlene, und jetzt, da Dave tot ist … seht sie euch an. Sie hat ja regelrecht gestrahlt. Das könnte uns auch so gehen.«

Vollkommen fassungslos starrte Pam Nancy an. Dann lehnte sie sich mit einem spöttischen Schnauben in ihrem Stuhl zurück. »Echt witzig. Beinahe hätte ich es dir abgekauft.« Lächelnd schüttelte sie den Kopf.

Nancy aber beugte sich mit Nachdruck vor. »Nein, Pam, ich meine es ernst.« Ihre Augen flackerten, als würde sie im Geiste schon die Kugeln am Rechenschieber bedienen. »Überleg mal: Warum eigentlich nicht? Wir wollen doch alle aus unseren Ehen raus.« Mit einem Ruck wandte sie sich Shalisa zu. »Oder möchtest du noch länger mit Andre verheiratet sein?«

Fast schon zu schnell schüttelte Shalisa den Kopf.

Nun drehte sich Nancy wieder zu Pam um. »Und möchtest du noch länger mit Hank verheiratet sein?«

Pam blinzelte. Und blinzelte noch einmal. Sie versuchte,

etwas zu sagen, aber die Worte wollten ihr einfach nicht über die Lippen kommen.

Entschlossen legte Nancy ihr die Hand auf den Unterarm. »Versteht ihr denn nicht? Das ist unser Ausweg! Wir töten Hank, Andre und Larry, bekommen das Geld aus den Versicherungen und können dieses beschissene Leben hinter uns lassen.« Wieder wandte sie sich an Shalisa. »Habe ich nicht recht?«

Nun war Shalisa diejenige, die vollkommen fassungslos war. Ihr Kopf bewegte sich zwar, aber Pam konnte nicht sagen, ob sie ihn nun abwehrend schüttelte, nickte oder vielleicht einfach einen Schlaganfall hatte. Nur mit Mühe konnte sie den Blick von ihr abwenden und sich wieder auf Nancy konzentrieren. »Wie viel hast du schon intus?« Prüfend hielt Pam die Weinflasche gegen das Licht; vielleicht ließen sich darin ja auch die Reste halb aufgelöster Halluzinogene entdecken. Anders konnte sie sich Nancys Worte einfach nicht erklären.

Nancy aber nahm ihr die Flasche aus der Hand und stellte sie beiseite. »Ich bin absolut nüchtern. Na ja, vielleicht nicht ganz absolut. Aber ich sehe alles klar. So klar habe ich seit Jahren nicht mehr gesehen.« Ihr Blick wanderte zwischen ihren Freundinnen hin und her, dann fügte sie hinzu: »Ich denke, wir sollten es tun.«

Pam hob die Hände und sagte beschwichtigend: »Jetzt mal langsam, wir sollten einen Gang zurückschalten. Wir haben uns über unsere Ehen ausgetauscht, und ja, sie sind nicht perfekt, aber wir wollen uns deshalb nicht gleich in Verrücktheiten versteigen, nicht wahr?« Sie zog fragend die Brauen hoch und nickte gleichzeitig nachdrücklich, in der Hoffnung, dass Nancy ihr zustimmen würde. Die allerdings schien ganz in Gedanken versunken zu sein. Als Pam zu Shalisa hinübersah, deutete die ein knappes Nicken an, das allerdings eher so aussah, als wäre sie für sich zu einer Entscheidung gelangt.

Pam sprach sie direkt an: »Würdest du mir hier mal helfen?« Dabei deutete sie mit dem Kinn auf Nancy.

Shalisa sagte knapp: »Bin dabei.«

Pam ließ sich in ihren Stuhl zurücksinken und schlug die Hände vor das Gesicht. »Was höre ich da? Habt ihr zwei Haschkekse gefuttert, bevor ihr hergekommen seid? Was ist denn hier bitte schön los?« Empört beugte sie sich vor, stemmte die Ellbogen auf den Tisch, schloss die Augen und massierte sich die Schläfen.

Nancy antwortete: »Du hast es doch selbst gesagt, Pam. Hank würde dir keinen Moment lang fehlen. Uns fällt mit Sicherheit eine Möglichkeit ein, alle drei loszuwerden. Dein Leben wäre besser ohne ihn, das hast du selbst gesagt.«

Pam ließ die Hände sinken und warf ihr einen bösen Blick zu. »Das mag ich ja gesagt haben, aber ich werde ganz bestimmt nichts dergleichen tun. Er ist immer noch Claires Vater.«

»Wann hast du Claire das letzte Mal gesehen?«, bohrte Shalisa weiter.

Das versetzte Pam einen schmerzhaften Stich. Es war nun drei Jahre her, dass ihre Tochter ihren Freund Dylan geheiratet und sie die Frischvermählten am Flughafen an sich gedrückt hatte, bevor sie ans andere Ende der Welt gezogen waren, nach Neuseeland. Da Claire immer viel zu tun hatte und sie die verschiedenen Zeitzonen berücksichtigen mussten, schafften sie es nur selten, wirklich miteinander zu reden. Jedes Mal, wenn Pam ein Lotterielos kaufte, hoffte sie, der Gewinn möge für ein Flugticket nach Neuseeland reichen. Es musste gar nicht der Hauptgewinn sein, nur genug, damit sie ihr einziges Kind mal wieder in die Arme schließen konnte.

Nun tippte Shalisa mit den Fingernägeln auf den Tisch und sah Pam durchdringend an. »Mit einer Million könntest du nach Neuseeland fliegen, wann immer du willst. Du könntest sogar deinen miesen Job hier kündigen und dorthin auswandern.«

Vorsichtig blickte Pam zwischen ihren beiden ältesten Freundinnen hin und her. Sie kniff die Augen zusammen. »Ihr wollt doch nicht ernsthaft vorschlagen, dass wir unsere Ehemänner umbringen, um ihre Lebensversicherungen zu kassieren.«

Gelassen stellte Nancy fest: »Einen anderen Rentenplan haben wir ja wohl nicht.«

Pam starrte auf das Kondenswasser, das in feinen Tröpfchen an ihrem Glas hinunterglitt. Ein Leben ohne ihren Mann klang verlockend, das musste sie zugeben. Aber das konnte sie Hank doch nicht antun. Oder?

KAPITEL 6

DAFÜR HAT MAN FREUNDE

Am nächsten Morgen saß Pam um 9 Uhr hinter dem Steuer ihres Vans und versuchte, mithilfe der Klimaanlage ihre linke Achsel zu trocknen, während Nancy Marlene dabei half, ihr Handgepäckköfferchen im Kofferraum zu verstauen. Anschließend setzte sie sich zu Shalisa auf die Rückbank, und Marlene riss die Beifahrertür auf, nur um dann abrupt innezuhalten.

Verwirrt sah Pam sie an. »Was ist los? Hast du etwas vergessen?«

Wie erstarrt stand Marlene da.

»Was ist denn nun?«, bohrte Pam weiter.

»Als ich das letzte Mal in diesem Wagen saß, hatte ich gerade erfahren, dass Dave gestorben war.« Marlenes Gesicht verzog sich.

Verfluchte Scheiße! Pam hatte genau gesehen, wie stur Marlene geradeaus geblickt hatte, als sie die Haustür hinter sich abschloss, was für einen weiten Bogen sie um den verblassten Fleck gemacht hatte, der von Daves Blut zurückgeblieben war. Aber sie hätte nie damit gerechnet, dass ausgerechnet ihr Van der Auslöser für einen Zusammenbruch der fröhlichen Witwe sein könnte. Hastig schnallte sie sich ab, sprang aus dem Wagen und lief zu ihrer Freundin hinüber. Entschlossen drehte sie Marlene so, dass sie mit dem Rücken zur Garage stand. Nancy und Shalisa stiegen ebenfalls aus, sodass sich nun alle vier im strahlenden Sonnenschein umarmten.

Marlene schluchzte. »Tut mir leid.«

Beruhigend strich Shalisa über ihren Rücken. »Das ist in Ordnung, Marlene. Manchmal trifft einen die Trauer wie ein Tsunami. Dein Haus aufzugeben, ist mit vielen Gefühlen verbunden, da darfst du ruhig traurig sein.«

»Shalisa sagt es, das ist vollkommen okay«, bekräftigte auch Nancy, warf über Marlenes Schulter hinweg unauffällig einen Blick auf ihre Armbanduhr und raunte Pam zu: »Wir werden unseren Termin verpassen.«

Mit einem bösen Blick zischte Pam: »Echt jetzt? Wann hättest du dir je Gedanken um Pünktlichkeit gemacht?«

Nancy blieb hart. »Es war nicht leicht, auf den letzten Drücker vier zusammenhängende Plätze zu bekommen. Ich musste die Witwenkarte ausspielen.« Sie deutete mit dem Kinn auf Marlene.

Als sie sich am Vortag auf Pams Terrasse voneinander verabschiedet hatten, hatte Shalisas Blick nach der Umarmung Marlenes Sandalen gestreift. Entsetzt hatte sie aufgeschrien: »So kannst du aber nicht nach Boca Raton fliegen. Mit diesen Füßen wirst du dort niemals Freunde finden!«

Und natürlich hatte Shalisa buchstäblich den Nagel auf den Kopf getroffen. Auf keinen Fall konnte Marlene mit wuchernder Nagelhaut und rissigen Fersen in ihr neues Leben starten. Also hatten sie beschlossen, auf dem Weg zum Flughafen noch einen Notfalltermin bei der Pediküre einzulegen. Deshalb fuhr Pam nun, nachdem sie Marlene in den Van gelotst hatten – auf die Rückbank, um das Trauma zu lindern –, an der Bucht entlang zum nahe gelegenen Einkaufszentrum. Ein Lächeln huschte über ihr Gesicht, als Shalisa sich zwischen den Sitzen hindurch nach vorn beugte und die Lautstärke am Radio aufdrehte, bis Pam die Bässe an ihrem Hinterteil spürte. Nicht ganz so kräftig wie früher, aber es war ein Anfang.

Das Nagelstudio gehörte nicht zur schickeren Sorte, war aber praktisch gelegen. Davor waren sie hier Stammkundinnen gewesen; damals hatten sie es sich noch leisten können, andere für Schönheitsdienste zu bezahlen.

Nancy, jetzt auf dem Beifahrersitz, bat: »Können wir noch kurz bei mir vorbeifahren? Ich habe den Rabattcoupon vergessen.«

Mit einem gereizten Blick erwiderte Pam: »Vor zwei Minuten hattest du noch Angst, wir könnten zu spät kommen. Hast du denn überhaupt kein Zeitgefühl? Marlene muss ihren Flieger erwischen.«

»Mein Haus ist keine drei Minuten von hier entfernt. Und damit kriegen wir es zehn Prozent billiger.«

»Wie viel macht das? Drei Dollar? Diese drei Dollar werden wir wohl auch noch haben.«

Nun schaltete sich Marlene von der Rückbank aus ein: »Die Pediküre geht auf mich. Das ist das Mindeste, da ich doch jetzt reich bin.« Sie lachte. »Ihr könnt mich ja dann einladen, wenn eure Männer tot sind.«

Pam musste nicht in den Rückspiegel schauen, um zu wissen, welche Art von Blick Nancy und Shalisa ihr nun zuwarfen. Einige Minuten später sah sie ihre Freundinnen in dem großen Spiegel an der gegenüberliegenden Wand des Nagelstudios. Sie saßen nebeneinander in vibrierenden Massagesesseln, während ihre Füße in warmem Seifenwasser eingeweicht waren. Im hinteren Teil des Ladens standen vier Nagelspezialistinnen zusammen und redeten lebhaft miteinander.

Shalisa flüsterte: »Worüber die wohl sprechen?«

Pam antwortete: »Bestimmt spielen sie Schnick Schnack Schnuck, um zu entscheiden, wer Marlene übernimmt.«

Die warf lachend den Kopf zurück. »Ist doch nicht meine Schuld, dass ich Ballenzehen habe. Das liegt an den vielen Ballettstunden während meiner Kindheit.« Sie drückte Pams Hand. »Ihr werdet mir fehlen.«

Pam erwiderte den Druck. »Du bist doch nur zwei Tage weg.«

»Ich weiß. Nach meinem Umzug, meinte ich. Wenn es endgültig ist.«

Wieder drückte Pam ihre Hand. »Uns bleibt immer noch Zoom. Und wir werden dich besuchen. Freundinnen für immer.«

Marlene drückte an den Knöpfen herum, bis ihre Wangen anfingen zu beben, weil sich die Massagerollen ihren Nacken hinaufbewegten. »Weißt du, eigentlich habe ich immer gedacht, du würdest die Erste sein, Pam.«

Nancy stimmte zu. »Ich auch.«

Der Spiegel verriet Pam, dass auch Shalisa bestätigend nickte.

»Was wollt ihr mir damit sagen? Ihr dachtet also alle, dass Hank als Erster sterben würde. Gott, das ist aber wirklich nicht nett.«

Marlene erklärte: »Ich mein ja nur, du bist sonst auch immer die Vorreiterin: die Erste, die sich für den Jahrmarkt einträgt, die Geschenke für die Trainer besorgt, die ihren gesamten Frozen Cookie Dough verkauft hat. Da dachte ich eben, bei der Witwenschaft würdest du ebenfalls zur Vorreiterin werden. Dass ich die Erste sein könnte, darauf wäre ich niemals gekommen. Ehrlich gesagt, dachte ich immer, wir würden auch das gemeinsam angehen, keine Ahnung, warum. Offensichtlich habe ich da nicht sehr logisch gedacht. Aber wenn ich mir meine richtig alten Tage ausgemalt habe, war das immer zusammen mit euch. Nie mit Dave. Ist das merkwürdig?«

Das fand Nancy nicht. »Nö, das geht mir auch so. Wahrscheinlich liegt das einfach daran, dass Frauen ihre Ehemänner meistens überleben, das wissen wir doch alle. Kein bisschen merkwürdig. Es gibt eine Studie, laut der Witwen zu den glücklichsten Menschen überhaupt gehören. Meiner Meinung nach liegt das daran, dass sie ihre Kinder bekommen und ihre Familien gemanagt haben, und wenn die Kinder dann erwachsen und die Ehemänner weg sind, können die Frauen endlich machen, wonach ihnen der Sinn steht.«

Shalisa seufzte schwer. »Na ja, da Andre und ich keine Kinder haben, habe ich ihn eigentlich immer nur gebraucht, um den Weihnachtsbaum aufzustellen. Und nachdem Nancy letztes Jahr im Ausverkauf einen künstlichen für mich gefunden hat, brauche ich ihn jetzt überhaupt nicht mehr.«

Pam riss die Augen auf. »Das ist aber sehr gemein, Shalisa!«

Marlenes Handy klingelte, und sie ging dran. Es fielen Begriffe wie Besichtigungstermine und Vertragsschluss.

Shalisa beugte sich zu Pam hinüber und flüsterte: »Du kannst davon halten, was du willst, Pam, ich spreche nur aus, was du selbst auch denkst. Wir brauchen unsere Ehemänner nicht. Nancy und du, ihr habt eure Kinder bekommen. Sex haben wir alle sowieso keinen mehr. Finanziell sind sie uns auch keine Hilfe. Spaß kann man mit ihnen auch nicht mehr haben. Was sind sie schon, verdammt? Ein schlaffer Sack auf dem Sofa und ein Maul, das es zu stopfen gilt. Als Witwe wäre ich glücklicher. Und reich.« Sie lehnte sich wieder zurück.

Pam war erleichtert, als Marlene das Telefonat beendete.

Nancy nahm den Faden wieder auf: »Vermutlich gehen die meisten Frauen davon aus, dass sie irgendwann Witwe werden. Es kommt eben nur darauf an, wann. Manche sind einfach früher dran als andere.«

»Tja, ich habe gerade eine Wohnung mit vier Schlafzimmern gekauft, also hoffe ich, dass ihr zur früheren Sorte gehört.« Marlene verschluckte sich beim Lachen und klopfte sich auf die Brust.

»Ich ebenfalls«, pflichtete Shalisa ihr bei.

»Dann sind wir schon zu dritt«, meinte Nancy.

Da sie weder Nancy noch Shalisa ansehen wollte, konzentrierte sich Pam angestrengt auf die Nagelspezialistinnen, die nun zu ihrer großen Erleichterung ihre Diskussionsrunde auflösten und auf sie zusteuerten. »Da kommen sie. Mal sehen, wer verloren hat und Marlene abkriegt.«

*

»Bon voyage!«, rief Pam quer durch den Abflugbereich.

»Such dir Freunde, aber keine besseren als uns!«, ergänzte Nancy.

»Mit den frisch pedikürten Füßen hat sie wenigstens eine Chance«, raunte Shalisa und warf Marlene eine Kusshand zu. »Bis bald!«

Lächelnd beobachteten sie, wie Marlene ihnen noch einmal zuwinkte, sich umdrehte und mit ihrem Köfferchen Richtung Gate verschwand.

Nancy blickte der Freundin hinterher. »Ich sag's euch: Das könnten wir sein.«

»Als ob ich das nicht wüsste«, seufzte Shalisa.

Pam aber schüttelte entschieden den Kopf. »Ich nicht. Ich werde nie wieder Caprihosen tragen, die sind nur etwas für alte Schachteln. Und das werde ich Marlene beim nächsten Mal auch sagen.«

Nancy grinste: »Das wird sie sicher zu schätzen wissen.«

»Dafür hat man Freunde«, befand Pam. »In den Zwanzigern verhindert man, dass die anderen mit K.-o.-Tropfen ausgeschaltet werden, in den Sechzigern sagt man einander, wenn eine zur alten Schachtel mutiert und wann es mal wieder Zeit wird, die Kinnhaare auszureißen.«

Entschlossen baute sich Nancy vor Pam und Shalisa auf. »Ich meinte damit: Das könnten wir sein, die nach Boca Raton ziehen.«

»Nicht das schon wieder. Ich weiß genau, was du gemeint hast.« Pam wandte sich Richtung Ausgang; sie brauchte frische Luft. Trotzdem blieb sie noch einmal stehen, sah sich wachsam um und raunte ihren Freundinnen zu: »Ich würde auch gerne nach Boca Raton ziehen, aber ich habe es euch bereits gesagt: Ich werde meinen Mann nicht umbringen.« Sie warf beiden Frauen einen scharfen Blick zu, um die Botschaft zu verdeutlichen.

Nancy nickte und bohrte dann ihren Zeigefinger in Pams Brust. »Ich sage dir was, Pam, wir machen einen Deal. Du fährst jetzt nach Hause, und heute Abend siehst du dir Hank mal ganz genau an. Wenn du uns morgen etwas nennen kannst, wodurch er auch nur einen Funken Freude in dein Leben bringt – eine einzige Sache nur –, dann vergessen wir das Ganze. Dann werden wir nie wieder ein Wort darüber verlieren, das schwöre ich. Oder, Shalisa?«

Die kniff die Augen zusammen. »Na ja, nie wieder ist vielleicht …«

»Shalisa!«

»Okay, okay. Dann werden wir nie wieder ein Wort darüber verlieren.«

Nancy streckte den Arm aus, die offene Handfläche Richtung Boden. Shalisa legte ihre Hand darauf. Pam sah die beiden gereizt an, dann legte sie seufzend ihre Hand auf Shalisas.

»Na schön. Deal.«

*

Pam zog die Kühlschranktür auf und schauderte kurz, als ihr die kalte Luft entgegenschlug. Elmer kam in die Küche getappt und schaute zu ihr hoch.

»Wie war dein Tag?«, fragte sie ihn, während er sich mitten auf der Türschwelle niederließ.

Dass ihr Hund dem Essen gegenüber so vollkommen gleichgültig war, liebte Pam besonders an ihm. Selbst wenn sie ein halbes Schinkensandwich auf dem Couchtisch liegen ließ, schlenderte er nur vorbei, schnüffelte kurz daran und ging weiter. Wurden ihm auf Spaziergängen von Fremden Leckerli angeboten, war es ihr fast schon peinlich, da er diese zwar geziert annahm, sie dann aber nur kurz im Maul herumschob und wieder herausfallen ließ. Nun holte sie ihm ein Stück Beef Jerky – sie wusste, dass er das mochte –, das er ihr sanft aus den Fingern zog und dann sorgfältig kaute. Pam kehrte zum Kühlschrank zurück.

Nach Daves Beerdigung vor zwei Tagen war sie noch hungrig gewesen, hatte aber keine Lust gehabt, zu kochen, also hatte sie sich ausnahmsweise mal etwas gegönnt und sich Essen liefern lassen. Scheiß auf Hanks Budgetplan. Für ihn hatte sie Hähnchencurry bestellt und für sich selbst Pad Thai, ihr erklärtes Lieblingsgericht. Auch das gehörte zu den Dingen, die sie vermisste, seit sie arm waren – denn genau so schätzte sie ihre Lage ein, alles andere wäre Wortklauberei. Sie vermisste es, andere für sich kochen zu lassen.

Hank und sie waren nie reich gewesen, aber doch auf dem Weg in einen angenehmen Ruhestand, als Hank plötzlich gierig geworden war. Zumindest sah Pam es so, auch da gab es keinen Grund zur Wortklauberei. Pam wusste, dass Hank das nicht gewollt hatte. Er war sicher nicht eines Tages aufgewacht und hatte sich gesagt: »Hey, wie wäre es, wenn ich alles auf den Kopf haue, was wir für das Alter zurückgelegt haben, ohne das vorher mit meiner Frau zu besprechen? Ich werde all unser Geld, unsere Hoffnungen und Träume diesem schmierigen Kerl anvertrauen, den ich auf dem Golfplatz kennengelernt habe. Und am besten überrede ich auch noch unsere Freunde, ihm ebenfalls ihre Ersparnisse zu überlassen, dann können wir uns alle zusammen von dem Lebensstil verabschieden, den wir gewöhnt sind!« Nein, gewollt hatte er das sicher nicht. Aber es war nun einmal passiert.

Pam schob diese Gedanken beiseite. Wo war ihr Pad Thai? Sie hatte es an dem Abend nur zur Hälfte gegessen und den Rest für später in den Kühlschrank gepackt. Schon den ganzen Tag hatte sie sich darauf gefreut, es sich heute aufzuwärmen, und inzwischen war sie regelrecht ausgehungert. Fast glaubte sie schon, die knackigen Erdnüsse auf der Zunge zu schmecken. Suchend schob sie die Tupperboxen im Kühlschrank hin und her, als Hank nach Hause kam und sich zu Elmer hinunterbeugte, um ihn zu streicheln. Pam warf ihm einen kurzen Blick zu, bevor sie sich wieder dem Kühlschrank zuwandte. »Weißt du, wo mein Pad Thai ist?«

»Na, das habe ich gegessen.«

In der offenen Kühlschranktür stehend, drehte sie sich zu ihm um. »Du hast was?«

»Ich habe es gegessen.«

»Du hast mein Pad Thai aufgegessen?«

»Du warst damit fertig. Also habe ich den Rest gegessen.«

»Du hast mein Pad Thai aufgegessen?«

»Himmelherrgott noch mal, Pam, ja: Ich habe das Pad Thai aufgegessen.«

»*Mein* Pad Thai.«

»*Das* Pad Thai.«

»Hast du es etwa bestellt?«

»Na ja, nein.«

»Ganz genau. Ich habe es bestellt, für mich. Es war mein Pad Thai. Ich hatte einen Anspruch auf dieses Essen. Nur weil ich es nicht auf einen Rutsch komplett in mich reingestopft habe, heißt es nicht, dass es dadurch zum Allgemeingut wird. Dass es sich jeder, der zufällig mit einer Gabel in der Hand an diesem Kühlschrank vorbeikommt, einfach nehmen kann. Es war *mein* Pad Thai.«

»Wenn du meinst.« Hank richtete sich auf und wollte gehen, drehte sich aber noch einmal um. »Soll ich dir was verraten, Pam? Ich war nicht einmal wirklich hungrig.«

Pam musste sich am Kühlschrankgriff festhalten, um nicht umzukippen. Wortlos sah sie zu, wie Hank im Flur verschwand. Schließlich schloss sie die Kühlschranktür, nahm ihr Handy vom Küchentresen und verschickte eine Nachricht.

KAPITEL 7

WAS GETAN WERDEN MUSS

Hank saß auf einem der an der Wand aufgereihten Stühle und beobachtete durch das Schaufenster des Salons jede Bewegung auf dem Parkplatz des Einkaufszentrums. So war das jetzt immer. Egal, wohin er ging, Hank suchte nach verdächtigen Personen oder Fahrzeugen, nur für den Fall, dass Daves Mörder bereits hinter ihm her waren. In den Berichten, die er über die vermissten Angestellten gelesen hatte, war immer die Rede davon gewesen, dass die Opfer auf offener Straße verschwunden waren – wohl in geparkte Fahrzeuge gestoßen oder in offene Hauseingänge gezerrt. Und dann waren sie nie wieder gesehen worden. Zumindest nicht lebend.

Hank hatte *wie merkt man, dass man verfolgt wird* gegoogelt, glaubte aber nicht, dabei viel Nützliches gelernt zu haben. Und er wusste ja auch gar nicht, womit er es genau zu tun hatte. Da die Casinobesitzer ja dem organisierten Verbrechen angehörten, könnte die Zentrale natürlich Killer aus Mumbai geschickt haben. Oder aber Padma heuerte jemanden von hier an. Er wusste es einfach nicht. Fest stand nur, dass er sich voll und ganz darauf konzentrieren musste, nicht das nächste Opfer zu werden.

Eines ließ sich über Hank Montgomery mit Sicherheit sagen: Er gab sich nicht kampflos geschlagen. Gut, eigentlich war er noch nie an einem richtigen Kampf beteiligt gewesen.

Zumindest nicht mehr seit seinen sportlichen Aktivitäten in Kindertagen, und damals hatte er immer die nötige Schutzausrüstung getragen. Aber Hank wusste: Wenn es hart auf hart kam, würde er zurückschlagen. Allerdings wusste Hank auch, dass er klüger war als der typische Durchschnittsschläger, also würde er im Zweifelsfall erst einmal versuchen, dem Angriff auszuweichen.

Er wickelte seinen Schokoriegel aus und stopfte sich die Hälfte davon in den Mund. Und als wäre das alles noch nicht schlimm genug, kam ihm Pam jetzt auch noch mit diesem Pad Thai. Verdammtes Pad Thai! Doch sie hatte ja recht, er hätte es nicht essen sollen. Immerhin wusste er, dass es ihr Lieblingsgericht war. Ein Moment der Schwäche war das gewesen, er hatte einfach nicht nachgedacht. Im einen Moment hatte er noch mit der Gabel in der Hand vor dem Kühlschrank gestanden, im nächsten hatte er sich mit allem vollgestopft, was nicht schimmelig war. Er wusste kaum noch, wann er das letzte Mal eine anständige Mahlzeit zu sich genommen hatte, und das Gefühl der Nudeln in seinem Mund war Balsam für seine Nerven gewesen. Für seine momentan völlig überstrapazierten Nerven. Ein paar Gläser Scotch wären ihm zwar lieber gewesen, aber er musste einen klaren Kopf behalten.

Nun holte er sein Handy aus der Tasche und sah, dass seine Tochter ihm ein Foto geschickt hatte. Als er es antippte, musste er automatisch lächeln. Liebevoll strich er mit dem Daumen über Claires Fotowange. Voller Stolz hielt sie einen Fisch hoch. Was für einer es war, konnte er nicht sagen; vermutlich ein Schnapper. Ganz wie ihr alter Herr. Schon als kleines Kind hatte sie es geliebt, mit ihm auf dem Wasser zu sein. Er konnte es kaum erwarten, mit Pam und ihr in Neuseeland angeln zu gehen. Wie in alten Zeiten würde das werden. Und natürlich würde auch Claires Mann Dylan mitkommen. Er verdiente sein Geld mit Tauchtouren für Touristen, da wusste er bestimmt, wo sich die dicksten Brocken fangen ließen. Konnte es Schöneres geben?

Hank steckte das Handy weg, schob sich die restliche Schokolade in den Mund, warf die Verpackung in den Mülleimer und kaute. Wenig später ließ er dem Riegel eine Magentablette folgen und holte sich von dem zerlesenen Zeitschriftenstapel auf dem Tisch ein Anglermagazin. Wieder und wieder rollte er es zwischen seinen Händen zusammen. Normalerweise würde er sich die Wartezeit mit einem der Artikel vertreiben, aber heute schaffte er es nicht einmal, sich auf die Bilder zu konzentrieren. Sie wackelten zu sehr, weil sein Bein ständig zuckte. Sein Blick streifte den leeren Nachbarstuhl. Wie schön wäre es, dort Daves lang ausgestreckte Beine zu sehen, die Füße in den abgewetzten Stiefeln am Knöchel gekreuzt. Sie würden sich leise unterhalten, das aber sofort abbrechen, falls andere Mitarbeiter des Casinos hereinkämen. Er vermisste seinen Freund. Hank drückte die flache Hand gegen seine Brust; genau dort hatte sich ein harter Knoten gebildet, als er Dave in seiner Auffahrt gefunden hatte. War das Trauer, Furcht oder Sodbrennen? Hank wusste es nicht; er wollte einfach nur, dass es verschwand.

Endlich war Hector mit dem Teenager auf dem Frisierstuhl fertig. Schwungvoll nahm er dem Jungen den Umhang ab und schüttelte ihn aus. Sofort ließ sich Hank auf den roten Ledersitz fallen. »Nummer zwei komplett, hinten gerade. Und die Augenbrauen.«

Hank kam in diesen Laden, seit Pam und er hierhergezogen waren. Vor zehn Jahren dann hatte Hector das Geschäft übernommen. Mit einem knappen Nicken hatte er Hank beim ersten Mal auf den Stuhl beordert und ihm den Umhang mit großer Geste umgebunden; wie ein Matador, der einen Stier reizt. Sein dunkles Haar war straff zurückgekämmt gewesen, die tief liegenden Augen rabenschwarz. Dass es bei ihm nicht das übliche Friseurgeplauder gab, hatte Hank nervös gemacht. Stumm hatte er zugesehen, wie Hector seine Werkzeuge musterte, seine Wahl traf und das Rasiermesser aufschnappen ließ, während er hinter den Frisierstuhl trat. Hank hatte Gänsehaut bekommen.

Trotzdem versuchte er es mit Small Talk: »Sie sind also der neue Besitzer. Wie gefällt es Ihnen denn so?«

»Recht gut«, hatte Hector mit schwerem lateinamerikanischem Akzent geantwortet.

»Hmm.«

Vollkommen reglos hatte Hank dort gesessen und kaum zu atmen gewagt, während Hector mit der offenen Klinge über die Haut oberhalb der Ohren und hinten im Nacken fuhr. Als der Friseur schließlich neben ihn trat und den Arm hob, verirrte sich Hanks Blick unabsichtlich in den Ärmel seines Guayabera-Hemds. Er konnte nur hoffen, dass Hector entgangen war, wie er kurz nach Luft geschnappt hatte. Dicke, rote Narben zogen sich in parallelen Reihen durch das weiche Fleisch unter Hectors rechtem Arm. Es sah aus, als hätte jemand einen Rechen über seinen Körper gezogen. Oder ihm damit ein Brandmal verpasst. Als Hector die Seite wechselte, riskierte Hank noch einen vorsichtigen Blick und entdeckte an der linken Körperhälfte die gleiche Entstellung. Die Narben waren so präzise gezogen, dass Hank sich kaum ausmalen konnte, wie sie dorthin gekommen waren. Was hatte dieser Mann durchgemacht? Oder aber: Was hatte er verbrochen?

Mit einem nervösen Räuspern hatte er gefragt: »W… woher kommen Sie denn, Hector?«

»El Salvador.«

»Ach nein. Und was haben Sie dort so gemacht?«

Hector hielt kurz inne, dann antwortete er: »Was getan werden musste.«

Ihre Blicke waren sich im Spiegel begegnet. Nur mit Mühe war es Hank gelungen, ruhig sitzen zu bleiben, während es ihm eiskalt den Rücken hinunterlief. Er hatte Beschreibungen von Augen wie Hectors gelesen. Toten Augen, leeren Augen. Augen, die zu viel gesehen hatten.

Nach diesem ersten Besuch hatte Hank stets darauf geachtet, wachsam zu bleiben, wenn er ungefähr einmal im Monat in den Laden kam. So hatte er bemerkt, wie manche Kunden den Laden durch die Vordertür betraten, andere durch die Hintertür. Und obwohl Hector sehr diskret war, hatte Hank einmal eine Waffe in einer Schublade gesehen, als der Friseur nach einer anderen Schere suchte. Auf dem Weg zur Toilette hatte Hank einen kurzen Blick in das ordentliche Büro im Hinterzimmer werfen können. Dort stand ein Safe, wie man ihn in einem Juweliergeschäft erwartet hätte, was für einen Friseursalon doch etwas übertrieben war. Zumindest für einen normalen Friseursalon.

Bei seiner Arbeit im Casino sah Hank die unterschiedlichsten Menschen kommen und gehen; die Möchtegerns ebenso wie die richtig harten Kerle. Hin und wieder entdeckte er auch Hectors breite Schultern auf den Überwachungsmonitoren in seinem Büro. Er kam stets allein, sprach mit niemandem. Bewegte sich selbstbewusst durch das Casino, ohne Eile, vollkommen entspannt. Dann ging er wieder. Und jedes Mal verschwand wenig später einer der Kandidaten von der casinointernen Beobachtungsliste durch dieselbe Tür und folgte dem Herrenfriseur. Die Tatsache, dass Hector selbst nicht auf dieser Liste auftauchte, sprach Bände. Hank vermutete, dass der Friseur ganz tief in irgendetwas drinsteckte, aber so gut war, dass er sich trotzdem nicht verstecken musste. Und er hatte beschlossen, dass Hector die Art von Mann war, an die man sich wenden sollte, wenn man in Schwierigkeiten geriet.

Und nun steckte er in Schwierigkeiten.

Hanks Finger begannen zu zittern, als Hector ihm die abgeschnittenen Haare von den Schultern bürstete, den Umhang entfernte und etwas Bay-Rum-Aftershave auf der geröteten Haut in seinem Nacken verteilte. Er schluckte schwer und suchte im Spiegel Hectors Blick.

»Hector?«

Fragend zog der Friseur die Brauen hoch.

»Ich denke, ich habe einen Auftrag für dich.«

»Welche Art von Auftrag?«

»Etwas, das getan werden muss.«

Mit einem bedächtigen Nicken griff Hector nach seinem Rasiermesser, klappte es mit einer Hand zusammen und schob es in die Brusttasche seines Hemds.

Hank schluckte schwer. »Jemand versucht, mich, Larry und unseren Freund Andre umzubringen. Wir möchten, dass du diese Menschen tötest.«

Abwartend verschränkte Hector die Arme vor der Brust. »Erzähl mir mehr.«

KAPITEL 8

HILFREICHES FILMMATERIAL

Pam saß in Shalisas Einfahrt. Sie schaltete den Motor aus, und sofort stieg die Temperatur im Wagen an. Die Haare in ihrem Nacken waren schweißverklebt. Wenn sie nicht schnell die Fenster öffnete, die Klimaanlage wieder einschaltete oder wegfuhr, würde sie als sommerliche Schlagzeile enden:

> **FRAU IM RENTENALTER STIRBT AN HITZSCHLAG IM AUTO**
> Der Gestank von Pam Montgomerys Leiche wurde durch das faulige Mittagessen überlagert, das sie sich jeden Tag in einer Papiertüte mit zur Arbeit nahm, um ein paar Dollar zu sparen, denn sie war arm.

Pam blieben nur wenige Minuten für eine Entscheidung.

Nancys Kleinwagen stand nicht in der Einfahrt, was hieß, dass sie wieder einmal zu spät kommen würde. Doch dank des riesigen Wacholderbuschs, der die Sicht aus dem Wohnzimmerfenster erschwerte, hatte Shalisa sicher noch nicht bemerkt, dass Pam hier in ihrem Minivan hockte und über die Frage nachgrübelte, ob sie ihren Mann nun umbringen wollte oder nicht. Dieses wuchernde Gewächs war ein echter Schandfleck vor dem hübschen Haus. Pam wusste, dass Shalisa Andre nun schon seit Monaten damit in den Ohren lag, dass er verschwinden müsse, und doch stand der Busch noch dort.

Wieder einmal etwas, bei dem ihre Männer sie im Stich ließen.

Pam musterte ihr Gesicht im Innenspiegel. Würde sie das tatsächlich tun? Wollte sie das tatsächlich tun? Es war eine Sache, mit dem Gedanken an die Ermordung ihrer Ehemänner zu spielen, wenn sie eine Flasche teuren Champagner und zwei Flaschen billigen Pinot Grigio intus hatten. Selbst noch ihr Gespräch am Flughafen. Aber es war etwas vollkommen anderes, sich zu jemandem ins Wohnzimmer zu setzen mit dem erklärten Ziel, einen Mord zu planen. Korrektur: mehrere Morde.

Wenn sie aus diesem Wagen stieg, überschritt sie damit die letzte Grenze, dann gab es kein Zurück mehr. Sie stellte sich vor, wie sie wohl aussehen würde in orangefarbener Gefängniskluft und in Handschellen, mit unfrisiertem Haar, bei ihrem Live-Interview aus der Haftanstalt mit Keith Morrison oder vielleicht sogar mit Lesley Stahl von *60 Minutes*. Stellte sich vor, wie sie mit den anderen Gefangenen an einem Tisch saß und Gefängnisfraß von einem winzigen Tablett löffelte. Das ließ sie wieder an ihren Kühlschrank zu Hause denken und an ihr Pad Thai. Daran, wie Hank sie mit einem »wenn du meinst« abgespeist hatte und einfach gegangen war. Sie dachte an ihre Tochter, die sie nicht besuchen konnte, weil ihr das Geld dafür fehlte. Ihre Tochter, die achttausendfünfhundert Meilen und sechzehn Zeitzonen von ihr entfernt lebte. Pam nahm ihre Handtasche, öffnete die Wagentür, ging die Einfahrt hinauf und betrat Shalisas Haus.

»Ich dachte, Andre sollte den für dich wegmachen.« Sie deutete mit dem Kopf Richtung Wacholderbusch.

Shalisa verdrehte nur die Augen. »Ich habe ihm neulich ein Ultimatum gestellt, aber nach allem, was passiert ist … Du weißt schon, toter Freund und so.« Sie lächelte schwach.

»Sieht ganz so aus, als hätte er es wieder einmal aufgeschoben. Setzt man Andres übliche Reaktionszeit auf Bitten meinerseits voraus, werde ich im Rollstuhl sitzen und am Sauerstoffgerät hängen, bevor er es macht. Vielleicht sollte ich einfach einen Gärtner anheuern. Komm, wir gehen in die Küche.«

Offenbar war Shalisa bereits dabei, das Geld von der Versicherung zu verplanen. Pam lächelte. Sie würde sich als Erstes ein One-Way-Ticket nach Neuseeland kaufen. Vorher musste sie allerdings noch herausfinden, wie sie Elmer mitnehmen konnte. Vielleicht könnte sie für ihn einen zusätzlichen Platz in der Kabine buchen, oder sie gab ihn als ihren Assistenzhund aus. Okay, das dürfte schwierig werden, aber mit diesem Problem würde sie sich befassen, wenn es so weit war. Nun folgte sie Shalisa erst einmal in die Küche. Bei ihrem letzten Besuch hier hatten sie alle gemeinsam Marlene getröstet.

Heute Morgen hatte die fröhliche Witwe allerdings Bilder von ihrer neuen Wohnung geschickt und verkündet, dass sie am Abend zurück sein werde, um Daves Haus offiziell zum Verkauf anzubieten. Pam zog sich einen Stuhl heran, während Shalisa ihr Kaffee einschenkte. Sie hatten beschlossen, sich hier zu treffen, da so das Risiko eines plötzlich auftauchenden Ehemannes minimiert wurde. Andre war ganz allein in seiner Kurierdienstfiliale und musste deshalb ständig präsent sein, um Lieferungen entgegenzunehmen oder auszuhändigen, während Hank im Casino und Larry in der Bank wesentlich flexibler zu sein schienen, da sie oft auch tagsüber zu Hause erschienen, um Mittagspause zu machen oder etwas zu erledigen.

Ungeduldig sah Pam auf die Uhr. »Nancy weiß doch, dass wir uns um zwölf treffen wollten, oder? Ich muss um eins wieder im Büro sein.«

Shalisa zog vielsagend eine Braue hoch und nickte. Eine

Weile saßen sie schweigend mit ihrem Kaffee da, bis Shalisa schließlich leise fragte: »Wollen wir das wirklich tun?«

Pam fiel ein Riesenstein vom Herzen; am liebsten wäre sie ihrer Freundin um den Hals gefallen. »Nein, wollen wir nicht.« Nachdem Shalisa sich anfangs so schnell für die Idee erwärmt hatte, war es eine Erleichterung, zu sehen, dass sie wohl doch nicht voll und ganz dahinterstand. Pam nippte an ihrem Kaffee. »Wir reden doch nur darüber. Das ist ein bisschen wie dieses Murder Mystery Game, das wir zu meinem Sechzigsten gemacht haben. Wir spielen mit einer verrückten Vorstellung herum, mehr nicht. Vielleicht entwickelt sie sich ja zu einem richtigen Plot, dann machen wir ein Buch daraus. Viele Menschen tun das, weißt du? Sie erfinden sich in ihren Sechzigern noch einmal ganz neu.«

Die Haustür wurde geöffnet, und sie hörten das Klatschen von Nancys Flip-Flops im Flur. Dann setzte sie sich auch schon zu ihnen an den Tisch und fragte: »Habe ich etwas verpasst?«

Demonstrativ schaute Pam auf ihre Armbanduhr. »Wie kommst du denn an deine Zeitangaben? Mit einer Sonnenuhr?«

Doch Nancy winkte gelassen ab. »Ich musste erst meine Recherchen abschließen.«

Nun schaltete sich Shalisa ein: »Hör mal, Pam und ich haben geredet. Wir hatten da neulich ja schon ziemlich viel Wein, und wir waren alle sehr emotional, nachdem wir Marlene abgesetzt hatten. Aber wir haben das jetzt noch mal besprochen, und nur damit das ganz klar ist: Wir werden nicht wirklich etwas *tun*. Ich weiß …«

»O doch, wir werden es tun.« Nancy zog einige gefaltete Blätter aus ihrer Handtasche. »Larry hat mich gezwungen, mich zwischen ihm und meinem Sohn zu entscheiden, und ich habe meinen Sohn gewählt. Und wenn du wissen willst, welchen Stellenwert du bei Andre hast, Shalisa, solltest du dir nur einmal den Wacholderbusch vor deinem Fenster ansehen. Wie lange bittest du deinen Ehemann nun schon darum, das für dich zu erledigen?«

Shalisa verzog gequält das Gesicht.

»Ganz genau.« Nancy faltete ihre Zettel auseinander und schob sie in die Mitte des Tisches.

Ein kurzer Blick genügte Pam, um die Überschrift zu lesen: OPERATION MÄNNER.

»Willst du mich verarschen? Du hast das mit deinem Computer geschrieben? Wann? Direkt nachdem du *Wie bringe ich meinen Ehemann um* gegoogelt hattest? Selbst wenn wir verrückt genug wären, das durchzuziehen, wäre das schon mal der schlechteste Start überhaupt.« Sie tippte mit dem Zeigefinger auf die Blätter. »So betteln wir doch geradezu darum, erwischt zu werden. Das ist ja sozusagen *Lucy und Ethel planen einen Mord.*«

Nancy warf ihr einen schrägen Blick zu. »Ich bin doch nicht blöd. Das habe ich in der Bibliothek geschrieben.«

Fast zeitgleich fragte Shalisa mit verwirrter Miene: »Wer sind Lucy und Ethel?«

Ohne auf Shalisa einzugehen, presste Pam entsetzt eine Hand an die Brust. »Bei der Arbeit! Dir ist aber schon klar, dass die Ehepartner immer die ersten Verdächtigen sind, wenn jemand gewaltsam zu Tode kommt? Die Polizei wird also sehr erpicht darauf sein, uns und unsere Computer zu durchleuchten. Auch die Computer am Arbeitsplatz. Da sehen sie bei einer Morduntersuchung als Erstes nach. Schaust du denn nie Fernsehen?« Dann wandte sie sich an Shalisa: »Und wie hast du denn bitte deine Kindheit verbracht? *I Love Lucy*, du weißt schon: Lucy Ricardo und Ethel Mertz.«

Als die Erinnerung zurückkehrte, riss Shalisa kurz die Augen auf, dann verfinsterte sich ihre Miene. »Moment mal, haben die nicht immer alles …? Ooohhh.« Sie nickte bedächtig.

Pam sah sie durchdringend an. »Genau.« Nun wollte sie sich wieder Nancy vornehmen.

Die aber ordnete nur ihre Unterlagen und tippte mit dem Finger auf ihre Liste. »Erster Punkt: Lass es wie einen Unfall aussehen, dann gibt es keine Untersuchung. Das hat man ja bei Dave gesehen. Der ist bei einem skurrilen Unfall ums Leben gekommen, und Marlene hatte eine Woche später ihr Geld.« Sie verteilte ihre Merkblätter.

Wieder war Pam entsetzt. »Du hast Kopien davon gemacht? Hast du die überzähligen Exemplare vielleicht auch noch im Papierkorb der Bibliothek entsorgt?«

»Nein, habe ich nicht. Und ihr schuldet mir übrigens zwei Dollar – pro Person.«

Das war Pam zu viel. »Ernsthaft? Du stellst uns die Kopien in Rechnung?«

Wenigstens hatte Nancy den Anstand, betreten dreinzuschauen. »Na ja, ich musste schließlich dafür bezahlen. Ich will nur, dass alles fair abläuft.«

Mit einem durchdringenden Blick verschränkte Pam die Arme vor der Brust. »Bei unserem letzten Treffen habe ich uns alle zum Flughafen kutschiert, dabei habe ich wahrscheinlich für acht Dollar Sprit verfahren. Also schuldet ihr mir ebenfalls zwei Dollar. Wir sind quitt.«

Shalisa am anderen Ende des Tisches wandte den Kopf, als würde sie ein spannendes Tennismatch verfolgen, mit großen Augen und zusammengepressten Lippen.

Ergeben hob Nancy die Hand. »Okay, ich hab's begriffen. Tut mir leid. Manchmal schieße ich über das Ziel hinaus.«

Aber Pam tippte sich nur nachdenklich ans Kinn. »Und ich bin mir ziemlich sicher, dass du den Kaffee, den du auf meiner Rückbank verschüttet hast, anschließend mit meinen Feuchttüchern aufgewischt hast. Kaffee, den übrigens ich gekauft und dir nicht in Rechnung gestellt habe. Diese Feuchttücher kosten mindestens zwei Cent das Stück. Und du hast ungefähr zehn verbraucht.«

Nun kniff Nancy gereizt die Augen zusammen. »Du hast diese Kurve aber auch mit ziemlich viel Schwung genommen.«

»Was meinst du, Shalisa? Oder waren es eher zwölf?«

Entschlossen schüttelte Shalisa den Kopf. »Nö.«

»Dann sagen wir also zehn. Das macht dann zwanzig Cent.«

»Ich habe es kapiert! Ich entschuldige mich, das war extrem kleinlich von mir.«

»Aha.« Grinsend zeigte Pam mit dem Finger auf sie. »Das Wort hatte ich gesucht. Schlimm genug, wenn du bei jedem gemeinsamen Mittagessen den Taschenrechner zückst, aber das …«

Nun war es Nancy, die Pam böse Blicke zuwarf. »Okay, okay, es tut mir leid. Ich habe es übertrieben. Bei mir war das Geld in den letzten Jahren etwas knapp, falls ihr es nicht mitbekommen habt. Was soll ich noch sagen? Können wir jetzt bitte zum eigentlichen Thema zurückkehren? Ich übernehme das Kopiergeld alleine. Zufrieden?« Als Pam nickte, fuhr Nancy fort: »Also, es dürfte euch interessieren, dass ich ein paar Kurse zum Thema Cybersicherheit besucht habe. Das ist in der Bibliothek Pflicht. Deshalb habe ich öffentlich zugängliche Computer für unsere Angelegenheit benutzt, habe sämtliche Recherchen im Inkognito-Modus durchgeführt und, nur um sicherzugehen, fiktive Usernamen und Log-in-Daten verwendet. Außerdem habe ich online sowieso nichts Belastendes gesucht, sondern das meiste auf die althergebrachte Art herausgefunden.«

Auf Pams und Shalisas verständnislose Blicke hin erklärte sie: »Bücher. Ich habe es in Büchern nachgeschlagen. Keine elektronischen Spuren. Die Möglichkeiten, Menschen umzubringen, sind begrenzt, und sie haben sich in den letzten Jahren auch nicht wesentlich verändert. Also, Recherche abgeschlossen, dies sind meine Ergebnisse – auf einer Schreibmaschine getippt.« Nancy hielt einen der Zettel hoch. »Und die hier werden wir verbrennen, bevor wir heute auseinandergehen.«

Pam und Shalisa wechselten einen Blick. Fand Shalisa es auch so beunruhigend, dass Nancy offenbar mit Vollgas auf die Ausfahrt *Mord* zuraste, mit ihnen beiden auf dem Rücksitz? Es fiel Pam nicht leicht, ihre Miene zu deuten, aber für sie sah es eher so aus, als wäre ihre Freundin beeindruckt.

OPERATION MÄNNER

PLAN

1. Es muss wie ein Unfall aussehen – keine Morduntersuchung.
2. Es muss identifizierbare Leichen geben für die Versicherung.
3. Sie müssen alle zusammen sterben – drei einzelne Todesfälle wären ein zu großer Zufall.

HILFREICHES FILMMATERIAL:

1. Der Fremde im Zug, Alfred Hitchcock
   Inhalt: Zwei unzufriedene Ehemänner begegnen sich in einem Zug und kommen überein, jeweils die Frau des anderen umzubringen.

2. <u>Kill the Boss</u>, Jason Bateman
   Inhalt: Drei frustrierte Angestellte engagieren einen Profikiller, der ihnen rät, jeweils den Boss des anderen umzubringen.
3. <u>Bad Sisters</u>, Sharon Horgan
   Inhalt: Vier Schwestern planen, den schrecklichen Ehemann ihrer fünften Schwester loszuwerden. Sie versuchen es fünf Mal.

»Fünf Mal?« Pam war entsetzt. »Sie haben fünf Anläufe gebraucht?«

»Na ja, es ist eine Serie. Irgendwie mussten sie ja zehn Folgen vollkriegen. Da kann er schlecht schon beim ersten Versuch sterben, oder? Dann wäre es keine Serie, sondern ein Film.«

»Das stimmt wohl«, gab Pam zu, und Shalisa nickte.

»Es geht mir auch eher darum, wie clever diese Frauen sind. Aber ich will jetzt nicht spoilern, ihr solltet es euch ansehen. Ist wirklich gut.« Nancy schob ihre Brille zurecht. »Und am Ende hat es funktioniert.«

Pam schob den Zettel von sich. »Ich kann hier nur einen nützlichen Hinweis finden, nämlich einen Profikiller zu engagieren. Denn ehrlich gesagt wüsste ich nicht, wie wir es sonst machen sollten. Ich zumindest werde niemanden eigenhändig umbringen.« Pam hatte ihre Grenzen, und dazu gehörte eindeutig mangelnde Kraft im Oberkörper. Da sie sich dessen bewusst war, vermied sie es, schwere Dinge zu heben; und sicher gab es keine Möglichkeit, drei Männer umzubringen, ohne sie anschließend irgendwie bewegen zu müssen. Bei kaum einem Job bot sich Outsourcing also so sehr an wie bei diesem. Vor allem, da ihre werten Gatten in den letzten Jahren auch ordentlich zugelegt hatten. Fragend sah sie zu Nancy hinüber. »Meinst du, über Craigslist findet man auch Auftragsmörder?«

Das kommentierte Nancy nur mit einem müden Lächeln. Shalisa hatte inzwischen Kaffee nachgeschenkt und stellte nun einen Teller mit Chocolate Chip Cookies auf den Tisch. Jede nahm sich einen, und sie knabberten ein wenig daran herum.

Schließlich schüttelte Pam den Kopf und fragte Shalisa ganz direkt: »Sind wir uns denn überhaupt sicher, dass wir das tun wollen?« An Nancy gewandt, fügte sie hinzu: »Ich meine das nicht böse, Nancy. Mir ist klar, wie wütend du auf Larry bist, und ich kann das verstehen. Ganz ehrlich: Ich hätte nie gedacht, dass er so ein … verbohrtes Arschloch ist. Aber vielleicht schaffen wir es ja, ihn zur Vernunft zu bringen. Die Ehe mit ihm kann doch nicht so schlimm sein, dass du ihn wirklich umbringen musst, oder?«

Nancy brach ihren Keks in zwei Hälften, musterte sie einen Moment lang und antwortete dann: »Früher nicht. Selbst als ich diese Scheißwut auf Larry hatte, weil er uns finanziell vor die Wand gefahren hat, war es noch ganz okay mit ihm. Er hat die Mäuse gefangen, die Glühbirnen im Flur ausgetauscht, den Rasen gemäht und in der Einfahrt Schnee geschippt. Alles besser, als wenn ich es selbst hätte machen müssen. Aber von dem Moment an, als er Paul sagte, er wolle Estuardo nicht kennenlernen, war der Ofen aus.« In einer knappen Geste fuhr sich Nancy mit dem gestreckten Zeigefinger über die Kehle. »Von diesem Abend an waren wir nur noch eine Wohngemeinschaft, Pam. Und nicht einmal eine harmonische. Wir sehen in getrennten Räumen fern, schlafen in getrennten Betten. Unsere Mahlzeiten nehmen wir nur noch gemeinsam ein, wenn wir mit euch unterwegs sind. Wenn sich mir nun also eine neue Option bietet, will ich sie auch nutzen.«

Pam schluckte betroffen und versuchte dann bei Shalisa ihr

Glück: »Und du, willst du es wirklich tun? Dann würde es kein Zurück mehr geben.«

Auch Shalisa widmete sich zunächst ihrem Keks und nahm einen Bissen, bevor sie antwortete: »Wisst ihr, welcher Gedanke mir gerade gekommen ist?«

Pam und Nancy schüttelten den Kopf.

Nun hielt Shalisa ihren angebissenen Keks hoch. »Mir kam gerade der Gedanke, dass dies seit Monaten der erste Keks ist, den ich hier in meiner eigenen Küche esse. Vielleicht sogar seit Jahren. Backen kann ich sie nur, wenn Andre nicht da ist, und dann verstecke ich sie ganz hinten im Gefrierschrank, unter den Tiefkühlfrüchten. Wenn ich etwas Süßes möchte, während Andre im Haus ist, muss ich es heimlich nach oben ins Schlafzimmer schmuggeln. Manchmal sitze ich dann in meinem Kleiderschrank auf dem Boden, mit einer Zeitschrift und meinen Cookies. Ich bin eine erwachsene Frau und muss mir von diesem Mann ständig Vorschriften machen lassen zu meiner Ernährung und körperlichen Betätigung. ›Wer rastet, der rostet.‹ Er zwingt mich dazu, in meinem eigenen Haus mein eigenes Essen zu verstecken. Verdammt noch mal – ja, ich will das tun. Ich habe es euch gesagt: Ich habe es satt, ein Leben zu führen, das nur ›nicht wirklich schlimm‹ ist. Ich will endlich das Leben führen, das ich mir verdient habe. Ein verflucht großartiges Leben.«

Angespannt trommelte Pam mit den Fingerspitzen auf die Tischplatte. »Wir könnten sie auch einfach verlassen.«

»Das hatten wir doch schon«, sagte Nancy. »Dann sitzen wir ohne Geld da. Larry ist der einzige Aktivposten, den ich noch versilbern kann. Versteht mich nicht falsch, ich will ihn nicht aus Wut töten. Ich will ihn wegen des Geldes töten. Ich bin kein rachsüchtiger Mensch, das ist einfach eine wirtschaftliche Entscheidung.«

Shalisa nickte. »Geht mir auch so. Andres Tod soll keine Rachegelüste befriedigen. In meiner Vorstellung ist es ein Tauschgeschäft: er gegen eine Million Dollar. Kein schlechter Deal.« Sie sah auffordernd zu Pam hinüber. »Aber hier gilt: alle oder keiner. Was ist mit dir, Pam?«

Bedächtig schloss Pam beide Hände um ihren Kaffeebecher und beobachtete, wie in Shalisas Garten ein Eichhörnchen durch die Äste des Ahornbaumes sprang. Nancy wollte Kontakt zu ihrem Sohn. Shalisa wollte ein Leben, das verflucht großartig war. Aber was wollte sie eigentlich? Ihr stieg der Kaffeeduft in die Nase, was sie plötzlich daran erinnerte, dass Hanks Morgenküsse früher immer nach gerösteter Zichorienwurzel geschmeckt hatten. Unwillkürlich hob sie die Finger an die Lippen und versuchte, sich daran zu erinnern, wann sie das letzte Mal geküsst worden war. Natürlich brauchte sie keine vor Leidenschaft brennende Liebe in ihrem Leben, aber wollte sie tatsächlich weiter mit der Asche leben, die von ihrer Liebe übrig geblieben war? Gab es denn etwas Traurigeres, als den Zeitpunkt zu verpassen, an dem man besser loslassen sollte?

Shalisa fragte noch einmal: »Was ist mit dir, Pam?«

Würde Hank ihr jemals wieder einfach so im Vorbeigehen einen Kuss auf die Wange drücken? Jemals?

»Nein. Ich meine, ja. Ja, ich bin dabei.«

»Gut, dann mal los. Ich muss zurück zur Arbeit und einen Profikiller für uns suchen.« Mit einem fragenden Blick zu Pam versicherte sich Nancy: »So wolltest du es doch machen, oder nicht? Indem wir einen Auftragsmörder engagieren?«

Pam nickte. »Das scheint mir am sinnvollsten zu sein. Oder?« Sie sah zu Shalisa hinüber.

Die nickte. »Finde ich auch.« Von Nancy wollte sie wissen: »Hast du für dieses Szenario auch einen Filmvorschlag?«

»Nur *Kill the Boss*, steht auf der Liste.« Nancy zeigte auf ihr Merkblatt. »Aber Jamie Foxx versaut es am Ende.«

Shalisa nahm sich noch einen Keks. »Gut, und wo finden wir dann unseren?«

Nachdenklich starrte Nancy aus dem Fenster und strich sich mit den Fingern über die Lippen. Pam fing wieder an, auf dem Tisch zu trommeln. Schließlich fuhr Nancy zu ihnen herum. »Hector.«

»Scheiße, ja! Hector«, nickte Pam.

»Hector?«, fragte Shalisa.

»Hector, der Herrenfriseur. Die Männer gehen schon seit Jahren zu ihm. Weißt du nicht mehr? Hank sagt immer, wenn er mal jemanden bräuchte, der ... wie hat er es noch gleich ausgedrückt? Jemanden, der ›tut, was getan werden muss‹, dann würde er Hector dafür engagieren«, erklärte Pam.

»Ah, *der* Hector!« Nun war der Groschen auch bei Shalisa gefallen. »Ich erinnere mich, dass sie mal über ihn gesprochen haben. Wie nennen sie ihn noch gleich?«

»Der Mann mit den toten Augen«, half Nancy ihr aus.

»Genau. Hank sagt, wenn er seine Augen im Spiegel betrachtet, weiß er einfach, dass sie schon zu viel Schlimmes gesehen haben, um noch Leben in sich zu haben«, bestätigte Pam.

»Früher war ich auch mal mit Paul da, allerdings war das wohl ungefähr zu der Zeit, als ihm klar wurde, dass er doch eher der Typ für schickere Salons ist.«

»Klingt logisch. Schwule Männer bevorzugen wahrscheinlich ein etwas besseres Aftershave als das, was Hector benutzt. Dieses Bay Rum stinkt grauenvoll«, stellte Pam fest.

Auch Nancy verzog angewidert die Nase. »Ich brauche Larry gar nicht anzusehen, um zu wissen, wann er beim Haareschneiden war. Das erkennt man am Geruch.«

Einen Moment lang tranken sie schweigend ihren Kaffee.

»Was so ein Auftragsmord wohl kostet?«, überlegte Shalisa schließlich.

»Dreißigtausend Dollar«, antwortete Nancy prompt.

»Hast du das etwa auch gegoogelt?«, wunderte sich Pam.

Nancy schüttelte den Kopf. »*Mr. Inbetween*. Auch eine wirklich gute Serie, sollten wir noch auf die Liste setzen. Aus Australien. Handelt von einem Profikiller, der gleichzeitig seine kleine Tochter großzieht. In der einen Szene zieht er los und bringt jemanden um – zerhackt ihn, bis er tot ist –, und dann in der nächsten versichert er seiner Tochter, dass er an Einhörner glaubt. Echt gut. Jedenfalls verlangt er immer dreißigtausend Dollar.«

»Pro Person? Das wären bei drei Männern ja fast hunderttausend Dollar!«, empörte sich Shalisa.

Pam hatte eine Idee. »Vielleicht können wir ja eine Art Paketpreis aushandeln, nach dem Motto ›Zwei kaufen, eins geschenkt‹. Denn eigentlich ist es ja auch nur ein Auftrag. Lasst uns fünfundvierzigtausend bieten, das wäre das Eineinhalbfache.«

Nancy erinnerte sich: »Mr. Inbetween hat einmal so einen Deal gemacht.«

»Und wo kriegen wir fünfundvierzigtausend Dollar her?«, wollte Shalisa wissen.

Automatisch musste Pam an ihren dreistelligen Kontostand und die vollkommen ausgereizte Kreditkarte denken.

»Marlene«, schlug Nancy vor.

»Wie bitte?«, fragten Pam und Shalisa synchron.

»Marlene wird uns das Geld leihen.«

Pam hatte eine Anmerkung. »Neuer Punkt für deine Liste. Viertens: Wir dürfen *niemandem* davon erzählen. So werden die Leute am Ende immer erwischt. Wir dürfen es niemandem sagen, vor allem nicht Marlene. Die kann doch nichts für sich behalten.«

Kopfschüttelnd erklärte Nancy: »Wir werden ihr natürlich nicht verraten, wofür wir das Geld in Wirklichkeit brauchen; wir denken uns irgendetwas aus. Sag ihr zum Beispiel, du willst einen Whirlpool oder so. Da fällt uns schon etwas ein.« Gelassen winkte sie ab. »Oder wir schlagen ihr eine Geschäftsidee vor, bei der sie investieren soll. Sie kann sich schließlich darauf verlassen, dass wir es ihr zurückzahlen werden. Immerhin weiß sie, dass wir irgendwann Geld von der Versicherung bekommen. Früher oder später werden die Männer ja auf jeden Fall sterben. Wir sorgen einfach nur dafür, dass es eher früher als später passiert.«

Shalisa nickte. »Die Geldfrage wäre also geklärt, dann brauchen wir nur noch den Killer.«

Pam warf einen Blick auf ihre Armbanduhr. »Wie sollen wir an Hector herantreten?«

KAPITEL 9

DAS HÄNGT VON DIR AB

Nach einem Haarschnitt musste Hank immer duschen. Die losen Härchen im Kragen juckten schrecklich, außerdem roch er dank des Bay-Rum-Aftershaves, das Hector so großzügig auf seinem Hals verteilte, immer wie ein medizinisches Wattestäbchen.

Als er nun gegen Mittag in seine Einfahrt fuhr, musste er daran denken, wie er Dave vor seinem Haus gefunden hatte. Mit einem verstohlenen Seitenblick überprüfte er seine eigene Garage. Erst als er sicher war, dass das Tor geschlossen war und nirgendwo etwas herausragte, ließ er das Lenkrad los. Pam war vermutlich bei der Arbeit, obwohl er sich dunkel zu erinnern glaubte, sie habe etwas davon gesagt, sich den Vormittag freinehmen zu wollen. Wo auch immer sie steckte, hier war sie jedenfalls nicht, sodass er ungestört ins Haus gehen konnte.

Früher hatte es Hank froh gemacht, wenn er um die Ecke gebogen war und Pams Van in der Einfahrt stehen sah – der Gedanke, dass sie ihn drinnen erwartete. Während des Tages war auch immer irgendetwas passiert, was er ihr unbedingt erzählen wollte. Während der letzten Jahre allerdings hatte er sich schon, während er einparkte, gegen die Kälte im Haus gewappnet. Obwohl sie keine Klimaanlage hatten, schien es dort drin immer unterkühlt zu sein.

Als Hank wenig später aus der Dusche kam, lag Elmer auf der Türschwelle zum Badezimmer. »Wo kommst du denn auf einmal her, Junge? Hast wohl ein Nickerchen gemacht, als ich gekommen bin?«

Hätte man ihn vor Elmers Anschaffung gefragt, hätte er kategorisch abgelehnt. Aber ihn hatte niemand gefragt. Pam hatte die Promenadenmischung eines Tages einfach angeschleppt und verkündet, dass sie ein paar Wochen bei ihnen bleiben würde. Und dann war das Tier nie wieder gegangen. Allerdings musste selbst Hank zugeben, dass Elmer ein toller Hund war. Immer präsent, bekam er stillschweigend alles mit wie ein weiser alter Mann. Wenn Hank allein vor dem Fernseher saß und darüber nachgrübelte, in welche Scheiße er sich da eigentlich reingeritten hatte, sprang Elmer manchmal zu ihm aufs Sofa, legte den Kopf auf sein Bein und rollte sich auf den Rücken, damit Hank ihm den Bauch kraulen konnte. Und so saßen sie dann da: zwei Kumpel, die sich ein Sofa teilten.

Und auch jetzt, in der Badezimmertür, rollte sich Elmer auf den Rücken, und Hank schenkte ihm die gewünschte Streicheleinheit. Anschließend wischte er mit dem Handtuch den Dampf vom Spiegel und musterte sich kritisch. Wie hatte es nur so weit kommen können?

Hank war es gewöhnt, Leute zu entlassen. War man bei einem der größten lokalen Arbeitgeber in gewisse Höhen aufgestiegen, wurde man eben hin und wieder um einen Gefallen gebeten. In neunzig Prozent der Fälle ging das gut. Okay, vielleicht siebzig Prozent. Oder eher sechzig. Jedenfalls wissen alle, dass es nichts Persönliches ist, sondern rein geschäftlich. Einmal hatte er den Sohn eines Freundes entlassen müssen, weil der sich auf der Toilette für die Gäste einen runtergeholt hatte. Und einen jungen Vater hatte er abmahnen müssen, nachdem dieser betrunken zur Arbeit erschienen war. In solchen Fällen fühlte er sich verantwortlich, weil er sie schließlich auch eingestellt hatte. Aber das war nun einmal sein Job, alles vom Manager bis zum Hausmeister.

Deshalb hatte Hank auch kein Problem damit gehabt, Dave Brand einzustellen.

Sie waren bereits seit über fünfzehn Jahren befreundet, als Dave von seiner IT-Firma entlassen wurde. Dann erzählte er Hank irgendwann während eines Angelausfluges, dass er eine Umschulung machen könne, die am Ende aber darauf hinauslaufen würde, dass er ihn um einen Job anhauen müsse.

»Mach ruhig«, hatte Hank gesagt.

Hank hatte gewusst, dass Dave ein hervorragender Spielautomatentechniker werden würde. Der Mann war ein Nerd – klug, einfallsreich, zuverlässig. Allerdings hatte er Dave von Anfang an davor gewarnt, durchblicken zu lassen, dass sie privat befreundet waren. »Das kommt einfach nicht gut, wenn die anderen erfahren, wie eng wir miteinander sind. Da ist dann gleich von Vorzugsbehandlung die Rede, auch wenn da gar nichts dran ist.«

Doch es hatte nie Probleme gegeben. Immerhin umfasste die Belegschaft ungefähr dreitausend Angestellte, außerdem war Dave vor allem in den Casinosälen und im Wartungsbereich unten im Keller aktiv, während Hank nur selten die Büroräume im ersten und zweiten Stock verließ. Kreuzten sich ihre Wege trotzdem einmal, gingen sie höflich, aber distanziert miteinander um. Überhaupt fand ihre Freundschaft kaum in der Öffentlichkeit statt. Kennengelernt hatten sie sich über ihre Kinder, was bedeutete, dass sie sich anfangs hauptsächlich bei privaten Grillfesten und Abendessen begegneten, und auf diesem Stand war es dann auch geblieben. Als die Kinder erwachsen wurden und auszogen, hatten die Ehefrauen diese Treffen einfach fortgesetzt, sogar noch, nachdem sie alle aufgrund der von Hank vorgeschlagenen Fehlinvestition ihre Ersparnisse verloren hatten.

Dabei hätte es funktionieren können. Aber schlechtes Timing und einbrechende Märkte hatten die Geschichte umgeschrieben. Und so war es für sie alle zu einer finanziellen Katastrophe geworden. Hank hatte schreckliche Schuldgefühle gehabt. Er hätte sich selbst in den Hintern treten können, weil er Dave, Larry und Andre da mit reingezogen hatte. Aber er war nun einmal ein großzügiger Mensch, und es schien eine todsichere Sache zu sein, deshalb hatte er es mit den Jungs teilen wollen. Ein Nachbar aus ihrem Viertel hatte erzählt, dass er durch dieses Investment richtig Geld gemacht hätte – der Ehemann dieser grauenhaften Sabrina Cuomo. Und wenn dieser Depp einen solchen Treffer landete, dann musste das Hank doch auch gelingen, oder? Aber seine Schäfchen rentenmäßig im Trockenen zu haben, wäre nur halb so schön gewesen ohne seine Freunde. Also hatte er sie voller Eifer mit ins Boot geholt. Doch dann war der tolle Plan den Bach runtergegangen, war davongespült worden bis in die Antarktis, wo er zwischen Walen und Pinguinen einen eisigen Tod gestorben war. Bildlich gesprochen.

Und nun war sein finanzieller Ruin nur deshalb auszuhalten, weil er seine besten Freunde bei sich hatte.

Als die Männer in diese neue Realität gestoßen wurden, fanden sie beieinander den Trost, den sie zu Hause vergeblich suchten. Denn dort wanden sie sich alle vor Scham, das wusste Hank. Dabei brachten ihre Ehefrauen ihren Unmut nicht einmal lautstark zum Ausdruck; nein, sie schafften es durch pures Schweigen, ihre Enttäuschung zu kommunizieren. Und trotz allem war Dave jeden Tag zur Arbeit erschienen, genau wie Hank es erwartet hatte.

Allerdings hatte Hank nicht erwartet, dass Dave ihnen einen neuen Rentenplan präsentieren würde.

*

Knapp vier Jahre zuvor war Hank gerade von einem erfreulichen Morgenkaffee in Andres Laden an seinen Schreibtisch zurückgekehrt, als Dave plötzlich mit seinem Rucksack über der Schulter vor seiner Bürotür stand. »Hast du mal eine Minute?«

Hank bat ihn herein, und Dave schloss die Tür hinter sich. Leicht irritiert legte Hank den Stift weg und lehnte sich stirnrunzelnd in seinem Stuhl zurück. Dave kam sonst nie in sein Büro. Einladend deutete er auf den Besucherstuhl vor seinem Schreibtisch. Nachdem Dave sich die Fotos von Pam und ihrer Tochter angesehen hatte, setzte er sich und zeigte auf die Überwachungsmonitore an der Wand. »Werden die Gespräche hier drin aufgezeichnet?«

Hank schüttelte den Kopf.

»Keine Kameras?«

Wieder schüttelte Hank den Kopf.

Dave zögerte noch kurz, dann nickte er, schob seinen Stuhl dichter an den Tisch heran, stützte seine verschränkten Arme auf Hanks Schreibtisch ab und sagte mit gedämpfter Stimme: »Erinnerst du dich an diese neuen Spielautomaten, die wir neulich reingekriegt haben? Da habe ich eine Störung entdeckt.«

»W… wie bitte? Das ist unmöglich.«

Wortlos zog Dave die Brauen hoch.

»Was soll das heißen – eine Störung?«, hakte Hank nach.

»Du überwachst hier doch auch den Geldfluss, oder?«

»Tagtäglich, das gehört zu meinen Aufgaben.«

»Ist dir in den letzten Wochen irgendetwas Ungewöhnliches aufgefallen?«

Hank dachte nach. »Nein.«

Nun griff Dave nach seinem Rucksack. »Wirklich keine Kameras?« Er spähte nun sogar in die Ecken des Raumes.

Wieder versicherte ihm Hank: »Nein.«

Erst jetzt zog Dave den Reißverschluss auf und hielt den Rucksack so, dass Hank hineinsehen konnte. Ruckartig wich der zurück. »Was zum …?« Hank stand auf und beugte sich weit über den Tisch, um genauer hinsehen zu können. Er musterte die gebündelten Geldscheine. Sie wurden allerdings nicht von Papierbanderolen zusammengehalten, wie sie im Casino verwendet wurden, sondern von einfachen Gummibändern wie Suppengrün im Supermarkt. Fassungslos sah Hank seinen Freund an. »Was hast du getan?«, flüsterte er.

»Das kommt darauf an.«

»Was soll das heißen: Das kommt darauf an?«

»Das hängt von dir ab.«

Hank wollte zum Telefonhörer greifen, doch Dave drückte warnend sein Handgelenk. »Es ist so, Hank: Was habe ich getan? Zwei Möglichkeiten: Entweder habe ich das Casino davor bewahrt, Millionen von Dollar zu verlieren, wenn irgendjemand anders diesen Programmierfehler entdeckt, oder …« Dave unterbrach sich und sah Hank durchdringend an. »Oder aber ich habe gerade unseren neuen Rentenplan entwickelt.« Er wackelte vielsagend mit den Augenbrauen.

Beide ließen das Telefon unberührt. Dave lehnte sich zurück und grinste.

In Hanks Kopf überschlugen sich die Gedanken. Ein Teil von ihm wollte einfach nur in den Papierkorb kotzen. So schlecht war ihm nicht mehr gewesen, seit er dabei zugesehen hatte, wie Pam ihre Tochter zur Welt brachte. Ihm wurde eiskalt. Kraftlos ließ er sich wieder in seinen Stuhl fallen. Diesen Jungen wegen der Wichserei auf der Herrentoilette zu feuern, war eine Sache, aber das hier war etwas vollkommen anderes. Wenn Dave in den Knast wanderte, würde Pam ihn bestimmt dazu nötigen, bei Marlene den Rasen zu mähen und im Winter ihre Einfahrt zu räumen. Verfluchte Scheiße! Langsam hob er den Kopf.

Dave hatte seinen Rucksack inzwischen wieder verschlossen. »Alles okay mit dir?«

Hank nickte.

»Ich weiß, das ist ein ziemlicher Brocken. Anfangs konnte ich selbst nicht glauben, dass es funktioniert. Aber inzwischen habe ich es schon fünf Mal gemacht, und du sagst ja selbst, dass nirgendwo Alarm geschlagen wurde.«

»Fünf Mal! Scheiße, Dave!« Das schrie Hank. Dann aber senkte er hastig die Stimme. »Was treibst du da, verdammt?«

Dave faltete die Hände über seinem beneidenswert flachen Bauch. »Du bist einer der klügsten Männer, die ich kenne, Hank, und du bist verdammt gut in deinem Job. Das weiß jeder. Ich habe gelogen. In Wahrheit mache ich das schon seit einem Monat, zehn Mal insgesamt.« Als Dave ihn nun strahlend anlächelte, verstand Hank plötzlich, warum die Frauen auf der Straße manchmal stehen blieben und ihm hinterherschauten.

Abwehrend hob er die Hand. »Sag besser nichts mehr. Ich muss den Sicherheitsdienst einschalten. Und ich muss die Polizei einschalten.«

»Selbstverständlich kannst du die Polizei einschalten, wenn du das wirklich willst, Hank. Das wäre vollkommen in Ordnung. Dann erkläre ich ihnen, dass ich eine systeminterne Sicherheitslücke entdeckt habe, daraufhin ein paar Tests gemacht und dir anschließend zum Beweis dieses Geld vorgelegt habe.« Dave klopfte auf seinen Rucksack. »Das hier. Das ist das gesamte Geld. Aber musst du diesen Anruf wirklich machen, Hank? Unbedingt? Dir sind diese Auszahlungen schließlich gar nicht aufgefallen. Und wenn du sie nicht bemerkt hast, wird sie auch sonst niemand bemerken.«

Hank spürte, wie sein Herz mit jedem Schlag gegen seine Rippen drückte. Auf seiner Stirn und zwischen seinen Schulterblättern bildeten sich Schweißperlen. Er griff nach seiner Wasserflasche, aber die war leer. Nervös leckte er sich über die Lippen. »Wie viel ist es?« Er musterte den Rucksack, als könnte dieser gleich explodieren.

»Siebenunddreißigtausend Dollar.«

»Was?«

»Ich hätte mehr rausholen können, aber bei Auszahlungen über fünftausend muss man sich ausweisen.«

»Du hast dir das über Zahlungsbelege auszahlen lassen? In meinem Casino?«

»Nein.« Dave winkte ab. »Das habe ich von anderen machen lassen. Marlenes Familie war zu Besuch, also habe ich ein paarmal ihre Brüder hingeschickt. Habe ihnen erzählt, mein Kollege hätte das Geld gewonnen, aber die Angestellten dürften offiziell gar nicht spielen, weshalb sie es niemandem sagen sollten. Nicht einmal Marlene. So waren ihre Brüder endlich mal zu etwas gut. Und die sind dann ja wieder abgereist.« Dave war sichtlich stolz auf seinen Einfallsreichtum. »Jetzt haben wir einen Plan, und diesmal wissen wir, dass es funktioniert.«

»Wir?«

Dave hatte sich lächelnd im Stuhl zurückgelehnt und die Arme vor der Brust verschränkt. »Jawohl, wir.«

KAPITEL 10

BITTE NICHT ERSCHRECKEN

Für Hector Chavez war es immer am schönsten, wenn er in Ruhe den Frisierstuhl reinigen konnte, während er auf den nächsten Kunden wartete. Er liebte den Geruch des Desinfektionsmittels, das mit einem Wisch das weiche, rote Leder vom Schmutz befreite.

Wäre es doch nur bei allen Jobs so leicht, den Schmutz loszuwerden.

Hector hob das Rauchverbotsschild an, das auf dem Tresen stand, und wischte mit dem Lappen darunter durch. Dann verfuhr er ebenso mit dem Kalender, wobei sein Blick an der Jahreszahl hängen blieb. Inzwischen war mehr als ein Jahrzehnt vergangen, seit er Ilopango in El Salvador verlassen hatte. Kurz nach Ende des von den Gangs vereinbarten Waffenstillstands war das gewesen. In den zwei friedlichen Jahren, die ein katholischer Bischof und ehemaliger Guerillakämpfer den örtlichen Bandenchefs hatte abringen können, hatte Hector einen leibhaftigen Eindruck von dem Leben bekommen, das er immer in den amerikanischen Fernsehsendungen bestaunen konnte, daheim auf dem abgewetzten Sofa seiner Mutter: Väter, die in Bäckereien, Autowerkstätten oder Friseurläden arbeiteten und abends zu ihrer glücklichen Familie heimkehrten. Toaster neben dem Herd, Eiscreme im Tiefkühlschrank, Gardinen an den Fenstern. Doch der Waffenstillstand zerbrach, die Gangtags tauchten wieder an den Hauswänden auf, die Leichen in den Gassen. Viele junge Männer beschlossen, sich etwas Besseres zu suchen, und Hector war einer der Glücklichen gewesen. Er schaffte es. In einem nahe gelegenen Touristenort nutzte er sein gutes Aussehen, um eine warmherzige Amerikanerin für sich zu gewinnen, und schaffte sich durch Heirat ein neues Leben.

Allerdings hatte seine Kindheit in dem Land mit der weltweit höchsten Mordrate dafür gesorgt, dass Hector sich schon früh gewisse Dinge angewöhnte. So prüfte er stets, ob Türen fest verschlossen waren und ob sich draußen merkwürdige Leute herumtrieben. Und deshalb fiel ihm auch sofort der kleine Van auf, der auf den Parkplatz des Einkaufszentrums fuhr, während er selbst einem Highschool-Jungen die Schläfen rasierte.

Nachdem er auf die linke Seite seines Kunden gewechselt hatte, beobachtete er den Wagen im Spiegel. Er fuhr extrem langsam an seinem Laden vorbei, wendete am Ende des Parkplatzes und setzte dann rückwärts in eine Parklücke. Nun überprüfte Hector regelmäßig, ob der Van noch da war. Das Einkaufszentrum bestand aus acht aneinandergereihten Häusern mit Geschäften im Erdgeschoss und Wohnungen im Stockwerk darüber. Eine Hälfte des Komplexes beherbergte Hectors Salon, eine Bäckerei, eine Reinigung und ein Nagelstudio. Den Rest beanspruchte eine Bowlingbahn, die eine beliebte Location für Geburtstagspartys war. Hector sah also eine Menge Minivans auf diesem Parkplatz. Regelmäßig kamen sie angefahren und luden Kinder mit bunt verpackten Geschenken ab. Aber dieser hier war anders. Aus diesem Van stiegen keine Kinder aus. Er blieb einfach dort stehen, während Hector zum nächsten Kunden überging und sich dem Pony eines jungen Vaters widmete.

Solche Schnitte mochte der Herrenfriseur am liebsten. Jeder Vollidiot konnte eine Haarschneidemaschine über einen Kopf ziehen, aber die einzelnen Strähnen abzuteilen, sie zwischen den Fingern zu halten und nach eigenem Ermessen zu schneiden – das erforderte Können. Und als Hector nun eine Strähne ein wenig zu stark kürzte, huschte sein Blick automatisch zu dem Van hinaus, der ihn in seiner Konzentration störte.

Nachdem der junge Vater bezahlt hatte, fegte Hector die Haare auf dem Boden zusammen, zog den halb vollen Beutel aus dem Mülleimer und verließ seinen Laden durch die Hintertür. Halb geduckt ging er hinter dem Gebäude entlang zu den Müllcontainern, spähte an ihnen vorbei und konzentrierte sich auf den Van. Reglos beobachtete er den Wagen eine Weile, dann entsorgte er zufrieden seinen Müll und kehrte in den Salon zurück.

Hector erledigte noch einen Buzz Cut und einen kurzen Sidecut (zwei Millimeter an den Seiten, drei am Oberkopf), dann wischte er wieder den roten Ledersessel ab. Gerade als er abschließen wollte, hörte er, wie der Motor des Vans angelassen wurde. Er verließ den Laden und tat so, als müsse er nach dem richtigen Schlüssel suchen, wodurch er dank der Spiegelung im Schaufenster genau beobachten konnte, wie sich der Van näherte. Das konnte interessant werden. Er drehte sich zum Parkplatz um. Der Van blieb genau vor ihm stehen, und die Seitentür wurde aufgeschoben.

»Bitte nicht erschrecken, Hector«, sagte die dunkelhaarige Frau auf dem Rücksitz und schob ihre Brille auf der Nase zurecht.

*

Von seinem Beobachtungsposten hinter dem Müllcontainer aus hatte Hector die Fahrerin des Vans – dünn, blonder Bob – als Hanks Frau identifizieren können. Sie war hin und wieder kurz im Laden aufgetaucht, um ihrem Mann irgendetwas mitzuteilen, während der sich die Haare schneiden ließ. An die Hauswand gelehnt, hatte Hector außerdem beobachtet, wie eine der anderen Frauen ihr eine Schachtel reichte. Sie hatte sich einen Donut ausgesucht, sich den Puderzucker von den Fingern geleckt und sich den weißen Staub vom Shirt gewischt. Die Dunkelhaarige auf der Rückbank sah ein wenig aus wie Larrys Frau; die von Dave konnte es nicht sein, denn irgendjemand hatte ihm erzählt, dass die nach Florida gezogen war. Das mit Dave war wirklich tragisch. Nicht viele Kerle in seinem Alter bekamen noch eine solche Haartolle zusammen. Keinerlei Einbußen, weder am Ansatz noch am Oberkopf, und der Mann war schon über sechzig gewesen. Vermutlich hatte er einen hohen Testosteronspiegel gehabt. Wenn das also Hanks und Larrys Frauen waren und Daves gerade weggezogen war, musste die mit den Zöpfen auf dem Beifahrersitz die Angetraute von deren Freund Andre sein. Der große, freundliche Andre ging zwar zu einem anderen Friseur, holte seine Freunde aber ab und zu im Salon ab, wenn sie gemeinsam angeln wollten.

Die Frau in dem Van fügte nun hinzu: »Wir würden gerne mit Ihnen sprechen. Privat. Würden Sie sich vielleicht zu uns gesellen?« Sie rutschte über die Rückbank, bis sie hinter dem Fahrersitz saß.

Mit einem höflichen Lächeln stieg Hector ein und fragte: »Haben Sie denn noch Donuts übrig?«

Im ersten Moment staunten sie verblüfft, dann begannen die Frauen zu lachen.

»Oh, Sie sind gut«, lobte Hanks Frau. »Ich habe euch ja

gesagt, dass er gut ist«, wandte sie sich noch an ihre Begleiterinnen, dann legte sie den Gang ein und parkte wieder am anderen Ende des Platzes. Anschließend stützte sie einen Arm auf die Lehne und drehte sich zu Hector um.

Die Beifahrerin entriegelte sogar ihren Sitz und drehte ihn komplett um, als wolle sie gleich Karten für eine Partie Euchre austeilen. Stattdessen reichte sie ihm allerdings die Schachtel mit den Donuts. Während Hector die bunte Auswahl musterte, dachte er angestrengt nach. Schließlich entschied er sich für den Donut mit Sauerrahmglasur und die Strategie, möglichst wenig preiszugeben. Wussten sie, dass Hank ihn bereits angeheuert hatte? Waren sie deswegen hier? Weil sie um die Sicherheit ihrer Ehemänner besorgt waren und prüfen wollten, ob alles nach Plan verlief? Am klügsten war es sicherlich, einfach nur zuzuhören. Also biss er in seinen Donut und nahm dankend das Wasser entgegen, das ihm gereicht wurde.

Hanks Frau begann: »Möglicherweise wissen Sie bereits, wer wir sind, aber damit sollten wir uns jetzt noch nicht beschäftigen.« Sie räusperte sich. »Uns ist bekannt, dass Sie über sehr spezielle Fähigkeiten verfügen. Fähigkeiten, die Sie sich im Laufe vieler Jahre angeeignet haben. Fähigkeiten, mit denen Sie anderen Menschen Albträume bescheren können.«

Versuchte sie da etwa gerade, *96 Hours* zu zitieren? Wieder biss Hector in seinen Donut. Liam Neeson war in dem Film einfach großartig. Sogar noch in der Fortsetzung. Aus dem Augenwinkel sah er, wie die beiden anderen Frauen nickten.

Die neben ihm auf der Rückbank – Larrys Frau – übernahm: »Wir hätten Interesse an diesen Fähigkeiten.«

»Fähigkeiten?«, fragte Hector knapp. Diesen Trick für heikle Situationen hatte ihm seine Frau beigebracht: Wiederhole das letzte Wort, dann reden die Leute automatisch weiter und du kriegst mehr aus ihnen heraus. Außerdem verschaffte es einem mehr Zeit, um dahinterzukommen, was eigentlich los war.

»Ja, Ihre Fähigkeiten«, bestätigte Hanks Frau. »Kommen wir gleich zum Punkt, Hector. Hier ist niemand außer uns, und sollte dieses Gespräch diesen Wagen verlassen, steht unser Wort gegen Ihres. Können wir also offen reden?«

»Offen reden?«, wiederholte Hector.

»Ja, offen reden. Wir legen einfach die Karten auf den Tisch.« Damit drehte sich Hanks Frau zu Andres Frau um. »Sag du es ihm.«

»Ich?« Andres Frau zuckte sichtlich zusammen.

»Ja, du. Es war schließlich deine Idee«, betonte Hanks Frau.

»Meine Idee? Ich denke nicht, dass es meine Idee war. Es war Nancys Idee.« Damit sah Andres Frau zu Hectors Sitznachbarin nach hinten.

»Wir wollten unsere Namen doch nicht nennen«, protestierte Nancy. »Shalisa«, fügte sie mit Nachdruck hinzu und dann, an die Fahrerin gewandt, »und Pam.«

Okay, seine Frau hatte wieder einmal recht gehabt. Nun kannte er also ihre Namen. Hector schraubte die Wasserflasche auf und trank einen Schluck. Seine Frau hatte drei Schwestern; er wusste genau, wann er besser den Mund hielt.

Pam warf den beiden anderen einen finsteren Blick zu, räusperte sich wieder und sah Hector dann direkt an. »Okay, wir wollen Sie als Killer engagieren, für einen Mord.«

»Einen Mord?« Wie gut, dass er das Wasser bereits heruntergeschluckt hatte, sonst hätte er es jetzt möglicherweise in hohem Bogen ausgespuckt. Doch er hatte sich schon vor langer Zeit angewöhnt, seine Miene immer unter Kontrolle zu halten. Manchmal fragte seine Frau zum Spaß, ob seine Gesichtsmuskulatur möglicherweise abgestorben sei, als er noch ein Teenager war. Einmal hatte er darauf erwidert, dass ein Mann mit ausdrucksloser Miene nicht so schnell abgestochen werde, weshalb er sich diese reglosen Züge antrainiert habe. Auf genau diese Übung griff er nun zurück, auch wenn es nicht einfach war.

»Mord-e«, präzisierte Nancy. Pam und Shalisa nickten.

»Plural«, ergänzte Shalisa mit einem durchdringenden Blick.

Pam holte tief Luft und erklärte dann: »Wir wollen, dass Sie unsere Ehemänner umlegen.«

Von allen Gesprächsthemen, die Hector mit diesen Frauen in diesem Van für möglich gehalten hatte, war das ganz sicher keine Option gewesen. Mühsam behielt Hector seine Miene weiterhin unter Kontrolle. Vielleicht sollte er mit dem Wasser besser vorsichtig sein. Schließlich konnte man nicht wissen, was diese Frauen noch alles ausspuckten.

Nancy fuhr fort: »Aber es muss wie ein Unfall aussehen. Es darf weder eine Morduntersuchung geben noch der Verdacht aufkommen, dass es Selbstmord gewesen sein könnte. Und … und … was noch?« Hilflos sahen sich die drei Frauen an, dann zog Nancy ein Blatt Papier aus ihrer Hosentasche.

»Du hast dir einen Stichwortzettel mitgebracht?«, staunte Pam.

»Was auch besser ist, denn ihr seid ja keine große Hilfe.« Nancy faltete das Blatt auseinander und schob sich die Brille auf die Stirn. Nachdem sie eine Stelle mit ausreichend Licht gefunden hatte, kniff sie die Augen zusammen und las. »O ja. Es muss auf einen Rutsch passieren, keine getrennten Vorfälle. Und wir brauchen Leichen.« Sie sah Hector beinahe streng an. »Die Leichen müssen gefunden werden.«

Shalisa erklärte: »Sonst müssen wir sieben Jahre warten, bis die Versicherung zahlt.«

Aha! Sie wollten also ihre Männer wegen der Lebensversicherung umbringen. Das war wie bei *Law and Order.* »Wie viele?«, fragte Hector knapp.

»Drei«, antwortete Pam.

Dann stimmte also Hanks Befürchtung. Es gab tatsächlich jemanden, der sie umbringen wollte. Hector hatte schon überlegt, ob sein Stammkunde vielleicht durch den Tod seines Freundes etwas paranoid geworden war. Allerdings hatte Hank nicht gesagt, dass es dabei um ihre Ehefrauen ging. Manchmal ist die bittere Wahrheit schwer zu verkraften. Und noch schwerer auszusprechen. Sogar dem eigenen Friseur gegenüber.

Hector hatte schon vor langer Zeit gelernt, nie nach den Motiven zu fragen. In diesem Punkt logen die Menschen gerne. Und manchmal waren ihre Motive echt krank. Aber hier hatte er drei Frauen vor sich, die ihre Ehemänner töten lassen wollten. Und dazu drei Ehemänner, die ihre potenziellen Mörder umbringen lassen wollten. Offensichtlich verlangte das nach einer Entscheidung. Er würde es mit seiner Frau besprechen müssen.

»Wie viel berechnen Sie dafür?«, fragte Nancy nun.

»Fünfzigtausend.«

Die Frauen wirkten zufrieden.

»Pro Kopf«, ergänzte Hector.

»Pro Kopf?«, rief Nancy. »Wir hatten auf einen Gruppenrabatt gehofft.«

Hector trank noch einen Schluck. »Hoffen kann man immer. Hundertfünfzig für alle drei.«

»Wie wäre es mit fünfundsiebzig?«, schlug Nancy vor.

Hector machte Anstalten, die Seitentür aufzuschieben.

»Okay, okay, hundertfünfzig.« Nancy wandte sich den anderen Frauen zu und hob beschwichtigend die Hände. »Es ist schließlich eine Investition in unsere Zukunft.«

Hector dachte kurz nach. Es war wohl besser, wenn er

wenigstens versuchte, ihnen begreiflich zu machen, worauf sie sich da einließen. Also lehnte er sich zurück und sagte: »Hören Sie. Sie wollen das nicht tun.«

»Doch, das wollen wir«, erwiderten sie beinahe synchron.

Er verzog das Gesicht. »Nein, wollen Sie nicht. Denn wenn Sie das tun, gibt es kein Zurück.«

Die drei nickten.

»Und Sie müssen bezahlen.«

»Werden wir«, versicherte Nancy.

Hector warf ihr einen langen Blick zu. »Denn Sie wollen das ganz sicher nicht tun, wenn Sie nicht zahlen können. Haben Sie das verstanden? Nicht zu bezahlen, ist keine Option.«

Wieder nickten sie.

»Wenn Sie das tun, betreten Sie damit eine andere Welt, in der andere Gesetze herrschen. Comprende?«

Allgemeines Nicken.

»Sagen Sie es«, verlangte Hector.

»Wir haben verstanden«, erklärte Nancy.

Auf Hectors fordernden Blick hin verkündeten auch Pam und Shalisa: »Wir haben verstanden.«

Der Herrenfriseur zuckte mit den Schultern. »Okay. Fünfzig sofort, hundert, wenn es vorbei ist. Wann hätten Sie es gerne?« Er schraubte seine Wasserflasche zu, während die Frauen darüber nachdachten.

Schließlich beschloss Nancy: »Möglichst bald.« Achselzuckend rechtfertigte sie sich vor den anderen Frauen: »Warum nicht? Dann können wir wenigstens weitermachen.« An Hector gewandt präzisierte sie: »Dieses Wochenende.«

Hector nickte knapp und stieg aus dem Wagen. Bevor er die Tür hinter sich zuschob, sah er die drei Frauen noch einmal durchdringend an und warnte sie: »Zwingen Sie mich nicht, Sie das bereuen zu lassen.«

KAPITEL 11

HALTE DICH AN DIE REGELN

Hank hockte auf allen vieren, einen Schuh bereits am Fuß, der andere war noch irgendwo in den Tiefen des Garderobenschranks verschollen. Elmer, der in der Tür zur Küche lag, schaute ihm gelassen bei der Suche zu.

»Wie hat sie es gemacht, Elmer? Hat sie meine Schuhe einzeln hier reingepfeffert? Nur gut, dass du nicht von einem Querschläger getroffen wurdest.« Endlich fand er das gesuchte Gegenstück, erhob sich ächzend und ließ sich dann auf die Treppe sinken, um beide Schuhe zuzubinden. Dabei musterte er den Hund, der jede seiner Bewegungen verfolgte. »Pam mag es, wenn Schuhe ordentlich im Schrank stehen, Elmer. Nur damit du das weißt. Falls du dir jemals welche zulegen solltest.«

Hank stand auf, kraulte Elmer hinter den Ohren und schaute auf seine Uhr. Er musste ins Casino zurück, bevor Padma anfing, sich zu fragen, wo ihr Tee blieb. Gerade jetzt, da er keinerlei Verdacht erregen durfte, musste er diese Routine beibehalten, auch wenn die täglichen Treffen mit Dave nicht mehr stattfanden. Er ließ betroffen den Kopf hängen, als er sich an das fröhliche Lachen seines Freundes erinnerte. Schnell schluckte er den Kloß in seiner Kehle runter, bevor er noch größer werden konnte.

*

Am Morgen von Daves Ermordung hatte Hank alles so gemacht wie an jedem Wochentag in den letzten vier Jahren – er hatte darauf gewartet, sich des schweren Diebstahls schuldig zu machen. Als Dave aber weder am Treffpunkt erschien noch auf seine Anrufe und Nachrichten reagierte, hatte Hank sich auf die Suche gemacht. Warum er dabei zu Dave nach Hause gefahren war, wusste er gar nicht so genau. Vielleicht, weil er schlecht im Casino herumfragen konnte, und irgendwo musste er ja anfangen. Eigentlich hatte er nicht damit gerechnet, ihn dort vorzufinden. Ganz sicher hatte er nicht damit gerechnet, ihn dort tot vorzufinden.

Dave war ermordet worden. Genau so sah Hank das, es war ein Mord mit einer Botschaft. Wieso sonst sollte ein Mann tot in einer Blutlache unter dem eigenen Garagentor liegen, den Schädel … nein, daran wollte Hank nicht denken … mit einem Tausend-Dollar-Jeton mitten auf der Brust? Das war quasi die Visitenkarte des Mörders. Bei diesem Anblick war es Hank eiskalt geworden, und er war auf die Knie gesunken. Erst als er wieder Luft bekommen hatte, war sein Blick weitergewandert, und er hatte gesehen, dass Daves tote Finger um den Griff einer Axt geschlungen waren.

Also hatte Dave sich gewehrt. Natürlich hatte er das.

Hoffentlich hatte er ihnen so richtig die Hölle heißgemacht. Er war groß, stark, muskulös und hatte das Herz eines Löwen. Und in seiner Garage sah es aus, als hätte eine Bombe eingeschlagen. Aber hätten da nicht irgendwelche Blutspritzer sein müssen? Vielleicht hatten sie ja eine Plane ausgebreitet und sie später mitgenommen.

Genau. So musste es sich abgespielt haben: Die Killer hatten Dave aufgelauert, als Marlene weg war und er zur Arbeit fahren wollte. Er hatte sich gerade noch die Axt schnappen können. Bei dem anschließenden Kampf hatten sie das Chaos in der Garage angerichtet, bevor sie Dave überwältigen konnten. Sie hatten versucht, die Namen seiner Freunde aus ihm herauszupressen, und als er sich weigerte, hatten sie ihn mit einem Schuss hingerichtet und anschließend mithilfe des Garagentors seinen Schädel zertrümmert, sozusagen als Meisterstück. Hank hatte ein leises Stöhnen nicht unterdrücken können, als ihm ein neuer Gedanke kam: Vielleicht hatten sie ihn auch nur gefesselt und das Garagentor auf ihn herabstürzen lassen, während er noch lebte.

Hank hoffte inständig, dass es schnell gegangen war.

Der strategisch platzierte Jeton zeigte allerdings, dass es ein Auftragsmord des Casinos war. Und ein Auftragsmord bedeutete polizeiliche Untersuchungen. Aber die Jungs und er konnten es sich nicht leisten, dass Daves Leben genauer unter die Lupe genommen wurde. Also mussten die Behörden glauben, es sei ein abstruser Unfall gewesen. Deswegen war Hank, sobald er wieder atmen konnte, aufgestanden und hatte sich einen Weg durch den überall in der Garage verteilten Schrott gesucht. Er hatte Rasenmäher und Christbaumständer beiseitegeschoben – wer hatte denn bitte schön im Juli einen Christbaumständer mitten in seiner Garage stehen? – und hatte die Axt aufgehoben. Ein prüfender Blick zeigte ihm, dass kein Blut an der Klinge klebte, also versteckte er sie hinter einem großen, roten Werkzeugwagen, wo sie der Polizei nicht weiter auffallen würde. Dann war er zu Dave zurückgekehrt, war sorgfältig der Blutlache ausgewichen und hatte sich neben seinen toten Freund gekniet. Für einen Moment hatte er sanft seine Hand auf Daves Brust gelegt, hatte sie dann zweimal getätschelt und den Tausend-Dollar-Jeton aufgehoben. Er hatte ihn tief in seiner Hosentasche verstaut, hatte sich mit einem zufriedenen Blick vergewissert, dass die Garage aussah wie nach einem katastrophalen Unfall, und hatte dann den Notruf gewählt.

Dave war tot, und die Botschaft war angekommen.

Hank wusste, dass sie bis zum Hals in der Scheiße steckten, also hatte er sofort Larry und Andre angerufen und war dann zu Hector gefahren. Mit der Summe, die er dem Herrenfriseur gegeben hatte, war wohl ausreichend Anreiz geschaffen worden, um jeden aus dem Weg zu schaffen, der es auf sie abgesehen hatte.

Nun hielten sich die Männer an einem einzigen positiven Gedanken fest: Wenn Dave sie verraten hätte, wären sie bereits tot.

*

Es hätte nicht so ablaufen müssen, aber Hank blieb keine andere Wahl.

Ganz offensichtlich hatten Dave, Andre und Larry die Details bereits ausgearbeitet, bevor sie ihm ihren Plan unterbreitet hatten. Wahrscheinlich hatten sie das Ganze sogar einstudiert.

Stunden nachdem Dave einen Rucksack voller Geld aus Hanks Büro geschleppt hatte, hatten sich die vier Männer mit ihrer Angelausrüstung am Hafen getroffen und waren mit Hanks Boot rausgefahren. Es war ein perfekter Abend für eine Angelpartie, aber sie hatten ihre Leinen nicht ausgeworfen. Stattdessen hatten sie Musik angemacht – da ihnen bewusst war, wie weit Stimmen über offenem Wasser zu hören waren –, hatten sich jeder ein Bier genommen und waren dann eng mit ihren Stühlen zusammengerückt.

Dave fing an: »Es ist ein Programmierfehler. Die Details sind ziemlich technisch, jedenfalls habe ich eine Möglichkeit gefunden, die Spielautomaten so zu hacken, dass sie glauben, mit Geld gefüttert zu werden, und deshalb Auszahlungsscheine ausspucken. Die tägliche Wartung der Automaten fällt in meinen Aufgabenbereich, also löse ich zu Beginn meiner Schicht die Auszahlungsscheine aus. Danach mache ich einen Reset, der gesamte Verlauf wird gelöscht. Fertig. Ich habe es mehrmals überprüft, alles sauber. Nicht nachverfolgbar.«

Larry übernahm: »Dave lässt drei Quittungen über drei unterschiedliche Beträge raus, alles unter fünftausend, damit sie an den Automaten ohne Ausweiskontrolle ausgezahlt werden. Die Gesamtsumme bleibt immer unter zehntausend, weil alle Transaktionen über zehntausend bei der Bank gemeldet werden. Wir können also nicht mehr als zehntausend am Tag machen.«

Zu diesem Zeitpunkt war Hanks Blutdruck bereits angestiegen. Wie lange hatten die Jungs schon an diesen Details gefeilt? Larry war Banker, ein entschlossener, gut organisierter Typ. Der machte nichts nur aus einer Laune heraus. Er hatte wochenlang gezögert, bis er sich ihrem unheilvollen Investment angeschlossen hatte, denn in seiner Bank gehörten Investments nicht zu seinem Arbeitsbereich. Und nach diesem Reinfall war er noch vorsichtiger geworden. Heutzutage brauchte er selbst für eine Partie Golf eine Woche Vorlauf. Wenn nicht sogar mehr.

Dave erklärte: »Ich stecke die drei Quittungen ein, dann müssen wir sie nur noch vom Casino zur Bank bringen. Da kommst du ins Spiel. Ich mache Pause, und wir treffen uns irgendwo draußen, an einem vorher vereinbarten Ort.«

Wieder übernahm Larry: »Im Casino weiß doch niemand, dass ihr befreundet seid, oder?«

Hank und Dave nickten, und Dave erläuterte: »Hank wollte das so, von Anfang an. Jetzt ist das ein klarer Vorteil für uns. Falls uns ein Fehler unterläuft, wird niemand ahnen, dass wir zusammenarbeiten. Denn für die im Casino kennen wir uns schließlich kaum.«

Nun schaltete sich Andre ein: »Für die Übergabe haben wir fünfzehn verschiedene Treffpunkte, zwischen denen wir ständig wechseln. Ich trage den jeweiligen Ort bei euch im Wagen ins Serviceheft ein. Ihr müsst es nur aufschlagen und findet beim jeweiligen Datum einen Code für den Treffpunkt. Das kann ein Park sein, ein Shopping Center, ein Supermarkt. Immer ein öffentlicher Ort, aber auch nicht zu öffentlich.« Als Hanks Brauen in die Höhe wanderten, nickte er. »Falls Dave unter Verdacht gerät, wird diese Unberechenbarkeit es schwieriger machen, ihn zu beschatten.«

Ja, das musste Hank zugeben: Es war nur sinnvoll, Andre die Organisation der Übergabeorte zu überlassen, denn er war seit dreißig Jahren mit seinem Kurierdienst in der Region unterwegs und kannte deshalb jeden Winkel hier. Trotzdem – heilige Scheiße! Jetzt wurde es wirklich James-Bond-mäßig. Ein leiser Hoffnungsschimmer keimte in Hank auf, und er sah seine Freunde der Reihe nach an. »Ist das vielleicht ein Streich? Falls ja, bin ich voll drauf reingefallen, Jungs, echt gut.«

Da niemand auf seine Frage einging, zog sich die Hoffnung sofort wieder zum Sterben zurück.

Ungerührt führte Dave seine Erklärung fort: »Ich gebe dir die Quittungen und gehe wieder an die Arbeit. Du folgst deiner üblichen Morgenroutine, triffst dich mit Andre auf einen Kaffee und lässt die Quittungen bei ihm.«

Falls das kein Streich war, lauschte er hier gerade einem Plan, mit dem sein Arbeitgeber aufs Übelste betrogen werden sollte. Hank wurde blass, als er begriff, inwieweit er in das beschriebene Geschehen involviert sein würde. »Warum muss ich sie denn zu Andre bringen? Warum machst du das nicht selbst?« War das vielleicht genau der Grund? Damit er genauso tief mit drinsteckte?

Aber niemand sagte etwas in dieser Richtung, Larry antwortete schlicht: »Weil du dich sowieso fast jeden Tag mit Andre triffst. Eine bestehende Routine, die uns jetzt bei unserem Plan von Nutzen ist.«

Da hatte Larry natürlich recht. Jeden Tag gönnte sich Hank eine kleine Auszeit, indem er alles, was zum Kurierdienst musste, persönlich in Andres Laden vorbeibrachte. Natürlich hätte er auch jemanden schicken oder eine Abholung buchen können, aber er kam gerne mal raus, schlenderte durch die Stadt, holte Kaffee und schaute bei seinem Freund vorbei. Und diese Angewohnheit war inzwischen so etabliert, dass er damit keinerlei Verdacht erregen würde. Im Gegenteil – es wäre wohl eher ein Alarmsignal, wenn er plötzlich damit aufhörte.

Andre fuhr fort: »Du gibst mir die Auszahlungsbelege, und ich lasse sie einlösen.«

»Wie?«, wollte Hank wissen.

Achselzuckend erklärte Andre: »So läuft mein Geschäft in einer Casinostadt. Wo auch immer gespielt wird, gibt es Leute, die ihre Gewinne nicht selbst abholen wollen. Entweder soll die Frau nichts davon erfahren oder der Boss oder der Typ, bei dem sie Schulden haben. Oder aber es sind Casinoangestellte.« Hanks finsterer Blick war ihm nur ein Nicken wert. »So ist das Leben, ich biete nur eine gefragte Dienstleistung an. Ich habe diverse Leute an der Hand, die mit den Quittungen ins Casino gehen, sie am Automaten einlösen und …«

Larry fiel ihm ins Wort: »Genau deshalb bleiben wir immer unter fünftausend Dollar, damit sie nicht an einen der Schalter gehen und sich ausweisen müssen.«

Hank dachte eher an die zweihundert Überwachungskameras in den Räumlichkeiten des Casinos. »Aber wenn ein und derselbe Typ immer wieder kommt, wird man ihn irgendwann bemerken und befragen.«

Andre winkte ab. »Ich verfüge über einen endlosen Vorrat

an Leuten, die schnell Geld verdienen wollen. Hier eine Abholung, da eine Lieferung, diverse kleinere Aufträge. So ziemlich jeder, der in dieser Stadt aus dem Bus steigt und ein paar Dollar braucht, weiß, dass er bei mir im Laden vorbeischauen kann. Sie bringen mir das Bargeld aus dem Casino, ich gebe ihnen einen Fünfziger dafür, und sie verschwinden. Die meisten sehe ich erst Wochen später wieder.«

»Aber werden die nicht einfach das Geld nehmen und damit abhauen?«, zweifelte Hank.

»Manche schon«, gab Larry achselzuckend zu. »Das fällt unter laufende Geschäftskosten. Ich habe dafür in den Prognosen zehn Prozent mehr eingerechnet. Bei unserem Probelauf …«

»Bei eurem was?« Hank musste schlucken.

»Das habe ich dir doch erzählt, als ich Marlenes Familie eingespannt habe«, sprang Dave ein. »Nur ein paarmal war das. Dann haben wir das besprochen und …«

»Wie bitte? Ihr habt das alles ohne mich besprochen?«

Larry legte Hank beschwichtigend die Hand aufs Knie. »Uns war bewusst, was wir damit von dir verlangen, und wollten uns sicher sein, bevor wir dich fragen.«

Andre holte noch vier Bier aus der Kühlbox und reichte die Dosen herum. »Wir wollten dich nicht mit reinziehen, falls es nicht funktioniert.«

Sie öffneten die Dosen, und Hank stürzte sein Bier zur Hälfte hinunter. Dann drückte er das kühle Metall für einen Moment gegen seine Stirn.

Larry nahm den Faden wieder auf: »Also, bei dem Probelauf hat nur einer der Boten das Geld nicht abgeliefert.« Andre nickte bestätigend, woraufhin Larry fortfuhr: »Andre bringt das Bargeld dann zu mir in die Bank, und ich transferiere es auf unser Offshore-Konto …«

»Moment mal! *Unser* Offshore-Konto? Ihr habt bereits ein Konto dafür eröffnet?« Heilige Mutter Gottes! Am liebsten hätte Hank über Bord gekotzt. Hätte er sich doch bloß nicht diesen Hotdog an der Bude am Hafen geholt.

»Das mache ich in der Bank ständig. Als ich für einen Kunden eines eröffnet habe, habe ich in der Korrespondenz einfach noch eines hinzugefügt. Eure Daten habe ich ja in den Akten, so ging das alles. Keine große Sache. Klar, Offshore-Konten, das klingt immer so schick, aber ihr würdet euch wundern, wie viele vollkommen normale Menschen welche haben. Jedenfalls – das Bargeld kommt rein, ich transferiere es auf unser Konto. Natürlich auch hier nie mehr als zehntausend auf einmal.«

Hank schwirrte der Kopf. Er trank einen Schluck. Diese Kerle steckten gedanklich schon so tief drin in ihrem Plan, dass sie sicher nicht begeistert wären, wenn er ihnen jetzt eine Abfuhr erteilte. Und eigentlich *brauchten* sie ihn dafür auch nicht wirklich. Seine Rolle war unwichtig, er transportierte schließlich nur die Zahlscheine von Dave zu Andre. Aber sie würden sein Casino ausrauben, und wenn er sie nicht daran hinderte, machte er sich schon dadurch schuldig. Aber dann würde er kein Geld dafür bekommen. Aber noch hatten sie das Verbrechen nicht begangen, bisher sprachen sie nur darüber. Hank fiel auf, wie viele »Aber« sein Gedankengang enthielt. Er sah seine Freunde abwägend an. »Von wie viel reden wir hier?«

Larry antwortete: »Ich denke, wenn Dave fünf Mal pro Woche Zahlscheine rauslässt, sind das ungefähr neuntausendachthundert Dollar pro Tag, und wir machen das sechsundvierzig Wochen im Jahr – zu dieser Zahl kommen wir gleich noch –, das wären dann also 2,25 Millionen im Jahr, wenn man die Kretins mit einrechnet, die mit einem Teil unseres Geldes abhauen. So werden wir etwas mehr als vier Jahre brauchen, um auf zehn Millionen zu kommen. Also zweieinhalb Millionen für jeden. Danach ziehen wir den Stecker und gehen in den Ruhestand.«

»Zweieinhalb Millionen«, wiederholte Hank leise.

»Für Reichtum der Kategorie Privatinsel und Jetset-Leben wird es nicht reichen, aber es ist ein ordentliches Polster. Wenn wir klug haushalten, wird es eine Weile reichen. Und es sind zweieinhalb Millionen mehr, als wir jetzt haben«, betonte Larry.

Hank starrte seine leere Bierdose an, dann blickte er hoch. »Warum sechsundvierzig Wochen?« Ihm fiel auf, wie ein Teil der Anspannung von seinen Freunden abfiel; vermutlich waren sie erleichtert, dass er sich erst einmal nur nach diesem Punkt erkundigte. Die drei lehnten sich zurück.

Larry leerte seine Bierdose und zerdrückte sie. »Das ist eine der Regeln. Meine Nachforschungen haben ergeben, dass man bei solchen Unternehmungen sehr schnell erwischt wird, wenn man sich nicht an gewisse Regeln hält. Und wenn wir das tatsächlich machen wollen«, er sah sie der Reihe nach durchdringend an, »dürfen wir uns nicht erwischen lassen. Ich gehe auf keinen Fall ins Gefängnis. Seht mich doch an! Ich bin ein attraktiver Mann mit einer faszinierenden Persönlichkeit. Im Knast wäre ich viel zu beliebt.«

»Nicht, wenn du dein Aftershave einpackst«, konterte Andre.

Die Männer lachten. Hank war nicht sicher, ob er das wirklich tun wollte. Aber er war sich auch nicht sicher, ob er überhaupt eine Wahl hatte. Schon wieder so ein »Aber«.

Nun begann Larry seinen Vortrag: »Regel Nummer eins.« Er zeigte auf Hank und Dave. »Achtet im Casino weiterhin darauf, dass niemand von eurer Freundschaft erfährt. Das Risiko, erwischt zu werden, sinkt, wenn das dort keiner weiß.«

Das war kein Problem, dafür mussten sie ja nur so weitermachen wie bisher.

»Regel Nummer zwei: Nehmt euch regelmäßig Urlaub. Veruntreuungen und Betrug am Arbeitsplatz fliegen meistens auf, weil derjenige Angst davor hat, seinen Posten zu verlassen. Ihr müsst euch also wie gewohnt freinehmen, allerdings nicht gleichzeitig, das fällt dann wieder unter Regel Nummer eins.« Larry zeigte auf Dave: »Wenn du dir also drei Wochen Urlaub nimmst«, nun zeigte er auf Hank, »nimmst du dir in drei anderen Wochen frei. Andre und ich werden zeitgleich mit euch Urlaub machen, dann bleiben uns pro Jahr sechsundvierzig produktive Wochen.«

Das klang vernünftig. Hank fürchtete allerdings, Pam könnte wenig erfreut sein, wenn sie nicht zusammen mit Marlene Urlaub machen konnte. Andererseits war es ja nicht so, als könnten sie sich Karibikkreuzfahrten oder Ähnliches leisten.

»Dasselbe gilt für Fortbildungen und alles andere, was vom normalen Pflichtprogramm abweicht. Wer zu besitzergreifend wird und sich gegen jede Art von Vertretung sträubt, wird erwischt. Da schrillen die Alarmglocken. Falls es also zu so etwas kommt, macht es einfach, wir passen uns dann entsprechend an. Regel Nummer drei: Es wird nicht mehr Geld ausgegeben als sonst. Kein bisschen. Am besten schnallt ihr den Gürtel sogar noch ein wenig enger, damit in dieser Hinsicht nicht der leiseste Verdacht aufkommt.«

Dave jammerte: »Nicht einmal eine Kleinigkeit? Ich bin so was von abgebrannt …«

Andre warf ihm über seine Gleitsichtbrille hinweg einen strengen Blick zu. »Willst du als Gefängnisbetthäschen enden?«

Nun legte Larry Andre beschwichtigend die Hand auf den Arm und betonte: »Wir müssen klug agieren, Dave. Du hast diesen wirklich brillanten Plan entwickelt, aber es kann nur funktionieren, wenn wir diszipliniert vorgehen. Vier Jahre. So lange müssen wir durchhalten, dann wird alles gut.« Er wartete, bis Dave zustimmend nickte. »Und zu guter Letzt: Regel Nummer vier.« Larry beugte sich vor. »Erzählt niemandem davon. Absolut niemandem.« Er musterte sie durchdringend. »Marlene nicht, Pam nicht, Shalisa nicht. Auch nicht Nancy. Sagt es ihnen nicht. Und wenn euch der Drang überkommt, es doch zu tun, stellt euch vor, wie sie euch im Gefängnisbesucherraum gegenübersitzen.« Er richtete sich auf.

Die Playlist wechselte gerade von einem Lied zum nächsten, sodass einen Moment lang nichts zu hören war, außer dem leisen Plätschern der Wellen am Rumpf des Bootes.

Hank holte tief Luft. »Hört mal, Jungs. Ihr habt euch das echt gründlich überlegt, und vielleicht ist das sogar machbar. Vielleicht könnten wir das tatsächlich durchziehen. Aber von der praktischen Seite mal abgesehen, würden wir damit das Casino bestehlen, und das widerspricht so ziemlich allem, wofür ich während der letzten einunddreißig Jahre meines Berufslebens eingestanden bin. Ich kann das nicht. Wenn wir diese Grenze einmal überschreiten, gibt es kein Zurück mehr.«

Dave starrte angestrengt auf das Deck und erwiderte leise: »Du hast diese Grenze bereits überschritten, Hank.«

Mit einem Ruck fuhr Hank zu ihm herum.

Nun hob Dave den Kopf. Leicht betreten führte er aus: »Ich habe dir heute Morgen das Geld gezeigt. Seitdem sind acht Stunden vergangen, und du hast weder die Polizei noch den internen Sicherheitsdienst informiert. Stattdessen hast du dich mit mir auf deinem Boot getroffen.«

Hank kratzte sich am Ohr und beobachtete, wie die Sonne langsam im Meer versank. Hatte er tatsächlich die einzige Chance verpasst, das Ganze noch aufzuhalten?

Auch Andre sah ihn durchdringend an und zog vielsagend die Brauen hoch. »Du bist uns was schuldig, Hank.«

Nun kam es also.

Bislang hatten die Jungs ihm nie Vorwürfe gemacht; umso schmerzhafter war es, dass sie es ausgerechnet jetzt ansprachen.

»Andre hat's ausgesprochen.« Dave verzog betreten das Gesicht. »Wir haben damals nur deinetwegen investiert.«

»Na ja, wir sind schon selbst verantwortlich«, sprang Larry ihm bei, »schließlich sind wir erwachsene Menschen. Niemand hat uns gezwungen. Aber wir sind dir in diesen Abgrund gefolgt, Hank. Du hast gesagt, es wäre eine sichere Sache. Mehrmals. Wir haben dir geglaubt und unser Geld verloren. Sogar mehr als das. Nancy redet seitdem kaum ein Wort mit mir. Und ich habe durchaus bemerkt, wie Pam dich ansieht, Hank.«

Andre bekräftigte: »Unsere Frauen sehen uns alle so an. Als hätten wir sie im Stich gelassen. Wir tun es für sie, für Marlene, Shalisa, Nancy und Pam. Ohne sie haben wir nichts. Das ist unsere große Chance, um sie zurückzugewinnen. Aber wir brauchen dich dafür, Hank. Alle oder keiner.«

Betroffen sackte Hank in sich zusammen. Eine Erinnerung blitzte vor seinem inneren Auge auf: Pam, wie sie ihn durch das Schlafzimmer jagte und versuchte, ihm einen Morgenkuss aufzudrücken. Irgendwann hatte er sich von ihr fangen lassen und die Dunstwolke ertragen. Dann hatte er sie lachend auf das Bett geworfen, und sie hatten sich die Seele aus dem Leib gevögelt. So etwas gab es heute nicht mehr.

Schließlich stemmte sich Hank aus seinem Kapitänssessel hoch und prüfte den Anker. Da alles festsaß, sank er auf seinen Stuhl zurück, nahm noch einen Schluck Bier und fragte: »Meint ihr, das wäre so oder so passiert?«

Dave, Andre und Larry wechselten einen verwirrten Blick, bevor Larry nachhakte: »Dass was so oder so passiert wäre?«

Eine Möwe glitt über sie hinweg; Hank blickte ihr nachdenklich hinterher. »Dass unsere Ehen so oder so kaputtgegangen wären.« Erst jetzt sah er wieder seine Freunde an. »Ist das nur wegen des Geldes passiert, oder wäre auf jeden Fall alles den Bach runtergegangen?«

Es dauerte einen Moment, bis Dave eine Antwort für ihn hatte. »Ich weiß zwar nicht, wie ihr das seht, aber ich bin mir zu hundert Prozent sicher, dass es wegen des Geldes ist. Marlene und ich waren glücklich. Klar, sie beschimpft mich manchmal schlimmer als jeder Fernfahrer.« Ein liebevolles Lächeln huschte über sein Gesicht. »Aber wenn die Geldsorgen nicht wären? Ich muss nur den richtigen Song auflegen, dann beginnt sie, die Hüften zu schwingen, und landet in meinen Armen wie ein Sack Eisenspäne an einem Magneten. Wenn ich unser Geld zurückholen kann, gewinne ich auch sie zurück.«

Diese unverrückbare Überzeugung verblüffte Hank. Er wandte sich an Andre. »Und bei dir?«

Andre fuhr sich mit der Hand über das Gesicht und blickte starr zum Horizont. »Shalisa und ich hatten es nicht immer leicht, das steht fest. Aber sie liebt mich. Oder zumindest hat sie mich einmal geliebt. Und ich habe sie enttäuscht. In vielerlei Hinsicht.« Er wischte sich eine Träne von der Wange und schluckte. »Aber sie ist meine Königin.« Mit tränennassen Augen sah er seine Freunde an und erklärte lächelnd: »Das war schon so, als ich sie am ersten Tag an der Highschool in der Turnhalle gesehen habe. Sie ist meine Königin und wird es immer bleiben. Und wenn wir uns nicht ständig über die schäbigen Details des Lebens den Kopf zerbrechen müssten – ihr wisst schon, ein Dach über dem Kopf und Essen im Kühlschrank …« Er lachte leise. »… dann wäre alles wieder gut.« Er sah zu Dave hinüber. »Ja, dann könnte ich meine Königin zurückgewinnen.«

Hank kratzte sich nachdenklich am Kinn, bevor er fragend zu Larry hinübersah.

»Na ja. Also, ehrlich gesagt: Mir war nicht klar, dass ich auf diesem Boot bei einer Aufzeichnung von *Dr. Phil* landen würde. Aber gut, ich spiele mit. Nancy und ich haben Probleme, die über das Thema Geld hinausgehen. Ich möchte da jetzt nicht näher drauf eingehen, werde ich aber noch. Bald. Manchmal zwingt einen das Leben einfach zu Entscheidungen, mit denen man nie gerechnet hätte. Kurz gesagt … ich bin mir nicht sicher. Ganz und gar nicht sicher.« Frustriert stieß er den Atem aus. »Aber das Geld wäre sicherlich hilfreich. Was ist mit dir, Hank?«

Hank beobachtete, wie die Möwe dicht über das Wasser schoss und dann wieder aufstieg. Während er ihren Flug verfolgte, sagte er: »Sie ist mein Ein und Alles. Ohne sie fühle ich mich leer.«

Einen Moment lang ließen die Männer das so stehen, dann stieß Andre einen leisen Pfiff aus und sagte leise: »Das ist wunderschön, Hank. Aus welchem Song hast du das?«

Ohne die Möwe aus den Augen zu lassen, antwortete Hank: »Kein Song. Einfach nur meine Gedanken.«

Dave erhob sich und begann, langsam zu klatschen. »Hank Manilow, meine Damen und Herren. Wir haben hier unseren eigenen Hank Manilow.«

Mit einem verlegenen Grinsen deutete Hank eine Verbeugung an.

*

Am Tag von Daves Tod verfügten sie über 9,3 Millionen Dollar, aufgeteilt auf sechs Offshore-Konten, und waren noch zwölf Wochen davon entfernt, den Stecker zu ziehen.

Ohne Dave waren sie laut Larrys Berechnungen bei 2,3 oder

3,1 Millionen pro Person, je nachdem, was sie mit Daves Anteil machen wollten. Natürlich wäre es das einzig Richtige, das Geld irgendwie Marlene zukommen zu lassen, aber ihnen war noch nicht ganz klar, wie sie das anstellen sollten. Außerdem schien es ihr recht gut zu gehen, was im Grunde Andre zu verdanken war, der darauf bestanden hatte, dass sie alle eine Lebensversicherung über eine Million abschlossen. Sie seien es ihren Frauen schuldig, sie gut versorgt zurückzulassen, falls etwas schiefgehen sollte, meinte er.

Nun war so einiges schiefgegangen.

Sie befanden sich quasi im freien Fall, und Hank versuchte verzweifelt, sie wieder in die Spur zu bringen, bevor es zu spät war. Und den ersten Schritt in diese Richtung würde er machen, indem er Padma ihren Tee brachte und herausfand, wie genau seine neue Chefin in Daves Ermordung involviert war.

KAPITEL 12

MAN BRAUCHT VISIONEN

Ursache und Wirkung – darüber dachte Padma Singh gerade nach.

Auf dem an der gegenüberliegenden Wand befestigten Whiteboard war das Ishikawa-Diagramm aufgezeichnet, das Teil ihres Studiums an der Harvard Business School gewesen war. An das rechte Ende der horizontalen Linie hatte Padma die WIRKUNG geschrieben: *höhere Profite.* Und auf dem Weg dorthin hatte sie erste URSACHEN verzeichnet: *durchschnittlicher Einsatz, im Casino verbrachte Zeit, Kapazitäten des Casinos.* Allerdings war sie nicht ganz sicher, ob sie das Diagramm richtig ausfüllte. So war das nun einmal, wenn man bei seinem Uniabschluss auf Platz 888 von 900 landete – man war sich nie ganz sicher, ob man es auch richtig machte. Aber wenn man eine Mutter hatte, die nicht nur auf der Forbes-Liste der einflussreichsten Frauen stand, sondern auch noch die ungekrönte Königin von Indiens Unterwelt war, vermerkte niemand den Ranglistenplatz in den Bewerbungsunterlagen. Dann musste man gar nicht erst Bewerbungen schreiben. Dann sagte man Mutti einfach, dass man den Job haben will.

Genau genommen, beschäftigte sich Padma in diesem Moment aber gar nicht mit der Gewinnspanne des Casinos. In diesem Moment versuchte Padma vielmehr, herauszufinden, wie sie in das Feld WIRKUNG schmerzfreie Füße eintragen könnte. Durch die gläserne Tischplatte betrachtet, sahen sie aus wie zwei Vollkornmuffins, die aus ihren Louboutin-Förmchen quollen. Ganz zu schweigen von der Blase am kleinen Zeh.

Dabei hatte Padma eigentlich gar nicht so lange herumlaufen wollen. An einem Wochentag, noch dazu vormittags, unterschied sich der Job deutlich von dem, was an einem Samstagabend gefordert war. Dann waren die Casinogäste in Feierlaune und wollten mit der Geschäftsführerin plaudern, machten Selfies mit ihr und ließen sich ihre Gratiscocktails auf die Premiumversion aufstocken. Doch um 10 Uhr morgens an einem Mittwoch sollten die Croupiers einfach nur die Karten verteilen, die Einsätze platzieren und die Klappe halten. Da war niemand scharf auf ein Pläuschchen mit der Chefin.

Vor einer Stunde war Padma mit dem Angestelltenaufzug ins Erdgeschoss gefahren und hatte eine Runde durch die Küche gedreht, vorbei an blitzenden Edelstahlarbeitsflächen, an denen Köche und Küchenhilfen in makellosen weißen Jacken und Haarnetzen werkelten. Sie hatte herausgefunden, dass sich am Aktivitätslevel in der Küche ablesen ließ, wie viel in den Spielsälen gerade los war. Herrschte Hektik am Grill, waren Spieltische und Automaten voll besetzt. An diesem Morgen allerdings waren die Kellner damit beschäftigt gewesen, die Kaffeekannen zu polieren, als sie durch die vordere Tür die Küche verließ, um die Ecke bog und den Spielsaal betrat.

Bei den ersten Schritten auf dem in buntem Mosaikmuster erstrahlenden Teppich fühlte sich Padma immer wie Sharon Stone bei ihrem großen Auftritt in *Casino*. Allerdings drehte sich niemand nach ihr um. Und die Kundschaft hier war auch weniger glamourös als die im Film. Heute etwa hatte es viele Gummizughosen und orthopädische Schuhe zu sehen gegeben. Trotzdem schlug ihr Herz schneller, wenn sie die Roulettekugeln hörte, das Klingeln der Spielautomaten, die diskret geraunten Einsätze, den gedämpften Jubel der Siegreichen. Diese Geräuschkulisse verschmolz mit dem ganz speziellen Licht zu einem Dunst aus Hoffnung und Verzweiflung.

Padma war auf ihrer Runde gerade bei den Spielautomaten angekommen, als ihr der Geruch in die Nase stieg. Anfangs war sie sich nicht sicher, also blieb sie stehen und schnüffelte noch einmal. Ging ein paar Schritte zurück und sog prüfend die Luft ein. Dann sah sie sich um. In diesem Bereich wurde nur an einem Automaten gespielt; auf dem Polsterhocker saß eine weißhaarige Seniorin und fütterte das Gerät mit Ein-Dollar-Noten.

Padma ging zu ihr hinüber. »Entschuldigen Sie, Ma'am.«

Die Frau warf ihr einen flüchtigen Blick zu und drückte auf den Spielknopf.

Das Display verriet Padma, dass die alte Dame über ein Guthaben von fünfundsiebzig Dollar verfügte, bei einem Einsatz von einem Dollar pro Spiel. Nachdem die faltige Hand mit den rot lackierten Nägeln erneut den Knopf gedrückt hatte, stieg das Guthaben auf fünfundachtzig Dollar.

»Entschuldigen Sie, Ma'am«, versuchte Padma es noch einmal. »Denken Sie nicht, Sie sollten die Toiletten aufsuchen?«

Die alte Frau schüttelte den Kopf. »Kann jetzt nicht gehen. Gleich werde ich ihn knacken, das spüre ich.«

»Aber Ma'am, Sie müssen die Toiletten benutzen.« Padma versuchte, nur durch den Mund zu atmen, um nicht zu viel von dem Uringestank abzubekommen. Verzweifelt hatte sie sich nach dem Sicherheitsdienst umgesehen und dabei ihre Lebensentscheidungen ernsthaft infrage gestellt. Hätte sie den Posten in dem Tech-Start-up in Mumbai angenommen, den ihre Mutter für sie vorgesehen hatte, müsste sie jetzt nicht neben einer Frau stehen, die sich schon den ganzen Morgen über in die Hose pisste. Aber Padma war es leid, sich von ihrer Mutter herumschubsen zu lassen; sie hatte eigene Pläne. Deshalb musste sie nun aufpassen, dass sie nicht in die Urinlache trat. Endlich erspähte sie ein Sicherheitsteam, winkte es heran, und zwei Sekunden später standen die beiden Männer neben ihr. Sie überließ es ihnen, sich um die Pinkellady zu kümmern, und hinkte mit schmerzenden Füßen in ihr Büro zurück.

Padma war durchaus bereit, sich für den Erfolg aufzuopfern. Und ihre Mutter sagte ihr immer wieder, dass hohe Schuhe professioneller wirkten und Padma auf diesem Gebiet jede nur erdenkliche Hilfe bräuchte. Also zwängte Padma ihre dicklichen Füße nun schon seit zwei Monaten in Pumps mit Zehn-Zentimeter-Absätzen. Was gar nicht gut lief. Ihr tief liegender Körperschwerpunkt und ihre dicken Zehen waren einfach nicht für die physikalischen Anforderungen von High Heels gemacht.

Sobald sie wieder in ihrem Büro saß, hätte sie die Schuhe am liebsten ausgezogen. Allerdings blähten sich ihre Füße, wenn sie einmal frei waren, auf wie Kugelfische in einem Haiaquarium, und dann säße sie hier fest, bis die Schwellung nachließ. Also zog sie die Füße sittsam unter ihren Stuhl und räumte erst einmal ihren Schreibtisch auf, indem sie Tastatur, Wasserflasche und Telefon gerade rückte. Ein Stapel Broschüren wurde so lange auf dem Tisch zurechtgeklopft, bis die Kanten makellos aufeinanderlagen. Anschließend wanderten sie zurück auf ihren Platz direkt neben dem in einer kleinen Schale arrangierten Satz Jetons, den Padma letzte Woche der Casinobank entnommen hatte.

Eigentlich müsste sie die Spielchips zurückbringen, aber sie fand es irgendwie beruhigend, ihre kühle, glatte Oberfläche zu berühren. Auch jetzt nahm sie einen Jeton und rieb ihn zwischen Daumen und Zeigefinger. Er war ein wenig klebrig.

Padma spuckte auf ein Taschentuch und rieb ihn ab, bevor sie ihn zu den anderen zurücklegte. Vermutlich getrockneter Kaffee. Auf dem Weg zur Casinobank hatte sie auf dem Flur irgendein idiotischer Mitarbeiter angerempelt und dabei seinen Kaffee auf dem Fliesenboden verschüttet. Wenn sie ihn genauer hätte sehen können, wäre eine Verwarnung durch den direkten Vorgesetzten fällig gewesen. Immerhin hätte seine Nachlässigkeit sie beinahe das Leben gekostet, da sie, als sie wenig später mit dem Tablett voller Spielchips zurückkam, mit dem Absatz in der verdammten Kaffeelache ausrutschte. Dabei hätte sie sich das Genick brechen können. So war sie auf Händen und Knien herumgekrochen, um die verstreuten Jetons aufzusammeln. Als sie plötzlich Schritte hörte, war sie hastig aufgesprungen; auf allen vieren mit dem Hintern in der Luft wollte sie auf keinen Fall gesehen werden.

Hastig war sie zu ihrem Meeting gegangen, wo sie die Spielchips auf dem Konferenztisch hatte kreiseln lassen und das Designteam dazu genötigt hatte, sich die Jetons in Glitzeroptik vorzustellen. Auch jetzt setzte sie einen Jeton in Bewegung, dann noch einen und noch einen, bis sie sich alle in einer Reihe drehten. Ihre Mutter hatte einen Miniatur-Zengarten als Schreibtischschmuck – ein kleines Tablett mit feinem Sand, auf dem einige Halbedelsteine arrangiert waren. Sogar eine winzige Harke gab es, mit der sie manchmal den Sand glättete, während ihre Angestellten mit angehaltenem Atem auf ihre Entscheidung warteten.

Und gab es für eine Casinochefin etwa einen passenderen Schreibtischschmuck als eine Schale mit Jetons? Padma legte sie in einer Reihe aus, stapelte sie auf, legte sie wieder aus und sortierte sie dann nach Wert: 25 $, 50 $, 100 $, 500 $ – den Platz für die 1.000 $ ließ sie frei –, und am Ende der Reihe 5.000 $ und 10.000 $. Ziemlich viel Geld, um es einfach so auf ihrem Schreibtisch auszustellen. Schon es zu berühren, hatte etwas Berauschendes an sich. Bestimmt sandte es eine unterschwellige Botschaft aus, war ein subtiler Beweis ihrer Macht. Vielleicht sollte sie die Jetons einfach behalten. Wenn sie den Satz nicht zurückbrachte, musste sie der Bank auch nicht den fehlenden Tausend-Dollar-Chip ersetzen.

Aus dem Augenwinkel bemerkte sie eine Bewegung auf den Überwachungsmonitoren zu ihrer Linken: Hank bog um die Ecke und ging auf ihr Büro zu. Seine Schultern waren gebeugt; in letzter Zeit sah er aus, als müsste er die Last der gesamten Welt auf seinem Rücken tragen. Schnell setzte Padma sich aufrecht hin, schob die Broschüren über die aufgereihten Jetons und fing an, willkürlich auf ihrer Tastatur herumzutippen, bis Hank hereinkam.

Obwohl der Mann ein weltfremder Trottel war – Padma wäre nicht überrascht gewesen, wenn er eines Tages mit einer Ansteckkrawatte zur Arbeit erschienen wäre –, war sie doch dankbar dafür, dass er den Großteil des Tagesgeschäfts für sie erledigte. So konnte sie sich auf wichtigere Dinge konzentrieren, etwa auf ihre Karriere und Jetons mit Glitzereffekt.

»Guten Morgen, Chefin.« Hank trat ein, stellte ihren Tee auf ihrem Schreibtisch ab und nahm dann auf dem Besucherstuhl Platz, damit sie ihren täglichen Plausch halten konnten.

Lächelnd griff Padma nach dem Becher.

Zugegebenermaßen hatte sie nicht viel Erfahrung im Umgang mit Kollegen. Sie hatte erst vor ein paar Monaten ihren Abschluss gemacht, und dies war ihr erster richtiger Job. Deshalb war sie sich nie ganz sicher, welchen Ton sie Hank gegenüber anschlagen sollte. Bei ihrem Antritt als seine Chefin hatte sie fest vorgehabt, ihn zu feuern und durch einen jüngeren Mitarbeiter zu ersetzen, den sie besser kontrollieren konnte. Dann aber hatte er angefangen, ihr Tee mitzubringen, wenn er sich morgens seinen Kaffee holte. Sowohl die respektvolle Geste als auch die Tatsache, dass sie dann nicht selbst bis zur Kaffeeküche am Ende des Flurs laufen musste, hatten sie schließlich dazu bewogen, ihn noch eine Weile zu behalten.

Nun hielt sie den warmen Pappbecher mit beiden Händen fest und musterte ihr Gegenüber. Zwischen Hanks Brauen hatte sich eine Falte gebildet, als würde er sich mit sorgenvollen Gedanken herumschlagen. Sicher sein konnte sie sich da aber nicht. Auch nach zwei Monaten wusste sie noch nicht mehr über Hank als das, was sie bereits am ersten Tag in seiner Personalakte gelesen hatte: ein vorbildlicher Angestellter, der einunddreißig Jahre zuvor als Kartengeber angefangen hatte, dann zum Tischbereichsleiter, Saalchef und Abteilungsleiter für den Spielbetrieb aufgestiegen war. Vor fünfzehn Jahren war er zum Verwaltungschef befördert worden. Er überwachte die einzelnen Abteilungen, und die Abteilungsleiter waren der Ansicht, dass er seinen Job gut mache. Ziemlich beeindruckend für einen Mann, der keinen Abschluss von einer Eliteuniversität vorweisen konnte wie sie. Doch nun, da sie das Ruder übernommen hatte, lag das Casino der Indo-USA Gaming Inc. und damit die Investition ihrer Mutter in angemessen gebildeten Händen.

Padma eröffnete das Gespräch: »Ich möchte mit Ihnen über die Spielautomaten sprechen.«

»Sie meinen sicherlich Donna. Ja, das war wirklich unglücklich. Normalerweise trägt sie Windeln, aber … die waren ihr gerade ausgegangen. Es wird nicht wieder vorkommen.«

Selbst bei der Erinnerung daran musste Padma einen Würgereiz unterdrücken, weshalb sie eilig fortfuhr: »Diese Trauerfeier letzte Woche war ja für unseren leitenden Automatentechniker, und ich wollte mit Ihnen Rücksprache halten, bevor Sie einen Ersatz für ihn einstellen.«

»Richtig.«

Hank senkte den Kopf, und wieder entdeckte Padma diese Falte zwischen seinen Brauen, während er auf ihre geschwollenen Füße starrte. Verlegen zog sie die Beine weiter an, wodurch der Schuh schmerzhaft gegen die frische Blase drückte. »Haben Sie ihn gekannt?« Mit dieser Frage lenkte sie Hanks Aufmerksamkeit wieder auf sich.

»Wen?«

»Den Automatentechniker.« Wie mit glühenden Nadeln traktierte das enge Leder ihren wunden Zeh. Schmerzerfüllt verzog sie das Gesicht.

Hank sah sie direkt an und antwortete: »Nicht wirklich.«

»In seiner Akte steht, dass Sie ihn eingestellt haben.« Padma versuchte, möglichst kontrolliert zu atmen.

»Tatsächlich? Dann wird das wohl so sein. Aber er war mir nicht direkt unterstellt.«

»Ein äußerst attraktiver Mann, muss ich sagen. Und anscheinend war er sehr beliebt. Die Menschen haben ja regelrecht Schlange gestanden, um mit seiner Witwe zu sprechen.«

»Ein wirklich feiner Kerl.« Hank hob die Hand vor den Mund und hustete kurz. »Nach allem, was ich gehört habe.«

»Mir ist bewusst, dass Sie momentan einige Stellen neu besetzen müssen – mehrere Croupiers, die Leitung der Sicherheit und nun auch noch in der Automatentechnik. Deshalb wollte ich Sie wissen lassen, dass Sie den Verstorbenen nicht ersetzen müssen. Ich habe beschlossen, die Spielautomaten auszutauschen.«

Ruckartig hob Hank den Kopf. »Wie bitte?«

Padma sah, wie Hank anfing, mit einem Knie zu wippen. Auf das, was sie nun sagen würde, war sie so stolz, dass sie sich kerzengerade aufrichtete und sich ein Grinsen verkneifen musste. »Ich habe die Erträge der Spielautomaten analysiert und mit denen anderer Casinos der Indo-USA Gaming-Familie verglichen, und diese Analyse hat ergeben, dass bei unseren Automaten pro Jahr ungefähr 2,5 Millionen Dollar mehr ausgezahlt werden.«

So hatten die anderen an der Uni auch immer geredet, allerdings hatte Padma sich nie erträumt, solche Worte einmal aus ihrem eigenen Mund zu hören. Und auch noch in der richtigen Reihenfolge. Hätte sie sich selbst abklatschen können, wäre jetzt ein High Five fällig gewesen. Nur dumm, dass sie dieses Meeting nicht aufzeichnete, dann hätte sie es ihrer Mutter schicken können. Damit hätte sie bewiesen, dass sie alles im Griff hatte. Auch wenn sie nur durch Zufall auf diese Erkenntnis gestoßen war. Falls es denn überhaupt so war. Padma hasste Zahlen und hatte überhaupt erst einen Blick in die Bücher geworfen, nachdem ihr ursprüngliches Projekt spektakulär gescheitert war.

Bei ihrer Ankunft hier hatte sie grandiose Pläne gehabt: Das Casino sollte umgestaltet werden – alles cremefarben, mit einzelnen Akzenten in Fuchsiarot. Dieses Farbschema würde den Casinobesuch für die Spieler in ein entspannt-heiteres Erlebnis verwandeln, ähnlich wie in einem Spa. Eigentlich hätte sie ahnen müssen, dass etwas nicht stimmte, als ihre Mutter ihr zustimmte und die Idee sogar lobte.

Hank hatte ihr gelassen zugehört, als sie ihm ihre Vision beschrieb, und dann ein Meeting mit einigen Fachberatern anberaumt. Die hatten Padma psychologische Studien zum Thema Glücksspiel vorgelegt, in denen nachgewiesen wurde, dass heitere Gelassenheit den Menschen nicht das Geld aus der Tasche zog, Unruhe und Chaos allerdings schon. Bunte, wild gemusterte Teppiche förderten die Risikobereitschaft, was die Einsätze erhöhte, und sie eigneten sich wunderbar, um Flecken zu kaschieren. Cremetöne mit Fuchsia-Akzenten konnten nichts davon. Danach gab Padma ihre Pläne auf. Ihr war klar, dass ihre Mutter sie absichtlich hatte auflaufen lassen, während Hank sie davor bewahrt hatte, ihrer Karriere großen Schaden zuzufügen. Trotzdem würde sie ihn feuern, wenn auch noch nicht gleich. Und weil ohne diese Pläne nicht mehr viel zu tun blieb, hatte sie sich den Büchern zugewandt.

Da sie Buchhaltung furchtbar langweilig fand, hatte Padma einfach die Gewinne mehrerer firmeneigener Casinos übersichtlich auf ihrem Computermonitor angeordnet und dabei festgestellt, dass die Summen unter dem Strich alle zusammenpassten – bis auf eine. Die Auszahlungen an den Spielautomaten in ihrem Casino waren höher. Um einiges höher. Es musste wirklich auffallend viel sein, sonst hätte Padma es sicher nicht entdeckt; das war sogar ihr klar.

Nun saß ihr Hank einen Moment lang schweigend gegenüber, um dann zu fragen: »Wann haben Sie das bemerkt?«

Eigentlich war sie davon ausgegangen, dass er sie danach fragen würde, *wie* sie das herausgefunden hatte, und dass er ihr zu ihrer Entdeckung gratulieren würde. Doch stattdessen wollte dieser Trottel nur wissen, *wann* sie es erkannt hatte. Wahrscheinlich fühlte er sich dafür verantwortlich, was auch völlig richtig war. Immerhin hatte bis vor zwei Monaten noch er die Zügel in der Hand gehalten.

»Hmm. Letzten Monat, glaube ich.«

»Haben Sie schon mit jemandem über diese Erkenntnisse gesprochen?«

Wieder so eine merkwürdige Frage.

»Nur mit ein paar Leuten von der Zentrale, neulich bei diesem Firmenausflug.« Eigentlich hatte Padma das Ganze für sich behalten wollen, bis sie konkrete Zahlen vorlegen konnte, aber während des Stehempfangs vor dem Abendessen war sie es irgendwann leid gewesen, dass die anderen Führungskräfte auf sie herabblickten – im wörtlichen wie im übertragenen Sinne. Also hatte sie, während sie elegant an ihrem Cosmopolitan nippte, durchblicken lassen, dass sie auf ein Leck im Rumpf ihres fröhlich dahinschippernden Casinos gestoßen sei. Eine bereits angeschlagene Firma zu retten, war keine Kunst, aber man brauchte Talent und Weitsicht, um die Risse in einer scheinbar gut geölten Maschine zu entdecken. Unterband sie die übermäßigen Ausschüttungen aus den Spielautomaten, würde das die Firmengewinne erhöhen. Und damit würde Padma unter Beweis stellen, dass sie zu Recht auf ihrem Platz saß, ihn nicht nur durch Muttis Hilfe innehatte.

Sie versuchte grundsätzlich, die Verbindung zu ihrer Mutter möglichst geheim zu halten, weshalb sie sogar einen anderen Nachnamen benutzte. Und natürlich kannte sie die Gerüchte, laut denen ihre Mutter einer der schlimmsten Gangsterbosse von ganz Indien sein sollte. Weibliche Verbrecherkönige waren in ihrem Heimatland legendär, zum Beispiel die Patin, die Königin der Banditen oder Tantchen Bela. Und auch wenn ihre Mutter ein Ingenieurstudium absolviert und große Erfolge im Silicon Valley gefeiert hatte, war es durchaus richtig: Sie tat, was nötig war, um ihr hart erarbeitetes Vermögen zu schützen. So verbrachte sie einen Großteil ihrer Zeit damit, sich geschäftlich durch Indiens holprige Infrastruktur zu kämpfen. Allerdings zeigte sie in letzter Zeit auch zunehmend Interesse an dem holprigen Liebesleben ihrer Tochter, sehr zu Padmas Leidwesen.

Die übermächtige Matriarchin der indischen Unterwelt hatte beschlossen, dass ihre Tochter innerhalb der nächsten achtzehn Monate heiraten solle. Hätte sie einen Freund gehabt, wäre Padma diese Deadline noch irgendwie logisch erschienen. Aber sie war ohne jeden Zweifel Single. Und da sich in dieser

Hinsicht keinerlei Veränderung abzeichnete, hatte ihre Mutter einen Berater hinzugezogen, der in Indiens elitären Kreisen äußerst beliebt war: die Kupplerin. Die ältere Dame mit den bunten Saris, den grell lackierten Fingernägeln und den dicken Diamantringen verfügte über einen schier unerschöpflichen Vorrat an Lebensläufen von potenziellen Heiratskandidaten. Padma war wenig angetan.

Padma wollte eine Liebesheirat, am besten mit einem großen Mann mit vollem Haar und schönen Zähnen. Ihre Mutter hingegen kümmerte sich nicht um Liebe, Größe, Haar oder Zahnstellungen und schärfte Padma immer wieder ein, es ebenso zu halten. Als ihre Mutter ihr vor ein paar Jahren per E-Mail eine Studie geschickt hatte, laut der nur drei Prozent der Ehen in Indien Liebesheiraten seien, hatte Padma bereits geahnt, dass sie auf verlorenem Posten stand. Dreiundneunzig Prozent der indischen Frauen landeten in arrangierten Ehen. Und so blieb ihr nichts anderes übrig, als sich die wiederholten Ermahnungen ihrer Mutter anzuhören: Mindestens zwei Studienabschlüsse musste ihr künftiger Schwiegersohn vorweisen können, und aus einer angemessenen Familie musste er stammen.

Padma verabscheute das Wort *angemessen.*

Bislang hatte Padma die Anrufe der Kupplerin ignoriert. Vor allem, seit ihre Mutter die Messlatte tiefer gehängt und der Frau mitgeteilt hatte, dass Padma sehr umgänglich und bereit sei, so ziemlich jeden in Erwägung zu ziehen, egal, woher.

Umgänglich. Noch so ein Wort, das Padma verabscheute.

Padma hatte eigene Pläne.

Das Glücksspiel war in Indien gerade auf dem Vormarsch, und da Casinos bisher nur in drei Staaten legal waren, taten sich nahezu absurd hohe Wachstumschancen auf. Auf dieser Welle wollte Padma mitreiten. Körperlich gesehen, würde sie zwar niemals größer werden als ihre Mutter, aber sie hatte sich fest vorgenommen, eines Tages nicht nur mit ihr zusammen auf der Forbes-Liste zu stehen, sondern sogar über ihr. Weit über ihr. So würde sie es ihr richtig zeigen.

Und dieses Casino profitabel zu machen, war der erste Schritt in diese Richtung.

Padmas Blick wanderte an Hank vorbei zu ihrem Whiteboard. Der Kauf der neuen Spielautomaten konnte erst abgewickelt werden, wenn sie die Idee auch ihrer Mutter verkauft hatte, und dazu war Hank das perfekte Übungsobjekt. Bei dem Zoom-Meeting wollte sie stehen, aber im Moment taten ihre Füße viel zu weh, also beugte sie sich für diese Übung mit Hank nur über ihren Schreibtisch, räusperte sich und präsentierte ihren vorbereiteten Text: »Die Spielautomaten sind die Kronjuwelen eines jeden Casinos. Tag für Tag bringt jede einzelne dieser Maschinen uns mehr Geld ein als jeder Pokerraum. Deshalb werde ich neuere Modelle mit geringeren Auszahlungsquoten anschaffen. Danach müssen wir nur noch zusehen, wie die Gewinne steigen.«

Sie kreuzte die Knöchel unter dem Tisch und zuckte schmerzerfüllt zusammen, als sich die Blase mit einem fiesen Brennen zurückmeldete. Nachdem sie kurz durchgeatmet hatte, fügte sie hinzu: »Sie wissen ja, Hank: Ist die Zentrale glücklich, sind auch wir glücklich.« Sie stieß den Atem aus, achtete aber genau darauf, ihm die ganze Zeit fest in die Augen zu schauen. Das hatte sie von ihrer Mutter gelernt: Saß man mit Männern am Konferenztisch, galt es als Schwäche, den Blick als Erster abzuwenden. Also hielt Padma den Blickkontakt.

Hank blinzelte und schaute kurz zu den Überwachungsmonitoren hinüber.

Sie hatte gewonnen. Zufrieden lehnte sie sich in ihrem Stuhl zurück.

»Und wann planen Sie das in Angriff zu nehmen?«, fragte er.

»Ich habe die Maschinen bereits bestellt, sie werden nächste Woche geliefert. Sehen Sie, hier.« Sie nahm eine der bereitliegenden Broschüren, blätterte zur richtigen Seite und schob sie Hank hin. Als er hörbar nach Luft schnappte, lächelte sie. »Ich weiß. Ziemlich beeindruckend, nicht wahr?« Stolz wollte sie ihm zeigen, für welches Modell sie sich entschieden hatte, und blickte kurz hoch. Irritiert hielt sie inne. Hank sah aus, als hätte er einen Geist gesehen. Sein Mund stand offen, sein Blick wirkte glasig. Auf seiner Stirn glänzten Schweißperlen.

»Ist alles in Ordnung mit Ihnen?«

Sie folgte seinem Blick, der starr auf die ordentlich arrangierten Spielchips auf ihrem Schreibtisch gerichtet war. Aha! Er hatte sie also bemerkt.

Schließlich löste er sich von diesem Anblick und sah ihr in die Augen. Nach einem langen Moment neigte Padma fragend den Kopf, und er stieß heiser hervor: »Verzeihung. Habe eine Fliege verschluckt. Ich muss jetzt gehen.« Er hustete laut, schlug sich dabei auf die Brust und stand auf.

Als Hank die Tür hinter sich zuzog, rutschte Padma aufgeregt in ihrem Stuhl herum. Er hatte das wirklich positiv aufgenommen; zumindest, bis er diese Fliege verschluckt hatte. Ihre Mutter hatte sie gewarnt, dass Männer – vor allem ältere – es nicht mochten, wenn Frauen – vor allem jüngere – zur Tat schritten, ohne sich vorher mit ihnen zu beraten. Aber der Trottel schien damit kein Problem zu haben.

Am Ende hatte er sogar vor Verblüffung die Augen aufgerissen.

Padma schob einen makellos lackierten Fingernagel unter den ersten Jeton und erfreute sich an dem leisen Klicken, mit dem sie die Chips aufeinanderstapelte. Einen Moment lang genoss sie das Gewicht und die Glätte in der Hand, dann schob sie die Jetons wieder in ihre Schale, natürlich mit einer Lücke für den fehlenden Tausend-Dollar-Chip.

KAPITEL 13

WIR SIND LÄNGST NICHT MEHR IN KANSAS

Hank zog die Tür zu Padmas Büro hinter sich zu, lehnte sich an die Wand und drückte eine Hand an die Brust. Dann fiel ihm wieder ein, dass in der Ecke ja eine Überwachungskamera hing, und er richtete sich auf. Hochkonzentriert setzte er einen Fuß vor den anderen und ging so den Flur hinunter, nach draußen und zu seinem Wagen. Dabei schickte er eine Nachricht an Andre, wie immer mit der Sorge im Hinterkopf, dass sie vom Sicherheitsdienst des Casinos abgefangen werden könnte:

HANK: Meeting in der Bank wg. Bootskredit

Natürlich würde Andre sich erst einmal denken: Bootskredit? Was denn für ein Bootskredit? Hoffentlich begriff er, dass es ein Code war für: *Komm so schnell wie möglich in die Bank, müssen reden.*

Eine halbe Stunde später war Hank voll und ganz damit beschäftigt, möglichst ruhig zu atmen, während Andre und er in Larrys Büro saßen und darauf warteten, dass dieser das Gespräch mit seinem Kassierer beendete. Die Stühle hier hatten Armlehnen aus Chrom, das bereits ganz klebrig war von seinen schwitzigen Händen. Immer wieder spähte Hank angespannt durch das halb geöffnete Lamellenrollo, um sich zu vergewissern, dass der bewaffnete Wachmann noch vorne an der Tür stand.

Natürlich hatte Hank gewusst, dass er ein Risiko einging, wenn er Padma auch an diesem Morgen ihren Tee brachte. Schließlich konnte sie seine Verbindung zu Dave inzwischen aufgedeckt haben. In diesem Fall wäre es auch gut möglich gewesen, dass man ihm eine schwarze Kapuze über den Kopf stülpte und ihn einfach mitnahm, sobald er ihr Büro betrat. Ihn irgendwo hinbrachte und so lange folterte, bis er ihnen verriet, wo das Geld steckte. Als er ihr den Teebecher hingestellt hatte, war er nicht einmal sicher gewesen, ob sie ihn überhaupt verdächtigte.

Aber nun wusste er es.

Und er musste Andre und Larry informieren. Letzterer stand allerdings noch immer draußen am Schalter. Angespannt warteten die beiden auf Larry, der nun scheinbar auch noch einen hartnäckigen Kunden abwimmeln musste.

Endlich kam Larry herein und zog die Tür hinter sich zu. »Was wollte der denn von dir?«, fragte Hank mit einem misstrauischen Blick in den Schalterraum.

Larry winkte ab und ließ sich auf seinen Schreibtischstuhl fallen.

Hank sah sich noch einmal um und begann mit gesenkter Stimme: »Ich lag richtig. Wir sind total im Arsch. Padma hat herausgefunden, dass die Spielautomaten zu viel ausgezahlt haben, sie wissen, dass Geld fehlt, und sie haben Dave umgebracht. Auf ihrem Schreibtisch hatte sie einen Satz Jetons, ordentlich aufgereiht, und ratet mal, welcher gefehlt hat.« Hank griff in seine Hosentasche. »Der hier!« Er zeigte seinen Freunden den Tausend-Dollar-Chip, den er von Daves toter Brust entfernt hatte. »Die anderen Werte waren alle aufgereiht, aber es gab eine Lücke. Und zwar genau dort, wo der hier hätte liegen müssen. Also wenn das keine Warnung ist, dass sie hinter mir her sind, dann weiß ich auch nicht.«

Einen Moment lang musterten Larry und Andre mit ausdruckslosen Mienen den Jeton. Dann fragte Andre: »Aber warum sollte Padma dich warnen?«

»Keine Ahnung.« Ratlos zuckte Hank mit den Schultern. »Vielleicht, weil ich ihr immer Tee bringe? Oder vielleicht auch, weil ich verhindert habe, dass sie mit der Zen-mäßigen Umgestaltung des Casinos beruflichen Selbstmord begeht. Jedenfalls hat sie mich gewarnt.« Er hielt den Spielchip noch einmal demonstrativ hoch, bevor er ihn wieder in seiner Tasche verstaute, sich zurücklehnte und tief durchatmete. »Eigentlich bewundernswert, wie raffiniert sie vorgeht. Hat jede Menge Hinweise gestreut. Zum Beispiel sagte sie zu mir: ›Sie wissen ja, Hank: Ist die Zentrale glücklich, sind auch wir glücklich‹, und dann hat sie geseufzt.«

Er warf Larry und Andre einen wissenden Blick zu, die aber wirkten ratlos. »Begreift ihr das nicht? Mit diesem Seufzer wollte sie andeuten, was passiert, wenn die Zentrale *nicht* glücklich ist.« Zur Untermalung verzog Hank gequält das Gesicht. »Und dann hat sie mir ganz lange in die Augen gesehen. So richtig lange. Das wurde wirklich unangenehm. Vermutlich wurden wir abgehört, deshalb hat sie vieles unausgesprochen gelassen. Aber um sicherzugehen, dass die Botschaft bei mir ankommt, hat sie dann irgendwelche Faltblätter von ihrem Tisch genommen, unter denen die Spielchips lagen, damit ich sie sehe und so den Code entschlüsseln kann.«

Wieder breitete sich Stille aus, bis Larry fragte: »Aber wie ist sie denn überhaupt draufgekommen, dass die Automaten zu viel auszahlen? Dave meinte doch, er würde sie resetten und dabei die Verläufe löschen.«

»Padma meinte, es sei ihr beim Vergleich mit ihren anderen Casinos aufgefallen. Darüber mussten wir uns nie Gedanken machen, da es keine anderen Casinos zum Vergleich gab, bis

Indo-USA Gaming übernommen hat. Und als sie dann vor zwei Monaten kam, hat auch niemand Vergleiche angestellt. Aber jetzt hat sie bemerkt, dass unsere Maschinen viel mehr auszahlen, und hat es bei einem Firmenausflug auch gleich gemeldet. Dadurch ist der Ball dann wohl ins Rollen gekommen.«

»Warum konnten die nicht einfach einen Buchprüfer darauf ansetzen wie jede andere Firma auch? Warum mussten sie gleich jemanden umbringen?« Larry war fassungslos.

Mit weit aufgerissenen Augen beugte sich Hank in seinem Stuhl vor. »Ich habe dir doch den Wikipedia-Eintrag der Firma gezeigt. Wir haben es hier mit dem organisierten Verbrechen zu tun, und zwar mit der Oberliga. Mit einem Kartell.« Er lehnte sich wieder zurück. »Wir sind längst nicht mehr in Kansas, Larry.«

Andre schaltete sich ein: »Das spielt doch gar keine Rolle. Was sie gesagt hat, ändert nichts an unserer Vorgehensweise. Wir mussten den Laden ja schon dichtmachen, dafür hat Daves Ermordung gesorgt.«

»Das weiß ich«, erwiderte Hank. »Aber kapierst du es denn nicht? Jetzt geht es darum, das Geld zu behalten und am Leben zu bleiben. Und zwar nicht zwangsläufig in dieser Reihenfolge.«

Larry trat ans Fenster, ließ prüfend den Blick über den Parkplatz wandern und zog dann die Jalousie zu, sodass niemand zu ihnen hereinsehen konnte. »Okay. Padma oder irgendein indischer Casinoboss hat also herausgefunden, dass mit den Spielautomaten etwas nicht stimmt. Und vielleicht haben sie sogar erkannt, dass es Dave war. Da er ja an den Maschinen gearbeitet hat, wäre das nur logisch. Aber das heißt noch lange nicht, dass sie etwas von uns wissen. Möglicherweise sind wir gar nicht in Gefahr. Hast du bemerkt, dass jemand bei dir herumgeschnüffelt hätte?«

Hank schüttelte den Kopf. »Aber das sind Profis. Ich werde einfach den Gedanken nicht los, dass jeder meiner Schritte beobachtet wird, auch wenn ich niemanden sehe. Wahrscheinlich zapfen sie auch mein Telefon an. Deshalb war ich bei meiner Nachricht so vorsichtig. Und warum sollte Padma diese Jetons auf ihrem Schreibtisch aufreihen, wenn sie mir damit keine Botschaft übermitteln wollte?«

Larry kratzte sich am Kinn und nickte dann, als hätte er eine Entscheidung gefällt. »Sie hat im Nebel herumgestochert, mehr nicht. Wenn sie wüssten, dass wir es waren, wären wir bereits tot. Also haben sie keine Ahnung. Noch. Wie gut, dass du dich im Casino immer hübsch von Dave ferngehalten hast.« Er sah Hank aufmunternd an. »Wahrscheinlich gibt es überhaupt keine Verbindung zu uns, und wir machen uns ganz umsonst Sorgen. Nach dem Reset ist in den Automaten auch nichts mehr zu finden.« Zufrieden richtete er sich auf. »Hat sie eigentlich erwähnt, wie hoch sie den Überschuss einschätzt?«

»2,5 Millionen pro Jahr.«

Larry sank in sich zusammen. »Das wusste sie also.«

Hank fuhr fort: »Außerdem lässt sie die Automaten austauschen. Dann werden die von Dave gehackten zurückgeschickt und sicherlich auch untersucht. Was, wenn Dave nachlässig war und sich in den Automaten doch noch Spuren finden lassen? Egal, ob sie jetzt schon Bescheid weiß oder es erst später herausfindet, das könnte eng für uns werden. Verdammt eng.«

Larry gab noch nicht auf. »Aber nichts an diesen Automaten lässt sich mit uns in Verbindung bringen. Nur mit Dave. Und der ist ja schon tot.«

Das überzeugte Andre offenbar nicht, denn er schüttelte den Kopf. »Aber wenn sie eine Bestätigung dafür bekommen, dass Dave die Automaten manipuliert hat, werden sie doch niemals glauben, dass er allein gehandelt hat. Sie werden wissen, dass er Komplizen hatte, und sie werden sich ihr Geld zurückholen wollen. Wenn ihnen klar wird, dass diese Automaten vier Jahre lang dort gestanden haben, werden sie wissen, dass ihnen zehn Millionen fehlen. Das ist ein verdammt guter Grund, um sich gründlich umzusehen.« Er wandte sich an Hank: »Ich denke, du hast recht. Wenn das tatsächlich eine Warnung war, verdächtigt sie dich bereits. Du bist noch am Leben, weil sie nicht hundertprozentig sicher ist, dass du es warst. Noch nicht.«

Hank nickte. »Sie hat mich gefragt, ob ich Dave kannte.« Sein Herz begann zu rasen. »O mein Gott! Sie hat so komisch das Gesicht verzogen, als sie mich das gefragt hat. O ja, ich erinnere mich genau. Sie hat mich angesehen, hat gefragt ›kannten Sie ihn‹, und dann hat sie diese Grimasse gezogen.«

»Was hast du geantwortet?«, wollte Andre wissen.

»Was denkst du denn? Nein habe ich gesagt! Regel Nummer eins. Glaubst du vielleicht, ich knicke sofort ein, wenn ich von einer eins fünfzig großen Gen-Z-Tussi verhört werde? Um dieses Schiff zum Kentern zu bringen, braucht es schon etwas mehr.«

Verwirrt starrte Andre Hank an. »Was ist denn eine Gen-Z-Tussi?«

»Na, eben eine, die gerade mal Ende zwanzig – Andre! Nicht jetzt!«

»Okay, okay, beruhige dich«, mahnte Larry. »Wir müssen einen kühlen Kopf bewahren. Andre hat ja nur gefragt.«

Verlegen sah Hank zu Andre hinüber. »Tut mir leid.«

Der legte ihm tröstend die Hand auf die Schulter. »Schon okay.«

Einen Moment lang sagte niemand etwas. Dann griff Larry nach einem Stift und klopfte damit gegen seinen Finger. »Hat Hector etwas herausfinden können?«

Hank schüttelte erneut den Kopf. »Er meinte, niemand habe irgendwelche verdächtigen Gestalten bemerkt, niemand habe nach einer Waffe gefragt. Oder nach uns. Dann wollte er wissen, was genau er tun soll, falls er erfährt, dass jemand nach einem Auftragsmörder für uns sucht, und ich habe ihm gesagt … er solle das regeln. Und er hat gefragt, ob wir vorher wissen wollen, wer es ist, aber ich habe ihm gesagt, das sei uns egal. Er solle sie einfach töten.«

»Ich finde, wir sollten ihm mehr bezahlen, damit er auch wirklich motiviert an die Sache herangeht.« Die drei Männer sahen sich an und nickten. Dann fügte Andre hinzu: »Wir müssen sicher sein, dass Hector die tötet, bevor sie uns töten können. Wer auch immer es sein mag.«

KAPITEL 14

ICH BRINGE EINEN SALAT MIT

Marlene zog den Reißverschluss ihrer Handtasche auf und klatschte Fünfzigtausend Dollar in bar auf Shalisas Küchentisch. Verwundert stellte Pam fest, dass sie sich das Bündel irgendwie dicker vorgestellt hatte.

»Dafür musste ich sechs Mal zur Bank rennen«, beklagte sich Marlene, während sie Platz nahm. »Wie sich herausstellte, wird empfohlen, bei Kontoabhebungen unter zehntausend zu bleiben. Der Kassierer hat mir unter der Hand gesagt, ich solle es besser gestückelt holen, weil das sonst beim Finanzamt gemeldet wird. Ich habe natürlich nichts zu verbergen, aber wer wird schon gerne beim Finanzamt gemeldet?«

Sie lachte fröhlich und sah sich verwundert um, als niemand mit einstimmte. Nancy hatte die Ellbogen auf den Tisch gestützt, drückte die Hände an die Schläfen und starrte das Geld an, als würde es sich gleich auf ihren Schoß schlängeln. An Shalisa gewandt, fragte sie: »Hast du Wein da?«

Skeptisch zog Shalisa die Brauen hoch. »Es ist 10 Uhr morgens.«

Darauf erwiderte Nancy nur: »Irgendwo ist bestimmt schon Cocktailstunde.«

Pam warf einen Blick auf ihre Armbanduhr. »Ich habe nur den Vormittag frei bekommen, das heißt, ich muss um eins in der Arbeit sein.«

»Ich ebenfalls«, nickte Shalisa.

»Mir egal, ich brauche Wein.« Entschlossen schob Nancy ihren Kaffeebecher beiseite.

Pam fing Shalisas Blick auf, als die zum Kühlschrank ging. Eigentlich war Nancy von Anfang an die treibende Kraft gewesen, hatte übereifrige Recherchen angestellt … konnte es vielleicht trotzdem sein, dass sie es sich gerade anders überlegte? Shalisa nickte ihr beruhigend zu, bevor sie den Wein aus dem Kühlschrank und passende Gläser aus dem Schrank holte.

Inzwischen hatte Marlene ihre Handtasche wieder zugemacht und sie auf dem Boden abgestellt. »Herrgott, ihr Mädels seht aus, als hätte ich euch das Geld für eure Beerdigung gebracht. Mach den Wein auf, Shalisa! Wir sollten feiern. Endlich bekommt ihr mal etwas, das ihr auch verdient. Weg mit den schuldbewussten Mienen, es freut mich doch, dass ich euch das Geld leihen kann. Und auch Dave, er ruhe in Frieden, hätte euch bestimmt gerne ausgeholfen. Kopf hoch, Pam, du kriegst einen Whirlpool! Was für eine tolle Überraschung für Hank! Das wird alles wieder etwas anheizen.« Marlene zwinkerte anzüglich.

Betreten sah Pam zu Nancy und Shalisa hinüber. Sie hatten sich geschworen, Marlene keinesfalls zu verraten, wofür sie das Geld brauchten, und das aus gutem Grund. Marlene vereinte drei Eigenschaften in sich, die sie zu einer grauenvollen Komplizin machten: Sie konnte weder lügen noch sich verstellen oder ein Geheimnis bewahren. Und damit war sie genau die Art von Mensch, die man nicht dabeihaben wollte, wenn man ein Verbrechen beging.

Deshalb hatte sich jede von ihnen etwas ausgedacht, um ihre Bitte zu begründen. Bei Pam war es der Whirlpool, Shalisa wollte angeblich ein Yogastudio eröffnen. Für Nancy war ihnen zunächst nichts eingefallen, allerdings hatten sie sich während dieses Brainstormings einen herrlichen Cappuccino von einem kleinen Foodtruck im Park gegönnt. Das brachte Nancy zu der Erkenntnis, dass ein solcher Kaffeewagen im Hafen sicher bombige Geschäfte machen würde. Voilà, damit hatten sie ihren letzten fingierten Finanzierungswunsch.

Um Marlene zu schützen, hatten sie das alles in Form von E-Mails schriftlich festgehalten, sogar mit Fotos und Pseudokalkulationen. Pam ging zwar davon aus, dass Marlene sich Letztere gar nicht angesehen hatte, doch falls sie jemals würde beweisen müssen, dass sie nichts von den Plänen ihrer Freundinnen gewusst hatte, konnte sie das damit tun.

»Hört mal.« Marlene packte mit der Linken Pams Hand, mit der Rechten die von Nancy. »Mir ist klar, dass alle glauben, ich wäre etwas neben der Spur, und vermutlich stimmt das sogar. Aber so sind die Leute nun einmal. Doch als ich euch damals bei dem Kuchenverkauf auf dem Jahrmarkt das erste Mal gesehen habe, dachte ich mir sofort: Das wären bestimmt prima Freundinnen.« Sie sah sie alle der Reihe nach an. »Ihr habt mich nie im Stich gelassen. Wir hatten gute und weniger gute Zeiten – in letzter Zeit sogar ziemlich miese –, aber das lässt sich nun einmal nicht ändern. Es macht mich wirklich froh, euch helfen zu können. Dave und ich hatten in den letzten Jahren so unsere Probleme, aber ich habe ihn geliebt. Und er hat euch alle geliebt. Hank, Larry und Andre waren für ihn wie Brüder. Er würde wollen, dass ich euch helfe.«

Pam konnte Shalisa nicht in die Augen sehen, als sie den Wein und die Gläser zum Tisch brachte, doch sie spürte, wie Nancy unter dem Tisch ihren Fuß gegen ihren Schuh drückte. Sie erwiderte den Druck. Wahrscheinlich fühlten sich Nancy und Shalisa genauso schlecht wie sie, weil sie ihre Freundin hintergingen. Die nichts ahnende Marlene schraubte die Weinflasche auf, schenkte ein und reichte die Gläser herum, bevor sie sagte: »Die letzten Jahre waren für uns alle wirklich hart, aber jetzt, da Dave nicht mehr lebt, habe ich mit meiner Therapeutin gesprochen …«

»Du hast eine Therapeutin?«, unterbrach Shalisa sie.

»Meine Schwester hält es für merkwürdig, dass ich eine so gar nicht trauernde Witwe bin.«

Dieser Erkenntnis konnte Pam nur zustimmen, doch nach den vielen Tiefschlägen, die ihren Ehen letztlich versetzt worden waren, hatte bei ihnen allen der Trauerprozess bereits vor Jahren eingesetzt.

»Jedenfalls hat sie mir eine Therapeutin besorgt, und ich habe nun beschlossen, mich auf den Dave aus der Zeit zu konzentrieren, bevor alles den Bach runterging. Also werde ich das von nun an tun. Wann immer er in meinen Gedanken auftaucht, spule ich zurück zu der Zeit, in der wir noch getanzt haben. Wie sehr ich es doch geliebt habe, mit diesem Mann zu tanzen! Und zu der Zeit, in der wir noch Sex hatten.« Wieder zwinkerte sie anzüglich. »Das habe ich auch immer gerne mit ihm gemacht. Und als wir noch miteinander lachten. Denn wisst ihr was? Diesen Dave habe ich geliebt. Und diesen Dave vermisse ich jetzt. Diesen Dave betrauere ich.« Marlene hob ihr Glas. »Auf diesen Dave.«

Die anderen folgten ihrem Beispiel. »Auf diesen Dave.«

Diesen Dave hatte Pam auch gemocht. Wieder einmal sah sie das strahlende Lächeln vor sich, das er ihr an ihrem letzten gemeinsamen Abend geschenkt hatte. Da war *dieser* Dave für einen Moment wieder in Erscheinung getreten. Aber eben nur einen Augenblick lang, dann war er wieder verschwunden. So wie die Männer, die sie geheiratet hatten, alle verschwunden waren. Krampfhaft versuchte Pam, den Kloß herunterzuschlucken, der sich in ihrer Kehle gebildet hatte. Auf Nancys Wange glänzte eine Träne.

Marlene seufzte. »Und eines muss ich euch noch sagen, Mädels, vor allem jetzt, da ich wegziehe: Das Leben als Ehefrau und Mutter war nicht ohne. Manchen Frauen fällt das leicht, ich weiß, aber für mich war es verdammt hart. Ich war mir oft nicht sicher, ob ich das hinkriege. Aber irgendwie musste ich es ja, für meine Mädchen.« Plötzlich schluchzte sie, ihre Finger glitten ziellos über den Stiel ihres Weinglases. »Aber ihr habt mir da durchgeholfen. Ich weiß nicht, wo ich ohne eure Unterstützung heute wäre, was aus meinen Töchtern geworden wäre. Ich habe euch so viel zu verdanken, deshalb bin ich so froh, dass ihr mich um Hilfe gebeten habt. Ihr wisst gar nicht, wie viel mir das bedeutet.« Nun flossen endgültig die Tränen.

Und los ging's. Pam schloss für einen Moment die Augen. Marlene hatte schon immer nah am Wasser gebaut, aber nun würden sie alle sentimental und weinerlich werden, sodass Pam bestimmt ihr gesamtes Augen-Make-up erneuern musste, bevor sie zur Arbeit fuhr. Am liebsten hätte sie Marlene gesagt, dass sie keine großen Abschiedsreden schwingen musste, immerhin würden sie sich bereits im nächsten Monat alle in Boca Raton treffen. Doch stattdessen stand sie auf und umarmte sie, dicht gefolgt von Nancy und Shalisa.

Pam genoss die Umarmung. Wie oft hatte sie diese Hände schon an ihren Schultern gespürt, bei Beerdigungen und Geburtstagen, aber auch in Notaufnahmen und beim Congatanzen. Immer wieder hatten sie sich gegenseitig aufgeholfen und gestützt. Und das würden sie auch jetzt tun. Sie würden das zusammen durchstehen.

Nach ein paar Minuten löste sich Pam aus der Umarmung, wischte sich mit dem Ärmel die Tränen aus dem Gesicht und sagte leise: »Wir lieben dich auch, Marlene.« Dann setzten sich alle wieder.

Mit einem wackeligen Lächeln tupfte sich Marlene die Augen ab, dann räusperte sie sich, trank einen Schluck Wein und sagte: »Also, Nancy, erzähl mir von deinem Kaffeewagen.«

Für drei Frauen, die eigentlich außer sich vor Freude sein müssten über die tollen neuen Möglichkeiten, die ihnen das Geld auf diesem Tisch eröffnete, war die Schilderung ihrer Projekte eher lau. Als Marlene schließlich aufbrach, um sich mit ihrem Makler zu treffen, atmeten die anderen auf. Sobald sie sie verabschiedet hatten und wieder am Küchentisch saßen, stellte Nancy, an Pam gewandt, fest: »Du hast uns nie erzählt, warum du deine Meinung geändert hast und dann doch bereit warst, Hector zu engagieren.«

Das stimmte. Sie hatten nie darüber gesprochen, was Pam zu der Textnachricht bewogen hatte: Bin dabei.

Langsam zog Pam sich einen Stuhl heran und setzte sich. »Hank hat mein Pad Thai gegessen.«

Nancy öffnete den Mund, klappte ihn dann aber wieder zu. Nachdem sie ihre Brille zurechtgerückt hatte, konnte sie ihren Gedanken in Worte fassen: »Ich weiß nicht, was ich dazu sagen soll.«

»Hank hat die Reste von meinem Pad Thai gegessen, obwohl er nicht einmal wirklich hungrig war.«

Noch immer ratlos neigte Nancy den Kopf.

»Begreifst du nicht? Hank weiß, dass Pad Thai mein Lieblingsgericht ist, das ich jetzt aber quasi nie mehr bekomme. Nach Daves Beerdigung hatte ich mir eins bestellt und mir die Hälfte für später aufgespart. Und an dem Tag, als wir Marlene zum Flughafen gebracht haben, habe ich ihn gefragt, wo mein Pad Thai abgeblieben ist, und er hat zugegeben, dass er es gegessen hat. Das war *mein* Essen, aber Hank hat es einfach weggefressen, als wäre ihm das vollkommen gleichgültig. Als wäre *ich* ihm vollkommen gleichgültig. Und dann hat er mir auch noch auf den Kopf zugesagt, dass er nicht einmal wirklich hungrig war.«

»Okay. Wenn du es so schilderst, macht es Sinn.« Nancy lehnte sich zurück und verschränkte die Arme vor der Brust.

»Ich meine, er hat mir den Dolch nicht nur in den Rücken gerammt, er hat ihn auch noch genüsslich in der Wunde herumgedreht. Einem Menschen, den man liebt, tut man so etwas nicht an. Da wusste ich, dass er mich nicht mehr liebt ... als er mein Pad Thai gegessen hat.«

Shalisa nahm Pams Hand und drückte sie.

Währenddessen zog Nancy ein Stück Papier aus ihrer Gesäßtasche und faltete es auf. »Alles klar, lasst es uns Schritt für Schritt angehen. Zunächst einmal sollten wir uns überlegen, wie wir am besten reagieren, wenn wir von ihrem Tod erfahren.«

Mit einem erleichterten Lächeln beugten Pam und Shalisa sich über das Blatt. Die Zweifel waren offenbar verschwunden, Nancy war wieder ganz da.

Die strich nun den Zettel glatt. »Höchstwahrscheinlich wird die Polizei vor unserer Tür stehen. Dann müssen wir überrascht wirken.« Sie warf einen Blick auf ihre Notizen. »Eine sollte zusammenbrechen, eine sollte schreien. und eine kann einfach völlig schockiert die Tür wieder zumachen. Das würde ich gerne tun. Pam, könntest du schreien? Oder zumindest erschrocken keuchen und die Hände vor das Gesicht schlagen? Vielleicht auch noch kraftlos gegen die Wand sinken?«

Pam nickte. »Das schaffe ich.«

»Shalisa, es wäre wohl am besten, wenn du zusammenbrichst. Du machst Yoga, was bedeutet, dass du hinterher auch wieder hochkommst.«

Shalisa nickte.

Wieder ging Nancy ihre Liste durch. »Ich denke nicht, dass wir sofort weinen müssen. Obwohl es sicher nicht schadet, wenn ihr es irgendwie hinbekommt. Aber nach allem, was ich gelesen habe – in Büchern, nicht online –, dauert es eine Weile, bis man eine solche Nachricht verarbeitet hat. Angehörige sind meist eher schockiert als traurig, da erwartet die Polizei nicht unbedingt Tränen.«

Dazu hatte Pam eine Anmerkung: »Ich hatte mir überlegt, dass es vielleicht am klügsten wäre, wenn wir gar nicht so genau wissen, wie Hector es macht. Dann müssen wir nicht so tun, als wären wir überrascht, sondern sind es tatsächlich. Wenn wir ihm die Anzahlung bringen, sollten wir ihm sagen, dass er uns keine Details verraten darf.«

»Also kein schriftliches Geständnis, ja?«, stichelte Shalisa.

»Weißt du, Sarkasmus ist die ordinärste Form von Humor«, rügte Pam sie.

»Entschuldigung. Ich konnte einfach nicht widerstehen.«

»Falls sie als vermisst gelten, bevor die Leichen gefunden werden, könnte das Interesse der Medien geweckt werden. Wir sollten uns auf Interviews vorbereiten, schaut euch also besser noch mal *Gone Girl* an«, fuhr Nancy fort.

»Noch mehr hilfreiches Filmmaterial«, stellte Shalisa fest.

Nancy konterte: »Zu Recherchezwecken. Wir können das nicht wie Lucy und Ethel angehen. Wir müssen gut vorbereitet sein. Ich habe *Orange is the New Black* gesehen, und ich glaube nicht, dass ich im Knast sonderlich gut zurechtkommen würde. Ich bin eine attraktive Frau mit einer faszinierenden Persönlichkeit. Im Knast wäre ich viel zu beliebt.«

Das wusste Shalisa einzuschränken. »Nicht, wenn du deine Gesichtsmasken einpackst.«

Die Frauen lachten.

Pam fragte: »Haben wir uns schon auf ein Datum festgelegt? Ich habe mir gedacht, wir sollten ihn bitten, es am Sonntag zu tun. Was meint ihr? Dann sollten wir Pläne für das Wochenende machen, damit die Männer nicht wegfahren, zum Nachtangeln oder so. Vielleicht könnten wir Samstagabend bei uns grillen. Das ließe sich gut als Abschiedsparty für Marlene verkaufen.«

»Ja, die werden sie nicht verpassen wollen«, stimmte Shalisa zu.

Auch Nancy nickte. »Das klingt gut. In diesem Fall müssen wir uns in den nächsten Tagen so normal verhalten wie möglich. Und am Sonntag, während es passiert, sollten wir das tun, was wir sonntags sonst auch tun. Für unsere Alibis wäre es gut, wenn es irgendetwas wäre, das in der Öffentlichkeit stattfindet.«

»Warum gehen wir nicht zu Target?«, schlug Pam vor. »Dort werden wir von den Überwachungskameras gefilmt. Ich brauche sowieso ein neues Paar Sneakers. Und von dieser Nussmischung, die Hank so gerne mag, ist auch kaum noch etwas da. Die mit den schokoüberzogenen Kara…« Sie verstummte abrupt. Dann schluckte sie schwer und starrte auf ihre Hände. »Andererseits werde ich Hanks Nussmischung wohl nicht nachkaufen müssen.« Plötzlich hatte sie das Gefühl, ein dicker, feuchter Zementklumpen schwappe in ihrem Bauch herum.

Alle drei starrten stumm vor sich hin, während sie dieses Detail ihres neuen Lebens verarbeiteten: kein Lieblingsessen des Mannes mehr im Schrank.

Dann hob Shalisa den Kopf. »Doch, genau das solltest du tun. Du solltest seine Nussmischung kaufen. Auch das stützt unser Alibi – du hast seinen Lieblingssnack gekauft. Was du ja wohl kaum tun würdest, wenn du wüsstest, dass er sterben wird. Richtig?«

Beeindruckt sah Nancy sie an. »Stimmt! Eine sehr gute Idee. Ich werde Larry neue Unterhosen kaufen.«

Shalisa beschloss: »Und ich werde Socken für Andre mitnehmen.«

Zufrieden hob Nancy die Hand und ließ sich von Shalisa abklatschen. »Wirklich gut mitgedacht, Shalisa! So baut man wasserdichte Alibis.«

Pam allerdings sah plötzlich Hank vor sich, wie er vor dem Fernseher saß und seine Nüsse knabberte, um die Dose dann an Claire weiterzureichen. Das schokoüberzogene Karamell hatte er immer für sie übrig gelassen. Ein Lächeln huschte über ihr Gesicht. Dann allerdings tauchte eine andere Erinnerung auf: Sie hörte wieder sein abfälliges »wenn du meinst«, bevor er sie einfach in der Küche stehen ließ. Und da waren ja auch noch Nancys Wiedervereinigung mit ihrem Sohn und Shalisas Wunsch nach einem verflucht großartigen Leben zu bedenken. Schließlich hielt sich Pam an dem verflucht großartigen neuen Leben fest, das auf sie wartete, und hob ebenfalls die Hand für ein Gruppen-High-Five. »Wir packen das!«

»Auf geht's, Mädels!«, rief Nancy.

Shalisa lachte. »Wir sind echte Hardcore-Ehefrauen. Mit uns sollte man sich besser nicht anlegen.«

Entschlossen fasste Nancy es noch einmal zusammen: »Wir müssen nur noch unserem Killer seine Anzahlung bringen, am Samstag die Grillparty bei Pam und Hank hinter uns bringen, und dann heißt es: Boca Raton, wir kommen!« An Pam gewandt fügte sie hinzu: »Ich bringe einen Salat mit.«

»Und ich mache wieder meine Schokomousse-Käsetorte.« Shalisa grinste. »Diesmal esse ich vielleicht sogar zwei Stücke, einfach nur, um noch einmal Andres missbilligende Miene zu genießen.«

Nancys Handy, das vor ihr auf dem Tisch lag, begann zu

vibrieren. Pam sah, wie Marlenes breit lächelndes, von toupiertem Haar umgebenes Gesicht auf dem Display aufleuchtete. Nachdem sie den Anruf mit einem Fingerwischen angenommen hatte, hob Nancy das Telefon ans Ohr und fragte: »Was gibt's, Süße?« Einen Moment lang lauschte sie konzentriert, dann antwortete sie: »Ich kläre das mit den anderen und sage dir dann Bescheid.«

Sie legte das Handy hin. »Marlene bittet uns um einen Gefallen.«

KAPITEL 15

SCHICKE MÜTZE

Hector schnitt gerade das Ohr seines Teenagerkunden frei, als er Hanks hochgewachsene Gestalt vor dem Schaufenster entdeckte. Die dicke Wölbung seiner Gesäßtasche verriet, dass die drei Männer offenbar ihre Anzahlung aufstocken wollten. Das überraschte Hector nicht, denn bei solchen Jobs kam es meist zu ein oder zwei spontanen Wendungen, bevor alles unter Dach und Fach war.

Hank nahm auf einem der Stühle im Wartebereich an der Wand Platz und griff nach einer Zeitschrift. Allerdings fiel Hector auf, dass er nicht las – stattdessen huschte sein Blick immer wieder nervös über den Parkplatz draußen. Er hatte etwas von einem gehetzten Tier an sich. Sein blaues Hemd wies unter den Armen dunkle Schweißflecken auf. Bedächtig entfernte Hector die abgeschnittenen Haare von den Schultern des Jungen und verschaffte sich so etwas Zeit, um die Situation zu durchdenken. Während er den Boden rund um den Stuhl fegte, sah er sich ebenfalls gründlich auf dem Parkplatz um. Dann holte er aus dem Vorratsschrank frisches Aftershave und verriegelte bei dieser Gelegenheit die Hintertür.

Zufrieden kehrte er zu seinem Kunden zurück, schüttelte den Umhang des Jungen aus und drapierte ihn über seinem Arm. Er zog eine Schublade seines Arbeitswagens auf und holte unauffällig die Pistole heraus, die dort neben seinen Scheren lag.

In den Falten des Umhangs ließ sie sich wunderbar verbergen. Als er nun hinter den Tresen trat, wo der Junge bereits wartete, um zu bezahlen, legte er den Umhang einfach auf der Theke ab, die Pistole darunter so ausgerichtet, dass die Mündung zur Vordertür zeigte. Wieder suchte er auf dem Parkplatz nach Auffälligkeiten – ohne Erfolg –, während er gleichzeitig den Teenager abkassierte. Erst nachdem der Junge gegangen war, ließ er Hank auf dem roten Frisierstuhl Platz nehmen und legte Waffe und Umhang neben sich auf den Rollwagen.

Bevor er sich hinsetzte, zog Hank den Umschlag aus seiner Gesäßtasche und legte ihn auf den Wagen. Die Blicke der beiden Männer begegneten sich im Spiegel. Genau in diesem Moment tauchten draußen vor dem Schaufenster zwei Männer auf, die ihre Schritte deutlich verlangsamten und zu ihnen hineinspähten. Hector sah, wie Hanks Finger sich krampfhaft um die Armlehnen des Stuhls schlossen. Mit dem Finger am Abzug schob er den Arbeitswagen so zurecht, dass die Waffe direkt auf die Tür gerichtet war.

Doch die Männer gingen weiter, und Hank sackte erleichtert zusammen. Hector hingegen breitete einen frischen Umhang über ihn, wie er es im Laufe der Jahre schon tausend Mal getan hatte. Automatisch wollte er zur Schere greifen, da er Hank aber erst vor wenigen Tagen die Haare geschnitten hatte, machte das wenig Sinn. Selbst in seinen buschigsten Phasen brauchte Hank kaum mehr als die Schneidemaschine, um die störrischen Strähnen über seinen Ohren zu bändigen. Deshalb ließ Hector nun die Schere einfach über Hanks Nacken gleiten, spritzte etwas Bay-Rum-Aftershave auf eine Bürste und fuhr damit langsam durch die langen, weichen Reste am Hinterkopf, während Hank redete.

Als Hank fort war, schloss Hector die Vordertür ab, steckte das elektrische GESCHLOSSEN-Schild ein und machte das Licht aus. Dann ging er in das kleine Büro im Hinterzimmer des Ladens. Als er die Tür öffnete, blickte seine Frau vom Monitor auf und begrüßte ihn mit einem Lächeln. Wie immer machte sein Herz dabei einen kleinen Sprung, und er nahm sich einen Moment Zeit, um ihren lockeren Dutt und die leicht gerümpfte Nase zu bewundern. Wortlos legte er den Umschlag mit dem Geld vor ihr auf den Schreibtisch und setzte sich. Ihre Brauen schossen in die Höhe, und sie spitzte die Lippen, was einfach bezaubernd aussah. Nachdem sie die Scheine gezählt hatte, drehte sie sich mit dem Stuhl zum Safe, legte das Geld hinein und wandte sich dann wieder ihm zu. Der bläuliche Schein des Bildschirms betonte ihre Sommersprossen und ließ ihre Augen schimmern, als säße sie vor einem dieser Ringlichter, die auf Social Media ständig verwendet wurden. Hector wusste nicht genau, wie das möglich war, aber ihre dunklen Augen schienen stets das Licht zu reflektieren.

»Du hattest recht, er war wieder da.«

»Habe ich gehört.«

»Unser Vorschlag hat ihm gefallen.«

Brenda lächelte. »Ich vervollständige dich eben.«

Mit einem leisen Lachen korrigierte Hector sie: »Ich denke, das heißt ›*du* vervollständigst *mich*‹.«

»Ist doch dasselbe.«

»Du hattest mich schon bei ›Hallo‹«, fuhr Hector fort.

»Nun, was hast du erwartet? Ich war einfach nur ein Mädchen, das vor einem Jungen steht …«

»Ich stand, du saßt«, korrigierte Hector sie wieder.

»Das war der schönste Tag deines Lebens.« Ihr Lächeln brachte ihn um den Verstand.

»Sieh mal an, die Wahrheit aus deinem Mund, und es ist noch nicht einmal Weihnachten.« Er grinste breit.

»Okay, hier kommt noch eine Wahrheit.« Brenda verschränkte die Arme vor der Brust und schüttelte gelassen den Kopf. »Manche Menschen. Yi, yi, yi, yi, yi.«

Das liebte Hector so an seiner Frau – sie ließ sich durch nichts aus der Ruhe bringen. Selbst wenn er ihr gesagt hätte, dass die Männer beschlossen hatten, Hector solle ihnen zwei Giraffen liefern und bei Sonnenaufgang einen Koala abknallen, hätte sie lediglich geantwortet: »Yi, yi, yi, yi, yi. Manche Menschen.« Obwohl sie niemals zulassen würde, dass Hector ein Tier tötete. Nicht in einer Million Jahren, nicht für eine Million Dollar. So viel stand fest.

Hector mutmaßte, dass die meisten Männer in seiner Branche ihren Ehefrauen die Details ihrer Arbeit vorenthielten, aber die hatten ja auch nicht das Glück, mit Brenda Palumbo verheiratet zu sein. Als er ihr damals in El Salvador am Strand begegnet war, wo sie sich an ihrem freien Tag von ihrer Freiwilligenarbeit in einem Tierheim erholte, indem sie ein Sachbuch über Kriminologie las, hatte er in ihr seinen Freifahrtschein aus dem Land der Gangs gesehen. Bei einem seiner etwas attraktiveren Cousins und drei seiner Freunde hatte das auch geklappt. Sie alle hatten einsamen Amerikanerinnen die große Liebe vorgespielt, nur um ihnen dann das Herz zu brechen, sobald sie ihnen zu einem besseren Leben in einem neuen Land verholfen hatten.

Aber Brenda Palumbo konnte man nichts vorspielen. Sie hatte Hector durchschaut, noch bevor sie ganz die Hand gehoben hatte, um ihre Augen vor der Sonne abzuschirmen. Als er ihr wenig später einen Hut kaufte, hatte sie ihn bereits dazu verpflichtet, ihr für den Rest ihres Aufenthaltes im Tierheim zu helfen und auch noch einen Freund mitzubringen.

Und als Brenda schließlich ihre Sachen packte, stand für sie fest, dass sie sowohl einen kastrierten Beaglemischling als auch Hector mit nach Hause in die Staaten nehmen würde. Bei Hectors Einbürgerungsverfahren musste er unter anderem Fragen beantworten, die zeigen sollten, wie viel er über seine Partnerin wusste. Damit wurde die »Ernsthaftigkeit der Beziehung« geprüft. Und Brenda weigerte sich, ihr Happy End in Gefahr zu bringen, nur weil Hector möglicherweise bei der Befragung patzte und an Details wie ihrem Geburtsdatum, ihrem Lieblingsessen, dem Zeitpunkt ihrer letzten Periode oder ihrem Stammbaum scheiterte. Deshalb hatte sie Stichpunktkarten vorbereitet. Manchmal rammte sie Hector auch mitten in der Nacht den Ellbogen in die Rippen.

»Hec-toro«, sagte sie dann. So nannte sie ihn immer. Nie HecTOR oder HECtor, sondern immer Hec-toro. Wie der Bulle, hatte sie irgendwann erklärt. Das war eine ihrer ersten Spanischvokabeln gewesen. »Hec-toro?«

»Si?«

»Wie lautet der Mädchenname meiner Mutter? Also ihr Nachname, bevor sie geheiratet hat.«

»Ah.« Zunächst musste er den schläfrigen Nebel aus seinem Gehirn vertreiben, dann ging er all die merkwürdigen Fakten durch, mit denen Brenda ihn bombardiert hatte. Schließlich hatte er es: »Lucifora.«

»Gut. Wie viele Geschwister habe ich?«

»Geschwister? Dieses Wort kenne ich nicht.«

»Schwestern und Brüder, das sind Geschwister.«

»Aha! Drei Schwestern. Neben dir sind da noch Suzanne, Laurie und Sharon. Ihr seid jeweils zwei Jahre auseinander. Du bist die Jüngste. Und die Schönste. Darf ich jetzt weiterschlafen?«

»Eine noch. Was ist mein größtes Reizthema?«

»Wieder ein Wort, das ich nicht kenne.«

»Reizthema? Äh … was ich am meisten hasse.«

Er rollte sich auf die Seite und kehrte ihr den Rücken zu. »Das ist leicht. Du hasst es, wenn jemand die Reste von deinem Lieferessen aufisst. Finger weg von Brendas Essensresten. Die gehören ihr allein, außer sie schenkt sie dir.«

Brenda hatte sich an ihn gekuschelt, und er hatte ihr Lächeln gespürt, das eine wohlige Wärme in ihm ausgelöst hatte. In diesem Moment hatte er gewusst, dass er unter all den Frauen an jenem Tag am Strand keine bessere hätte finden können. An jenem Tag hatte ihr gemeinsames Leben begonnen.

Ein Leben ohne Geheimnisse.

*

Nun klopfte es leise an der Hintertür des Friseurladens. Hector und Brenda sahen sich fragend an, dann stand er auf, um durch den Spion zu schauen. Nachdem er seine Frau mit einem knappen Nicken beruhigt hatte, schloss er die Bürotür, entriegelte die Hintertür und ließ Pam herein. Ein Blick über ihre Schulter verriet ihm, dass ihr Van hinten in der Gasse stand, mit Nancy auf der Rückbank und Shalisa auf dem Beifahrersitz. Beide winkten kurz, und er erwiderte den Gruß mit einem Nicken, bevor er die Tür schloss. Nun standen sie zu zweit in dem schmalen, gekachelten Flur im hinteren Bereich des Friseurladens.

»Schicke Mütze«, stellte er fest.

Verlegen berührte Pam den Schirm von Hanks Baseballkappe und schob ihre Sonnenbrille darauf. »Ich wollte nicht erkannt werden.«

Dieses Cap hatte Hector schon unzählige Male an Hank gesehen. Sollte er Pam darauf hinweisen, dass am Hinterkopf der Name MONTGOMERY aufgestickt war? Brenda würde sich darüber totlachen.

Ruckartig streckte ihm Pam einen Umschlag entgegen. »Hier ist das Geld, fünfzigtausend Dollar.« In einem unaufhaltsamen Wortstrom fügte sie hinzu: »Wir wollen keine Details wissen darüber, wie Sie es tun, und wir wollen, dass es am Sonntag geschieht. Verstanden? Am Sonntag.«

Nach Hectors Erfahrung galt bei solchen Interaktionen sowieso immer: Je weniger gesagt wurde, umso besser.

»Und … sie sollen nicht leiden müssen. Okay?« Für einen kurzen Moment legte Pam ihm die Hand auf den Unterarm, zog sie dann aber hastig wieder zurück. »Es soll schnell gehen. Aber nicht vergessen, wir brauchen die Leichen.«

Hector blinzelte und deutete dann ein zustimmendes Nicken an. »Alles klar. Ich denke, damit sind wir fertig.« Er öffnete die Hintertür und hielt sie ihr auf. Pam ging hinaus, fuhr aber, gerade als er die Tür wieder schließen wollte, noch einmal zu ihm herum. Hector wartete.

Nervös zupfte Pam ihre Sonnenbrille vom Schirm der Kappe. »Es war nicht immer so. Früher war alles gut. Richtig gut sogar. Für uns alle. Und dann, vor ein paar Jahren, wurde es einfach … schlecht.« Immer wieder klappte sie die Brillenbügel auf und zu und starrte dabei auf ihre Hände. Schließlich sah sie Hector direkt in die Augen. »Wir wollen doch nur, dass unser Leben wieder verflucht großartig wird. Verstehen Sie?« Damit wandte sie sich ab und hastete zurück zu ihrem Van.

Die Erfahrung hatte Hector auch gelehrt, dass die Menschen vor sich selbst so ziemlich alles rechtfertigen konnten, wenn sie es nur wollten. Und diese Frauen wollten das. Leise schloss er die Tür und kehrte ins Büro zurück. Dort stellte er sich hinter den Schreibtischstuhl, ließ den zweiten Umschlag auf den Tisch fallen und schlang von hinten die Arme um seine Frau. Er vergrub das Gesicht in ihrem Nacken.

»Du würdest mir doch Bescheid sagen, wenn es zwischen uns so schlecht läuft, dass du einen Killer anheuern willst, oder?«

Brenda strich ihm über das Haar. »Hec-toro. Falls es zwischen uns jemals so schlecht laufen sollte, würde ich dich höchstpersönlich umbringen.«

»Deswegen liebe ich dich so.« Er drückte ihr einen Kuss auf die Wange und nahm dann auf der anderen Seite des Tisches Platz.

Wieder drehte sich Brenda zum Safe und legte den Umschlag hinein. Nachdem sie sich ihrem Mann zugewandt hatte, stellte sie fest: »Tja, da hast du dich ja mal in eine höchst interessante Lage gebracht, Hec-toro.«

Hector hob zustimmend die Brauen und nickte.

Entspannt lehnte sich Brenda in ihrem Stuhl zurück. »Die Frauen wollen die Männer wegen der Versicherung töten. Die Männer wiederum behaupten, jemand wolle sie umbringen, haben dir aber weder gesagt, wer es ist, noch, warum es geschehen soll, sondern einfach nur gefordert, dass du denjenigen beseitigst. Wir aber wissen nun, dass es ihre Ehefrauen sind.« Fragend legte sie den Kopf schief. »Meinst du, die Männer wissen das auch?«

Hector zuckte nur mit den Schultern. Die Klimaanlage fing an zu brummen.

Brenda fuhr fort: »Was können diese Typen verbrochen haben, dass ihre Frauen sie tot sehen wollen?«

Mahnend hob Hector den Finger. »Spekuliere niemals darüber, was die Leute wissen oder getan haben. Dabei kommt nichts Gutes heraus. Sie könnten einen Pornoring betreiben, Zwangsprostitution, Drogenhandel. Vielleicht sind sie auch gewalttätig gegenüber den Frauen. Wir werden die ganze Geschichte niemals erfahren, genauso wenig wie die Wahrheit. Es hat also keinen Zweck, sich darüber den Kopf zu zerbrechen.«

Stumm sah Brenda ihn an.

Schließlich seufzte er. »Also schön. Du glaubst, dass mehr dahintersteckt, richtig?«

»Allerdings, ja. Aber du hast recht, wir werden die Wahrheit niemals erfahren. Also, was wirst du jetzt tun?«

Hector sah seiner Frau tief in die Augen. »Ich werde tun, was ich immer tue – was für uns am besten ist.«

KAPITEL 16

DIE REINE WAHRHEIT

Die Ironie des Ganzen machte Padma wütend.

Sechzig Prozent.

Hätte ihre Mutter gewusst, dass Padma in ihren Uniarbeiten auch stets nur sechzig Prozent erreicht hatte, hätte sie einen Anfall bekommen. Nun aber war ebendiese Mutter mit der Kupplerin übereingekommen, dass Padma sich bei ihrem künftigen Ehemann auch mit Kandidaten zufriedengeben sollte, die ihre persönlichen Auswahlkriterien nur zu sechzig Prozent erfüllten.

Sechzig Prozent.

Da konnte sie ebenso gut eine Leiche heiraten.

Trotzdem schaffte es Padma, unaufhörlich zu lächeln, während ihre Mutter und die Kupplerin ihr in parallel geschalteten Videofenstern auf ihrem Computer Vorträge hielten. Da sie zuversichtlich war, tatsächlichen Kuppelversuchen aus dem Weg gehen zu können, hatte sie sich ihrer Mutter zuliebe zu dieser Videokonferenz bereiterklärt. Und tatsächlich machte es ihr Spaß, den beiden Frauen zuzuhören. Wie auch ihre Mutter war die Kupplerin mit Hindi als Muttersprache aufgewachsen, und das an harte Trommelschläge erinnernde, von einem schweren Akzent geprägte Englisch der beiden weckte in Padma rosige Kindheitserinnerungen an eine Zeit, in der sie noch nicht die größte Enttäuschung im Leben ihrer Mutter gewesen war. Nun sah sie heimlich auf die Uhr: 11 Uhr vormittags hier, das bedeutete halb 10 Uhr abends in Mumbai. Sicher wurden die alten Damen bald müde, die Telefonkonferenz konnte also nicht mehr lange dauern.

Die Kupplerin sagte gerade: »Du kannst nicht alles haben, meine Liebe. So läuft das im Leben nicht. Man muss Prioritäten setzen. Und deine Prioritäten sollten auf einen gebildeten Mann aus einer angemessenen Familie abzielen, mit dem auch deine Mutter einverstanden ist.«

Schon wieder dieses Wort: *angemessen.*

Und »man muss Kompromisse machen«.

Auch das stieß ihr sauer auf. Padma wartete nur darauf, dass auch noch der Begriff »umgänglich« fiel.

Und da kam es auch schon: »Du musst umgänglich sein, bereit, in deinem eigenen Leben ein paar Anpassungen vorzunehmen. Du darfst nicht zu wählerisch sein. Wer zu wählerisch ist, wird niemals glücklich werden.«

Nun schaltete sich ihre Mutter ein: »Padma kann es sich nicht leisten, wählerisch zu sein.«

Im Stillen betete Padma sich ihr Mantra vor: »Ich bin wertvoll, ich bin wertvoll.« Wie schaffte ihre Mutter das nur immer? Vollkommen mühelos weckte sie in Padma das Gefühl, wieder vierzehn und ihr hoffnungslos unterlegen zu sein. Sie musste dieses Telefonat beenden. Krampfhaft konzentrierte sie sich auf die roten Fingernägel und den dicken Smaragdring der Kupplerin.

Diese fuhr fort: »Ich habe dir drei hervorragende Kandidaten zur Ansicht geschickt. Schauen wir uns doch mal ihre Lebensläufe an.«

Padma blätterte in ihren Unterlagen. Vorab hatte die Kupplerin ihr eine Zip-Datei geschickt, mit der Anweisung, sie vor dem Zoom-Meeting auszudrucken. Nun reihte Padma die

Dossiers auf der gläsernen Tischplatte auf. Jedes umfasste fünf Seiten, auf der ersten Seite prangte links oben in der Ecke je ein zehn mal zehn Zentimeter großes Foto.

»Also«, begann die Kupplerin. »Welches der vor dir liegenden Bilder findest du am ansprechendsten?«

Ansprechend? An diesem ganzen Verfahren war überhaupt nichts *ansprechend*. Padma wollte nicht, dass diese alte Frau und ihre Mutter ihr einen Ehemann schickten. Padma wollte ihrem Märchenprinzen selbst begegnen, durch einen echten, herzerwärmenden Zufall wie in einer romantischen Komödie. Deshalb ließ sie sich in Cafés auch immer viel Zeit und hielt nach geeigneten Männern Ausschau, denen sie Kaffee auf den Schoß kippen konnte. Aber die gut aussehenden Kerle schienen immer mehr am Gratis-WLAN interessiert zu sein als an ihr. Da ihre Mutter mit ihren Fortschritten unzufrieden war, hatte sie der Kupplerin gleich zu Beginn des Meetings mitgeteilt, dass sie eine opulente dreitägige Hochzeit plane, und zwar in spätestens siebzehneinhalb Monaten. Je früher, desto besser.

Padmas Argument, dass' normale Paare den Hochzeitstermin erst festsetzten, nachdem sie sich kennengelernt hätten, ließ ihre sonst so pragmatische Mutter nicht gelten. Keine Diskussion. Ihre Mutter hatte damit gekontert, dass man proaktiv durchs Leben gehen müsse – vor allem, wenn man klein und unscheinbar sei. Während dieser Debatte hatte die Kupplerin unaufhörlich gelächelt, und am Ende hatte Padma die Pläne ihrer Mutter auch nicht zu genau hinterfragen wollen, aus Furcht davor, dass diese vielleicht auch schon die Hochzeitsreise gebucht hatte.

»Padma! Tantchen redet mit dir.« Mit dem in diesem Fall als Zeichen des Respekts verwendeten familiären Titel lenkte Padmas Mutter ihre Aufmerksamkeit wieder auf das Gespräch. »Und sitz gefälligst gerade. Du wirkst noch unscheinbarer, wenn du dich so hängen lässt. So sieht die Wahrheit nun einmal aus.«

Die Wahrheit. Genau. Ihre Mutter wollte, dass sie das Beste aus sich machte, und wenn sie ihr nicht die reine, ungeschminkte Wahrheit sagte, wer dann? Wieder und wieder hatte sie das im Laufe der Jahre betont. Aber Padma hatte Bücher gelesen und eine Therapie gemacht, daher wusste sie, dass diese *Wahrheiten* ihrer Mutter auch hin und wieder ein Kompliment beinhalten sollten. Ebenso gut wusste sie aber, dass es Zeitverschwendung gewesen wäre, darauf zu warten. Zeit. Genau, das war der Schlüssel. Padma musste sich mehr Zeit erkaufen. Aus ein paar Wochen konnten ein paar Monate werden und dann hoffentlich ein Irgendwann. Oder ein Niemals. Sie musterte die Fotos. »Ich kann mich nicht entscheiden. Lasst mich darüber nachdenken, ich melde mich dann bei euch.«

Mit einem schweren Seufzer erwiderte die Kupplerin: »Wenn du dich nicht entscheiden kannst, können auch wir die Wahl für dich treffen.«

Bei diesem Vorschlag rutschte Padma das Herz in die Hose, während ihre Mutter ihn ernsthaft in Erwägung zu ziehen schien. Um dem sofort Einhalt zu gebieten, sagte Padma hastig: »Bitte entschuldige, Tantchen. Ich war so in den Anblick der Fotos versunken, dass ich abgedriftet bin. Lass mich noch einmal genauer hinsehen.« Padma griff nach den Blättern.

Nur einer der von der Kupplerin vorgeschlagenen Bräutigame zeigte auch nur ein Hauch von einem Lächeln. Das zweite Bild wirkte wie ein Verbrecherfoto – ein kräftiger Mann ohne Hals und mit finsterer Miene. Und der Dritte hatte kein einziges Haar mehr auf dem Kopf. Gut, er war der Erbe von Indiens führendem Bettwäschehersteller und anscheinend der Favorit ihrer Mutter. Gerade schickte sie Padma eine Textnachricht: *Krisensichere Branche. Bettlaken werden die Leute immer brauchen.*

Inzwischen nahm die Kupplerin ihre maschinenpistolenartigen Anweisungen wieder auf: »Ich muss gleich auflegen. Ich brauche möglichst bald deine Entscheidung, welchen von ihnen du persönlich treffen möchtest, dann werden wir ihn für dich einfliegen. Aber wir müssen schnell handeln. Wie deine Mutter ja bereits festgestellt hat, wirst du nicht jünger, meine Liebe. Also sag mir, welcher es sein soll, ja?«

Padma hielt das Verbrecherfoto hoch. »Tut mir leid, Tantchen, aber du schickst mir lauter Sechsen. Sieh mich an, ich bin eine Zehn.«

Wieder mischte sich ihre Mutter ein: »Auf einer einsamen Insel voller Schiffbrüchiger vielleicht. Padma, Liebes, bedauerlicherweise bist du keine Zehn. Du wirst dich mit einer Sechs begnügen müssen. Wenn überhaupt. So sieht die Wahrheit nun einmal aus.«

Padma biss sich auf die Zunge und wiederholte innerlich: *Ich bin wertvoll. Ich bin verdammt noch mal umwerfend.* Mit fliegenden Fingern suchte sie in den gestapelten Jetons auf ihrem Schreibtisch herum, bis sie den Chip mit der aufgedruckten 10.000 fand. Sie legte ihn auf ihre Handfläche und drückte zu. Vielleicht konnte sich der Wert ja quasi durch Osmose auf sie übertragen. »Ich bin wertvoll«, flüsterte sie vor sich hin.

Padmas Mutter fuhr ungerührt fort: »Tantchen? Padma sollte alle drei Männer treffen, die du für sie ausgewählt hast. Hoffen wir, dass wenigstens einer von ihnen sie halbwegs attraktiv findet.«

Großartig! Als ob ein Hauptgang dieser Art nicht schlimm genug wäre, bestellte ihre Mutter nun ein ganzes Büffet. Allerdings verriet das auffällige Schweigen der Kupplerin, dass dieser der Vorschlag ebenfalls nicht passte. Padma lehnte sich zurück, als die Frau versuchte, den Vorschlag ihrer Mutter möglichst diplomatisch abzulehnen. Sie legte die Jetons zurück in ihre Schale und strich geistesabwesend über jeden einzelnen Spielchip. Das dürfte interessant werden. Niemand gab ihrer Mutter einen Korb.

Die Kupplerin richtete sich auf und wirkte plötzlich um einiges größer. »Meiner Erfahrung nach sind die jungen Leute von einer zu großen Auswahl meist überfordert, Madam. Deshalb präsentiere ich immer nur einen Kandidaten. Funktioniert das nicht, machen wir mit dem Nächsten weiter.« Sie verschränkte die manikürten Finger vor sich auf dem Tisch.

»Ja, das verstehe ich«, entgegnete Padmas Mutter. »Aber meine Tochter ist verzweifelt.«

Ruckartig hob Padma den Kopf. Ihr inneres Mantra setzte wieder ein: *Ich bin wertvoll. Ich bin verdammt noch mal umwerfend.*

Inzwischen fügte ihre Mutter hinzu: »Wir haben einen engen Zeitplan.«

Zeitplan. Ihre Mutter hatte ihr Liebesleben also auf einen Zeitplan reduziert. Nun ja, falls die Kupplerin deswegen tatsächlich gleich alle drei Kandidaten schickte, konnte sie das leidvolle Thema Heiratsvermittlung wenigstens schnell hinter sich bringen. Aber eines musste Padma ihrer Mutter lassen: Sie selbst hatte dieses Gespräch mit dem festen Vorsatz begonnen, jegliche Treffen mit möglichen Bräutigamen kategorisch zu verweigern. Nun würde sie sich sogar mit drei Kandidaten treffen, und das schon bald. Ihre Mutter hatte das Spiel komplett an sich gerissen, ohne dass Padma einen Ausweg gefunden hatte.

Auch die Kupplerin gab sich geschlagen. »Nun gut. Ich gebe mein Einverständnis, wenn Miss Padma dem zustimmt.«

Padma wollte unbedingt »auflegen«. Sie musste pinkeln.

Wieder warf sie einen Blick auf die Uhr. Hank musste jeden Moment mit ihrem Morgentee kommen, und sie wollte auf keinen Fall, dass er mitbekam, wie sie sich von ihrer Mutter herumschubsen ließ. Also warf sie das Handtuch. »Schön, schickt mir die Männer aus Mumbai, sie sollen herkommen. Ja, alle drei.« Noch einmal überflog sie die Lebensläufe. »Den Dicken, den Kahlen und …«

»… den Banker«, hakte die Kupplerin nach.

Padma sah in den Lebensläufen nach. »Genau, der Zweite ist ein Banker. Wie gesagt, alle drei.« Sie überschlug krampfhaft die Beine. »Schickt sie her, dann können sie ihr Glück versuchen.« Ihr Blick wanderte zum Kalender. »Wann können sie hier sein?«

Die Kupplerin klopfte mit ihrem Stift. »Du kannst sie in zwei Tagen erwarten.«

»Okay, zwei Tage, sehr schön. Dann werde ich also am Samstag von ihnen hören. Tut mir leid, aber ich muss jetzt wirklich los.«

Hastig beendete Padma die Zoom-Sitzung. Um ihre Mutter zufriedenzustellen, würde sie sich mit diesen Männern treffen. Aber niemand konnte sie zwingen, einen von ihnen zu heiraten. Eilig stöckelte sie zur Tür und wäre dort beinahe mit Hank zusammengestoßen, der ihren Tee brachte.

»Bin gleich wieder da, muss nur kurz auf die Toilette.«

Als sie wenig später zurückkam, saß Hank auf dem Besucherstuhl vor ihrem Schreibtisch und schrieb eine Textnachricht. Sein Knie wippte, und ihm stand der Schweiß auf der Stirn.

Sie wollte sich schon dafür entschuldigen, dass sie ihn hatte warten lassen, doch dann fiel ihr wieder ein, was ihre Mutter ihr beigebracht hatte: Lass deine Angestellten nie vergessen, dass sie für dich arbeiten. Also ließ sie sich wortlos auf ihren

Stuhl fallen und griff erfreut nach dem bereitstehenden Heißgetränk. Auch einen Dank hierfür musste sie sich bewusst verkneifen. Als sie schließlich von ihrem Tee aufblickte, musste sie allerdings fragen: »Ist alles okay mit Ihnen? Sie sehen blass aus.«

Hank richtete sich auf, atmete einmal tief durch und schob sein Handy in die Tasche. Seine Augen flackerten wild. »Ja, ja, mir geht es gut. Und selbst?«

Nahm er vielleicht Drogen? In den Filmen schwitzten die Süchtigen immer. Vielleicht erklärte das auch seine morgendlichen Ausflüge – er traf sich mit seinem Dealer. Denn es war doch sehr merkwürdig, dass Hank jeden Morgen das Casino verließ, angeblich, um Pakete abzuholen und Padma Tee zu besorgen. Dieser Trottel konnte doch bestimmt Sinnvolleres mit seiner Zeit anfangen. Aber Padma hatte bei ihrem Abschluss die beste Note in Personalmanagement bekommen (eine 3+), und daher wusste sie, dass Mikromanagement einen nicht weiterbrachte. Wenn Hank diese halbstündigen Besorgungen am Morgen brauchte, um seinen Job gut zu machen, dann sei es so. Er könnte schließlich weitaus Schlimmeres anstellen.

Als Padma nun wieder nach ihrem Becher griff, fielen ihr die Lebensläufe ins Auge, die noch immer auf ihrem Schreibtisch lagen. Brennende Hitze kroch in ihre Wangen. Verstohlen sah sie zu Hank hinüber. Der starrte gerade stirnrunzelnd auf die Überwachungsmonitore. Hoffentlich hatte er die Dossiers nicht bemerkt. Es war eine Sache, dem Druck ihrer Mutter nachzugeben, aber eine ganz andere, wenn ihr Angestellter dachte, eine so attraktive Frau wie sie sei auf eine Heiratsvermittlung angewiesen. Um ihn abzulenken, fragte sie: »Und, wie läuft es mit den Neueinstellungen?« Möglichst unauffällig schob sie die belastenden Unterlagen unter einen Aktenordner.

»Gut. Alles erledigt, wir haben sogar einen neuen Sicherheitschef. Ist alles schon in der Personalabteilung, die neuen Mitarbeiter fangen nächste Woche an.«

Padma nippte an ihrem Tee, und dann rutschte es ihr doch heraus. »Vielen Dank, Hank. Ich weiß nicht, wie ich morgens ohne den täglichen Tee zurechtkommen sollte.«

Er erhob sich. »Nichts zu danken, Padma. Das ist das Mindeste, was ich tun kann.« Einen Moment lang sah er sie durchdringend an, dann ging er zur Tür.

Vielleicht war er ja doch nicht so ein Trottel. Ihr Blick streifte die halb unter dem Ordner verborgenen Lebensläufe. »Hank?«

Die Hand bereits an der Klinke, drehte er sich noch einmal um.

»Wie haben Sie eigentlich Ihre Frau kennengelernt?«

Seine hochgezogenen Schultern entspannten sich, und ein Lächeln huschte über sein Gesicht. »Meine Mom hatte das eingefädelt.«

Igitt.

»Unsere Mütter waren im gleichen Buchclub. Nachdem sie gewisse Vergleiche angestellt hatten, waren sie der Meinung, ihre Kinder sollten sich kennenlernen. Also haben sie eine Party ausgerichtet und es so hingedreht, dass Pam und ich gemeinsam hinter der Bar standen. Wir haben den Abend damit verbracht, billigen Wein an alte Leute auszuschenken, und uns dabei immer wieder heimlich einen Kurzen gegönnt.« Wieder lächelte er, allerdings meinte Padma eine gewisse Traurigkeit in seinem Blick zu entdecken.

Nun war sie neugierig. »War es Liebe auf den ersten Blick?«

Gedankenverloren starrte Hank auf die Überwachungsmonitore. »Vielleicht nicht unbedingt auf den ersten Blick.« Sein Lächeln gewann an Kraft. »Aber viel länger als eine

Stunde hat es nicht gedauert. Vielen Dank noch mal, Padma. Ich weiß zu schätzen, was Sie alles für mich getan haben. Wirklich.« Wieder warf er ihr so einen durchdringenden Blick zu.

Padma sah zu, wie er hinausging und die Tür hinter sich schloss. Nachdenklich nippte sie an ihrem Tee. Was hatte das denn zu bedeuten?

KAPITEL 17

ZEIT FÜR DEN ABSCHLAG

Hank hatte ein fröhliches Pfeifen auf den Lippen gehabt, als er sich Padmas Büro näherte, blieb jedoch abrupt stehen, sobald er die Stimmen von drinnen hörte. Sofort schlich er ein Stück zurück, um nicht von der Kamera erfasst zu werden, presste sich dicht an die Wand und lauschte. Dabei musste er den Pappbecher immer wieder von einer Hand in die andere verlagern; der Tee war heiß.

Sein Herz setzte einen Schlag aus, als er hörte, was durch den Türspalt drang: »Schön, schickt mir die Männer aus Mumbai, sie sollen herkommen. Ja, alle drei. Den Dicken, den Kahlen und… Genau, der Zweite ist ein Banker. Wie gesagt, alle drei. Schickt sie her, dann können sie ihr Glück versuchen.«

Nun waren tatsächlich Killer auf sie angesetzt. Aus Indien! Am Samstag würden sie kommen. Alles klar. Er würde also enden wie diese verschwundenen Manager, über die er die Artikel im Internet gelesen hatte. Hoffentlich hing er am Ende nicht auch nackt an einer Brücke.

Die Anspannung in Padmas Stimme verriet ihm, dass ihr diese Entscheidung aufgezwungen wurde. Die Frau war noch keine dreißig; welchen Einfluss konnte sie schon haben im Vergleich zu demjenigen, der bei Indo-USA Gaming Inc. das Sagen hatte? Also tat sie das Einzige, was ihr in dieser Situation noch übrig blieb – sie ließ ihm eine Warnung zukommen.

Wieder einmal. Beim ersten Mal hatte sie ihm signalisiert, dass er unter Verdacht stand. Diesmal ließ sie ihn wissen, was als Nächstes geschehen würde.

Während er darauf wartete, dass Padma von der Toilette zurückkam, gratulierte sich Hank erneut, dass er durch sein Verhalten offenbar ihre Loyalität errungen hatte. Pünktlich wie ein Uhrwerk hatte er ihr jeden Morgen ihren Tee gebracht, daher wusste sie, dass er dieses Zoom-Meeting mitkriegen würde. Höchstwahrscheinlich hatte sie durch die Überwachungskamera im Flur sogar gesehen, wie er kam. Und wieder hatte sie mit einem genialen Schachzug abgeschlossen, indem sie bei seiner Ankunft kurz verschwunden war und die Fotos der indischen Killer offen auf ihrem Schreibtisch liegen gelassen hatte. Sie war schon eine Nummer …

Am liebsten wäre er ihr vor Dankbarkeit um den Hals gefallen. Dank Padmas Findigkeit hatte er nun einen Zeitplan. In zwei Tagen also, am Samstag. Er musste Larry und Andre mitteilen, dass sie endlich Genaueres wussten.

Also schrieb er ihnen: *Habe uns einen Abschlag gebucht – am Samstag!*

Hoffentlich begriffen sie auch, was er ihnen damit sagen wollte. Außerdem musste er noch Hector kontaktieren, damit der Friseur ausreichend Zeit für seine Vorbereitungen hatte.

Hank hatte also mit rasendem Puls und wippendem Knie in Padmas Büro gesessen und nachgedacht. Was war als Nächstes zu tun? Während er gewohnheitsmäßig seine Krawatte richtete, schoss ihm ein Gedanke durch den Kopf. Würde das beim nächsten Mal vielleicht der Bestatter tun, weil er selbst dann schon im Sarg lag? Ja, in solchen Dingen war er etwas morbide. Brauchte er dann überhaupt eine Krawatte? So wie es momentan aussah, würde er wohl genau wie Dave im geschlossenen Sarg aufgebahrt werden.

Nach Padmas Rückkehr von der Toilette hatte er sie pro forma über den Stand der Neueinstellungen informiert und war dann in sein Büro zurückgekehrt. Dort hatte er die Tür hinter sich geschlossen und sich erschöpft dagegen gelehnt. Dabei hatte er keinerlei Erinnerung daran, überhaupt durch den Flur gegangen zu sein. Trotzdem war er nun hier. Sein Blick wanderte zu seinem Sideboard, auf dem ein Foto von Pam und ihrer Tochter stand. Würde er Claire jemals wiedersehen?

Er musste unbedingt mit Larry und Andre sprechen und mit Hector. So schnell wie möglich. Der Friseur musste von dem neuen Zeitplan erfahren.

Warum hatte sich Padma nach seiner Frau erkundigt? Sollte das eine Warnung sein? War Pam etwa auch in Gefahr? Nein. Pam würde nichts geschehen. Sie wusste ja von nichts. Keine der Frauen wusste davon, das war Regel Nummer vier – verrate es niemandem. Und sie hatten sehr streng darauf geachtet, dass sich alle daran hielten. Die ganze Zeit hatte sich Hank an der Hoffnung festgehalten, dass sie ihre zehn Millionen erreichen würden und er Pam letztlich sagen könnte, was sie getan hatten. Dann würde seine Frau ihm verzeihen, dass er zuvor alles verloren hatte, und würde zu ihm zurückkommen. Und dann würden sie wieder eine Familie werden, zusammen mit ihrer Tochter.

Doch vielleicht war es dafür nun zu spät.

KAPITEL 18

FREI-YEI-TAG

Elmer lag lang ausgestreckt auf dem Küchenboden und verfolgte allein durch Augenbewegungen, wie Pam die Einkäufe auf dem Frühstückstresen ablud. Früher hatte Pam die Freiyei-tage geliebt; diesen Moment der Ruhe zwischen der hektischen Arbeitswoche und den sozialen Verpflichtungen des Wochenendes. Das war immer eine besondere Zeit für Hank und sie gewesen.

Es fehlte ihr.

Meist war sie als Erste heimgekommen. An einem heißen Nachmittag wie diesem hätte sie dann eine eisgekühlte Dreißig-Dollar-Flasche Pinot Grigio entkorkt und wäre über die Terrasse geschlendert, um nachzusehen, ob im Outdoor-Kühlschrank noch genügend Importbier für Hank bereitstand. Vermutlich wäre sie anschließend kurz in den Pool gesprungen, bis sie das Garagentor und die vertrauten Schritte im Haus hörte. Dann hätte sie – dankbar, dass die hohen Hecken totale Privatsphäre boten – ihren Badeanzug ausgezogen. Wenn sich schließlich die Terrassentür öffnete und er in den Garten kam, hielt sie sich gelassen am Rand des Beckens fest und wartete, bis er bemerkte, was sie im Angebot hatte. Sie liebte diese überraschte Miene, die er dann machte, mit hochgezogenen Augenbrauen und diesem breiten Lächeln in seinem attraktiven Gesicht. Hank würde sich ein Handtuch nehmen und sie abtrocknen, bevor sie sich auf die überdachte Terrasse oder ins Haus zurückzögen, um sich zu lieben; seine warmen Finger so zärtlich auf ihrer vom Wasser gekühlten Haut. Hinterher würde Hank Margaritas mixen, die sie sich dann gönnten, bevor sie den Freitagabend mit einer Bootstour mit ihren Freunden abschlossen.

Doch das war Davor gewesen.

Bevor sie das Haus mit dem Pool hatten verkaufen müssen.

An diesem heißen Freitagnachmittag justierte Pam lediglich den rotierenden Standventilator, damit er ihr direkt ins Gesicht pustete, während sie die Einkäufe wegräumte. Sicher, man brauchte weder einen Pool noch eine Klimaanlage für ein erfülltes Sexleben, aber eben zumindest ein wenig Anziehungskraft.

Bevor sie ihre Ersparnisse verloren hatten, war zwischen ihnen jedes Mal ein kleiner Funke übergesprungen, wenn Pam ihren Mann angesehen hatte. Dann strich sie ihm sanft über den Arm, und er drückte kurz ihre Finger.

Danach? Sie versuchte, ihn möglichst wenig anzusehen.

Nun, dieses Problem hatte sich ja bald erledigt. Sie würden es tatsächlich durchziehen. Wie würde es sich wohl anfühlen, zu wissen, dass er nie wieder nach Hause kam? Pam füllte sich an der Spüle ein Glas Wasser ab und blickte auf ihre Hortensienbüsche hinaus, während sie trank. Nächste Woche um diese Zeit war sie frei. Und reich. Ihre Fingerspitzen klopften auf die Kunststoffarbeitsfläche. In Boca Raton wollte sie Granit. Vielleicht sogar Marmor. Das wäre zwar nicht so robust, aber wenn Hank nicht ständig mit seiner scharfen Soße herumkleckerte, hätte sie bestimmt auch an der empfindlicheren Oberfläche ihre Freude. Dieser Marmor würde ewig makellos bleiben.

Sie warf einen Blick auf die Uhr. In Neuseeland war jetzt schon Samstag, 11 Uhr vormittags. Was Claire wohl gerade machte? Kurz entschlossen griff Pam zum Telefon und schrieb:

Hi. Hoffe, alles ist gut. Wäre toll, wenn Dad
und ich mit dir facetimen könnten.
Hast du in 1 Std. Zeit? Sonst sag Bescheid,
wann es morgen bei dir geht.

Das war das Mindeste, so konnte Claire noch einmal mit ihrem Vater sprechen. Als draußen eine Autotür zugeschlagen wurde, sah sie erneut auf die Uhr. Elmer zuckte mit den Ohren, woraufhin Pam ihm erklärte: »Offenbar kommt Hank heute früher. Was meinst du, was könnte er vorhaben?«

Schon kam Hank hereingestürmt und hielt abrupt inne, als er sie vor dem Ventilator stehen sah. Elmer klopfte freudig mit dem Schwanz auf den Boden.

Ein gewisser Geruch stieg Pam in die Nase. »Warst du beim Haareschneiden?«

Hank beugte sich zu Elmer hinunter und strich sich dabei mit der freien Hand über den Scheitel. Fast schien es, als wäre er sich nicht sicher. Bildete sie sich das jetzt schon ein? Auch als er letzte Nacht ins Bett gekommen war, hätte sie schwören können, dass ein Hauch von Friseur-Aftershave zu ihr herüberwehte. Aber Hank war erst letzte Woche zum Nachschneiden gegangen. Vielleicht hatten einfach noch winzige Reste davon an seinem Kissen gehaftet und waren aufgewirbelt worden. Aber jetzt roch sie es schon wieder, diesmal hier in der Küche. Möglicherweise hatte auch ihre eigene Kleidung den Geruch angenommen, als sie das letzte Mal bei Hector im Laden gewesen war. Das wäre nicht gut.

Hank drehte ihr den Rücken zu, da er gerade ihre größte

Thermoskanne aus dem Unterschrank kramte. Trotzdem sprach sie ihn an: »Hör mal … vielen Dank, dass du die Margaritas für uns machst.«

Er richtete sich auf und sah sie an. Auch er tat das inzwischen nur noch selten. Leise antwortete er: »Ist doch kein Problem, Pam.«

Da die Obstschale auf dem Tisch leer war, ging er zum Kühlschrank und nahm ein Netz mit Limetten heraus. Pam ließ ihn nicht aus den Augen. Sie sollte zumindest versuchen, noch einmal eine Verbindung herzustellen; um der alten Zeiten willen. »Wie geht es eigentlich Larry und Andre?«

Wortlos öffnete Hank den Schrank über dem Kühlschrank und holte den Tequila herunter.

»Hank?«

Er drehte sich um, die Flasche fest in der Hand, und zog irritiert die Augenbrauen hoch.

»Ich habe dich etwas gefragt.«

»Oh.« Er griff nach dem Salz. »Tut mir leid. Ich dachte, du sprichst mit Elmer. Manchmal redest du mit dem Hund, als wäre er ein Mensch.«

»Warum sollte ich Elmer nach deinen Freunden fragen?«

»Keine Ahnung, Pam.« Mit einem schweren Seufzer rollte er eine Limette zwischen den Händen. »Ich weiß doch schon lange nicht mehr, warum du was tust.« Er ließ die grüne Frucht auf das Schneidebrett fallen und teilte sie routiniert in zwei Hälften.

Was sollte das jetzt wieder heißen? Stumm sah Pam zu, wie er sich eine weitere Limette nahm. Dann erwiderte sie: »Ich tue, was ich tue, Hank, weil ich das Gefühl habe, dass mir nichts anderes übrig bleibt. Weil ich keine andere Wahl habe. Nicht mehr.«

Das Messer hing reglos über der zweiten Limette in der

Luft. Dann sank es herab, die Hälften fielen auseinander, und Hank griff nach der dritten Frucht.

»Dabei wünsche ich mir von ganzem Herzen, dass es anders wäre.« Pam wandte sich ab und verließ den Raum.

KAPITEL 19

ALLES BESTENS

»Willst du mich verarschen?« Larry schlug seinen Kofferraum zu. Sie standen auf dem Parkplatz am Hafen.

»Achtung!« Verunsichert musterte Andre die anderen Bootsbesitzer, die gerade ihre Ausrüstung für eine Abendtour oder – wenn sie Schlafmöglichkeiten an Bord hatten – einen ganzen Wochenendtrip ausluden. »Wir sollten keine Aufmerksamkeit erregen.«

Larry warf ihm einen bösen Blick zu, senkte aber trotzdem die Stimme: »Und du hältst das für eine gute Idee? Bei allem, was gerade los ist? Seit wann weißt du das überhaupt?« Wütend stützte er die Hände in die Hüften. Vor seinen Füßen stand sein Bierkühler, darauf lag seine Angelausrüstung.

Hank schob sich dichter an seine Freunde heran. »Pam hat mich gestern Abend darum gebeten«, antwortete er leise. »Jetzt nimm dein Zeug.« Wachsam ließ er den Blick über den Parkplatz schweifen, das war bereits zu einer festen Gewohnheit geworden. »Ernsthaft, wir sollten uns aufs Boot verziehen. Andre hat recht, wir wollen keine Aufmerksamkeit erregen. Also nehmt euren Kram und lasst uns an Bord gehen.«

Schweigend marschierten die Männer über den Anleger, Hank vorneweg. Er gab sich Mühe, nicht zu gehetzt zu wirken, und starrte stur geradeaus. Tatsächlich befürchtete er, Larry und Andre könnten auf Zehenspitzen hinter ihm herschleichen wie der Rosarote Panther, deshalb schaute er sich vorsichtshalber gar nicht erst um. Das wollte er nicht sehen. Schließlich stieg er über das Dollbord und ließ seine Sachen auf den Sitz fallen, während er die Kajüte aufschloss.

Inzwischen hatte Larry ihn eingeholt. »Du hättest einfach ablehnen können.«

Hank drehte sich zu ihm um. »Ach ja? Ernsthaft, Larry? Wenn du so gut darin bist, Nancy etwas abzuschlagen, warum trägst du dann diese Shorts?« Larry zuckte betroffen zusammen, mied aber den Blick auf seine pastellfarbene, gesteppte Patchworkmusterbermuda, die mit kleinen Walen bestickt war. Vermutlich hatte Nancy sie auf irgendeinem Grabbeltisch entdeckt und gekauft, um sich auf diesem sadistischen Weg für irgendwelche Eheprobleme zu rächen. Hank fuhr fort: »Es muss den Anschein haben, als wäre alles wie immer. Marlene möchte heute Abend Daves Asche im Meer verstreuen, dagegen kann niemand etwas sagen. Wir fahren mit den Frauen raus, nehmen einen Drink, schütten Dave ins Wasser und bringen alle zurück in den Hafen.«

Dave hätte sich vermutlich totgelacht bei der Vorstellung, dass seine Überreste »ausgekippt« wurden.

Drohend bohrte Larry Hank den Zeigefinger in die Brust. »Hiermit möchte ich zu Protokoll geben, dass ich das für eine grauenvolle Fehlentscheidung halte.«

»Wird vermerkt.«

Es hätte keinen Zweck, Larry zu sagen, dass er Pam im Moment rein gar nichts abschlagen würde. Zwar hatte er inzwischen wirklich keine Ahnung mehr, was in ihr vorging, aber vorhin in der Küche schien sie ihm so eine Art Endabrechnung präsentieren zu wollen, das Jüngste Gericht, während er sich lediglich gefragt hatte, warum sie die Limetten nicht mehr in der Obstschale lagerte. Sie musste doch wissen, dass sie weniger saftig waren, wenn sie direkt aus dem Kühlschrank kamen. Und dann auch noch diese zutiefst philosophische Feststellung, *sie wünsche sich von ganzem Herzen, dass es anders wäre.* Sie hatte also keine Wahl mehr? Scheiße! *Pack die Limetten einfach in die Obstschale, Pam, da hast du deine Wahl.*

Er tauchte gerade noch rechtzeitig aus seiner Grübelei auf, um zu hören, wie Larry Andre fragte: »Findest du etwa, wir sollten momentan alle am selben Ort sein? Wir drei zusammen sitzen schon auf dem Präsentierteller wie lahme Enten, und nun werden uns unsere Frauen auf diesem Präsentierteller auch noch Gesellschaft leisten. Das wird doch das reinste Kinderspiel für diese Killer, wenn sie hier auftauchen. Die knallen uns ab wie die Fliegen.« Er ließ sich wie ein nasser Sack auf den Kapitänssessel fallen und drehte den Kopf hin und her, um seinen verspannten Nacken zu lockern.

Hank grinste. »Was sind wir denn nun, Larry? Enten oder Fliegen? Du musst dich schon entscheiden.« Damit verschwand er in der Kajüte.

Nun war es Andre, der nervös den Blick durch den Hafen wandern ließ. »Wenn wir erst draußen auf dem Wasser sind, wird alles gut.«

Hank streckte den Kopf aus der Kajüte und präsentierte ein Glas mit Erdnüssen. »Kleiner Snack gefällig?« Als Larry und Andre abwinkten, schüttete sich Hank einige Nüsse in die offene Hand und stopfte sie in seinen Mund. »Wie ich bereits sagte«, erklärte er nuschelnd, »werden sie nicht vor morgen hier sein. Also alles bestens.«

»Profikiller sind ja auch bestimmt extrem zuverlässig, was Zeitpläne angeht. Wenn sie einen früheren Flug genommen haben, könnten sie jederzeit hier auftauchen.« Larry schnappte sich das Fernglas und suchte damit den Parkplatz ab. »Und du hast es Hector gesagt, ja? Das mit den Typen aus Indien?«

Hank nahm sich noch eine Handvoll Nüsse und schraubte das Glas wieder zu. Dafür würde Larry ihm einen auf den Deckel geben. Denn ganz so hatte Hank das Hector nicht gesagt. Er wollte es jetzt nicht näher mit Larry und Andre erörtern, aber wenn er Hector gesagt hätte, dass die Profikiller aus Indien anreisten, hätte der leicht eine Verbindung zum Casino herstellen können. Von dort aus wäre die nächste Schlussfolgerung nicht schwer: Dass eventuell gerade eine Menge Casinogeld verfügbar war. Und da Hank nicht wollte, dass Hector solche Schlüsse zog, hatte er sich eher vage ausgedrückt. Hector stellte nie viele Fragen, das schätzte Hank ganz besonders an ihm.

Aber Hank war klar, dass Larry und Andre diese Antwort nicht gefallen würde.

Also wiederholte er einfach das, was er Larry schon beim letzten Mal geantwortet hatte: »Ich habe Hector gesagt, dass er jeden umbringen soll, der hinter uns her ist. Wer das ist, interessiert uns nicht.«

KAPITEL 20

BÖSE MENSCHEN

Brenda Palumbo-Chavez sah zu, wie ihr Mann die letzten Haarreste zu einem ordentlichen Häufchen zusammenfegte. »Und die Frauen haben ganz sicher gesagt, dass sie es wegen der Versicherung machen?«

»Das haben sie gesagt.«

»Hmm.« Brenda nahm sich einen Lappen und wischte den Tresen ab. »Und die Männer wollen, dass du jeden beseitigst, der hinter ihnen her ist?«

»Das haben sie gesagt.«

»Meinst du, sie wissen, dass es sich dabei um ihre Ehefrauen handelt?«

Hector hörte auf zu fegen und stützte sich auf seinen Besen. Er konnte sich ein Schmunzeln nicht verkneifen. Diese Frage hatte sie ihm nun schon zum zweiten Mal gestellt. Schon lustig, dass sie zwar bereitwillig hinnahm, dass Frauen ihre Männer umbrachten, sich aber so schwertat mit dem Gedanken, dass Männer ihre Frauen umbringen könnten. Liebevoll sah er zu, wie sie an einem Fleck auf dem Tresen herumwischte. Er konnte nachvollziehen, warum sie das verwirrte, und dafür musste er sich selbst loben. Sie wusste, dass er ihr niemals etwas antun könnte. Unter keinen Umständen. Seine Mutter wäre stolz auf ihn. Nun drehte Brenda sich zu ihm um und hob fragend die Brauen. Achselzuckend antwortete er ihr: »Du weißt, wie es ist, Amor. Manche Dinge werden wir nie erfahren.«

Brenda blickte aus dem Fenster. »Netflix hat einen Film mit Reese Witherspoon und Ashton Kutcher eingestellt.«

»Ach ja?« Hector grinste.

Als Hector in die Staaten eingewandert war, hatte sein Sprachlehrer ihm empfohlen, mithilfe von Filmen sein Englisch zu verbessern. Und so hatte es sich Hector, wann immer er nicht auf Jobsuche war, auf dem Sofa gemütlich gemacht und sich die Klassiker angesehen: *Goodfellas*, *Der Pate*, *Pulp Fiction*, *Schnappt Shorty*, *Snatch* und *Scarface*. Als Hector allerdings anfing, Geld »Zaster« zu nennen und ihrem Vater bei einem Essen mit den Worten »Lass die Waffe liegen und nimm die Cannoli« das Gebäck anzureichen, schritt Brenda ein. Sie erstellte eine Liste hilfreicher Filme für ihn, die sie sich dann so oft ansahen, bis sie beinahe mitsprechen konnten. So hatten sie noch eine Sache mehr, die sie zusammen genießen konnten.

Jerry Maguire, *Notting Hill*, *Tatsächlich Liebe*, *Harry und Sally* und *Schlaflos in Seattle* waren nur die Spitze des Eisbergs. Hector wusste, dass seine Frau gut mit seiner Schwäche für Reese Witherspoon leben konnte – *Walk the Line*, *Natürlich blond* und besonders *Election* hatten es ihm angetan. Eine Zeit lang gewöhnte er sich sogar einen leichten Nashville-Akzent an.

Nun faltete Brenda ihren Lappen zusammen. »Erinnerst du dich noch an *Liebe auf Umwegen*? Als Melanie dachte, Jake würde sie nicht mehr lieben, aber in Wahrheit hatte er das alles nur für sie getan, ohne dass sie davon wusste? Jake hatte gehofft, sie dadurch zurückgewinnen zu können und …«

Hector hob abwehrend die Hand. »Halt mal, Amor. Erstens basieren neunzig Prozent aller romantischen Komödien auf Missverständnissen dieser Art, und zweitens werde ich mir keine Rom-Com-Analogie zurechtlegen, um das Verhalten dieser Leute zu rechtfertigen. Ich weiß, dass du immer das Gute im Menschen sehen willst, und das liebe ich an dir, aber manchmal … manchmal sind die Menschen eben einfach scheiße.«

»Das stimmt wohl.«

Er stellte seinen Besen weg, ging zu seiner Frau hinüber und umschloss ihr Gesicht mit seinen Händen. »In meiner Branche trifft man entweder auf böse Menschen, die anderen bösen Menschen schlimme Dinge antun«, erklärte er ihr achselzuckend, »oder eben auch auf gute Menschen, die böse Dinge tun. So oder so ist es scheiße.«

»Mag sein. Na ja, zumindest kannst du in diesem Fall doppelt Kasse machen.«

»Diesen Ausdruck kenne ich nicht.«

»Das bedeutet, dass man für zwei Jobs bezahlt wird, aber nur einmal arbeiten muss. Doppelt abkassieren eben. Und genau so ist das hier: Die Männer haben einen Wunsch, die Frauen haben ebenfalls einen Wunsch. Beide bezahlen dich, damit du ihre Wünsche erfüllst. Aber du musst am Ende nur einen der beiden Jobs wirklich erledigen.«

Hector nickte bedächtig. »Weil die Toten nicht wissen können, ob ich ihren Auftrag tatsächlich erfüllt habe.«

»Ganz genau.«

Nachdem er einen Moment darüber nachgedacht hatte, stellte Hector fest: »Das ist offensichtlich ein amerikanisches Konzept, denn in El Salvador erledigt man einen Job, wenn man dafür angeheuert wird. Und zwar ohne Wenn und Aber.« Liebevoll drückte er ihr einen Kuss auf die Stirn.

KAPITEL 21

LEB WOHL, DAVE

»Hank, dieser Mistkerl. Schon wieder.«

Pam starrte in den offenen Kofferraum ihres Vans, wo sich Kartons mit Casinogläsern stapelten, die Hank abgestaubt hatte, als das Logo geändert wurde. Sie hatte ihm ihren Wagen geliehen, damit er eine weitere Ladung transportieren konnte. Aber Teil der Abmachung war auch gewesen, dass er das Zeug anschließend auslud. Aber er hatte sie wieder einmal hängen lassen. Nach einem kurzen Blick auf die Uhr schlug sie den Kofferraumdeckel zu, ging zur Beifahrerseite und versuchte, das mit Frischhaltefolie abgedeckte Tablett mit den Häppchen auf dem Sitz zu platzieren. Da sie nicht sicher gewesen war, welche Art von Snack bei einer Ascheausstreuung gereicht wurde, hatte sie sich für Räucherfleisch und Käse entschieden. Dazu gab es noch Karottensticks und Hummus für Andre.

Prüfend sah sie auf die Uhr am Armaturenbrett. Sie lag gut in der Zeit. Davor, als sie noch in ihrem schönen Haus an der Glendale Avenue gewohnt hatten, hatte sie keine zusätzliche Zeit einrechnen müssen, um zu ihren Freundinnen zu fahren. Da hätte sie jetzt einfach rückwärts aus der Einfahrt gesetzt, wäre zwei Mal rechts abgebogen und schon bei Shalisa gewesen. Nun aber musste sie drei Ampeln mit einkalkulieren.

Als sie schließlich in Shalisas Einfahrt hielt, die Freundin einsteigen ließ und das Tablett auf ihrem Schoß deponierte, sagte Pam: »Wenn wir das Geld von der Versicherung haben, werde ich als Allererstes einen Gärtner beauftragen, damit er dieses Ding für dich stutzt.« Sie zeigte auf den überbordenden Wacholderbusch.

Kurz nachdem sie auf die Straße zurückgesetzt hatte, sah sie auch schon Nancy, die ein paar Häuser weiter am Bordstein wartete. Andre hatte einmal gescherzt, dass sich das Straßenbauamt eines Tages sicher beschweren würde, weil der Gehweg zwischen ihren Häusern von den Frauen so abgenutzt werde, dass dadurch Bodensenkungen entstünden.

Sobald Nancy eingestiegen war, beugte sie sich zwischen den Sitzen nach vorne und schob ihre Brille zurecht. »Ich habe mir überlegt, dass wir nach der Bootstour erst Marlene absetzen und dann zu Nordstroms fahren könnten. Da ist gerade Ausverkauf, und ich brauche noch ein schwarzes Kleid für die Beerdigung. Eventuell auch zwei, falls Beisetzung und Aufbahrung an verschiedenen Tagen stattfinden. Drei, wenn zwei Tage lang aufgebahrt wird.«

Zum Glück hatte Pam bereits an einer roten Ampel angehalten, sonst wären ihre Snacks wohl durch eine entsetzte Vollbremsung an der Windschutzscheibe gelandet. Sie schloss kurz die Augen und massierte ihren Nasenrücken. Ein kurzer Blick zu Shalisa beruhigte sie etwas, denn auch die war fassungslos. Gut, es lag also nicht an ihr. »Nancy, wie würde es wohl auf die Polizei wirken, wenn wir dabei gesehen werden, wie wir Trauerkleider kaufen – zwei Tage bevor wir erfahren, dass wir unsere Männer beerdigen müssen?«

»Oh.« Nancy ließ sich auf die Rückbank zurückfallen. »Tut mir leid, daran habe ich nicht gedacht. Das stimmt natürlich. Ich habe mich von fünfundsiebzig Prozent Rabatt mitreißen lassen.«

Zwei Blocks weiter bog Pam in die Einfahrt von Dave

und Marlene ein wie schon tausend Mal zuvor. Marlene trat gerade aus dem Haus, im Arm hielt sie eine weiße Pappschachtel. Gedanklich versetzte sich Pam zurück zu einer der vielen Gelegenheiten, bei denen sie ebenfalls hier im Auto gesessen hatte – auf der Rückbank, mit Hank auf dem Fahrersitz –, um Dave und Marlene abzuholen, bevor sie zu Shalisa, zu Nancy oder zum Hafen fuhren. Marlene war immer schon vorgegangen und eingestiegen, während Dave noch die Haustür abschloss. Dann kam auch er die Einfahrt hinunter, das Haar zurückgegelt, in der Hand die Kühlbox mit dem Bier. So lebendig. Stets nahm er auf dem Beifahrersitz Platz, drehte sich zu ihr um und stellte mit einem spielerischen Zwinkern fest: »Du siehst heute wieder umwerfend aus, Pammy.« Anschließend begannen die Männer ihre eigene Unterhaltung.

Er war ein guter Kerl gewesen. Und nun ruhte er dort in der Pappschachtel auf dem Schoß seiner Frau.

Marlene strich über die Seiten des Kartons. »Das ist nicht alles von ihm, nur ungefähr ein Viertel. Ich habe noch etwas für die Mädchen aufgehoben.« Sie zog die Schachtel dichter an ihren Körper. »Hoffentlich habe ich die Hände erwischt. Er hatte tolle Hände.«

Schweigend fuhren sie zum Hafen und gingen zum Boot. Bevor sie über die Reling stieg, reichte Marlene die Pappschachtel an Hank weiter. Pam bemerkte, wie ihr Mann kurz zögerte, als er die Überreste seines Freundes entgegennahm; dann drückte er sie schützend an seine Brust. Deutlich blasser als zuvor trug er die Schachtel in die Kajüte und stellte sie vorne am Bug ab. Einen flüchtigen Moment lang überkam sie der Drang, ihren Kopf an seine Schulter zu legen und ihm über den Rücken zu streichen. Doch dieser Moment war schnell vorbei. Mit einem abwehrenden Kopfschütteln ging sie zur Kühlbox hinüber und suchte nach der Thermoskanne, in die er die Margaritas für sie und die Mädels abgefüllt hatte. Pam hatte mit sich gerungen, ob sie ihn überhaupt darum bitten sollte, da es ihr widerstrebte, einen Gefallen von ihm anzunehmen. Aber eine Bootstour am Freitagabend wäre einfach nicht dasselbe gewesen ohne Hanks berühmten Cocktail. Er hatte schon oft gesagt, dass er bestimmt Barkeeper geworden wäre, wenn er einen anderen Karriereweg eingeschlagen hätte.

Larry und Andre lösten die Leinen, und Hank steuerte das Boot durch den Kanal auf den offenen Atlantik zu. Die Sonne stand noch hoch am Himmel, aber der Wind hatte sich gelegt, sodass das Wasser spiegelglatt war. Ganz wie in alten Zeiten. Nachdem die Kinder angefangen hatten, freitags abends auszugehen, war das lange eine wöchentliche Routine gewesen; zumindest, bis ihr Leben sich in diesen Scherbenhaufen verwandelt hatte. Bei schönem Wetter hatten sie sich am Hafen getroffen, hatten Snacks und Getränke ins Boot geladen und waren rausgefahren. War es richtig heiß, stiegen sie am Heck ins Wasser und schwammen eine Runde. Meistens herrschte allerdings ausreichend Wind, um einfach an Bord zu sitzen und sich von den kleinen Wellen schaukeln zu lassen. Essen, trinken, reden, lachen. Sie hatten so viel gelacht.

Nach der großen Veränderung hatte Pam Hank gedrängt, die dreißig Fuß lange *Sea Ray Sundancer* zu verkaufen, um die Kosten zu senken, aber er hatte sich geweigert. Das Boot sei abbezahlt, argumentierte er, und sie brauchten schließlich noch irgendetwas Schönes in ihrem Leben. Trotzdem hatten Pam und die anderen Frauen fortan keinen Fuß mehr an Bord des Bootes gesetzt. Warum eigentlich? Warum hatten sie damit aufgehört? Es hatte ihnen immer solchen Spaß gemacht, und das war mal etwas ohne Preisschild. Es kostete sie nichts außer Zeit. Also, warum hatten sie diese Zeit nicht hier verbracht?

Pam musterte die hinter ihnen zurückbleibende Küstenlinie, während Hank den Bug nach Süden ausrichtete und ein paar Minuten lang Vollgas gab. Rhythmisch hüpfte das Boot über das Wasser und versetzte Pam in der Zeit zurück, als hätte es die letzten fünf Sommer nie gegeben. Hinter ihrer Sonnenbrille versteckt, musterte sie ihren Mann: Er hatte sein Baseballcap umgedreht, damit der Wind es ihm nicht vom Kopf riss; seine starken, gebräunten Finger umschlossen das Lenkrad. Über dem Bund seiner Khakishorts trat recht prominent der Bauch hervor, aber seine Beine und sein Hintern waren noch gut in Form. Von hinten betrachtet, hätte er als Mittdreißiger durchgehen können. Früher hatte Pam sich oft hinter ihn gestellt, die Arme um seinen Bauch geschlungen und den Kopf an seine Schulterblätter gelegt, hatte den weichen, von der Sonne erwärmten Stoff seines T-Shirts an der Wange gespürt. Hatte diese Duftmischung aus salziger Meerluft, Weichspüler und Männerschweiß genossen. Schnell schloss sie die Augen und wandte sich ab.

Hank reduzierte das Gas, und das Boot wurde langsamer. Schließlich stellte er den Motor ganz ab, sodass sie nur noch sanft schaukelten. Larry ging an den Bug, ließ den Anker fallen und band ihn fest. Gleichzeitig verband Andre sein iPhone mit dem Soundsystem und startete die Musik. Pam musste gar nicht fragen, sie wusste auch so, dass er die sorgsam gepflegte Playlist wählen würde, die von den Männern den Titel *Spaß mit Dämpfer* bekommen hatte. Was gut passte – ein bisschen sentimental, ein bisschen rockig, ein bisschen Country: John Prine, Alabama Shakes, Van Morrison, Bruce Springsteen, Tom Waits, Wilco, Johnny Cash, Steve Erale und Miss Etta James.

Angefangen hatte alles mit einer Handvoll Songs auf einem Mixtape, und nachdem Hank sich einen Account bei Apple

Music eingerichtet hatte, waren im Laufe der Jahre immer mehr Lieder dazugekommen. Das Prozedere hatte Pam oft genug miterlebt: Sie saßen irgendwo zusammen – in einem Restaurant, im Auto, bei einem von ihnen zu Hause –, und ein Lied erklang. Hank unterbrach sich mitten im Satz, neigte konzentriert den Kopf und lauschte, um dann die anderen zu fragen: »Was ist das?« Einer der Männer kannte sicher den Titel, der andere googelte den Interpreten. Dann besprachen sie sich eine Weile, und es endete mit Daumen hoch oder Daumen runter. »Kommt auf die Playlist, Hank.« Soweit Pam noch im Bilde war, hatten sie so inzwischen ungefähr achthundert Songs gesammelt.

»Nachschub?«, fragte Hank und zog frische Bierdosen aus dem Eis. Die leeren zerdrückte er und entsorgte sie in einer Tüte. Nachdem er die Kühlbox wieder verschlossen hatte, zog Pam die Folie von der Schnittchenplatte und stellte sie auf den Deckel. Ihr entging nicht, dass Andre die Karottensticks links liegen ließ und sich auf Cracker, Cheddar und Kielbasa-Wurst stürzte. So viel zu seinem Ernährungsplan.

Eine Weile saßen sie in entspanntem Schweigen zusammen, beobachteten die anderen Boote und genossen ihre Drinks. Irgendwann verschwand Hank in der Kajüte und kehrte mit Daves Überresten zurück. Oder zumindest mit fünfundzwanzig Prozent davon. Er stellte die Schachtel auf dem Kapitänssessel ab und machte sich noch ein Bier auf. Die Musik spielte leise, das Wasser plätscherte am Rumpf. Ein paar Vögel glitten über sie hinweg. Nach ein paar Minuten fragte Hank: »Wie möchtest du es machen, Marlene?«

Marlene hatte gerade den Möwen hinterhergeblickt, drehte sich nun aber zu Hank um und antwortete kaum hörbar: »Ich möchte das überhaupt nicht machen, Hank.« Nach kurzem Zögern beschloss sie dann: »Der Familienmensch Dave ist noch zu Hause. Unsere Mädchen werden entscheiden, was mit diesem Teil passiert.« Sie deutete mit dem Kinn auf die Schachtel. »Aber das ist der Teil von Dave, der seine Freunde geliebt hat. Ich richte mich also ganz nach euch, Hank.«

Mit einem knappen Nicken starrte Hank zu einem Segelboot hinüber, das an Steuerbord an ihnen vorbeiglitt. Schließlich richtete er sich auf, sagte »Okay« und ging in die Kajüte. Bei seiner Rückkehr hatte er eine Handvoll Zigarren und eine halb volle Flasche Scotch dabei. Er verteilte Plastikbecher an die Männer und schenkte jedem einen Fingerbreit Whisky ein.

Anschließend bot er Larry eine Zigarre an, der allerdings ablehnte: »Besser nicht jetzt, Hank, Nancy wird von dem Geruch schlecht. Lass uns die später rauchen, für Dave.«

Also brachte Hank sie zurück in die Kajüte und befahl dann: »Andre, such ein Lied für Dave aus.«

Er ließ Andre eine Minute Zeit, um seine Wahl zu treffen, dann stellte er sich mit dem Karton in der Hand auf die Plattform am Achterausstieg und drehte sich zu ihnen um. »Dave glaubte, alles im Leben erreicht zu haben, dann glaubte er, alles verloren zu haben. Aber er hat nicht aufgegeben. Das solltest du wissen, Marlene: Er hat niemals aufgegeben. Und ich kann mit aller Ehrlichkeit sagen, dass er mehr Pflegeprodukte verwendet hat als jeder andere Mann, den ich kenne.«

Hank nahm den Deckel von der Schachtel und schleuderte mit einer ausholenden Geste fünfundzwanzig Prozent von Dave Brand in die Luft.

Andre startete die Musik, und Pam hätte beinahe ihre Margarita verschüttet, als die ersten Töne aus den Bootslautsprechern drangen. Sie hatte etwas Sanftes, Melancholisches erwartet – Charlie Puth oder Ed Sheeran –, doch stattdessen kreischte eine rockige Gitarre los, gefolgt vom Schlagzeug, bevor der Rest der Band mit einstimmte. Pam erkannte den Song erst, als Steve Earles düstere Stimme mit dem Text von *Hard-core Troubadour* einsetzte. Lächelnd lehnte sie sich zurück und musterte ihre Freunde. Marlene hatte lauthals zu lachen begonnen und gab Andre mit erhobenem Daumen ihre Zustimmung. Pam kamen die Tränen, als sie sich daran erinnerte, wie oft sie Dave zugesehen hatte, wenn er zu diesem Lied tanzte. Wie er eine kichernde, strahlende Marlene hin und her schob, unter seinem Arm hindurchzog, hinter seinem Rücken vorbeiführte. Das attraktive Gesicht durch ein strahlendes Lächeln erhellt, mit aufblitzenden Grübchen, die Haare wirr in der Stirn. Sie schloss die Augen, um die Erinnerungen deutlicher vor sich zu sehen.

Beim Refrain fing Marlene an, leise mitzusingen, schnell unterstützt von Nancy. Beide wurden lauter, und schließlich stimmten die anderen mit ein. Die letzten Zeilen grölten sie so laut, dass es wohl bis zum Ufer schallte. Nachdem das Lied verklungen war, startete Hank den Motor, und sie fuhren zurück Richtung Hafen.

Die Strahlen der tief stehenden Sonne wärmten noch einmal Daves Asche, die langsam auf dem glänzenden Wasser zerrann.

Leb wohl, Dave.

Auf dem Rückweg zum Hafen grübelte Pam über Hanks Worte nach – nicht das mit den Pflegeprodukten, sondern seine Behauptung, Dave habe niemals aufgegeben.

Nachdem sie das Boot festgemacht hatten, versammelten sich Pam, Nancy, Shalisa und Marlene auf dem Anleger und umarmten einander. Hank blieb an Bord, weil er angeblich ein Leck untersuchen musste, aus dem Treibstoff austrat. Pam war beinahe geneigt, ihm zu glauben. Ihr war ebenfalls Benzingeruch in die Nase gestiegen, was an Bord eines Bootes aber nicht allzu ungewöhnlich war. Vom Anleger aus sah sie zu, wie er ein Tau aufrollte. Bei jeder routinierten Bewegung spannten sich die Muskeln in seinen Unterarmen an. Wenn er jetzt mit ihr nach Hause fuhr, könnten sie vielleicht miteinander reden. Würde er mit ihr nach Hause fahren, wenn sie ihn darum bat?

Sie wartete einen Moment, um vielleicht seinen Blick auf sich zu lenken, doch als es ihr nicht gelang, wurde klar, dass er noch einmal mit Larry und Andre rausfahren wollte. Vermutlich, um Scotch zu trinken, Zigarren zu rauchen und ihres verstorbenen Freundes zu gedenken. Also wandte Pam sich ab und machte sich mitsamt ihrer leeren Schnittchenplatte auf den Weg zum Ufer. Plötzlich glaubte sie etwas zu hören. Sie blieb stehen. Nein, das musste wohl eine Möwe gewesen sein. Sie ging zum Parkplatz.

Marlenes Haus wurde zuerst angesteuert. Dort nahmen sie einen Absacker, aber nur einen schnellen. Es war ein langer Tag gewesen, und Marlene wollte ins Bett. Sie schaltete das Verandalicht ein und umarmte sie alle zum Abschied, dann fuhr Pam noch Nancy und Shalisa nach Hause. Als sie schließlich zu Hause ankam, blieb sie einen Moment im Auto sitzen. Auf dem Bürgersteig vor ihrem Haus wucherte das Unkraut; das sollte sie jäten. Hank hatte gesagt, Dave habe niemals aufgegeben. Aber wenn Dave niemals aufgegeben hatte, warum dann Hank?

War im Grunde nicht genau das ihr Problem? Hank hatte aufgegeben. Sie beide hatte er aufgegeben, sich und Pam. Er hatte sich von ihr zurückgezogen. Hätte er um sie gekämpft, hätte sie vielleicht auch kämpfen können. Für Dave und Marlene war es zu spät. Aber galt das auch für sie und Hank? Müde stieg sie aus dem Wagen. Gerade als sie die Haustür aufsperrte, vibrierte das Telefon in ihrer Handtasche. Hektisch ließ Pam die Tasche fallen und suchte darin herum; im letzten Moment gelang es ihr, den Anruf anzunehmen.

»Claire!«

Schnelle Rechnung: Freitagabend 22 Uhr hier, in Neuseeland also Samstagnachmittag.

»Hi, Mom! Entschuldige, dass ich mich jetzt erst melde. Wir hatten so viel zu tun. Aber ich dachte mir, vielleicht erwische ich dich noch.«

Glücklich ließ sich Pam auf die Eingangsstufen sinken. »Ach, mein Schatz! Wie geht es dir? Du siehst wundervoll aus.« Es dauerte einen Moment, bis Pams Augen sich an die Helligkeit des Videobildes auf dem Handydisplay gewöhnt hatten. Ihre wunderschöne, blonde Tochter stand im strahlenden Sonnenschein, hinter ihr leuchtete der blaue Ozean.

»Warum ist es bei dir so dunkel, Mom?«

»Ich komme gerade von einer Bootstour zurück. Wir sind rausgefahren, um Onkel Daves Asche zu verstreuen. Danach habe ich alle nach Hause gebracht und bin jetzt erst daheim. Wie geht es Dylan?«

»Ganz wunderbar. Ist Dad auch da?«

»Nein. Er ist noch im Hafen, muss irgendetwas am Boot überprüfen. Es wird wohl noch eine Weile dauern, bis er kommt.«

»Okay … Eigentlich wollte ich es euch ja zusammen sagen, aber ich kann einfach nicht länger warten: Mom, du wirst Großmutter!«

Pam drückte eine Hand an die Brust. Ihr Herz pochte vor Glück. Tränen stiegen ihr in die Augen, und sie bekam kaum noch Luft.

»Das war aber noch nicht alles, Mom. Wir kommen wieder nach Hause! Wir wollen, dass das Kind in der Nähe seiner Großeltern aufwächst.«

Zehn Minuten später hielt Pam mit quietschenden Reifen vor Nancys Haus, und ihre Freundin sprang zu ihr in den Wagen.

»Was ist denn los, Pam?«

Noch bevor sie die Frage ganz gestellt hatte, trat Pam wieder aufs Gas.

»Wir müssen zu Shalisa, sofort.«

Sobald Shalisa ihnen die Tür öffnete, drängte sich Pam an ihr vorbei, dicht gefolgt von Nancy. Noch in der Diele blieb sie stehen, wartete, bis die Haustür zugefallen war, und verkündete dann: »Wir können sie nicht umbringen.«

Shalisa schob sich an sie heran und bohrte ihr den Zeigefinger in die Brust. »Ich wusste, dass diese Bootstour eine schlechte Idee war. Schön rausfahren, ein bisschen Nostalgie, Sonnenuntergang, leise Musik, und schon wirst du zu Miss-lass-es-uns-noch-mal-versuchen. Es war Hanks Ansprache über das ›niemals Aufgeben‹, richtig? Das hat dich umgestimmt, habe ich recht? Und jetzt hoffst du, uns auch umstimmen zu können. Tja, also wenn du mich fragst: Hank hat eindeutig aufgegeben. Wo steckt er denn gerade? Ist er mit dir nach Hause gefahren? Ist irgendeiner von ihnen mit uns nach Hause gefahren? Nein. An einem solchen Abend, an dem wir die Asche unseres Freundes im Meer ausgestreut haben, könnten wir doch nun wirklich die Unterstützung unserer Ehemänner gebrauchen. Aber nein. Die haben sich mal wieder verdrückt und sind im Hafen geblieben. Die trösten sich gegenseitig, denn das ist ihnen wichtig. Uns haben sie abgeschrieben. Und das weißt du auch!« Zur Betonung zeigte sie noch einmal mit dem Finger auf Pam.

Shalisa hatte ins Schwarze getroffen. Pam hatte tatsächlich gehofft, dass die Bootstour die anderen ebenfalls etwas versöhnlicher gestimmt hatte, sodass sie ihren Entschluss vielleicht noch einmal hinterfragten. Deshalb wiederholte sie nun: »Wir können sie nicht umbringen.«

»Wir können sie nicht nicht umbringen! Wir haben den

Killer doch schon engagiert.« Nancy lehnte sich mit dem Rücken an die Tür und verschränkte die Arme.

»Bis jetzt haben wir nur eine Anzahlung geleistet.«

Empört stützte Shalisa die Hände in die Hüften. »Das ist nicht so, als würdest du dem Gärtner absagen, Pam. Ich denke nicht, dass es bei Hector Rückerstattungen gibt. Und willst du tatsächlich eine Vereinbarung mit einem Profikiller brechen?«

Pam hob abwehrend die Hände. »Ist mir egal. Wir können das nicht tun.«

Nancy warf ihr einen finsteren Blick zu. »Es war doch deine Idee.«

Nun war Pam so wütend, dass sie mit dem Fuß aufstampfte. »War es überhaupt nicht! Willst du mich verarschen? Und warum kommen wir uns eigentlich ständig gegenseitig damit, wessen Idee es war? Wir sind doch hier nicht im Kindergarten. Ich wollte einen Profi engagieren, aber sie umzubringen, war deine Idee. Ihr habt mich erst dazu überreden müssen.«

»Was ja auch sooo schwer war«, fauchte Nancy. »Hank musste doch bloß deine Pad-Thai-Reste essen, und schon ist er auf deiner Todesliste gelandet. Ich will mir gar nicht vorstellen, was passiert wäre, wenn er die ganze Portion verdrückt hätte. Und du behauptest allen Ernstes, diese Ehe ließe sich noch retten?«

»Wenn ich mich richtig erinnere, habe ich ausdrücklich gesagt, dass ich Claire nicht den Vater nehmen möchte, woraufhin du mich gefragt hast, wann ich sie denn das letzte Mal gesehen hätte. Und genau das ist es: Claire kommt zurück nach Hause! Und sie bekommt ein Baby! Hank und ich werden Großeltern.«

Nancy und Shalisa wedelten vor Überraschung mit den Armen, dann zogen sie Pam an sich. Eng umschlungen standen sie da, es wurde gratuliert. Als sich die drei voneinander lösten, tupfte sich Shalisa eine Träne von der Wange. »Wir bekommen unser erstes Enkelkind.«

Nancy drückte Pam noch einmal fest. »Das sind wundervolle Neuigkeiten, Pam. Wir freuen uns so sehr für dich. Ganz ehrlich. Aber für Shalisa und mich ändert sich dadurch nichts. So wie Larry drauf ist, dürfte ich eventuelle Enkelkinder nicht einmal besuchen, und damit kann ich nicht leben. Ich muss das durchziehen.«

Pam dachte kurz nach. »Nun, dann macht ihr eben weiter. Aber ich bin raus.« Natürlich stellte sie das vor das nächste moralische Problem: Konnte sie einfach tatenlos mitansehen, wie ihre Freundinnen ihre Ehemänner umbringen ließen? Aber damit würde sie sich auseinandersetzen, wenn es so weit war. Solange Hank und sie ihr Enkelkind hatten, kümmerte sie das nicht.

Doch Nancy protestierte: »O nein, ganz sicher nicht. Wir haben von Anfang an gesagt: alle oder keine.«

Pam packte beide Frauen an den Händen. »Dann lasst uns alle aussteigen, bitte! Wir können das nicht tun. Es geht doch nur ums Geld, was soll's. Wir dürfen unsere Ehemänner nicht aufgeben. Schließlich haben wir sie geheiratet! Wir können uns das zurückholen.«

»Ich nicht.« Shalisa löste sich aus Pams Griff, setzte sich auf die Treppe und stützte den Kopf in die Hände, bevor sie ihre Freundinnen wieder ansah. »Begreift ihr denn nicht? Ich kann meine Liebe zu Andre nicht zurückholen. Seit dreißig Jahren kämpfe ich darum, mit dem bisschen auszukommen, was überhaupt noch übrig ist. Nun muss ich diesen Mann ganz offiziell loslassen. Neulich habt ihr gesagt, euch sei nicht klar gewesen, wie schlimm mein Leben ist. Und genau darum geht es: Ich habe all das jahrelang möglichst tief vergraben, aber das kann ich nicht mehr. Seit wir diesen Entschluss gefasst haben, bin ich endlich wieder ich selbst. Und das gefällt mir. Ich habe mir schrecklich gefehlt.« Sie atmete einmal tief durch und senkte den Blick. »Mir ist bewusst, dass alle sich immer gefragt haben, warum Andre und ich keine Kinder bekommen haben. Ich habe nie etwas gesagt, weil ... na ja, weil es wehtut.«

Tatsächlich hatte Pam sich diese Frage oft gestellt, da Shalisa und Andre großartig mit Kindern umgehen konnten. Doch in diesem einen Punkt hatte sie sich zurückgehalten und nie nachgefragt. Wenn Shalisa es ihnen sagen wollte, würde sie es tun, hatte sie sich immer gedacht. Und nun war es also so weit.

Shalisa rieb sich mit beiden Händen das Gesicht. »In letzter Zeit habe ich oft darüber nachgedacht, und mit der Verdrängung ist jetzt Schluss.« Sie blickte hoch. »Wir hatten das anders geplant. Ich wollte eine Familie. Aber kurz nach unserer Hochzeit kam er eines Tages nach Hause und verkündete plötzlich, er wolle keine Kinder. Ließ sich groß und breit darüber aus, dass er die Verantwortung nicht wolle.« Sie winkte ab. »Seine Gründe sind unwichtig. Aber damit hat er meinen gesamten Lebensplan über den Haufen geworfen. Er sagte, ich könne nur eines haben – entweder Kinder oder ihn.«

Entsetzt schnappte Pam nach Luft. Was war Andre doch für ein Arschloch! Vielleicht sollten sie ihn wirklich umbringen.

Mit Tränen in den Augen fuhr Shalisa fort: »Ich war am Boden zerstört. Ich habe ihn rausgeschmissen, er ist zu seiner Mutter gezogen. Acht Monate lang habe ich nichts von ihm gehört oder gesehen, dann stand er plötzlich wieder vor der Tür. Er sah furchtbar aus, hatte unglaublich an Gewicht verloren. Seine Meinung habe er nicht geändert, aber ob ich nicht vielleicht doch bereit wäre, bei ihm zu bleiben, fragte er mich.

Da wusste ich, dass ich ihn immer noch liebte.« Eine Träne lief über ihre Wange. »Ich habe mich so verraten gefühlt. Aber ich war seit der Highschool mit ihm zusammen gewesen, und ich fühlte mich nicht stark genug, um ohne ihn zu sein. Also sind wir wieder zusammengekommen. Ich dachte lange, ich wäre darüber hinweg, aber in Wahrheit hat es all die Jahre an mir genagt. Und jetzt, da ich die Wahl habe, steht mein Entschluss fest: Ich werde keinen weiteren Tag mehr an diesen Mann verschwenden.«

Was konnte Pam da noch sagen? Es war kein Wunder, dass Shalisa nie darüber gesprochen hatte. Beschissener Arsch Andre. Aber Moment! Plötzlich kam ihr ein Gedanke.

Sie ging vor ihrer Freundin in die Hocke. »Aber wir müssen ihn doch nicht gleich umbringen. Wir werden dir dabei helfen, dir ein neues Leben aufzubauen. Marlene unterstützt dich bestimmt auch. Wir überlegen uns etwas. Dann kannst du wieder ganz du selbst sein, aber wir können den Killer trotzdem abbestellen.«

Während sie Shalisa durchdringend ansah, flehte Pam innerlich: *Bitte, bitte, sag Ja.* Schließlich ließ sie Shalisa noch ein wenig über ihre Bitte nachdenken und wandte sich an Nancy: »Und du kannst Larry auch nicht umbringen. Du kannst ihn nicht einfach von seinem Sohn wegreißen.«

Nancy verzog das Gesicht und schüttelte den Kopf. Dann sah sie Pam mit einem schweren Seufzer an. »Verstehst du es denn nicht? Wie auch immer die Beziehung zwischen Paul und Larry ausgesehen hat, sie ist tot. Larry hat sie beendet. Ich reiße Larry nicht von seinem Sohn weg, das hat Larry längst selbst getan.«

Betroffen rieb sich Pam die Stirn. »Es tut mir wirklich leid, dass du das alles ertragen musst, Nancy. Dass Larry so ein … beschissener, homophober Neandertaler ist, war mir nicht klar.

Wirklich nicht. Ich weiß mit Sicherheit, dass Hank nicht so ist. Er hat sogar auf der Hochzeit seines Neffen eine Rede gehalten und dessen Mann mit offenen Armen in der Familie willkommen geheißen. Hank wird mit Larry reden. Wir starten eine Intervention und holen Paul zurück mitsamt seinem Estuardo. Das hätten wir schon viel früher machen sollen, aber jetzt bist du nicht mehr allein. Das verspreche ich dir. Verdammt noch mal, wenn du Larry dazu bringen kannst, solche Shorts wie neulich anzuziehen, kannst du ihn doch zu allem bringen. Du liebst Larry, das weiß ich. Das ist ein Stolperstein in eurer Ehe, und zwar ein verdammt großer. Aber ihr werdet darüber hinwegkommen. Wir alle werden euch dabei helfen. Er ist einfach vom Weg abgekommen, und wir werden ihn wieder in die Spur bringen. Wir alle zusammen.«

Betroffen ließ sich Nancy gegen die Wand fallen und starrte blicklos zu Boden. Pam wartete schweigend.

Schließlich merkte Shalisa von ihrem Platz auf der Treppe aus leise an: »Aber dann kriegen wir kein Geld.«

Gelassen winkte Pam ab. »Na und? Da fällt uns schon etwas ein.« Voller Überzeugung fuhr sie fort: »Ganz ehrlich? Wir müssen aufhören, uns als Opfer zu sehen, und unser Leben endlich wieder in die Hand nehmen. Ich sage es nur ungern, aber auch wenn wir uns immer gegenseitig unterstützt haben, haben wir uns gleichzeitig keinen Gefallen damit getan. Wir sind total in unserem Verlust versunken. Ich zumindest. Das habe ich jetzt begriffen. Ja, Hank hat einen Fehler gemacht. Einen finanziellen Fehler. Es ist verdammt noch mal nur Geld. Er ist trotzdem noch ein guter Mann. Er ist trotzdem noch *mein* Mann. Ich werde ihn nicht töten.«

Woher kam diese plötzliche Einsicht? War es die Erinnerung an das Gefühl seines Shirts an ihrer Wange, die einen solchen Kampfgeist in ihr geweckt hatte? War sie dadurch endlich aus dieser Abwärtsspirale gerissen worden, hatte sie deshalb die Verzweiflung hinter sich gelassen und beschlossen, ihrem Leben eine neue Richtung zu geben? Ihrem und Hanks Leben. Ihrem gemeinsamen Leben. Oder war es vielleicht die Nachricht vom ersten Enkelkind? Verdammt, wen interessierte schon das Warum? Sie konnte es schaffen. Noch wusste sie nicht, wie, aber sie würde es schaffen. Und ihre Freundinnen ebenfalls.

»Wir haben den Mordauftrag bereits erteilt.« Nancy schüttelte besorgt den Kopf. »Ich kenne mich mit den Regeln in solchen Fällen nicht aus.« Mit einem Seitenblick zu Pam erklärte sie: »Ich konnte das ja schlecht googeln. Aber ich befürchte, wenn so etwas einmal in Gang gesetzt wurde, gibt es kein Zurück mehr.«

»Hector versteht das bestimmt. Solange er sein Geld bekommt, wird ihm das wohl egal sein, oder? Ich habe ihm gesagt, dass er es am Sonntag machen soll, uns bleibt also noch ein Tag, um die Sache abzublasen. Morgen gehe ich zu ihm, und das Geld darf er behalten.« Abwehrend hob Pam die Hände. »Ich weiß, ich weiß. Nein, ich habe keine Ahnung, wie wir dann die Schulden bei Marlene begleichen oder den Rest der Summe auftreiben sollen.« Fordernd zog sie die Brauen hoch. »Vielleicht sollten wir tatsächlich diesen Kaffeewagen eröffnen, von dem wir Marlene erzählt haben. Oder wir gründen eine Firma. Anstatt unsere Energie darauf zu verschwenden, unsere Männer niederzumachen, sollten wir lieber etwas aufbauen. Ich habe auch noch keine Antworten, aber ich weiß, dass wir das hinkriegen können.«

Mit reglosen Mienen sahen Nancy und Shalisa sie an. Da Pam nicht sicher war, ob sie bereits genug gesagt hatte, drängte sie weiter: »Wir sind starke, selbstbewusste Frauen. Wir haben zugelassen, dass uns das Leben einen Tritt versetzt, aber wir können uns wieder aufrappeln. Und zwar, ohne unsere Männer umzubringen. Wir schaffen das!«

Noch immer sagten Nancy und Shalisa nichts. Aber sie protestierten auch nicht.

Pam wiederholte noch einmal: »Morgen gehe ich zu Hector und blase die Sache ab.«

Hatte sie genug gesagt? Nancy und Shalisa sahen sich an. Pam hielt den Atem an. Nach einer langen Pause nickten sie.

Für Pam fühlte es sich an, als hätte jemand eine ganze Tiefkühltruhe von ihren Schultern gehoben. Gott sei Dank! An der Schwelle zur Katastrophe hatte sie das Ruder noch einmal herumgerissen. Ihr Herz pochte vor Erleichterung.

Plötzlich klingelte es an der Tür. Wer konnte das sein, um diese Uhrzeit?

Shalisa stand auf, ging zur Tür und schaute durch den Spion, während sich Nancy und Pam ins Wohnzimmer zurückzogen. Dort lehnte Pam sich an Shalisas Peloton Bike und spähte durch das Fenster in den Vorgarten hinaus. Vor der Tür warteten zwei Polizisten, in der Einfahrt parkte ein Streifenwagen.

Das alles konnte sie deutlich sehen, da Shalisas Wacholderbusch verschwunden war.

Wo war dieser verdammte Busch plötzlich abgeblieben?

KAPITEL 22

MANCHE LERNEN STRICKEN

Pam machte sich ein wenig ins Höschen, als sie die Uniformen sah, und war froh, dass sie die spezielle Unterwäsche trug, die sie im Internet gekauft hatte. Zwanzig Dollar das Stück sprengten zwar eigentlich ihr Budget, aber in diesem Moment zahlte sich die Investition aus.

Wie viel hatten die Polizisten gehört? Hatte Hector sie verraten? War er vielleicht verkabelt gewesen? Hatte Nancy auch gegoogelt, welche Strafe auf Verschwörung zum Mord stand, denn genau deswegen würde man sie ja sicher anklagen?

Welch eine Schande! *Meine Oma sitzt im Gefängnis.*

Bestimmt würden sie damit im Fernsehen landen. Pam nutzte den nun unverstellten Blick aus Shalisas Fenster, um nach Kameras und Übertragungswagen zu suchen. Bisher noch nichts. Und wann war überhaupt dieser Wacholder verschwunden? War der nicht noch da gewesen, als sie Shalisa am Nachmittag abgeholt hatte? Taten Handschellen eigentlich weh?

Plötzlich regte sich Hoffnung in Pam. Falls die Cops sie tatsächlich belauscht hatten, mussten sie auch gehört haben, dass sie den Mordauftrag stornieren wollten. Vielleicht konnten sie es ja auf die Menopause und den niedrigen Östrogenspiegel schieben. Manche lernten stricken, andere taten so, als wollten sie ihre Männer umbringen.

Plötzlich fühlte sie sich ganz schwach.

An der Haustür wurde gemurmelt, Notizblöcke wurden konsultiert, Namen abgefragt. Pam musste sich hinsetzen. Vielleicht brauchte sie auch ein Glas Orangensaft. Beinahe taumelnd ging sie zu einem Sessel und ließ sich hineinfallen. Dann sah sie zu Nancy hinüber, die noch immer reglos dastand. Mühsam holte Pam Luft. Sie fühlte sich, als würde sie haltlos unter Wasser dahinschweben. Irgendetwas Bedrohliches ging hier vor, das spürte sie, doch sie konnte nicht fassen, was es war.

»Pam Montgomery?«

Schlagartig wurde sie aus ihrem Schwebezustand gerissen.

Ein junger Polizist stand vor ihr, kaum älter als dreißig. War er vielleicht mit Claire oder Paul zur Schule gegangen? Möglicherweise war Andre eine Zeit lang sein Fußballtrainer gewesen. Dann wäre er vermutlich etwas nachsichtiger mit ihnen oder zumindest nicht ganz so grob, wenn er sie hinten in seinen Streifenwagen lud. Er trug ein Namensschild, aber Pam wollte nicht die Lesebrille aufsetzen, nur um zu sehen, ob sie seinen Nachnamen kannte.

»Sie sind die Ehefrau von Hank Montgomery?« Er ging in die Hocke, um mit ihr auf Augenhöhe zu sein. »Dem Hank Montgomery, der in der Seven Winds Marina ein Boot liegen hat?«

Pam nickte. Der Polizist drehte sich kurz zu seiner Partnerin um. Nancy kam zu Pam herüber, setzte sich auf die Armlehne des Sessels und hielt ihre Hand. Die Polizistin führte inzwischen Shalisa zum Sofa. Dann bauten sich beide Polizisten vor ihnen auf, breitbeinig, die Hände auf ihre Gürtel gestützt.

Die Frau begann: »Leider müssen wir Ihnen mitteilen, dass Ihre Ehemänner in einen Unfall verwickelt waren.« Nach einem kurzen Blick auf ihren Notizblock fuhr sie fort: »Laut

Zeugenaussagen fuhren drei Männer, die als Ihre Ehemänner identifiziert wurden, mit einem Boot durch den Kanal mit Kurs auf das offene Meer. Kurz nach Sonnenuntergang kam es in dem Gebiet, in dem sie zuletzt gesehen wurden, zu einer heftigen Explosion. Ihr Boot war das einzige, das zu diesem Zeitpunkt dort unterwegs war.«

Nun übernahm ihr Kollege: »Die Küstenwache ist mit einem Such- und Rettungstrupp vor Ort, sie arbeiten auch mit Hubschraubern. Inzwischen ist es dunkel. Sie tun ihr Möglichstes, aber laut erster Berichte …«

Die Frau schaltete sich wieder ein: »Sie sollten sich auf das Schlimmste gefasst machen. Erste Untersuchungen haben gezeigt, dass die Trümmerteile sehr weit verstreut sind. Wir denken nicht, dass es Überlebende gibt.«

Nun war es so still, dass Pam die Schluckbewegungen des Polizisten hören konnte.

Sie sah ihn an. »Aber heute ist doch erst Freitag.«

»Wie bitte?«, fragte er verständnislos.

Sie hatte Hector ausdrücklich aufgetragen, sie erst am Sonntag umzubringen.

Pam konnte es nicht ausstehen, wenn selbst einfachste Aufträge vermasselt wurden.

Allerdings schien Hector nicht der Typ zu sein, der Aufträge vermasselte.

KAPITEL 23

DEAL IST DEAL

Die Polizisten blieben bei den Frauen, bis Nancys Sohn Paul und sein Partner Estuardo eintrafen, um sie zum Hafen zu fahren, wo für die Suche eine Kommandozentrale eingerichtet worden war. Schon während sie aus Estuardos Jeep stiegen, hörten sie das Wummern der Helikopter, die mit grellen Scheinwerfern das dunkle Wasser absuchten. Weit draußen flackerten die rot-grün-weißen Lichter der Küstenwache; man arbeite nach einem festen Raster, wurde ihnen gesagt.

Doch kein Hank, kein Larry, kein Andre.

Die drei Frauen drängten sich schützend aneinander und warteten auf dem Rasen. Als die ersten Reporter auftauchten, schlug Paul vor, dass Pam Claire und Dylan anrufen solle, bevor ihre Tochter über Social Media vom Tod ihres Vaters erfahre. Während ihrer Planungen hatte Pam nie daran gedacht, dass sie diesen Anruf würde tätigen müssen. Nun brachte sie ihn irgendwie hinter sich; ihre Tochter und ihr Schwiegersohn wollten so bald wie möglich aus Neuseeland kommen.

Als die Sonne langsam über den Horizont kroch und in den Himmel hinaufstieg, tauchten Schaulustige auf und beobachteten bei einem Kaffee, wie die Boote kamen und wieder hinausfuhren.

»Vielleicht sind sie ja über Bord gesprungen und weggeschwommen, bevor das Boot explodiert ist«, spekulierte jemand.

Am Ufer waren Suchtrupps unterwegs, es wurde über die Medien um Informationen gebeten. Nichts.

Gegen Mittag bargen Taucher einige versunkene Trümmerteile, allerdings hatte die Explosion, die meilenweit zu hören und zu sehen gewesen war, nichts übrig gelassen, das größer gewesen wäre als ein Lenkrad. Die Ermittlungsbehörden fragten nach den zahnmedizinischen Unterlagen der drei Männer.

Nachdem der erste Schock abgeklungen war, wurde Pam von verschiedensten Gefühlen überfallen: Trauer über den Verlust ihres Ehemannes; Furcht, weil sie vielleicht wegen Mordes angeklagt würde; Zorn, weil er sie in diese Lage gebracht hatte. Pam war nicht sicher, ob sie vollkommen zurechnungsfähig war. Aber vielleicht war es ja schon ein gutes Zeichen, dass sie klar genug war, um sich die Frage nach ihrer geistigen Zurechnungsfähigkeit überhaupt zu stellen. Vor allem aber fühlte sie sich benommen, fast schon taub.

Noch vor wenigen Tagen hatten Nancy, Shalisa und sie zusammengesessen und besprochen, wie sie reagieren sollten, wenn die Polizei vor der Tür stand. Doch nichts davon hatten sie umgesetzt. Nachdem sie die Nachricht erhalten hatten, war die Wahl der drei Frauen geschlossen auf Tor Nummer eins gefallen, und sie waren noch immer wie gelähmt.

Als die Stunden vergingen, stellten Paul und Estuardo unter einer großen Eiche drei Campingstühle für sie auf und zogen sich dann ein wenig zurück. Während Pam zu ihrem Stuhl ging, bemerkte sie im Augenwinkel eine Bewegung. Sie drehte sich um und sah Estuardo, der gerade die Arme ausbreitete, um sie dann schützend um Paul zu schließen. Eng umschlungen standen die beiden da. Wie hatte Larry seinem

Sohn nur diese Fürsorge verwehren können? Genau das wollte man doch für sein Kind – dass es geliebt wurde. Pam erinnerte sich genau, wie gut es ihr immer getan hatte, wenn Hank sie so im Arm hielt. Alles in ihr schrie danach, sich noch einmal von ihm halten zu lassen. Aber das würde nun wohl nie wieder geschehen.

Hastig schob sie die Reue beiseite, setzte sich und starrte in die Bucht hinaus. Derartig aufgereiht, erinnerten Nancy, Shalisa und sie, Pam, an die drei Affen: nichts Böses sehen, nichts Böses hören, nichts Böses sagen. Vor allem der sprechende Affe machte Pam nun Sorgen.

»Wir sagen gar nichts«, raunte sie Shalisa und Nancy nachdrücklich zu.

»Worüber denn?«, wollte Shalisa wissen.

Nun beugte sich Pam vor, damit sie den beiden ins Gesicht sehen konnte. »Darüber, dass wir einen Killer angeheuert haben, um unsere Ehemänner umbringen zu lassen. Genau darüber.« Sie lehnte sich zurück.

»Unglaublich, dass du jetzt daran denkst«, empörte sich Nancy.

Wieder beugte Pam sich vor. »Bitte verzeih, dass ich die Phasen der Trauer im Schnelldurchlauf abarbeite und bei der gelandet bin, in der es darum geht, nicht für den Rest unseres Lebens ins Gefängnis zu wandern. Als die Polizei vor Shalisas Tür stand, dachte ich, sie wären gekommen, um uns zu verhaften. Ich dachte, sie wüssten Bescheid. Deshalb müssen wir dafür sorgen, dass keine von uns etwas sagt. Kein Wort über die Sache.«

Nancy und Shalisa blickten wieder auf das Wasser hinaus und nickten.

»Wisst ihr, wäre das Ganze fünf Stunden früher passiert, hätte ich mich gefreut«, gestand Nancy schließlich.

»Vor unserem Bootsausflug, meinst du?«, hakte Shalisa nach.

Nancy nickte. »Innerhalb von fünf Stunden wurde etwas, wonach ich mich aus vollem Herzen sehnte, zu etwas, das ich nicht mehr wollte. Und nun finde ich es schrecklich, dass es passiert ist.«

Shalisa, die in der Mitte saß, packte die Hände ihrer Freundinnen und sagte: »Ganz ehrlich? Für euch beide tut es mir leid. Aber dass es auch Andre erwischt hat, macht mir nicht wirklich etwas aus.«

Mit einem Ruck entzog ihr Pam ihre Hand und fuhr zu Shalisa herum. Nachdem sie sich vergewissert hatte, dass niemand sie hören konnte, zischte sie: »Wie kannst du so etwas sagen? Wir hatten unsere Meinung doch geändert.«

Ohne den Blick vom Wasser abzuwenden, entgegnete Shalisa: »Ihr beide habt eure Meinung geändert. Ich wollte nur nicht im Weg stehen. Immerhin hatte ich beschlossen, Andre so oder so zu verlassen.« Jetzt erst sah sie Pam an. »Und du hast gesagt, ihr würdet mir dabei helfen. Ich habe zugestimmt, ihn am Leben zu lassen, aber nicht, auch bei ihm zu bleiben.« Wieder starrte sie in die Bucht hinaus. »Ich habe diesem Mann zu viel von mir selbst geopfert. Mehr sollte er nicht bekommen. Außerdem hat meine Mom immer gesagt, alles geschieht aus einem bestimmten Grund. Und so dürfte das mit dem Versicherungsgeld ja kein Problem mehr sein.«

Pam schnappte entsetzt nach Luft und wandte sich Nancy zu, der ebenfalls die Gesichtszüge entgleisten.

Nachdem Shalisa ihre Freundinnen kurz gemustert hatte, stieß sie einen tiefen Seufzer aus. »Also schön. Vielleicht tut es mir ein bisschen leid. Es wäre mir vermutlich schon lieber gewesen, wenn er weitergelebt hätte, aber da können wir jetzt auch nichts mehr machen. Und eines müsst ihr zugeben:

Wir haben uns umentschieden, aber es ist trotzdem passiert. Vielleicht will uns das Universum damit etwas sagen.« Achselzuckend fasste sie zusammen: »Vielleicht sollten sie einfach sterben.«

Pam lehnte sich zurück. Ihr Magen schwankte und hüpfte wie die Boote draußen auf dem Wasser. Mühsam holte sie Luft. Was Shalisa dachte, war irrelevant, das war eine Sache zwischen Andre und ihr. Aber Hank war tot, und das war ihre Schuld.

Oder?

Wieder legte ein Boot der Küstenwache ab, um sich der Suche anzuschließen.

Pam fasste den Gedanken in Worte: »Vielleicht waren wir das gar nicht.«

Nun waren es Nancy und Shalisa, die sich zu ihr beugten, um ihr ins Gesicht zu sehen, aber Pam verfolgte stur den Kurs des Bootes, das in den Kanal hinausfuhr. Als es den ruhigen Hafen verließ, begann es ein wenig zu schaukeln.

»Was soll das heißen: Vielleicht waren wir das nicht?«, wollte Nancy von ihr wissen.

Pam holte tief Luft, vergewisserte sich, dass niemand in Hörweite gekommen war, und lehnte sich vor. Möglichst leise erklärte sie: »Wisst ihr denn nicht mehr? Hank sagte doch, es gäbe möglicherweise ein Leck in der Treibstoffleitung. Das war so ziemlich das Letzte, was er gesagt hat: Dass er noch bleiben müsse, um sich das anzusehen. Und ich habe Benzin gerochen, als wir rausgefahren sind. Ihr etwa nicht?«

Shalisa nickte, während Nancy nur mit den Schultern zuckte. »Könnte sein, ich erinnere mich nicht.«

Pam fuhr fort: »Jedenfalls meinte Hank, er wolle das überprüfen. Sollte alles in Ordnung sein, würden sie noch mal rausfahren, einen Absacker trinken und eine Zigarre rauchen.«

Sie deutete mit dem Kopf zu dem Kommandoposten hinüber. »Einer der Ermittler hat gesagt, dass Hank noch einmal vollgetankt habe, bevor er wieder rausfuhr. Also hatte es vielleicht gar nichts mit uns zu tun. Vielleicht war es tatsächlich ein Unfall.«

»Wird Hector das restliche Geld dann noch einfordern?«, überlegte Nancy.

Shalisa fuhr zu ihr herum. »Darüber zerbrichst du dir den Kopf? Ob wir den vollen Preis bezahlen müssen?«

Ungerührt gab Nancy zurück: »Eine vollkommen legitime Frage.«

Pam überlegte. »Wie können wir überhaupt wissen, ob das Hectors Werk war oder nicht? Und falls doch, sollten wir die Zahlung schon deshalb verweigern, weil er es vermasselt hat. Er wäre zwei Tage zu früh dran gewesen.«

»Ja, bestimmt befürchtet er jetzt, dass wir ihm keine vier Sterne bei Yelp geben«, spottete Shalisa.

Doch Pam blieb stur. »Ich habe ausdrücklich Sonntag gesagt. Deal ist Deal.« Sie ließ sich gegen die Lehne ihres Campingstuhls fallen. »Ich sage ja nur, dass es eine Überlegung wert ist. Vielleicht war es gar nicht Hector. Vielleicht sind wir nicht dafür verantwortlich.«

»Wenn ich mich dadurch doch nur besser fühlen würde«, seufzte Nancy.

Stunden später war Pams Kopf auf die Brust gesunken, sie döste ein wenig. Lautes Hupen auf dem Parkplatz riss sie aus dem Halbschlaf, und sie drehte sich um. Als sie sah, wie sich Marlenes kunstvoll frisierter, blonder Kopf aus Estuardos Jeep schob, musste sie lächeln. Sie balancierte ein Tablett mit Kaffeebechern und eine Schachtel Donuts auf ihren Unterarmen. Die drei Frauen standen auf, um sie zu begrüßen. Als Marlene sie entdeckte, beschleunigte sie ihre Schritte, und

Kaffee und Gebäck flogen zu Boden. Eine Spur aus Speiseresten markierte nun ihren Weg. Wie von einem Magneten angezogen, hastete sie auf ihre Freundinnen zu und stürzte sich in ihre Arme. Mascarageschwärzte Tränen durchnässten den Schulterbereich von Pams Sweatshirt, doch sie selbst weinte nicht. Als sich schließlich alle wieder im Griff hatten, zauberte Estuardo einen weiteren Stuhl herbei, und Marlene wurde zum vierten Affen. Es dauerte einen Moment, bis Pam wieder einfiel, wofür er stand: nichts Böses tun. Nun, dann war Marlene wohl die Einzige von ihnen, die diesen Platz für sich beanspruchen konnte.

Vielleicht aber auch nicht. Vielleicht war es ein Unfall gewesen. Vielleicht war diese Explosion nur ein ganz irrer Zufall.

Nachdem sie sich gesetzt und einen Schluck von dem frischen Kaffee getrunken hatten, den Pams neues Lieblingspaar Paul und Estuardo ihnen besorgt hatte, erzählte Marlene: »Ihr werdet nie erraten, wen ich im Coffeeshop getroffen habe.«

Nach einer kurzen Pause fragte Shalisa brav: »Wen hast du im Coffeeshop getroffen, Marlene?«

»Daves Friseur.«

Pam fuhr so heftig zusammen, dass sich ein dunkler Kaffeefleck auf ihrer hellen Khakihose breitmachte. Sie richtete sich auf und wartete mit angehaltenem Atem darauf, dass Marlene fortfuhr.

»Ich habe vergessen, wie er heißt … Victor oder so. Wow, ein wirklich attraktiver Mann. Hat so etwas Geheimnisvolles, faszinierende Augen. Und breite Schultern. Das kommt wohl daher, dass er viel mit den Armen arbeitet.« Sie rutschte auf ihrem Stuhl vor. »Jedenfalls soll ich euch etwas von ihm ausrichten … was war das noch gleich? Ach ja. Er betet für euch. Und ihr sollt ihn wissen lassen, falls er noch irgendetwas für euch tun kann.«

Pam lief es eiskalt den Rücken herunter. »Das hat er gesagt? Genau das?«

»Wie bitte?« Marlene war verwirrt.

»Hat er wirklich *noch* etwas gesagt? Nicht nur, ob er etwas für uns tun kann?«, bohrte Pam weiter.

»Hm. Schätze schon. Ich gebe die Nachricht nur weiter, ich habe sie nicht mitgeschrieben.«

Pam sackte in ihrem Stuhl zusammen. Obwohl es wieder einmal brütend heiß war, zitterte sie.

KAPITEL 24

FÜNF SCHWESTERN

Langsam begann Padma sich zu fragen, ob sie vielleicht etwas zu sehr auf das Thema Körpergröße fixiert war – sowohl bei ihrem künftigen Ehemann als auch bei sich selbst. (Wobei es hier eher darum ging, ebenjene vorzutäuschen.) Wohlvertraut mit den Tricks, die Frauen zur Verfügung standen, um sich optisch größer zu machen, hatte ihre Mutter ihr geraten, ausschließlich vertikale Streifen, kleinflächige Muster, V-Ausschnitt oder monochromatische Outfits zu tragen. Und natürlich immer und unbedingt hohe Absätze. Selbst ihre Hausschuhe hatten Keilabsätze.

Während die Hostess nach ihrer Reservierung sah, dehnte Padma kurz ihre Waden, dann folgte sie dem wippenden Pferdeschwanz der Dame durch den Barbereich des Restaurants. Die Gäste dort ließen leise das Eis in ihren Drinks kreisen, während sie auf den stumm geschalteten Fernseher starrten, der gerade wieder einmal zeigte, wie die Küstenwache nach einem Sucheinsatz in den Hafen zurückkehrte, in dem Hank sein Bootsliegeplatz gehabt hatte. Padma konzentrierte sich allerdings mehr auf das Banner am unteren Bildschirmrand, um zu sehen, ob es etwas Neues gab. Doch die langsam über den Bildschirm laufenden Buchstaben verkündeten nur, dass noch immer gesucht werde.

Sie atmete einmal tief durch und nahm die Schultern

zurück. Hanks vermutliches Ableben warf einen Schatten auf ihr Treffen mit Akshay, dem ersten Kandidaten der Kupplerin. Padma hatte überlegt, ob sie zum Hafen fahren sollte, um Hanks Frau beizustehen, aber ihre Mutter hatte schließlich die Situation ins rechte Licht gerückt: Hank sei vermutlich tot und werde also nicht zurückkommen. »Über vergossene Milch soll man nicht weinen«, hatte sie es zusammengefasst. Außerdem hatte Padma im Fernsehen gesehen, dass in diesem Hafen fast überall Rasenflächen waren, auf denen sie mit ihren hohen Absätzen einsinken würde. Und keinesfalls würde sie einen gebrochenen Knöchel riskieren. Wenn sie ihre Mutter in Sachen Liebesleben und Karriere ausmanövrieren wollte, musste sie in Bestform sein.

Auch in Bezug auf ihr Date hatte sie eine Entscheidung getroffen: Schon um der Effizienz willen würde sie ihm, falls er tatsächlich so unattraktiv war, für den Versuch danken und sich sofort wieder verabschieden. Doch als sie sich Akshays Tisch näherte und er sich erhob, um sie zu begrüßen, machte ihr Herz einen nervösen Sprung, und ihre Achseln wurden feucht.

»Oh, gleich mit Umarmung.« Padma trug ein maßgeschneidertes, tief ausgeschnittenes, knielanges Kleid aus rotem Krepp, dazu leuchtend roten Lippenstift und ihre High Heels.

Er küsste ihre Wange und schwenkte dann auf die andere Seite.

»Oh, und mit Küsschen.« Ihr entkam ein Kichern, das sie selbst peinlich fand.

Akshay war groß genug, sein Haaransatz war recht ordentlich, und seine Zähne schienen adäquat genug – sie konnte definitiv zum Essen bleiben. Padma setzte sich und stellte sich darauf ein, umworben zu werden.

Sie unterhielten sich über seinen Flug, sein Hotel, die Speisekarte.

Ihr Essen wurde serviert.

Dann fing er an, über Filme zu sprechen, die Padma nicht gesehen hatte, über Bücher, die sie nicht gelesen hatte, über aktuelle Geschehnisse, die sie nicht verfolgt hatte, über Fernsehsendungen, von denen sie nie gehört hatte. Er wiederum kannte die *Real Housewives* nicht – aus keiner Stadt – und hatte nicht einmal TikTok auf seinem Handy. Irgendwann gähnte er, und da Padma sich nicht ausstechen lassen wollte, gähnte sie um einiges ausgiebiger. Die Dessertkarte wurde gebracht. Padma reckte den Hals, um zu sehen, ob der Fernseher in der Bar Neuigkeiten für sie hatte, aber dort lief nun ein Baseballspiel. Akshay und sie musterten die anderen Gäste.

Schließlich fragte er: »Hast du Geschwister?«

Padma winkte ab. »Einen Bruder, aber der ist verheiratet, und wir sehen uns kaum noch. Seine Frau kann mich nicht leiden.« Achselzuckend stellte sie fest: »Bedauerlicherweise gilt das für die meisten Frauen. Viele sind einfach neidisch.« Sie nippte an ihrem Wein, spielte an ihrem Armband herum, legte die Hände in den Schoß und entdeckte schließlich, dass Akshay sie auffordernd ansah. Peinlich berührt zuckte sie zusammen. »Oh. Hast du Geschwister?«

Er sah sie noch immer durchdringend an. »Wie nett, dass du fragst. Ich habe fünf Schwestern.«

Padma schluckte und setzte dann ihr brandneues Lächeln auf. Vor Kurzem hatte sie festgestellt, dass die Schneidezähne in ihrem Unterkiefer absolut makellos waren. Als sie daraufhin einige Fotos von sich sichtete, stellte sie fest, dass ausgerechnet diese Zähne nie sichtbar wurden. Also hatte sie sich ein breiteres Lächeln antrainiert, bei dem sie gut zur Geltung kamen.

Sie wartete auf die nächste Frage und war deshalb überrascht, als Akshay den Arm hob und die Rechnung verlangte.

Gleich morgen früh würde sie der Kupplerin eine Mail schicken und Akshay eine Absage erteilen.

KAPITEL 25

EINE UMFASSENDE UNTERSUCHUNG

Am zweiten Morgen nach der Explosion brachten Paul und Estuardo die vier Frauen zu einem Treffen mit den Verantwortlichen der Such- und Rettungsoperation. Als Pam das Zelt im Hafen betrat, dauerte es einen Moment, bis sich ihre Augen an das Halbdunkel gewöhnten. Drei Männer in Uniform standen an einer Seite, die Schirmmützen fest in der Hand. Ein Ventilator mit grellrotem Verlängerungskabel sollte wohl schwenkend den Raum kühlen, brachte aber kaum Erleichterung. In der Mitte des Zeltes waren vier Klappstühle aufgestellt worden, wie man sie sonst bei Spieleabenden in der Kirche fand. Pam wählte den, der am dichtesten beim Ventilator stand. Nancy, Shalisa und Marlene setzten sich neben sie, während Paul sich hinter seiner Mutter aufbaute und ihr und Shalisa je eine Hand auf die Schulter legte. Estuardo kam und drückte Pams Schulter, die, ohne bewusst darüber nachzudenken, seine Hand festhielt. Beruhigend drückte Estuardo ihre Finger, was sie wiederum an Hank erinnerte. Krampfhaft biss sich Pam auf die Lippen.

Der älteste Uniformträger wandte sich nun der Gruppe zu. Irgendwo draußen wurde ein Bootsmotor angeworfen. Es musste eines dieser großen sein, die nur schnell fahren konnten und stets nach Aufmerksamkeit schrien. Der Leerlauf tuckerte, dann wurde ein Gang eingelegt; das dumpfe Geräusch verriet

Pam, dass es aufs Meer hinausfuhr. Mit diesem Dröhnen im Hintergrund hörte Pam die Worte: Katastrophe, Explosion, Bergung. All unsere Ressourcen ausgeschöpft.

Pam hob den Kopf. »Moment mal! Wollen Sie damit sagen, dass Sie jetzt aufgeben, ihre Leichen aber nicht gefunden haben?«

Der Uniformträger wechselte einen Blick mit seinen Kollegen. Einer von ihnen trat vor und erklärte: »Jawohl, Ma'am, so leid es mir tut. Aufgrund der Wucht der Explosion war es uns leider nicht möglich …«

»Aber irgendetwas muss doch noch übrig sein, oder nicht? Sie müssen weitersuchen.« Wäre es ungeschickt, zu erwähnen, dass sie einen Beweis für die Versicherung brauchte? »Wir müssen etwas finden, um … damit abzuschließen. Irgendetwas.«

Mit einem verlegenen Räuspern setzte der Mann erneut an: »Tut mir leid, Ma'am, aber aufgrund der Strömung und … anderer Faktoren, die im Ozean immer eine Rolle spielen, und … äh … der Strömung, konnten wir wirklich … gar nichts finden. Leider ist das bei solchen Vorkommnissen nicht unüblich. Vor allem nachts. Oft gelingt es uns nicht, etwas zu entdecken, bevor es sich die See holt …«

Pam schaltete ab und presste die Lider zusammen. Sie hatte Hector verdammt noch mal erklärt, dass sie die Leichen brauchten. Wie konnte er denn bitte schön das *und* das Datum versauen? Nie und nimmer würde sie ihm die volle Summe dafür zahlen. »Aber wie können Sie dann überhaupt wissen, dass sie noch auf dem Boot waren? Vielleicht sind sie ja über Bord gesprungen.«

Nun trat der dritte Uniformträger vor. »Wir haben Bruchstücke von … nicht organischem Material gefunden. Telefone, Uhren, einen Gürtel, Schuhe und andere Kleidungsstücke. Wir haben eine wirklich umfassende Untersuchung durchgeführt, Ma'am, und es waren keine anderen Fahrzeuge in diesem Gebiet unterwegs. Selbst wenn sie über Bord gesprungen wären, gingen ihre Überlebenschancen gegen null. Vor allem jetzt, nachdem bereits so viel Zeit vergangen ist.«

Der Erste steuerte noch bei: »Unser aufrichtiges Beileid zu Ihrem Verlust.« Damit reihte er sich wieder zwischen seinen Kollegen ein.

Pam stand auf und ging zu Shalisa, Marlene und Nancy. Sie umarmten sich fest, legten den Kopf auf die Schultern der anderen. Paul reichte ihnen Taschentücher. Was für ein Traummann! Larry sollte sich schämen, diesem Jungen jemals Schmerz zugefügt zu haben.

Die Uniformträger schüttelten ihnen die Hand, raunten Beileidsbekundungen und verschwanden dann nach draußen. Einen langen Moment verharrten die Freundinnen eng umschlungen, während Paul und Estuardo geduldig warteten. Dann lösten sich die Frauen voneinander, traten in den Sonnenschein hinaus und gingen zurück zu ihrem Wagen. Pam vermutete, dass Nancy und Shalisa noch gar nicht bewusst war, wie tief sie nun in der Klemme steckten. Ohne Leichen mussten sie sieben Jahre warten, bis ihre Männer offiziell für tot erklärt wurden, und erst dann zahlte die Versicherung. Verdammt! Nancy stützte sich schwer auf ihren Sohn. Pam entschied, dass diese Nachricht noch ein wenig warten konnte.

Hank hatte sein Boot seit über fünfundzwanzig Jahren in diesem Hafen gehabt, und Pam konnte nicht einmal annähernd sagen, wie oft sie Kühlboxen, Thermoskannen mit Margaritas, Badetücher, Spielsachen, Sonnencreme und Chipstüten über diesen Rasen geschleppt hatte. Nun löste sie sich von ihren Freundinnen und folgte dem vertrauten Ziegelweg zum Anleger. Sie betrat den verwitterten Holzsteg. Seven Winds war keiner dieser schicken Jachthäfen, sondern eher von der praktischen Sorte, gemacht für die arbeitende Bevölkerung, die einen Außenkühlschrank für Köderfische zu schätzen wusste. In einem kleinen Unterstand mit Betonboden gab es ein paar Snackautomaten. Von den Pumpen am Ende des längsten Anlegers wehte Benzingeruch zu Pam herüber. Hanks Liegeplatz war vom Ufer aus gesehen der fünfte. Nicht so weit draußen, dass der Proviantransport zum Problem geworden wäre, und doch der Bucht zugewandt, sodass man bei rauer See vertäut liegen bleiben und trotzdem die Aussicht genießen konnte.

Pam glaubte jede Planke zu kennen, als sie nun zu Hanks leerem Platz hinausging. Zwischen den Pollern war gelbes Polizeiband gespannt. Nun stand sie genau dort, wo sie ihren Ehemann das letzte Mal gesehen hatte. Hier hatte sie gestanden und die letzten Worte mit dem Mann gewechselt, der während der vergangenen fünfunddreißig Jahre mit ihr durchs Leben gegangen war. Er hatte etwas von Absackern und Zigarren erzählt, und sie hatte nur »Mach doch, was du willst« gesagt; in dem abschätzigen Tonfall, den sie ihm gegenüber in den letzten fünf Jahren so oft benutzt hatte, dass er inzwischen zur Gewohnheit geworden war. Er hatte ein Tau aufgewickelt, sie hatte sich abgewandt und war gegangen. Doch da hatte er noch etwas gesagt. Da hatte sie seine Stimme zum endgültig letzten Mal gehört.

Das Wasser war so klar, dass Pam bis zum Grund sehen konnte. Winzige Fische glitten in einem dichten Schwarm erst nach links, dann nach rechts. In den Schatten des Anlegers und wieder hinaus. Ja, sie hatte sich abgewandt und war gegangen, hatte Hank stehen lassen. Auf dem Weg zum Ufer hatte sie geglaubt, eine Möwe zu hören. Nun aber wusste sie, dass es seine Stimme gewesen war.

Was hatte Hank ihr noch gesagt?

KAPITEL 26

MASSENTRÄGHEIT

Überglücklich fiel Pam ihrer Tochter um den Hals. Bei dem Gedanken, dass Hank niemals von seinem Enkelkind erfahren würde, brach ihr das Herz, also dachte sie nicht daran. Momentan wusste Pam nicht mehr, was sie glücklich machen konnte. Während der letzten fünf Jahre hatte sie geglaubt, es sei ein Leben ohne Hank. Jetzt wusste sie, wie falsch sie damit gelegen hatte.

Und doch konnte sie nicht weinen. Sie versuchte es, immer wieder, aber es kamen keine Tränen.

Paul und Estuardo übernahmen die Organisation der Beisetzungen und erkundigten sich bei den frischgebackenen Witwen nur nach Details zu Dingen wie Musik oder Ansprachen. Claire hingegen war überhaupt keine Hilfe, da sie von dreierlei Plagen heimgesucht wurde: Trauer, Morgenübelkeit und Jetlag. Sie konnte kaum aufrecht stehen. Und auch wenn Pam für zwei der drei Probleme mit Salzcrackern und kühlenden Kissen eine Lösung parat hatte, zuckte sie jedes Mal schuldbewusst zusammen, wenn ihre Tochter sie in die Arme schloss. Schließlich wusste sie, dass sie allein die Schuld trug für diese lähmende Trauer.

Nancy, Shalisa und sie konnten zu keiner Entscheidung kommen. Und da sie ständig von Menschen umgeben waren, konnten sie auch nicht darüber sprechen, wie tief sie ohne die

Leichen in der Klemme steckten, da so kein Versicherungsgeld in Sicht war. Nach einem Termin beim Bestatter hatte Pam eine Gruppenumarmung dazu genutzt, sich zumindest mit den beiden darauf zu einigen, dass sie dieses Problem erst nach den Beerdigungen angehen wollten.

Es gab viel zu tun, aber Pam fehlte die Energie. Sie hatte Unmengen an Text- und Sprachnachrichten bekommen, und viele enthielten Ratschläge, wie man am besten mit dem Verlust des Ehemannes umgehen sollte. Allerdings wurde nirgendwo erwähnt, wie man es verkraften sollte, wenn man seine Ermordung selbst angeordnet hatte. Auch wenn man seine Meinung in letzter Sekunde noch geändert hatte. Pam überflog die Nachrichten und konzentrierte sich vor allem auf Tipps wie »lass dir Zeit«, »erwarte nicht zu viel von dir« oder auch »kümmere dich um dich selbst«. So etwas wollte sie jetzt hören.

Nun schenkte Pam sich frische Limonade ein, füllte auch Shalisas Glas auf und lehnte sich dann zurück. Sie saßen auf ihrer Terrasse und warteten auf Nancy. Das leise Klicken seiner Krallen verriet, dass Elmer wieder einmal rastlos durch das Haus wanderte und an den üblichen Stellen nach Hank suchte.

»Jetzt könnte ich wirklich eine von Hanks Margaritas gebrauchen«, seufzte Shalisa.

Pam lächelte. Noch immer glaubte sie die feine Mischung aus Süße und Säure auf der Zunge zu spüren, die sie zuletzt geschmeckt hatte, als sie wenige Tage zuvor auf dem Boot gewesen waren. Eigentlich hätte sie Hank schon vor Jahren darum bitten sollen, ihr zu zeigen, wie er seinen berühmten Cocktail machte, den sie so liebte. Sie hätte ihm dabei zusehen sollen, als er in ihrer Küche gestanden und diesen letzten Krug davon gemixt hatte, bevor sie am Freitag Daves Asche verstreut hatten. Aber selbst da hatte sie ja geglaubt, noch etwas Zeit zu haben. Noch zwei ganze Tage. Jetzt würde sie nie wieder eine von Hanks Margaritas trinken. Ein dicker Kloß stieg in ihrer Kehle auf.

Sie hatten ihre Gründe.

Sie hatten es getan, weil sie gute Gründe dafür hatten. Auch wenn sie im letzten Moment ihre Meinung geändert hatten: Das alles hatte seinen Ursprung in ebendiesen Gründen gehabt. Und daran mussten sie sich jetzt festhalten. Pam streckte das Gesicht der Sonne entgegen.

Inzwischen trank Shalisa einen Schluck Limonade und stellte fest: »Gott sei Dank haben wir Paul und Estuardo. Ich wüsste nicht, was wir ohne sie tun würden.«

Pam nickte. Eigentlich war sie immer ein Macher gewesen; noch nie hatte sie sich so nutzlos gefühlt. Plötzlich tauchte ein Begriff aus dem Physikunterricht in ihrem Kopf auf: Massenträgheit. Die Unfähigkeit, sich zu bewegen. Außerdem war sie so verdammt müde. Am liebsten hätte sie einfach den Kopf auf den Tisch gelegt und wäre eingeschlafen.

Vor dem Haus wurde eine Autotür zugeschlagen. Sofort schreckte Pam hoch. Hank war vorgefahren.

Nein.

Wenig später wurde die Terrassentür aufgeschoben, und Nancy kam zu ihnen heraus. Ohne die Tür hinter sich zu schließen, trat sie über die Schwelle, woraufhin Elmer hinter ihr in den Garten tappte. Mit schweren Schritten, beinahe blind, trat sie an den Tisch. Sie hielt einen Briefumschlag in der Hand. Langsam ließ sie sich auf einen Stuhl sinken.

»Ist alles in Ordnung, Nancy?«, erkundigte sich Shalisa besorgt.

Kaum wahrnehmbar schüttelte Nancy den Kopf. Ihre Augen waren gerötet.

»Was ist denn los?«, bohrte Shalisa weiter.

Nun schob Nancy den Umschlag zu Shalisa hinüber, die

ihn vom Tisch nahm und so drehte, dass auch Pam Pauls Namen und Anschrift auf der Vorderseite lesen konnte.

»Mach ihn auf«, verlangte Nancy.

Sofort öffnete Shalisa den Umschlag und holte ein einzelnes Blatt daraus hervor. Im Briefkopf war das Logo von Larrys Bank zu erkennen. Der Rest war von Hand geschrieben, von Pams Platz aus aber nicht lesbar.

Mit belegter Stimme erklärte Nancy: »Paul ist zur Bank gefahren, um die persönlichen Sachen seines Vaters abzuholen. Den hat er in Larrys Schreibtischschublade gefunden.«

Ein Adrenalinschub schoss durch Pams Körper, und zum ersten Mal seit dem Besuch der Polizisten in Shalisas Haus war sie fast wieder die Alte. Die Müdigkeit verschwand aus ihren Augen, ihre Wangen waren nicht länger taub, sie konnte klar hören. Gespannt beugte sie sich vor. »Was steht drin?«

»Lies vor«, wies Nancy Shalisa an.

»Ich habe meine Lesebrille nicht dabei«, erwiderte die.

»Herrgott noch mal!« Pam riss ihr den Brief aus der Hand, streckte ihn so weit wie möglich von sich und las vor:

»Paul,
dein alter Herr ist ein Vollidiot, aber das wusstest du ja bereits.
Es tut mir schrecklich leid, dass wir so viel Zeit verloren haben.
Ich liebe dich über alles.
Mache das Beste aus deinem Leben: Liebe, wen auch immer du lieben willst, solange er nur genügend Ähnlichkeit mit deiner Mom hat. Denn wenn er dich so liebt, wie deine Mom mich liebt, wirst du nie einen anderen brauchen.
In Liebe,
Dad.«

Jetzt endlich konnte Pam weinen.

KAPITEL 27

EINE EINGESCHWORENE BANDE

Die Tage nach Hanks Unfall waren schwer gewesen für Padma. Anscheinend hatte die gesamte Belegschaft nur auf seinen Tod gewartet, um danach mit irgendwelchen Anliegen zu ihr zu kommen. Nun klingelte ständig das Telefon, und sie musste sich mit lästigen Fragen herumschlagen. Woher sollte sie denn wissen, ob die Gehälter abgezeichnet waren? Natürlich wusste sie nicht, wer die Schichtpläne der Croupiers regelte. Und ganz bestimmt hatten sie doch einen Angestellten, der sich um solche Dinge kümmern konnte.

Der heutige Morgen war besonders anstrengend gewesen, da sie auch noch die Vorbereitungen für die Trauerfeier überwachen musste, die nach dem Gottesdienst in der nahe gelegenen Kirche im Casino stattfinden sollte. Ihre Erwachsenenakne blühte wieder auf, ihre Füße brachten sie beinahe um, und sie befürchtete, nicht mehr allzu gut zu riechen.

Nun ließ sie sich gerade die Achseln vom Handtrockner in der Damentoilette trocknen, als plötzlich eine Frau mittleren Alters in einem makellosen Sommerkleid und flachen Sandalen hereinkam, irritiert innehielt und dann in einer der Kabinen verschwand. Padmas Tag war bereits so lang, dass sie nicht einmal mehr so tat, als würde sie sich die Hände trocknen. Stattdessen wechselte sie die Seiten und hob den anderen

Arm. Wenigstens war die Frau nicht fünf Minuten früher aufgetaucht – da hatte ihr schwarzer Rock noch in einer knittrigen Wurst um ihre Taille gehangen. Auch in Feinstrumpfhosen konnte man schwitzen.

Der Föhn schaltete sich aus, und Padma riss mehrere Papierhandtücher ab, um sich den Nacken und das Dekolleté abzutupfen. Am Waschbecken ließ sie kaltes Wasser über ihre Handgelenke laufen und beugte sich dabei zum Spiegel, um einen prüfenden Blick auf ihr Gesicht zu werfen. Dieser Dating-Marathon war wirklich hart. Sie hatte dunkle Ringe unter den Augen und einen Pickel, der dringend ausgedrückt werden musste. Außerdem überanstrengte ihr neues Lächeln ihre Wangenmuskulatur.

Padma holte ihr schwarzes Jackett von der Kabinentür, an der sie es aufgehängt hatte, zog es an und machte sich dann auf den Weg zu den Veranstaltungsräumen im zweiten Stock. Schon als sich die Fahrstuhltüren öffneten, kam sie sich vor wie im Lieferwagen eines Floristen. Die Kränze und Gestecke waren deutlich früher eingetroffen als die Gäste, die sich nach der Beerdigung hier einfinden würden.

Im Prinzip war der Saal ähnlich hergerichtet wie für die Trauerfeier des Spielautomatentechnikers einige Wochen zuvor: Leinwände für eine Fotoshow, Büffet mit Bar an der langen Wand. Die Blumen wurden gerade am anderen Ende des Saales aufgebaut, hinter zwei Staffeleien mit postergroßen Bildern der beiden Freunde, die zusammen mit Hank bei der Bootsexplosion gestorben waren. Hanks Foto allerdings lehnte vergessen an einer der Staffeleien.

»Nein, nein, nein, nein!« Hektisch sah sich Padma nach einem Kellner, einem Abräumer oder irgendjemand anderem um, der ihr helfen konnte. Wo war nur das ganze Personal? Sie konnte Hank doch nicht auf dem Boden stehen lassen. Nein, sie musste eine ordentliche Staffelei für sein Bild finden. Dieser Mann hatte eine würdevolle Behandlung verdient.

Schon jetzt taten ihre Füße höllisch weh, und eigentlich hatte sie sich vorgenommen, sich ihre Schritte gut einzuteilen, damit sie noch ausreichend Stehvermögen für ihr zweites Date mit Vikash hatte; sie würden heute tanzen gehen. Sie seufzte schwer. Es musste getan werden, und zwar offenbar von ihr. Also marschierte Padma durch die obere Küche zum Lagerraum, öffnete die Tür und schaltete das Licht ein. Ganz hinten entdeckte sie eine weitere Staffelei, auf der noch immer das großformatige Bild des Automatentechnikers stand. Padma hielt kurz inne und sah es sich an. Dave Brand, so hatte er geheißen. O Mann, warum konnte sie nicht auch einen solchen Typen auftun? Selbst ihre Mutter würde zugeben müssen, dass er ein wirklich attraktives Exemplar war. Dieses Lächeln, diese Haare, diese Zähne … Und dann noch dieses Funkeln in den Augen. Ja, bei ihm hätte sie es wirklich gerne einmal probiert. Allerdings war er schon uralt. Auch wenn seine Witwe noch immer ein echter Hingucker war.

Witwe. Witwenschaft. Das war hart. All die Mühe, um sich einen Ehemann zu schnappen, und dann stirbt er einem einfach weg. Padma stellte Daves Foto beiseite, klappte die Staffelei zusammen und kehrte in den Saal zurück. Dabei versuchte sie, die neuen Witwen gedanklich zu ordnen: Pam, Hanks Frau, kannte sie bereits. Und dann noch Nancy und Shalisa. Offenbar waren die drei Männer eng befreundet gewesen, und die Familien wollten ihrer in einer gemeinsamen Trauerfeier gedenken. Vorbereitet hatte das Ganze einer der Söhne, Paul. Als er mit seinem Freund Estuardo in ihr Büro gekommen war, um die Details zu besprechen, hatte Padma kurz die Fühler gereckt, sie aber ganz schnell wieder eingezogen, da die zwei – beide groß mit tollem Haar und strahlendem Lächeln – Händchen haltend erschienen waren.

Aufgrund der erwarteten Gästezahl musste Padma sogar die Trennwand des geteilten Saales entfernen. Doch es sah immer gut aus, wenn man auch verstorbenen Angestellten noch eine gute Behandlung zuteilwerden ließ. Wie sie das Ganze den beiden anderen Familien in Rechnung stellen konnte, würde sie später herausfinden.

Nun baute Padma zunächst die Staffelei auf und stellte Hanks Bild zwischen die seiner Freunde, dann ging sie nach unten, um die Witwen zu begrüßen. Die automatischen Türen öffneten sich, und sie trat hinaus unter das Glasdach, das kaum vor der grellen Sonne schützte. Beinahe wären ihr die Gesichtszüge entgleist. Woher kamen nur all diese Casinomitarbeiter? Offenbar waren einige erschienen, obwohl sie heute frei hatten. Eigentlich war sie davon ausgegangen, dass sie die Witwen allein in Empfang nehmen und hineinbegleiten würde. Mit einem solchen Aufmarsch hatte sie nicht gerechnet. Sie schob sich durch die Menge, bis sie ganz vorne auf der obersten Stufe stand. Von hier aus blickte sie auf ein wahres Meer aus Casinouniformen. Schulter an Schulter standen die Menschen auf der Eingangstreppe; mindestens zehn Reihen tief säumten sie die kreisförmige Auffahrt.

Als eine schwarze Limousine von der Straße einbog, senkte sich Stille über die Menge. Viele neigten die Köpfe und drückten eine Hand ans Herz. Kein Laut war zu hören außer dem Knattern der auf halbmast gehissten Flagge, die in der kräftigen Atlantikbrise flatterte. Dann setzte ein Dudelsack ein. Der Wagen hielt am Fuß der Treppe, und der Fahrer lief eilig zur hinteren Tür, um sie zu öffnen. Pam stieg aus, gefolgt von ihren Mit-Witwen. In ihren schwarzen Pumps, den schlichten schwarzen Kleidern und Hüten sahen sie aus wie

Backgroundsängerinnen für einen der besseren Künstler des Casinos.

Hanks Tochter trat zu ihrer Mutter, und gemeinsam führten die beiden die Gruppe die Treppe hinauf. Pams Lippen zitterten, als sie sich zu Padma hinunterbeugte, sie umarmte und ihr über das Dudelsackspiel hinweg zuflüsterte: »Das ist so aufmerksam von Ihnen, Padma. Hank hätte ein solcher Abschied bestimmt gefallen. Vielen Dank.«

»Gern geschehen«, erwiderte Padma.

Damit wollte sie Pam hineinbegleiten, registrierte im Vorbeigehen aber noch, wie sich Kellnerinnen weinend um den Hals fielen und sich selbst einer der muskelbepackten Sicherheitsleute verstohlen die Tränen abwischte. Nun ja. Hank war vielleicht ein Trottel gewesen, aber offenbar ein sehr beliebter Trottel.

Oben im Saal stellten sich die Witwen direkt hinter der Tür auf, um die Kondolenzwünsche entgegenzunehmen. Nach und nach füllte sich der Raum, weshalb sich Padma an den Rand des Geschehens zurückzog. Während sie ihren Blick durch den Saal wandern ließ, wog sie die Vor- und Nachteile eines Umzuges in Hanks Büro ab: Ihres war größer, dafür lag seines zentraler. Auf der Leinwand erschien ein Foto von Hank, als er vermutlich ungefähr in Padmas Alter gewesen war. Er stand gebeugt auf irgendeinem Sportplatz, fit und durchtrainiert. Ohne Hemd. Mit Haar. Und einem breiten Lächeln. Und Bauchmuskeln. Dieses Foto war so voller Leben, da wurde es fast schwierig, sich vorzustellen, dass der Trottel tot sein sollte.

»Entschuldigen Sie? Padma, richtig?«

Als sie sich umdrehte, stand eine große, schlanke Frau neben ihr, die Padma vage bekannt vorkam. Sie trug ein elegantes, ärmelloses Top und einen schwarzen Bleistiftrock, beides wurde durch einen breiten Ledergürtel verbunden. Padma hätte nicht in ihren kühnsten Träumen ein solches Outfit gewählt, doch an dieser Frau sah es hervorragend aus.

»Ich bin Sabrina Cuomo. Wir sind uns auf Dave Brands Trauerfeier begegnet.« Die Frau streckte ihr die Hand hin, und Padma griff brav danach.

»Oh, ja. Mein Beileid.«

»Vielen Dank. Ich kenne die Jungs und ihre Frauen schon seit einer Ewigkeit. Unsere Kinder sind zusammen zur Schule gegangen. Nun drei weitere gute Freunde zu verlieren … ich bin fix und fertig.« Sabrina blinzelte nicht vorhandene Tränen fort und fügte kopfschüttelnd hinzu: »Nun sind alle vier Musketiere von uns gegangen.«

»Hmm mmm.« Padma nickte. »Moment! Vier? Hank, Andre und Larry. Tut mir leid, wer ist denn der Vierte?«

»Nun, Dave natürlich. Dave Brand. Sie kennen ihn doch. Die letzte Trauerfeier hier war seine. Diese vier waren eine eingeschworene Bande.«

»Tatsächlich?« Padma erinnerte sich plötzlich, wie sie Hank aus bloßer Neugier gefragt hatte, ob er den Automatentechniker gekannt habe. Und sie hätte schwören können, dass er das verneint hatte. Vielleicht brachte diese Frau ja etwas durcheinander.

»Sehen Sie sich die Fotos an, die zeigen doch, wie lange sie sich kennen.«

Padma wandte sich wieder der Leinwand zu und wurde schier geblendet von einem Schnappschuss, der vier Männer zeigte. Hank kannte sie natürlich. Zwei weitere erkannte sie durch ihre vor den Blumen aufgestellten Porträts. Obwohl sicher zwanzig Jahre zwischen diesen Bildern und dem Schnappschuss lagen, waren es eindeutig dieselben Gesichter. Der Vierte? Den vierten Mann erkannte Padma ebenfalls, da sie vorhin im Lagerraum noch sein Gesicht studiert hatte: Dave Brand, der Spielautomatentechniker.

Ebenjener Spielautomatentechniker, den Hank angeblich nicht gekannt hatte.

Wieder wechselte das Bild, wieder erschienen diese vier Männer, nun ungefähr fünfzehn Jahre jünger als heute, Arm in Arm auf einem Bootssteg. Die Sonne ließ ihre Wangen glühen, der Wind zerzauste ihre Haare, und sie präsentierten stolz ihre gefangenen Fische.

Padma war verwirrt.

Noch einmal ging sie in Gedanken ihr Gespräch mit Hank durch. Hatte sie nicht etwas zu der gut besuchten Trauerfeier gesagt? Und daraus gefolgert, dass Dave Brand ein toller Kerl gewesen sein müsse? Und was hatte Hank darauf erwidert? Genau wusste sie es nicht mehr, aber er hatte ganz sicher nicht zugegeben, den Mann näher gekannt zu haben.

Das nächste Bild zeigte das Vierergespann im Smoking, nun nicht mehr ganz so jung, wohl auf einer Hochzeit. Dann Zigarre rauchend im Whirlpool, auf einem Fußballfeld mit hüfthohen Kindern, mit ihren Frauen am Strand. Ein recht aktuelles Foto von Hank – wie sie ihn kannte, mit Bauch und Glatze – präsentierte ihn Arm in Arm mit Dave vor einem Grill voller brutzelnder Hamburger. Beide grinsten in die Kamera, als wären sie die besten Freunde. Die Aufnahme konnte kaum älter sein als einen Monat. Wie war das möglich? Das ergab doch keinen Sinn. Warum sollte Hank sie anlügen?

»Entschuldigen Sie, Padma?«

Nachdenklich wandte sich Padma dem Angestellten zu, der an ihrer Seite aufgetaucht war. »Ja?«

»Der Automatenhändler ist da und will die Geräte austauschen. Die neuen stehen bereit, und sie sind gerade dabei, die alten zu entfernen. Vorher wollen sie Ihnen aber noch etwas zeigen.«

Padma nickte verstehend und verabschiedete sich von Sabrina Cuomo: »Bitte entschuldigen Sie mich, ich werde gebraucht. Es hat mich gefreut, Sie wiederzusehen.«

Bei einem letzten Blick auf die Leinwand entdeckte Padma Hank auf dem Kapitänssessel eines Bootes. Dave saß auf seinem Schoß, hatte ihm den Arm um die Schultern geschlungen und drückte sein Gesicht an Hanks Wange. Mit sonnenverbrannten Gesichtern grinsten beide in die Kamera.

Dieses Bild ging Padma nicht mehr aus dem Kopf, während sie mit dem Fahrstuhl nach unten fuhr und durch die Spielsäle eilte. Wie in einer Dauerschleife sah sie es vor sich. Kurz bevor sie die ausrangierten Automaten erreichte, schob sie das Bild beiseite und führte sich stattdessen noch einmal die Tabelle mit ihren Berechnungen vor Augen. Natürlich konnte sie sich irren, schließlich war sie noch nie eine gute Buchhalterin gewesen. Doch es bestand auch eine winzige Chance, dass sie richtiglag. Und soweit sie das sagen konnte, hatten diese Maschinen offenbar regelmäßig beinahe fünfzigtausend Dollar pro Woche mehr ausgeschüttet als die in anderen Casinos.

Die Spielabläufe wurden von einer unabhängigen Kommission geprüft, um sicherzustellen, dass sie tatsächlich dem Zufallsprinzip folgten, und die Ausschüttungsquoten waren staatlich reguliert. Da Padma daran also nichts ändern konnte, hoffte sie, die Auszahlungen durch einen kompletten Austausch der Automaten wieder anzugleichen. Natürlich war das ein Risiko, aber gerade in ihrer Branche musste man ja auch mal mit hohen Einsätzen spielen.

Der Vertreter des Automatenherstellers erwartete sie bereits, ein großer, schlanker Mann mit Cowboystiefeln und weißem Hut. Er trug gebügelte, dunkle Jeans und ein Hemd mit Perlenknöpfen. Wie viel Haar verbarg sich wohl unter diesem Hut, und war er verheiratet? Sie könnte gut in Texas leben, auf einem Pferd sähe sie bestimmt großartig aus. Am besten eines mit hellem Fell, als Kontrast zu ihren dunklen Haaren. O nein, ein schwarzer Hengst, das wäre perfekt! Der Vertreter riss sie aus ihren Gedanken, als er die Rückseite eines Automaten aufschraubte. Padma hatte keine Ahnung, was sie dort vor sich sah.

Mit hörbarem Dialekt und einem Hauch Beef Jerky im Atem erklärte ihr der Mann: »Bevor wir die Maschinen ins Lager zurückschicken, lassen wir immer unseren Techniker reinschauen. Vermutlich ist es nichts, aber um unserer Pflicht nachzukommen, wollte ich Sie wissen lassen, dass in diesem einen Automaten ein loses Kabel hängt. Hier.« Er zeigte mit seinem Stift darauf und wartete, bis Padma verstehend nickte. »Dieses Kabel stammt nicht von uns. Wir wissen auch gar nicht, was es da zu suchen hat. Möglicherweise wurde es einfach nur angebracht, um eine Taschenlampe zu halten. Aber es ist nun einmal unsere Pflicht, das Casino davon in Kenntnis zu setzen.«

Sie brauchte Hank. Der Trottel würde wissen, was in einem solchen Fall zu tun war. Ob das wichtig war oder nicht. Vermutlich würde Hank sagen, das sei ein Fall für die Sicherheitsabteilung. Zum Glück hatte er sich darum noch gekümmert, bevor er erst ins Wochenende und dann auf Nimmerwiedersehen verschwunden war. Er hatte ihr sogar noch gesagt, dass er den perfekten Kandidaten für die Leitung der Sicherheitsabteilung gefunden und eingestellt hatte.

Deshalb stöckelte Padma nun vorsichtig durch den rutschigen, kahlen Betonflur im Keller, vorbei an der hauseigenen Bank, zur Schaltzentrale der Sicherheitsabteilung. Sie zog ihre Schlüsselkarte durch den Leser, öffnete die Tür und fand sich vor einer Wand voller Bildschirme wieder. Hier überwachte wie immer eine ganze Mannschaft alles, was die vielen Kameras auf dem Casinogelände aufzeichneten. Der neue Vorgesetzte hatte sich mit verschränkten Armen hinter der Stuhlreihe aufgebaut. Padma klopfte kurz an die offene Tür, um sich bemerkbar zu machen.

»Entschuldigen Sie, Brenda, hätten Sie eine Minute?«

KAPITEL 28

WENN MAN NUR RICHTIG FRAGT

Brenda hatte Hector eine Nachricht geschickt, dass sie ihr Lunchpaket im Kühlschrank vergessen hatte, deshalb ging er nach der Beerdigung in die Wohnung über dem Friseursalon und holte ihre kleine Kühltasche, bevor er sich auf den Weg zur Trauerfeier machte. Voller Stolz sprach er den bulligen Wachmann am Mitarbeitereingang des Casinos an: »Meine Frau Brenda Chavez ist die neue Leiterin der Sicherheitsabteilung. Könnte ihr das vielleicht jemand bringen? Sie meinte, sie wäre in der Schaltzentrale.« Dann kam ihm noch ein Gedanke: »Ich bin auf dem Weg zur Trauerfeier von Hank Montgomery. Dürfte ich vielleicht einfach hier durchgehen?«

Der Wachmann aktivierte mit seiner Schlüsselkarte den Aufzug für ihn und erklärte ihm, dass er in den zweiten Stock müsse. Während er den entsprechenden Knopf drückte, musste er an seine Mutter denken. Am Ende hatte sie doch recht, wenn sie sagte, dass sich letztlich immer alles zum Guten wandte.

Ungefähr einen Monat bevor durch ihn Hanks Boot in die Luft geflogen war, hatte Hector an dem alten Resopalküchentisch in ihrer Wohnung über dem Friseurladen mit Brenda zusammengesessen. Dieser Tisch war so alt, dass er inzwischen schon einmal vollkommen aus der Mode gekommen und dann durch den Vintagehype wieder modern geworden war. Er stammte aus Brendas Elternhaus. Mit ihren drei Schwestern, ihrer Vollzeitmom und ihrem Polizistenvater hatte dieser Tisch eine Menge erlebt. Als Brendas Eltern dann in ein kleineres Haus zogen, hatte Hector vorgeschlagen, dass sie den Tisch retten und in ihr Heim holen sollten. Eigentlich war er nur für zwei etwas groß, aber Hector saß unglaublich gerne mit seiner Frau an ihm.

Am jenem Morgen hatte Brenda plötzlich von ihrem Laptop aufgeblickt. »Das Casino stellt gerade wieder ein.«

»Aha!« Hector blieb nur noch ein Versuch in seinem Wortsuchspiel, sonst war er raus. Es war schon schwierig, wenn man Englisch als Muttersprache hatte, aber als Lateinamerikaner – yi, yi, yi, yi, yi.

»Sie suchen einen neuen Abteilungsleiter für die Sicherheit.«

»Wirklich?« Hector musterte seine Frau. Sie hatte ihr Haar heute zu einem straffen Pferdeschwanz gebunden. Obwohl sich an Mund und Augen langsam die ersten Fältchen zeigten, wirkte sie ohne Make-up und in diesem schlichten weißen T-Shirt noch immer jung. Manche Frauen mussten überhaupt nichts tun. Er schenkte seiner Amor ein liebevolles Lächeln. »Das wäre doch etwas für dich. Du solltest dich bewerben.«

Es war kurz nach seiner Einwanderung gewesen, während der Zeit, als sie ständig Filme geschaut hatten, um Hectors Englisch so weit zu verbessern, dass er sich bei Brendas Vater behaupten konnte. (Was nicht leicht war bei einem Cop im Ruhestand, der italienische Wurzeln hatte und sich zu Hause mit fünf starken Frauen herumschlagen musste.) Dabei hatten sie sich einmal bei einer Schüssel Popcorn auch *Out of Sight* angesehen. Eine gute Wahl, da der Film eine Kreuzung aus Hectors geliebten Gangsterfilmen und seiner neu entdeckten Vorliebe für romantische Komödien darstellte. Während sie also Jennifer Lopez dabei zusahen, wie sie als U. S. Marshal dem erfahrenen Bankräuber George Clooney auf die Füße trat, hatte Hector plötzlich gemeint: »Das könntest du auch.«

»Was? Banken ausrauben?«, hatte sich Brenda gewundert.

»Nein. Marshal sein oder Cop. Oder Privatdetektiv. Du hast einen Abschluss in Kriminologie, du bist tough und clever. Und du hast ein Gespür für Menschen. Du könntest das gut. Und es würde dir mehr Spaß machen, als Lebensversicherungen zu verkaufen.«

Diese Idee hatte Brenda gefallen, weshalb sie auch extrem enttäuscht gewesen war, als sich herausstellte, dass sie für den Dienst in der Strafverfolgung ein wenig zu klein geraten war. Doch sie sah sich durchaus auch als Privatermittlerin. Also hatte sie einen Kurs gemacht, ihn mühelos bestanden und einen Waffenschein bekommen. Einen Vater zu haben, der früher bei der Truppe gewesen war, half natürlich, um erste Kontakte zu knüpfen und die Werbetrommel zu rühren. Allerdings stellte sich bald heraus, dass Brenda überwiegend von eifersüchtigen Ehefrauen gebucht wurde. Sie verbrachte letztlich viel Zeit damit, Männer bei fragwürdigen Verabredungen zu überwachen. So machte sie sich schnell einen Namen am Scheidungsgericht.

In ihrem Kleiderschrank bewahrte sie unter anderem einen falschen Babybauch auf, falls sie noch einmal eine Zielperson mit einem Schwangerenfetisch erwischen sollte. Diesen Tipp hatte Brenda damals von der Ehefrau bekommen, den Mann dann online kontaktiert und sich mit ihm getroffen. Seine Bitte, ihren präparierten Bauch streicheln zu dürfen, hatte sie abgelehnt, genau wie seine Einladung in sein Hotelzimmer. Stattdessen hatte sie ihr Gespräch mit ihm aufgezeichnet, sodass die Ehefrau am Ende genau die Scheidungsvereinbarung bekam, die sie wollte.

Brenda war die tüchtigste Frau, die Hector je getroffen hatte, aber zu jener Zeit machte er sich doch Sorgen, mit diesem Berufsvorschlag eventuell einen Fehler gemacht zu haben. Natürlich würde er ihr das niemals sagen, aber oft folgte er ihr zu ihren Aufträgen und hielt heimlich Wache. Beschattete sie, während sie ihre Zielperson beschattete. Nur für alle Fälle. Seiner Amor würde nichts geschehen, solange er über sie wachte.

Deshalb war ihr Interesse an dem Job im Casino Musik in seinen Ohren gewesen. Bestimmt würde er wieder ruhiger schlafen, wenn er wusste, dass sie nun ein ganzes Team im Rücken hatte, wenn es brenzlig wurde. Und so hatte er sie an jenem Morgen dazu ermutigt, ihren Lebenslauf zu aktualisieren und ihre Unterlagen an das Casino zu schicken – wie in der Anzeige gefordert zu Händen von Hank Montgomery.

Hank allerdings hatte nicht geantwortet.

Als Hank dann im Salon auf ihn zugekommen war und ihm gesagt hatte, dass er einen Job für ihn erledigen müsse, hatte Hector gewusst, dass Hank von Angst zerfressen war.

»Jemand versucht, uns umzubringen. Larry, unseren Kumpel Andre und mich. Wir glauben, dass die auch Dave getötet haben.« Hector hatte sich seine Verblüffung nicht anmerken lassen, als Hank fortfuhr: »Du musst herausfinden, wer es ist, und ihn umbringen, bevor er uns umbringen kann. Engagiere, wen auch immer du brauchst, besorg dir, was immer nötig ist. Wir zahlen gut.«

Hanks Stirn war mit feinen Schweißperlen überzogen gewesen, die Hector mit einem Leinentuch abgetupft hatte, während er die nötigen Detailfragen stellte. Mehr aber auch nicht.

Nach seinem Gespräch mit den Ehefrauen in dem Minivan waren Brenda und Hector dann die verschiedenen Szenarien durchgegangen. Jeder hatte einen Becher Kaffee auf seiner Seite des Tisches stehen, und während sie sich dazu eine Semita gönnten – mit Marmelade gefüllte Törtchen, die Brenda extra für Hector aus seiner Lieblingsbäckerei geholt hatte –, besprachen sie die Situation, wie sie es mit fast allem in ihrem Leben taten.

»Meinst du, Hank kommt noch mal deswegen?«

Hector nickte. »Die Lage wird sich zuspitzen. Wie genau, weiß ich noch nicht, aber so ist es doch immer.«

Brenda hatte ihr Gebäck schon in der Hand und wollte gerade zubeißen, als ihr plötzlich noch etwas einfiel: »Wirst du denn mehr Geld verlangen, wenn er wiederkommt?«

Genüsslich schob sich Hector ein Stück Kruste in den Mund. »Besser. Ich werde dir diesen Job besorgen.«

Das gefiel Brenda offenbar gar nicht, denn sie verzog das Gesicht. »Nein, Hec-toro. Auf diese Art will ich keinen Job bekommen. Ich will ihn mir selbst verdienen.«

»Du bist wie gemacht für diese Arbeit, Amor. Und du hast die nötigen Qualifikationen. Das weißt du genau. Das Casino kann sich glücklich schätzen, dich zu kriegen. Ich wette, du hast sowieso nur deshalb noch nichts von denen gehört, weil Hank momentan so abgelenkt ist. Weil er ja glaubt, dass ihn jemand umbringen will. Wenn er das nächste Mal kommt, werde ich ihn bitten, dich ganz oben auf seine To-do-Liste zu setzen, mehr nicht.« Er leckte sich die letzten Krümel von den Fingern. »Du wärst überrascht, was man alles bekommen kann, wenn man nur richtig fragt.«

Konzentriert kniff Brenda die Augen zusammen. »Moment ... sag's mir nicht. George Clooney, richtig? *Out of Sight*. Als er seinem Kumpel erklärt, warum er für seine Banküberfälle keine Waffe braucht.«

Zufrieden hob Hector seinen Kaffeebecher und stieß mit ihr an. »Sehr gut, Amor.«

»Wenigstens hast du nicht vor, ihm ein Angebot zu machen, das er nicht ablehnen kann.«

Hector hatte sich fast verschluckt, seiner Frau aber trotzdem über seinen Kaffeebecher hinweg ein breites Lächeln geschenkt. Und er hatte sich wieder einmal zu der großartigen Entscheidung gratuliert, die er an jenem Tag am Strand vor so vielen Jahren getroffen hatte.

Jetzt öffneten sich die Fahrstuhltüren, und der Geruch der Beerdigungsblumen holte Hector in die Gegenwart zurück. Auch heute musste er sich gratulieren, diesmal allerdings, weil er Hank dazu gebracht hatte, Brenda unverzüglich einzustellen. Denn tote Männer verteilen keine Jobs. Er ging den Flur hinunter und suchte im Saal nach den drei frischgebackenen Witwen.

Hoffentlich musste er nicht dafür sorgen, dass sie ihre Entscheidung bereuten.

KAPITEL 29

EINIGKEIT ZUR UNEINIGKEIT

Pam war erschöpft. Ausgelaugt. Ihr Gehirn war müde, ihre Füße waren müde, ihr Rücken war müde. Sie wollte nur noch nach Hause, Elmer knuddeln, ein kaltes Bier trinken und ins Bett kriechen. Dabei konnte sie Bier nicht ausstehen. Aber es war schön für Claire, zu sehen, dass ihr Vater so geschätzt wurde. So viele Menschen waren gekommen, um ihm die letzte Ehre zu erweisen, sei es nun durch ein paar nette Worte oder eine Anekdote. Menschen, denen Hank einmal geholfen hatte; ehemalige Angestellte, mit denen er in Kontakt geblieben war.

Sie hatte sich gerade von ein paar Black-Jack-Kartengebern verabschiedet und war auf dem Weg zur Bar, als plötzlich Hector vor ihr stand. »Mein Beileid.«

»Äh … vielen Dank.« Hier waren doch überall Leute. Pam bekam eine Gänsehaut.

»Ich war Hanks Friseur.« Nun streckte Hector ihr die Hand hin, die sie automatisch schüttelte. »Auch wenn er ja eigentlich kaum noch einen brauchte.«

Seine Finger waren warm und hielten ihre fest umschlossen. Pam lächelte unverbindlich.

»Hoffentlich sehen wir uns wieder.« Nun drückte Hector noch ein wenig fester zu. »Schon bald.«

»Was das betrifft …«

Pam trat ein paar Schritte beiseite, und Hector folgte ihr. Ein feines Lächeln huschte über seine Lippen, und er zog fragend eine Augenbraue hoch. Nachdem sie sich möglichst unauffällig nach Lauschern umgesehen hatte, sah Pam ihm – wie sie hoffte, streng – ins Gesicht. »Da gibt es ja wohl ein Problem, Hector. Oder, besser gesagt, zwei. Erstens hatte ich *Sonntag* gesagt«, zischte sie, nur um sich dann noch einmal prüfend umzusehen.

Hectors Lächeln wurde breiter. »Manche Dinge kann man nicht auf den Tag genau planen, Pam. Manchmal muss man auf sein Bauchgefühl hören.«

Auf Pams Lippen war das Lächeln inzwischen eingefroren, und sie bekam kaum noch die Zähne auseinander. »Meiner Meinung nach kann man so ziemlich alles auf den Tag genau planen. Dafür hat man schließlich einen Kalender. Wäre dem nicht so, würde Chaos herrschen. Und Sie haben uns jetzt in ein ziemliches Chaos gestürzt.« Sie beugte sich dichter zu ihm. »Wir wollten die Sache abblasen.«

Falls das für Hector überraschend kam, ließ er es sich nicht anmerken. Er hob lediglich die zweite Braue und lächelte weiter. Voller Freundlichkeit widersprach er ihr: »Das war doch kein Garagenverkauf, Pam. Für so etwas gibt es keine Ersatztermine.«

»Manchmal ändern sich aber die Umstände.«

»Ah, dann sind wir uns wohl einig in unserer Uneinigkeit.« Sein Blick wurde schärfer. »Es gibt doch nicht etwa Probleme mit der Bezahlung, oder, Pam? Denn ich hatte Ihnen ausdrücklich gesagt …«

»Allerdings, ja! Damit wären wir nämlich beim zweiten Problem.« Sie schob sich noch dichter an ihn heran. »Wir haben Ihnen doch gesagt, dass wir die Leichen brauchen, damit die Versicherung zahlt. Ohne Leichen werden wir warten müssen. Und zwar sieben Jahre! Was glauben Sie denn, warum wir explizit darauf bestanden haben, dass die Leichen gefunden werden sollen?« Noch immer krampfhaft lächelnd ließ sie den Blick durch den Saal schweifen.

Auch Hector lächelte unbeirrt weiter. Plötzlich fiel Pam wieder ein, was Hank und die Jungs über Hector gesagt hatten; dass er »tote Augen« habe. Sie selbst hätte sie zwar nicht so beschrieben – o nein, ihrer Meinung nach wirkten sie sehr lebendig –, doch sie erkannte die eiserne Entschlossenheit hinter diesem Blick. Nun nickte er. »Ah, ich verstehe. Haben Sie denn, was das betrifft, schon mit jemandem gesprochen? Also wegen der Versicherung.«

Pam schüttelte den Kopf.

Hector fuhr fort: »Sie werden feststellen, dass die fehlenden Leichen kein Problem darstellen. Die Behörden haben die Männer sicherlich bereits für tot erklärt.«

Verblüfft starrte Pam ihn an. »W... wie bitte? Was reden Sie denn da?« Hatten die Uniformträger in dem Zelt etwas in dieser Richtung gesagt? Sie konnte sich nicht erinnern.

Unauffällig beugte sich Hector zu ihr hinüber. »Verschwindet ein Mensch unter gewissen Umständen, kann er innerhalb weniger Tage für tot erklärt werden, solange es ausreichend Beweise dafür gibt, dass er nicht überlebt haben kann. Und ich habe sowohl für die entsprechenden Umstände als auch für die nötigen Beweise gesorgt.«

Neugierig sah Pam ihn an. »Woher wussten Sie, was zu tun war?«

Achselzuckend erwiderte er: »In meiner Branche kann es nicht schaden, sich ein wenig mit dem Gesetz vertraut zu machen. Sehen Sie sich doch um, Pam. Wie hätten Sie überhaupt eine Erlaubnis für die Beisetzung der drei bekommen können, wenn sie nicht für tot erklärt worden wären?«

O Gott! Wie hatte sie das übersehen können? Verfluchter Mist! All die Grübelei für gar nichts. Offenbar hatten sich Paul und Estuardo auch darum gekümmert. Ihre verkrampften Schultern sanken herab, und sie schloss kurz die Augen. Auch ihr Nacken war plötzlich viel entspannter. »Nun gut. Also dann. Wenn wir das Geld von der Versicherung haben, werden wir Sie bezahlen.«

Hector sah ihr direkt in die Augen, woraufhin sich prompt die feinen Härchen in Pams Nacken aufstellten. Er seufzte leise. »Das hoffe ich, Pam. Das hoffe ich wirklich.«

»Trotzdem: Das mit dem Datum haben Sie vermasselt. Damit haben Sie uns die Möglichkeit genommen, es doch noch abzusagen.«

»Wie gesagt, Pam: Ich bin kein Airbnb. Buchungen bei mir kann man nicht einfach stornieren.« Er schob sich ganz dicht an sie heran. »Besorgen Sie mir mein Geld. Und zwar bald, Pam. Sehr bald.« Damit ging er.

Pam beobachtete, wie er sich durch die Menge zur Tür schob und verschwand. Erst dann wandte sie sich ab und machte sich auf die Suche nach Nancy. Am Ende fand sie ihre Freundin versteckt ganz hinten in der Küche, wo sie an einem der großen Spülbecken lehnte und sich mit einem Taschentuch die Tränen abwischte. Besorgt fragte Pam: »Geht es dir gut?«

»Es ist einfach zu viel. All diese Leute, die ganze Aufmerksamkeit. Das ist zu viel«, erklärte Nancy leise und putzte sich dann die Nase. »Wir sind solche Heuchler.«

Shalisa kam herein. Nachdem sie die Küchentür wieder hinter sich geschlossen hatte, fragte sie: »Was macht ihr hier drin?«

Nancy antwortete: »Wir ertrinken in Schuldgefühlen.«

Pam mahnte: »Solange du es so aussehen lässt, als würdest du trauern …«

»Ich trauere wirklich!«, rief Nancy empört.

Sofort packte Pam sie am Arm. »Leiser! Das weiß ich doch. Wir alle trauern.«

»Ich nicht«, widersprach Shalisa.

Bestürzt starrten Pam und Nancy sie an.

Ergeben zuckte Shalisa mit den Schultern. »Okay, ein bisschen traurig bin ich vermutlich schon. Vielleicht habe ich die Phase der Akzeptanz einfach schneller erreicht als ihr. Aber mal ehrlich: Ihr seid doch selbst schuld, dass ihr plötzlich so unentschlossen geworden seid.«

Pam rieb sich die Augen. »Bitte entschuldige, dass wir bei der Ermordung unserer Ehemänner die nötige Entschlossenheit vermissen lassen. Herr im Himmel!«

»Du musst nicht gleich pampig werden«, beschwerte sich Shalisa. »So werden die Leute doch immer erwischt, weil sie übereinander herfallen. Wir müssen ruhig bleiben und weitermachen. Wenn wir zusammenhalten und einen kühlen Kopf bewahren, werden wir das überstehen.«

Erschöpft massierte sich Pam die Schläfen. »Hector hat mich angesprochen. Er will sein Geld. Was er auf unnötig fiese Art zum Ausdruck gebracht hat, muss ich sagen. Er hat sich nicht einmal dafür entschuldigt, dass er sie am falschen Tag umgebracht und keine Leichen zurückgelassen hat. Aber er meinte, dass wir deswegen mit der Versicherung keine Schwierigkeiten bekommen dürften. Angeblich müssen die Behörden sie bereits für tot erklärt haben. Sonst hätte es keine Beisetzung gegeben.«

Nancy und Shalisa schnappten nach Luft. Dann fragte Nancy: »Wirklich? Welch eine Erleichterung!«

»Allerdings«, bekräftigte Shalisa.

Pam seufzte schwer. »Habt ihr den Versicherungsheini irgendwo gesehen? Den, von dem uns Marlene erzählt hat?«

»Hier steckt ihr also.« Es war beinahe unheimlich, wie Marlene fast immer erschien, sobald ihr Name genannt wurde. Sie schob die Tür hinter sich zu, umarmte ihre Freundinnen und bot ihnen Schnittchen von ihrem Teller an.

In Gedenken an Andre entschied sich Pam für Eiersalat. Die Essiggurke und die gesalzene Butter passten perfekt. Pam schloss genüsslich die Augen. Das hätte ihm geschmeckt.

Nancy erklärte: »Wir haben uns gerade gefragt, ob der Versicherungskerl wohl hier ist. Du meintest ja, er wäre auch auf Daves Trauerfeier gewesen.«

»Hmm. Lasst mich nachdenken.« Marlene stellte den leeren Teller auf der Arbeitsfläche ab. »Eigentlich ist er schon kurz vor der Beerdigung bei mir aufgetaucht, aber du hast recht, auf der Trauerfeier war er dann auch. Da hat er mir seine Karte gegeben. Hier habe ich ihn allerdings nicht gesehen. Aber bestimmt habe ich seine Karte dabei, das hier ist meine Beerdigungshandtasche.« Marlene sah in ihrer schwarzen Clutch nach, in der sich neben Handy, Lippenstift und ein paar zerdrückten Taschentüchern auch eine kleine, weiße Visitenkarte befand. Die übergab sie nun an Pam.

»Perfekt«, bedankte die sich. »Ich werde ihn gleich morgen anrufen.«

KAPITEL 30

EIN ECHTER HINGUCKER

Schon auf den ersten Blick bemerkte Padma zwei Dinge an Brenda Chavez, der neuen Abteilungsleiterin der Casinosicherheit: Sie waren gleich groß, und Brenda trug sehr praktische Schuhe – feste, schwarze Lederschuhe mit dicken, flachen Kreppsohlen. In Padmas Vorstellung wurden solche Schuhe nur von ältlichen Schnüfflerinnen in englischen Fernsehkrimis getragen, während sie mit ihrem Fahrrad über den Dorfplatz fuhren, auf dem Weg zu einer Gartenparty mit Leiche hinter den Rosen.

Doch trotz ihrer flachen Doc Martens strahlte Brenda gelassene Selbstsicherheit aus, die ihr automatisch Autorität verlieh. Kein Wunder, dass Hank sie eingestellt hatte. Er hatte ihr die Mappe mit Brendas Bewerbung auf den Tisch gelegt, und sie hatte einen kurzen Blick hineingeworfen, wobei ihr vor allem der Abschluss in Kriminologie und die Erfahrung als Privatdetektivin ins Auge gesprungen waren. Außerdem enthielt die Mappe Empfehlungsschreiben des örtlichen Polizeichefs und mehrerer Anwälte. Sogar von zwei Richtern war etwas dabei. Nun, wenn Hank zufrieden war, war auch Padma zufrieden. Der Trottel stellte normalerweise nur gute Leute ein.

Nun allerdings konnte sie kaum mit Brenda Schritt halten. Vorsichtig stöckelte sie hinter ihr über den glatten Betonboden und spähte im Vorbeigehen in die verschiedenen Kellerräume. Die labyrinthartigen Flure führten sie an der hauseigenen Bank vorbei und irgendwann zu dem Raum, in den Padma den problembehafteten Spielautomaten hatte bringen lassen. Brenda war wirklich beeindruckend – noch keine Woche im Job, kannte sie sich schon richtig gut aus. Wann immer ihnen auf ihrem Weg jemand vom Personal begegnete, begrüßte Brenda ihn mit Namen. Man machte ihr bereitwillig Platz, hielt ihr Türen auf, sammelte ihren Stift vom Boden, wenn sie ihn fallen ließ. All diese Kleinigkeiten verrieten Padma, dass man ihr jetzt schon den Respekt entgegenbrachte, den sie selbst noch zu erlangen hoffte.

Während sie eine Feuerschutztür aufstemmte, fragte Brenda über die Schulter: »Suchen Sie vielleicht etwas?«

Ertappt zuckte Padma zusammen. Dabei hatte sie doch versucht, den Boden möglichst unauffällig abzusuchen. »Ich … äh … ich habe hier vor ein paar Wochen einen Ohrring verloren. Und irgendwie hoffe ich immer noch, dass er wieder auftaucht.«

Die Antwort schien Brenda zufriedenzustellen, denn sie nickte. Schließlich blieben die beiden Frauen vor einer Metalltür stehen, in die ein kleines, vergittertes Fenster eingelassen war. Keine von ihnen war groß genug, um hindurchzusehen, obwohl Padma es dank ihrer Zehn-Zentimeter-Absätze beinahe geschafft hätte. Brenda nahm die Schlüsselkarte, die um ihren Hals hing, und sperrte auf. Das Schloss klickte hörbar, dann konnte sie die Tür öffnen.

Padma war noch nie in diesem Raum gewesen. Groß, höhlenartig, Wände und Decke grau gestrichen. Fliesen auf dem Boden. An der Decke reihten sich summende Neonröhren aneinander wie Klaviertasten. Padma wusste, dass sie in diesem Licht kränklich blass aussah, aber zum Glück gab es hier ja keine potenziellen Heiratskandidaten. Von dem Hauptraum gingen mehrere Türen ab, und eine Wand war komplett verglast. Dahinter befand sich ein Aufenthaltsraum mit kleiner Küche, vier Snackautomaten und einem langen Tisch mit mehreren Stühlen.

In der Mitte des Hauptraumes ragte die problembehaftete Maschine auf. Irritiert runzelte Padma die Stirn, verschränkte die Arme vor der Brust und ging einmal um das Ding herum. Nur eine Maschine. Ohne Strom eigentlich kaum mehr als ein Metallschrank mit Knöpfen, einem dunklen Bildschirm und Plastikschildern. Doch falls jemand das Casino bestohlen hatte, steckten in diesem Kasten die Antworten. Hoffentlich.

»Wie können wir nachvollziehen, wer Zugang dazu hatte?«, wollte Padma wissen.

Brenda zog die Klappe des Automaten auf. Knapp über dem Boden gab es zwischen all den Kabeln und Drähten eine schmale Nische, in der ein Büchlein hing. »Datum und Zeit jedes Wartungsvorganges werden hier dokumentiert und mit Initialen abgezeichnet. Hier steht fast überall DB, was wohl für Dave Brand stehen dürfte …«

Bei diesem Namen wurde Padma hellhörig. »Dave Brand? Das ist der Techniker, der gestorben ist. Klingt logisch.« Nun sah sie sich die Aufzeichnungen selbst an und suchte nach anderen Initialen, fand aber nur vereinzelte. Vermutlich war er zu diesen Zeiten im Urlaub gewesen. Und dann erschienen natürlich andere Initialen nach seinem letzten Eintrag, den er am Tag seines Todes vorgenommen hatte. Padma wurde nachdenklich. »Der war ein echter Hingucker.«

»Wirklich?« Das schien Brenda zu interessieren.

Diese Möglichkeit zum Tratschen munterte Padma ein wenig auf. »O Gott, ja. Ich meine, ich bin ihm nie persönlich begegnet, aber ich habe Fotos von ihm gesehen. Groß, gut gebaut, nettes Lächeln, markantes Gesicht. Gut, er war alt, vermutlich über sechzig, so kurz vor dem Rentenalter. Aber als er noch jünger war, war er bestimmt eine große Nummer. Ich habe gerade erst Bilder von ihm in seinen Vierzigern gesehen, oben bei Hanks Trauer…«

Padmas Kopfhaut begann zu kribbeln.

Wenn jemand mithilfe der Spielautomaten betrog, dann war es wahrscheinlich Dave Brand. Immerhin hatte er uneingeschränkten Zugriff auf die Maschinen. Aber hätte er das allein geschafft? Und warum hatte Hank geleugnet, ihn zu kennen? Dave und Hank waren bei schrecklichen Unfällen ums Leben gekommen, die nur wenige Wochen auseinanderlagen. Konnten der heiße Typ und der Trottel das gemeinsam durchgezogen haben?

Padma bekam eine Gänsehaut und sah sich hektisch um. Sie schaute sogar hinter die Tür, um sicherzugehen, dass außer Brenda und ihr niemand im Raum war. Brenda blätterte noch immer in dem Wartungsbuch herum. War vielleicht noch jemand dahintergekommen, oder hatte nur sie das Ganze durchschaut?

Wenn es Padma gelang, einen riesigen Casinobetrug zu enthüllen, würde sie das zu einer Legende machen. Dann würde man ihr endlich Respekt zollen. Sogar ihre Mutter. Dann könnte sie auch die Kupplerin loswerden. Wenn hier etwas vor sich ging und sie es aufdeckte, gerade mal zwei Monate nachdem sie den Job übernommen hatte … dann würde sie niemand mehr aufhalten können.

Aber wie sollte sie vorgehen?

»Können wir von der Innenseite der Maschine Fingerabdrücke abnehmen?«, wollte sie wissen.

»Dann möchten Sie also, dass ich die Polizei einschalte?«

»Nein, keine Polizei! Wir regeln das intern.«

Wenn wirklich das geschehen war, was Padma vermutete, würde ihre Mutter ganz sicher nicht die Polizei dabeihaben wollen.

Padma wusste genau, wie ihre Mutter das handhaben würde: unauffällig und entschlossen.

Ihre Mutter würde ihre eigenen Spezialisten hinzuziehen.

KAPITEL 31

DIESE LADY IST RAUS

Pam schlug die Augen auf und starrte auf ihren Arm, der mit der Handfläche nach oben auf Hanks Bettseite ausgestreckt war. Früher hatte sie jeden Morgen als Erstes Hanks Brust gestreichelt. Ganz kurz nur, bevor sie aufgestanden war. Er hatte dann immer nach ihrer Hand getastet und sie liebevoll gedrückt, bevor er sich noch einmal umgedreht hatte.

Doch jetzt war sein Laken kalt, sein Kissen dick aufgeschüttelt.

Er war fort. Tot und im nassen Grab. Und sie war dafür verantwortlich.

Wieder einmal schwappte der Zementklumpen in ihrem Bauch herum, und ein kalter Schauer lief von der Hüfte bis hinauf zum Hals. Hastig schob sie diesen Gedanken beiseite. Was geschehen war, war geschehen. Sie musste weitermachen, musste ihr Leben Schritt für Schritt neu ordnen. Natürlich wusste sie, dass sie das alles noch nicht verarbeitet hatte. Es gab noch einige Empfindungen, mit denen sie sich auseinandersetzen musste, aber die waren so gewaltig, dass sie befürchtete, von ihnen erschlagen zu werden, wenn sie dieses Fass erst einmal öffnete. Und das konnte sie sich nicht erlauben, jetzt noch nicht. Nancy war schon labil genug für sie alle. Pam musste den Überblick behalten. Sie musste das mit der Versicherung regeln, und sie musste Claire und Dylan zum Flughafen fahren.

Langsam strich sie mit der Hand über die Matratze. Außerdem hatte sie Hanks Brust schon seit Jahren nicht mehr gestreichelt. Und er hatte auch nicht mehr nach ihrer Hand getastet.

In diesem Bett gab es nichts, was sie vermissen konnte.

Entschlossen rollte sie sich herum und entdeckte Elmer, der schwanzwedelnd neben dem Bett saß. »Guten Morgen, mein Hübscher. Hast du gut geschlafen?« Pam streichelte ihn kurz und ging dann ins Bad. Er folgte ihr und ließ sich in der offenen Tür nieder.

Während sie sich die Zähne putzte, kategorisierte sie Hanks Kleidungsstücke auf dem Badewannenrand: Jeans, Khakihosen, Unterhemden, T-Shirts, Sweatshirts. Alles, was er in seiner letzten Woche getragen und nach dem System dort abgelegt hatte, das Pam als »Klamottenfegefeuer« bezeichnete: Sachen, die er für zu sauber für die Wäsche hielt, aber für zu schmutzig, um wieder in den Schrank zu wandern. Genauso hatte Hank gelebt – zu faul, um irgendetwas aus voller Überzeugung zu tun. Sie würde all seine Klamotten spenden.

Nun wanderte ihr Blick weiter zu seinem Waschbecken. Sie spuckte und spülte sich den Mund aus, dann riss sie die Schublade unter seinem Becken auf und ließ Rasierer, Zahnbürste und Zahnseide verschwinden. Eine Erinnerung weniger. Als sie den Raum verlassen wollte, sah sie Elmer, der sich Hanks Sweatshirt auf den Boden gezogen und sich darauf zusammengerollt hatte, die Nase in einem Ärmel vergraben. Während sie sich hinunterbeugte und dem Hund den Bauch kraulte, drückte sie den zweiten Ärmel an ihr Gesicht. Weich glitt der Stoff über ihre Wange, und Hanks Duft stieg ihr in die Nase. Pam wurde eng ums Herz. »Tut mir leid, aber er wird nicht zurückkommen«, erklärte sie ihrem Hund.

Dieses Sweatshirt sollte sie vielleicht behalten.

Claires mahnender Ruf von unten, der sie noch einmal an ihre Abflugzeit erinnerte, ließ Pam aufspringen. Später, nachdem sie Claire und Dylan am Flughafen abgesetzt und sich die Abschiedstränen aus dem Gesicht gewischt hatte, fuhr Pam bei Dutton Realty vorbei, um ihren Schreibtisch auszuräumen.

*

»Sind Sie sicher, Pam?« Mr. Dutton erschien in der Tür, als sie gerade ihre Fotos und die Ersatzschuhe in eine Kiste packte. »Es wird geraten, nach einer solchen Tragödie mindestens sechs Monate abzuwarten, bevor man größere Entscheidungen fällt. Wir können gerne eine Zeitarbeitskraft engagieren, bis Sie so weit sind.«

Pam stützte die Kiste auf ihrer Hüfte ab. »Vielen Dank, das weiß ich zu schätzen. Und ich möchte Ihnen und Marylou wirklich nicht zu nahe treten, Sie waren immer großartig zu mir. Aber ich habe jede einzelne Minute in diesem Laden gehasst. Ich könnte mir nichts Deprimierenderes vorstellen, als hier auch nur einen weiteren Tag zu verbringen.« Ihr fiel wieder ein, was Marlene von ihrer Kündigung erzählt hatte. »Also, diese Lady ist raus.«

Während Pam zu ihrem Van ging und auch noch auf der gesamten Fahrt zu Shalisa, wo die drei verabredet waren, summte sie den Beatles-Klassiker *She's Got a Ticket to Ride*.

Es fühlte sich an, als würde sie von einem Kapitel ihres Lebens ins nächste fahren. Paul und Estuardo waren in ihren Alltag zurückgekehrt, Claire und Dylan hatten die Morgenmaschine nach Neuseeland genommen, um dort ihre Rückkehr auf den amerikanischen Kontinent vorzubereiten. Nun wurde es Zeit für die nächste Phase ihres Plans: das Versicherungsgeld einzustreichen und sich dann in Boca Raton auf Wohnungssuche zu begeben.

Marlene war am Morgen ebenfalls zurückgeflogen, und Pam hoffte, dass es nicht mehr lange dauern würde, bis Nancy, Shalisa und sie ihr folgen konnten. Sie hatte Claire und Dylan gegenüber bereits erste Andeutungen gemacht, wie großartig ein Neuanfang in wärmeren Regionen für sie alle wäre, und hatte erfreut festgestellt, dass sie es ernsthaft in Erwägung zogen. Jetzt musste sie also nur noch die Auszahlung des Versicherungsgeldes anleiern.

*

Kurz nach dem Mittagessen betrat Pam, ohne zu klingeln, Shalisas Haus und fand die ausnahmsweise einmal pünktlich erschienene Nancy auf dem Sofa vor. Neben ihr stand griffbereit eine Schachtel mit Taschentüchern. Es war Pams erster Besuch bei Shalisa seit jenem Abend, an dem die Polizei ihnen die Nachricht von der Bootsexplosion überbracht hatte. Deshalb fühlte es sich ein wenig surreal an, nun wieder in demselben Sessel zu sitzen, neben dem beim letzten Mal der Polizist gekniet hatte. Shalisa servierte Kaffee. Sie waren nur zu dritt; zum ersten Mal seit Tagen drückten sich nirgendwo Verwandte oder Freunde herum.

Shalisa stellte fest: »Ich weiß, dass ich es so wollte, und ich habe schon gesagt, dass ich kein Problem mit diesem Verlauf der Dinge habe. Trotzdem hätte ich nicht gedacht, dass es so anstrengend ist. Möglicherweise fehlt mir Andre sogar ein wenig.« Kopfschüttelnd fasste sie zusammen: »Ich kann nicht glauben, dass wir es tatsächlich durchgezogen haben.«

»Ich kann nicht glauben, dass wir das einmal wollten.« Nancy putzte sich geräuschvoll die Nase.

Das musste Pam sofort unterbinden und sie alle in positivere Fahrwasser lenken. Was geschehen war, war geschehen. Sie wandte sich an Nancy: »Du kannst die Vergangenheit nicht ändern. Wir müssen nach vorne blicken. Wir haben diese Entscheidung aufgrund unseres damaligen Kenntnisstandes gefällt. Wie hättest du ahnen sollen, dass Larry seine Ansichten zu Paul und Estuardo ändert? Das darfst du dir nicht vorwerfen.«

Shalisa stimmte ihr zu. »Aber warum hat Larry überhaupt so ein Schreiben in seinem Schreibtisch hinterlassen? Das klang ja fast wie ein Abschiedsbrief, ein Lebewohl.«

Nancy erklärte: »Da Pauls Adresse vorne aufgedruckt war, gehen wir davon aus, dass er ihn per Post schicken wollte. Wahrscheinlich ist es ihm leichter gefallen, das alles aufzuschreiben, anstatt es ihm direkt zu sagen. Wir wissen es nicht.« Die letzten Worte presste sie ziemlich schrill hervor, dann begann sie wieder zu schluchzen. Sie zog drei Tücher aus der Schachtel, knüllte sie zusammen und drückte sie sich ins Gesicht.

Guter Gott! Es ging wieder los. Pam suchte nach einer Möglichkeit, das Thema zu wechseln, und ihr Blick wanderte Richtung Straße. »Hey, Shalisa, was ich dich fragen wollte: Wann habt ihr eigentlich den Wacholder entfernt?«

»Wie bitte?«

»Dein Wacholderbusch. Wann ist der weggekommen?« Pam zeigte an Shalisas Peloton Bike vorbei auf die Straße, die seit Jahren hinter dem unansehnlichen, wild wuchernden Strauch verborgen gewesen war.

»Was redest du denn da?« Shalisa drehte sich um und klammerte sich abrupt an ihren Sessel. »Was zum …?«

»Das ist mir schon an dem Abend aufgefallen, als die Polizei kam.«

»An dem Abend, als die Polizei kam? Ehrlich? Seitdem bin ich eine Million Mal daran vorbeigegangen und habe nie etwas bemerkt. Es war so viel Trubel hier mit der ganzen Familie, da ist mir das überhaupt nicht aufgefallen.«

Pams Handy begann zu summen. »Das ist die Versicherung, ich hatte da angerufen.« Sie drückte auf Grün. »Hallo?«

Beinahe benommen stand Shalisa auf, ging zur Haustür und trat über die Schwelle. Nancy folgte ihr.

»Hallo. Mein Name ist Pam Montgomery, mein Mann ist kürzlich verstorben ... danke, vielen Dank, das ist sehr freundlich von Ihnen ... äh ... also, ich rufe an, weil ich glaube, dass er bei Ihnen versichert war ... Hank Montgomery... ja, sicher, ich bleibe dran.«

Draußen vor dem Fenster starrten Shalisa und Nancy mit in die Hüften gestützten Händen auf das Loch, wo früher einmal der Wacholder gestanden hatte. Dann blickten sie nach links und rechts, als könnte einer der Nachbarn in der Straße ein Schild mit der Antwort in seinem Vorgarten haben. Anschließend starrten sie zum Dach hinauf, was Pam sich nun gar nicht mehr erklären konnte. Shalisa ging einen Schritt vor und stand plötzlich in dem Loch. Neugierig schob sich Pam näher ans Fenster. Ihre Freundin trat gegen den kurzen Stumpf, der von dem Busch geblieben war, dann in die Erde ringsum. Schließlich kniete sie sich hin.

Pam wandte sich ab. »Hallo? Ja ... ja ... ich bin Pam Montgomery ... oh ... natürlich, die Vorschriften, aber ich denke, Sie werden feststellen, dass ich die Begünstigte ... ja, verstehe. Soweit ich weiß, wurde er von den Behörden für tot erklärt. Deshalb wollte ich mich mal erkundigen.«

Die Stimme am anderen Ende der Leitung betonte: »Es ist mir gesetzlich verboten, Informationen über unsere Versicherungen preiszugeben.« Dann fügte sie deutlich weniger förmlich hinzu: »Hören Sie, so etwas passiert ständig. Wir dürfen Ihnen dazu nichts sagen, aber wenn Sie Zugriff auf seine E-Mails haben, können Sie die Korrespondenz dort nachverfolgen.«

Pam legte auf, entdeckte Shalisas Laptop auf dem Küchentresen und loggte sich darüber in Hanks E-Mail-Account ein. Sie hatten stets gegenseitig ihre Passwörter ausgetauscht, um auch in den Mails des anderen nach bestimmten Nachrichten suchen zu können – Einladungen, Rechnungen, Familienangelegenheiten. Es war einfach praktischer so. Vielleicht hatte Hank seines noch einmal geändert? Nein. Die Telefonnummer aus seiner Kindheit gefolgt vom Namen seines ersten Hundes. Funktionierte noch immer.

Hank hatte mehrere ungelesene Mails, die laut Zeitstempel ungefähr zu der Zeit eingetroffen waren, als sie rausgefahren waren, um Daves Asche zu verstreuen. Interessanterweise stammte gleich die erste von der Versicherungsgesellschaft. Pam begann zu lesen.

Wenige Minuten später trat sie auf die vordere Veranda und wurde beinahe von der schwül-heißen Luft erschlagen. Shalisa und Nancy knieten neben dem Wacholderbuschstumpf. Als sie die Haustür hörten, blickten sie hoch.

Nancy hielt eine Visitenkarte in der Hand. »Die haben wir gefunden, hier hinter dem Stumpf. Es ist eine von Andres Visitenkarten, aber er hat sie laminiert.«

Shalisa drehte die Karte um. Auf der Rückseite stand in dicken schwarzen Buchstaben:

Es tut mir leid. In Liebe, Andre

Verwirrt sah Shalisa Pam an. »Was könnte Andre denn dermaßen leidgetan haben?«

Pam ließ die Tür hinter sich zufallen, bevor sie antwortete. »Diese Arschlöcher haben ihre Versicherungen gekündigt.«

KAPITEL 32

ACH, HÖR DOCH AUF

Brenda saß am Küchentisch, genoss eine frisch aufgebrühte Tasse Kaffee und checkte dabei ihre E-Mails. Der Becher ihres Mannes stand dampfend auf der anderen Seite des Tisches, die Zuckerdose griffbereit daneben.

Brenda nahm den nächsten Schluck. »Schon etwas von den Ehefrauen gehört?«

Der Toaster spuckte den Bagel aus, den sie für ihn vorbereitet hatte. Hector verteilte sorgfältig die Butter um das Loch herum. »Ich habe auf der Trauerfeier mit Pam gesprochen. Sie warten noch auf das Geld von der Versicherung, da sie nicht wussten, dass ihre Männer bereits für tot erklärt wurden.«

Überrascht zog Brenda die Brauen hoch. »Siehst du, ich habe dir ja gesagt, dass sich die *Law and Order*-Wiederholungen irgendwann auszahlen.«

Während sie noch überlegt hatten, wie sich unter Berücksichtigung der Forderung nach auffindbaren Leichen am besten um die Männer zu kümmern sei, hatten sich Hector und Brenda wieder einmal einen gemütlichen Fernsehabend gegönnt. Und zu ihrem großen Glück hatte sich eine Folge des Serienmarathons ausführlich mit der Frage beschäftigt, unter welchen Umständen ein Mensch für tot erklärt werden konnte. Eine Witwe hatte Sam Waterston gegenüber behauptet, schon allein deshalb nicht die Cessna ihres Mannes in die Luft gesprengt zu haben, weil sie an Krebs erkrankt sei und nur noch höchstens fünf Jahre zu leben habe. Also habe sie ja kein Motiv, da die Versicherungssumme erst nach sieben Jahren ausgezahlt würde – wenn sie also bereits tot sei. Aber die Detectives Briscoe und Curtis prüften den Suchverlauf ihres Computers und fanden so heraus, dass sie sich über das Verfahren einer vorzeitigen Todesfeststellung durch den Staat informiert hatte. Damit war sie geliefert. Am nächsten Tag hatte Brenda die tatsächliche Gesetzeslage überprüft, und schon hatte Hector einen Plan.

»Wie viel Zeit gibst du ihnen?«

»Noch ein wenig. Normalerweise wäre ich weniger geduldig, aber was kann ich schon tun? Greif mal einem nackten Bergmann in die Tasche. Und sie haben ihre Schäfchen ja bald im Trockenen.« Kopfschüttelnd stellte er fest: »Das liebe ich an eurer Sprache, ihr habt für alles eine alberne Redewendung.« Er zog sich einen Stuhl heran, setzte sich an den Tisch und prostete Brenda mit seinem Kaffeebecher zu. »Übrigens Glückwunsch zur ersten Woche im neuen Job. Du bist gestern ziemlich spät gekommen. Ist alles in Ordnung?«

Sie stieß mit ihm an. »Ach, Hec-toro.« Brenda wirkte selbstzufriedener als eine Katze, die einen Kanarienvogel verschluckt hat. Wieder so eine sinnbefreite englische Redewendung. Sie stellte ihren Becher ab, stützte die Ellbogen auf den Tisch und beugte sich vor. »Du wirst nie erraten, was passiert ist.«

Hector hob nur fragend die Brauen und biss in seinen Bagel.

»Wir haben neue Spielautomaten bekommen, und jetzt vermutet Padma, dass jemand die alten dazu benutzt hat, das Casino abzuzocken. Sie hat den Verdacht, dass das schon vier Jahre lang lief, eben seit sie diese Maschinen angeschafft hatten.«

Hector schluckte verblüfft und lehnte sich zurück. »Ach, hör doch auf.«

»Aber hallo.«

»Und …«

»Und sie glaubt, es könnten deine Ehemänner gewesen sein.« Nun wanderten auch Brendas Augen provozierend in die Höhe.

»Hör doch auf.« Hector nahm den nächsten Bissen.

»Und ich wette, dass die Frauen ebenfalls beteiligt waren. Wahrscheinlich haben sie sich über das Geld gestritten, und das ist der wahre Grund dafür, dass sie ihre Männer loswerden wollten.« Zufrieden verschränkte Brenda die Arme vor der Brust. »Um sich das Casinogeld zu krallen.«

Hector kaute nachdenklich, dann schüttelte er den Kopf. »Wenn sie Geld hätten, hätten sie mich schon bezahlt.«

»Vielleicht haben sie es ja *noch* nicht. Wegen der Streitereien. Überleg doch mal: Sie kommen alle mit diesem Auftrag zu dir, genau zu der Zeit, als Padma die Spielautomaten austauscht. Das ist doch wohl ein ziemlich merkwürdiger Zufall, oder?«

»Möglich.« Hector schob mit dem kleinen Finger die losen Sesamsamen auf seinem Teller zusammen. »Aber selbst wenn die Männer irgendetwas abgezogen haben, muss das nicht heißen, dass die Frauen davon wussten.«

»Selbstverständlich wussten sie es. Was für eine Ehe wäre das denn, wenn sie es nicht wüssten?«

Nun halbierte Hector das Samenhäufchen. »Eine Ehe, in der die Frau einen Killer für ihren Mann anheuert und der Mann jemanden damit beauftragt, seine Frau zu töten.«

»Oh. So eine also.« Lächelnd nippte Brenda an ihrem Kaffee. »Fairerweise sollte man aber die Frage in den Raum werfen, ob die Männer vielleicht gar nicht wissen, dass ihre Ehefrauen hinter ihnen her sind.«

Stirnrunzelnd kniff Hector ein Auge zusammen.

Brenda musterte ihn fragend und stellte ihren Becher ab. »Hat Hank je erwähnt, warum sie verfolgt werden?«

Nun bekam Hectors Blick etwas Mahnendes.

Beschwichtigend hob Brenda die Hände. »Ich weiß, ich weiß. Manche Dinge wollen wir gar nicht wissen.« Ihr Blick wanderte kurz zum Fenster und dann zurück zu ihrem Mann. »Du sagst das immer, aber ich glaube nicht, dass du es wirklich so meinst. Ich glaube, du willst das alles sehr wohl wissen.«

Hector zog eine Braue hoch.

Nun starrte Brenda kurz in ihren Becher, bevor sie ihm direkt in die Augen sah. »Ich glaube, du sagst das nur, um mich vor schlimmen Dingen zu beschützen.«

Da hatte sie nicht unrecht. Hector biss in seinen Bagel. »Dingen?«

»Ja, Dingen. Aber du musst mich nicht beschützen, weißt du?«

Mit einem leisen Lachen erwiderte Hector: »Erzähl das mal deinem Vater.«

Grinsend schoss Brenda zurück. »Punkt für dich. Was ich damit sagen will: Ich weiß, dass du nicht jeden Auftrag annimmst. Und ich glaube, du übernimmst nur schlechte Menschen.«

Achselzuckend stellte Hector fest: »Vergebung ist eine Sache zwischen ihnen und Gott. Mein Job ist es, das Treffen zu arrangieren.«

Einen Moment lang runzelte Brenda angestrengt die Stirn. »O mein Gott! Denzel Washington, *Man on Fire*.«

»Bester Film aller Zeiten.«

»Stimmt. Allerdings bin ich mir in diesem Fall nicht sicher, wem vergeben werden muss. Wenn die Männer nun wirklich befürchtet haben, dass ihre Frauen ihnen wegen des Casinogeldes ans Leder wollen?« Sie beugte sich vor. »Ganz im Ernst, warum sonst könnten die Frauen sich ihren Tod wünschen?«

»Je nachdem, wie üppig die Versicherungssumme ausfällt, könnte sie schon einen ausreichenden Grund darstellen.«

»Wenn die Männer dem Casino tonnenweise Geld abgenommen haben, wäre das für die Frauen doch eine noch viel größere Verlockung. Wenn es viel mehr wäre als die Versicherungssumme. Meinst du nicht?« Wieder nahm Brenda einen Schluck Kaffee.

Hector verteilte die Sesamkörner auf dem Teller. »Normalerweise reicht so eine Versicherungssumme schon aus.«

Nachdenklich stützte Brenda das Kinn in die Hand und rieb sich die Wangen. »Möglicherweise. Vielleicht hast du recht. Wäre ja nicht das erste Mal. So wie bei dem Mordaugh-Fall im Low Country. Wo dieser dicke, rothaarige Anwalt seine Frau und seinen Sohn umgebracht hat, auch wegen der Versicherung.« Schluck Kaffee. »Oder …« Hector liebte es, seiner Frau beim Nachdenken zuzusehen. »Oder … die Männer haben das Geld tatsächlich geklaut und dachten, das Casino hätte sie erwischt, und hatten deshalb Angst. Aber das haben sie dir nicht gesagt, weil sie nicht wollten, dass du davon erfährst.«

»Und wieso nicht?«

»Weil sie paranoid waren. Und weil sie dachten, wenn du von dem Casinogeld erfährst, würdest du versuchen, es dir zu holen.«

Lächelnd gab Hector drei Löffel Zucker in seinen Kaffee – einen nach dem anderen, jeweils einzeln verrührt. Jetzt war er so weit abgekühlt, wie er ihn mochte. »Über wie viel Geld reden wir denn hier?«

»Padma glaubt, es könnten knapp fünfzigtausend pro Woche gewesen sein, seit sie die Maschinen vor vier Jahren angeschafft haben.«

»Das sind dann …«

Brenda schob ihr Handy über den Tisch, und Hector sah sich die Endsumme in der Taschenrechner-App an. »Ungefähr zehn Millionen Dollar.« Mit Nachdruck tippte Brenda auf das Display. »Was sagst du dazu?«

Hector stieß einen leisen Pfiff aus. »Interessant. Aber sie weiß nicht mit Bestimmtheit, dass sie es waren?«

»Sie weiß, dass Dave Brand Zugriff hatte auf den Automaten. Und sie weiß, dass Hank seine Freundschaft mit Dave verleugnet hat, was sie zu der Überlegung veranlasst, dass Hank mit dringesteckt haben könnte. Allerdings glaubt sie nicht, dass er clever genug dafür gewesen wäre. Sie hält ihn für einen ziemlichen Trottel.« Mit einem breiten Grinsen fügte sie hinzu: »Jedenfalls hat sie die Zentrale in Indien um Unterstützung gebeten, um das aufzuklären.«

Hector trank seinen Kaffee aus, ging um den Tisch herum, beugte sich über seine Frau und drückte ihr einen zärtlichen Kuss auf Hals, Wange und Ohr, bevor er sie auf die Lippen küsste. Liebevoll schob er ihr eine lose Haarsträhne hinter das Ohr. »Ich muss los. Ich liebe dich.«

»Ich weiß«, erwiderte sie lächelnd.

»Morgen Abend bin ich zurück.« Hector nahm seinen Rucksack und ging zur Tür.

Brenda rief ihm hinterher: »Denk dran: ›Ein guter Mann kennt immer seine Grenzen‹.«

Er blieb noch einmal stehen und drehte sich zu ihr um. Fragend neigte er den Kopf. »Das klingt nach Clint Eastwood.«

Breit grinsend bestätigte Brenda: »Einer der *Dirty Harry*-Filme, bin mir aber nicht sicher, welcher.«

Grübelnd rieb sich Hector das Kinn. »*Magnum Force.*«

Ihr Grinsen wurde noch breiter. »Pass auf dich auf. Ich liebe dich.«

Leise fiel die Wohnungstür hinter ihm ins Schloss.

KAPITEL 33

ES GEHT IMMER UMS GELD

»Bist du fertig?« Fragend hielt Hank das Schüsselchen hoch, in dem ihnen die beste Salsa serviert worden war, die er jemals gegessen hatte.

Wenn sein Schulspanisch dafür ausgereicht hätte, hätte er längst nach dem Rezept gefragt. Vielleicht ließ ihn die reizende Señora ja zusehen, wenn sie die nächste Portion anrührte. Und auch bei diesen Dingern, die sie Pupusas nannte: fast wie Quesadillas, aber besser. Eine dicke Tortilla aus Maismehl, gefüllt mit würzigem Fleisch und in einer Gusseisenpfanne gebraten. Hanks neues Leibgericht. Er wischte mit einem feuchten Tuch den grob gezimmerten Tisch ab, entfernte die Krümel von ihrem Abendessen und schob dabei den Laptop zur Seite. Auf dem Bildschirm war eine Nachrichtenseite geöffnet.

TRAUERFEIER FÜR OPFER VON BOOTSEXPLOSION

Wütend schob Andre seine Gleitsichtbrille zurecht. »Ich kann es nicht fassen, die haben meinen Namen falsch geschrieben. A-n-d-r-e. Und so etwas nennt sich heutzutage Journalismus. Können nicht einmal die simpelsten Fakten checken.«

Hank beugte sich gerade an Larry vorbei, um die Flasche mit der scharfen Soße abzuräumen, als es plötzlich an der Haustür klopfte. Er erstarrte. Andre und Larry schoben möglichst leise ihre Stühle zurück. Draußen im Korridor erschien ein Mann und näherte sich wachsam der Haustür. Hank, Larry und Andre wichen bis an die Wand zurück und schoben sich langsam um die Ecke. Gleichzeitig drehte Hank die Soßenflasche so, dass er sie notfalls als Waffe benutzen konnte. Krampfhaft schlossen sich seine Finger um den Flaschenhals. Der Mann lauschte kurz und spähte durch den Spion. Dann richtete er sich gelassen auf und öffnete die Tür.

»Hector!« Die beiden Männer umarmten einander und begrüßten sich auf Spanisch.

Nun kam auch Hectors Mutter aus der Küche angelaufen, trocknete sich die Hände an einem Geschirrtuch ab und fiel ihrem Sohn um den Hals, der sich liebevoll zu ihr hinunterbeugte. Hank spürte, wie Andre hinter ihm erleichtert aufatmete, und auch er entließ nun die Flasche aus seinem Würgegriff. Die drei Männer gingen zu Hector, um ihn zu begrüßen.

»Alles okay?« Hector zog seine Kunden nacheinander beim Handschlag kurz an sich und klopfte ihnen auf die Schulter.

»Klar. Schön, dich zu sehen, Mann.« Hank meinte das vollkommen aufrichtig. Seit sie ihren Friseur das letzte Mal gesehen hatten, hätte eine Menge schiefgehen können. Immerhin hatten sie sich da hundert Meter vom Ufer entfernt aus Hectors kleinem Boot in den dunklen, kabbeligen Atlantik gleiten lassen. Und dass er nun zusammen mit Larry und Andre hier im Wohnzimmer von Hectors Mutter in San Salvador stand, wo jeder Quadratzentimeter Wand mit Familienfotos bedeckt war, bedeutete, dass sie es geschafft hatten. Ja, sie mussten noch immer wachsam bleiben, aber es war nun so gut wie vorbei.

Während der sechs Tage, die sie schon hier waren, hatte niemand versucht einzudringen, niemand hatte drohend gegen die Tür geschlagen, nirgendwo drückten sich zwielichtige

Gestalten herum. Am ersten Morgen hatte Hank vorsichtig zwischen den Vorhängen und den senkrechten Gitterstäben hindurch auf die Straße gespäht, nur um festzustellen, dass an den anderen Häusern in der gepflegten Straße ganz ähnliche Sicherheitsvorrichtungen angebracht waren. Der kleine Garten war von einer hohen Mauer umgeben, und wenn sie abends die Verandatür schlossen, wurde zuvor eine Gittertür davorgeschoben und verriegelt. Larry hatte die meiste Zeit direkt unter dem Deckenventilator gesessen und auf dem Laptop ihrer Gastgeberin die Nachrichten verfolgt. Doch im Netz ließ sich nichts über ungewöhnliche Vorgänge im Casino oder entsprechende Diebstahlsermittlungen finden.

Ihr Plan schien aufzugehen.

Nun trat Hector lächelnd einen Schritt zurück und fragte: »Ihr habt die Schlüssel also gefunden?«

»Ja, auf dem Hinterreifen, wie du gesagt hast.«

Hector nickte. »Und wie waren eure Flüge?«

»Meiner völlig problemlos, Larry hatte in Chicago etwas Verspätung. Andre ist über Dallas geflogen und hatte einen Schreckmoment bei der Passkontrolle, aber wir haben es ja geschafft.«

Fragend wandte sich Hector Andre zu. »Was war denn bei der Passkontrolle?«

»Die haben sich meinen Pass extrem genau angesehen und sind dann damit in einem Hinterzimmer verschwunden. Ich habe Blut und Wasser geschwitzt. Dabei war mir sowieso schon heiß. Aber ich bin ruhig geblieben, habe daran gedacht, was du uns gesagt hast. Also habe ich einfach abgewartet, und nach ein paar Minuten kamen sie zurück und haben mich durchgewunken.«

Hector nickte zufrieden, zog seine Jacke aus und hängte sie am Esstisch über einen Stuhl. Dann signalisierte er Hank,

Larry und Andre, dass sie sich setzen sollten. Hank entschied sich sofort für einen Sessel, da die Polster des breiten, blumig gemusterten Sofas mit einem durchsichtigen Plastikschoner bezogen waren. Er hatte unter Schmerzen gelernt, dass dieser an jedem Fleckchen nackter Haut kleben blieb; an der Rückseite seiner Beine waren kaum noch Haare übrig. Sicher war das auch Larry und Andre bewusst, aber da es in dem gediegenen Häuschen nicht viele Sitzgelegenheiten gab, hockten sie sich vorsichtig auf die Kante des Sofas, sodass nur ihre Cargoshorts mit dem Plastiküberzug in Berührung kamen. Hank ging davon aus, dass dieses Sofa Mrs. Chavez' ganzer Stolz war. Es schien recht neu zu sein und war wohl durch Hectors Einnahmen aus seinem recht einträglichen Nebenjob als »Mann, der tut, was getan werden muss« finanziert worden.

Hectors Mutter brachte ihnen ein Tablett mit Chicha. Hank, der das süßliche, fermentierte Maisbier erst hier kennengelernt hatte, war auch nach einer Woche noch dabei, sich an den Geschmack zu gewöhnen. Sie stellte die Gläser auf den Couchtisch, und Hector verteilte sie.

»Salud.« Hector prostete ihnen zu.

Während sie ihre Gläser erhoben, musste Hank an einen ganz ähnlichen Toast denken – Larry, Andre und er mit Bierdosen, als sie beschlossen hatten, ihre Pläne zu ändern.

*

Nachdem Hank gehört hatte, wie Padma die Ankunft dreier Killer aus Indien bestätigt hatte – schon am Samstag, also in zwei Tagen –, war er in Panik geraten. Mit quietschenden Reifen war er vom Casinoparkplatz gerast, den Kopf voller Bilder von an Brücken aufgeknüpften Mitarbeitern der Indo-USA Gaming Inc. Die Situation spitzte sich dramatisch zu, es blieb nur noch ein sicherer Ausweg. Also hatte er Hector informiert, damit der die entsprechenden Vorbereitungen in Angriff nahm, dann traf er sich mit Larry und Andre am Hafen, und sie fuhren mit dem Boot raus.

Drängend beugte Hank sich auf seinem Kapitänssessel vor. Musik aus den Lautsprechern sollte ihre Stimmen überdecken, falls sie an diesem stillen Vormittag zu weit über das Wasser hallten. »Wir müssen den Plan ändern.«

»Warum?« Abwehrend richtete Andre sich auf.

Möglichst ruhig erklärte Hank: »Weil das Casino jetzt weiß, dass wir es waren, und sie werden hinter uns her sein, bis sie ihr Geld zurückkriegen.«

Andre war nicht überzeugt. »Aber Hector wird die Typen doch umlegen.«

»Das können wir nur hoffen, aber dann schicken sie eben wieder welche«, widersprach Hank. »Die werden sicher nicht nach dem ersten Versuch aufgeben, immerhin geht es hier um Millionen.«

Nun nahm Andre seine Gleitsichtbrille ab und fuhr sich mit den Händen über die Wangen. »Okay, das geht mir gerade alles zu schnell. Bist du dir überhaupt sicher, dass die im Casino von uns wissen?«

Verdammt, nun musste Hank alles noch einmal durchhecheln. »Ich habe doch gehört, was Padma gesagt hat: ›den dicken Kahlen‹. Das bin ich. Und ›den Banker‹, das muss Larry sein. Und dann sagte sie ›alle drei‹. Damit wärst du auch dabei, du bist der Dritte. Sie weiß es. Du hast den toten Dave nicht gesehen, Andre. Jemand hat ihn umgebracht und dann einen Tausend-Dollar-Jeton zurückgelassen, um uns eine Botschaft zu senden. Genauso gut hätten sie uns einen Brief schicken können: ›Wir wissen, dass ihr unser Geld gestohlen habt, und wir werden es uns holen.‹ Außerdem hat Padma diese Jetons auf ihrem Schreibtisch aufgereiht, damit ich genau weiß, woher dieser Tausend-Dollar-Chip kam. Das war ihre Warnung an mich. Also, willst du hierbleiben und die Fakten checken? Willst du auch als zermatschter Kürbis in deiner Garage enden?«

Darüber dachten Larry und Andre eine Weile nach, bevor Larry schließlich fragte: »Was schlägst du vor?«

»Sie werden erst dann aufhören, nach uns zu suchen, wenn sie uns für tot halten. Wir müssen unseren Tod vortäuschen.«

Ruckartig fuhr Andre zu Hank herum. »Du machst Witze, oder?«

Unerbittlich schüttelte Hank den Kopf. »Dave ist tot. Da mache ich keine Witze.«

Larry nickte bedächtig und verkündete dann: »Hank sieht es richtig. Wenn die hinter uns her sind, will ich nicht mehr hier sein, wenn sie kommen. Ich finde, wir sollten abhauen. Und auch wenn es verrückt klingt: Verfolger schüttelt man am effektivsten ab, indem man stirbt.«

Andre nahm einen Schluck aus seiner Dose, dann fragte er: »Und was ist mit den Mädels?«

Wortlos zuckte Hank mit den Schultern.

»Wie bitte? Was soll das denn bitte bedeuten?« Wütend ahmte Andre das Schulterzucken nach. »Es ging bei der ganzen Sache doch darum, unsere Frauen zurückzugewinnen. Vier Jahre lang habe ich mitgespielt, um mir meine Königin zurückzuholen. Und jetzt hast du nicht mehr zu bieten als das?« Wieder imitierte er Hanks Schulterzucken.

Doch Hank stellte fest: »Wir haben keine andere Wahl. Was sollten wir sonst tun? Hier bleiben und uns umbringen lassen? Unsere Frauen sind auf sich allein gestellt, so oder so. Aber wenn wir abhauen, bleiben wir wenigstens am Leben. Und wenn wir bleiben, bringen wir sie ebenfalls in Gefahr. Also ist es auch für sie so besser.«

»Könnten wir sie nicht mitnehmen? Wenn wir drei Todesfälle faken können, warum nicht auch sechs?«, schlug Andre vor.

Hank schüttelte den Kopf. »Dazu fehlt uns die Zeit. Hector hatte da eine Idee, er besorgt uns gerade falsche Pässe.« Mahnend hob er einen Finger. »Dafür müssen wir bei dir im Laden Fotos machen, Andre, und sie zu Hector bringen. Gleich morgen früh.« Er ließ die Hand wieder sinken. »Wir schaffen es niemals, die Mädels mit ins Boot zu holen und rechtzeitig zu verschwinden, ohne dass sie sich verplappern. Vorher erwischen die uns.«

»Wir sagen ihnen also nichts davon?«, hakte Larry nach.

»Kein Sterbenswort«, betonte Hank. »Es kann nur funktionieren, wenn sie uns ebenfalls für tot halten.«

Mit einem betroffenen Seufzer lehnte sich Larry zurück.

Andre hingegen riss frustriert die Hände hoch. »Wie soll das überhaupt gehen, unseren Tod vortäuschen? Scheiße, hört ihr euch eigentlich selbst reden?«

»Ich weiß. Aber bei anderen hat es schon funktioniert«, versicherte ihm Hank.

Das kommentierte Andre nur mit einem zweifelnden Blick.

Hank zog sein Handy aus der Tasche und begann zu tippen. Schließlich zeigte er Andre eine Liste mit Suchergebnissen. Verschiedene Texte erzählten die Geschichte von John Darwin, einem Lehrer aus England, der auf einer Kanutour verschwunden und für tot erklärt worden war. Als er fünf Jahre später wieder auftauchte, wurde er verhaftet und wegen Betruges angeklagt.

Hank fügte hinzu: »Darüber gibt es auch eine Serie, eine ziemlich gute sogar: *Der Dieb, seine Frau und das Kanu*. Ein Vierteiler. Ich schicke dir den Link.«

Über seine Brille hinweg warf Andre Hank einen bösen Blick zu. »Du sagst also, der Mann wurde verhaftet.«

»Aber nicht, weil er verschwunden ist und seinen Tod vorgetäuscht hat. Ob du's glaubst oder nicht, es ist nicht illegal, einfach zu verschwinden. Er wurde wegen Betruges verhaftet, weil sie die Versicherungssumme kassiert haben. Wenn wir aber die Lebensversicherungen und alle anderen kündigen, wird es keinen Betrug geben. Außerdem gibt es keine so ausführliche Untersuchung des Vorfalls, wenn keine Gelder fließen. Wir haben diese Versicherungen ja nur abgeschlossen, damit die Mädels nicht mit leeren Händen dagestanden hätten, falls vor unserem Zehn-Million-Ziel irgendetwas schiefgegangen wäre. Aber jetzt sind wir so nah dran, dass wir keine Versicherung mehr brauchen.«

Darauf erwiderte Andre folgerichtig: »Aber wenn wir mit dem Geld abhauen und sie keine Zahlung von der Versicherung bekommen, haben sie überhaupt nichts.«

»Wir lassen ihnen Geld zukommen. Elektronisch, irgendwie. Larry überlegt sich etwas.«

Noch immer skeptisch wandte sich Andre an Larry: »Kannst du so etwas, Mann? Kannst du dafür sorgen, dass sie Geld bekommen? Denn ich will nicht, dass wir auf den Millionen hocken, während Shalisa nicht weiß, wie sie über die Runden kommen soll.«

Larry nickte. »Ich werde schon einen Weg finden. Ihre Bankdaten habe ich ja alle. Ich könnte ihnen zum Beispiel etwas überweisen und das mit gefälschter E-Mail-Korrespondenz untermauern, die es so aussehen lässt, als käme das Geld aus einem Pensionsfond oder so. Wir können sie schon irgendwie versorgen.«

»Was für ein irrer Scheiß, Mann.« Andre wirkte verunsichert. »Was hältst du denn davon, Larry?«

Der nickte. »Stimmt schon. Ich habe das Gefühl, dass mir gleich der Schädel explodiert. Sorry, schlechte Wortwahl. Aber ich will nicht so enden wie Dave. Deshalb finde ich, dass wir abhauen sollten. Jetzt müssen wir erst einmal diese Typen aus Indien loswerden, und das wird uns am besten gelingen, wenn wir irgendeinem Unfall zum Opfer fallen, noch bevor die hier sind. Dann halten wir eine Zeit lang die Füße still und finden heraus, ob die Polizei eingeschaltet wird. Sollten sie uns mit dem Diebstahl im Casino in Verbindung bringen, sodass uns Gefängnis droht, müssen wir richtig untertauchen, uns neue Identitäten zulegen, keine Ahnung. Den Teil habe ich noch nicht richtig durchdacht. Aber vielleicht stellt ja auch keiner diese Verbindung her. Vielleicht können wir auch als wir selbst einen ruhigen Lebensabend verbringen, nur eben irgendwo anders. Überhaupt gibt es bei dem Ganzen noch viele Unwägbarkeiten.« Larry zählte an seinen Fingern ab. »*Falls* das Casino überhaupt gesichert feststellen kann, dass es einen Diebstahl gegeben hat. *Falls* sie dahinterkommen, wie es passiert ist. *Falls* sie herausfinden, dass wir das waren. *Falls* sie entdecken, dass wir noch leben. *Falls* sie uns aufspüren können. Das wären schon fünf Eventualitäten, die zu unseren Gunsten sprechen.«

Andre massierte sich die Schläfen. »Wie konnte das so aus dem Ruder laufen? Eigentlich wollten wir doch einfach nur abkassieren. Eine Erbschaft vortäuschen, einen Lottogewinn, irgend so einen Mist. Dann in den Ruhestand und ab nach Florida wie jeder normale Mensch. Und jetzt sollen wir hier so einen Agententhrillermist abziehen. Das gerät langsam echt außer Kontrolle.«

Voller Überzeugungskraft versuchte es Hank noch einmal: »Pass auf: Ja, es gibt gewisse Komplikationen, das müssen wir akzeptieren. Uns bleibt gar nichts anderes übrig, wenn wir überleben wollen. Und wir müssen uns beeilen, wenn wir das alles noch organisiert bekommen wollen. Also, sind wir uns einig?«

Larry antwortete sofort: »Ich denke, wir haben keine andere Wahl. Andre?«

Der saß gebeugt auf seinem Platz, die Ellbogen auf den Knien, das Gesicht in den Händen vergraben. Schließlich blickte er zu Larry hoch. »Wenn wir die Versicherung kündigen, musst du mir garantieren, dass du es irgendwie schaffst, unsere Frauen mit Geld zu versorgen.«

Larry nickte.

Ergeben ließ Andre die Hände sinken. »Okay, einverstanden.«

Erleichtert kramte Larry in der Kühlbox, um Andre dann einen entschuldigenden Blick zuzuwerfen. »Wir haben kein Light-Bier mehr. Nimmst du auch ein normales?«

Mit einem kläglichen Lächeln stellte Andre fest: »Das ist das einzig Gute an der Sache: Tote müssen nicht auf ihre Kohlehydrate achten.« Larry warf ihm eine Dose zu, sie öffneten sie und stießen miteinander an. Dann fragte Andre: »Und wie zur Hölle wollen wir das anstellen?«

Nach einem beruhigenden Schluck Bier versicherte Hank: »Hector ist schon dran.«

Vorwurfsvoll richtete sich Andre auf. »Aber Regel Nummer vier besagt, dass wir es niemandem sagen dürfen. Absolut niemandem. Er darf nicht erfahren, dass wir vor den Casinokillern fliehen. Wenn er spitzkriegt, um wie viel Geld es geht, bringt er vielleicht *uns* um, damit er es sich unter den Nagel reißen kann.«

Da er das bereits bedacht hatte, grinste Hank ein wenig selbstzufrieden, bevor er synchron mit Larry nickte. »Stimmt.«

Andre bohrte weiter: »Und was sagen wir ihm dann?«

»Er stellt eigentlich sowieso kaum Fragen, und bestimmt muss man auch keine Gründe angeben, wenn man jemanden mit so irrem Scheiß beauftragt. Man muss nur bezahlen. Aber falls wir ihm doch irgendwann einen Grund nennen müssen, behaupten wir einfach, unsere Ehefrauen wollten uns umbringen.«

»Bitte was?«, riefen Andre und Larry fast zeitgleich.

»Denkt nach. Es werden doch ständig Leute umgebracht, damit irgendjemand ihre Lebensversicherung kassieren kann.«

Dem konnte Larry nur zustimmen. »Das ist wahr. Es geht immer ums Geld.«

*

Nun, im Wohnzimmer von Hectors Mutter, schenkte Hank seinem Friseur ein erleichtertes Lächeln. Bei jedem Schritt hatten sie nur hoffen können, dass Hector sie nicht über den Tisch zog – von der ersten Anzahlung bis zu dem Moment, als sie ihren Plan geändert und den dicken Umschlag über Hectors Ladentheke geschoben hatten, der die Ausgaben für ihr vorgetäuschtes Ableben decken sollte. Hank war verblüfft gewesen, als Hector den Umschlag zurückschob und ihm vorschlug, seine Frau Brenda solle stattdessen die neue Abteilungsleiterin der Casinosicherheit werden. Verblüfft, aber auch erleichtert.

Denn nun hatte Hector auch einen persönlichen Einsatz in diesem Spiel.

Außerdem hatte Hank Brenda nur zu gerne eingestellt. Sie wäre bei den geplanten Vorstellungsgesprächen in dieser Woche sowieso sein Favorit gewesen; leider war er zu sehr damit beschäftigt, sich nicht umbringen zu lassen. Deshalb hielt er Hectors Vorschlag, am Freitagabend sein Boot in die Luft zu sprengen und sie außer Landes zu bringen, wenn

Brenda die Stelle bekam, für einen guten Deal. Allerdings war dieses Blatt damit ausgereizt: Brenda arbeitete im Casino, und Hank war scheinbar gestorben. Sein Druckmittel hatte sich in Luft aufgelöst.

Nun fingen Hank und der Friseur wieder bei null an, und er musste weiterhin hoffen, dass Hector kein doppeltes Spiel mit ihnen trieb.

KAPITEL 34

DER REGEN KOMMT

Larry und Andre blieben reglos auf dem Prachtsofa von Hectors Mutter sitzen, während sich Hank nervös räusperte. »Hector, es gäbe da noch etwas, das du für uns tun könntest. Gegen Bezahlung, versteht sich.«

»Natürlich.«

»Draußen an der Küste gäbe es eine gute Geschäftsmöglichkeit, und wir wollten dich bitten, dir das mal für uns anzusehen, vielleicht ein paar Fotos zu machen. Du könntest auch wegen des Preises vorfühlen. Sozusagen als unser ... Mittelsmann.«

Der Friseur nickte, blickte ruhig zwischen ihnen hin und her und sagte dann: »Damit ich das richtig verstehe: Ihr fühlt euch nun also sicher genug, um zur nächsten Phase eures Plans überzugehen. Ihr habt nicht mehr das Gefühl, akut in Gefahr zu schweben.«

Hank achtete darauf, ihm unverwandt in die Augen zu sehen, während er nickte. Schließlich konnte der Herrenfriseur unmöglich wissen, dass sie noch immer gut neun Millionen Gründe hatten, sich bedroht zu fühlen.

Gelassen lehnte sich Hector in seinem Stuhl zurück. »Und trotzdem seid ihr angespannt.«

»Nein, wir sind nicht angespannt«, widersprach Hank sofort.

Skeptisch neigte Hector den Kopf. »Wirklich nicht?«

»Wirklich nicht«, bekräftigte Hank und nickte noch einmal.

»Ich bin jetzt seit fünfzehn Minuten hier. Larry zuckt bei jeder zuschlagenden Autotür zusammen, Andre wippt, seit er sich hingesetzt hat, unaufhörlich mit dem Knie, und du sitzt direkt im Luftstrom des Ventilators, Hank, und schwitzt trotzdem noch wie ein Schwein.«

Nur zu gerne hätte sich Hank mit seinem T-Shirt das Gesicht abgewischt. »Das liegt nur an dem würzigen Essen hier, das bin ich nicht gewohnt.« Er musste Hector etwas liefern, ihn irgendwie ablenken. Also griff er auf die Ausrede zurück, die er sich mit den Jungs zurechtgelegt hatte. »Okay, Hector, ich werde ganz offen zu dir sein. Wir glauben, dass es unsere Frauen sind, die uns umbringen wollen. Um unsere Lebensversicherungen zu kassieren. Da wäre wohl jeder etwas durch den Wind, oder?«

So, nun hatte er es gesagt. Das musste den Herrn Friseur ja wohl zufriedenstellen. Schließlich konnte Hector nicht wissen, wie lächerlich diese Vorstellung war. Pam, Shalisa und Nancy wären niemals in der Lage, etwas so Teuflisches zu tun. Für ihre Ehefrauen war es schon das höchste der Gefühle, wenn sie eine neue Geleesorte für ihre Schnittchenplatten entdeckten oder irgendwo eine Rabattaktion mit fünfzig Prozent Nachlass warb. Die Ermordung der eigenen Ehemänner zu planen, überstieg ihre Fähigkeiten bei Weitem.

Hector stellte sein Glas ab, lehnte sich zurück und überkreuzte die Beine. Die Hände legte er gelassen auf den Armlehnen ab. »Dann wisst ihr es also.«

Ruckartig hob Hank den Kopf. Irgendetwas lief hier schief. Vollkommen überrumpelt suchte er nach Worten. »Wie meinst du das?«

»Ich meine, ihr wisst also, dass eure Frauen euch umbringen lassen wollten.« Nun griff Hector doch wieder nach seinem Glas, trank einen Schluck und fügte dann hinzu: »Ich war mir da nicht ganz sicher.«

Verwirrt sah Hank zu Larry und Andre hinüber. Die sollten ihre Gesichter auch mal wieder unter Kontrolle bringen. Er schluckte. »Noch mal, bitte.«

Also wiederholte Hector es noch einmal: »Ihr wisst, dass eure Frauen euch umbringen lassen wollten.«

Unnatürlich schrill erwiderte Hank: »Natürlich wissen wir, dass unsere Frauen uns umbringen lassen wollten. Das habe ich dir ja gerade gesagt.« Er reckte das Kinn und warf Hector einen herablassenden Blick zu. »Aber woher weißt du das?«

Lächelnd entgegnete Hector: »Weil sie mich angeheuert haben.« Er stellte sein Glas zurück auf den Tisch.

Andres rastloses Knie erstarrte, dafür raste Hanks Herz.

»Wie bitte?« Hank glaubte, sich verhört zu haben.

Hector überschlug die Beine in die andere Richtung. »Eure Frauen haben mir den Auftrag erteilt, euch umzubringen.«

Hanks Herz prügelte mit wilden Schlägen auf seine Rippen ein, während er verstohlene Blicke mit Larry und Andre wechselte.

Hector schnippte einen Fussel von der Hose. »Ihr habt richtiggelegen. Es gab tatsächlich jemanden, der euren Tod wollte. Anfangs dachte ich noch, dass ihr vielleicht einfach nur paranoid seid. Nach dem, was mit Dave passiert ist, wäre das ja auch verständlich gewesen. Welch eine Schande!« Betroffen schloss Hector die Augen und bekreuzigte sich. Anschließend fuhr er an Hank gewandt fort: »Aber dann kamen eines Abends, als ich gerade den Laden abschließen wollte, eure drei Frauen in ihrem Minivan angefahren, baten mich, einzusteigen, boten mir einen Donut an und erteilten mir den Auftrag, euch umzubringen.« Er lächelte freundlich.

Wie bitte? Was zur Hölle war denn in Pam gefahren? Hatte sie den Verstand verloren? Heuerte Hector an, um ihn umzubringen. Klar, zwischen ihnen lag einiges im Argen, aber doch wohl nicht so viel, dass sie sich gleich seinen Tod wünschte, oder? Dann fiel ihm wieder ein, wie sie ihn angesehen hatte, als er ihr Pad Thai aufgegessen hatte. Hank schloss die Augen und öffnete sie dann widerwillig.

So hatte er sich schon einmal gefühlt, als Kind. Damals hatte ihn ein Bühnenmagier aufgefordert, bei einem Hütchenspiel mit drei identischen Bechern die Murmel im Auge zu behalten. Hank war sich so sicher gewesen, genau zu wissen, wo die Murmel lag. Er hätte seine komplette Baseballkartensammlung darauf verwettet. Doch als der Magier den entsprechenden Becher anhob, hatte Hank feststellen müssen, dass er sich geirrt hatte. So sicher war er sich gewesen, diese Murmel nie aus den Augen verloren zu haben. Aber man hatte ihn reingelegt.

Die drei Freunde tauschten verwirrte Blicke.

Hector beugte sich vor. »Offen gesagt, war es erfreulich für mich, eure Verfolger so leicht identifizieren zu können. Um euren Auftrag zu erfüllen, hätte ich eure Frauen natürlich getötet, aber dann habt ihr die Zielsetzung ja geändert.« Mit einer knappen Geste umfasste er ihre kleine Gruppe und meinte damit offenbar die aktuelle Situation mit den vorgetäuschten Todesfällen.

Noch einmal sah Hank zu Andre und Larry, bevor er sich Hector zuwandte und aufgeregt fragte: »Was hast du ihnen geantwortet?«

»Euren Frauen? Als sie mich beauftragt haben, euch zu töten?« Hector sah Hank so lange fragend an, bis dieser nickte. »Ich habe geantwortet: Aber klar.«

Entsetzt fuhr Hank zurück und starrte Hector an.

Der fügte achselzuckend hinzu: »Wir haben schließlich keinen Exklusivvertrag geschlossen.«

Wieder huschte Hanks Blick zu seinen Freunden. Hatten Andre und Larry das denn nicht gehört? Dann fragte Larry: »Wie viel haben sie dir gezahlt?«

Typisch Larry, dachte immer nur ans Geld.

»Hundertfünfzigtausend. Fünfzig haben sie angezahlt, sie schulden mir noch hundert.«

Andre stieß einen leisen Pfiff aus und sah Hank und Larry fragend an. »Woher haben sie so viel Geld?«

Nachdem er kurz ratlos den Kopf geschüttelt hatte, richtete sich Larry auf. »Aber klar! Marlene hat doch Daves Lebensversicherung kassiert, und bestimmt hat Marlene ihnen davon erzählt. Sie wollten uns tatsächlich wegen der Versicherung umbringen.« Vor lauter Entsetzen fiel ihm die Kinnlade herunter.

Nachdenklich studierte Hank Hectors Miene. Schwebte für den jetzt jedes Mal ein Preisschild über seinem Kopf, wenn er ihn ansah? Fünfzigtausend hatte er bereits kassiert. Ihn packte das kalte Grauen, als ihm klar wurde, dass Hector vielleicht nur gekommen war, um den Auftrag ihrer Ehefrauen zu Ende zu bringen.

Hank schluckte. »Du musst uns nicht umbringen. Immerhin denken sie ja sowieso schon, dass wir tot sind. Das reicht doch wohl aus, oder nicht?«

Mit einem freundlichen Lächeln erwiderte Hector: »Ich arbeite gerne gründlich. Das verlangt die Berufsehre.«

Larry riss zwar entsetzt die Augen auf, entgegnete aber ruhig: »Hier gibt es nun wirklich niemanden, der dich bei der Gewerbeaufsicht melden würde, Hector.«

Hastig fügte Hank hinzu: »Du könntest doch einfach ihr

Geld nehmen und fertig. Sie halten uns für tot, sie würden also nie erfahren, dass du doppelt abkassiert hast.«

»Diesen Ausdruck habe ich gerade erst gelernt: doppelt Kasse machen. Er gefällt mir. Klingt irgendwie lustig.« Hector lachte leise.

Da Hank gerade noch ein besseres Argument eingefallen war, stieß er eilig hervor: »Sie können dich gar nicht bezahlen! Sie sind pleite. Es gibt kein Versicherungsgeld.«

Hector neigte fragend den Kopf, und Hank spürte, wie der Druck ein wenig nachließ.

Larry nickte. »Das stimmt, was Hank sagt. Wir haben unsere Lebensversicherungen gekündigt.«

Für den Bruchteil einer Sekunde glaubte Hank zu sehen, wie Hector angespannt die Kiefer zusammenpresste. Dann fragte ihn der Herrenfriseur: »Warum macht ihr denn so etwas, verdammt?«

Hastig erklärte ihm Hank: »Damit die Bootsexplosion nicht näher untersucht wird. Zumindest nicht von der Versicherung. Wenn es um eine Auszahlung von drei Millionen Dollar geht ... so viel wäre es gewesen, jeder von uns war mit einer Million versichert ... da hätten sie vielleicht Reste von deinem Sprengstoff gefunden. Oder herausgefunden, dass dein Boot zu dem Zeitpunkt ganz in der Nähe von meinem unterwegs war. Wir wollten verhindern, dass zu genau hingeschaut wird. Also haben wir die Versicherungen gekündigt. Was eigentlich wirklich clever von uns war.« Wieder einmal nickte er, hielt aber abrupt inne, als ihm klar wurde, dass er sich fühlte wie ein Wackeldackel im Heck eines alten Cadillacs.

Eine Weile herrschte drückende Stille im Raum, während Hector das Armband seiner Uhr zurechtzog. Schließlich blickte er hoch. »Ich muss feststellen, dass du nicht ehrlich zu mir warst, Hank. Ganz und gar nicht ehrlich.«

Die Art und Weise, wie Hector immer wieder seinen Namen sagte, bereitete Hank Bauchschmerzen. Wo sollte das hinführen? Außerdem hielt er Ehrlichkeit nicht für verpflichtend, wenn man mit Bösewichten Geschäfte machte. Zwar hatte er sich schon lange keinem offenen Kampf mehr stellen müssen, aber plötzlich fiel ihm ein Spruch ein, den er einmal auf einem T-Shirt gesehen hatte: *Wenn du kämpfen musst, kämpfe wie der dritte Affe auf der Gangway zu Noahs Arche, kurz bevor der Regen kommt.*

Hectors Mutter war wieder in der Küche verschwunden, wo sie vermutlich auch ihre Machete lagerte. Hectors Helfer saß nur ein paar Schritte entfernt am Tisch und aß mit Messer und Gabel. Hank könnte Hector sein Getränk ins Gesicht schütten und Richtung Tür rennen. Auch wenn Larry und Andre vermutlich ein paar Sekunden verlieren würden – bis sie sich von dem Plastikbezug gelöst hätten, würde das von ihm geschaffene Überraschungsmoment hoffentlich ausreichen, um ihn einzuholen. Langsam beugte Hank sich vor und griff nach seinem Glas. Dabei konzentrierte er sich ganz darauf, seine Finger ruhig zu halten; ein verräterisches Zittern würde Hector sofort bemerken.

Auch Hector griff nach seinem Glas, trank einen Schluck und stellte es auf dem mit einem Spitzendeckchen verzierten Couchtisch ab, bevor er Hank einen durchdringenden Blick zuwarf. »Im Casino ist es zu interessanten Entwicklungen gekommen.«

Alarmiert hob Hank den Kopf und ließ sein Glas los.

»Brenda sagt, dein Boss glaube, dass jemand mithilfe der Spielautomaten Geld abgezweigt hat. Und zwar ungefähr vier Jahre lang.«

Beinahe hätte Hank triumphierend in die Luft geboxt. Natürlich konnte Hector nicht wissen, dass sie das gewesen waren, aber verdammt noch eins! Er, Hank Montgomery, hatte gewusst, dass sie es rausgefunden hatten! Es ist doch immer wieder gut, auf sein Bauchgefühl zu hören. Larry und Andre blinzelten verstohlen, sie hatten also verstanden. Ihre Gespräche liefen in den letzten Tagen nur noch auf die Frage hinaus, ob Hank sich wirklich sicher war, dass man im Casino über den Diebstahl Bescheid wusste, und ob ihre Flucht wirklich nötig gewesen war. Vielleicht war er ja auch einfach nur paranoid? Nein, sicher sei er sich nicht, aber sein Gefühl sage ihm, dass es so sei – das war seine Verteidigung gewesen. Deshalb saßen sie nun hier in diesem Wohnzimmer in San Salvador. Und jetzt wusste er endlich ohne jeden Zweifel, dass er die richtige Entscheidung getroffen hatte. Gott sei gepriesen! Sie waren in Sicherheit, genau wie ihre 9,3 Millionen Dollar.

Allerdings sahen sie sich nun einer neuen Bedrohung gegenüber. Der Herrenfriseur lächelte noch immer.

Gehörte das dazu, wenn man Geld hatte? Musste man es ständig gegen irgendjemanden verteidigen? Aber vielleicht sah Hector ja gar keine Verbindung zwischen ihnen und dem Diebstahl. Und vielleicht wusste er gar nicht, wie viel überhaupt gestohlen worden war.

»Brendas Boss geht davon aus, dass dem Casino ungefähr zehn Millionen Dollar geklaut wurden. Bislang weiß sie nicht genau, wer es getan hat. Aber sie ist bereits dabei, die Puzzleteile zusammenzufügen. Zehn Millionen, das ist um einiges mehr als die hunderttausend, die mir eure Ehefrauen noch schuldig sind, oder etwa nicht?«

In diesem Moment wünschte sich Hank inständig, Andre hätte nicht so entsetzt die Augen aufgerissen und Larry nicht so krampfhaft die Finger in seine Knie gegraben. Oder aber auch, dass sein eigenes T-Shirt nicht so schweißdurchtränkt wäre.

Hector ließ sie mit dieser Frage allein, da er nun zu seiner Mutter in die Küche ging. Zumindest wusste Hank jetzt, dass der Herrenfriseur sie nicht wegen des Geldes umbringen würde, das er von ihren Ehefrauen genau dafür bekommen sollte. Immerhin vermutete er inzwischen, dass bei ihnen mehrere Millionen zu holen waren.

Möglicherweise konnte Hank ja einen Deal mit ihm aushandeln.

Ein schrilles Geräusch ließ sie alle herumfahren. Hectors Helfer war dabei, einen der Stühle vom Esstisch über den Fliesenboden zu schieben, ihn vor die Haustür zu stellen und sich dort zu setzen.

Andre beugte sich vor und fragte leise: »Geht es nur mir so, oder findet ihr auch, dass unser Status gerade von Kunde zu Geisel herabgestuft wurde?«

KAPITEL 35

ZWEI STRIKES

»Es tut mir leid, meine Liebe, aber Vikash hat dir eine Absage erteilt.«

Dämlicher Vikash.

Die Kupplerin verkündete dieses Urteil im üblichen Schnellfeuergewehrton, wieder in einem den halben Monitor einnehmenden Fenster mit Padmas Mutter in einem zweiten Feld.

»Eine Absage!« Eigentlich hatte Padma noch überlegt, ob sie ihm vielleicht ein drittes Date gewähren sollte, während er bereits mit einem Offensivschlag den Stecker gezogen hatte. »Wie ist das abgelaufen, Tantchen? Hat er mit einer Hand seine Nachricht an dich eingetippt, während er mir mit der anderen noch zum Abschied gewunken hat?«

»Du darfst das nicht persönlich nehmen, Miss Padma.«

Wenn Dating nicht persönlich war, was dann? Was hatte sie Vikash überhaupt getan? Total fröhlich war sie gewesen und frisch geduscht.

»Er sagte …«, die Kupplerin warf einen Blick in ihre Unterlagen, »… ihr wärt zum Salsatanzen gegangen. Dabei hätte er das Gefühl gehabt, dass du dich überhaupt nicht amüsiert hättest, während das Salsatanzen doch auf seiner Top-Ten-Liste der Lieblingsfreizeitaktivitäten steht.«

Sich amüsieren? Es war heiß gewesen, und sie hatten im Freien getanzt. Wie hätte sie sich da bitte schön amüsieren sollen? Sie hatte die ganze Zeit geschwitzt und war von Moskitos attackiert worden. Wenn Vikash unbedingt tanzen wollte, hätte er sie zu einer Veranstaltung mit Klimaanlage einladen sollen, wo ihr Concealer zumindest noch eine kleine Chance gehabt hätte. Doch in diesem Innenhof mit den Lichterketten, wo Bier in Eiskübeln serviert wurde, war ihre Mascara so dramatisch dahingeschmolzen, dass sie sich bei einem Blick in den gesprungenen Spiegel auf der Damentoilette vor ihrem eigenen Anblick erschreckt hatte. Natürlich hatte sie sich dort nicht amüsiert. Wer konnte bei so etwas schon Spaß haben?

Dämlicher Vikash.

»Lass dich dadurch nicht entmutigen, meine Liebe. Du wirst dich doch noch einmal mit Nilesh treffen, nicht wahr?«

Padmas Mutter schaltete sich zu. »O ja, Nilesh. Ziemlich beeindruckende Eckdaten.« Sie setzte ihre Lesebrille auf, studierte das Blatt in ihrer Hand und stellte dann fest: »Sicher weißt du noch, dass seine Familie einen der führenden Bettwarenherstellungskonzerne des Landes besitzt. Er ist sicher ganz reizend.«

Doch Padma war nicht ganz klar, warum man, nur weil die Familie Kissenbezüge herstellte, automatisch reizend sein sollte. Aber bisher war er tatsächlich so gewesen – ganz reizend. Bei ihrem gemeinsamen Abendessen hatte sie festgestellt, dass Nilesh zwar keinen erkennbaren Hals und keine Haare hatte, dafür aber ein wirklich schönes Lächeln. Angenehmerweise hatte er keine Schwestern, dafür aber Interesse an ihrer Arbeit gezeigt. Er hatte ihr sogar einige Orte in Indien vorgeschlagen, die für sie und ihre Mutter bei ihren Expansionsplänen interessant sein könnten. Alles in allem freute sich Padma deshalb auf ihr zweites Date mit Nilesh, auch wenn sie das ihrer Mutter gegenüber niemals zugegeben hätte. Sie sollte noch einmal seinen Lebenslauf durchgehen und sich seine Lieblingsaktivitäten ansehen. Und viel Zeit einplanen, falls sie sich für eine von ihnen vorher dehnen musste. Die Kupplerin verabschiedete sich inzwischen, doch ihre Mutter blieb noch online, um Padma mit weiteren ungefragten Ratschlägen zu versorgen.

»Ich denke, wir sollten die Kupplerin um zusätzliche Lebensläufe bitten. Du hast schon zwei von drei Strikes kassiert. Kannst du dich nicht etwas besser zurechtmachen? Hast du mal an Strähnchen gedacht? Dein Haar ist doch sehr trist. So sieht die Wahrheit nun einmal aus.«

Immer dieselbe Leier. Padma verkniff sich jeden Kommentar und betete sich stumm ihr Mantra vor: *Ich bin wertvoll.* Außerdem fand sie, dass ihr Haar momentan wirklich gut aussah. Doch ihre Mutter fuhr bereits fort: »Ich denke, ich sollte die Männer besser selbst prüfen.«

Verflucht noch eins! Als wäre es nicht schon schlimm genug, auf diese Weise verkuppelt zu werden und demütigende Absagen einstecken zu müssen, nur weil sie aus Unwissenheit nicht als Erste der Kupplerin geschrieben hatte. Keinesfalls würde sie zulassen, dass ihre Mutter ihren Ehemann für sie aussuchte. Dieses Gespräch ließ sich jetzt nur noch durch einen abrupten Themenwechsel beenden. »Wie möchtest du nun eigentlich bezüglich der Spielautomaten weiter verfahren, Mutter?«

Zunächst war Padma davor zurückgeschreckt, wegen des möglichen Diebstahls bei ihrer Mutter Rat einzuholen, war letztendlich aber zu dem Schluss gekommen, dass es fast keine Nachteile mit sich brachte. Sollte es doch keinen ausgeklügelten Betrug gegeben haben, sah es einfach nur so aus, als hätte sie alles im Griff. Und falls Hank und sein Kumpel doch eine große Nummer durchgezogen hatten, so war das vor ihrer Zeit in diesem Casino ins Rollen gekommen und damit eindeutig nicht ihre Schuld. Hatte sie einen Riesenbetrug aufgedeckt und am Ende sogar das Geld wiederbeschafft, stand sie als gottverdammtes Genie da. Dann war ihr die Beförderung sicher, und sie würde die große Glücksspielexpansion in Indien leiten. Vielleicht bekäme sie sogar eine firmeninterne Auszeichnung verliehen. In Gedanken arbeitete Padma bereits an ihrer Dankesrede, als ihre Mutter sie aus diesen schönen Überlegungen riss.

»Ich habe unseren besten Mann und sein Team darauf angesetzt. Er ist auf forensische Buchhaltung spezialisiert und sehr erfahren, wenn es um die Wiederbeschaffung von Geldern geht. Sollte es tatsächlich Unregelmäßigkeiten geben, wird er sie finden und wissen, was zu tun ist. Er genießt mein vollstes Vertrauen. Sein Name ist Farid Nadir, aber wir nennen ihn auch den Finanzfalken.«

Ihre Mutter kicherte.

»Den ›Finanzfalken‹?«

Ihre Mutter sah sich verstohlen in ihrem Büro um und beugte sich dann so dicht an ihren Monitor heran, dass Padma eine extreme Nahaufnahme ihrer Augen vor sich hatte. Mit gedämpfter Stimme erklärte sie: »O ja. Hinter diesem Spitznamen steckt eine wirklich interessante Geschichte.«

Padma sah zu, wie die Brauen ihrer Mutter in Bewegung gerieten, während diese ihr die Geschichte in allen Einzelheiten erzählte.

KAPITEL 36

DER ELEFANT IM RAUM

»Aufwachen. Wacht auf.« Pam ließ sich selbst herein und rief Nancy und Shalisa, die immer noch schlafend in Shalisas Wohnzimmer lagen, ihre unmissverständlichen Befehle zu, während sie in die Küche ging und Kaffee aufsetzte. »Bewegt euch her und schaltet euren Verstand ein. Wir müssen uns überlegen, was wir jetzt tun sollen.« Ihr Hund tappte gelassen hinter ihr her. »Ich habe Elmer mitgebracht, hoffentlich macht euch das nichts aus.«

Er wanderte zu Shalisa hinüber und beschnüffelte sie, als wüsste er genau, bei wem er sich hier lieb Kind machen musste. Sofort kraulte Shalisa ihm die Ohren. Wenig später stellte Pam frischen Kaffee und einen Teller mit Erdnussbuttertoast auf dem Couchtisch ab. Shalisa stemmte sich hoch; auf ihrer Wange war deutlich der Abdruck eines Sofakissens zu erkennen.

Die Nachricht von den gekündigten Versicherungen hatten sie mit der Hilfe von drei Flaschen Wein zu verkraften versucht, weshalb Pam schließlich mit einem Uber nach Hause gefahren war. Nancy und Shalisa hatten sie gedrängt zu bleiben, aber sie hatte nach Elmer sehen wollen und schlief sowieso lieber im eigenen Bett. Also ließ sie ihre Freundinnen halb komatös in Shalisas Wohnzimmer zurück, versunken in trübsinnige Grübeleien über ihre Rückkehr in die bereits vertraute Mittellosigkeit. Sollte jemand vorbeikommen, würde er sicherlich davon ausgehen, dass die Witwen ganz ihrer Trauer erlegen waren. Ganz falsch wäre diese Annahme nicht, allerdings galt diese nicht nur dem Verlust ihrer Ehemänner – auch wenn Shalisa die Stadien der Trauer im Schnelldurchlauf hinter sich zu bringen schien –, sondern auch den ihrer erwarteten, millionenschweren Versicherungsprämien.

Warum in aller Welt hatten diese Mistkerle sie schon wieder hängen lassen? Erst verloren sie ihre Ersparnisse und nun das. Warum hatten sie ihnen den beruhigenden Teppich der finanziellen Absicherung unter den Füßen weggezogen? Gut, sie hatten nicht gewusst, dass ihre Ehefrauen gedanklich bereits mit beiden Beinen auf diesem Teppich standen, aber trotzdem. Warum? Einen schlechteren Zeitpunkt hätten sie nicht wählen können. Wer kündigte denn schon am Tage seines Todes seine Lebensversicherung?

Und es gab nicht einmal eine schlüssige E-Mail-Korrespondenz dazu, da der Großteil davon gelöscht worden war. Geblieben war nur die Antwort der Versicherung, die bei Hank eingegangen war, während sie mit dem Boot rausgefahren waren, um Daves Asche zu verstreuen. Pam hatte ganz nach unten scrollen müssen, um die Nachricht zu finden, die Hank zu Beginn der Woche verschickt hatte:

Re: Versicherungsnr. 865442/865443/865445
für Montgomery, Murphy, Clooney

Hiermit möchten wir oben genannte Versicherungen mit sofortiger Wirkung kündigen.
Sollten bereits Prämienzahlungen für diesen Monat eingegangen sein, bitten wir Sie, diese mit der Erstattung zu verrechnen.

Sollte es bezüglich der Umsetzung dieser Kündigung irgendwelche Hindernisse geben, setzen Sie uns davon bitte umgehend in Kenntnis.
Bitte bestätigen Sie mir schnellstmöglich den Erhalt dieser Kündigung, gerne auch telefonisch. So könnten Sie auch direkt mit Larry Clooney und Andre Murphy sprechen, ihre Autorisierung bestätigen und nachhalten, was zur Umsetzung der Kündigung von ihnen benötigt wird.

Mit freundlichen Grüßen
Hank Montgomery,
ebenfalls im Auftrag von Larry Clooney und Andre Murphy

*

Die Antwort der Versicherung ließ darauf schließen, dass dieses Telefonat inzwischen stattgefunden hatte und die Kündigung in allen drei Fällen vollzogen worden war. Pams einziger Trost bestand nun darin, dass Nancy endlich aufgehört hatte zu heulen. Ähnlich wie bei Marlene, nachdem diese erfahren hatte, dass Dave von seinem eigenen, dämlichen Garagentor erschlagen worden war, hatte sich Nancys Verhalten quasi um hundertachtzig Grad gedreht. Die schockierende Erkenntnis, dass diese Woche nun keine Million auf ihren Konten eingehen würde, hatte Pam und Nancy zu eiligen Anrufen bei der Personalabteilung von Bank und Casino veranlasst. Pams schlimmste Befürchtungen bestätigten sich, als ihr eine freundliche Stimme erklärte: »Hank hat die Versicherung kürzlich gekündigt und sich das Geld auszahlen lassen. Aufgrund seiner neuen Religion glaube er nun nicht mehr an Lebensversicherungen aller Art, meinte er.«

Was zum …? Welche Religion hatte denn bitte schön etwas gegen Lebensversicherungen?

Nancy bekam von Larrys Bank etwas Ähnliches zu hören. Als einziger Lichtblick blieb ihnen die Mitteilung, dass sie zumindest die Renten ihrer Männer bekommen würden. Shalisa konnte nicht einmal irgendeine Personalabteilung kontaktieren, da Andre freiberuflich gearbeitet hatte. Sie war einfach nur im Arsch.

Trotz ihrer Rentenansprüche stellte Nancy nach ungefähr zweieinhalb Flaschen fest, dass Larry und die anderen Männer sie ohne Rettungsboot auf einem See aus Scheiße ausgesetzt hätten, und mit diesem Vergleich schien sich ein eiserner Vorhang vor Nancys Trauer herabzusenken. Vollkommene Abkopplung, stahlverstärkt.

Doch heute war ein neuer Tag, und nun wieder nüchtern wollte Pam die Situation noch einmal gründlich durchleuchten und überprüfen, ob sich bezüglich der Versicherungen nicht doch noch etwas machen ließ – irgendein vertragliches Schlupfloch vielleicht oder die Möglichkeit, eine vorübergehende geistige Unzurechnungsfähigkeit geltend zu machen. Hatten sich die Männer nicht doch in einer Verfassung befunden, in der man nicht entscheidungsfähig war? Ob es so etwas gab, wusste Pam zwar nicht, aber sie war wild entschlossen, irgendetwas zu finden. Deshalb hatte sie Hanks Laptop mitgenommen und auch bei Nancy angehalten, um Larrys zu holen, zusammen mit einigen Unterlagen, um die Nancy sie gebeten hatte.

»Erinnert mich daran, nie wieder tagsüber zu saufen.« Kraftlos ließ sich Shalisa auf einen Küchenstuhl sinken und legte den Kopf auf die Tischplatte.

Pam klopfte ihr mitfühlend auf die Schulter, während sie zur Spüle ging. »Ganz ehrlich? Wir haben in letzter Zeit so viel Scheiße durchgemacht, da ist alles erlaubt, was uns irgendwie durch den Tag bringt. Und wenn dazu drei Flaschen Wein am Nachmittag nötig sind, dann ist das eben so.« Abschätzend musterte sie das Chaos auf Shalisas Küchentresen. »Okay, und wenn dazu acht Flaschen Wein, ein halber Liter Tequila, drei Bier und etwas Schnaps am Nachmittag nötig sind, dann ist das eben so.« Sie holte eine Packung Paracetamol aus dem Küchenschrank und legte sie auf den Tisch. Anschließend füllte sie an der Spüle drei Gläser mit Wasser und stellte sie daneben.

Eine Toilettenspülung rauschte, gefolgt von plätscherndem Wasser. Wenig später kehrte Nancy zu ihnen zurück, mühsam darauf konzentriert, ihre Brille zu putzen. Und dann verbrachten sie zwei Stunden damit, sich im Internet über Versicherungsrecht, vorzeitige Kündigungen und entsprechend versierte Anwälte zu informieren, wobei sie sich immer wieder dieselbe Frage stellten: Warum hatten ihre Ehemänner diese Versicherungen gekündigt?

»In Larrys Suchverlauf findet sich rein gar nichts«, berichtete Nancy. »Er hat nicht einmal nach Pornoseiten gesucht. Obwohl ich eigentlich fest davon ausgegangen bin, dass er sich dort herumtreibt. Vor allem, seit wir diese Vergnügungen eingestellt hatten. Aber hier ist absolut nichts.«

Shalisa, die noch immer schlaff am Tisch hockte, vermutete: »Hat er wahrscheinlich alles gelöscht.«

»Ja, hat er. Aber in dem Cyber-Security-Kurs, den ich für die Bibliothek besucht habe, hat man uns gezeigt, wie man das nachprüfen kann.« Nancy hielt die zusammengehefteten Seiten hoch, die Pam zusammen mit Larrys Laptop für sie mitgebracht hatte. »Vielleicht hat er dazu seinen Computer in der Bank benutzt.« Fragend sah Nancy zu Shalisa hinüber. »Wie sieht es bei dir aus? Schon Glück gehabt mit Andres Passwort?«

Shalisa schob Andres Laptop von sich und schüttelte den

Kopf. »Es ist einfach unfassbar, dass ihr beide freien Zugang habt. Ich habe Andre nie meine Passwörter verraten und er mir nie seine.«

Pam erwiderte: »In unserem Alter und bei unserem Lebensstil gab es einfach nichts mehr zu verbergen.«

»Dachtest du zumindest.« Shalisa deutete mit dem Kopf auf Hanks Laptop. »Hast du denn außer dem Mist mit der Versicherung noch irgendetwas gefunden?«

»Die letzte E-Mail, die er noch gelesen hat, war der Versicherungsmist. Und alles, was davor war, hat er gelöscht.«

Pam räumte die Kaffeebecher weg und fegte die Toastkrümel zusammen, die sich rund um die Laptops angesammelt hatten. Mit einem großen Schritt stieg sie über Elmer hinweg, der sich vor dem Lüftungsgitter der Klimaanlage ausgestreckt hatte, und öffnete den Kühlschrank. Kurze Blicke unter diverse Alufolienhauben verrieten ihr, dass dort noch mehrere Aufläufe warteten, die von Nachbarn nach der Beerdigung vorbeigebracht worden waren. Schließlich entschied sie sich für eine Form, an der ein Klebestreifen verkündete: *Marys Macaroni and Cheese; auf höchster Stufe fünf Minuten erhitzen.*

So landete ihr Mittagessen in der Mikrowelle.

Nancy meinte: »Ich glaube, sie haben sich hauptsächlich Textnachrichten geschickt. In Larrys Posteingang ist auch nichts. Nur einige ungelesene Nachrichten, die nach seinem Tod gekommen sind.« Sie blickte hoch. »Schon interessant, oder? Man stirbt, bekommt aber weiterhin E-Mails. Das muss entweder Spam sein oder aber von Leuten kommen, die es noch nicht wissen. Hmm. Jedenfalls nichts von Hank oder Andre.«

Inzwischen hatte Pam noch einmal die Mail von der Versicherung gelesen, die ihre Träume so gnadenlos zunichtegemacht hatte. »Im CC der Versicherungsmistmail steht Larrys private Mailadresse, Nancy. Und sie wurde verschickt, als wir bereits mit dem Boot draußen waren. Bist du absolut sicher, dass sie nicht in seinem Posteingang ist?«

Nancy klickte ein wenig herum. »Nein, ist nicht da. Und der Papierkorb ist ebenfalls leer.«

»Also hatte Larry seine Mails gecheckt und die von der Versicherung gelöscht? Und auch gleich den ganzen Papierkorb? Und das auf dem Boot, kurz bevor er starb?«

Achselzuckend stellte Nancy fest: »Schon möglich, eben über das iPhone. Was ist denn in Hanks Papierkorb so drin?«

Nun klickte Pam herum. »Ist leer.«

Shalisa gähnte. »Ich hätte nicht gedacht, dass sie zu den Typen gehören, die regelmäßig ihre Papierkörbe löschen.«

Über die aufgeklappten Laptops hinweg sahen sich die drei Frauen an. Shalisa richtete sich alarmiert auf.

»Was ist in Hanks Gesendet-Ordner?«, fragte Nancy, die bereits wieder mit dem Touchpad herumfuhrwerkte.

»Etwas an Larry und Andre«, berichtete Pam. »Ungefähr zehn Tage alt.« Klick. »Ein YouTube-Link … der Trailer zu einer Fernsehserie. Anscheinend wollte er sie den beiden empfehlen. Der müsste doch auch bei Larry zu finden sein.« Sie stand auf, um nach dem Essen zu sehen.

Nancy schüttelte den Kopf. »Nein. Den muss Larry auch gelöscht haben.«

Shalisa wollte wissen: »Um was für eine Serie geht es denn?«

Sofort kehrte Pam an den Tisch zurück, setzte ihre Lesebrille auf und beugte sich zum Bildschirm hinunter. »Steht hier nicht.« Sie holte zwei Topflappen aus einer Schublade.

Nun wechselte Shalisa auf Pams Stuhl, kopierte den Link und fügte ihn in den Browser ein. YouTube öffnete sich in einem eigenen Fenster. Shalisa klickte das Dreieckssymbol an, um den Trailer zu starten.

Währenddessen zog Pam die Mikrowellenklappe auf und genoss den tröstlichen Duft von geschmolzenem Käse. Sorgfältig drückte sie die Topflappen an die Seiten der blubbernden Auflaufform, holte sie heraus und wollte sie zum Tisch tragen. Aus dem Laptop erklang Instrumentalmusik und breitete sich in der stillen Küche aus. Dann begann eine Männerstimme mit britischem Akzent zu sprechen: »Ich werde meinen eigenen Tod vortäuschen …«

Glühend heiße Käsespritzer verbrühten Pams Schienbeine, als ihr Mittagessen mit einem lauten Krachen auf dem Boden landete.

*

Der kalte Auflauf war nur noch ein wabbeliger Klumpen, überall lagen weiße Porzellanscherben herum. Elmer hatte alles einmal beschnüffelt und sich dann wieder an der Klimaanlage niedergelassen.

Hanks E-Mail bestand einzig und allein aus diesem Link, keine Anrede, kein Gruß, keinerlei Grund, warum er geschickt wurde. Nur dieser Link. Verschickt, wenige Tage bevor die Männer gestorben waren.

Falls sie gestorben waren.

In einer mehrstündigen Marathonsitzung sahen sich Pam, Nancy und Shalisa alle vier Folgen von *Der Dieb, seine Frau und das Kanu* an, wobei sie nebenbei mit der Hilfe von Google die Fakten checkten. So bekamen sie die Bestätigung, dass dieser vollkommen durchschnittliche Engländer tatsächlich bei einem Ausflug auf dem Wasser verschwunden war und allen vorgemacht hatte, er sei tot. Eine Zeit lang funktionierte das gut, bis er irgendwann beschloss, eine Amnesie vorzutäuschen und in sein altes Leben zurückzukehren. So endeten seine Frau und er im Gefängnis, da sie seine Lebensversicherung kassiert und ausgegeben hatten.

Während es draußen langsam dunkel wurde, saßen die drei Freundinnen auf Shalisas Couch.

»Deswegen haben sie die Versicherungen gekündigt«, folgerte Shalisa.

»Wenn es nicht um eine Drei-Millionen-Zahlung geht, sieht niemand so genau hin«, ergänzte Nancy.

»Der Idiot in der Serie ist zurückgekommen, weil er wieder mit seiner Frau zusammen sein wollte. Unsere Idioten haben sich einfach verpisst und uns mittellos zurückgelassen«, fasste Shalisa zusammen.

Schweigend saßen die Frauen auf dem Sofa. Sie konnten sich nicht rühren.

Nach und nach begriffen sie, dass ihre Ehemänner ihren Tod nur vorgetäuscht hatten. Das brachte ihnen während der nächsten Stunden einige neue Erkenntnisse ein, immer wieder abgelöst durch langes Schweigen, bis die nächste Schlussfolgerung gezogen wurde.

»Warum?«, fragte jede von ihnen irgendwann.

»Deshalb hat Larry diesen Umschlag für Paul deponiert. Das war tatsächlich ein Abschiedsbrief«, sagte Nancy.

Schweigen.

»Ich denke, Andre hat sich weniger dafür entschuldigt, dass er den Busch so lange nicht entfernt hat, sondern eher dafür, dass er mich sitzen gelassen hat«, überlegte Shalisa. »Falls er zu so etwas wie Reue überhaupt fähig war.«

Schweigen.

»Ich glaube, er hat mir Lebewohl gesagt«, entschied Pam.

»Was?«, fragten Nancy und Shalisa synchron. Sie starrten alle noch immer auf den inzwischen ausgeschalteten Fernseher.

»Am Hafen, nachdem wir Daves Asche verstreut hatten. Als ich gegangen bin, dachte ich, Hank hätte noch etwas gesagt, habe es aber nicht richtig verstanden. Und ich hatte keine Lust, mich noch einmal umzudrehen. Es war so leise, dass ich es kaum hören konnte, aber wenn ich jetzt so darüber nachdenke, glaube ich, dass er ›Leb wohl, Pam‹ gesagt hat, als ich den Steg hinuntergegangen bin.«

»Oh.«

»Ich brauche Wein.« Shalisa stemmte sich vom Sofa hoch und ging zum Kühlschrank. Da Elmer eine Pfote hob, was einer Aufforderung zum Bauchkraulen gleichkam, blieb sie kurz stehen, um ihn zu streicheln.

Nancy und Pam folgten ihr in die dämmrige Küche und ließen sich am Tisch nieder, um dort zu warten. Dabei spielte Nancy mit Larrys Laptop herum, klappte ihn immer wieder auf und zu, um ihn am Ende offen stehen zu lassen. Sobald sie eine Taste drückte, leuchtete der Bildschirm auf. »Ich will verdammt noch mal wissen, ob Hector sie mit der Explosion wirklich umgebracht hat oder ob diese Mistkerle das alles nur inszeniert haben.«

Pam seufzte schwer. »Ich hoffe doch mal sehr, dass sie schlauer sind als dieser Engländer, und der hat es ja auch geschafft. Also halte ich es für möglich. Wenn wir es doch nur mit Sicherheit wüssten …«

Nancy schnappte nach Luft. Ruckartig schob sie ihren Stuhl zurück und stieß gegen den Tisch. Dabei presste sie krampfhaft eine Hand an den Mund. Ihre Augen waren weit aufgerissen, als sie nun zwischen Pam und Shalisa hin- und herblickte. Erstickte sie etwa gerade? Mussten sie jetzt das Heimlich-Manöver anwenden? Aber sie hatte ja gar nichts gegessen.

»Was ist los? Was ist passiert?« Shalisa kam angelaufen und

packte Nancy an den Schultern. »Was ist? Was hast du, Süße? Stimmt etwas nicht?« Sie beugte sich vor und umfasste sanft Nancys Gesicht.

Die riss stumm den Mund auf und deutete mit zitternden Fingern auf Larrys Laptop.

Verwirrt schaute Pam zwischen dem Gerät und Nancy hin und her. »Was? Was willst du uns sagen? Das sind doch nur Larrys Mails.«

Endlich stieß Nancy ein paar Worte hervor. »Er … er hat … seine E-Mails gelesen.«

»Was?« Verblüfft starrten Pam und Shalisa ihre Freundin an. Was in aller Welt faselte sie da?

Nun tippte Nancy wütend gegen den Bildschirm. »Die waren ungelesen. Bevor wir uns die Serie angesehen haben, waren die Betreffzeilen alle fett, also ungelesen. Und jetzt seht sie euch an, das beweist es: Sie wurden inzwischen gelesen!«

Pam setzte ihre Lesebrille auf und sah genauer hin: Eine Liste mit fünfzehn Nachrichten, verschiedene Absender, manche erst heute Morgen eingegangen, keine einzige in fetter Schrift – also offensichtlich alle gelesen.

»Vielleicht hast *du* sie ja gelesen und … es einfach vergessen«, gab sie an Nancy gewandt zu bedenken.

Voller Überzeugung schüttelte Nancy den Kopf.

Wieder starrten sie alle verwirrt auf den Bildschirm.

Dann sprang Nancy so heftig auf, dass ihr Stuhl umkippte. Shalisa schrie auf und wollte sie festhalten, Pam klammerte sich gleich an beiden fest.

Wie erstarrt standen die drei Frauen am Tisch, die Gesichter an den Schultern der anderen vergraben. Ohne einander loszulassen, schoben sie sich wieder an den Laptop heran und blickten auf. Noch ein Stückchen näher. Schulter an Schulter beugten sie sich vor und fixierten den Bildschirm. Es traf Pam wie ein Schlag, und sie fuhr zusammen. Doch sie beugte sich hastig wieder vor und sah zu, wie eine der Betreffzeilen in Larrys Posteingang von normaler Schrift zu Fett wechselte. Mit angehaltenem Atem drängten sich die drei Frauen aneinander. Nun wechselte die nächste Nachricht zurück in Fettdruck. Und die nächste. So ging es weiter, von unten nach oben, eine nach der anderen. Am Ende waren sämtliche Mails wieder als »ungelesen« markiert.

In Pam breitete sich eisige Furcht aus, als hätte sie gerade einen Poltergeist in Aktion erlebt. Das Adrenalin setzte seine Wirkung frei, und die drei Frauen fingen an, wild herumzuhüpfen und sich laut schreiend um den Hals zu fallen. Allerdings war Pam sich nicht sicher, ob das Gehüpfe nun ein Ausdruck von Freude oder von Furcht war. Irgendwann hielten sie erschöpft inne und umarmten sich einfach nur noch.

Erst jetzt begriff Pam es wirklich, und mit der Erkenntnis kamen die Freudentränen. Hank lebte! Sie hatte ihn nicht umgebracht. Ihr Hank weilte noch unter den Lebenden. Er war quicklebendig!

Und dann folgte der zweite Teil dieser Erkenntnis.

Ihr Hank hatte sie verlassen. Hatte sie einfach sitzen gelassen – verarmt und vollkommen allein.

Sie musste sich an einer Stuhllehne festhalten, während sich die anderen noch die Tränen abwischten.

»Larry ist so ein Dreckskerl«, stellte Nancy fest.

»Larry ist ein Dreckskerl?«, erwiderte Shalisa. »Andre ist ein Dreckskerl!«

Pam konnte sich nur anschließen. »Und Hank ist ebenfalls ein Dreckskerl.«

*

Je zwei Scotch und ein Glas Wein später saßen die drei Freundinnen in Shalisas inzwischen dunkler Küche; nur der aufgeklappte Laptop spendete etwas Licht.

Pam fasste zusammen: »Ich bin verdammt erleichtert und gleichzeitig verdammt wütend. Eigentlich weiß ich gar nicht, wie ich mich fühle. Ich könnte regelrecht aus der Haut fahren. Mir würde niemand auf dieser Welt einfallen, der so etwas je erlebt hätte. Ganz ehrlich, ich weiß nicht, was ich empfinden soll. Gibt es noch Wein?«

»Mir stellen sich vor allem zwei Fragen: Warum und Wie. Warum sollten sie so etwas tun?«, überlegte Nancy.

Shalisa leerte ihr Glas. »Okay, hier steht ein Elefant im Raum, den wir nicht ignorieren sollten: Wir haben ihnen einen Profikiller auf den Hals gehetzt. Man könnte also zu Recht sagen, dass keiner von ihnen sonderlich glücklich verheiratet war.«

Empört stand Pam auf. »Aber was haben wir ihnen denn jemals getan? Sie waren es doch, die unsere Ersparnisse verloren und unser aller Leben ruiniert haben!« Sie zeigte erst auf sich selbst, dann auf Nancy und Shalisa. »Deshalb sind wir diejenigen, die sauer sein sollten, nicht die!«

Während sie alle kurz darüber nachdachten, ging Pam zum Kühlschrank hinüber. Dann wandte Shalisa ein: »Na ja, zu einer Ehe gehören immer zwei. Also auch zu einer miserablen Ehe. Wenn wir nicht glücklich waren, konnten sie es wohl auch schlecht sein, oder?«

Nancy gestand: »An sie habe ich eigentlich nie gedacht.«

Pam stellte eine neue Flasche Wein auf den Tisch und setzte sich wieder. »Ich auch nicht.«

Nachdem sie die Flasche geöffnet und Shalisa nachgeschenkt hatte, fragte Nancy: »Aber warum haben sie uns nicht einfach verlassen? Wozu der ganze Aufwand? Warum sollte man seinen eigenen Tod vortäuschen, wenn es nicht einmal eine Versicherung gibt, die man abgreifen könnte? Sie hätten einfach die Scheidung einreichen können.«

Nachdenklich griff Shalisa nach ihrem Glas. »Dazu hätte es ein gewisses Maß an Antrieb gebraucht, und es wird ja wohl niemand behaupten, dass unsere Männer sonderlich energiegeladen waren. Egal, in welcher Hinsicht.«

»Aber hierfür hat es doch auch Antrieb gebraucht.« Mit einer kreisenden Fingerbewegung deutete Pam auf den Laptop und meinte damit Larrys E-Mails. Gleichzeitig streckte sie Nancy ihr leeres Glas entgegen. »Vielleicht ging es dabei ja gar nicht um uns. Vielleicht hatte es eher etwas mit Daves Tod zu tun? Was meint ihr?« Abrupt stellte sie ihr Weinglas ab. »Dave ist doch wirklich tot, oder? Jemand hat seine Leiche gesehen, richtig? Nicht so wie bei unseren Männern.« Fragend blickte sie zwischen ihren Freundinnen hin und her.

Nach kurzer Überlegung bestätigte Nancy: »Doch, die Polizei hat die Leiche gesehen. Und Marlene hat seinen Ehering zurückbekommen. Und sie hat ihn beim Bestatter gesehen. Allerdings nicht seinen Kopf, diesen Anblick wollte man ihr nicht zumuten. Aber die Töchter und sie haben seine Hände gehalten. Und sie hätte mit Sicherheit gewusst, wenn das nicht Daves Hand gewesen wäre. Also: Ja, Dave ist tatsächlich tot.«

Nun schenkte Nancy auch Pam nach und stellte dann die Flasche weg. »Aber von den möglichen Gründen einmal abgesehen: Wie haben sie es angestellt? Wie haben sie es geschafft, das durchzuziehen?«

»Das erfordert ziemlich viel Planung. Und bestimmt haben sie sich vor Angst in die Hosen gemacht«, stellte Shalisa fest. »Während dieser letzten Woche. Weil sie befürchtet haben, es nicht richtig hinzubekommen.«

Interessiert hob Pam den Kopf. »Deshalb wollten sie auch

nicht, dass wir an dem Abend alle zusammen mit dem Boot rausfahren, um Daves Asche zu verstreuen. Sie hatten alles geplant, und wir sind ihnen in die Quere gekommen. Wisst ihr noch, wie angespannt sie waren? Sie konnten es ja kaum erwarten, uns loszuwerden, um dann wieder rauszufahren.«

»Larry war schon die ganze Woche angespannt. Noch reizbarer als sonst. Einmal bin ich nachts aufgewacht, und da saß er im Sessel in der Ecke des Schlafzimmers. Ich glaube, er hat mir beim Schlafen zugesehen. Ehrlich gesagt, dachte ich im ersten Moment, er wolle mich umbringen. Aber es war einfach nur Larry. Also habe ich mich umgedreht und weitergeschlafen.«

»Andre hat mir einen Cupcake dagelassen. Als du mich nach der Bootstour hier abgesetzt hast, lag da ein Red-Velvet-Cupcake auf dem Küchentresen. Seit Jahren hat er mich wahnsinnig gemacht mit gesunder Ernährung, war ständig hinterher, dass ich abnehmen soll. Deshalb war ich regelrecht schockiert darüber, dass er mir etwas Süßes schenkt. Er muss vor unserer Bootstour nach Hause gerast sein, den Wacholderbusch gefällt und diesen Cupcake für mich deponiert haben. Er war wunderschön dekoriert, mit zartrosa Glasur, die wie eine Pfingstrose auf dem Teig saß. Ich liebe Pfingstrosen. Und ich liebe Red-Velvet-Gebäck.«

»Hank hat sich in dieser Woche ungefähr drei Mal die Haare schneiden lassen. Dabei war es nicht einmal struppig, und rasiert war er eigentlich auch. Aber ich hatte den Eindruck, dass er bei jeder Begegnung so roch, als käme er gerade vom Friseur.«

Stille.

Pam stand auf und schaltete das Licht ein. Geblendet kniffen Nancy und Shalisa die Augen zusammen.

»Hector«, stellte Pam nüchtern fest.

»Scheiße, ja, Hector«, gab Nancy ihr recht. »Sie haben den verdammten Hector angeheuert, damit er für sie ihren Tod inszeniert.«

Es dauerte einen Augenblick, doch dann wandte Shalisa ein: »Moment mal! Wir haben Hector damit beauftragt, sie zu töten. Und jetzt behauptet ihr, sie hätten ihn damit beauftragt, ihren Tod *vorzutäuschen?*«

»Hector hat doppelt abkassiert«, fasste Pam es zusammen.

»Wenn sie wirklich nicht tot sind, werden wir ihm diese hunderttausend ganz sicher nicht zahlen. Und dann muss er uns verdammt noch mal auch unsere Anzahlung zurückgeben«, empörte sich Nancy.

Pam und Shalisa sahen sich stumm an.

Dann verkündete Shalisa: »Ich bin dafür, dass Nancy ihm diese Nachricht überbringt.«

KAPITEL 37

WIE BITTE?

In dem kleinen Wohnzimmer von Hectors Mutter war es heiß und stickig, und irgendwie schien es immer überfüllt zu sein. Hank fühlte sich an das Spiel »Reise nach Jerusalem« erinnert: Obwohl Hectors Scherge meist vorne an der Haustür saß und Hector selbst wieder nach Hause geflogen war, musste er immer noch Larry und Andre ausbooten, wenn er nicht auf dem Haut malträtierenden Plastiksofa landen wollte.

Sie waren entkommen.

Aber jetzt steckten sie fest. Sie hatten ihr Blatt überreizt. Es wäre besser gewesen, direkt nach ihrer Ankunft weiterzuziehen. Nun waren sie verwundbar. Nun wusste Hector, dass sie Geld hatten. Viel Geld. Und so saßen sie, wenn sie nicht gerade mit Duolingo Spanisch lernten, dicht zusammengedrängt um den Couchtisch.

»Wir könnten einfach gehen. Zu dritt werden wir es wohl schaffen, ihn zu überwältigen.« Larry warf dem Mann an der Haustür, der gerade in sein Handy vertieft war, einen verstohlenen Blick zu.

»Eigentlich macht mir seine Mutter mehr Sorgen«, erwiderte Hank und schenkte der kräftigen Frau, die gerade am Esstisch mit einer Machete Paprika schnitt, ein freundliches Lächeln. »Und was wird dann aus unseren Frauen? Wir müssen entscheiden, was wir ihretwegen unternehmen wollen. Und wir müssen auf jeden Fall dafür sorgen, dass sie in Sicherheit sind.«

»Für den Fall, dass sie Hector die hunderttausend nicht zahlen, die sie ihm noch schulden, meinst du?«, fragte Larry.

Ungeduldig winkte Hank ab. »Hast du ihm nicht zugehört, als er hier war? Hector wird sie nicht wegen der hunderttausend umlegen. In seinen Augen gibt es jetzt ein paar Millionen zu holen, und dafür braucht er sie vielleicht noch als Druckmittel.«

»Du glaubst aber doch nicht wirklich, dass er ihnen etwas antun wird, oder?«, hakte Larry verunsichert nach.

»Wen interessiert's?«, warf Andre ein.

Entsetzt fuhren Hank und Larry zu ihm herum.

Andre aber musterte sie gelassen über seine Gleitsichtbrille hinweg. »Bin ich der Einzige, der verstanden hat, was uns dieser Mann gesagt hatte? Unsere Ehefrauen – Pam, Nancy und Shalisa – haben ihn dafür bezahlt, uns umzubringen. Und sie gehen davon aus, dass er es auch getan hat. Also, wen interessiert schon, was aus ihnen wird?«

Nach einem kurzen Blick zu Hank wandte Larry ein: »Das ist aber schon etwas hart, Andre. Als wir beschlossen haben abzuhauen, warst du es doch, der sichergehen wollte, dass die Mädels gut versorgt sind und wir ihnen Geld zukommen lassen. Mir ist schon klar, womit sie Hector beauftragt haben, aber es liegen ja auch gewisse mildernde Umstände vor.« Larry nahm sich eine Mandarine aus der Obstschale und fing an, sie zu schälen. Feine Safttröpfchen verteilten einen süßen, frischen Duft im Raum, während er die abgezogenen Schalen sorgfältig auf dem Spitzendeckchen vor sich aufstapelte.

Kopfschüttelnd beugte Andre sich vor und tippte mit dem Zeigefinger auf den Tisch, um seinen Worten Nachdruck zu verleihen. »Damals wusste ich aber nicht, dass sie einen Killer auf uns angesetzt hatten. So viele mildernde Umstände gibt es gar nicht, dass sich das entschuldigen ließe.«

Hank seufzte schwer. »Können wir ihnen das wirklich übel nehmen?«

»Ich auf jeden Fall«, bekräftigte Andre. »Ich kann ihnen das sogar extrem übel nehmen. Mag sein, dass ich Shalisa einiges zugemutet habe, aber ich habe nie einen Killer angeheuert, um sie umbringen zu lassen. Ich habe schließlich sogar noch ihren verdammten Wacholderbusch gefällt.«

Ruckartig blickte Hank hoch. »Wie bitte?«

»Bevor wir Daves Asche verstreut haben, habe ich mir diesen Jungen vom Hafen geschnappt und ihn dafür bezahlt, dass er bei mir vorbeifährt und diesen verfluchten Wacholderbusch abhackt, wegen dem sie mir seit Ewigkeiten ein Ohr abgeschwätzt hat. Sie sollte nicht jedes Mal wütend auf mich werden, wenn sie den Busch sieht. Und der Junge sollte ihr einen Cupcake hinlegen und eine Nachricht von mir.«

»Warte mal ... Wie bitte?« Hank traute seinen Ohren nicht.

»Ich habe ihm eine Karte von mir mitgegeben, auf der stand, dass es mir leidtut. Die sollte er in dem Erdloch hinterlegen.« Mit einem zufriedenen Nicken lehnte sich Andre zurück. »Ich habe sie sogar laminiert, damit die Tinte nicht verläuft.«

»Willst du mich verarschen?« Hastig sah Hank zu Hectors Mom hinüber und lächelte freundlich. Dann beugte er sich zu Andre und fuhr mit gedämpfter Stimme fort: »Du hast ihr einen Abschiedsbrief hinterlassen?«

»Nein. Ich habe ihr eine Karte mit einer Entschuldigung darauf hinterlassen. Das ist etwas anderes. Sie wird gar nicht begreifen, was damit gemeint ist. Sie wird denken, das heißt: ›Es tut mir leid, dass ich den Busch erst gefällt habe, nachdem du mich zwanzig Mal darum gebeten hattest.‹ Aber bestimmt nicht: ›Es tut mir leid, dass ich meinen Tod vorgetäuscht und dich verlassen habe.‹ Keine große Sache also.«

Vielleicht wäre es doch besser gewesen, sie wären einfach zu Hause geblieben und hätten sich umbringen lassen. Zumindest hätte Hanks Leiden dann ein schnelles Ende gefunden. So saß er nun auf ewig mit Andre und Larry fest.

Andre fuhr fort: »Ich konnte unsere Ehe doch nicht so enden lassen, Shalisa sollte mich nicht endlos hassen. Sie war sowieso schon seit einer Ewigkeit sauer auf mich.«

Darauf fiel Hank keine Erwiderung ein, deshalb war er froh, als nun Larry übernahm: »Und wessen Schuld ist das, Andre? Was für eine Ehe hast du denn bitte schön geführt? Was hast du erwartet, wenn du ihr nicht einmal etwas von deinem Krebs erzählt hast?«

Schockiert fuhr Hank zu Larry herum. »Krebs? Welcher Krebs? Was redest du denn da?«

Stumm deutete Larry mit dem Kopf auf Andre.

Mit gerunzelter Stirn wandte sich Hank Andre zu. »Welcher Krebs?«

Andre rang die Hände und schaffte es nur mit Mühe, Hank anzusehen. Mit einem schweren Seufzer erklärte er: »Kurz nachdem wir geheiratet hatten, wurde bei mir Hodenkrebs diagnostiziert. Es gab eine Behandlungsmöglichkeit, aber durch die wurde ich unfruchtbar. Und wir reden hier von den Achtzigern, Sperma einzufrieren war keine Option. Aber Shalisa wollte Kinder, unbedingt. Ich war dazu nicht mehr in der Lage. Aber wenn sie erführe, dass ich Krebs habe, würde sie mich niemals verlassen. Also habe ich es ihr nicht gesagt. Ich wollte ihr nicht das Leben versauen. Deshalb habe ich sie angelogen und behauptet, ich hätte meine Meinung geändert und wolle nun doch keine Kinder. Dadurch schuf ich einen

Ausweg für sie. Und es hat auch funktioniert, wir haben uns getrennt. Zumindest für eine gewisse Zeit.«

Irritiert runzelte Hank die Stirn. »Ihr hättet doch adoptieren können.«

Für einen Moment schloss Andre die Augen. »Ich wünschte, das hätten wir getan. Aber ich dachte damals, ich würde sterben.« Er hob den Blick und sah Hank durchdringend an. »Ich dachte, ich würde keine dreißig werden, geschweige denn sechzig. Man könnte sagen, ich bin ein Wunder auf zwei Beinen. Ich sage euch, gesunde Ernährung macht echt den Unterschied. Ständig werde ich deswegen angegriffen, aber wenn Shalisa und ich uns richtig ernähren, können wir locker hundert werden. Ihr hingegen mit euren Schokoriegeln und euren Aioli-Sandwiches … ich will gar nicht erst davon anfangen.« Kopfschüttelnd fuhr er fort: »Wie dem auch sei – ja, ich habe über Adoption nachgedacht, aber ich wollte nicht sterben und sie als alleinerziehende Mutter zurücklassen. Wie schwer die es haben, habe ich ja bei meiner Mom gesehen. Das konnte ich meiner Königin nicht antun. Meine Überlegung war, dass ich so früh sterben würde, dass sie dann noch jung genug wäre, um noch einmal zu heiraten und mit diesem neuen Mann eine Familie zu gründen. Also habe ich versucht, mich von ihr fernzuhalten. Wir haben uns getrennt, bevor ich mit der Behandlung begann, und danach …« Er ließ den Kopf hängen. »Danach habe ich etwas getan, was egoistischer war als alles, was ich in meinem Leben sonst noch verbrochen habe: Ich bat sie, es noch einmal mit mir zu versuchen. Ich wollte meine letzten Jahre mit ihr verbringen. Aber der Krebs kam nicht zurück. Bei jedem Kontrolltermin war ich auf schlechte Nachrichten gefasst. Doch die kamen nie. Und so hing Shalisa bei mir fest. Mein größtes Versagen besteht darin, dass ich überlebt habe und sie nun an mich gekettet war, wodurch sie nie die Kinder bekommen hat, die sie immer wollte. Ich war jung und dumm. Aber ich dachte, ich würde das Richtige tun. Was soll ich sagen?«

Das war ein ziemlicher Brocken. Hank wandte sich an Larry: »Und du hast es gewusst.«

Achselzuckend erklärte Larry: »Andre und ich haben uns vor einer Weile ausführlich über das Thema Vaterschaft unterhalten. Als Paul sein Coming-out hatte und ich mich damit so schwertat. Andre hat mich gedrängt, mich gefälligst zusammenzureißen.«

Das riss Andre aus seiner Trübsal. »Was dir ja mal echt was gebracht hat, Larry. Deine Frau wollte dich auch umbringen. Und zwar, weil du es mit deinem Sohn total verkackt hast, richtig?«

Hank war besorgt. Eigentlich war er das schon seit Jahren, aber jetzt war es anders. Bisher hatte er sich nur um mögliche Bedrohungen von außen gesorgt. Wenn er sich nun aber Larry und Andre ansah, befürchtete er, die finale Explosion könnte aus dem Inneren ihres Kreises kommen. Wenigstens bekriegten sie sich nur mit Worten. Allerdings hatte Hank auch keine Ahnung, was er tun sollte, falls sie zu Schlägen wechselten. Aus dem Augenwinkel sah er, wie die Machete von Hectors Mutter aufblitzte.

Andre wiederholte es noch einmal: »Das mit Paul hast du so richtig verbockt, oder, Larry?«

Mit einem schweren Seufzer gestand Larry: »Ja, habe ich. Aber ich habe es am Ende eingesehen. Ich habe ihm mitgeteilt, dass ich ein Vollidiot war, und habe mich bei ihm entschuldigt.«

»Wirklich? Wegen der Sache mit Estuardo?« Freudig packte Hank Larrys Knie. »Wie schön, dass du endlich im 21. Jahrhundert angekommen bist, Larry. Das hast du nie erwähnt. Wann hast du denn mit ihm gesprochen?«

»Ich habe ihm einen Brief geschrieben.«

Hank blinzelte. Und blinzelte noch einmal. »Wie bitte?«

Larry rieb sich mit beiden Händen die Knie und versuchte, zur Sofakante vorzurutschen. Aus Erfahrung wusste Hank genau, an welchem Punkt der Schonbezug ihm die Haare an der Oberschenkelrückseite ausriss; das brannte wie Feuer. Wohl deshalb hob Larry nun den Hintern ein wenig an und platzierte ihn vorsichtig an der Kante. »Ich habe euch gut zugehört, wenn wir darüber gesprochen haben, Jungs. Und ihr habt mir wirklich geholfen damit.« Er stieß den Atem aus. »Deshalb habe ich … also bevor wir … ihr wisst schon … in die Luft geflogen sind … habe ich eine Nachricht für Paul deponiert. Mein Sohn durfte doch nicht denken, dass sein Vater ihn verabscheut hat, als er starb. Das ist das einzig Gute an der ganzen Sache: Ich habe endlich kapiert, was wirklich wichtig ist.«

Hank zählte stumm: eins, zwei, drei, einatmen. Vier, fünf, sechs, ausatmen.

Bestimmt hatte er Larry falsch verstanden. Sie waren die Regeln ungefähr zwanzig Mal durchgegangen: Hinterlasst alles so, als wolltet ihr am Abend wieder nach Hause kommen. Keine Pässe mitnehmen, kein zusätzliches Geld, keinen Laptop. Die goldene Taschenuhr vom Vater bleibt da. Löscht alle Mails, die ihr einander geschrieben habt. Verhaltet euch vollkommen normal und weicht nicht von eurer Routine ab.

Und dann ließ Andre in letzter Minute einen Busch abholzen und eine Entschuldigungskarte verbuddeln, und Larry hinterließ einen Abschiedsbrief.

Am Ende fand Hank dann doch noch Worte. »Da hätten wir ja gleich eine Reklametafel mieten und mit einem Plakat bekleben lassen können: ›Vielen Dank für die vielen schönen Erinnerungen, in Liebe Hank, Larry und Andre – die Typen, die dann doch nicht gestorben sind‹.«

Ohne auf diesen Kommentar einzugehen, nahm sich Larry noch eine Mandarine. »Ich habe mich damit nicht verabschiedet. Ich habe es sogar so aussehen lassen, als wollte ich den Brief demnächst in die Post geben. Mir war klar, dass er seiner Mutter davon erzählen würde, und dann würde Nancy mir wenigstens posthum verzeihen. Was ich verloren habe, kriege ich niemals zurück, aber zumindest wird sie so nicht auf mein Grab spucken. Jedenfalls habe ich sorgfältig darauf geachtet, keinerlei verräterische Spuren zu hinterlassen.«

»Das nennst du Sorgfalt?« Hank vergrub das Gesicht in den Händen.

Trotzdem hörte er, wie Andre fragte: »Was hast du eigentlich getan, Hank? Was hast du Pam angetan, dass sie dir den Tod wünscht?«

Ohne den Blick vom Fußboden zu lösen, antwortete er: »Ich habe ihr Pad Thai gegessen.«

Langsam richtete er sich auf. Larry und Andre starrten ihn fassungslos an. Als er sie nur wortlos musterte, neigten beide fragend den Kopf, bevor Larry schließlich feststellte: »Ich weiß nicht, was ich dazu sagen soll.«

Hank seufzte schwer. »Das ist ihr absolutes Lieblingsgericht, und ich habe, ohne zu fragen, die Reste weggefressen, die sie sich extra aufgehoben hatte. Ihr hättet ihr Gesicht sehen sollen, als ich es ihr gesagt habe. Sie ist regelrecht in sich zusammengefallen. Dieser Schlag ging bei ihr tief unter die Gürtellinie, dabei wollte ich sie doch niemals so verletzen. Aber wir haben irgendwie schon so lange in der Scheiße gesteckt … keine Ahnung. Also … ja: Ich denke, sie wollte meinen Tod, weil ich ihr Pad Thai aufgegessen habe.« Fast schon wütend sah er seine Freunde an. »Und ich hatte keine Chance, mich zu verabschieden, so wie ihr. Ich habe meiner Frau weder eine Krebserkrankung verschwiegen noch mein einziges Kind enterbt. Von dem Geld hätte ich uns zuallererst Flugtickets gekauft, um Claire zu besuchen. Und eine Wohnung bei ihr in der Nähe gemietet, unbefristet. Das war unser Hauptproblem: Pam hat unser Mädchen einfach so sehr vermisst. Wir beide. Aber wenn wir uns erst wieder angenähert hätten, hätten Pam und ich eine echte Zukunft gehabt, die ich nun geopfert habe, um unser Überleben zu sichern. Und deshalb bestehe ich darauf«, er warf Andre und Larry einen durchdringenden Blick zu, damit sie begriffen, wie wichtig ihm das war, »ich bestehe darauf, dass wir für ihre Sicherheit sorgen. Wir werden etwas mit Hector aushandeln, damit er sie in Frieden lässt. Habt ihr das verstanden? Wir müssen aufpassen, dass wir jetzt nicht noch alles verlieren.«

Seine beiden Freunde nickten, und Larry versicherte: »Das Geld liegt ja nicht in einer Reisetasche unter meinem Bett, sodass am Ende als Sieger vom Platz geht, wer zuletzt zugeschnappt hat. Es liegt auf gesicherten Offshore-Konten. Hector bekommt rein gar nichts, wenn wir es ihm nicht geben.«

Hank hatte trotzdem noch Bedenken. »Genau das macht mir Sorgen: Was tut er möglicherweise, um uns dazu zu zwingen?«

KAPITEL 38

SCHWERE GESCHÜTZE

Begleitet von Hectors Magenknurren schaltete Brenda das Licht an. Die Sonne ging gerade unter, sodass es in ihrer Küche bereits ziemlich dämmrig war, als sie nun die Pupusas auf den Tisch stellte. Versonnen musterte Hector die gefüllten Fladen und erinnerte sich daran, wie seine Mutter seiner kleinen Italienerin beigebracht hatte, sie zuzubereiten – hauptsächlich mit Gesten und der ein oder anderen Übersetzungshilfe von ihm, da Brenda damals noch so ihre Probleme mit seiner Muttersprache gehabt hatte. Offenbar hatte Brenda geahnt, dass er so kurz nach seiner Rückkehr aus San Salvador ein wenig unter Heimweh leiden würde. Deshalb bedankte er sich nun mit einem Lächeln bei ihr.

Immer wieder dankte er dem Schicksal dafür, dass er an jenem Tag am Strand ausgerechnet vor der Liege von Brenda Palumbo stehen geblieben war. Anfangs hatten seine Freunde und er im Schatten gesessen, Coca-Cola getrunken und hinter ihren dunklen Sonnenbrillen die Lage sondiert. Nachdem sich jeder ein Ziel gesucht hatte, waren sie von ihrer Mauer gesprungen, hatten die Hemden ausgezogen und waren möglichst lässig zu den Touristen hinübergeschlendert. Seine Freunde hatten sich Partygirls ausgesucht – die mit den Kokosnusscocktails mit Schirmchen in der Hand. Hector aber war weitergewandert; er hatte auch sein Hemd anbehalten, um seine Narben zu verstecken.

Als Hector der Gang beigetreten war, gehörte es zum Ritual, sich das Zeichen der Gang auf den Unterarm tätowieren zu lassen. Aber Hectors Mutter schuftete sich mit zwei Jobs in der Innenstadt ab – tagsüber als Zimmermädchen in einem Hotel, nachts als Köchin –, damit ihre Söhne, *sus hijos*, einmal ein besseres Leben hätten. Und da ihr Plan auf keinen Fall die Mitgliedschaft in einer Gang beinhaltete, konnte Hector schlecht mit einem Tattoo auf dem Arm nach Hause kommen, das ihre schlimmsten Befürchtungen wahr werden ließ. Deshalb verweigerte er die Tätowierung, woraufhin der Anführer der Gang befahl, ihn zu brandmarken – mit einem Laubrechen. Sie hatten die Zinken über einem Feuer erhitzt, hatten Hector festgebunden und die heißen Metallstäbe an eine Seite seines Brustkorbs gedrückt. Und dann das Gleiche noch einmal auf der anderen Seite. Trotzdem waren Hector die verbrannten Hautstreifen lieber als das andere Zeichen, das einen klaren Besitzanspruch auf ihn erhoben hätte. Und auch wenn er von diesem Tag an quasi nie wieder in der Öffentlichkeit sein Hemd ablegte, wusste er, dass er eine kluge Wahl getroffen hatte.

Nun beobachtete er, wie Brenda in ihrer gemeinsamen Küche am Herd hantierte, während draußen die Dämmerung immer weiter fortschritt. Auch sie war eine kluge Wahl gewesen. Seine Freunde hatten mit jenen Mädchen geflirtet, die zarte Goldkettchen um ihre gebräunten, flachen Bäuche getragen hatten, aus denen die Hüftknochen hervorragten. Hector hingegen hatte diese Mädchen links liegen gelassen, denn irgendetwas hatte ihn zu dem einzigen Mädchen am ganzen Strand hingezogen, das einen einteiligen Badeanzug trug, als wollte es an einem Wettkampf teilnehmen. Der blaue Stoff war mit Chipskrümeln übersät, und sie war in ein Buch vertieft. Noch dazu ein Sachbuch. Für einige seiner Freunde war es zwar ganz gut gelaufen, aber keiner von ihnen hatte jemanden wie Brenda Palumbo gefunden.

An jenem Tag am Strand hatte Hector den absoluten Jackpot geknackt.

»Erzähl mir, was die Männer gesagt haben«, verlangte sie nun.

Genau deshalb war Hector so schnell wieder nach Hause geflogen: Er wollte wissen, was Brenda von der Sache hielt. In seiner Branche gab es einige sehr impulsive Typen, die deshalb oft in Schwierigkeiten gerieten. Hector zog es vor, die Dinge richtig zu durchdenken. Auch aus diesem Grund war er nicht für das Leben in einer Gang gemacht gewesen, wo er Befehle von Menschen entgegennehmen musste, die kaum schlauer waren als seine Schuhsohlen. Außerdem schienen Hank, Larry und Andre es nicht eilig zu haben, ein Haus zu verlassen, in dem sie von seiner Mutter drei Mahlzeiten am Tag serviert bekamen plus jeder Menge Snacks.

»Direkt zugegeben haben sie es nicht, aber sie haben das Geld geklaut.«

»Heilige Scheiße!« Brenda schlug mit der flachen Hand auf den Tisch. »Hab ich's doch gewusst.« Die beiden klatschten sich ab. »Mir war von Anfang an klar, dass da irgendetwas im Busch ist. Warum sonst sollte man Typen wie die umbringen wollen?«

Nun erzählte ihr Hector von seinen weitergehenden Überlegungen. Hank und seine Freunde wollten offenbar dringend zur nächsten Phase ihres Planes übergehen, hockten im Moment aber noch auf dem mit Plastik überzogenen Sofa seiner Mutter. Hector hatte lange versucht, ihr klarzumachen, dass er ihr jederzeit ein neues kaufen konnte, falls diesem etwas zustieß, aber das Möbelstück war ihr ganzer Stolz, weshalb sie es in einem makellosen Zustand bewahren wollte.

Hatte man sich etwas angeeignet, musste man sich auch darum kümmern, so lautete ihre unerschütterliche Überzeugung. Und Hector musste zugeben, dass es sicher schlechtere Grundsätze gab, vor allem in Bezug auf die Ehe. Schließlich saßen zurzeit drei lebende Beweisstücke in ihrem Haus, die zeigten, was geschehen konnte, wenn sich Paare irgendwann nicht mehr ausreichend umeinander kümmerten. Nun allerdings wusste er, dass sie außerdem auf Millionen von Dollar hockten.

Brenda nahm sich etwas von ihrer selbst gemachten Salsa – beinahe so gut wie die von seiner Mutter – und berichtete dann: »Padma hat schwere Geschütze aus Mumbai angefordert.«

»Und was sollen die tun?«

»Na ja, sie möchte ihren Verdacht bestätigt wissen, dass Hank und dieser andere Kunde von dir – Dave, der gerade gestorben ist – ihr Geld unterschlagen haben. Und falls sie es getan haben, sollen sie es ihr zurückgeben.«

»Wie genau wollen sie das beweisen?«

»Vermutlich werden sie sich die Überwachungsaufnahmen ansehen, um eine Verbindung zwischen den beiden aufzudecken. Ihr Chefermittler ist wohl ein forensischer Buchhalter. Also untersuchen sie vielleicht auch die finanziellen Aktivitäten der Männer, ihre Konten und so.«

»Oh! Das habe ich ja noch gar nicht erzählt.« Hector wusste, dass Brenda diese Wendung der Geschichte besonders gut gefallen würde. »Die Frauen werden kein Geld kriegen. Die drei haben ihre Lebensversicherungen gekündigt.«

»Ach, hör doch auf!« Nun klammerte sich Brenda vor Begeisterung an die Tischplatte. Sie sah aus, als hätte sie gerade im Lotto gewonnen. »O – mein – Gott! Das wird ja immer besser! Wie hast du das herausgefunden?«

»Hank hat es mir gesagt. Er wollte mir mitteilen, dass die Frauen mich gar nicht dafür bezahlen können, sie umzulegen.«

»Und warum haben sie gekündigt?«

»Um das Risiko einer ausführlichen Untersuchung zu minimieren. Eigentlich gar nicht so dumm.« Hector unterbrach sich kurz, bevor er fortfuhr: »Hast du übrigens mal bei deinem Dad nachgefragt? Befasst sich die Polizei überhaupt mit der Sache?«

Brenda schüttelte den Kopf und schob den Bissen, an dem sie gerade kaute, in ihre Wange, um antworten zu können. »Er meinte, sie führen die Explosion auf mangelnde Wartung und eine achtlose Zigarette zurück. Es liegt also kein Verbrechen vor, die Akte ist geschlossen.« Nun kaute sie erst einmal, schluckte und fuhr dann fort: »Ich frage mich, ob die Frauen schon wissen, dass es kein Versicherungsgeld geben wird.«

»Falls nicht, werden sie es bald herausfinden.« Hector trank einen Schluck. »Sie gehen davon aus, dass ich ihre Männer getötet habe und sie mir deshalb hunderttausend Dollar schulden. Wenn sie das Geld nicht haben, machen sie sich jetzt bestimmt schon in ihre Skorts.«

Grinsend fragte Brenda: »Hast du gerade wirklich ›Skorts‹ gesagt?«

Zufrieden zog Hector die Brauen hoch; er liebte es, wenn er sie beeindrucken konnte. »Allerdings, ja.«

»Wie süß! Ich wusste gar nicht, dass du dich in Sachen Damenmode so auf dem Laufenden hältst. Hast du ihnen denn deinen Vortrag gehalten?«

»Inklusive ›Sie wollen das ganz sicher nicht tun, wenn Sie nicht zahlen können‹ und ›zwingen Sie mich nicht, Sie das bereuen zu lassen‹, ja. Sie haben gleich beides bekommen.« Nickend nahm Hector den nächsten Bissen.

Brenda stellte fest: »Du hast recht, dann machen sie sich jetzt bestimmt in ihre Skorts.«

»So soll es sein«, befand Hector abschließend.

Schweigend aßen sie weiter. Irgendwann fragte Brenda: »Was meinst du, wo haben sie das Geld versteckt?«

Hector schluckte den nächsten Bissen. »Meine Mutter meinte, sie hätten über irgendwelche Offshore-Konten geredet.«

Während sie ihre Gabel erneut in ihre Pupusa drückte, fragte Brenda: »Und was hast du jetzt vor?«

»Dasselbe wie immer: Ich sehe zu, wie sich die bösen Menschen gegenseitig abzocken, und dann tue ich das, was für uns am besten ist.«

KAPITEL 39

SIE WERDEN ES AUFSPÜREN

Was hatte sich ihre Mutter bloß dabei gedacht?

Padma war den Fragebogen durchgegangen, den ihre Mutter in ihrem Namen für die Kupplerin ausgefüllt hatte, und konnte über die meisten Antworten nur den Kopf schütteln. Zum einen: Warum war sie so besessen vom beruflichen Werdegang? Immer wieder hatte sie Padma vorgebetet, dass sie für alles offen sein solle, hatte aber angegeben, dass Rechtsanwälte, Fachleute für internationales Steuerrecht und Podologen bevorzugt gesucht würden. Anscheinend war Padma nicht die Einzige in der Familie, die problematische Füße hatte.

Zum äußeren Erscheinungsbild hatte ihre Mutter geschrieben *gehfähig*. Bei aller Liebe, nein!

Brenda klopfte an die Bürotür und streckte den Kopf in den Raum. »Sie werden in fünfzehn Minuten hier sein.«

Das veranlasste Padma, regelrecht auf ihrem Stuhl herumzuhüpfen. »Es ist so aufregend, Brenda. Ist Ihnen eigentlich klar, wie entscheidend das für unsere Karrieren sein kann? Wenn ich richtigliege und wir tatsächlich einen firmeninternen Diebesring aufgedeckt haben, können wir uns unseren weiteren Weg bei Indo-USA Gaming selbst aussuchen. Dann sind wir legendär.« Sie präsentierte ihr neues Lächeln. »Ich sage es Ihnen: Wenn wir dieses Geld zurückholen, katapultiert uns das an die Spitze der Karriereleiter.«

Padma sah zu, wie Brenda diese Nachricht verarbeitete, und gratulierte sich still zu ihrem raffinierten Vorgehen. Wenn sie den Multimillionendiebstahl beweisen und rückgängig machen wollte, musste sie Brenda ausreichend motivieren, damit sie für sie den Spitzel spielte. Von ihrer Mutter hatte Padma gelernt, wie man ehrgeizigen Mitarbeitern die richtigen Versprechungen machte. Langfristig gesehen, musste man die Beziehungen dann natürlich beenden, wenn sie zu viel wussten. Also, so richtig beenden. Unwiderruflich beenden. So würde ihre Mutter vorgehen.

Brendas Handy summte. »Sie sind da.« Sie blickte kurz hoch. »Ich werde sie runter in den Lagerraum bringen, wir treffen uns dann dort.«

Vorher machte Padma aber noch einen Boxenstopp auf der Damentoilette. Prüfend musterte sie sich im Spiegel. Ihre Akne verhielt sich zum Glück relativ ruhig, der Concealer deckte die Rötungen einigermaßen ab. Nachdem sie kurz an ihrer Achsel geschnüffelt hatte, griff sie zum Papierhandtuch und tupfte sie trocken. Als sie danach wieder stirnrunzelnd in den Spiegel starrte, fiel ihr plötzlich dieses Tik-Tok-Video ein, in dem sich die Frau möglichst groß machte, bevor sie in ein Meeting ging. Also lockerte sie ihre Schultern, beugte sich zu ihren Zehen hinunter, richtete sich wieder auf und reckte die Finger Richtung Decke. Sie spürte, wie sich ihre Lunge weitete, ihre Schultern dehnten, ihre Wirbelsäule immer länger wurde. Sie ließ die Arme sinken, wackelte mit der Hüfte und grinste. Sie würde es schaffen.

Wenig später stand sie vor dem Lagerraum im Keller und schob ihre Schlüsselkarte durch den Scanner. Sie zog den Bauch ein und öffnete die Tür. Rechts von sich entdeckte sie Brenda, die einige Schritte Abstand hielt zu den Männern, die sich um den Spielautomaten drängten.

Ein Kopf wandte sich ihr zu, dann noch einer. Auch der dritte und vierte Mann drehte sich langsam zu ihr um. Zumindest glaubte Padma, dass es langsam geschah. Vielleicht hatte sie aber auch selbst einen Zeitlupenfilter über die Szene gelegt. Sie konnte nur hoffen, dass sie nicht laut gekeucht hatte, denn sie kam sich vor, als wäre sie unvermittelt beim Casting von *Der Bachelor, Spezialausgabe Indien* gelandet, falls es denn so etwas gab. Die vier Männer waren allesamt groß und schlank, sie trugen dunkle Anzüge und makellos weiße Hemden. Ihr Haar fiel in sanften Wellen bis zu ihren sanft-braunen Augen herab. Hatte irgendjemand eine Windmaschine angestellt? Bestimmt rochen sie auch alle wundervoll.

Wo hatten sich diese Kandidaten ihr Leben lang versteckt?

Und wer von ihnen war der Finanzfalke? Sie wäre mit jedem von ihnen zufrieden. Das war die prickelnde Begegnung, auf die sie immer gewartet hatte. Nun würde sich ihr Leben doch noch in eine Bollywood-Romanze verwandeln. Mr. und Mrs. Falke. Padma Falke. *Mommy und Daddy haben sich kennengelernt, als Daddy Mommy dabei geholfen hat, böse Männer zu fangen.* Ihre Mutter konnte schon mal die Flitterwochen buchen.

Dann traten zwei der Heiratskandidaten beiseite, und hinter ihnen tauchte ein kleiner, dürrer Mann mit fahler Haut und lichtem Haar auf. Sein Gesicht wurde von einer kräftigen Nase und einer schweren Brille beherrscht, und als er lächelte, entblößte er dabei eine Reihe schiefer Zähne. Er streckte ihr die Hand entgegen. »Farid Nadir. Man nennt mich auch den Finanzfalken.«

Mist!

Padma war es nicht gewöhnt, mit Männern auf Augenhöhe zu sein; selbst mit Absätzen musste sie normalerweise zu ihnen aufblicken. Bei diesem Kerl war das vollkommen unnötig.

»Also, Paddie.« Er rieb sich die Hände. »Wie ich hörte, hast du einiges von unserem Geld verloren.«

»Was? Nein … ich …«

Sofort hob er abwehrend die Hände. »Schon gut, Püppchen.« Sein Grinsen war nun so breit, dass man seine fehlenden Backenzähne sehen konnte. Er ließ den Blick langsam zu Padmas Ausschnitt gleiten, woraufhin diese instinktiv versuchte, den Stoff weiter hochzuziehen. Prompt wanderte der Blick weiter zu ihren Füßen. »High Heels. Wie nett!« Er leckte sich die Lippen.

Igitt! Padma wich einen Schritt zurück, musste dabei aber um ihr Gleichgewicht kämpfen, weshalb sie froh war, dass sich nun Brenda zu Wort meldete und die allgemeine Aufmerksamkeit auf die Mitte des Raumes lenkte. Sie begann ihr Briefing, indem sie den fünf Männern den Aufbau des Raumes erklärte. Schon im Vorfeld hatte sie an den Wänden mehrere Arbeitsplätze einrichten lassen, jeder mit einem Computer und der üblichen Büroausstattung. Auf einem großen Tisch in der Mitte lagen verschiedene Ordner und Akten bereit.

»Diese Computer haben alle Zugriff auf die internen Aufnahmen der zweihundert Überwachungskameras, die im Inneren des Casinos platziert sind, ebenso auf die Aufnahmen der Außenkameras, die einen Bereich von einer Meile rund um das Gelände abdecken. Vorerst haben wir Ihnen nur die letzten sechs Monate heruntergeladen, falls nötig, können wir aber bis zu zwei Jahre zurückgehen.«

Die vier Männer musterten die Computer, Farid hingegen war mit seinem Handy beschäftigt.

Nun hielt Brenda eine der Akten hoch. »Auf diesem Tisch haben wir Kopien der Personalakten der beiden Angestellten Dave Brand und Hank Montgomery für Sie bereitgestellt, sie enthalten sowohl ihre Mitarbeiterbewertungen als auch Daves

Arbeitszeitprotokolle. Hank war im Management tätig, von ihm existieren deshalb keine Arbeitszeitprotokolle. Und dort drüben finden Sie Fotos der beiden Männer.« Brenda deutete auf die beiden Staffeleien, auf denen die postergroßen Bilder standen, die bereits bei ihren Trauerfeiern ausgestellt worden waren.

»Außerdem ...«

Wieder hob Farid abwehrend die Hände, steckte sein Handy weg und baute sich vor Brenda auf. »Ich darf dich hier gleich mal unterbrechen, Püppchen. Ihr habt das wirklich toll vorbereitet, sehr gründlich. Aber jetzt wollen wir mal zum Punkt kommen. Korrigiert mich, wenn ich falschliege, aber ich sehe das so: Bei euch wurden bis zu zehn Millionen zu viel ausgezahlt, und ihr habt vier tote Typen, richtig?«

»Aber nur zwei davon waren hier angestellt«, klärte Padma ihn auf.

Farid fuhr herum und ging auf sie zu. »Aber diese Angestellten kannten die anderen beiden?«

Am liebsten wäre Padma vor ihm zurückgewichen, sie zwang sich aber, reglos stehen zu bleiben. »Der eine Angestellte starb bei einem häuslichen Unfall, der andere – Hank Montgomery – kam zusammen mit zwei Freunden bei einer anderen Gelegenheit ums Leben. Durch eine Bootsexplosion.« Sobald sie es laut aussprach, stellte Padma peinlich berührt fest, dass es doch sehr nach einem Zufall klang.

»Und diese beiden Angestellten kannten einander?«

»Danach sieht es aus.«

»Und die vier Toten wiederum kannten einander ebenfalls?«

Padma musste an das Foto bei der Trauerfeier denken, alle vier Arm in Arm, mit ihrer Angelausbeute, auf einem sonnigen Anleger. »Danach sieht es aus.«

Farid zog ein grell pinkes Kaugummipäckchen aus seiner

Hosentasche. Padma sah zu, wie er es öffnete, einen Kaugummi auswickelte und ihn sich in den Mund schob. Dann zwinkerte er ihr anzüglich zu. »Ich bin auf den Geschmack gekommen, als ich aufgehört habe zu rauchen.«

Er begann zu kauen. Padma starrte auf den rosafarbenen Klumpen, der in seinem Mund hin und her wanderte. Einerseits fand sie es abstoßend, andererseits aber auch irgendwie hypnotisch. Farid steckte das Päckchen weg, blickte hoch, schob den Kaugummi mit der Zunge in seine Wange und stützte die Hände in die Hüften. »Das wird jetzt folgendermaßen laufen: Wir werden das Geld zurückholen. Anfangen werden wir mit dem älteren Angestellten und seinen Hinterbliebenen. Falls sie nicht wissen, wo das Geld ist, werden sie es aufspüren. Von euch müssen wir jetzt nur noch eins wissen.« Er hob beide Zeigefinger und zielte mit ihnen auf Brenda und Padma wie mit einer Pistole. »Was meint ihr, wer lag diesem Hank Montgomery besonders am Herzen?«

KAPITEL 40

KEIN ZUFALL

Pam wusste nicht, wo Hector wohnte, sonst hätte sie mitten in der Nacht gegen seine Tür gehämmert und ihn gefragt, warum zum Teufel er ihren Ehemännern dabei geholfen hatte, ihren eigenen Tod vorzutäuschen. Und wo diese Vollidioten jetzt waren.

So fühlte sie sich auch kaum ruhiger, als sie im frühen Morgenlicht ihre Zähne putzte und dabei finstere Blicke auf das leer geräumte Waschbecken neben ihrem warf. Zu welcher Zeit ließ sich ein Herrenfriseur wohl am besten abfangen?

Pam spuckte die Zahnpasta aus und ging nach unten.

Wie immer lag Elmer lang ausgestreckt auf dem Boden und verfolgte nur mit den Augen, wie Pam welke Blumensträuße entsorgte und die gespülten Auflaufformen der Nachbarn in eine Kiste packte und in die Garage brachte, um sie irgendwann zu ihren Besitzern zurückzubringen. Als sie auf dem Rückweg an ihm vorbeiging, beugte sie sich zu ihm hinunter und streichelte seinen Bauch, wofür er sich mit einem Schwanzklopfen bedankte. Während der letzten zwei Jahre war er der einzige Lichtblick in ihrem Leben gewesen. Liebevoll drückte sie seine Pfote, er leckte ihr dafür die Hand ab.

»Jetzt sind es nur noch wir beide, Elmer. Und weißt du, was? So, wie es in den letzten Jahren gelaufen ist, hätte ich immer dich gewählt, wenn ich mich zwischen Mann und Hund hätte entscheiden müssen.«

Pam hatte auch schon früher Hunde gehabt, aber keiner war so gewesen wie Elmer. Er erwartete so wenig von ihr und schenkte ihr so viel Liebe dafür. In den ersten Wochen nach seiner Zahnentfernung war er immer schnüffelnd von einem Zimmer ins nächste gewandert, bis er sich vorsichtig in einer Ecke zusammenrollte und sich so klein wie möglich machte. Sobald sich jemand näherte, sprang er auf und suchte sich ein anderes Plätzchen. Und als er dann gerade anfing, sich bei ihr heimisch zu fühlen, verkündete der Tierarzt, dass er nun zur Vermittlung freigegeben werden könne. Laut Schätzung des Tierheims war er ungefähr acht, was sechsundfünfzig Hundejahren entsprach. Pam hatte ihn gemustert, wie er endlich vollkommen entspannt neben ihr lag, und sich gedacht, wie schwer es für sie gewesen war, ihr Leben jenseits der fünfzig noch einmal radikal zu ändern. Am nächsten Tag ging sie los und ließ eine Halsbandmarke mit seinem Namen und ihrer Telefonnummer anfertigen.

Eigentlich hatte sie ihn gar nicht haben wollen, und nun war er ihr Ein und Alles.

Pam hatte gerade seinen Wassernapf aufgefüllt, als es an der Tür klingelte. Ein kurzes Zucken der Ohren war der einzige erkennbare Hinweis darauf, dass Elmer nicht taub war.

Es würden ja wohl nicht noch mehr Blumen oder Aufläufe abgegeben werden, oder?

Es klingelte noch einmal.

Elmer öffnete ein Auge und sah zu, wie Pam leise die Treppe hinaufging, um oben aus dem Fenster zu spähen. Vor ihrer Tür standen drei nicht sonderlich groß gewachsene Personen. Eine davon war Hanks Chefin Padma. Die andere Frau kannte sie nicht, doch sie hielt eine Schachtel im Arm. Hinter den beiden stand ein Mann, die Hände hinter dem steif aufgerichteten Rücken verschränkt.

Da Pam nicht in der Stimmung war für weitere Beileidsbekundungen – vor allem, weil sie ja nun vermutete, gar keine echte Witwe zu sein –, ließ sie sich auf der untersten Treppenstufe nieder und wartete darauf, dass die drei wieder gingen. Während sie den Kopf an der kühlen Wand abstützte, fragte sie sich, warum Hank seinen Tod vorgetäuscht hatte?

Sie hatte eine Menge Fragen. Ruckartig hob Pam den Kopf. Vielleicht hatte Padma ja doch ein paar Antworten.

Also riss Pam nun die Tür auf, und Padma sagte anstelle einer Begrüßung: »Bitte entschuldigen Sie die Störung.« Sie deutete mit dem Kopf auf die andere Frau. »Brenda hat Hanks persönliche Sachen aus seinem Büro dabei, außerdem würden wir gerne kurz mit Ihnen sprechen.«

Während die drei in ihr Wohnzimmer marschierten, ließ Pam den Blick prüfend durch ihren Vorgarten wandern. Mit einem unguten Gefühl in der Magengrube registrierte sie den schwarzen SUV mit den vier großen Männern darin, der direkt vor ihrer Tür parkte. Ihr Herz begann, wild zu klopfen. Möglichst langsam schloss sie die Haustür und wandte sich dann Padma zu, die ihr zunächst Brenda vorstellte. Trotz aller Anspannung bemerkte Pam deren warmherzigen Blick und die sympathischen Sommersprossen. Deshalb erwiderte sie ihren festen Händedruck gerne. Padma erklärte, dass Brenda die neue Leiterin der Sicherheitsabteilung des Casinos sei; der letzte Mitarbeiter, der von Hank eingestellt worden war. Dann deutete sie auf den Mann. »Und dieser Herr kommt aus unserer Zentrale in Mumbai, sein Name ist Farid Nadir.«

Was war hier los? Wer waren diese Leute, und was wollten sie von ihr?

»Sie haben einen Hund.« Padma rümpfte die Nase.

Sofort kam Elmer angetappt und beschnüffelte Padma, die ihn mit ihrem spitzen Absatzschuh von sich fortschob. Daraufhin wandte er sich Brenda zu, die ihm einladend die Hand hinstreckte. Er drückte sich gegen ihre Schienbeine und ließ wedelnd den Schwanz kreisen, während Brenda ihn hinter den Ohren und am Rücken kraulte. »Na, wie heißt du denn, mein Großer?«

»Das ist Elmer«, stellte Pam ihn vor.

Die Frauen nahmen auf dem Sofa Platz, während Farid neben der Tür Stellung bezog. Elmer kam zu Pam herüber und setzte sich quasi auf ihre Füße. Mit sanftem Druck zog sie an seinem Halsband und brachte ihn dazu, sich neben ihren Sessel zu legen.

Padma räusperte sich. »Äh … ja.« Sie schluckte. »Wir haben Grund zu der Annahme, dass Hank uns etwas verheimlicht hat.«

Ach, wirklich? Pam biss sich innen auf die Wange, um nicht mit ihren eigenen Fragen herauszuplatzen. Vielleicht konnte Padma tatsächlich etwas Licht in das wirre Dunkel der Ereignisse bringen. »Wie kommen Sie darauf?«

»Äh … nun ja.« Padmas Blick huschte kurz zu Farid, bevor sie sich wieder Pam zuwandte. »Also, zum einen hat er mir verschwiegen, dass er eng mit Dave Brand befreundet war.« Wieder schluckte sie.

Pam hingegen seufzte innerlich. Das war nichts Neues, sie hatten alle immer gewusst, dass Hank und Dave ihre persönliche Beziehung bei der Arbeit nicht an die große Glocke gehängt hatten.

Padma beugte sich ein wenig vor. »Das ist dieser Spielautomatentechniker, der kürzlich verstorben ist.«

»Ja, ich kenne Dave Brand.«

»Ach, wirklich?« Padma klang überrascht. Nachdem sie

sich noch einmal geräuspert hatte, schenkte sie Farid ein kurzes Lächeln, bevor sie in deutlich schärferem Tonfall fortfuhr: »Ich denke, Hank hat ihre Freundschaft im Casino bewusst geheim gehalten.«

Dieser neue Ton gefiel Pam nicht. Trotzig richtete sie sich auf. »Und?«

»Genauer gesagt, habe ich Hank direkt gefragt, ob er Dave Brand kenne, und er antwortete: ›Nicht wirklich‹.«

Nein, dieser Ton gefiel Pam ganz und gar nicht. Fragend neigte sie den Kopf. »Und?«

»Nun ja, das beweist doch wohl, dass Hank seine Bekanntschaft mit Dave Brand bewusst vor mir verheimlicht hat.«

»Wie lautet Ihr Nachname, Padma?«

»Äh … Singh.«

»Ja, richtig. Singh. Unter diesem Namen kennt man Sie, er steht an Ihrer Bürotür und auf Ihren Visitenkarten. Allerdings hat Hank mir gesagt, dass dies nicht Ihr richtiger Name ist. Ist Ihr richtiger Familienname nicht identisch mit dem der Vorstandsvorsitzenden von Indo-USA Gaming? Aber Sie benutzen diesen Namen nicht. Sie haben ihn bewusst vor Hank verheimlicht. Warum, Padma?«

»Äh … äh … das ist doch etwas vollkommen …«

»Worauf wollen Sie eigentlich hinaus, Padma? Gut, der Verwaltungschef der Firma wollte nicht, dass man an seinem Arbeitsplatz etwas von seiner Freundschaft mit einem der Techniker erfährt. Welch ein Skandal! Warum sind Sie hier?«

Pam lehnte sich zurück und schlug die Beine übereinander. Eine Minute Höflichkeit würde sie ihnen noch gewähren, aber danach würde sie den ganzen Trupp aus ihrem Haus werfen. Dieser Typ drüben an der Tür jagte ihr kalte Schauer über den Rücken. Stand wortlos da und starrte sie möglichst bedrohlich an. Immer wieder warf sie ihm verstohlene Blicke zu, die er mit einer solchen Kälte erwiderte, dass sich ihr die Nackenhaare aufstellten. Schnell konzentrierte sie sich wieder auf Padma.

Die rutschte nun vorsichtig bis zur Sofakante vor und verschränkte die Hände im Schoß. »Wir glauben, dass Ihr Ehemann an einem Coup beteiligt war, durch den dem Casino Gelder entzogen wurden. Erhebliche Summen. Über einen Zeitraum von vier Jahren. Also, wir reden hier von einem richtig großen Ding. Doch um so viel Geld zu stehlen, hätte er Helfer gebraucht. Wir wollten persönlich und inoffiziell mit Ihnen sprechen, bevor wir die Behörden einschalten und eine Untersuchung …«

Schockiert hob Pam die Hände. »Moment, Moment! Wovon reden Sie da bitte?«

Geduldig neigte Padma den Kopf. »Ich sagte, dass wir glauben, dass Ihr Ehemann …«

Ja, Padma hatte eine Menge gesagt, aber bei Pam war vor allem ein Wort hängen geblieben: stehlen.

»Hank. Nennen Sie ihn bei seinem Namen, Padma. Nur damit ganz deutlich wird, wen Sie hier beschuldigen, wenn Sie tatsächlich das sagen wollen, von dem ich glaube, dass Sie es sagen wollen.«

Padma nickte. »Wir glauben, dass *Hank* möglicherweise einen Betrug angezettelt hat, der das Casino …«

Wieder hob Pam die Hand. »Nur damit ich das richtig verstehe: Sie sagen, Sie seien hier, weil Hank seine Freundschaft mit Dave Brand unerwähnt gelassen hat, und das bedeutet Ihrer Meinung nach, dass die beiden das Casino bestohlen haben?« Etwas noch Absurderes ließ sich wohl nicht behaupten; und das hier in ihrem Wohnzimmer. »Sie glauben, mein Ehemann Hank habe das Casino bestohlen, für das er einunddreißig Jahre lang gearbeitet hat?« Ungläubig sah sie erst Padma an, dann Brenda und Farid.

Nur Brenda reagierte mit einem Nicken.

Mühsam versuchte Pam, ihre Miene unter Kontrolle zu halten, während sie das einen Moment lang sacken ließ. War es möglich? Hatte Hank das Casino beklaut? Hatte er deshalb seinen Tod vorgetäuscht? Wie hatte er noch immer gern gesagt? Ach ja: Angriff ist die beste Verteidigung.

Entschlossen fuhr sie fort: »Also, zuallererst hätte jedes Gespräch mit Vertretern Ihres Casinos damit beginnen müssen, dass man die vielen verdienstvollen Jahre anerkennt, die mein Mann dort abgeleistet hat. Vermutlich hat er bereits in diesem Casino gearbeitet, als Sie alle noch in die Windeln geschissen haben. Hätte man dieses Gespräch also mit Anstand führen wollen, noch dazu hier in Hanks Trauerhaus, wäre ein wenig Respekt angemessen gewesen.«

Pam musste ihre Gedanken ordnen, und dafür war das ein guter Anfang. Zufrieden sah sie, wie Brenda betreten auf dem Sofa herumrutschte und eine deutlich sichtbare Röte an Padmas Hals hinaufkroch. Sehr schön. Der Mann hingegen starrte sie noch immer kalt an. Pam musterte ihn mit schmalen Augen, woraufhin auch er die Lider zusammenkniff. Unattraktiv, wie er war, hatte er sich wahrscheinlich ständig profilieren müssen, um weiterzukommen, und nun versuchte er, das auch auf Kosten des verstorbenen (oder möglicherweise noch quicklebendigen) Hank zu tun.

»Zweitens scheinen Sie davon überzeugt zu sein, dass mein Mann das Casino bestohlen hat. Aber glauben Sie wirklich, ich würde einen uralten Minivan fahren, wenn wir auch nur ein bisschen Geld übrig hätten?« Pam zeigte Richtung Einfahrt. »Oder dass wir dann in dieser gemieteten Bruchbude hausen würden? Noch dazu hätte es schon einen Blitzschlag gebraucht, der Hank um einiges cleverer, mutiger und interessanter gemacht hätte, als er während seiner vierundsechzig Lebensjahre jemals war, denn sonst wäre er niemals in der Lage gewesen, das zu tun, was Sie ihm hier vorwerfen. Mein Mann ist tot, und ich bin pleite und lebe von seiner Rente. Er kann Ihr Geld gar nicht gestohlen haben.«

Pam sah zu Brenda, Brenda sah zu Padma, Padma sah zu Farid.

Letzterer schob langsam eine Hand in die Hosentasche. Überrascht bemerkte Pam, dass Elmer leise zu knurren begann. Bis zu diesem Moment hatte ihr Hund noch nie auch nur einen Ton von sich gegeben. Vorsichtig sah sie zu ihm hinunter; er lag noch immer ausgestreckt neben ihr, hatte aber den Kopf gehoben und die Ohren aufgestellt. Dann wanderte ihr Blick weiter zu Farid, der inzwischen ein Päckchen Kaugummi aus der Tasche gezogen hatte. Er wickelte einen rosafarbenen Klumpen aus und legte ihn sich auf die Zunge. Nun wurde die Stille im Raum von seinen schmatzenden Kaugeräuschen durchbrochen.

»Verzeihung. Ist meine Lieblingsmarke.« Er knüllte das Kaugummipapier zusammen, und Pam sah vollkommen entgeistert zu, wie es quer durch den Raum flog und auf ihrem Couchtisch landete. Das schockierte sie so sehr, dass ihr für einen Moment die Gesichtszüge entgleisten. Ohne ihre Reaktion zur Kenntnis zu nehmen, fuhr Farid fort: »Also, Pam, Ihr Argument ist nachvollziehbar. Aber das ist vollkommen irrelevant. Gute Diebe geben ihre Beute nicht aus. So vermeiden sie, erwischt zu werden. Und die besten Diebe erwecken immer den Anschein, zu so etwas gar nicht in der Lage zu sein. Auch so ein Trick. Trotzdem stehlen sie und bringen andere Menschen um ihr Geld, und meiner Erfahrung nach weiß die Ehefrau eigentlich immer, wo besagtes Geld am Ende versteckt ist.«

Empört wich Pam zurück. Behauptete dieser grauenhafte Mann etwa, sie sei eine Komplizin? Hatte er den Verstand verloren? Zufrieden schob Farid das Kaugummipäckchen zurück in seine Tasche. Seine abstoßende, männliche Überheblichkeit hatte etwas Hypnotisches an sich; Pam konnte einfach nicht wegsehen. Dann aber riss sie sich zusammen und warf ihm einen wütenden Blick zu. »Tja, wirklich irrelevant ist hier Ihre Erfahrung, Farid. Selbst wenn Hank Ihr Geld gestohlen hätte – was er keinesfalls getan hat –, ist er jetzt tot, und ich habe es nicht.«

Farid klatschte so unvermittelt in die Hände, dass die drei Frauen erschrocken zusammenzuckten. »Heute können wir hier offenbar nichts mehr erreichen. Also, das läuft jetzt folgendermaßen: Wir kommen in ein paar Tagen wieder.« Er sah Pam durchdringend an. »Und wenn Sie uns dann das Geld geben, dürfen Sie weiterleben.«

Entsetzt fuhr Pam zu ihm herum. »Ich habe Ihnen doch gesagt …«

Doch Farid hob nur wortlos die Hand und warf Pam einen beinahe mitfühlenden Blick zu, bevor er den Arm wieder sinken ließ. »Sprechen Sie mit Ihren Freundinnen. Lösen Sie das Rätsel. Dann geben Sie uns das Geld, und Sie werden alle weiterleben. So einfach ist das.«

»Meinen Freundinnen?«

»Den anderen Witwen natürlich.«

Fassungslos starrte Pam ihn an.

»Aber Pam.« Lächelnd neigte Farid den Kopf. »Es ist doch kein Zufall, dass diese vier Männer tot sind und uns zehn Millionen Dollar fehlen.«

»Zehn Millionen Dollar!« Pam fasste sich an die Brust. Ihre Kinnlade war bestimmt bis auf den Boden geplumpst. Hektisch schoss ihr Blick zu Padma hinüber, dann zu Brenda, dann zurück zu Farid. »Zehn Millionen Dollar! Sie behaupten doch nicht ernsthaft, Hank hätte *zehn Millionen Dollar* gestohlen. Soll das ein Witz sein?« Pam sah sich suchend um, als müssten irgendwo Kameras oder Smartphones auf sie gerichtet sein, um das alles für eine makabre Realityshow aufzuzeichnen. Krampfhaft klammerte sie sich an den Armlehnen des Sessels fest. Ihr Herz raste. Was war hier los, verdammt?

Farid räusperte sich gelassen. »Wie gesagt: Meiner Erfahrung nach lassen sich ohne Hilfe keine zehn Millionen aus Spielautomaten abzweigen. Und noch einmal: Die Ehefrauen wissen immer Bescheid.« Sein Mund verzog sich zu einem schmalen Lächeln, mit dem er seinen stechenden Blick untermalte. Dann sah er zu Elmer hinunter. »Was für ein hässlicher Köter!« Damit wandte er sich ab und ging hinaus. Padma folgte ihm eilig.

Auch Brenda stand auf, beugte sich aber noch einmal zu Elmer hinunter. »Du bist nicht hässlich, du bist ein richtig hübscher Kerl. Und ein ganz braver Junge.« Als sie sich aufrichtete, hob sie Farids Kaugummipapier vom Tisch auf und schob es in ihre Tasche. Dann ging sie hinaus und zog ordentlich die Tür hinter sich zu.

Pam war völlig fertig. Sie konnte sich nicht mehr rühren. In diesem Moment hätten sie sogar ihr Sofa mitnehmen können, ohne dass sie protestiert hätte. Draußen wurden Autotüren zugeschlagen, Motoren begannen zu brummen, Autos fuhren davon. Und Pam saß noch immer wie erstarrt in dem Sessel, in dem man sie zurückgelassen hatte.

Wie hatte es nur so weit kommen können? Das Mädchen, das bei den Pfadfindern, die Frau, die Vorsitzende des Elternbeirates gewesen war, engagierte nun Profikiller und wurde beschuldigt, ein Casino ausgeraubt zu haben. Okay, vielleicht nicht wirklich ausgeraubt. Aber trotzdem. Zehn Millionen

Dollar! Was war nur mit ihrem Leben passiert? Klar, man hatte sie gewarnt, dass es nach der Menopause noch einmal holprig werden konnte, aber … heilige Scheiße! Ihr Leben war vollkommen außer Kontrolle geraten, und das hatte rein gar nichts mit ihrem Östrogenspiegel zu tun.

Mit zitternden Fingern griff Pam nach ihrem Telefon. Zehn Minuten später fuhr erst Shalisas und dann Nancys Auto mit quietschenden Reifen in ihre Einfahrt.

KAPITEL 41

JEDER IST SICH SELBST DER NÄCHSTE

Scheppernd stellte Pam einen Teller mit Erdnussbuttertoast und die Paracetamolpackung – in ihrer aller Leben war die tägliche Dosis Schmerzmittel unverzichtbar geworden – auf dem Küchentisch ab. Anschließend schenkte sie Nancy und Shalisa Kaffee ein, wobei ein paar Tropfen danebengingen. Ihre Freundinnen hatten sich gerade erst hingesetzt, als Pam sich ebenfalls einen Stuhl heranzog und sich kraftlos darauf niederließ. »Ich weiß jetzt, warum sie ihren Tod vorgetäuscht haben.«

Sofort hörte Nancy auf, an ihrem BH-Bügel herumzuziehen, Shalisa zog ihren Fuß zurück und stellte so die Bauchstreicheleinheiten bei Elmer ein, und beide richteten sich gespannt auf.

Mit weit aufgerissenen Augen erklärte Pam langsam und überdeutlich: »Padma glaubt, dass Hank die anderen zu irgendeinem Plan überredet hat, mit dem sie dann das Casino bestohlen haben.«

Nancy und Shalisa nickten.

War das etwa alles? Irritiert fuhr Pam fort: »Habt ihr das verstanden? Padma glaubt, Hank habe das Casino beklaut.«

Achselzuckend stellte Nancy fest: »Aber werden Casinos nicht dauernd von irgendwem bestohlen? Ich meine, ich habe all die Filme gesehen: *Ocean's Eleven*, *Twelve* und *Thirteen*. Sind die nicht inzwischen bei *Sixteen* oder so?«

Bedächtig pustete Shalisa auf ihren Kaffee. »Beim letzten Mal sind sie runtergegangen zu *Ocean's 8*, der war mit Sandra Bullock.« Sie trank einen Schluck.

Auf Nancys Gesicht machte sich ein verträumtes Lächeln breit. »Oh, ich liebe diese Frau. Sie ist so echt. Sollte mein Leben jemals verfilmt werden, möchte ich von Sandra Bullock gespielt werden.«

Interessiert hob Shalisa den Kopf. »Ja, das würde perfekt passen. Ich hätte gerne Niecy Nash-Betts. Die ist eine richtige Powerfrau, und ich bilde mir gerne ein, dass ich ein bisschen so bin wie sie.« Sie wackelte mit den Schultern. »In dieser einen Serie hat sie eine Krankenschwester gespielt, in *Getting On – Fiese alte Knochen*. Also genau wie ich. Sehr authentisch. Oh, und wisst ihr, wer gut Marlene spielen könnte? Jennifer Coolidge.«

Nancy schlug so begeistert auf den Tisch, dass die Kaffeebecher vibrierten. »O – mein – Gott! Sie wäre fabelhaft. Wen hättest du gerne, Pam?«

Vollkommen fassungslos sah Pam ihre Freundinnen an. Schließlich antwortete sie: »Jamie Lee Curtis. Ich werde das im Hinterkopf behalten, wenn ich vom Gefängnis aus über die Filmrechte verhandele.« Gereizt beugte sie sich vor und tippte mit dem Zeigefinger auf den Tisch. »Habt ihr mir überhaupt zugehört? Padma denkt, dass Hank und eure Ehemänner dem Casino *zehn Millionen Dollar* gestohlen haben.«

Endlich fiel der Groschen.

Zufrieden beobachtete Pam, wie den Mädels die Gesichtszüge entgleisten. Da ihre Botschaft nun angekommen war, schluckte sie erst einmal zwei Paracetamol, nahm sich eine Scheibe Toast und erklärte, während sie sich erschöpft zurücklehnte: »Mindy Kaling wäre die ideale Padma. Ich wette, sie bekommt diese Mischung aus Niedlichkeit und Verschlagenheit prima hin.« Sie biss in ihren Toast und beugte sich zu Elmer hinunter, um ihn zu streicheln. Hoffentlich wirkten die Tabletten bald.

Nachdem sie mehrmals den Kopf geschüttelt hatte, protestierte Nancy: »Du hast nichts von *zehn Millionen* gesagt. Das ist nicht nur Geld, das ist ein Vermögen.« Mit einem kurzen Blick suchte sie bei Shalisa nach Bestätigung. »Moment mal! Nur um das klarzustellen: Padma denkt, *Hank* könnte der Kopf hinter einem Zehn-Millionen-Coup im Casino gewesen sein?« Nach einer Kunstpause fragte sie: »Aber sie kannte Hank schon persönlich, oder? Und sie glaubt tatsächlich, er wäre zu so etwas in der Lage? Immerhin reden wir hier doch über den Kerl, der vergessen hat, seinen Motor abzustellen, während er im Restaurant gesessen und gegessen hat, oder? Und das zwei Mal.«

»Fairerweise muss man sagen, dass der Motor wirklich sehr leise war«, verteidigte Pam ihren Mann. Sie sah deutlich, dass Nancy und Shalisa die Grenze ihrer geistigen Belastbarkeit erreicht hatten. Das würde also nicht leicht werden. Trotzdem fügte sie hinzu: »Außerdem hat Padma angedeutet, dass er seine Freundschaft zu Dave geheim gehalten hat, weil sie da zusammen dringesteckt haben.«

»Unser Dave?«, hakte Shalisa nach. »Der Dave, der, als Marlene nicht da war, einen ganzen Tag lang seine Töchter gesucht hat, weil er vergessen hatte, dass sie im Sommercamp waren?«

Höhnisch fasste Nancy zusammen: »Als ob Hank und Dave überhaupt irgendetwas auf die Reihe gekriegt hätten.« Ihr fiel noch ein Ereignis ein, das bei ihren Treffen immer wieder für Lacher gesorgt hatte. »Marlenes Fünfzigster.«

Sofort begannen die Freundinnen zu kichern. Sie mussten die Geschichte gar nicht erzählen, sie alle kannten sie nur zu gut. Das war wirklich ein Klassiker. Dave hatte sich persönlich um jedes Detail für Marlenes Überraschungsparty gekümmert, hatte dann aber vergessen, Marlene zum Veranstaltungsort bringen zu lassen.

»Und dann hat er uns die Schuld gegeben. Als hätten wir wissen müssen, dass das unsere Aufgabe war«, erinnerte sich Shalisa. »Zum Glück war sie zu Hause, als wir sie angerufen haben.«

Pam kehrte zum eigentlichen Thema zurück: »Dieser Farid meinte, vier Tote und zehn Millionen Verlust bei den Spielautomaten könnten kein Zufall sein.«

Gelassen winkte Nancy ab. »Aber genau diese vier Typen waren nicht einmal dazu in der Lage, einen Road Trip zu planen, wisst ihr noch?«

Wieder fingen sie an zu lachen, wobei Pam versuchte, ihren schmerzenden Kopf mit der Hand zu stützen. Irgendwo auf der Interstate 10 war der Sprit knapp geworden, also hatten die Männer an einem Rastplatz gehalten, um nachzutanken. Während sie sich dort mit Kaffee und Donuts versorgt hatten, war keinem von ihnen aufgefallen, dass niemand sich die Mühe gemacht hatte, auch wirklich zu tanken. Also waren sie mit ihren Snacks wieder ins Auto gestiegen und fröhlich auf die Autobahn zurückgefahren, nur um eine halbe Stunde später liegen zu bleiben. Inzwischen lag diese Geschichte schon zehn Jahre zurück, und trotzdem bekamen die Männer noch immer endlose Lachanfälle, wenn sie das Gespräch nacherzählten, in dem sie noch im Wagen herauszufinden versucht hatten, warum sie nicht weiterkamen.

Vielleicht waren Padmas wilde Anschuldigungen tatsächlich vollkommen hirnverbrannt. Pam schüttelte entschieden den Kopf. »Ihr habt recht. Hank und Dave hätten so etwas niemals durchziehen können.«

Nun widmete sich auch Shalisa ihrem Toast, hielt jedoch schon nach dem ersten Bissen abrupt inne. »Aber wenn Larry und Andre ihnen geholfen haben, vielleicht schon.«

Entsetzt blickte Pam hoch. »Das hat dieser Farid gesagt. Er meinte, es wären alle vier gewesen. Zusammen.«

Shalisa ließ ihren Toast fallen. »Aber klar! Wenn Dave und Hank eine Möglichkeit gefunden haben, dem Casino das Geld abzunehmen, haben Andre und Larry es bestimmt geschafft, es irgendwie umzuleiten und zu verstecken.«

Darüber musste Pam einen Moment nachdenken. Niemals hätte Hank etwas so Verbotenes und Kompliziertes allein getan, dazu wäre er gar nicht in der Lage gewesen. Dave ebenfalls nicht. Aber mit der Unterstützung von dem Transportexperten Andre und dem Bankmanager Larry … Vielleicht hätten sie es so geschafft. Vielleicht hatten sie es so gemacht.

An Nancys nächster Frage erkannte Pam, dass sie diese Möglichkeit auch nicht mehr ganz ausschloss. »Wie lange lief das denn Padmas Meinung nach?«

»Ungefähr vier Jahre.«

Nancy nickte. »Also nachdem das Investment den Bach runtergegangen ist.«

Danach. Wie immer gab es ein Davor und ein Danach. Nun eben noch ein weiteres Danach.

Shalisa stellte fest: »Sie haben sich damals wirklich verändert, daran gibt es keinen Zweifel.«

Und Pam fand: »Ich dachte, sie hätten sich verändert, weil sie sich wegen des verlorenen Geldes schämten. Niemals hätte ich vermutet, dass sie irgendetwas … Illegales machen. Eine solche Chuzpe hätte ich ihnen gar nicht zugetraut. Aber wenn sie das Geld tatsächlich geklaut haben, wäre das natürlich ein plausibler Grund, um die Beine in die Hand zu nehmen.«

Pam kam sich vor wie beim Optiker, wenn die Gläser langsam angepasst wurden und sich das Bild erst nach und nach scharf stellte. Möglichkeit Nummer eins: Hank war ein kaltherziger Arsch, der sie nicht mehr liebte. Nun aber kam Möglichkeit Nummer zwei hinzu: Hank und seine Freunde hatten im großen Stil das Casino abgezockt und ihren eigenen Tod vorgetäuscht, um nicht erwischt zu werden.

Entsetzt schnappte Nancy nach Luft. »Meint ihr, Dave wurde vielleicht *umgebracht?*« Noch einmal keuchte sie auf. »Sind sie etwa deshalb abgehauen? Meinte Hank nicht irgendwann einmal, die neuen Eigentümer des Casinos hätten Verbindungen zum organisierten Verbrechen?«

Pam lehnte sich zurück. »Ja, das hat er erwähnt. Und nachdem ich heute diesem Farid begegnet bin, glaube ich das sofort. Den hättet ihr sehen sollen. Er hat die ganze Zeit neben der Tür gestanden und mich angestarrt. Richtig gruselig. Und Elmer hat ihn angeknurrt.«

Skeptisch sahen Shalisa und Nancy zu Elmer hinüber. »Wirklich?«, fragte Nancy zweifelnd.

Pam nickte. »Wenn die Männer geglaubt haben, dass die Casinoleute Dave umgebracht haben, haben sie vielleicht ihren Tod vorgetäuscht, damit sie nicht als Nächste dran sind.« Sie stand auf, schenkte Kaffee nach und wiederholte: »Zehn Millionen Dollar. Glaubt ihr wirklich, sie waren das?«

Mit einem sentimentalen Lächeln gestand Shalisa: »In jüngeren Jahren wäre Andre dazu imstande gewesen.«

Nancy spielte an ihrem Ohrring herum, während sie überlegte: »Dem Larry von früher, dem jungen Larry, würde ich so etwas zutrauen.« Dann schüttelte sie den Kopf. »Aber der alte, langweilige Larry? Nie im Leben!«

Shalisa befeuchtete ihre Lippen. »Wenn sie es allerdings waren, hätte das schon einen gewissen Reiz.« Sie zog vielsagend die Brauen hoch. »Wenn ihr wisst, was ich meine.«

Einen Moment lang war Pam sprachlos. »Du willst allen Ernstes behaupten, die Vorstellung, Andre könnte ein Dieb sein, macht ihn in deinen Augen … sexy?«

Achselzuckend rechtfertigte sich Shalisa: »Hätte ich gewusst, dass Andre nebenbei solche krummen Dinger dreht, dann hätte er daheim vielleicht … ein paar Sachen angekurbelt. Dann wäre er nicht ganz so als … Weichei rübergekommen. Komm schon, Pam, stell es dir doch mal vor: Hättest du gewusst, dass Hank *Millionen* von Dollar ergaunert hat … Irgendwie hat das was, das musst du zugeben.« Shalisa lächelte verträumt.

Pam lehnte sich zurück und streichelte Elmer. »Na ja, es wäre schon nett gewesen, zu wissen, dass Hank noch etwas Pfeffer im Arsch hat. Und dass er etwas gegen unsere Misere tut, anstatt einfach nur darin zu versinken.«

Nancy nahm sich den letzten Toast und biss hinein. Nachdem sie ein wenig vor sich hin gekaut hatte, folgerte sie: »Sie müssen es getan haben. Warum sollten sie sonst abhauen? Was meinst du, Shalisa?«

Die schloss für einen Moment die Augen und riss sie dann wieder auf. »Auch wenn es verrückt klingt, ich muss dir recht geben. Warum sonst würden sie ihren eigenen Tod vortäuschen? Oder, Pam?«

Geistesabwesend kraulte Pam ihren Hund hinter den Ohren. »Ja, so ergibt alles einen Sinn.«

Nancy legte ihren Toast weg. »Dann stellt sich als Nächstes die Frage: Haben sie das getan, um unsere Misere zu beenden, wie du es nennst, oder haben sie das Geld für sich geklaut, um uns anschließend sitzen zu lassen?«

Pam starrte in den Garten hinaus. »Ich wünschte, ich wüsste es.«

Shalisa aber fand: »Die Antwort liegt doch auf der Hand.«

Leicht ratlos sahen die Freundinnen sie an, und Nancy fragte: »Wie meinst du das?«

Shalisa lehnte sich mit vor der Brust verschränkten Armen zurück. »Sie sind weg, wir sind hier. Sie haben uns bereits sitzen gelassen. Bestimmt hätten sie uns mitnehmen können, doch das haben sie nicht getan.«

Pam tippte mit dem Finger gegen ihren Kaffeebecher, während sie sich das durch den Kopf gehen ließ. Schließlich sagte sie: »So oder so haben wir ein Problem: Dieser Farid hat gesagt, wir müssen ihnen das Geld zurückgeben. Tun wir das, dürfen wir weiterleben, meinte er. Im Umkehrschluss bedeutet das wohl, das Gegenteil wird der Fall sein, wenn wir es nicht tun.«

»Und glaubst du, er hat das ernst gemeint?«, hakte Shalisa nach.

Darauf hatte Nancy eine Antwort: »Also, meiner Meinung nach ist so etwas immer ernst gemeint.«

Shalisa schlug mit solcher Wucht auf den Tisch, dass Pam und Nancy erschrocken zusammenzuckten. »Am Ende läuft es immer auf unsere beschissenen Ehemänner hinaus! Erst verlieren unsere beschissenen Ehemänner all unser Geld und zerstören damit unser Leben. Und jetzt werden wir wegen unserer beschissenen Ehemänner vielleicht umgebracht. Ich bin dreiundsechzig Jahre alt, eine solche Scheiße sollte mir einfach nicht passieren.« Sie schob ihren Stuhl zurück, nahm ihren leeren Teller und ging damit zur Spüle. »Ich sollte keine Killer beauftragen und irgendwelche Morddrohungen abwehren müssen. Ich sollte mich mit Bastelarbeiten und Pickleball beschäftigen.«

»Oh, Pickleball wollte ich immer schon mal ausprobieren. Im Gemeindezentrum veranstalten sie sogar Turniere. Wir könnten Partner sein.« Nancy wandte sich an Pam: »Gesetzt den Fall, sie waren es und sind deshalb abgehauen – wie sollen wir das Geld dann zurückholen? Und möchtest du auch beim Turnier mitspielen?«

Abwehrend schüttelte Pam den Kopf; sie war nicht besonders sportlich. Ihr Blick wanderte auf die Straße hinaus, wo vor nicht allzu langer Zeit der schwarze SUV geparkt hatte. »Keine Ahnung. Ich wüsste nicht einmal, wo ich suchen sollte.«

Shalisa hatte ihren Teller abgespült und drehte sich nun zu ihnen um, sodass sie den Boden volltropfte. »Alleine werden wir es nie finden. Wir werden sie direkt danach fragen müssen. Hoffentlich werden sie von Schuldgefühlen zerfressen, weil sie uns verlassen haben. Sollten sie gefälligst auch. Obwohl, Andre hat sich ja eigentlich schon entschuldigt – jetzt weiß ich endlich auch, wofür.« Sie zog ein Geschirrtuch vom Griff an der Backofenklappe und trocknete ihren Teller ab, während sie fortfuhr: »Ein Vorteil ist uns geblieben: Sie wissen nicht, dass wir sie umbringen lassen wollten. Für sie sind wir noch immer ihre treuen Weibchen, die sie schändlich verlassen und der Armut überantwortet haben. Da werden sie doch sicher versuchen, uns zu retten, oder?« Sie stellte den Teller in den Schrank und ließ das Geschirrtuch einmal schnalzen, bevor sie es zurückhängte.

»Ich weiß nicht«, seufzte Pam. »Vor zehn Jahren hätte ich daran noch keinen Zweifel gehabt. Vor fünf Jahren vielleicht auch nicht. Aber so, wie alles gelaufen ist, bin ich mir da heute nicht mehr sicher. Und wie sollen wir sie überhaupt finden?«

Nancy spottete: »Sie sind ja keine kriminellen Superhirne. Larry hat es doch schon versaut, als er seine Mails gelesen hat. Wir müssen nur lange genug warten, dann melden sie sich bestimmt für irgendein Rabattessen an, und wir können sie beim Hauptgang überraschen.«

Die Frauen lachten grimmig, und Shalisa setzte sich wieder an den Tisch.

Pam gab zu bedenken: »Aber uns bleibt nicht viel Zeit. Farid will schon in ein paar Tagen wiederkommen.«

»Jetzt wartet mal.« Shalisa hob die Hand. »Selbst wenn wir sie finden und sie dazu kriegen, das Geld rauszurücken, warum sollten wir es dann dem Casino zurückgeben? Warum nehmen wir nicht die zehn Millionen und machen uns damit aus dem Staub?«

Die Vorstellung, mit Shalisa und Nancy zu verschwinden, gefiel Pam. Mit so viel Geld könnten sie Marlene auch noch mit einpacken und gemeinsam wer weiß wohin flüchten.

Dann aber erwiderte Nancy: »Weil dieser schreckliche Farid in diesem Fall unseren Liebsten genau das antun würde, was er jetzt uns androht. Dann würde er Paul und Claire unter Druck setzen. Unsere Nichten und Neffen. Und Marlenes Töchter. Genau das unterscheidet uns ja von unseren Ehemännern.«

»Inwiefern?«, fragte Pam.

Nancy erklärte es ihr: »Wir überlegen, wem wir mit unserem Verhalten schaden könnten, bevor wir etwas tun.«

Diesen Gedanken ließen sie einen Moment sacken, dann sagte Shalisa: »Wir könnten zur Polizei gehen und denen sagen, dass uns die Casinoleute bedrohen.« Nach kurzer Überlegung fügte sie noch hinzu: »Oder wir wenden uns an die Medien.«

Pam blickte einem Auto hinterher, das vorne am Haus vorbeifuhr. »Aber würde man uns bei der Polizei denn glauben, dass wir von nichts gewusst haben? Grusel-Farid hat gesagt, die Ehefrauen wüssten immer Bescheid. Warum sollte man uns also glauben, dass wir ahnungslos waren? Keine von uns kann sich einen guten Anwalt leisten, und wenn es eine Untersuchung gibt und sie Beweise dafür finden, dass die Männer das Geld gestohlen haben, sie aber nicht vor Gericht erscheinen, sind wir vielleicht dran. Oder was meint ihr?«

Nancy nickte. »Stimmt.«

»Und was sollen wir tun, wenn sie es nicht zurückgeben?«, wollte Shalisa wissen.

Plötzlich sprang Nancy auf. »Ich weiß es! Wir sagen Padma und ihrem Freund, dass die Männer noch leben. Soll sich das Casino sein Geld doch direkt von ihnen holen und uns da rauslassen.«

Bleierne Stille senkte sich über den Raum, während die drei Frauen das in Gedanken durchspielten. Schließlich stellte Shalisa fest: »Aber wir wissen ja gar nicht, wo die Männer jetzt sind. Außerdem würde ich wetten, dass Padma und ihr gruseliger Scherge uns kein Wort glauben werden. Bestimmt wird er uns dann«, sie verzog gequält das Gesicht, »in die Mangel nehmen, bis wir ihm sagen, was er hören will. Und …«

Nancy beendete den Satz für sie: »Und wenn wir ihm nicht sagen können, was er hören will, wird das möglicherweise kein gutes Ende nehmen.«

Nach einem Moment des Schweigens hob Pam den Kopf. »Ich hab's: Wenn wir Farid sagen, dass Hector weiß, wo sie sind, werden sie sich Hector vorknöpfen. Sollen sie ihn doch durch ihre Mangel drehen.«

Nancy nahm ihre Brille ab und putzte sie mit dem Saum ihres T-Shirts. Als sie fertig war, sah sie ihre Freundinnen an. »Damit wären wir vom Haken. Aber es bedeutet auch, dass wir die Männer zur Zielscheibe machen. Dann wird das Casino hinter ihnen allen her sein, hinter Hank, Larry, Andre und Hector.«

Das beeindruckte Shalisa wenig. »Hector ist ein Profikiller. Dieser Job bringt eben solche Komplikationen mit sich. Und wahrscheinlich liefert er die Männer sowieso gleich aus, um seine eigene Haut zu retten. Was ja vollkommen verständlich wäre.«

»Aber dann würden wir Hank, Larry und Andre ja doch umbringen lassen. Und wir hatten entschieden, dass wir das nicht wollen«, wandte Pam ein.

Das wollte Shalisa nicht so stehen lassen. »Sei fair – die Umstände haben sich seitdem geändert. Diese Entscheidung haben wir getroffen, bevor sie ihren Tod vorgetäuscht, uns abgesägt und uns mittellos zurückgelassen haben. Deshalb wäre ich beim Stichwort Todesfall inzwischen wieder mit an Bord.«

Pam wandte sich Nancy zu, die ihr ruhig in die Augen sah und erklärte: »Ich tendiere eigentlich zu keiner Richtung. Larry hat seinen Frieden mit Paul gemacht, und wenn ich seinen Brief richtig deute, steht er jetzt hinter der Beziehung von Paul und Estuardo, und das war ja mein großes Problem mit ihm.«

Pam ließ kurz den Kopf hängen, dann richtete sie sich auf. »Okay. Mir wäre es eigentlich lieber, wenn sie am Leben bleiben, aber ich denke, in der momentanen Lage gilt: Jeder ist sich selbst der Nächste.«

Wie genau sie weitermachen sollten, wusste Pam zwar nicht, dafür hatte sie aber eine ziemlich klare Vorstellung davon, was sie nicht tun sollten: Sie sollten nicht zur Polizei gehen. Sie sollten sich nicht an die Medien wenden. Und sie sollten auch nicht abhauen. Wenn sie den Casinoleuten aber sagten, dass Hector wusste, wo ihre Ehemänner zu finden waren, wären sie aus der Sache raus.

Also entschied Pam: »Uns bleibt keine andere Wahl. Wenn sie auch nur das Geringste für uns empfinden, werden sie das Geld zurückgeben, um uns zu retten. Aber genau das ist wohl die Zehn-Millionen-Dollar-Frage: Sind wir ihnen noch wichtig genug?« Sie warf einen Blick auf die Uhr. »Das wird der Herr Friseur dann wohl für uns herausfinden.«

KAPITEL 42

BLOSS EIN HERRENFRISEUR

Happy wife, happy life.

Die unterschiedlichsten Männer saßen auf Hectors Friseurstuhl, aber die klügeren unter ihnen sagten genau das. Über den Spiegel sahen sie Hector an und teilten ihm diese Weisheit mit, als wäre das der Schlüssel zum Himmelreich. Da Hector schnell lernte, machte er diese vier Worte schon früh zu seinem Mantra. Sein Leben war schön, weil seine Frau glücklich war.

Brenda liebte ihren neuen Job im Casino, und so pfiff Hector fröhlich vor sich hin, während er das »Bin in dreißig Minuten zurück«-Schild ins Schaufenster hängte und dabei prüfend den Blick über den Parkplatz schweifen ließ. Da alles in Ordnung war, ging er hinaus und schloss hinter sich ab. Drei Geschäfte weiter, neben der Bowlinghalle, betrat er die Bäckerei und erwarb, nachdem er den Eigentümer begrüßt hatte, sechs Donuts, vier Chicken Empanadas, einen Salted Caramel Brownie und eine Cola light.

Die braune Papiertüte bekam während der Fahrt auf dem Beifahrersitz erste Fettflecken, und der Duft von mild gewürztem Hähnchenfleisch breitete sich im Wagen aus. Wenig später stellte Hector die Tüte vorsichtig neben der Kontrollliste des Casinos ab und plauderte mit dem kräftigen Wachmann, während er sich eintrug und seinen Besucherausweis bekam. Dann brachte ihn der Wachmann zum Aufzug.

Unten im Keller angekommen, schwenkte Hector wieder pfeifend seine Tüte, schlenderte den Gang hinunter und registrierte unauffällig die Positionen der Überwachungskameras. Er ging an der Kommandozentrale der Sicherheitsabteilung vorbei, dann an der hauseigenen Bank und bog schließlich um eine Ecke, wo er von einem Praktikanten in Empfang genommen wurde, der ihn das letzte Stück begleitete und ihm mit seiner Karte die Tür zum Lagerraum öffnete. Hector wartete an der Tür, die Tüte mit dem Essen wie eine Opfergabe in beiden Händen haltend. Inzwischen ging der Praktikant zu Brenda hinüber, die an einem der Computertische saß, und informierte sie über Hectors Ankunft.

Der problembehaftete Spielautomat, von dem Brenda ihm erzählt hatte, stand vollkommen unbeachtet in der Mitte des Raumes. Weiter hinten waren einige Scheiben in die Wand eingelassen, sodass man den dahinterliegenden Pausenraum sehen konnte. Dort gab es mehrere Snackautomaten, und Hector entdeckte dazu noch eine Küchenzeile mit Kaffeemaschine und Mikrowelle. An dem langen Tisch saßen sechs Leute; Padma und die Untersuchungskommission aus Indien, vermutete Hector. Die junge Frau sah er sich genauer an. Er hatte Padma schon ein paarmal im Casino gesehen, außerdem hatte Hank hin und wieder von ihr gesprochen. Allerdings hatte er wenig Konkretes gesagt, hatte nur erwähnt, dass sie wohl sehr ehrgeizig war.

Da sie nun aber eine zentrale Rolle im Leben seiner Frau spielte, beobachtete Hector sie aufmerksam, als sie mit dem Hebel an ihrem Stuhl hantierte, um ihn ein wenig höher zu stellen. Anschließend sah sie sich aufmerksam am Tisch um. Ihre Miene verfinsterte sich, was Hector dazu veranlasste, ihrem Blick zu folgen. Während er die fünf Männer im Pausenraum musterte, dachte er unvermittelt an alte

Rätselbilder aus seiner Kindheit: *Was passt nicht in die Reihe?* Wie hatte Brenda den merkwürdig aussehenden Kerl noch gleich genannt? Ach ja: Farid, der Finanzfalke. Männer wie ihn kannte Hector zur Genüge aus seiner Zeit in El Salvador. Solche Männer legten sich Raubtiernamen zu wie Ehrenmedaillen. Oft genug dienten sie aber auch nur dazu, sich hinter ihnen zu verstecken.

Hector beobachtete, wie Farid von seinem Handy aufblickte und zu Padma hinübersah. Er bekam eine Gänsehaut, als sich die Miene der jungen Frau von einer Sekunde auf die andere vollkommen veränderte – ihr unheilvolles Lächeln wurde von einem arglosen Grinsen abgelöst. Einfach so. Innerhalb eines Wimpernschlages wurde ein vollkommen anderer Mensch aus ihr, als wäre sie ein magischer Gestaltwandler. Diesen Moment prägte sich Hector gut ein. Oh, die Frau war gut. Im wahrsten Sinne des Wortes unheimlich gut.

Erst jetzt sah sich Hector die übrigen vier Männer an. Auch sie entsprachen einem festen Typus. Professionelles Auftreten, kaum erkennbare Wölbungen unter Jackett und Hose an Rippen und Knöchel. Unwillkürlich spannte Hector sich an. Diese Art von Team wollte er für seine Brenda nicht. Diese Männer waren nicht hier, um Bilanzen und Kontoauszüge zu prüfen.

»Vielen Dank, Hec-toro. Ich hätte mir auch etwas bestellen können, das hätte mir nichts ausgemacht.«

Lächelnd überreichte er seiner Frau ihr Essen. »Aber dann hätte ich keinen Vorwand gehabt, um dich zu besuchen. Meinst du, es wird heute wieder spät?«

»Keine Ahnung. Aber irgendwie habe ich das Gefühl, solange die hier sind«, sie zeigte Richtung Pausenraum, »sollte ich auch bleiben. Nur für alle Fälle.«

Während sie ihn hinausbegleitete, fragte sie leise: »Du bist gekommen, weil du sie dir ansehen wolltest, richtig?«

Hector zwinkerte ihr zu. »Du kennst mich, Neugier ist mein zweiter Vorname. Ich mache mir eben gerne ein Bild von den Menschen, über die du sprichst.«

»Wen haben wir denn hier?«

Gemeinsam drehten sich Brenda und Hector um und sahen, wie Farid auf sie zuschlenderte. Der kleine Mann nahm die Schultern zurück und präsentierte ein Lächeln, das Hectors Einschätzung nach wohl viele Menschen entwaffnend fanden, auch wenn seine Zähne schrecklich schief waren. Oder vielleicht deswegen. Er registrierte auch den pinken Kaugummiklumpen, der von Farids Zunge eifrig hin und her geschoben wurde. Brenda stellte ihren Mann vor, und Farid streckte ihm die Hand entgegen. Sie war feucht und schlaff. Kaum etwas hasste Hector mehr als einen miesen Händedruck. Als er Farid in die Augen sah, meldete sich wieder sein Bauchgefühl. Solche Augen hatte er schon öfter gesehen. Und das war nie angenehm gewesen. Dieser Mann war mehr als ein einfacher Buchhalter.

»Arbeiten Sie auch hier, Hector?«

Noch immer lächelnd antwortete Hector: »O nein. Ich bin bloß ein Herrenfriseur.«

Sofort schaltete sich Brenda ein: »Er hat mir nur mein Abendessen vorbeigebracht.« Zum Beweis hielt sie die fettige Papiertüte hoch.

Ohne Brenda zu beachten, fuhr Farid fort: »Ein Herrenfriseur also. Falls ich länger bleibe, werde ich wohl bald einen Haarschnitt brauchen. Sie machen nicht zufällig auch Hausbesuche?«

»Normalerweise nicht. Aber ich könnte natürlich eine Ausnahme machen.«

Farid lachte leise. »Ich mag Menschen, die jede sich bietende Chance nutzen. Es war nett, Sie kennenzulernen, Hector.

Bitte entschuldigen Sie mich, ich muss jetzt einen Anruf tätigen.« Damit trat er in den Flur hinaus, und die Tür fiel hinter ihm zu.

Wenig überraschend erklärte Brenda: »Das ist der, von dem ich dir erzählt habe.«

»Dachte ich mir schon.« Er drückte seiner Frau einen Kuss auf die Wange und raunte ihr dabei zu: »Sei bloß vorsichtig mit dem. Und schreib mir, wenn du mich brauchst.«

»Ich kann gut auf mich selbst aufpassen, Hec-toro.«

»Das bezweifle ich nicht im Geringsten. Meine Sorge galt eher denen.« Mit einem verschmitzten Zwinkern musterte er noch einmal die Gruppe im Pausenraum, dann trat er pfeifend in den Flur hinaus. Doch anstatt den Aufzug zu nehmen, ging er durch das Treppenhaus ins Erdgeschoss hinauf und verließ das Gebäude durch den Hinterausgang. Einer alten Gewohnheit folgend, prüfte er dabei die Schlösser. Anschließend kehrte er in seinen Laden zurück, um zu warten.

Er schaltete das Licht ein, nahm das Schild aus dem Fenster und schärfte seine Rasierklinge. Dabei behielt er die ganze Zeit den Parkplatz im Auge. Es dauerte ungefähr eine halbe Stunde, bis Pams Van auftauchte. Hector beendete seine Arbeit, griff nach der bereitstehenden Schachtel und ging zur Hintertür hinaus.

Dieses Gespräch konnte spannend werden. Immerhin schuldeten ihm die Frauen noch hunderttausend, und entweder hatten sie das Geld nicht, oder aber dieser schmierige Farid lag richtig und sie steckten mit ihren Ehemännern unter einer Decke. Dann kamen sie sicher, um ihn zu bezahlen. So oder so ließ sich das nur auf eine Art herausfinden.

Er konnte sich ein Grinsen nicht verkneifen, als sein Klopfen an der Schiebetür im Wageninneren ein schrilles Quietschen auslöste. Als er die Tür aufzog und einstieg, verwandelte sich das in nervöses Gelächter. Gelassen zog er die Wagentür hinter sich zu.

»Ich habe Donuts mitgebracht.« Er reichte den Frauen die Schachtel.

Pam war noch dabei, das verschüttete Wasser von ihrem Shirt zu tupfen, aber Nancy suchte sich lächelnd den mit Puderzucker aus. Dann wirbelte Shalisa auf dem Beifahrersitz herum und entschied sich für Schokoglasur.

Zuletzt wandte sich auch Pam von ihrem Shirt ab, sie wählte Boston Cream.

Ein kurzer Blick verriet Hector, dass nirgendwo im Wagen ein Päckchen zu sehen war, das nach Geld aussah. Okay, es würde also tatsächlich interessant werden.

Entspannt lehnte er sich zurück. Pam und Shalisa sahen Nancy auffordernd an, offenbar sollte sie anfangen.

Nachdem sie sich den Puderzucker vom Mund gewischt und ihren Donutbissen heruntergeschluckt hatte, begann Nancy tatsächlich: »Äh … Hector. Wir wissen es wirklich zu schätzen, dass Sie sich unseres kleinen Auftrages angenommen haben, aber wir glauben, dass dabei etwas schiefgelaufen sein muss.«

Hector seufzte schwer. Nun nicht mehr lächelnd, stellte er die Schachtel mit den Donuts auf den Boden und verschränkte die Arme. Abwartend sah er Nancy an.

Sie schluckte.

Unverwandt fixierte er sie. Er war ein geduldiger Mann. Allerdings blinzelte er nun bewusst träge, damit sie merkte, dass ihre Zeit ablief.

Nervös wischte sie ihre Hände an ihrer Jeans ab.

»Hector, wir haben Sie für eine konkrete Aufgabe bezahlt …«

»Sie haben für eine konkrete Aufgabe eine *Anzahlung* geleistet.«

»Äh … ja. Wir haben eine *Anzahlung* geleistet für eine Aufgabe, die Sie nur *zum Teil* erfüllt haben.«

Noch immer reglos zog Hector die Brauen hoch.

Nancy fing an, an einem losen Fädchen der Sitznaht herumzuzupfen. »Also, genauer gesagt, haben Sie nicht mehr getan, als unser Geld zu nehmen. Äh. Mhm. Ja. Wie soll ich das sagen? Wir haben Grund zu der Annahme …«

»Himmelherrgott noch mal, Nancy«, fiel Pam ihr ins Wort. »Hector, Sie haben unseren idiotischen Ehemännern dabei geholfen, ihren Tod vorzutäuschen, und trotzdem unser Geld genommen. Die drei sind nicht tot, aber Sie haben doppelt abkassiert.«

Und wieder einmal hatte Hector sich vieles ausgemalt, was in diesem Van gesagt werden konnte, aber ganz sicher nicht das. Er nickte vorsichtig, hütete sich aber, diesen Vorwurf direkt zu bestätigen. »Doppelt abkassiert?«

Bestimmt hatte Larry es verbockt. Während Hector bei seiner Mutter gewesen war, hatte der Mann die ganze Zeit auf seinem Laptop herumgetippt. Hank hatte ihm, was das anging, auf den Zahn gefühlt, aber Larry hatte ihm versichert, er wisse, was er tue. Als Hector seinem bezahlten Helfer auf dem Posten an der Tür einen fragenden Blick zugeworfen hatte, hatte der nur vielsagend die Brauen gehoben.

Aber Pam hatte nicht ganz unrecht, er war tatsächlich zu gierig geworden. Es war unethisch, Geld für etwas zu nehmen, das er nicht getan hatte. Andererseits hatte er Brenda schon oft erklärt: In einer Branche, in der böse Menschen anderen bösen Menschen böse Dinge antaten, musste man manchmal einfach versuchen, der letzte böse Mensch in dieser Reihe zu sein.

Shalisa bekräftigte: »Jawohl, doppelt abkassiert. Wir haben Sie dafür bezahlt, die drei umzubringen, und dann ertappen wir Larry dabei, wie er seine E-Mails liest.«

Klang logisch.

Nun übernahm Nancy wieder: »Also ist es nicht nur so, dass wir Ihnen keineswegs hunderttausend Dollar *schulden*, wir wollen auch unsere fünfzigtausend Dollar Anzahlung zurückhaben.«

Das entlockte Hector ein leises Lachen. »Tut mir leid, Ladys. Rückerstattungen gibt es bei mir nicht. Sie wollten, dass die Männer verschwinden, und sie sind verschwunden. Wofür ich gesorgt habe. Das Honorar hat sich also nicht geändert.«

Nancy war empört. »Sie können uns doch nicht etwas in Rechnung stellen, das Sie gar nicht getan haben.«

»Ich werde mich hier nicht um Worte streiten. Sie wollten, dass Ihre Männer aus Ihrem Leben verschwinden. Das ist geschehen. Also, wo bleibt mein Geld?«

Pam erwiderte: »Wir haben es nicht. Ob wir es Ihnen nun schulden oder nicht – was wir kategorisch abstreiten –, wir haben es nicht. Denn Ihre bescheuerten Klienten haben ihre Lebensversicherungen gekündigt und uns in der Scheiße sitzen lassen. Endgültig. Mit leeren Händen.«

Aha, das mit der Versicherung wussten sie also. Und mal ganz ehrlich … wie konnten diese Männer ihre Frauen so hängen lassen? Bei manchen Kerlen konnte einem nur übel werden. Andererseits hatten die Frauen ihn damit beauftragt, ihre Männer umzubringen. Hm.

»Und das ist Ihre Schuld!«, setzte Pam noch einen drauf.

»Meine Schuld?« Hector war verblüfft. »Wieso sollte das meine Schuld sein?«

»Sie haben die Versicherungen gekündigt, weil sie eine genauere Untersuchung der Todesumstände vermeiden wollten, da sie ja gar nicht tot sind«, führte Pam aus. »Und sie sind deshalb nicht tot, weil Sie ihnen dabei geholfen haben, ihren

Tod nur vorzutäuschen. Ergo ist es Ihre Schuld, dass wir jetzt kein Geld bekommen.«

Niemals zuvor hatte Hector das Wort *ergo* in einem echten Satz gehört.

Pam fragte weiter: »Wissen Sie eigentlich, warum sie sich verdrückt haben?«

»Nein.« Niemals mehr offenlegen als nötig.

Nancy bohrte weiter: »Sie haben sie nicht danach gefragt?«

»Nein.«

Pam rutschte ein wenig weiter vor. »Wir stecken ein wenig in der Klemme, Hector. Das Casino glaubt, dass Hank und die anderen Jungs eine ziemlich große Summe abgezweigt haben, und jetzt wollen sie das Geld zurück. Hanks Chefin geht davon aus, dass wir wissen, wo es ist. Und sie hat einen ziemlich … bedrohlichen Kerl aus Mumbai einfliegen lassen. Die haben Verbindungen zum organisierten Verbrechen, deshalb gehen wir davon aus, dass sie vor nichts zurückschrecken werden, wenn Sie verstehen, was ich meine. Dieser Kerl hat damit gedroht, uns umzubringen, wenn wir das Geld nicht zurückgeben.« Pam sah kurz zu Nancy und Shalisa hinüber, die bestätigend nickten.

Wieder einmal hatte seine Brenda die Situation vollkommen korrekt interpretiert. Von ihr hatte Hector erfahren, wie sehr Farids Besuch Pam aufgewühlt hatte. Allerdings ging Brenda davon aus, dass der Kerl nur bluffte, da er keinerlei handfeste Beweise dafür hatte, dass Hank und Dave irgendetwas gestohlen hatten, geschweige denn mehrere Millionen. Und er hatte deshalb keine Beweise, hatte Brenda Hector erklärt, weil sein Team und er gar nicht danach gesucht hatten. Keinen einzigen Computer hatten sie eingeschaltet, keine einzige Akte aufgeschlagen. Bislang hatte der Finanzfalke auf seiner Suche nach dem Geld nichts anderes getan, als Pam einzuschüchtern.

Aber die Frauen hatten das Geld nicht, denn wenn sie es hätten, hielte Hector nun einen Umschlag voller Scheine in der Hand und säße längst nicht mehr in diesem Van. Die drei Damen saßen richtig tief in der Scheiße. Aber das war nicht sein Problem. »Das klingt wirklich übel, Pam. Aber ich würde Ihnen raten, sich eher meinetwegen Sorgen zu machen. Ich will meine Hunderttausend. Also besorgen Sie sie mir. Es war wie immer nett mit Ihnen, Ladys. Wir hören wieder voneinander. Bald.« Er beugte sich vor und wollte die Tür öffnen.

Mit erhobener Stimme forderte Pam: »Sie werden unseren Männern sagen, dass sie das Geld zurückgeben sollen.«

Erstaunt hielt Hector inne, die Hand bereits am Türgriff. Nein, er musste sich verhört haben. »Entschuldigung, wie war das?«

»Sie müssen für uns zu unseren Männern gehen und ihnen sagen, dass sie dem Casino das Geld zurückgeben müssen, um uns zu retten.«

Hector ließ sich wieder in den Sitz fallen, rieb sich das Kinn und nahm sich dann einen Donut. Das musste er erst einmal verarbeiten. Seine Wahl fiel auf das Gebäck ohne Verzierung, das machte weniger Sauerei als die anderen. Er nahm einen Bissen, schluckte, biss wieder ab.

Schließlich fragte er: »Ihnen ist aber schon klar, dass die drei wissen, dass Sie mich damit beauftragt haben, sie umzubringen?«

»Waaas?« Entsetzt starrten die drei Frauen ihn an. »Wieso? Warum sagen Sie ihnen das denn?«, empörte sich Pam.

»Zum damaligen Zeitpunkt schien es mir klug zu sein.« Hector nahm den nächsten Bissen von seinem Donut.

»Haben Sie damit nicht gegen irgendeine Verschwiegenheitsklausel verstoßen?«, fragte Nancy.

Irritiert verzog Hector das Gesicht. »Zwischen Killer und Klient gibt es keine solchen Sonderrechte.«

Nancy strafte ihn mit einem finsteren Blick ab. »Wie konnten Sie nur?« Dann sah sie kurz aus dem Fenster, bevor sie deutlich sanfter fragte: »Wie haben sie es aufgenommen?«

Gelassen zuckte Hector mit den Schultern. »Erstaunlich gut.« Es fiel ihm schwer, den Frauen ins Gesicht zu sehen. »Nun ja. Eigentlich schienen sie sogar ein wenig beeindruckt zu sein von Ihrem … Einfallsreichtum.«

Nancy lehnte sich zurück und neigte fragend den Kopf.

Ziemlich unbeeindruckt stellte Shalisa fest: »Tja, wären sie von Anfang an ehrlich zu uns gewesen, hätten sie uns vielleicht noch mehr beeindrucken können mit ihrem *Einfallsreichtum*. Dann hätten wir zumindest gewusst, dass sie so etwas haben.«

Ungeduldig winkte Pam ab. »Das spielt jetzt alles keine Rolle mehr. Wichtig ist nur, dass wir diesem Casinoschläger das Geld zurückgeben müssen, weil er uns sonst umbringt. Genau das müssen Sie unseren Männern sagen und das Geld beschaffen.«

Hector wischte sich die Finger an seiner Jeans ab. »Nur damit ich das richtig verstehe: Sie wissen jetzt, dass die Männer wissen, dass Sie sie umbringen lassen wollten. Und trotzdem möchten Sie, dass ich die drei für Sie um einen Gefallen bitte?«

Das schien Pam in keiner Weise zu irritieren, denn sie zuckte bloß mit den Schultern. »Genau.«

Er versuchte es anders: »Ich soll sie also darum bitten, das Geld zurückzugeben?«

Nun hatte Pam Einwände: »Nicht nur darum bitten. Wir wollen, dass Sie das Geld finden und herbringen.«

»Und warum in aller Welt sollte ich das tun?«

Die Frauen wechselten einen schnellen Blick, bevor Pam

fortfuhr: »Wenn Sie es nicht tun, werden wir dieser Gruselgestalt aus Mumbai nicht nur verraten, dass unsere Männer noch leben, sondern ihr auch sagen, dass *Sie* wissen, wo sich die drei aufhalten.«

Natürlich könnte Hector das abstreiten; zu behaupten, er wisse nicht, wo die drei seien, war leicht. Ganz anders sah es allerdings aus, wenn die Information aus ihm herausgeprügelt wurde. Obwohl er sorgfältig darauf achtete, sich nichts anmerken zu lassen, hatte Pam damit eine hervorragende Trumpfkarte ausgespielt. Also ging Hector nun durch, was er selbst noch auf der Hand hatte: Er wusste von Brenda, dass Padma und Farid keinerlei Beweise für den angeblichen Diebstahl hatten. Bisher war das nur eine Vermutung. Aber wenn Pam Farid verriet, dass die drei ihren Tod nur vorgetäuscht hatten … mehr Beweise bräuchten sie nicht. Dann wüssten sie genau, dass die Casino-Millionen noch irgendwo dort draußen warteten.

Natürlich würde dieser Drecksack Farid den Frauen nicht glauben, dass sie keine Ahnung hatten, wo das Geld und ihre Ehemänner waren, weshalb er seine Bemühungen, sie zum Reden zu bringen, sicherlich verdoppeln würde. Und spätestens dreißig Sekunden nach Beginn dieses Gesprächs würden die Frauen Farid zu ihm schicken, das stand fest.

Es sei denn natürlich, er schaffte die Frauen vorher aus dem Weg. Das würde das Problem lösen. Sein Blick wanderte zwischen Pam, Nancy und Shalisa hin und her. Das wäre eine Möglichkeit, um sich aus diesem Schlamassel zu befreien. Sollten die Frauen Farid von ihm erzählen und der ihm seine Leute auf den Hals hetzen, wüsste er zwar, was zu tun wäre, aber das würde nicht leicht werden. Wollte er sich das wirklich antun? Außerdem könnte Brenda dabei ins Kreuzfeuer geraten. Tötete er die Frauen, musste er sich keine Gedanken mehr darum machen, dass sie ihn an Farid verrieten.

Hector brauchte nicht lange, um sich für seinen nächsten Zug zu entscheiden.

*

Er war gerade dabei, die Wäsche zu falten, als er Brendas Schlüssel im Schloss hörte. Mit dem Oberteil ihres Lieblingsflanellpyjamas in der Hand lehnte er sich gegen den Türrahmen und faltete akkurat die Ärmel – cremefarben, mit vielen kleinen Hündchen bedruckt.

Brenda schloss die Wohnungstür hinter sich, streifte ihre Schuhe ab und umarmte ihren Mann. Der beugte sich zu ihr hinunter, um sie zu küssen, und genoss das Gefühl, ihren Körper so dicht an seinem zu spüren.

»Und, hatte meine Frau einen schönen Tag in ihrer Festanstellung?«

»O mein Gott, Hec-toro!« Noch während sie sprach, zog sie ihre Hose aus, schnappte sich die Pyjamahose, die er sich über den Arm gelegt hatte, und schlüpfte hinein. Es folgten Shirt und BH, die durch das noch trocknerwarme Flanelloberteil ersetzt wurden. Dann nahm sie Hector an der Hand und zog ihn zum Sofa, wo sie sich in die Polster fallen ließ. Hector setzte sich an ein Ende der Couch, und sie legte ihre Füße, die nur ein kleines bisschen müffelten, in seinen Schoß.

Nachdem sie sich genüsslich gestreckt hatte, seufzte sie: »Hec-toro, ich kann dir gar nicht sagen, wie wundervoll es ist, endlich ein normales Leben zu haben.«

Sanft massierte er ihre Zehen; später würde er sich dann die Hände waschen. Oh, er liebte seine Frau, aber sie brauchte definitiv saugfähigere Socken. »Dann fehlt dir die Arbeit als Privatdetektivin also nicht?«

»Kein Stück. Mir war gar nicht bewusst, wie angenehm es ist, einen richtigen Arbeitsplatz zu haben, anstatt ständig im

Auto zu hocken und irgendwelchen arschigen Ehemännern zu schäbigen Hotels zu folgen. Einen richtigen Schreibtisch zu haben und immer eine Toilette in Reichweite. Nicht mehr an ekligen Tankstellen pinkeln zu müssen. Es macht das Leben so viel einfacher.« Sie atmete tief durch. »Hast du eigentlich etwas von den Frauen gehört?«

Er berichtete ihr von dem Gespräch im Minivan und wartete auf ihre Reaktion.

Brenda überlegte kurz, dann setzte sie sich auf. »Das hätte auch für mich Vorteile. Padma meinte, für uns wäre karrieremäßig alles geritzt, wenn das Casino sein Geld zurückbekommt.«

Liebevoll schob Hector ihr eine Haarsträhne hinter das Ohr. »Ich bin mir nicht sicher, ob man Padma unbedingt immer alles glauben kann.« Er hatte plötzlich wieder die Szene im Pausenraum vor Augen, als sich die finstere Miene von Brendas Chefin wie auf Knopfdruck in ein freundliches Strahlen verwandelt hatte.

Finsternis und Licht. Nachdenklich musterte er seine Frau. Hector war bewusst, dass er auf der finsteren Seite des Lebens stand und seine Amor auf der hellen. Und seit ihr Licht auch auf ihn abstrahlte, konnte er nicht mehr ohne sein. Brenda hingegen kokettierte zwar immer wieder mit der Finsternis, doch er wollte nicht, dass sie die Grenze ganz überschritt. Niemals. Darauf achtete er genau. Und seit er Padma in diesem Pausenraum beobachtet hatte, war ihm klar geworden, wie gefährlich nah Brenda dieser Grenze bereits gekommen war. Obwohl das Risiko für Padma eindeutig höher war; ein guter Mensch kann nur für eine gewisse Zeit schlimme Dinge tun, denn irgendwann ist er dann kein guter Mensch mehr. Padma schien genau auf der Kippe zu stehen. Hoffentlich entschied sie sich noch für die richtige Seite. Aber das brauchte ihn nicht weiter zu kümmern – Brenda hingegen schon. Auf sie musste er nun noch besser aufpassen.

»Vielleicht sollten wir uns mit dem Verlust abfinden und die Sache beenden«, überlegte er nun. »Ich weiß nämlich nicht, ob ich die Männer dazu bringen kann, das Geld zurückzugeben.«

Brenda zwinkerte ihm fröhlich zu. »Wie sagst du immer so schön: Man kann die Menschen zu einfach allem bewegen, wenn man ihnen eine Waffe an den Kopf hält.« Sie lehnte sich vor und gab ihm einen Kuss, den er gerne erwiderte.

Anschließend legte Brenda den Kopf an seine Schulter. Hector entwich ein tiefer Seufzer. Natürlich könnte er die Sache auch einfach zu Ende bringen.

Er holte sein Handy aus der Tasche und öffnete die App mit den Flugangeboten. »Eigentlich erzielt man sogar noch bessere Ergebnisse, wenn man ihren Freunden die Waffe an den Kopf hält.«

KAPITEL 43

SO GESEHEN …

Am späten Nachmittag des nächsten Tages war Andre wieder einmal gezwungen, seine Gleitsichtbrille zurechtzuschieben. »Mag sein, dass ich nicht so gut sehe, aber mein Gehör arbeitet einwandfrei. Und ich kann nicht glauben, was ich da gerade gehört habe.« Er versuchte, sich empört zurückzulehnen, aber der Plastiküberzug des Sofas hatte seine Oberschenkel fest im Griff, sodass er die Beine vorsichtig anheben musste, um seine Sitzposition zu ändern.

Wortlos wandte sich Hector Hank und Larry zu.

Letzterer fragte: »Wie haben sie überhaupt herausgefunden, dass wir noch leben?«

Frustriert schüttelte Hank den Kopf. »Weil es jedes Mal ein Spiel mit dem Feuer ist, wenn du diesen Laptop aufklappst, Larry. Bestimmt hast du es irgendwie verbockt. Und überhaupt, was habt ihr denn erwartet, nachdem ihr überall Abschiedsnachrichten hinterlassen habt? Ihr seid ja schlimmer als Hänsel und Gretel, habt schön Brotkrumen ausgestreut, damit Hinz und Kunz unsere Spur aufnehmen können.«

Hank wusste, dass er überreagierte. Aber die Quasi-Gefangenschaft im Haus von Hectors Mutter zerrte an ihren Nerven. Wenigstens wurde sein Spanisch langsam besser, und das Essen war fantastisch: Empanadas, Tamales, Quesadillas.

Und er hoffte noch immer, in die Kunst der Pupusa-Zubereitung eingeweiht zu werden.

Trotzdem mussten Larry, Andre und er langsam mal wieder in die Gänge kommen, sonst würden sie sich noch gegenseitig umbringen. Das Geld war Hank inzwischen eigentlich egal. Okay, vielleicht nicht ganz. Natürlich war es noch wichtig, aber längst nicht mehr so übermächtig wie während der letzten vier Jahre, als er alles dafür getan hatte, ein neues Nest für Pam und sich auszupolstern. Doch es war ihm eindeutig nicht so wichtig, dass er dafür sterben würde. Oder Pam.

Während der elf Tage, die er hier nun schon festsaß, war ihm klar geworden, dass so ziemlich alles besser war als das. Waren sie erst einmal wieder draußen in der Welt, würden sie schon irgendwie zurechtkommen. Sie mussten eben ganz neu anfangen, aber das gelang schließlich vielen Menschen, immer wieder. Mit 9,3 Millionen Dollar in der Tasche wäre das natürlich einfacher, doch sie waren schlau und einfallsreich, sie fanden bestimmt eine Möglichkeit, um sich ihren Lebensunterhalt zu verdienen. Allerdings mussten sie sich endlich in Bewegung setzen, sonst würden sie hier draufgehen.

Larry strafte ihn mit einem bösen Blick ab, bevor er fragte: »Und sie wissen ganz sicher, dass wir noch leben?«

Hector nickte. »Sie sind fest davon überzeugt.«

Nachdenklich nippte Hank an seinem Chicha. Mit einer solchen Wendung hatte er nicht gerechnet, war aber gleichzeitig froh, Hector zu sehen. So wusste er zumindest, dass sich etwas tat. Wenn sie mit den Neuigkeiten von zu Hause durch waren, würden sie mit Hector ein Ersatzhonorar für die Hunderttausend aushandeln, die ihre Frauen ihm nicht zahlen konnten. Und danach waren Larry, Andre und er endlich frei und konnten dieses Haus verlassen. Oder aber Hector hielt ihnen eine Waffe an den Kopf und zwang sie, ihm die gestohlenen Millionen zu überlassen, und danach konnten sie gehen. Oder aber danach waren sie tot. Momentan wäre Hank fast jede dieser Lösungen recht.

Doch dann hatte Hector sie mit dieser Nachricht überrascht.

»Und diese Casinotypen aus Mumbai sind wirklich so schlimm?«, hakte Larry nach.

Hector nickte.

Mit einem gereizten Blick zu Larry und Andre betonte Hank: »Ohne noch länger auf diesem toten Gaul herumreiten zu wollen: Jetzt seht ihr endlich, dass es richtig war, abzuhauen. Die vom Casino waren wirklich hinter uns her. Ich habe uns nicht aus purer Paranoia dazu gebracht, unser altes Leben in die Luft zu jagen.« Endlich hatte jemand das Schreckgespenst gesehen, vor dem sie geflohen waren, wodurch sich Hank endgültig gerechtfertigt fühlte. Während der vergangenen Tage hatte er sich oft gefragt, ob er nicht möglicherweise einiges missverstanden hatte. Vielleicht war Dave ja tatsächlich durch einen schrägen Unfall ums Leben gekommen. Vielleicht gab es gar keinen Mörder, der versteckte Botschaften hinterließ. Vielleicht hatte Padma ihn gar nicht warnen wollen. Hank ließ den Blick durch das Wohnzimmer von Hectors Mutter wandern und musterte seine Freunde, die mit ihren sprießenden Bärten, knittrigen Hemden und müden Augen extrem derangiert aussahen. Aber nun hatte Hector die Casinotypen aus Mumbai mit eigenen Augen gesehen, sie waren real. Und er, Hank, hatte recht gehabt. Er hatte sie alle davor bewahrt, nackt an einer Brücke aufgeknüpft zu werden.

Aber was wurde nun aus ihren Frauen?

Andre stand auf. »Dürfte ich euch vielleicht daran erinnern, dass wir noch vor ein paar Tagen hier gesessen und uns den

Kopf darüber zerbrochen haben, dass er hier«, er zeigte auf Hector, »uns umbringen könnte, weil unsere Frauen ihn dafür angeheuert hatten? Nichts für ungut, Hector.«

Vollkommen ungerührt winkte Hector ab.

Andre fuhr fort: »Und nun sitzen wir hier und zerbrechen uns den Kopf darüber, dass irgendwelche Killer aus Indien unsere Frauen umbringen könnten, weil wir ihr Geld gestohlen haben. Und plötzlich wollt ihr alles, wofür wir so hart gearbeitet haben, einfach aufgeben, nur um sie zu retten. Ebenjene Frauen, die ihn«, wieder zeigte er auf Hector, »engagiert haben, um uns zu töten. Wie gesagt – nichts für ungut, Hector.«

Wieder winkte Hector ab.

»Seid ihr vollkommen irre geworden?« Aufgebracht setzte sich Andre wieder hin.

Larry stellte leise fest: »Vielleicht erinnerst du dich noch daran, Andre, dass wir das alles eigentlich überhaupt nur für sie getan haben. Für unsere Frauen.«

»Ja, schon. Aber damals wussten wir auch noch nicht, dass sie uns umbringen wollen. Und dass sie, was vielleicht auch nicht ganz unwichtig ist, glaubten, sie hätten das auch geschafft. Es war doch pures Glück, dass wir ihnen mit unserem Tod zuvorgekommen sind. Deshalb kann man mit Fug und Recht behaupten, dass sich die Lage bezüglich unserer Ehefrauen schon ein wenig verändert hat.« Mit Nachdruck schob Andre seine Brille zurecht.

Plötzlich erkannte Hank, dass Andre es noch nicht begriffen hatte. Er selbst allerdings schon.

Sobald Hector herausgefunden hatte, dass sie aus mehr als neun Millionen Gründen aus ihrem alten Leben geflohen waren, hatte Hank gewusst, dass sie dieses Geld nicht behalten würden. Zumindest nicht die volle Summe. Im Haus von Hectors Mutter mit den Gitterstäben an den Fenstern, dem ummauerten Garten und dem Mann an der Haustür waren sie ihm vollkommen ausgeliefert. Sie waren zu lange geblieben, und dafür würden sie nun bezahlen. Ja, Hank hatte damit gerechnet, dass sie einen Teil des Geldes an Hector würden abtreten müssen. Aber auch er hatte nicht damit gerechnet, dass sie alles verlieren würden. Und vor allem nicht an das Casino.

Hector fasste zusammen: »Wenn ihr das Geld nicht zurückgebt, werden die Casinoleute eure Frauen schon aus Prinzip umbringen.«

Ein eiskalter Schauer wanderte Hanks Rücken hinauf.

An Andre gewandt, fuhr Hector fort: »Du magst dich fragen, warum dich das kümmern sollte – niemand zwingt euch, euch um eure Frauen zu sorgen –, aber wenn ihr das Geld nicht zurückgebt, werden eure Frauen den Typen aus Mumbai verraten, dass ihr noch lebt. Gepaart mit der Tatsache, dass ihr abgehauen seid, wird ihnen das den Beweis liefern, dass ihr das Geld tatsächlich gestohlen habt. Und dann werden sie es sich holen. Zunächst werden sie sich an mich wenden, und ich werde ganz bestimmt nicht für euch sterben. Und da die Chancen nicht gerade günstig stehen, werde ich auch nicht für euch lügen. Um ein oder zwei von ihnen könnte ich mich vielleicht kümmern, aber vermutlich nicht um alle fünf. Und selbst wenn ich sie töte, wird das Casino neue schicken. Sie werden immer wieder ihre Leute schicken, bis sie ihr Geld haben. Was bedeutet, dass ihr für den Rest eures Lebens auf der Flucht wärt.«

Eine Weile saßen sie einfach schweigend da.

Dann sagte Hector: »Wenn ihr das Geld nicht zurückgeben wollt, solltet ihr am besten sofort verschwinden.«

Larry rührte sich als Erster. »Selbst wenn wir ihnen das Geld geben wollten, wie sollen wir das anstellen? Ich kann es ihnen ja schlecht mit PayPal schicken. Oder bar in einem Sack. Ich habe es auf verschiedene Konten verteilt und müsste erst einmal einen Geldtransferdienst finden, der das übernehmen kann. Außerdem bräuchte ich ein Konto, auf das ich die Summe buchen kann. Das alles braucht Zeit.«

Hank wandte ein: »Du wolltest den Frauen doch sowieso Geld schicken, bevor du wusstest, dass sie Hector auf uns angesetzt haben. Wie hättest du es da gemacht?«

»Ihre Kontodaten habe ich ja; ich hätte einfach mehrere kleine Beträge überwiesen. Aber jetzt sprechen wir über den ganzen Batzen.« Nachdenklich rieb sich Larry das Kinn. »Ich könnte die Konten zusammenführen und uns einen Bankwechsel besorgen, das käme Bargeld noch am nächsten. Wenn ich dann einen virtuellen Safe einrichte, könnte ich den Wechsel darin hochladen.«

»Hey«, protestierte Andre, »Moment mal! Offenbar sind wir vom ›ob‹ bereits nahtlos zum ›wie‹ übergegangen. Könnten wir vielleicht mal kurz innehalten?«

Larry ließ sich das durch den Kopf gehen und fragte dann: »Und welchen Sinn hätte das, Andre? Wenn wir das Geld zurückgeben, bleiben die Frauen am Leben und verraten den Typen aus Mumbai nicht, dass wir nicht tot sind. Was bedeutet, dass wir ebenfalls weiterleben können. Wenn wir das Geld nicht zurückgeben, werden die Frauen sterben, aber vorher werden sie den Typen aus Mumbai verraten, dass wir noch leben, woraufhin die uns jagen werden und wir ebenfalls sterben. Selbst wenn wir fliehen, irgendwann werden sie uns erwischen. Dann sterben wir einfach nur ein wenig später.«

Alle Blicke richteten sich auf Andre.

»Okay, so gesehen …« Andre hob den Kopf, dann lachte er. »Eines muss man ihnen lassen: Wir haben unsere Frauen in die Pfanne gehauen, auch wenn wir das eigentlich gar nicht wollten, und jetzt haben sie uns in die Pfanne gehauen.« Wieder lachte er und stellte kopfschüttelnd fest: »Ich glaube sogar, dass ich noch nie so derb aufs Kreuz gelegt wurde. Was aber nur logisch ist, weil es ja Shalisa ist, die mich hier aufs Kreuz legt.« Er stand auf und verschwand Richtung Schlafzimmer. Sein Gelächter hallte durch das ganze Haus. »Meine Shalisa. O Mann, wie sehr ich meine Königin vermisse!« Dann fiel die Tür hinter ihm zu.

Hank wandte sich an Hector: »Wie viel Zeit bleibt uns?«

»Ich nehme den Nachtflug nach Hause.«

Nun sah Hank fragend zu Larry hinüber, der kurz nickte und sich dann vorsichtig von dem Plastiksofa löste. Während er zum Tisch ging und den Laptop aufklappte, erklärte er: »Das mit dem Bankwechsel wird kein Problem werden.« Er drehte sich zu Hector um. »Wir werden eine Virtual Safety Deposit Box für dich einrichten, also einen virtuellen Safe, biometrisch gesichert – über Fingerabdruck und Gesichtserkennung. Ich zeige dir, wie das geht. Am besten machst du dir Notizen, denn du wirst es dann Nancy zeigen müssen; sie muss das Gleiche für sich einrichten. Anschließend laden wir den Bankwechsel in deine VSDB hoch, und wenn du zu Hause bist, transferierst du ihn in Nancys Safe. Bei der Übergabe …«, unwillkürlich sah er zu Hank hinüber. »Wow, ich hätte nie gedacht, dass ich diesen Begriff während meiner Bankkarriere irgendwann einmal benutzen muss.« Kopfschüttelnd wandte er sich wieder an Hector: »Bei der Übergabe wird Nancy den Wechsel dann an den Typen vom Casino weiterleiten. Vermutlich haben die genug Ahnung vom Finanzwesen, um mit VSDBs zurechtzukommen. Ist ja auch alles keine Raketenwissenschaft.«

Hank griff nach seinem Glas. »Was glaubt das Casino denn, wie viel wir abgezweigt haben?«

»Zehn Millionen.«

»Nicht ganz. Wir haben nur neun geschafft, dann wurde Dave getötet. Mehr haben wir nicht.« Nachdem er einen Schluck getrunken hatte, fragte Hank weiter: »Was springt eigentlich für dich dabei raus? Du sagtest, unsere Frauen schulden dir noch hunderttausend, aber sie können ja nicht zahlen. Und jetzt können wir dich auch nicht mehr bezahlen. Kriegst du etwa Finderlohn vom Casino?«

Hector schüttelte den Kopf.

Obwohl es vermutlich alles andere als schlau war, stellte Hank seine nächste Frage – er musste es einfach wissen: »Und wer sagt uns dann, dass du nicht einfach diesen Wechsel nimmst und damit abhaust?«

»Du hast den Grund selbst genannt: Ich wäre dann auf der Flucht. So möchte ich nicht leben, Hank. Ich hatte schon mit solchen Menschen zu tun, und ich will nicht für den Rest meines Lebens über meine Schulter schauen müssen. Brenda liebt ihren neuen Job – was für mich dabei herausspringt, lässt sich also nicht mit einem Preisschild versehen.«

Fragend zog Hank eine Braue hoch.

»Eine glückliche Ehefrau«, erklärte Hector. »Und wie sagt man? Happy wife, happy life.«

Darauf stießen die beiden Männer an, bevor Hector zu Larry an den Tisch trat. Hank warf seinem Freund noch einen prüfenden Blick zu. Hoffentlich hatte Larry bemerkt, dass er nur von *neun* Millionen gesprochen hatte. Wenn das Casino von zehn Millionen ausging, aber keine Beweise dafür hatte, würden sie ihnen auch abkaufen, dass es nur neun waren. Und für die verbliebenen Dreihunderttausend würden sie bestimmt eine Verwendungsmöglichkeit finden.

Irgendetwas musste ihnen schließlich von der ganzen Arbeit bleiben. Und dreihunderttausend Dollar waren besser als nichts. Hank nahm noch einen Schluck, und als Hector sich setzte, blickte Larry kurz hoch und sah ihn an. Stumm nickten die beiden Freunde sich zu.

KAPITEL 44

DAS IST KEIN TRAUM

Wieder einmal wurde Pam von Hanks Kaffeemühle aus dem Schlaf gerissen. Vorsichtig öffnete sie ein Auge und sah nach Elmer, der irgendwann in der Nacht nach oben gewandert war und sich neben ihrem Bett zusammengerollt hatte.

Pam hasste den Morgen. Die frühen Stunden, in denen die Sonne nur langsam über den Horizont kroch, waren immer kalt, feucht und einsam. Draußen war dann alles voller Tau, lästige Grashalme klebten einem an den Füßen, wenn man hinausging. Ihr war es viel lieber, wenn der Tag mit trockener Sonnenhitze begann. Selbst wenn sie um diese Zeit hellwach war und eigentlich aufstehen wollte, kuschelte sie sich immer noch so lange ins Bett, bis sich dieses Gefühl verflüchtigte. Und in den wirren Tagen seit Hanks Tod … nein, das musste sie anders formulieren: In den wirren Tagen, seitdem Hank sich verpisst und sie einfach zurückgelassen hatte, kuschelte sie sich besonders oft in ihr Bett. Ihr Kissen schien eine Art Magnetfeld entwickelt zu haben, von dem sich ihr Kopf nicht lösen konnte.

Moment mal! Hank war weg. Wer bediente also dort unten die Kaffeemühle? Ein kalter Schweißfilm bildete sich unter ihrem Pyjama. War das vielleicht einer der Kerle aus Mumbai? Wenn sie einen Menschen ganz sicher nie wieder in ihrem Haus vorfinden wollte, dann war das Farid. Und der war bestimmt zu einer solchen Dreistigkeit fähig. Vorsichtig stellte Pam beide Füße auf den Boden. Sofort hob Elmer den Kopf und blinzelte zu ihr hoch; sein Fell war noch ganz zerzaust vom Schlafen. »Es wäre wirklich schön, wenn du auch nur einen Hauch von Wachhund in dir hättest«, stellte sie fest. »Nur so ein Vorschlag.«

Kraftlos sackte Elmer wieder in sich zusammen.

Pam suchte nach ihrem Handy, um den Notruf zu wählen. Immerhin hatte sie hier einen Eindringling. Warum er gekommen war, musste sie schließlich niemandem sagen. Hauptsache, er verschwand von hier. Dann fiel es ihr wieder ein, und sie verließ der Mut: Sie hatte das Telefon unten gelassen. Wenn sie sich damals doch nur durchgesetzt hätte, als es um die Frage ging, ob sie einen Festnetzanschluss brauchten. Jetzt wäre das die paar Extradollar auf jeden Fall wert gewesen. Pam kroch aus dem Bett und schlich zur Treppe. Möglicherweise konnte sie einfach runterrennen und direkt zur Vordertür raus. Aber Elmer würde keinesfalls mitkommen, er hatte sich noch nicht einmal gestreckt. Wenn sie ihn allerdings im Schrank einschloss, würde er einfach weiterschlafen, bis sie später zurückkam. Also schlich sie zurück ins Schlafzimmer.

»Pam? Sind Sie schon wach?«, ertönte eine Stimme von unten. »Hier ist Hector.«

Voller Erleichterung lehnte sich Pam an die Wand. Wieder kam ein wenig Pipi ins Spiel.

»Ich komme gleich runter«, presste sie hervor, presste die Schenkel zusammen und huschte ins Bad.

Während sie sich eilig die Zähne putzte, starrte sie frustriert ihr Spiegelbild an. »Ich habe einen Killer angeheuert, um meinen Mann umzubringen, aber Hank ist mir zuvorgekommen und hat mithilfe ebendieses Killers seinen eigenen Tod vorgetäuscht, nachdem er seinem Arbeitgeber mehrere Millionen

Dollar gestohlen hat, die ich jetzt aufspüren muss, weil meine Freundinnen und ich sonst von einem Kaugummi kauenden Schläger im schicken Anzug umgebracht werden. Und nun ist unser Killer in mein Haus eingebrochen und scheint unten in meiner Küche Kaffee zu kochen. Ja, so ist das Leben mit zweiundsechzig.«

Sie spülte sich den Mund aus.

Als sie die Küche betrat, gab Hector gerade Zucker in seinen Kaffee. Pam zählte vier Löffel, bevor er umrührte. Offenbar trieb er viel Sport, denn er war sehr schlank. Nachdem er einen Schluck probiert hatte, deutete er mit dem Kopf auf die Terrassentür. »An Ihrer Stelle würde ich nachts einen Besenstiel in den Spalt klemmen.«

»Vielen Dank.«

Hector schob ihr einen gefüllten Becher hin, also lehnte sich Pam an den Tresen und nippte. Das leise Kratzen von Krallen verriet, dass Elmer hereinkam.

Sofort ging Hector in die Hocke, und der Hund tappte schwanzwedelnd auf ihn zu. »Hallo, mein Kleiner.« Mit kräftigen Strichen fuhr Hector ihm über den Rücken, komplett vom Kopf bis zum Schwanz. »So etwas wie dich habe ich ja noch nie gesehen.« Dankbar drückte sich Elmer an seine Beine. »Du könntest aus einem Disneyfilm stammen.«

Als ihr Hund zu ihr hochblickte, hätte Pam schwören können, dass er lächelte. »Die meisten Menschen finden sein Aussehen merkwürdig, aber ich mag ihn.«

»Das verstehe ich gut.« Hector stand wieder auf. »Also, ich habe das Geld.«

Pam war so erleichtert, dass sie weiche Knie bekam. »Dazu brauchen wir Nancy, sie kümmert sich immer ums Finanzielle.«

Zwanzig Minuten später schenkte Pam Nancy und Shalisa

etwas von dem Kaffee ein, den Hector gekocht hatte, bevor sie auch seinen Becher noch einmal füllte. Sie stellte ihm die Zuckerdose hin und beobachtete wieder fasziniert, wie er einen Löffel nach dem anderen in die dampfende, schwarze Flüssigkeit einrührte. Ihr fiel auf, dass ihn keine nach dem Befinden ihrer Ehemänner fragte. Einerseits hätte es sie schon interessiert, andererseits aber auch wieder nicht. Noch war zu vieles offen.

Schließlich stellte Nancy energisch ihren Becher ab. »Okay, das reicht jetzt. Wie haben Sie diese Vollidioten dazu gekriegt, das Geld rauszurücken?«

Ohne den Blick von dem kreisenden Löffel in seinem Becher zu heben, antwortete Hector: »Sie wollten einfach nicht, dass Sie getötet werden.«

Es folgte ein Moment der Stille, dann spottete Shalisa: »Ist das nicht das Netteste, was man je gehört hat? Unsere Ehemänner, die ihren Tod vorgetäuscht haben, um uns loszuwerden, und vorher auch noch ihre Lebensversicherung kündigen mussten, damit wir so richtig in der Scheiße sitzen, wollen sichergehen, dass wir auch ja lange genug leben, um zu begreifen, wie beschissen alles ist.« Sie lehnte sich auf ihrem Küchenstuhl zurück und verschränkte die Arme. »Tja, wenn ich schon aufs Kreuz gelegt werden muss, dann von Andre. Da dauert es wenigstens nicht so lange.«

Entsetzt hob Pam den Kopf. »Shalisa! Du meine Güte! Seit wann bist du so vulgär und … verbittert?«

Grinsend winkte Shalisa ab. »Ich konnte eben nicht widerstehen.«

Pam bemerkte, wie Hector noch einmal zwei Löffel Zucker nachlegte. Dann las er etwas in seinem Handy nach und tippte auf Nancys Laptop herum. Dabei erklärte er, dass Larry beschlossen hatte, mit einem virtuellen Safe zu arbeiten, und bereits einen Bankwechsel vorbereitet hatte, der nun in Hectors VSDB ruhte. Nun half Hector Nancy dabei, sich ebenfalls einen solchen Safe einzurichten, entsperrte seinen eigenen mittels Fingerabdruck und verschob dann den Wechsel von seiner VSDB in ihre, um dort anschließend noch die Gesichtserkennung zu aktivieren.

»Ich dachte, es wären zehn Millionen«, merkte Pam an.

Hector schüttelte den Kopf. »Nein, sie meinten, sie hätten nur neun.« Wieder blickte er auf die Notizen in seinem Handy. »So, Nancy, Sie lassen den Wechsel jetzt in Ihrer Box und sperren sie mit Fingerabdruck und Gesichtserkennung. Wenn der Kerl vom Casino kommt und keine eigene VSDB hat, muss er sich eine einrichten, und dann laden Sie das Dokument in seine hoch. Er sichert sie dann ebenfalls mit Fingerabdruck und Gesichtserkennung. Anschließend muss er den Wechsel nur noch auf das gewünschte Konto übertragen, und alles ist erledigt.«

Nancy schrieb alles gewissenhaft mit, auch wenn es zu Pams großer Erleichterung überraschend einfach war.

Hector musterte die drei Frauen. »Das ist dann die Geldübergabe, nur dass anstelle eines Aktenkoffers mit Scheinen ein virtueller Bankwechsel hin und her geschoben wird.«

War das überhaupt legal? Unter diesen Umständen war das Pam allerdings ziemlich gleichgültig.

Hector stand auf und schob sein Telefon in die Hosentasche.

Zögernd begann Pam: »Äh … also, wegen der Hunderttausend …«

Abwehrend hob Hector die Hand. »Ist schon gut.« Damit verschwand er, wie er gekommen war – durch die Terrassentür.

Pam beobachtete, wie er das Gartentor hinter sich schloss. »Glaubt ihr, das heißt, was ich meine, dass es heißt?«

»Dass er der Meinung ist, wir hätten es nun genug bereut?«, entgegnete Shalisa. »Schätze schon.«

Nancy nickte zustimmend. »Wahrscheinlich haben auch Kriminelle gewisse moralische Grundsätze. Obwohl ich immer noch finde, dass wir uns die Fünfzigtausend von ihm zurückholen sollten.«

Shalisas Meinung war eindeutig: »Dann frag ihn doch danach.«

Pams Handy summte und zeigte ihr eine Nachricht von Brenda an. »Sie kommen morgen um vier.« Sie legte das Telefon weg. »Wir sollten Marlene anrufen und sie bitten, sich ins nächste Flugzeug zu setzen. Immerhin war Dave auch daran beteiligt. Das können wir nicht vor ihr geheim halten, und sie wird es uns niemals verzeihen, wenn wir uns ohne sie umbringen lassen.«

*

»Sollen wir einen Krankenwagen rufen?«

»Vielleicht. Aber lass uns noch abwarten, ihr Puls beruhigt sich gerade wieder.«

Es war Mittagszeit, einen Tag später, und Marlene lag reglos in Pams Küche auf dem Linoleum, das blonde Haar wolkenartig unter dem Kopf ausgebreitet wie in einer Shampoo-Werbung. Shalisa kniete neben ihr, zwei Finger an ihr Handgelenk gedrückt, während die andere Hand auf ihrer Stirn ruhte. Rechts und links von der Ohnmächtigen hockten Pam und Nancy.

Fürsorglich streichelte Pam Marlenes Arm. »Meinst du, sie hat eine Überdosis?«

»Davon? Ich glaube nicht, dass man von einem halben Gummibärchen eine Überdosis bekommen kann«, entgegnete Nancy.

»Ich wusste, dass das keine gute Idee war«, jammerte Pam.

Nancy legte Marlene eine Hand auf die Schulter. »Ich wollte ihr doch nur etwas geben, das den Schlag abschwächt. Damit sie locker wird.«

»Na ja, locker ist sie jetzt auf jeden Fall.« Pam piekte in Marlenes reglosen Oberarm. »Wenn sie noch lockerer wird, ist sie tot. Oh, wartet. Wacht sie auf?«

Shalisa beugte sich vor und sprach sanft auf die Patientin ein: »Marlene, Liebes, alles okay. Wir sind da. Du bist ohnmächtig geworden.«

Einen Moment lang flatterten Marlenes Lider, dann machte sie ein paar keuchende Atemzüge. Als sie schließlich den Kopf hob, schoss ihr Blick zwischen Shalisa, Nancy und Pam hin und her. »Lebt Dave denn noch?«

Pam musste kurz die Augen schließen, bevor sie leise antwortete: »Nein, Liebes, es tut mir leid. Dave ist tot.«

Kraftlos ließ Marlene den Kopf auf den Boden sinken. »Wie schade! Es wäre schön gewesen, wenn er noch leben würde.«

Tröstend drückte Pam ihren Arm. »Ja, das stimmt. Das wäre wirklich schön gewesen.«

Shalisa fragte: »Wie geht es dir? Kannst du dich aufsetzen?«

Alle halfen mit, bis Marlene im Schneidersitz auf dem Linoleum saß. »Ich glaube, ich habe mich eingenässt.«

Nancy sah das anders: »Neeeiiiiin. Das da auf dem Boden sind nur geschmolzene Eiswürfel, mehr nicht.«

Prüfend senkte Shalisa den Blick. »Nö. Das ist Pipi.« Sie strich Marlene beruhigend über den Rücken. »Keine Sorge, das passiert hin und wieder, wenn Menschen das Bewusstsein verlieren. Komm, ich gehe mit dir nach oben, da machen wir dich sauber. Anschließend gibt es Toast, und wir erzählen dir den Rest der Geschichte.«

Marlene nickte und wandte sich dann an Pam: »Sie leben also noch. Hank, Larry und Andre leben noch. Und das ist kein Traum?«

Müde ließ sich Pam auf die Fersen sinken und schüttelte den Kopf. »Nein, Liebes. Das ist kein Traum.«

*

Ein paar Minuten später saß Marlene in Pams Jogginghose am Küchentisch und stellte fest: »Die Trauerfeier war also Fake. Ihr wusstet, dass sie noch leben.«

»Nein«, widersprach Nancy, »bei der Trauerfeier dachten wir noch, sie wären tot.«

»Aber ihr hattet einen Killer auf sie angesetzt.«

»Mhm-hm.«

Marlene strafte Nancy mit einem bösen Blick ab. »Du hast in meinen Armen geweint.«

Dann wanderte ihr finsterer Blick weiter zu Shalisa. »Und dir habe ich einen Thunfischauflauf gemacht.«

»Der wirklich köstlich war.«

Das schien Marlene ein wenig zu entspannen. »Das Rezept ist von meiner Mutter. Ich kann es dir per Mail schicken.«

Shalisa drückte kurz ihr Handgelenk. »Das wäre toll. Die zerstoßenen Kartoffelchips obendrauf waren ein echtes Highlight.«

Nachdem sie einmal tief durchgeatmet hatte, beklagte sich Marlene: »Ich hatte solches Mitleid mit euch, es hat mir das Herz gebrochen. Wie konntet ihr mir das antun?«

Pam räusperte sich nervös. »Das ist kompliziert.«

Nancy griff nach Marlenes Hand. »Wir hatten alle Probleme in unserer Ehe, und als Dave gestorben ist, haben sich deine Probleme plötzlich in Luft aufgelöst. Das wollten wir auch. Aber dann wurde uns klar, dass es falsch war, und wir haben versucht, es abzublasen. Leider wussten wir da noch nicht, dass sie bereits dabei waren, ihren angeblichen Tod zu planen. Was jetzt aber auch keine Rolle mehr spielt. Es gibt nur noch uns vier, wir sind allein. So gesehen, sind wir jetzt auch verwitwet.«

Marlene warf ihr einen trockenen Blick zu. »Dann sollte ich wohl gleich in den Laden laufen und eine Beileidskarte für Frauen kaufen, deren Männer partout nicht sterben wollen, obwohl die eigene Gattin ihnen einen Profikiller auf den Hals hetzt. Gibt es bestimmt, wenn man nur lange genug sucht.«

Leicht verschnupft lehnte Nancy sich zurück. »Wir trauern trotzdem um sie. Es ist nur etwas … unüblich.«

Marlene schüttelte entschieden den Kopf. »O nein. Nein, nein, nein.« Nun wackelte sie auch noch mit dem erhobenen Zeigefinger. »Ihr habt kein Recht zu trauern. Ich bin hier die einzige Witwe. Die Einzige, die Mitleid verdient hat. Ihr drei habt einfach nur total verkorkste Ehen. Wenn es in diesem Kühlschrank noch irgendeinen Beerdigungsauflauf gibt, gehört er mir. Ihr bekommt davon nichts ab.«

Das ging Shalisa zu weit. »Nun ja, ich will eigentlich nicht auf dem Offensichtlichen herumreiten, Marlene, aber du bist auch die Einzige, die Geld von der Versicherung bekommen hat.«

Marlene fiel die Kinnlade runter, und sie richtete sich empört auf, um den gereckten Finger nun allein auf Shalisa zu richten. »O – mein – Gott! Ich kann nicht fassen, dass du das gesagt hast. Ich habe meinen Mann verloren! Der treibt sich nicht einfach nur irgendwo herum, weil er von mir wegwollte! Dave ist tot! Er wird nie wieder zurückkommen!« Aufgebracht verschränkte sie die Arme vor der Brust. »Und ich glaube nicht, dass mein Dave irgendetwas mit dem scheußlichen Kram zu tun hatte, der hier abläuft. Schlägertypen, die in dein Haus eindringen und dich mit dem Tod bedrohen, also wirklich! Egal, wo ihr euch da reingeritten habt, ich mache nicht mit! Mein Dave hätte mich niemals so in Gefahr gebracht. Er war ein wundervoller Ehemann und Vater. Er hat sich um mich und meine Mädchen *gekümmert.*« Sie griff nach einem Taschentuch, putzte sich die Nase und drückte es dann an die Augen.

Pam musterte sie skeptisch und sah dann zu Nancy hinüber, die nur mit den Schultern zuckte, und zu Shalisa, deren Brauen beinahe den Haaransatz erreicht hatten. Anscheinend hatte der Tod Dave Brand in einen »wundervollen« Ehemann zurückverwandelt. Trotzdem hatte Marlene recht, sie war die einzige wirkliche Witwe hier, weshalb Pam ihr nun auch möglichst sanft klarmachte: »Dave muss daran beteiligt gewesen sein, Marlene.«

Die Trauernde zog zwar das Taschentuch von ihrem Gesicht weg, schüttelte aber vehement den Kopf.

Pam fuhr fort: »Hank hätte das nicht allein stemmen können. Es müssen alle vier gewesen sein. Irgendwie haben sie das Geld aus den Spielautomaten abgezweigt. Deshalb muss Dave dabei gewesen sein. Er war der Einzige, der mit diesen Maschinen gearbeitet hat. Es tut mir leid, aber du hast durch Daves Tod nicht nur das Versicherungsgeld bekommen, sondern bist auch zu einem Teil von diesem ganzen Schlamassel geworden.«

Einen Moment lang saß Marlene reglos da, dann richtete sie sich auf und stopfte sich das Taschentuch in den Ausschnitt. Finster sah sie ihre Freundinnen an. »Ihr habt mich belogen.«

Die drei wechselten betretene Blicke. »Das ist nicht okay. So etwas tun wir nicht.« Einstimmig schüttelten die drei die Köpfe und murmelten. »Nein.«

»Jetzt mal ganz im Ernst, Shalisa«, Marlene fixierte sie alle der Reihe nach. »Als ob du jemals ein Yogastudio eröffnen würdest. Du kannst ja nicht einmal den Baum richtig halten. Und Nancy mit eigenem Kaffee-Foodtruck? Wen wolltet ihr damit verarschen? Du bist so ziemlich der letzte Mensch, der in die Dienstleistungsbranche gehen sollte. Zum einen würdest du dich nie an deine eigenen Öffnungszeiten halten, zum anderen bist du so geizig, dass du wahrscheinlich altbackene Ware zu Wucherpreisen verkaufen würdest. Das gäbe dann sicher null Sterne bei Yelp.« Kopfschüttelnd fasste Marlene zusammen: »Ich wusste zwar nicht genau, was da im Busch ist, aber … na ja, sagen wir es mal so: Ich wäre niemals darauf gekommen, dass ich damit einen Massenmord finanziere.«

Stille breitete sich aus. Irgendwann verkündete Marlene dann: »Nun gut, ich verzeihe euch. Ihr habt mich zwar nicht um Vergebung gebeten, aber ich weiß, dass ihr sie euch wünscht. Also vergebe ich euch. Wir stecken da jetzt zusammen drin. Was auch immer das genau sein mag, selbst wenn ihr möglicherweise alle den Verstand verloren habt. Wir werden tun, was wir immer getan haben: Wir halten zusammen, und dann wird alles gut werden. Wir haben immer noch uns.« Sie packte die Hände von Pam und Nancy, die wiederum beide nach Shalisas Händen griffen. »Nur darauf kommt es an.«

KAPITEL 45

EIN RICHTIGER HUND

Die vier Freundinnen warteten zusammen in Pams Wohnzimmer, als draußen zwei Fahrzeuge hielten. Halb hinter den Vorhängen versteckt, spähten sie hinaus und beobachteten, wie Padma ihren weißen BMW verließ, während Brenda von der Beifahrerseite aus Pams Vorgarten betrat. Hinter ihnen parkte ein großer, schwarzer SUV mit getönten Scheiben. Hier sprang Farid vom Beifahrersitz, und durch die übrigen Türen stiegen die vier Anzugträger aus, die direkt aus einem Bollywood-Gangsterfilm gekommen zu sein schienen. Diesmal marschierten auch sie auf Pams Haus zu. Nancy und Shalisa legten ihr beruhigend je eine Hand auf den Arm; trotzdem spürte Pam, wie es ihr eiskalt den Rücken herunterlief.

»Der Kleine, das ist Farid«, erklärte sie und schluckte angestrengt.

»Heilige Scheiße«, raunte Nancy.

»Warum sind das so viele?«, wunderte sich Shalisa.

»Weil sie uns einschüchtern wollen, damit wir auch wirklich zahlen«, vermutete Pam.

Marlene stieß einen leisen Pfiff aus. »Wo habt ihr mich da reingeritten?«

»Wir?«, empörte sich Nancy. »Da haben uns unsere dämlichen Ehemänner reingeritten.«

Marlene stellte fest: »Der ganz links sieht schon verdammt gut aus. Eigentlich alle vier. Das ist irgendwie unheimlich.«

Pam versuchte, ihre Lippen zu befeuchten, aber offenbar war ihr der Speichel ausgegangen. Jetzt musste sie die Nerven behalten und das irgendwie durchstehen. Mit rauer Stimme behauptete sie: »Alles wird gut. Wir geben ihnen ja, was sie wollen. Also wird uns nichts passieren. Es wird keine Probleme geben, wir müssen uns keine Sorgen machen. Alles bestens.«

Ohne den Blick von der Gruppe draußen abzuwenden, erwiderte Shalisa: »Hast du noch mehr Monologe auf Lager, an denen du uns teilhaben lassen willst?«

Pam konnte ihr gerade noch ein schmales Lächeln schenken, bevor es an der Tür klingelte.

Marlene packte sie warnend am Arm. »Biete ihnen bloß nichts an. Die sollen so schnell wie möglich wieder verschwinden.«

Nachdem Pam geöffnet hatte, zwängten sich alle in ihr kleines Wohnzimmer. Padma und Brenda nahmen auf dem Sofa Platz, Farid blieb wieder mit vor dem Körper verschränkten Händen an der Tür stehen, und seine vier Begleiter reihten sich hinter ihm im Flur auf. Pam setzte sich in den Sessel, mit Nancy auf der Armlehne, während Marlene und Shalisa sich neben ihr auf Küchenstühlen postierten.

Elmer zeigte überraschenderweise Interesse an den Gästen und beschnüffelte ausgiebig ihre Hosenbeine, sodass Pam bald befürchtete, er könnte über einem teuren Guccischuh das Bein heben. Hastig lockte sie ihn mit einem leisen Pfiff zu sich. Zum Glück gefiel ihm diese Einladung, und er ließ sich ergeben neben ihren Sessel fallen.

Die Hinterteile ihrer Gäste berührten kaum die Sitzpolster, als Pam bereits verkündete: »Wir haben das Geld.«

Einen Moment lang sah es so aus, als wollte Padma begeistert in die Hände klatschen, die sie dann aber schnell unter ihre Schenkel schob. Brenda schien nicht überrascht zu sein, und Farids Gesicht war so reglos, dass er damit gut an einem Pokerturnier hätte teilnehmen können.

Nancy erklärte: »Ich muss es nur in Ihre Virtual Safety Deposit Box transferieren.«

Sofort verfinsterte sich Farids Miene. »Wie, Sie haben es nicht hier?«

»Wie hätten wir denn bitte schön neun Millionen Dollar hierher schaffen sollen?«, fragte Pam verblüfft. Wie viel Platz brauchte man überhaupt für so viel Geld? Fünfzigtausend passten ganz gut in ihre Handtasche, das wusste sie, seit sie Beziehungen zu einem Auftragskiller pflegte. Aber neun Millionen? Keine Ahnung. O Gott! Sie zerbrach sich inzwischen über wirklich schräge Dinge den Kopf.

Irritiert runzelte Farid die Stirn. »Neun? Wir haben zehn gesagt.«

Pam schüttelte den Kopf. »Neun, mehr ist es nicht. Wir haben alles, was sie genommen haben.«

»Und wo genau ist das Geld nun?«

Nancy übernahm: »Ich habe einen Bankwechsel in einer Virtual Safety Deposit Box. Den kann ich sofort in Ihre VSDB hochladen, wenn Sie eine haben.«

Farid nickte. »Dann mal los.« Mit einem kurzen Nicken wies er einen seiner Männer an, ihm einen Laptop zu reichen.

»Am besten machen wir das am Küchentisch«, empfahl Nancy und stand auf. Farid folgte ihr.

Padma wollte sich ebenfalls anschließen, aber Farid hielt sie mit erhobener Hand zurück. »Nicht nötig, Püppchen. Um die Buchhaltung kümmere ich mich, das ist schließlich mein Job.«

Er zwinkerte ihr zu, und Padma schien einen Moment lang zu erstarren, bevor sie wieder neben Brenda Platz nahm. Pam beobachtete, wie brennende Röte über den Hals der kleinen Frau Richtung Gesicht kroch.

Obwohl sie noch immer in ihrem Sessel saß, musste Pam feststellen, dass sie sich in ihrem eigenen Wohnzimmer noch nie so unwohl gefühlt hatte. Sie warteten. Padma tippte auf ihrem Telefon herum, während Brenda kerzengerade und mit auf den Knien verschränkten Händen neben ihr saß und jedem, der Augenkontakt aufnahm, ein verlegenes Lächeln schenkte. Draußen auf der Straße setzte der Feierabendverkehr ein; Pam bemerkte mehrere Heimkehrer. In ihrem zugigen Reihenhäuschen war allerdings nichts zu hören außer Elmers Schnarchen und den gedämpften, von Tastengeklapper untermalten Stimmen in der Küche. Einige Minuten später kehrte Farid zurück und gesellte sich zu seinen Männern, die noch immer im Flur aufgereiht standen.

Nancy erschien in der offenen Küchentür. »Okay, ich habe den Wechsel hochgeladen, und er hat ihn an seine Bank weitergeleitet.« Sie reckte beide Daumen. »Alles erledigt.«

»Nicht ganz«, widersprach Farid.

Nancy ließ die Daumen sinken. »Was soll das heißen? Sie haben Ihr Geld, wir sind fertig.«

Farids kalter Blick glitt durch den Raum und richtete sich dann auf Pam. »Ich habe den Transfer zwar eingeleitet, aber abgeschlossen und verifiziert wird er erst, wenn die Bank öffnet.« Achselzuckend stellte er fest: »Schließlich könnten Sie diesen Wechsel ja auch einfach auf bankdrafts.com erstellt und mein Geld behalten haben.« Er warf einen Blick auf die Uhr. »Unsere Bank in Mumbai öffnet in sechs Stunden, das wäre hier um Mitternacht. Wenn sie alles bestätigt, sind wir fertig – aber sicher nicht vorher.«

Pam fuhr zu Brenda und Padma herum. Als Letztere zustimmend nickte, verließ sie der Mut. Selbst sie konnte die Panik in ihrer Stimme hören, als sie fragte: »Haben Sie denn kein Konto hier vor Ort, das Sie dafür benutzen können?«

Farid antwortete: »Die Banken hier haben jetzt ebenfalls geschlossen. Dann müssten wir bis morgen früh warten. Wäre Ihnen das lieber?«

Verdammte Scheiße! Sechs Stunden. Der Mann hatte doch wohl nicht ernsthaft vor, sechs Stunden lang in ihrem Wohnzimmer herumzuhocken, oder? Pam hatte nichts zu essen im Haus; Marlene hatte den letzten Beerdigungsauflauf gegessen. Außerdem waren sie vielleicht Vegetarier. Ein paar Nachos mit Salsa hatte sie vielleicht noch da und die letzten Reste von Hanks Nussmischung. Aber sicher nichts, womit sie Gäste über sechs Stunden bewirten konnte. Sie würden auf einen Lieferdienst zurückgreifen müssen, und den konnte sie sich nicht leisten. Ihre Kreditkarte war vollständig ausgereizt, ihr Konto leer. Dann fiel ihr wieder ein, was Marlene gesagt hatte. Sie würde ihnen gar nichts anbieten, schließlich wollte sie, dass sie schnellstmöglich wieder verschwanden.

Farid schob die Hände in die Hosentaschen und schien selbst Überlegungen anzustellen. Nachdem er sich noch einmal umgesehen hatte, entschied er: »Wir fahren zurück ins Casino.«

Wenigstens eine kleine, beschissene Gnade.

»Und wir nehmen den Hund mit.«

»Ganz sicher nicht.« Schützend legte Pam die Hand an Elmers Halsband und sah zu Padma hinüber, damit diese einschritt. Brenda machte Anstalten, aufzustehen, doch Padma hielt sie mit erhobener Hand zurück; beide verharrten reglos. Also wandte sich Pam wieder Farid zu.

»Als Rückversicherung«, erklärte der ungerührt.

»Wozu denn das? Wir haben alles getan, was Sie von uns verlangt haben. Wir haben Ihnen gegeben, was Sie wollten. Wozu brauchen Sie da noch eine Rückversicherung?«

Lächelnd zog Farid die Brauen hoch und drückte den Zeigefinger an die Lippen. »Hmm, lassen Sie mich nachdenken. Ich halte das für angebracht, um sicherzustellen, dass uns die Menschen, die uns schon einmal abgezockt haben, nicht wieder abzocken.« Achselzuckend fuhr er fort: »Sie mögen mich für verrückt halten, aber ich traue Ihnen nicht.« Sein breites Grinsen erreichte seine Augen nicht, zeigte aber deutlich, dass ihm einige Backenzähne fehlten. Seine vier Kollegen standen wie reglose Soldaten hinter ihm. Ungeduldig tippte er auf seine Armbanduhr. »Um Mitternacht, wenn wir eine Bestätigung dafür haben, dass Ihr Wechsel gedeckt ist, werden wir den Hund zurückbringen. Stimmt mit dem Wechsel allerdings etwas nicht … dann sollte sich Ihr pelziger Freund ein paar Gedanken machen.«

Pam spürte, wie ihr das Herz in die Hose rutschte. Sie bekam kaum noch Luft. Diesen Kerlen das Geld zu geben, hatte ihr nichts ausgemacht, das gehörte ihr schließlich nicht und hatte es auch nie. Aber Elmer an diese Schläger auszuliefern, das war etwas anderes. Ängstlich sah sie zu ihrem Hund hinunter, der vollkommen ahnungslos zu ihren Füßen lag. Dann musterte sie die vier kräftigen Männer.

Entschlossen sprang sie auf. »Ich komme mit.« Sie ging einen Schritt auf Farid zu. »Ich werde ganz still in einer Ecke sitzen, bis Sie das Geld haben. Sie werden gar nicht merken, dass ich da bin.«

Nach einem kurzen Blick stellte Farid fest: »Ehrlich gesagt, ist mir der Hund als Gesellschaft lieber.« Er ging in die Hocke. »Na, Elmer, möchtest du ein paar Häschen jagen? Bestimmt fährst du gerne Auto. Wer weiß, wenn wir uns gut verstehen, darfst du vielleicht sogar mit uns im Flugzeug fliegen. Warst du schon einmal in einem Privatjet?«

Entsetzt starrte Pam ihn an.

Farid stand auf. »Entspannen Sie sich, das war nur ein Scherz. Wenn ich einen Hund wollte, würde ich mir einen richtigen besorgen.«

Einer von Farids Männern nahm die Leine vom Haken an der Tür. Sobald er das sah, sprang Elmer auf und begann, wild zu wedeln. Voller Vorfreude auf seinen Spaziergang sprang er herum, setzte sich dann aber brav hin, um sich die Leine anlegen zu lassen. Die Gruppe schob sich zur Tür hinaus, wo Elmer fröhlich zwei Stufen hinuntersprang, bevor er abrupt stehen blieb und sich nach Pam umsah. Farids Helfer zog an der Leine. Elmer machte einen kleinen Schritt, suchte wieder nach Pam, stemmte die Vorderpfoten in den Boden und duckte sich. Als der Mann wieder zog, wurde Elmer einige Zentimeter nach vorne geschleift. Schließlich machte ein zweiter Schläger der Sache ein Ende, indem er Elmer vom Boden aufhob und ihn durch den Vorgarten trug. Der Hund spähte angestrengt über seine Schulter, um Pam bloß nicht aus den Augen zu verlieren.

Während sie an ihr vorbeiging, versicherte Brenda: »Elmer wird nichts passieren.«

Pam bekam mit Mühe ein Wort über die Lippen: »Hoffentlich.«

KAPITEL 46

SIE SOLLTEN BLEIBEN

Obwohl Padma nur noch wenige Stunden von der Rückeroberung der neun Millionen Dollar trennten, deren Fehlen niemand außer ihr bemerkt hatte, was sie offiziell zum Helden der Indo-USA Gaming Inc. machen würde, sah sie sich im Moment mit zwei Problemen konfrontiert.

Erstens: Ihre Mutter hatte recht gehabt. Nicht mit der Feststellung, Padma sei unscheinbar – von wegen: Sie war einfach atemberaubend. Aber diese ganze Sache mit der Kuppelei war vielleicht doch gar nicht so schlecht. Schon als sie hereingekommen war und Nilesh an der Theke entdeckt hatte, waren ihre Achseln feucht geworden. Wenn das mal kein eindeutiges Zeichen für Verliebtheit war! Sie hatten zwei wirklich tolle Dates gehabt, und dieses dritte konnte den Sack nun zumachen. Der Gedanke, dass sowohl ihre beruflichen als auch ihre privaten Träume endlich wahr werden könnten, ließ sie regelrecht schweben. Was sie allerdings zu Problem Nummer zwei brachte: Nilesh wollte mit ihr bowlen.

Padma achtete darauf, dass ihr Lächeln ihre makellose untere Zahnreihe präsentierte, während sie ihm erklärte: »Das mache ich nicht.«

Ungeduldig tippte Nilesh mit dem Finger auf den Tresen. »Ich wüsste nicht, wie du sonst bowlen solltest.«

Das letzte Wort wurde beinahe von dem lauten Poltern hinter ihnen übertönt, auf das nicht weniger lauter Jubel folgte. Und noch ein Poltern und noch mehr Jubel. Jenseits des Tresens, auf dem sich in einem Hotdog-Grill leicht gebräunte Würstchen langsam um die eigene Achse drehten, stand ein Teenager. Er hielt ein paar flache Bowlingschuhe in der Hand, die er hinter sich aus einem Regal gezogen hatte. Nun verharrte er allerdings regungslos, nur sein Kopf wandte sich abwechselnd Padma und Nilesh zu, während er ihr Gespräch verfolgte.

»Ich habe es dir gesagt: Ich trage keine *gebrauchten* Schuhe«, wiederholte sie naserümpfend.

Allerdings musste Nilesh nicht wissen, dass es ihr keineswegs darum ging, dass die Schuhe bereits getragen worden waren. Sie weigerte sich, die Dinger anzuziehen, weil sie flach waren. Padma mochte Nilesh, sehr sogar, und deshalb durfte sie kein Risiko eingehen. Sie musste den Sack zumachen. Vielleicht war er ja tatsächlich der Richtige. Er entstammte einer angesehenen Bettwarenproduzentendynastie, war auf internationales Steuerrecht spezialisiert und hatte – genau wie sie – eine Abneigung gegen Tanzveranstaltungen im Freien, vor allem Salsa. Und er hatte sie zum Lachen gebracht. Zwei Mal schon. Kurz gesagt: Wenn sie ihn ansah, begannen ihren Zehen zu kribbeln. Und das nicht nur, weil sie nicht ausreichend mit Blut versorgt wurden. Bevor sie sich mit ihm hier im Bowlingcenter der kleinen Einkaufsmeile getroffen hatte, war Padma vorsichtshalber noch einmal seine in den Unterlagen vermerkten Wünsche durchgegangen. Und dort stand explizit, dass Nileshs mögliche Braut mindestens einen Meter sechzig groß sein sollte. Padma schaffte aber höchstens einen Meter fünfundfünfzig, und das auch nur mit Absätzen oder auf Zehenspitzen. Da sie vorher noch nie beim Bowling gewesen war, hatte sie sich die Webseite angesehen und erfreut festgestellt, dass es dort viele Sitzmöglichkeiten gab. Dabei musste sie den Teil mit dem nötigen Schuhwerk allerdings irgendwie übersehen haben. Auf gar keinen Fall würde sie in seinem Beisein ihre Schuhe ausziehen. Das wäre verkupplungstechnisch der reinste Selbstmord.

»Aber beim Bowling trägt jeder Bowlingschuhe. Und sie werden nach jeder Ausleihe desinfiziert, stimmt's?« Auffordernd sah Nilesh den Jungen an.

Der Teenager nickte stumm.

Angewidert musterte Padma die Schuhe.

»Hör mal, Padma. Ich mag dich wirklich. Aber ich habe seit dem College nicht mehr gebowlt, und ich freue mich schon darauf. Es ist allein deine Entscheidung, ob du die ›gebrauchten‹ Schuhe anziehst oder nicht. Mach, was du willst.« Damit wandte er sich ab und ging.

Während sie ihm hinterherblickte, versuchte sie, die Chancen einer Beziehung einzuschätzen, in der sie niemals die Schuhe auszog. Das bedeutete kein Schwimmen, kein Laufen, kein Reiten, kein Sex in aufrechter Haltung … Nachdem sie ihre Möglichkeiten erwogen hatte, beschloss sie, dass sie sich bedauerlicherweise den gnadenlosen Regeln der indischen Kuppelei unterwerfen und ihn ablehnen musste, bevor er sie ablehnte. Nur so konnte sie die Verluste minimieren. Ihre Mutter hatte sie gewarnt: Kassierte Padma den dritten Strike, würde sie die Dinge allein in die Hand nehmen. Und das wollte Padma nicht zulassen.

Als sie in der vollen Bowlinghalle ein letztes Mal nach ihm suchte, entdeckte sie Nilesh genau in dem Moment, als er sein Handy aus der Tasche zog. Hastig durchwühlte sie ihre Tasche nach ihrem eigenen Telefon; Nilesh ließ inzwischen seinen gestreckten Arm über seinem Kopf hin und her kreisen. Ein klares Zeichen dafür, dass er kein Netz hatte. Padma prüfte ihr Gerät. Verdammt, sie auch nicht. Wieder schaute sie zu Nilesh hinüber, und für einen Moment sahen sie sich in die Augen. Dann fuhr Nilesh herum und marschierte im Sturmschritt Richtung Notausgang. Padma hetzte zum Eingang und stolperte hinaus. Kaum war sie durch die Tür, erschien ein Balken auf ihrem Display. Hektisch tippte sie die Nachricht an die Kupplerin.

Padma Singh: Es tut mir leid, Tantchen. Nilesh ist wirklich nett, aber es hat nicht funktioniert.

Drei wandernde Punkte … dann:

Kupplerin: Ja, ich habe gerade seine Absage erhalten.

»Scheiße!« Wütend schleuderte Padma ihr Handy zu Boden. »Scheißdreck!«

Nichts hasste Padma mehr, als von anderen ausgebootet zu werden.

*

Zwanzig Minuten später zog Padma ihre Karte durch den Leser des Kellerraumes und rümpfte angewidert die Nase. Dieser Hund … Sie entdeckte Pams Promenadenmischung hinten in einer Ecke, wo sich das Tier auf dem kahlen Betonboden zusammengerollt hatte. Lebte es überhaupt noch? Sie sah genauer hin und konnte ein kurzes Zucken am Ohr ausmachen. Außer dem Summen der Neonröhren und dem Klappern von Farids Laptoptastatur war nichts zu hören. Der Buchhalter saß an dem Tisch, den Brenda in der Mitte des Raumes für ihn aufgestellt hatte. Noch immer lag das Material, das Brenda für die Untersuchung zusammengestellt hatte, unberührt am Ende des Tisches. Was für eine Zeitverschwendung das gewesen war! Brenda hatte so gar nicht verstanden, was in dieser Situation erforderlich war. Als ob dieses Team extra aus Indien kommen würde, um sich ein paar Überwachungsvideos anzusehen. Ha! Und noch dazu hatte Brenda sie unentwegt damit genervt, dass sie Farid daran hätte hindern sollen, den Hund als »Geisel« zu nehmen. Sie hatte immer weiter und weiter geredet, bis Padma ihr schließlich erzählt hatte, was sie von ihrer Mutter wusste: den Grund dafür, dass man Farid den Finanzfalken nannte. Danach war Brenda endlich still gewesen.

Ihre Mutter hatte ihr bereits klargemacht, dass sie keine losen Fäden zurücklassen durfte. Padma wusste, was das bedeutete. Sie wollte, dass Padma ihre neue Sicherheitschefin loswurde. Und zwar auf die endgültige Art. Tja, mit solch unangenehmen Dingen musste sie sich nun einmal auch auseinandersetzen, wenn sie ihre Mutter auf der Forbes-Liste überholen wollte. Diese spezielle Angelegenheit würde sie Farids Männern überlassen. Aber momentan konnte sie sich noch nicht damit beschäftigen, denn jetzt beobachtete sie erst einmal den Finanzfalken. Er saß am Tisch, neben ihm lag ein geschlossener Aktenkoffer.

Wenn die Millionen um Mitternacht auf dem Konto des Casinos landeten, stand Padma mit Sicherheit ein gigantischer Karriereschub bevor. Sie war ein aufstrebender Stern, konnte beruflich endlich aus dem Schatten ihrer Mutter hervortreten. Wenn dasselbe doch auch nur für ihr Liebesleben gelten würde … Ihr Blick wanderte zu Farids Hand. Kein Ring.

In diesem Moment blickte Farid hoch und lächelte. Sobald ihre Mutter von Nileshs Absage erfuhr, würde sie Padma alles aufdrängen, was einen Penis hatte. Nachdenklich musterte sie den Mann am Tisch. Ihre Mutter sagte immer, er sei eine

Legende. Vielleicht galt es in diesem Fall, besser das bereits bekannte Übel zu wählen. Padma erwiderte sein Lächeln. Vielleicht konnten sie ja zusammenarbeiten, wenn sie die Expansion der Casinos in Indien vorantrieb. Sie könnten eines dieser tödlichen Paare werden, die keine Gefangenen machten. Möglicherweise bekamen sie sogar einen eigenen Wikipedia-Eintrag. Er war klein und hässlich, aber selbst Padma musste zugeben, dass er eine ganz eigene Präsenz hatte. Immer waren alle Blicke auf ihn gerichtet.

Und wer wusste schon, was ihre Mutter für sie bereithielt? Da wäre es einen Versuch auf jeden Fall wert.

Farid holte gerade wieder seine Kaugummis aus der Tasche. »Auch einen, Püppchen?«

Padma nickte, warf ihm einen verführerischen Blick zu und beugte sich weit vor, während sie nach dem Kaugummi griff. Zum Glück war bei dritten Dates ein Push-up-BH Pflicht. Und tatsächlich streifte Farids Blick ihr Dekolleté, während er die Kaugummis zurück in die Tasche schob.

Padma wickelte den pinkfarbenen Klumpen aus und hielt ihn unglaublich sexy mit den Zähnen fest, bevor sie zu kauen begann und ihn in ihre Wange schob. »Sie sollten noch ein paar Tage in der Stadt bleiben, Farid. Immerhin haben wir das Geld extrem schnell zurückgeholt. Ich könnte Ihnen hier alles zeigen.« Sie beglückte ihn mit ihrem neuen Lächeln inklusive unterer Zahnreihe.

Farid lachte leise, lehnte sich zurück und drehte seinen Stuhl zu ihr herum. Als seine Knie in ihre Richtung zeigten, spreizte er langsam die Beine. »Und warum sollte der Finanzfalke so etwas tun?«

Padma hielt sich für sehr geübt in der Kunst des Flirtens. Sie hockte sich auf die Tischkante, schlug die Beine übereinander und ließ ihren Stiletto nur Zentimeter von ihm entfernt in der Luft wippen. »So könnten wir uns etwas besser kennenlernen. Wir wären sicher ein gutes Team, wir beide.« Nun ließ sie die Schultern kreisen und leckte sich über die Lippen.

»Aber Püppchen. Der Falke ist eine Zehn, und selbst wenn man deine Mutter mit einrechnet – der Falke würde sich niemals mit einer sehen lassen, die nicht mindestens eine Sechs ist.« Damit wandte sich Farid wieder seinem Laptop zu.

Fassungslos richtete Padma sich auf. Als ihr klar wurde, dass ihr die Kinnlade heruntergefallen war, klappte sie hastig den Mund zu.

»Außerdem«, er löste nicht einmal den Blick vom Bildschirm, »hat der Falke sowieso vor, hierzubleiben. Du solltest mal deine E-Mails lesen.«

Prompt klappte Padmas Mund wieder auf. »Wie bitte?«

Farid tippte ungerührt weiter. »Ich habe deine Mutter über die Lage hier in Kenntnis gesetzt. Sie hat dir eine Mail geschickt, in der alles erklärt wird. Hättest du den Ball im Blick behalten, anstatt nur in deinen Fick-mich-Schuhen herumzustöckeln, wärst du vielleicht besser auf dem Laufenden. Da ich deine Schlamperei so grandios ausgebügelt habe, sind meine Jungs bereits wieder auf dem Weg nach Hause.«

Verwirrt sah Padma sich um. Eigentlich hatte sie angenommen, die vier anderen wären beim Abendessen oder beim Kaffeeholen, aber nun bemerkte sie, dass ihr Gepäck und ihre persönlichen Sachen fehlten. »Aber brauchen Sie sie nicht, bis feststeht, dass Sie das Geld tatsächlich haben?« Zögernd sah sie ihn an. Deshalb hatten sie doch extra den verdammten Hund mitgenommen. Für die Wartezeit, bis in Mumbai die Banken öffneten und bestätigt wurde, dass der Wechsel echt war.

Wieder lachte er. »Ach, Püppchen. Der Falke bekommt sein Geld immer. Sobald diese alten Schachteln uns mit dem

Hund haben abziehen lassen, wusste ich, dass ich das Geld kriege. *Das* war der eigentliche Test, nicht die Warterei bis Mitternacht, um zu sehen, ob der Wechsel durchgeht.« Er warf ihr einen flüchtigen Blick zu, bevor er sich wieder dem Laptop zuwandte. »Das ist der Unterschied zwischen uns beiden: Ich kann die Menschen lesen. Für meine Jungs gibt es hier nichts mehr zu tun, weshalb der Firmenjet jetzt jede Minute«, er warf einen Blick auf seine protzige goldene Uhr, »abheben sollte. Aber der Falke bleibt.«

Wieder drehte er seinen Stuhl herum, spreizte die Beine noch weiter und reckte beide Arme in die Luft. Mit einem breiten Grinsen rief er: »Begrüße deinen neuen Boss!«

KAPITEL 47

EIN EINFACHER ERBSENZÄHLER

Wenn es etwas gab, das Hector Chavez den Tag verderben konnte, dann war es Warterei im Auto. So wie jetzt, auf dem Parkplatz des Casinos. Es war dunkel, heiß und still. So heiß, dass er das Seitenfenster fast ganz herunterlassen musste, weil er sonst einen Hitzschlag erlitten hätte. Und dank der Windstille plagten ihn nun die Mücken. Wie sehr er dieses Summen am Ohr doch hasste! Er war so sehr damit beschäftigt, im Handschuhfach nach Insektenspray zu suchen, dass er beinahe Brendas Nachricht verpasst hätte.

Amor: Bin in 5 min da.

Hector entschied, dass er das nun auch noch ohne Spray aushalten konnte. Suchend ging er den Nachrichtenverlauf mit seiner Frau durch. Nachdem er den Typen bezahlt hatte, der ihm vor ein paar Wochen in aller Eile die falschen Pässe für Hank, Larry und Andre besorgt hatte, war Hector zunächst in ihre Wohnung zurückgekehrt. Schon als er auf den Parkplatz gefahren war und sich umgesehen hatte, war ihm ein weißer BMW vor der Bowlinghalle aufgefallen. Hmm. Brenda hatte erwähnt, dass Padma einen weißen BMW fuhr. Allerdings konnte er sich diese Frau nun wirklich nicht beim Bowling vorstellen – nicht mit diesen Schuhen.

Hector achtete grundsätzlich darauf, welche Autos die Menschen fuhren. Das hatte Brenda einmal zu der spöttischen Feststellung verleitet, dass er sich eher den Wagentyp eines Menschen merkte als dessen Nachnamen. Hector hatte ihr daraufhin erklärt, dass es für jemanden, der ständig mit unangenehmen Überraschungen rechnen musste (die manchmal auch einen Überfall beinhalteten), wichtiger war, den Wagen eines möglichen Angreifers zu kennen, als eventuelle Weihnachtskarten korrekt adressieren zu können.

Schließlich fand er die Nachricht, die er Brenda geschickt hatte, nachdem er Zeuge davon geworden war, wie Padma direkt vor der Bowlinghalle wütend ihr Handy wegwarf und dann vom Parkplatz raste.

Hector: Habe gerade P gesehen, vor der Bowlinghalle. War extrem wütend.

Amor: Wirklich? Sie meinte, sie hätte heute Abend noch etwas Privates vor.

Hector: Ist wohl nicht so gut gelaufen.

Amor: Hmm. Die Typen aus Mumbai sind vor einer Stunde abgereist.

Hector: Alle?

Amor: Nein, dieser Falke ist noch hier. Ohne Erklärung. Sind einfach abgehauen.

Hector: Und der Hund?

Amor: Ist beim Falken.

Da er sich erst einmal hatte überlegen müssen, wie er jetzt am besten weitermachen sollte, hatte Hector den Austausch kurz unterbrochen, um schließlich zu schreiben:

Hector: O.k. Ich hole jetzt den Hund.

Amor: 👍

Hector: Kannst du mich in 20 min durch die Hintertür reinlassen?

Brenda hatte mit dem Daumen-hoch-Emoji geantwortet, und als er am Casino angekommen war, hatte er erneut geschrieben.

Hector: Bin da.

Amor: Warte kurz. P ist gerade vom Falken weg. Habe sie auf Überwachung im Flur gesehen. Ist offensichtlich wütend. Hat ihre Schuhe ausgezogen und ist gerannt!

Hector: Wer ist jetzt noch beim Falken?

Amor: Da drin gibt es keine Kameras, aber er müsste jetzt mit dem Hund alleine sein. Gebe dir Bescheid, wenn die Luft rein ist. Der Hund heißt Elmer.

Inzwischen war es zwei Stunden vor Mitternacht; dann sollte laut Brenda der Bankwechsel auf dem Konto des Casinos gutgeschrieben werden. Wenn es keine Probleme damit gab, würde er den Hund freilassen, hatte er gesagt. Allerdings waren Hector während seiner Zeit bei der Gang genügend Typen wie Farid begegnet, um zu wissen, dass er besser nicht einfach darauf warten sollte, ob er sein Wort auch hielt. Nicht, nachdem Brenda ihm erzählt hatte, warum man diesen Mann den Finanzfalken nannte.

Laut der Geschichte hatte ein Schuldner von Farids Arbeitgeber diesem als Pfand seinen wertvollen Falken angeboten. Dann jedoch hatte der Mann seine Schulden nicht rechtzeitig beglichen, woraufhin Farid den Vogel verstümmelte: Er beschnitt dem majestätischen Tier die Flügel, sodass es nie wieder fliegen konnte. Einfach so, nur um eine Botschaft zu senden. Weil er es eben konnte.

Deshalb musste Hector den Hund befreien. Brenda wäre am Boden zerstört, wenn Elmer etwas zustieß, und das würde er nicht zulassen. Außerdem mochte er den Hund.

Er bekam eine neue Nachricht.

Amor: Kann losgehen.

Hector stellte sein Telefon stumm, stieg aus dem Wagen, zog seine Windjacke an und klopfte prüfend auf seine Taschen, um sicherzustellen, dass er alles Nötige dabeihatte. Dann überquerte er den Parkplatz. Brenda wartete bereits an der Hintertür auf ihn. Mit einem schnellen Kuss auf die Wange übergab sie ihm einen Mitarbeiterausweis und eine Schlüsselkarte. Er verschwand durch die Tür zu seiner Rechten, aus der er gekommen war, nachdem er Brenda damals ihre Empanadas gebracht hatte. Über die Treppe gelangte er in den Keller, während seine Frau hochfuhr in die Büroetage, um Padma im Auge zu behalten.

Hector schlang sich das Band mit dem Ausweis und der Karte um den Hals und setzte eine Baseballkappe auf. Da Brenda die Überwachungsaufnahmen in diesem Teil des Gebäudes mit Standbildern überlagert hatte, würde den Sicherheitsleuten in der Kommandozentrale nichts weiter auffallen, aber falls er hier jemandem begegnen sollte, wollte er sein Gesicht hinter dem Schirm verstecken können. So gerüstet betrat er den Korridor, ging zur entsprechenden Tür und verschaffte sich mit der Schlüsselkarte Zugang zu dem Lagerraum.

Alles sah noch genauso aus wie bei seinem letzten Besuch. Ein schneller Blick verriet Hector, dass der Hund rechts vom Eingang lag. Seine Leine hing lose über einem Stuhl. Elmer hob bei seinem Anblick den Kopf und wedelte freudig.

Perfekt.

Hector ging zu ihm hinüber und nahm die Leine. Sofort stand Elmer auf, streckte sich und kam auf ihn zu. Allerdings ertönte genau in diesem Moment eine Stimme, die beide innehalten ließ.

»Was soll das bitte werden?«

Farid erhob sich von seinem Platz hinter dem Tisch in der Raummitte.

»Tut mir leid, ich habe Sie nicht gesehen«, erwiderte Hector.

Neben Laptop und Aktenkoffer entdeckte Hector auf dem Schreibtisch einen Stapel Aktenordner; hinter denen musste Farid wohl gesessen haben, weshalb Hector ihn nicht bemerkt hatte.

Farid fragte weiter: »Kennen wir uns nicht? Aber ja, Sie sind der Friseur. Wissen Sie, so wie es jetzt aussieht, werde ich eine Weile hierbleiben, da werde ich wohl doch demnächst auf das Angebot mit dem Hausbesuch zurückkommen.«

»Sicher, geben Sie mir einfach Bescheid, wann es Ihnen passt. Ich bin nur gekommen, um den Hund abzuholen.« Hector schob sich einen Schritt näher an Elmer heran.

Farid ging um seinen Schreibtisch herum. »Tut mir leid, aber den können Sie nicht mitnehmen. Ich brauche ihn noch.«

Nun schüttelte Hector fast schon bedauernd den Kopf. »Nein, das denke ich nicht.«

»Ich habe der Besitzerin erklärt, dass sie ihn um Mitternacht zurückbekommt.« Farid strich mit den Fingern über die Tischplatte und hielt dabei auf den Aktenkoffer zu.

Skeptisch neigte Hector den Kopf. »Ich bin mir nicht sicher, ob Sie das wirklich tun werden.«

Mit einem schmalen Lächeln zog Farid eine Braue hoch. »Warum sollte ich einen solchen Hund behalten wollen?«

Hector sah sich nach Elmer um, der sich ein paar Schritte von ihm entfernt auf den Boden gesetzt hatte und das Gespräch genau zu verfolgen schien. Sein Blick wanderte zwischen den beiden Männern hin und her.

Aus Hectors Brust löste sich ein schwerer Seufzer, als er antwortete: »Ich glaube nicht, dass Sie ihn behalten wollen. Vielmehr befürchte ich, dass ein Mann wie Sie diesen Hund dazu benutzen könnte, eine Botschaft zu senden.«

Spöttisch fragte Farid: »Welche Art von Botschaft könnte ich schon senden? Ich bin Buchhalter. Ein einfacher Erbsenzähler. Ich verschiebe Gelder, nichts weiter.«

Nachdem Hector ihn einen Moment lang gemustert hatte, entgegnete er: »Also brauchen Sie den Hund ja wirklich nicht. Was kann er schon für Sie tun? Ihnen die Steuer machen? Ich nehme ihn jetzt mit nach Hause, dann sind Sie ihn los.«

Farid spielte mit der Klappe des Aktenkoffers herum. »Nun, wenn ich so darüber nachdenke, haben gewisse Botschaften doch einiges für sich. Hin und wieder eignen sie sich gut dazu, eine gewisse Form von Aufmerksamkeit zu erregen, vor allem, wenn man neu in der Stadt ist. Also, das wird jetzt so ablaufen: Sie verlassen durch diese Tür dort den Raum und verschwinden von hier. Und ich werde um Mitternacht den Hund zurückbringen. Vertrauen Sie mir.«

Auf Hectors Gesicht erschien ein verbindliches Lächeln, und mit einem leisen Lachen erklärte er: »Wer in meiner Branche zu leichtfertig mit seinem Vertrauen umgeht, kann nicht viele Geburtstage feiern.«

Verwirrt runzelte Farid die Stirn.

»John Wayne in *Der letzte Scharfschütze*.«

»Ah, ein Film. Kenne ich nicht.« Achselzuckend fügte Farid hinzu: »Tut mir leid.«

Hectors Lächeln schwand, und er stieß einen tiefen Seufzer aus. »Es wird folgendermaßen laufen: Ich gehe jetzt mit dem Hund.« Unauffällig verlagerte Hector sein Gewicht so, dass seine linke Schulter in Farids Richtung zeigte. Gleichzeitig hielt er die Leine gestrafft vor sich und ließ den Metallhaken an ihrem Ende kreisen. Dabei wanderte seine rechte Hand immer näher an seine Jackentasche heran.

Farid ließ den schweren, kreisenden Haken nicht aus den Augen. Mit einem angespannten Lächeln sah er schließlich wieder Hector an. »Warum beschleicht mich langsam das Gefühl, dass Sie mehr sind als ein einfacher Herrenfriseur?« Klickend sprangen die Schnallen des Aktenkoffers auf.

»Vermutlich aus demselben Grund, der mich vermuten lässt, dass Sie kein einfacher Buchhalter sind.«

Farid klappte den Koffer auf. »Warum kümmert sich jemand wie Sie um einen *Hund?*«

Ganz langsam wanderte Hectors Hand Richtung Jackentasche. »Sie haben vermutlich nie einen der John-Wick-Filme gesehen.«

Kopfschüttelnd stellte Farid fest: »Schon wieder Filme.«

Hector riet ihm: »Sie sollten sich wirklich einen ansehen. Inzwischen gibt es vier davon. Keanu Reeves wird Sie begeistern. Fangen Sie mit dem ersten Teil an. Dann verstehen Sie vielleicht, warum man besser die Finger von anderer Leute Hunden lässt.«

Und dann war es so weit.

Farid war nicht nur so dumm, eine Waffe auf Hector zu richten, er war auch so dumm, nicht sofort abzudrücken. Mit einem präzisen Schwung zog Farid seinen Arm nach links und zielte auf Elmer. »Wissen Sie, was? Ich habe keine Lust mehr, über diesen dämlichen Hund zu sprechen.«

Der Schuss hallte durch den Raum. Hectors Ohren dröhnten, und der Geruch des Schießpulvers brannte in seiner Nase.

Elmer kam angerannt und drückte seinen Kopf zwischen Hectors Knie. Der hockte sich hin und zog das zitternde Tier in seine Arme. Aus dieser Position blickte er prüfend zu Farid hinüber, der reglos auf dem Boden lag. Das Einschussloch zwischen seinen Augen war sauber und deutlich zu sehen, denn das Blut lief aus seinem Hinterkopf, wo es sich in einer immer größer werdenden Lache sammelte.

Hector stand auf und schob seine Waffe zurück in die Jackentasche.

Jetzt musste er sich beeilen. In einem angrenzenden Raum entdeckte er eine Abstellkammer mit einem großen Eimer. Schnell zog er Farids Leiche möglichst dicht an den im Boden der Kammer eingelassenen Abfluss heran. Mit ein paar Lappen wischte er das Blut auf, stopfte sie in eine Tüte und schleuderte diese ebenfalls in die Abstellkammer. Dann sammelte er alles, was Farid gehörte, ein und brachte es zu der Leiche. Schließlich wischte er mit dem Mopp über die Stelle, an der Farid zusammengebrochen war. Einer genaueren Untersuchung würde das nicht standhalten, aber ein letzter Blick zeigte ihm, dass einem zufälligen Besucher nichts Ungewöhnliches auffallen würde. Es musste reichen, bis er später gründlich sauber machen konnte.

Hector schnüffelte prüfend und hatte in der Abstellkammer gerade eine Dose mit Raumduft entdeckt, als er draußen im Korridor eine Stimme hörte. Hastig stellte er die Dose zurück und drückte die Tür fest zu.

KAPITEL 48

KENNEN SIE ZUFÄLLIG JEMANDEN?

Padma wusste nicht mehr genau, auf welchem Weg sie vom Kellerraum in ihr Büro zurückgekommen war, aber sie erinnerte sich daran, ihre Schuhe ausgezogen und den ganzen Weg nach oben in der Hand getragen zu haben. Und ausgerechnet jetzt hatte sie kein Handy dabei.

Scheiße!

Nachdem sie die Antwort der Kupplerin gelesen und so von Nileshs Absage erfahren hatte, hatte Padma das Gerät wütend auf den Bordstein geschleudert, nur um anschließend mitanzusehen, wie es abprallte und zielgenau durch das Gitter des nächsten Abflusses rutschte. Mit Absicht hätte sie es da niemals hineinwerfen können, selbst mit hundert Versuchen nicht. Aber Glückspilz, der sie war, landete es so schnurstracks in der Kanalisation.

In ihrem Büro angekommen, pfefferte sie die Schuhe neben ihrem Schreibtisch auf den Boden, fuhr ihren Laptop hoch und holte das Ersatzhandy aus der Schublade. Während sie es zum Laden an die Steckdose hängte, wartete sie darauf, dass ihre E-Mails abgerufen wurden. Na klar, der verdammte Finanzfalke – was für ein alberner Name – hatte recht. Sie hatte tatsächlich eine Nachricht von ihrer Mutter bekommen.

Padma,
der Finanzfalke hat mich über seine spektakuläre Leistung informiert.
Nach diesem großartigen Erfolg und deinem bedauerlichen Scheitern – im Casino ebenso wie bezüglich aller durch die Kupplerin angestellten Bemühungen – müssen wir unsere Energien neu fokussieren. Ehrlich, Padma, es ist nur zu deinem Besten. Drei Ablehnungen …
Jedenfalls gebührt dem Falken alles Lob für die Wiederbeschaffung der neun Millionen Dollar; eine wirkliche Glanzleistung war das. Gott sei Dank habe ich ihn rechtzeitig geschickt. Ich sagte dir ja bereits, dass er in einer ganz eigenen Liga spielt. (Was mich zu der Frage bringt, ob er dich wohl attraktiv findet, zumindest ein kleines bisschen? Hast du Kleider und hohe Schuhe getragen? Solche Outfits stehen dir am besten. Und ich muss dir wieder einmal dringend dazu raten, dir Strähnchen machen zu lassen.)
Sicher stimmst du mir zu, wenn ich daraus ableite, dass er sämtliche Fähigkeiten mitbringt, die zur erfolgreichen Leitung eines Casinos benötigt werden. Ich hätte dich nie auf eine Position setzen dürfen, die deine Fähigkeiten so weit übersteigt. Am besten verwerfen wir alle diesbezüglichen Pläne schnellstmöglich, und du kommst nach Hause, bevor es noch peinlicher wird.
Sorge für eine reibungslose Übergabe. Bestimmt wirst du dich auch um die losen Fäden kümmern, über die wir bereits gesprochen haben. Ich erwarte dich bis zum Ende der Woche hier in Mumbai.

Deine Mutter
Amrita Kulkarni

Padma war stinksauer. *Sie* hatte Akshay abgelehnt, bei Vikash war es technisch gesehen einvernehmlich geschehen, und Nilesh war ihr mit der Absage nur um Sekunden zuvorgekommen. Außerdem konnte sie ja nichts dafür, dass sie so klein war. Das waren verdammt noch mal die Gene ihrer Mutter! Wütend klappte sie den Laptop zu. Verdammter Falke, strich einfach ihre Erfolge für sich ein. Klaute ihr dann auch noch den Job. Und bezeichnete sie als eine Sechs.

Brenda streckte den Kopf in den Raum. »Alles okay?«

»Farid sagt, ich trage ›Fick-mich-Schuhe‹.«

Nun kam Brenda herein und nahm auf der anderen Seite des Schreibtisches Platz. »Wissen Sie was? Selbst wenn Ihre Schuhe ›fick-mich-in-den-Hintern-und-häng-mich-am-nächsten-Baum-auf‹ schreien würden – wenn Sie diese Schuhe tragen wollen, tun Sie es einfach. Tragen Sie verdammt noch mal genau das, was Sie tragen wollen.«

Diese Antwort ließ Padma ruckartig den Kopf heben.

Brenda seufzte. »Tut mir leid. Ich habe drei Schwestern, und wir haben zu diesem Thema alle eine ganz klare Meinung. Unsere Mom hat uns schon früh beigebracht, dass wir uns als Frau niemals Gedanken darüber machen sollten, was andere über uns sagen – über unsere Körper, unsere Kleidung, unser Verhalten. Wir allein bestimmen, wer oder was wir sein wollen. Meine Mom sagt immer: ›Zieh an und tu, womit du dich wohlfühlst.‹«

»So etwas sagt Ihre Mutter zu Ihnen?«

Brenda nickte. »Absolut. Das und eine Menge andere Dinge, die ich als Kind nicht hören wollte, die jetzt als Erwachsene und Ehefrau aber eine Menge Sinn ergeben.«

Nachdem sie darüber einen Moment nachgedacht hatte, fragte Padma: »Wie lange sind Sie schon verheiratet?«

»Zehn Jahre.«

Genau das wollte Padma auch. Einfach an jemanden denken und dabei dieses Funkeln in den Augen bekommen, das sie jetzt gerade bei Brenda sah. Mit einem tiefen Seufzer gestand sie: »Ganz ehrlich? Diese hohen Absätze bringen mich um.«

»Warum tragen Sie dann welche?«

Versonnen ließ sich Padma in ihrem Stuhl zurückfallen und dachte über die Frage nach. Dabei wanderten ihre Gedanken auch zu ihrer Mutter und diesem verfluchten, herablassenden Farid. Der Finanzfalke. Wohl eher das Finanzfurzgesicht. Nachdenklich sah sie Brenda an. »Sie leben schon lange in dieser Stadt, nicht wahr?«

»Mein ganzes Leben«, bestätigte Brenda.

Padma hob die Hände vor das Gesicht und legte die Fingerspitzen aneinander. Sie musterte das Whiteboard an der gegenüberliegenden Wand, auf dem in großen Buchstaben die Worte URSACHE und WIRKUNG prangten. Es wurde wohl Zeit, dass sie ihre eigene Wirkung erzeugte. Schließlich wandte sie sich wieder Brenda zu und fragte: »Kennen Sie zufällig jemanden, der auf gewisse Dinge spezialisiert ist, die getan werden müssen?«

KAPITEL 49

NOTGROSCHEN

Hector schob mit dem Fuß Farids lebloses Bein beiseite, trat aus der Abstellkammer und schloss die Tür hinter sich. Seine Frau kniete mitten im Raum auf dem Boden und kraulte Elmer den Bauch. Neben ihr stand eine blaue Sporttasche.

Sobald sie ihn sah, sprang sie auf. »Hec-toro! Wo warst du denn? Wie ist es gelaufen? Wo ist Farid?« So war Brenda oft: bombardierte ihn mit Fragen, ohne ihm auch nur eine Sekunde Zeit für eine Antwort zu lassen. Doch er wusste, dass sie bei den wichtigen Punkten sowieso noch einmal nachhaken würde. Nun sah sie sich erst einmal um, stellte zufrieden fest, dass sie allein waren, und sagte dann: »Du wirst niemals erraten, was Padma als Nächstes vorhat.«

Sie zog den Reißverschluss der Sporttasche auf und ließ Hector hineinsehen. Überrascht starrte er seine Frau an.

»Das sei eine der wenigen nützlichen Lektionen ihrer Mutter gewesen, sagt sie: Lege dir immer einen Notgroschen zurück.«

Wieder spähte Hector in die Tasche: ordentlich gebündelte Hunderter, jedes Bündel bestimmt zehntausend Dollar wert. Insgesamt waren es sicher fünfzig Bündel. »Eine halbe Million Dollar? Das ist ihr Notgroschen?«

Achselzuckend stellte Brenda fest: »Padmas Notfälle sind vermutlich etwas kostspieliger als eine Klempnerrechnung wegen undichtem Wasserboiler. Und jetzt, Hec-toro, darfst du raten, um welchen Notfall wir uns kümmern sollen.« Brenda riss erwartungsvoll die Augen auf und nickte, vermutlich, um ihn zu dem Ratespiel zu motivieren.

»Um den Falken.«

Enttäuscht sackten Brendas Brauen herab. »Woher weißt du das?«

Nun zuckte er mit den Achseln. »Das war nur eine Frage der Zeit. Eine Frau wie sie und ein solcher Typ, das geht nie gut aus.« Er verzog gequält das Gesicht.

Brenda brachte ihn auf den neuesten Stand: »Padma ist total angepisst. Er hat hinter ihrem Rücken ihre Mutter kontaktiert, und jetzt flippt sie richtig aus. Er soll verschwinden, sagt sie. Oh, und als du sie vor der Bowlinghalle gesehen hast, war sie gerade bei einem Date. Sie wusste aber, dass der Typ ihr einen Korb geben würde, weil sie zu klein ist.« Brenda richtete sich auf. »So viel Drama. Irgendwie tut sie mir leid.«

Genau das machte Hector Sorgen. Wenn Brenda neue Menschen kennenlernte, wuchsen sie ihr sofort ans Herz, wobei sie aber gerne übersah, dass es sich dabei manchmal auch um hinterhältigen, diebischen Abschaum handelte. Brenda sah immer nur das Gute, und auch wenn Hector ihr das nicht nehmen wollte, konnte er nicht einfach dulden, dass sie dadurch verletzt wurde. Und in diesem Moment war Padma kurz davor, seiner Amor eine solche Verletzung zuzufügen.

Er stupste mit dem Fuß die Tasche an. »Und das hat sie dir einfach so gegeben?«

Brenda nickte.

»Mit welcher Begründung?«

»Sie hat mich gebeten, jemanden zu suchen, der sich um den Finanzfalken kümmert.«

Unruhig rieb sich Hector das Kinn. »Das ist nicht gut, Brenda.« Er sah seine Frau ernst an. »Sie ist eine Gefahr für dich. Das siehst du doch auch, oder? So etwas wollten wir nie für dich.«

Verdammte Padma! Indem sie Brenda dieses Geld gab, stieß sie seine Frau in ein Loch, aus dem sie vielleicht nie wieder herauskam. So hatte Padma immer etwas gegen sie in der Hand.

Nun wurde auch Brenda ernst. »Ich weiß. Aber können wir die Diskussionen, die meine Karriere betreffen, vielleicht verschieben?« Angewidert rümpfte sie die Nase. »Was ist das für ein Geruch?«

Hector schnüffelte. Der Gestank des Schießpulvers hing noch in der Luft. »Elmer hat gefurzt.« Demonstrativ wedelte er mit der Hand vor seiner Nase herum und warf dem Hund einen strengen Blick zu. »Junge, Elmer, das musst du dringend unter Kontrolle kriegen.«

Aber Brenda hatte die Hände in die Hüften gestützt und schnüffelte noch einmal. Dann fixierte sie ihren Mann. »Hier drin wurde eine Waffe abgefeuert.«

Ergeben wappnete sich Hector für das, was nun kommen würde. Manchmal war Brenda wie ein Hund mit einem Knochen – hatte sie ihn erst einmal gefunden, ließ sie nicht wieder los. Er überlegte, welche Möglichkeiten er noch hatte. Normalerweise war es in einer solchen Situation das Beste, einfach reinen Tisch zu machen. Also führte er sie zu der Abstellkammer und öffnete die Tür.

Beim Anblick von Farids Leiche wich Brenda einen Schritt zurück. »Wow! Das ist ja mal eine interessante Wendung.«

Schulter an Schulter standen sie in der offenen Tür und musterten den Falken. Der hatte seinen letzten Flug eindeutig hinter sich.

Hector schluckte. »Es war Selbstmord.«

»Nein!« Mit weit aufgerissenen Augen fuhr Brenda zu ihm herum.

Im ersten Moment wollte er eine ähnlich schockierte Miene aufsetzen, aber dann fiel ihm wieder ein, welche Art von Leben sie sich aufgebaut hatten. Und dass es nur deswegen so gut funktionierte, weil es auf absoluter Ehrlichkeit basierte.

Also gab er mit einem Schulterzucken zu: »Okay, ich habe ihn getötet. Er wollte Elmer erschießen.«

»Oh. Gute Entscheidung.« Ein nachdrückliches Nicken unterstrich dieses Urteil. Dann kehrte Brenda zu der Sporttasche mit Padmas halber Million zurück. »Und was machen wir jetzt damit?«

KAPITEL 50

ETWAS IN DER ART

Es war halb elf abends, und Pam hatte lange genug gewartet.

Sie würde nicht einfach tatenlos herumsitzen, bis dieser Kaugummi kauende Psychopath sich dazu herabließ, Elmer nach Hause zu bringen. Nein, Pam würde sich ihren Hund zurückholen. Zusammen mit Nancy, Marlene und Shalisa stieg sie in ihren Van.

»Wie sieht der Plan aus?«, wollte Marlene wissen.

»Ich habe keinen. Das kommt alles aus dem Bauch heraus. Wir überlegen uns etwas, wenn wir dort sind.«

Pam fuhr auf den Angestelltenparkplatz hinter dem Casino und dort auf Hanks alten Platz, der noch immer mit seinem Namen markiert war. Während sie den Fußweg hinaufging, musste sie all die Erinnerungen beiseiteschieben, die sich automatisch einstellten; wie oft war sie diesen Weg schon gegangen, mit dem Ziel, ihren Ehemann zu besuchen? In guten wie in schlechten Zeiten hatte sie ihn immer hinter diesen Türen finden können. Aber nun nicht mehr. Die Klimaanlage in der mit Teppich ausgelegten Eingangshalle schenkte ihnen Erlösung von der stickigen Abendluft draußen.

»Tut mir leid, meine Damen, dieser Eingang ist nur für Angestellte. Gäste benutzen den …« Der Wachmann erhob sich von seinem Platz. »Oh, tut mir leid, Mrs. Montgomery.« Verwirrt runzelte er die Stirn.

Pam kannte den Namen des kräftigen Mannes nicht, doch nach all den Jahren hatte sich ihr sein Gesicht eingeprägt. Als er hier angefangen hatte, war er noch ein schlaksiger Teenager gewesen, nun war er deutlich massiger und hatte die dreißig bereits überschritten. Sie beschloss, ganz offen zu ihm zu sein. »Ich wollte nur schnell meinen Hund abholen. Haben Sie ihn zufällig irgendwo gesehen?«

»Unten im zweiten Kellergeschoss habe ich einen Hund gesehen. Ich glaube, sie haben ihn in den Lagerraum gebracht.«

Ein Lagerraum – das waren gute Neuigkeiten. Farid und seine Kumpels hielten sich bestimmt nicht länger als nötig in einer so schäbigen Umgebung auf. Vielleicht war Elmer dort ganz allein, dann könnten sie ihn einfach einsammeln und sich aus dem Staub machen. Das wäre perfekt. »Könnten Sie uns vielleicht kurz dort runterlassen, damit wir ihn holen können?«

Der Wachmann schüttelte bedauernd den Kopf. »Tut mir leid, aber der Zutritt zu diesem Bereich muss vorher genehmigt werden. Da sind die Regeln sehr streng. Vor allem jetzt, unter der neuen Leitung. Aber ich könnte bei Miss Singh nachfragen …« Er griff nach seinem Handy.

Sofort hob Pam abwehrend die Hand. »Nein, nein, ich möchte sie damit nicht belästigen.« Fieberhaft kaute Pam auf ihrer Unterlippe herum. Wenn ihr Bauchgefühl ihr doch nur eine Richtung aufzeigen würde! Sie tippte nervös mit den Fingern auf dem Pult des Wachmannes herum und fuhr erschrocken zusammen, als der junge Mann plötzlich weitersprach.

»Bei der Trauerfeier hatte ich nicht die Gelegenheit, aber ich wollte Ihnen noch sagen, dass Mr. Montgomery immer sehr gut zu mir war.«

»Tatsächlich?«

Nun trat der Wachmann hinter seinem Pult hervor und sah

verlegen zu Nancy, Marlene und Shalisa hinüber, die prompt ein paar Schritte beiseitegingen und angestrengt durch die Glastür starrten. Mit gesenkter Stimme erklärte er: »Ich hatte früher ein Drogenproblem.« Er sah Pam nervös an, senkte kurz den Blick, hob ihn dann aber wieder. »Und ich wurde ein paarmal erwischt, wie ich, na ja, wie ich gearbeitet habe, während ich drauf war. Damals war ich noch ein halbes Kind und wirklich dumm. Sie haben mich gefeuert, aber ich, ich … äh … ich habe dann mit Ihrem Mann gesprochen. Habe ihm von unserem Baby erzählt und wie dringend ich den Job brauchte. Er hat mich aufmerksam angesehen und nur gesagt: ›Ja, das ist wahr.‹ Das werde ich nie vergessen. Dann hat er mir eingeschärft, dass für mich von nun an nichts wichtiger sein dürfe als meine Frau und mein Kind. Rein gar nichts. Nicht die Drogen, nicht der Alkohol. Er hat mir einen Therapieplatz besorgt und es irgendwie so gedreht, dass das Casino die Kosten übernommen hat. Alleine hätte ich das nie geschafft. Und er hat mir versprochen, solange ich clean bleibe, hätte ich hier immer einen Job. Das ist jetzt elf Jahre her.« In den Augen des jungen Mannes schimmerten Tränen, als er Pam lächelnd berichtete: »Ich habe inzwischen drei Kinder. Und meine Frau und ich sind glücklich miteinander.«

Pam zog den jungen Mann an sich, hielt ihn einen Moment fest und trat dann einen Schritt zurück.

Er wischte sich eine Träne von der Wange. »Er fehlt mir sehr.« Nachdem er sich verlegen geräuspert hatte, verkündete er plötzlich: »Jetzt muss ich meine Runde machen. Es war schön, Sie wiederzusehen.« Damit wandte er sich ab, zog seine Schlüsselkarte durch den Leser und verschwand im angrenzenden Korridor.

Als Shalisa, Marlene und Nancy an Pams Seite zurückkehrten, fragte Nancy erstaunt: »Was ist das denn?«

Sie zeigte auf den dunkel gemusterten Teppich, bückte sich und hob eine Schlüsselkarte auf. Auf der Vorderseite prangten zwei Worte: *unbeschränkter Zutritt.*

Suchend ließ Pam ihren Blick den Korridor entlangwandern, aber der Wachmann war bereits fort.

»Das Spiel beginnt«, verkündete sie grinsend.

Wenige Minuten später öffnete sich die Tür der Fahrstuhlkabine, und Pam trat in einen anderen Korridor hinaus. Dort folgte sie einfach der Beschilderung. Ein kurzer Blick über die Schulter zeigte ihr Nancy und Shalisa im Schleichmodus, eng an die Wand gedrückt, während Marlene sich auf der anderen Seite möglichst klein machte. Aufgebracht fuhr sie zu ihren Freundinnen herum. »Hört sofort damit auf! Wenn euch jemand auf den Überwachungsaufnahmen sieht, ruft der doch sofort das SWAT-Team. Außerdem ist das hier keine Straftat. Wir holen einfach nur Elmer.«

Am richtigen Raum angekommen, zückte Pam die Schlüsselkarte. Als sich die Tür öffnete, fuhr sie erschrocken zusammen. Dort drin stand Hector, und einige Schritte weiter hockte Brenda und zog mit einem Ruck den Reißverschluss einer blauen Sporttasche zu. Mit wild klopfendem Herzen registrierte Pam, dass die Tasche genau die richtige Größe hatte, um Elmer darin zu transportieren. Brenda hatte sie entdeckt und sah wie erstarrt zu ihr herüber. Dann ließ sie sich langsam auf die Fersen sinken.

Pam machte sich auf das Schlimmste gefasst. Ihr Herz raste. Warum nur hatte sie ihren Hund überhaupt gehen lassen? Warum war sie nicht früher gekommen? Tonlos flüsterte sie: »Ich wollte Elmer abholen.«

Wortlos drehten sich Brenda und Hector um und sahen in eine Ecke des Raumes. Pam folgte ihrem Blick. Elmer war noch dabei, aufzustehen, und musste sich erst einmal träge strecken, bevor er wedelnd auf sie zukam. Voller Erleichterung sank Pam auf die Knie.

Brenda erklärte: »Es geht ihm gut. Tut mir ehrlich leid, dass Farid ihn mitgenommen hat.«

Pam hatte beide Arme um ihren Hund geschlungen, dessen Schwanz nun wie ein Hubschrauberblatt kreiste. Sie wollte bloß weg, bevor jemand versuchen konnte, sie aufzuhalten. »Wo ist Farid? Wo sind seine Männer?«

»Äh ... Sind alle weg«, antwortete Brenda.

»Was soll das heißen: ›Sind alle weg‹?«

Nun sah Brenda kurz zu Hector hinüber, bevor sie ausführte: »Die sind nach Mumbai zurückgeflogen.«

»Alle? Das soll wohl ein Witz sein! Dann war diese ganze Sache mit der Wartezeit bis Mitternacht nur ein Bluff? Sie sind wirklich weg?« Ohne Elmer loszulassen, musterte Pam erst Brenda und dann Hector. »Kennt ihr zwei euch etwa?«

Wieder warf Brenda dem Herrenfriseur einen kurzen Seitenblick zu, bevor sie antwortete: »Hector ist mein Mann.«

»Ihr Mann!« Verblüfft drehte sich Pam zu Nancy, Marlene und Shalisa um. Zum Glück schienen die ebenso überrascht zu sein wie sie selbst.

Nancy ließ ihren Blick abschätzend zwischen Hector und Brenda hin- und herwandern, machte eine kreisende Geste mit dem Finger und stellte dann fest: »Das hängt irgendwie mit unseren Ehemännern zusammen, richtig?«

Oh. Daran hatte Pam noch überhaupt nicht gedacht, aber vielleicht lag Nancy damit gar nicht so falsch.

Die fragte weiter: »Haben die drei euch als Team angeheuert?« Offenbar war die Zeit des Siezens hiermit vorbei. »Du solltest ihr Ableben fingieren«, vermutete sie, an Hector gewandt, »und du solltest Padma ausspionieren?«

Wieder wechselte das Ehepaar einen vielsagenden Blick.

Hector gestand: »Etwas in der Art.«

Pam stand vom Boden auf. »Tja, ich habe zwar keine Ahnung, ob ihr toller Plan aufgegangen ist, aber es ist mir auch egal. Ich bin fertig mit diesem Mist.« Sie holte die Hundeleine, die über einem Stuhl hing, befestigte sie an Elmers Halsband und sagte dann zu Brenda: »Du kannst dieser miesen Padma ausrichten, dass wir miteinander fertig sind. Die soll sich nicht mehr bei mir blicken lassen. Nie wieder.«

Brenda nickte.

Die vier Frauen waren bereits auf dem Weg zur Tür, als Elmer sich plötzlich losriss und zu Hector zurücklief, um sich noch einmal streicheln zu lassen. Dasselbe machte er dann mit Brenda. Er lehnte sich gegen ihre Beine, und sie bückte sich, um ihm einmal das gesamte Fell durchzumassieren. Elmers Hinterteil vibrierte beinahe vor Wonne.

Das machte Pam nachdenklich, und sie lenkte ein: »Also, Brenda, ich weiß zwar nicht, ob du wirklich offiziell hier arbeitest, aber Elmer ist ein großartiger Menschenkenner. Dieser Laden war ein toller Arbeitsplatz, als er von Hank geführt wurde, doch jetzt ist er das vermutlich nicht mehr. Wenn ich du wäre, würde ich meine Zelte hier abbrechen, solange das noch geht.«

Brenda kraulte Elmer am Kinn, dann sah sie zu Pam hoch. »Da könntest du recht haben. Ich bin Hank zwar nie begegnet, aber es ist offensichtlich, dass er von allen hier sehr gemocht wurde. Was auch immer zwischen euch vorgefallen ist, es tut mir aufrichtig leid für euch.«

Pam, Nancy, Marlene und Shalisa sahen sich an, dann befand Pam achselzuckend: »Das ist wohl immer dasselbe: Soll eine Ehe gedeihen, muss man sie hegen und pflegen. Sonst verkümmert sie und stirbt irgendwann.«

Nun wandte sich Pam an Hector. Wie hatte Hank nur

jemals behaupten können, dieser Mann habe tote Augen? Das Licht, das in ihnen strahlte, war gleißend hell. Eine Frage hatte sie noch an ihn, doch sie brachte sie nur mühsam über die Lippen: »Glaubst du, wir werden sie jemals wiedersehen?«

Hector seufzte schwer und schüttelte den Kopf. »Nur wenn sie gefunden werden wollen.«

Nancy stellte sich neben Pam. »Und sie wissen ganz sicher, dass wir dich angeheuert hatten, um … du weißt schon was?«

Hector nickte. »O ja. Sie wissen es.«

Die Frauen nickten verstehend. Dann zog Pam sanft an der Leine und befahl: »Komm, Elmer. Lass uns nach Hause gehen.«

KAPITEL 51

SCHON ALT, BEVOR ER VIERZIG WIRD

Padma überflog noch einmal die E-Mail, die sie an ihre Mutter schicken würde. Die Zeiger der Uhr rückten immer weiter Richtung Mitternacht vor. Sobald Brenda ihr bestätigte, dass die Maßnahmen bezüglich des Furzgesichtfalken abgeschlossen waren, würde sie auf »Senden« drücken. Mit dieser Nachricht würde sie ihre Mutter darüber informieren, dass Farid Nadir urplötzlich verschwunden war, und sie um eine zweite Chance bei der Leitung des Casinos bitten. Sie würde ihr versprechen, sich Strähnchen machen zu lassen und sich mit sämtlichen Kandidaten zu treffen, die ihre Mutter und die Kupplerin ihr schickten. Nur eine einzige Chance, mehr brauchte sie nicht, um ihrer Mutter zu beweisen, dass sie eine ebenso gute Geschäftsfrau sein konnte wie sie.

Endlich kam Brenda herein, ließ die Sporttasche auf Padmas Schreibtisch fallen und setzte sich. »Farid ist weg.«

Gut. Dann konnte Padma jetzt die E-Mail abschicken.

Aber Moment mal!

»Weg. Wie weg? Weg wie in ›Auftrag ausgeführt weg‹?« Misstrauisch starrte Padma die Sporttasche an. Sie schien noch genauso voll zu sein wie eine Stunde zuvor, als Brenda sie aus dem Büro getragen hatte. Das konnte kein gutes Zeichen sein.

Brenda schüttelte den Kopf. »Weg wie in gegangen. Abgereist. Verschwunden. Hat all seine Sachen mitgenommen. Sind Sie sicher, dass er nicht mit den anderen Typen zurück nach Mumbai geflogen ist?«

»Ja, bin ich. Der Firmenjet ist um neun gestartet, und ich habe ihn danach noch hier gesehen. Warum sollte er auch gehen? Er hat meinen Job und mein Lob eingeheimst. Dieses dreiste Arschloch sagt, das Geld wird um Mitternacht bei der Bank ankommen. Glauben Sie das etwa? Er hat auch gesagt, er habe schon, als wir Hanks Haus verlassen haben, gewusst, dass er das Geld kriegen werde. Sobald die neun Millionen da sind, wird meine Mutter ihn zu ihrem neuen Kronprinzen küren. Warum sollte er das alles aufgeben?«

Das entlockte Brenda nur ein Achselzucken. »Wer weiß schon, warum die Menschen so handeln, wie sie handeln.«

Padma sah auf die Uhr. In einer Minute würden die Banken in Mumbai öffnen. Sie war bereits in ihrem Account eingeloggt – der Finanzchef des Casinos hatte ihr heute noch gezeigt, wie man das machte –, und der anstehende Geldtransfer würde ihr angezeigt. Wieder prüfte sie die Kontoaktivitäten; noch immer war er als ausstehend markiert. Padma wartete noch eine Minute länger, dann klickte sie auf Aktualisieren. Noch nichts. Wieder warten, wieder aktualisieren. Immer noch nichts. Dritter Versuch.

Transaktion storniert.

Ein Ruck fuhr durch ihren Körper. Sie musste nicht lange nachdenken, bis sie begriff: Er musste das Geld gestohlen haben, während er dort unten im Keller saß. Das Finanzfurzgesicht hatte Nancys Bankwechsel auf sein Privatkonto umgeleitet. Deswegen hatte er seine Freunde nach Hause geschickt, bevor das Geld um Mitternacht auf dem Casinokonto landen sollte. Weil er gewusst hatte, dass es dort niemals ankommen würde. Strotzend vor Selbstzufriedenheit hatte er

Pams Haus verlassen, nachdem die Frauen das Geld abgeliefert hatten. Und dann hatte er alles selbst eingesackt.

Was für ein dreckiges Arschloch!

Ein träges Lächeln breitete sich auf Padmas Gesicht aus. Wie gut, dass sie die E-Mail an ihre Mutter noch nicht abgeschickt hatte. Die neue Version würde deftig ausfallen: Sie würde ihrer Mutter mitteilen, dass der Falke nichts als Lügen verbreitet hatte, da in Wahrheit sie, Padma, die treibende Kraft hinter der Wiederbeschaffung der neun Millionen gewesen war, nicht er. Vielen Dank auch. Und dass sie sehr wohl dazu in der Lage war, das Casino zu leiten und sich selbst einen Ehemann zu suchen, falls und wann sie das wünschte. Nochmals vielen Dank auch. Sie konnte es kaum erwarten, die Nachricht um die Mitteilung zu erweitern, dass der gepriesene Kronprinz nicht nur verschwunden war, sondern sie dabei auch noch um neun Millionen Dollar beschissen hatte.

»Was ist? Was ist los?«, wollte Brenda wissen.

Padma lehnte sich grinsend in ihrem Stuhl zurück. »Wie sich herausgestellt hat, hätte ich mir über das Finanzfurzgesicht keine Gedanken machen müssen. Er hat es ganz allein geschafft, sein Leben zu ruinieren.«

»Was soll das heißen?«

»Das Geld ist weg.«

Verblüfft riss Brenda die Augen auf. »Weg. Wie weg? Weg wie in ›nicht auf dem Konto angekommen weg‹? – Sind Sie sicher?«

Padma drehte den Bildschirm so, dass Brenda die Benachrichtigung über den stornierten Transfer selbst lesen konnte. Die beugte sich vor und starrte konzentriert auf die Seite.

Nun fuhr Padma fort: »Jawohl. Farid hat sich das Geld gekrallt und ist abgehauen. Diese kleine Dreckskröte. Das ganze Theater von wegen ›wir müssten warten, bis um Mitternacht die Bank in Mumbai öffnet‹? Alles Blödsinn, so hat er sich die nötige Zeit verschafft, die er für seine Flucht brauchte. Er hat sein Team nach Hause geschickt und dann selbst die Beine in die Hand genommen. Wahrscheinlich ist er schon auf halbem Weg zu den Malediven, mit Mutters neun Millionen im Gepäck.« Padma lachte leise.

Brenda war die Kinnlade heruntergefallen, sie blinzelte hektisch.

»Was davon ist denn so unverständlich, Brenda? Dem Kerl stand der Schleimbeutel doch deutlich ins Gesicht geschrieben. Wissen Sie nicht mehr, was er bei Pam für Sprüche gerissen hat? ›Um die Buchhaltung kümmere ich mich, das ist schließlich mein Job.‹ Ha! So kann man es auch nennen.«

Brenda runzelte verwirrt die Stirn. »Ich … ich schätze, das stimmt wohl. Bestimmt ist er mit dem Geld abgehauen. Und was wollen Sie jetzt tun? Werden Sie … jemanden engagieren, um nach ihm zu suchen?«

Padma sah nach, ob ihr Ersatzhandy bereits geladen war. »Nö. Verstehen Sie denn nicht, Brenda? Für mich ist es so doch ideal gelaufen. Was interessiert mich das Geld? Das war doch schon futsch, bevor ich überhaupt hergekommen bin. Jetzt, da der Furzgesichtfalke es sich mit meiner Mutter verscherzt hat, soll sie sich doch um ihn kümmern. Obwohl … so wie ich meine Mutter kenne, wird sie beschließen, dass er nie existiert hat. Das ist weniger peinlich, als zuzugeben, dass er sie übers Ohr gehauen hat. Ich wette sogar, dass sie höchstpersönlich neun Millionen auf das Casinokonto verschiebt, damit niemand erfährt, dass Farid, das Falkenfurzgesicht, sie verarscht hat. Aber das weiß er ja nicht. Er wird von nun an ständig ängstlich über seine Schulter schauen, bis zu seinem letzten Atemzug. So ist er schon alt, bevor er vierzig wird.« Mit einem fröhlichen Lächeln erklärte Padma weiter: »Aber das Beste daran ist, dass meine Mutter weiß, dass ich es weiß. Nur das zählt jetzt noch.« Sie beugte sich vor. »Das hätte ich selbst nicht besser planen können.« Entspannt ließ sie sich wieder gegen die Stuhllehne fallen.

Brenda hatte noch immer die Stirn gerunzelt und kaute auf ihrer Unterlippe herum.

Nachdenklich musterte Padma ihr Gegenüber. Was sollte sie nun mit der Frau anstellen, die ihre Mutter als losen Faden bezeichnete? »Gibt es sonst noch etwas?«, fragte sie vorsichtig.

Brenda verschränkte die Hände auf dem Tisch. »Ich glaube nicht, dass es mit uns funktionieren wird, Padma.«

Padma seufzte schwer. Frauen mochten sie einfach nicht. Da ließ sich nichts machen. »Vermutlich nicht.« Ihr Blick blieb an der Sporttasche hängen. Alles wäre anders verlaufen, wenn Brenda das Geld genommen und entweder damit jemanden angeheuert oder es einfach eingesteckt hätte. Dann hätte Padma etwas gegen sie in der Hand gehabt. Aber schon als Brenda die volle Tasche vor ihr auf den Tisch gestellt hatte, war Padma klar gewesen, dass sie sich abseilen wollte, solange es noch ging. Und sie musste zugeben, dass Brenda damit ein cleverer Schachzug gelungen war. Aber sollte sie sie wirklich gehen lassen? Nervös trommelte Padma mit den Fingerspitzen auf die Tischplatte. Ein Anruf genügte, und die Typen aus Mumbai wären wieder hier. So führte ihre Mutter ihre Geschäfte.

Padma fällte ihre Entscheidung.

Ihre Mutter mit ihren Wahrheiten konnte ihr mal den Buckel runterrutschen. Denn die viel größere Wahrheit sah doch so aus: Dass es viel schöner wäre, es auf ihre eigene Art an die Spitze der Forbes-Liste zu schaffen. Sie war gut genug dafür. Und sie war verdammt noch mal umwerfend. Also zeigte sie nur mit einer knappen Geste auf die Sporttasche und verkündete: »Wenn Sie irgendjemandem davon erzählen, werde ich alles abstreiten.«

»Oh, da habe ich nicht die geringsten Zweifel. Aber ich werde es niemandem sagen.« Brenda stand auf und ging zur Tür, drehte sich dort noch einmal um. »Ich habe Ihnen übrigens noch etwas in die Tasche gepackt, Padma. Viel Glück.«

Padma wartete, bis die Tür hinter Brenda zugefallen war, dann öffnete sie neugierig die Tasche. Ein Lächeln huschte über ihr Gesicht.

*

Wenige Minuten später marschierte Padma den Flur hinunter, verließ das Gebäude und ging zu ihrem Auto. So zufrieden und selbstbewusst hatte sie sich schon lange nicht mehr gefühlt, und es wurde mit jedem kräftigen Schritt in Brendas Dr.-Martens-Stiefeln noch besser.

Sie blieb kurz stehen und verschickte eine Nachricht.

Padma: Hi, Nilesh. Falls es noch nicht zu spät ist, würde ich sehr gerne mit dir zum Bowling gehen. Gebrauchte Schuhe sind okay. Aber ich sollte die Karten auf den Tisch legen: Ich bin klein.

Drei wandernde Punkt erschienen, dann:

Nilesh: Das war nicht zu übersehen. Und ich freue mich schon darauf. Schreibe dir morgen. Und ich sollte wohl auch die Karten auf den Tisch legen: Ich bin kahl.

Wieder die drei Punkte, gefolgt von:

Nilesh: Ich kann der Kupplerin gerne sagen, dass die Ablehnung ein Fehler war.

Padma: Ist schon okay. Mir ist egal, was die Kupplerin denkt. Mir ist grundsätzlich egal, was die Leute denken. Ab jetzt.

Nilesh reagierte darauf mit einem Herz-Emoji, und Padma schickte eines zurück.

KAPITEL 52

OHNE UNHÖFLICH SEIN ZU WOLLEN

Hank stellte die Salsa auf den Couchtisch. »Sag mir, was du davon hältst.«

Hector tauchte einen Tortillachip hinein und probierte. Erstaunt zog er eine Braue hoch. »Die ist fast so gut wie die von meiner Ma …«

»Sie hat mir gezeigt, wie sie sie macht. Mit ihrem Geheimkraut.« Hank zwinkerte verschwörerisch und setzte sich. Außerdem hatte Hectors Mom versprochen, ihn am Nachmittag endlich in die Kunst der Pupusa-Zubereitung einzuweihen.

Andre brachte Gläser, und Larry schenkte allen die von Hank gemixten Margaritas ein. Auch hier kostete Hector zunächst, nahm dann einen größeren Schluck und schmatzte grinsend mit den Lippen. »Sehr gut.«

Mit diesem Verwöhnprogramm wollte Hank den Herrenfriseur dazu bringen, dass er sie gehen ließ. Sie hatten dem Casino das Geld zurückgegeben – nun gut, ohne die Dreihunderttausend, die sie behalten hatten – und suchten momentan nach einer Möglichkeit, den verbliebenen Rest ihren Frauen zukommen zu lassen. Niemand war mehr in Gefahr, nicht einmal Elmer. Und Hector hatte erzählt, dass seine Frau vermutete, Padma könnte sich verliebt haben. Als Brenda noch einmal im Casino gewesen war, um ihre persönlichen Sachen zu holen, hatte Padmas Büro ausgesehen wie ein Lager für Bettwäsche. Anscheinend würde sie aus dem Casinogeschäft aussteigen, nach Indien zurückkehren und dort Vizepräsidentin irgendeines großen Bettwarenherstellers werden. Und auch zu dem Mann, der ihre Frauen bedroht hatte, zu diesem Finanzfalken, hatte Hector Neuigkeiten gehabt: Nachdem die neun Millionen Dollar auf dem Konto des Casinos eingegangen waren, hatte der sich wohl wieder in dem Loch verkrochen, aus dem er gekommen war.

Deshalb gab es für Hector nun gar keinen Grund mehr, sie hierzubehalten. Und trotzdem saß da noch dieser Mann vorne an der Tür.

Allerdings wussten die drei Männer nicht so genau, wohin sie gehen sollten, wenn sie erst ihre Freiheit zurückerlangt hatten. Rein rechtlich gesehen, konnten sie wohl nach Hause zurückkehren. Sie standen nicht unter Anklage, weder wegen des Casinoraubes noch wegen der Bootsexplosion. Natürlich wäre es ein wenig unangenehm, sozusagen von den Toten aufzuerstehen, doch wenn das erst überwunden war, konnten sie genau so weiterleben, wie sie es sich wünschten. Aber was hatte ihre alte Heimat ihnen denn noch zu bieten?

Während Hector sich entspannt noch ein paar Chips nahm, fragte Hank vorsichtig: »Haben sie eigentlich irgendetwas gesagt? Also, über uns.« Plötzlich kam er sich vor wie ein Neuntklässler, der seinen Freund über ein Mädchen ausfragt. Wie konnte man denn bitte schön von vierundsechzig zurückkatapultiert werden zu vierzehn?

Hector riss die Augen auf und stopfte sich vier Chips gleichzeitig in den Mund. Dann hob er um Geduld bittend den Finger und kaute gemächlich. Diesen Trick kannte Hank. Der Friseur verschaffte sich etwas Zeit, bevor er die schlechten Nachrichten überbrachte. Vermutlich würden sie nicht zurückkehren. Er sah zu Larry und Andre hinüber, die beide nickten.

Also ließ er Hector vom Haken. »Ist schon okay, aber ich musste einmal fragen. Uns ist klar, dass wir sämtliche Brücken hinter uns abgebrochen haben.«

Nun schluckte Hector endlich. »Zerbrochene Brücken? Was bedeutet das?«

Die Männer schwiegen einen Moment, dann begann Andre: »Es bedeutet, dass zwei Menschen in dieser harten Welt eine magische Verbindung zueinander hatten, einer von ihnen aber so dumm war, dieses Band mit brachialer Gewalt zu sprengen, bis nur noch einzelne Trümmer davon blieben. Und so gibt es am Ende keinen Weg mehr für ihn, zu dem Besten zurückzukehren, was er in seinem Leben jemals hatte.«

Larry widersprach ruhig: »Jede Brücke hat zwei Enden, Andre. Sie haben versucht, uns umzubringen.«

Für einen Moment blickte Andre zu Boden. Er nickte, hob den Kopf und sah seine Freunde an. In seinen Augen standen Tränen, doch er lächelte. Achselzuckend stellte er fest: »Nachdem wir sie jahrelang belogen hatten. Nein, das waren schon wir. Wir haben den Vorschlaghammer ausgepackt.«

Vorsichtig löste er sich von dem besitzergreifenden Plastiksofa ab und verschwand im Flur. Wenig später hörten sie, wie leise die Schlafzimmertür hinter ihm zufiel.

Hector sah ihm nach und sagte dann: »Pam hat mir erzählt, dass früher eigentlich alles gut lief für euch alle. Und dass dann vor ein paar Jahren alles schlechter wurde.« Er zuckte mit den Schultern. »Sie hat mich gefragt, ob sie euch jemals wiedersehen werden.«

»Ach!« Ruckartig hob Larry den Kopf.

Auch Hank war überrascht. »Wirklich?«

Die beiden sahen sich an.

Hector fügte hinzu: »Also, meiner Meinung nach waren sie wirklich beeindruckt von dem Ganzen. Ihr wisst schon, dem Diebstahl und eurer Bereitschaft, das ganze Geld zurückzugeben, um sie zu retten.« Er nahm sich noch einen Chip. »Ich habe gehört, sie wollen jetzt bei Marlene in Boca Raton einziehen.«

Hank grinste, und Larry konnte sich ein Lachen nicht verkneifen. »Dann wären sie endgültig wie die *Golden Girls.*«

Nun lachte auch Hank. »Ich wette, sie halten sich allesamt für Blanche. Und niemand will Sophia sein, die immer überall ihre Handtasche mitschleppt.« Er lehnte sich zurück und sah Larry an. »Das ist gut. So haben sie wenigstens noch einander. Sie kriegen das hin.«

Also mussten sie nun zu Plan B übergehen. Sie hatten sich bereits überlegt, dass sie sich am besten einen Touristenort suchen sollten, wo ihre Englischkenntnisse von Vorteil waren, um dort erst einmal ihr Spanisch zu verbessern. Falls Hector sie denn gehen ließ.

Der bediente sich weiter an den Chips und begann beinahe sanft: »Hört mal. Ohne unhöflich sein zu wollen … Aber meine Mutter fragt sich schon, wie lange ihr eigentlich noch bleiben wollt.«

Unwillkürlich wanderte Hanks Blick zu dem Mann vorne an der Tür. »Was soll das heißen?«

»Ich meine, ursprünglich habe ich ihr gesagt, es sei nur für ein paar Tage. Höchstens eine Woche. Jetzt sind es aber schon fast drei. Sie fände es einfach gut, wenn ihr bald weiterziehen würdet. Meine Schwester hat ihren Besuch angekündigt.«

Hank schloss für einen Moment die Augen. »Na klar, sicher. Vermutlich könnten wir uns schon morgen auf den Weg machen, oder, Larry?«

Er fuhr sich mit beiden Händen über das Gesicht, um sein

Grinsen zu verbergen; dabei bemerkte er allerdings Larrys verwirrte Miene.

Der deutete nun ganz offen auf die Tür, vermutlich wollte er zur Sicherheit noch die Details klären. Auch wenn es dafür reichlich spät war. »Aber, Hector, wozu dann der Kerl an der Tür?«

Der Herrenfriseur lud sich noch etwas Salsa auf seinen Chip und schob ihn sich in den Mund. Nachdem er die halb zerkauten Reste in seine Wange geschoben hatte, antwortete er: »Der? Eine kleine Unterstützung, falls ihr welche gebraucht hättet.«

»Der soll uns also gar nicht bewachen?«, hakte Larry ein wenig schrill nach.

»Euch bewachen?« Hector lachte herzhaft. »Warum sollte man euch denn bewachen? Er ist nur hier, falls ihr einen Fahrer braucht oder einen Übersetzer. Ist in eurem Arrangement inklusive. Das habe ich euch doch erklärt, als wir alles abgesprochen haben. Wisst ihr das denn nicht mehr?« Wieder griff Hector nach den Chips. »Aber jetzt habe ich noch eine Frage an euch. Als ich das erste Mal nach euch gesehen habe, sollte ich doch für euch die Fühler ausstrecken wegen dieser geschäftlichen Möglichkeit an der Küste. Worum geht es da genau?«

KAPITEL 53

ALLE WISSEN BESCHEID

Pam fuhr den Van rückwärts an die Spendenannahme von *Goodwill* heran. Als die drei jungen Männer begriffen, wie voll ihr Wagen war, seufzten sie ergeben. Und so sah sie wenig später zu, wie Kisten mit dreißig Jahre altem Hochzeitsgeschirr und den Topfsets ihrer Brautparty in das Gebäude geschleppt wurden.

So viele Sachen.

Der Stand-up-Comedian George Carlin hatte eine großartige Nummer über solchen Kram: Wie man den ersten Teil seines Lebens damit zubrachte, ihn anzuhäufen – den Kräuterstößel, den man ja sicher regelmäßig benutzen würde, oder das Erntedankfüllhorn, das fünfzig Wochen pro Jahr nur im Schrank lag –, und ihn dann während seiner letzten Lebensphase angestrengt loszuwerden versuchte. Marlene hatte ihnen eingeschärft, bloß nichts mitzubringen. Sie hatte sich alles neu gekauft und wollte nicht eine angeschlagene Servierplatte, nicht einen sentimentalitätsbehafteten Silberlöffel und nicht ein fadenscheiniges Handtuch in ihrer Wohnung haben. Und nicht einmal Claire hatte Pams alte Sachen noch haben wollen.

Deshalb war sie nun hier, hatte alles in Kisten verpackt und gespendet. Inzwischen waren die Jungs bei den durchsichtigen Plastiksäcken mit der Kleidung angekommen, die sie einander zuwarfen wie in einer Versorgungskette.

»Moment!«, rief Pam plötzlich. »Tut mir leid. Dieser Sack dort, kann ich den bitte noch einmal kurz sehen?«

Der Teenager lehnte den Plastiksack an die Wand, und Pam löste den Knoten. Dann wühlte sie sich durch Hanks Shorts und T-Shirts, bis sie die vertraute, dicke Baumwolle unter ihren Fingern spürte. Sie zog Hanks abgetragenes Sweatshirt hervor und drückte es an ihre Wange. Nachdem sie einmal ganz tief seinen Duft eingeatmet hatte, legte sie den Pullover vorsichtig auf die Rückbank des Vans, stieg ein und schob den Zündschlüssel ins Schloss.

»Hey, Pam! Ju-hu! Bist du das, Pam? Pam Montgomery!«

Kaum hörbar stieß Pam einen Fluch hervor. »Verdammte Scheiße!« Sie sah zu ihrem Hund hinüber, der zusammengerollt auf dem Beifahrersitz lag. »Schnall dich besser an, Elmer. Diese Fahrt könnte etwas holprig werden.« Gerade noch rechtzeitig zauberte sie ein Lächeln auf ihr Gesicht und wandte sich dann Sabrina Cuomo zu, die an ihrem Seitenfenster erschienen war. Die coolste Mom von allen, die wie eine dunkle Wolke über der Schulzeit ihrer Tochter gehangen hatte, war von Kopf bis Fuß in Leinen gekleidet, trug dazu einen breitkrempigen Strohhut und übergroße, goldene Kreolohrringe. Als sie sich zum Autofenster hinunterbeugte, schlugen ihre mit Diamanten besetzten Cartier-Armreifen klappernd gegen ihre Apple Watch.

»Sabrina! Hi! Wie geht es dir?« Erschlage sie mit Freundlichkeit und dann nichts wie weg.

»Es geht mir großartig.« Von einem Moment auf den anderen verwandelte sich Sabrinas Lächeln in einen traurigen Schmollmund, und ihre Armreifen klapperten erneut, als sie Pam die Hand auf den Arm legte. »Aber wie geht es dir denn? Du musstest ja so viel durchmachen. Hast du dir was Schönes gekauft? Hier im Trödelladen? Du armes Ding!«

»Eigentlich habe ich einige Spenden abgegeben.«

»Aber natürlich.« Neugierig blickte sich Sabrina im Inneren des Wagens um, wohl auf der Suche nach Einkäufen. In diesem Moment war Pam froh, dass es zu heiß war, um Elmer länger im Wagen zu lassen, sonst hätte sie jetzt vielleicht neben Hanks Sweatshirt noch weitere Kleidungsstücke von ihm auf ihrer Rückbank. Doch Sabrina sprang bereits zum nächsten Thema auf ihrer Liste. »Wie ich höre, brecht ihr eure Zelte hier ab und zieht alle bei Marlene ein. Also, ihr werdet uns wirklich fehlen. Aber wie sagt man so schön? Am Ende wendet sich immer alles zum Guten. Jedenfalls werdet ihr Mädels sicher begeistert sein von Florida.«

Pam blickte starr geradeaus und beobachtete ein Pärchen auf dem Bürgersteig. Das musste sie erst einen Moment sacken lassen. Schließlich blinzelte sie angestrengt zu Sabrina hoch. »Ich verstehe nicht ganz, wie man die Tatsache, dass mein Ehemann bei einer schrecklichen Bootsexplosion ums Leben gekommen ist, als eine *Wendung zum Guten* betrachten kann.«

Sabrina verzog das Gesicht. Vermutlich sollte das eine mitfühlende Miene darstellen, denn sie strich Pam sanft über den Arm, bevor sie verkündete: »Ach, Pam. Alle wissen Bescheid.«

Mit einem Ruck entzog sich Pam Sabrinas Fürsorge und verschränkte die Arme vor der Brust. Sie drehte sich noch weiter in ihrem Sitz, um ihr besser ins Gesicht sehen zu können.

»Worüber wissen alle Bescheid, Sabrina?« Es gab so einiges, worüber man Bescheid wissen konnte. Was genau wusste Sabrina?

Die ließ nun scheinbar betreten den Kopf hängen und fuhr in einem Tonfall fort, mit dem man normalerweise trotzige Kinder besänftigte: »Wir wissen, dass du pleite bist. Ja, du hast damals gesagt, ihr wolltet euch bewusst verkleinern, Pam, aber sieh den Tatsachen ins Gesicht: Alle wissen, dass Hank und du Geldprobleme hatten.« Noch einmal setzte sie dazu an, Pams Arm zu tätscheln, zog die Hand dann aber wieder zurück. »Dafür muss man sich doch nicht schämen, Pam. Nicht alle Männer sind so wundervolle Versorger wie mein Gene. Aber jetzt bekommst du wenigstens eine zweite Chance. Du siehst ja immer noch recht gut aus.« Sabrinas Blick wanderte Richtung Fußraum. »Und du hast immer noch tolle Beine. Jetzt kannst du dir etwas Besseres suchen.«

Blinzelnd versuchte Pam, Sabrina weiter ins Gesicht zu sehen. Alle wissen Bescheid. Ihr Herz raste. Etwas Besseres suchen. Dabei hatten sie alle nicht die leiseste Ahnung. Sie wussten nicht, dass Hank der Kopf hinter einem Multimillionendiebstahl war. Sie wussten nicht, dass er seinen Tod bloß vorgetäuscht hatte. Und sie wussten nicht, dass er all das Geld aufgegeben hatte, um sie zu retten. Gut, sie hatte ihm erst damit drohen müssen, dass sie sonst umgebracht wurde, aber trotzdem: Er hatte das Geld ihretwegen aufgegeben. Über solche Männer wurden in Hollywood Filme gedreht. Was Sabrina wohl darüber zu tratschen hätte? Wie sagte Hank immer gerne? Ach ja: Angriff ist die beste Verteidigung.

»Meine liebe Sabrina, du tust immer so, als wäre dein Mann ein Investmentgenie, das sich durch seine überragenden Fähigkeiten ein Vermögen verdient hat. Dabei *wissen alle*, dass ihr euer Geld einzig und allein der Tatsache zu verdanken habt, dass er einmal Teile eines Nagers in seinem Burger gefunden hat. Ihr habt *Big Bobby Lew's* verklagt und euch außergerichtlich mit ihnen geeinigt. Eure Putzfrau hat das überall herumerzählt. Und sie ist außerdem der Meinung, dass er diesen Mäuseschwanz selbst in dem Burger platziert hat. Ja, genau – sie hat den schwanzlosen Kadaver gefunden.« Sabrina sah aus, als hätte man sie geohrfeigt. Sehr schön. »Also halt einfach deine Klappe. Du weißt rein gar nichts über Hank. Mein Hank ist etwas ganz Besonderes, und ich würde ihn selbst ohne einen Penny in der Tasche jederzeit einem solchen Volltrottel wie deinem Gene vorziehen.« Pam startete den Motor. »Wer schneidet schon einer Maus den Schwanz ab? Widerlich!« Damit legte sie den Gang ein und gab Gas.

Es dämmerte bereits, als sie am Casino vorbeifuhr und sich ihr Puls langsam normalisierte. Die Straßenlaternen gingen an, und Pam bog scharf rechts ab; diese Straße mied sie normalerweise. Elmer hatte sich aufgesetzt und den Kopf auf die Armlehne gestützt.

»Warum hängst du eigentlich nie den Kopf aus dem Fenster wie andere Hunde?«, fragte sie ihn.

Wortlos reckte er seine Schnauze in Richtung der Lüftungsschlitze.

»Natürlich, Klimaanlage. Das ist logisch.«

Pam hielt vor einem hübschen Haus im Kolonialstil und schaltete den Motor aus. Die Buchsbaumsträucher hatten endlich die Höhe erreicht, die Pam sich erhofft hatte, als sie gepflanzt worden waren. Vor den Fenstern hingen Blumenkästen, die sie nicht kannte, außerdem stand ein Basketballkorb in der Einfahrt, der nicht dort gewesen war, als sie das Haus zuletzt gesehen hatte. Am Tag, an dem sie ausgezogen waren. Im Wohnzimmer brannte Licht. Der Kamin war jetzt weiß gestrichen, was sehr elegant aussah.

Reglos hörte Pam den Grillen zu, wie sie es an solchen Abenden früher immer getan hatte, wenn sie im Garten am Pool saß. Tief sog sie die Abendluft in ihre Lunge und glaubte beinahe, das warme Wasser auf der Haut zu spüren. Wie sehr sie diese Ruhe vermisste! Eine Mücke summte an ihrem Ohr vorbei. Eine zweite stach sie in die Wange. Eine weitere in den Hals. Pam schlug sich gegen die Stirn, auf den Arm, an den

Knöchel. Dann noch einmal auf das andere Ohr. Schließlich ließ sie den Motor an und fuhr das Fenster hoch.

»Ich bin hier fertig, Elmer.«

Der Hund spitzte die Ohren.

»Ich will nicht mehr wütend und traurig sein. Am Ende ist es nur Geld, Elmer. Nichts als beschissenes Geld. Schön, dann habe ich eben keins mehr. Und auch keinen Ehemann. Ich weiß nicht, warum er mich hier zurückgelassen hat, aber so ist es nun einmal. Nun wird es Zeit, weiterzumachen. Ich bin gesund, ich habe Freunde, eine Tochter und bald ein Enkelkind. Außerdem habe ich anscheinend immer noch tolle Beine. Und natürlich dich.«

Noch einmal sah sie zu ihrem alten Haus hinüber. Es war kleiner als in ihrer Erinnerung.

»Von nun an blicken wir nur noch nach vorne, Elmer. Abgemacht?«

Sie drückte seine Pfote, legte den Gang ein und fuhr, ohne sich noch einmal umzudrehen, die Straße hinunter.

KAPITEL 54

HÄTTEST DU MIR DAS NICHT SAGEN KÖNNEN?

Seit sechs Monaten wurde es für Hector immer schwieriger, sich festzulegen, welchen Teil des Tages er am liebsten mochte. Er liebte einfach alles.

Er füllte die Futternäpfe und sah dann auf dem großen Brett nach: Heute waren wieder vier Hunde an neue Besitzer übergeben worden, und nur zwei neue waren angekommen. Wenn Brendas Modell weiterhin so gut funktionierte, war es nur eine Frage der Zeit, bis sämtliche Streuner der Gegend ein festes Zuhause gefunden hatten. Und bis dahin waren sie hier sicher und gut aufgehoben.

Mit einem fröhlichen Winken verabschiedete er sich von den Hilfskräften, ging den schmalen Fußweg hinunter und betrat durch ein Tor den angrenzenden Hotelbereich. Er wanderte an einigen Gästebungalows vorbei und erhaschte einen Blick auf die bereits halb hinter dem Horizont verschwundene Sonne; bald würde sie ganz im Pazifik versinken. Von der Terrasse jenseits der Kokospalmen hallte Livemusik herüber. Prüfend sah Hector auf seine Armbanduhr – die Happy Hour war gerade in vollem Gange. Er umrundete den Springbrunnen am Haupteingang, durchquerte die Freiluftlobby und erreichte den Rezeptionstresen, wo er Andre zwei Zettel zuschob. Der Luftzug des Deckenventilators hob die Ecken der Blätter an. »Das Paar aus 4C will Ranger adoptieren, den schwarzen

Labradormischling. Sie nehmen ihn mit nach Philadelphia. Und Bungalow 6 nimmt den Beaglemischling Scout mit nach St. Louis.«

Andre nickte, schob seine Gleitsichtbrille zurecht und studierte die Unterlagen. »Sehr schön, das wird Brenda freuen. Ich mache den Papierkram fertig und kläre das mit den Fluggesellschaften.« Damit wandte er sich wieder seinem Computer zu.

Hector trat hinter den Empfangstresen und streckte dort den Kopf ins Büro, beließ es aber bei einem kurzen Handzeichen, da er Larry nicht stören wollte. Der bereitete offenbar gerade eine Einzahlung vor, denn er war voll und ganz mit Geldzählen beschäftigt.

Geld. Es ging eben doch immer ums Geld.

Als Brenda ihm das erste Mal von Padmas Vermutung erzählt hatte, dass dem Casino Geld gestohlen worden sein könnte – noch dazu mehrere Millionen – und dass die Männer etwas damit zu tun haben sollten, hatte sich Hector ganz eigene Gedanken gemacht: Selbst ein Herrenfriseur und Mann für alles, was getan werden musste, brauchte irgendwann einen Rentenplan für sich und seine Frau.

Im Haus seiner Mutter hatte Hank ihn dann gefragt, warum er den Männern nicht einfach eine Pistole an den Kopf hielt, sich das Geld schnappte und damit verschwand. Tatsächlich hatte Hector selbst kurz daran gedacht, aber dann hätte er quasi eine Zielscheibe auf dem Rücken gehabt, und ein solches Leben war nichts für Brenda. Außerdem war er schon sein Leben lang von bösen Menschen umgeben, die böse Dinge taten, und hatte dabei gelernt, dass Geduld sich oft auszahlte.

Schon bei der ersten Begegnung mit Padma hatte er erkannt, dass diese sich an keines der beruflichen Versprechen halten würde, die sie Brenda machte, ja, dass sie für seine Frau sogar zu einer Gefahr werden konnte. Brenda selbst sah das nicht, und deswegen liebte er sie. Und sie musste es auch nicht sehen. Dafür hatte sie ja ihn. Schließlich war Farid mit dem schlechten Atem und dem schlaffen Händedruck aufgetaucht, und Hector wusste, dass dieser Kerl und Padma sich entweder gegenseitig abzocken oder damit rechnen würden, von anderen abgezockt zu werden. Er musste nichts weiter tun, als am Spielfeldrand zu warten.

Genau das mochte Hector an der Zusammenarbeit mit bösen Menschen – oder im Fall von Padma grundsätzlich guten Menschen, die aber ständig böse Dinge taten. Sie waren berechenbar. Zwar hatte er nicht vorausgesehen, dass Farid auf Elmer schießen würde, aber überrascht hatte ihn der Versuch auch nicht. Und genau in diesem Moment hatte Farid ihm auch noch ganz neue Möglichkeiten eröffnet. Wenn das Geld jetzt nicht seinen Weg zurück zum Casino fand, würde Farid die Frauen trotzdem nicht umbringen, denn tote Menschen sind in ihren Handlungen doch extrem eingeschränkt.

So hatte das Schicksal bei ihm angeklopft, und Hector hatte geduldig hinter der Tür gewartet. Denn als Larry ihm gezeigt hatte, wie man eine VSDB einrichtete und wie Farid hinterher den Geldtransfer abwickeln musste, hatte Hector nicht nur gut aufgepasst, sondern auch die richtigen Fragen gestellt.

Dieser Farid hätte den Hund nicht in die Sache mit reinziehen dürfen.

Während er den zitternden Elmer beruhigt hatte, war Hectors Blick von dem toten Widerling zu dessen Brieftasche gewandert, dann aber an dessen Laptop hängen geblieben. Nach einer schnellen Risikoanalyse war er so vorgegangen wie immer: Er hatte getan, was für Brenda und ihn am besten war.

Er hatte neben Farids Habseligkeiten dessen Laptop in die Abstellkammer gebracht, ihn mit dem Fingerabdruck des Toten entsperrt und dann die Virtual Safety Deposit Box aufgerufen. Bei der anschließenden Abfrage der Gesichtserkennung war er froh gewesen um den sauberen Schuss, denn so konnte er das Gerät einfach vor Farids totes Gesicht halten.

Bingo.

Die VSDB hatte sich geöffnet, und dort hatte er den Wechsel über neun Millionen Dollar gefunden, noch darauf wartend, an die Bank des Casinos weitergeleitet zu werden. Mithilfe von Farids totem Gesicht hatte Hector diesen Transfer storniert und sich anschließend in seinen anonymen E-Mail-Account eingeloggt, den er immer dann benutzte, wenn er … na ja, eben anonym bleiben wollte. Dort hatte er den Neun-Millionen-Wechsel an eine Nachricht angehängt, die er an eine unauffällige Firma schickte, die wiederum Teil einer anderen unauffälligen Firma war, zu deren Besitz eine Tierschutzorganisation in San Salvador gehörte. Den Laptop hatte er auf Farids Brust zurückgelassen und später, als er zurückgekommen war, um die Leiche zu entsorgen, zerstört.

Die Männer und ihre Ehefrauen dachten, Padma und das Casino hätten das Geld.

Padma dachte, Farid wäre mit dem Geld abgehauen.

Und Farid hatte einen Hund töten wollen. Arschloch!

Das war eben das Schöne daran, zu tun, was getan werden musste. Niemand weiß, wie viel Geld man damit verdient und wie viel man auf irgendwelchen Offshore-Konten liegen hat. Natürlich wird darüber spekuliert, aber niemand weiß es mit Gewissheit. Wenn dann also ein Herrenfriseur, der offenbar stets fleißig gearbeitet hat und ein bisschen Geld auf die hohe Kante legen konnte, eine heruntergekommene Ferienanlage an der Küste von El Salvador kauft, die nötigen Renovierungen bar bezahlt und Leute engagiert, bei denen er sich darauf verlassen kann, dass sie sich um alles kümmern … Und wenn dieser Mann dann noch einen wertvollen Beitrag für die Gemeinschaft leistet, dann fragt niemand, woher das Geld ursprünglich kam. Im Stillen wunderten sich die Menschen vielleicht, aber niemand fragte genauer nach.

Vor allem hatte Hector nun aber eines geschafft: Happy wife, happy life. Und das war ihm das Wichtigste.

Genau nach dieser glücklichen Ehefrau suchte Hector jetzt und fand sie schließlich im Speisesaal, wo sie in warmes Sonnenlicht getaucht die Happy Hour am Pool überwachte.

Der Abendservice hatte noch nicht begonnen, und so war außer ihnen niemand im Saal, als Hector an den großen Lamellenfenstern entlangging, die auf die Terrasse hinausblickten. Plötzlich drang eine vertraute Stimme durch die Fensterschlitze, und Hector bekam eine Gänsehaut.

»Bei mir war es mal ziemlich knapp. Einmal ist jemand bei mir eingebrochen, und ich hatte mein Telefon nicht in Reichweite. Also, nachdem mein Mann gestorben war und die Mädels und ich – du hast Nancy und Shalisa ja schon kennengelernt, oder? Sie sind dort drüben, im Pool. Nancy zieht gerade ihre Bahnen, und Shalisa ist die auf dem Gummitier. Sie telefoniert schon wieder, wahrscheinlich mit Bob, das ist ihr neuer Freund. Schau, jetzt winkt sie. Prost!« Nach einer kurzen Pause fuhr die Stimme fort: »Jedenfalls sind wir alle nach Boca Raton gezogen, zu unserer Freundin Marlene. Sie hat mir erzählt, dass ihr heute zusammen zu Abend esst. Übrigens tanzt sie gerne. Kannst du tanzen? Sehr schön. Ihr werdet bestimmt viel Spaß haben. Also, ich habe dann darauf bestanden, dass wir einen Festnetzanschluss bekommen. Und dann, vor ungefähr einem Monat, bin ich ans Telefon gegangen …«

Wieder unterbrach sie sich, und ein leises Klirren verriet, dass offenbar frische Drinks serviert wurden.

»Gracias. Du weißt ja, wie das ist: Man geht ans Telefon, und entweder ist eine Rohrreinigungsfirma dran, oder man hat angeblich eine Kreuzfahrt gewonnen.«

Hector hörte einen Mann lachen. Vorsichtig schob er sich dichter an das Fenster heran und verharrte dort regungslos. Ein schneller Blick zeigte ihm, dass Brenda noch immer am anderen Ende des Saales stand und mit verschränkten Armen auf die Terrasse hinausspähte.

Er seufzte schwer. Was hatte sie nun wieder angestellt?

Die Stimme draußen fuhr fort: »Als ich diesmal ans Telefon ging, erzählten sie mir, ich hätte einen Urlaub in diesem Hotel hier gewonnen, alles inklusive. *Na klar*, dachte ich mir. Aber ich habe erst einmal mitgespielt. Ich meine, wir kommen zurecht, aber müssen schon noch aufs Geld achten. Nach dem Tod unserer Ehemänner hat jede von uns eine Entschädigungszahlung von hunderttausend bekommen. Wir mussten nicht einmal Ansprüche anmelden, eines Tages kam einfach so eine E-Mail von der Bootsbaufirma, und dann hatten wir das Geld auf unseren Konten. Außerdem kriegen Nancy und ich noch eine kleine Pension. O mein Gott, ich rede mich noch um Kopf und Kragen. Jedenfalls konnten wir alle einen Urlaub gut gebrauchen, was ich der Dame am Telefon auch gesagt habe: Schicken Sie uns ruhig die Tickets! Die kamen dann per Kurier. Als wir heute Morgen zum Flughafen gefahren sind, waren wir uns nicht einmal sicher, ob es unseren Flug überhaupt gibt. Oder was uns hier erwarten würde. Ich meine, welches Urlaubshotel hat schon ein angeschlossenes Tierheim? Online gibt es ja keine Bilder, und sie haben keinerlei Social-Media-Auftritt. Es war also schon gewagt, aber nun sind wir hier. Voilà. Auf dich, Manuel. Wie lange bist du eigentlich schon Witwer?«

Hector hörte das Klirren anstoßender Gläser und das Schlürfgeräusch aktivierter Strohhalme.

Der Mann antwortete mit deutlichem lateinamerikanischem Akzent: »Wow, so eine köstliche Margarita habe ich noch nie getrunken. Du vielleicht?«

Keine Antwort.

Als ein knirschendes Geräusch anzeigte, dass ein Stuhl zurückgeschoben wurde, wagte Hector einen Blick durch die Lamellen. Ja, da waren sie. Marlene saß unter einem der Schirme und studierte eine Broschüre, Nancy und Shalisa waren im Pool. An einem der Tische saß ein attraktiver älterer Herr und trank eine Margarita. Der Stuhl neben ihm war leer, doch vor ihm stand ein halb volles Glas mit Strohhalm, das seine Begleiterin scheinbar ebenso abrupt zurückgelassen hatte wie ihren Sonnenhut, der direkt daneben lag.

Brenda schlang ihren Arm um Hectors Taille, und er zog sie an sich. Allerdings konnte er nur noch fragend eine Braue hochziehen, bevor etwas sein Schienbein streifte. Sofort ging er in die Hocke. »Elmer! Sie haben dich mitgebracht! Es ist schön, dich wiederzusehen, Kumpel.« Dann sah er zu seiner Frau hoch. »Eine Gratisreise für vier Personen plus Hund? Was hast du getan?«

»Ich habe lediglich einigen Menschen, die eine gemeinsame Vergangenheit haben, die geografische Möglichkeit eröffnet, herauszufinden, ob die Chemie noch stimmt.«

Kopfschüttelnd stellte Hector fest: »Bei dir klingt das, als hättest du bloß deinen Schulstundenplan zusammengestellt, aber in Wahrheit spielst du hier mit dem Leben anderer Menschen.« Er streichelte Elmers Rücken, da dieser sich noch immer fest an seine Beine drückte. »Hättest du mir das nicht sagen können?«

Brenda strich ihrem Mann über das Haar. »Ihr Jungs hättet sowieso Nein gesagt. Deine Mutter fand den Plan gut.«

Nachdem er Elmer noch einmal über den Rücken gestrichen hatte, stand Hector auf und rieb sich das Gesicht.

Da die Begrüßung damit abgeschlossen war, trottete Elmer durch die Speisesaaltür zurück auf die Terrasse. Mit gereckter Nase folgte er Pams Spur bis zum Pool. Er hatte sie fast erreicht, als ihn ein neuer Geruch gefangen nahm. Erregt spitzte er die Ohren, schnüffelte noch einmal und drehte sich dann genau in dem Moment zur Bar um, in dem Hank hinter dem Tresen hervorkam und sich mit einem Geschirrtuch die Hände abtrocknete. Elmers Hinterteil begann zu kreisen, und er galoppierte mit drei großen Sprüngen auf seinen alten Freund zu, bremste dann abrupt ab und starrte ihn an.

Hank, der gerade Pam entdeckt hatte, blieb stehen. Elmer setzte sich. Mit einem vorsichtigen Schwanzwedeln verteilte er die feinen Sandkörner vom Strand auf den Fliesen, während sein Blick nun zwischen Hank und Pam hin- und herhuschte. Sein Schwanz hielt inne, als Pam schließlich zehn Schritte von ihrem Mann entfernt stehen blieb.

Lange sah sich das Paar wortlos in die Augen, dann sagte Pam: »Sie erinnern mich an jemanden, den ich einmal kannte.«

Ein feines Lächeln huschte über Hanks Gesicht. »Witzig, ich habe gerade genau dasselbe gedacht.«

Pam verschränkte die Arme vor der Brust. »Der Mann, den ich meine, hat mich einfach sitzen lassen. Schon vor einer ganzen Weile.«

Mit einem bedächtigen Nicken erwiderte Hank: »Wenn er jemanden wie Sie verlassen hat, muss er wirklich zwingende Gründe dafür gehabt haben.«

Skeptisch zog Pam eine Braue hoch. »Meinen Sie?«

»Ja.« Nun verschränkte auch Hank die Arme. »Übrigens hat die Frau, an die Sie mich erinnern, mir ein paar wirklich verrückte Dinge zugemutet. Also, verrückt verrückt.«

Diesmal nickte Pam. »Sie hielt das bestimmt für gerechtfertigt. Damals zumindest.«

Hanks Braue hob sich. »Meinen Sie?«

Hank wandte sich ab und beobachtete blinzelnd die sinkende Sonne. Pam zuckte kaum sichtbar mit den Schultern und lächelte. So hatte Elmer Pam noch nie erlebt – glücklich und traurig zugleich. Er konnte spüren, dass sie etwas wollte. Und er wollte es auch. Aber er war nicht sicher, ob sich ihr Wunsch erfüllen würde.

Schließlich sagte Pam: »Bestimmt wünscht sie sich heute, das alles wäre nie passiert.«

Nun drehte Hank sich wieder zu ihr um. In seinen Augen schimmerten Tränen, als er so leise, dass selbst Elmer es kaum hören konnte, erwiderte: »Das wünscht er sich bestimmt auch.«

Dann warf Hank das Geschirrtuch über seine Schulter und breitete lächelnd die Arme aus. Sofort sprang Elmer auf; sein Schwanz kreiste wie ein Rotorblatt. Pam sah Hank unverwandt an. Einen halben Herzschlag zögerte sie noch, dann lief sie auf ihren Mann zu, schlang beide Arme um seinen Bauch und drückte den Kopf an seine Brust. Sie schmiegten sich aneinander wie die letzten fehlenden Teile eines Puzzles, das viel zu lange unvollendet auf dem Tisch gelegen und Staub angesetzt hat. Die Umarmung untermauernd, drängte sich Elmer zwischen sie und kitzelte mit seinem Schwanz ihre nackten Beine.

Im Speisesaal schob Brenda einen Finger in Hectors Gürtelschlaufe und lehnte sich an ihn.

Er musterte noch immer Pam und Hank. »Das hätte auch schiefgehen können, das ist dir schon klar, oder?«

Brenda legte den Kopf an seine Schulter. »Hec-toro. Gerade du solltest doch wissen, dass jeder eine zweite Chance verdient hat.«

»Da hast du wohl recht.« Liebevoll schob er ihr eine Haarsträhne hinter das Ohr. »Ay, Dios mio, amor. Schnallen Sie sich an, das wird eine stürmische Nacht.«

Fragend sah sie zu ihm hoch. »*Die unglaubliche Reise in einem verrückten Flugzeug?*«

»Nein. Bette Davis in *Alles über Eva*.«

Er nahm ihre Hand und zog sie mit sich. »Lass uns besser schnell verschwinden. Wir wollen sicher nicht dabei sein, wenn Andre und Shalisa aufeinandertreffen.«

EPILOG

JETZT SCHON

Noch einmal sechs Monate später

Pam musterte die Gesichter der Gäste, die den Mittelgang hinunterkamen und vor der blumengeschmückten Pergola mit Blick auf den Pazifik Platz nahmen. Noch immer keine Nancy. Für einen Moment spitzte sie gereizt die Lippen, dann aber fiel ihr wieder ein, wie sehr das die Falten rund um ihren Mund betonte, und sie entspannte ihr Gesicht schnell wieder. Noch so ein Scharmützel im großen Gefecht gegen das Altern. Aber sowohl in Bezug auf ihre Falten als auch in Bezug auf Nancy waren Pam weitgehend die Hände gebunden. Wenn Nancy es nicht schaffte, dort aufzutauchen, wo sie in diesem Moment sein sollte, hatte sie eben Pech gehabt.

Dabei klang ihr Marlenes Warnung noch in den Ohren. Die hatte Pam schon früh beiseitegenommen und ihr zugeraunt: »Ich bin als stiller Partner perfekt geeignet, aber du weißt ja, wie Nancy ist. Sie wird die Recherche übernehmen und die besten Preise für dich rausholen, aber sie wird immer unpünktlich sein. Und Hochzeitsplaner dürfen nicht unpünktlich sein.«

Pam warf einen Blick auf die Uhr, und wie aufs Stichwort wechselte die Band von fröhlicher Willkommensmusik zu etwas Romantisch-Zeremoniellem. Als sie Schritte hörte, drehte Pam sich um und sah Hector den Fußweg heraufkommen. Hinter ihm trottete Elmer, dicht an die Mauer gedrückt, um den schmalen Schattenstreifen auszunutzen, auf dem er sich nicht die Pfoten verbrannte. Er musterte eingehend die Blumenkörbe, die zu beiden Seiten des Mittelgangs aufgestellt worden waren, und Pam hätte ihre gesamten Geschäftsanteile darauf verwettet, dass er jeden einzelnen davon markieren würde, sobald die Menschen weg waren; einfach nur, um den anderen Hunden unter die Nase zu reiben, dass sie sich hier in Elmer Town aufhielten.

»Sie haben es also geschafft.« Hector deutete mit dem Kinn Richtung Pool, wo Brenda gerade die beiden Männer einwies, die vorsichtig eine dreistöckige Hochzeitstorte über die Terrasse schleppten. Señora Chavez, wie immer mit Schürze, stand in der Tür zum Speisesaal und winkte sie mit einem Geschirrtuch zu sich heran wie ein Matador. Als sie Pams Blick bemerkte, warf sie ihr eine Kusshand zu, die diese sofort erwiderte.

Hector blinzelte gegen die tief stehende Sonne an. »Wusstest du schon, dass Shalisas neuer Freund nicht kommen wird?«

»Wie bitte?!« Verblüfft fuhr Pam zu ihm herum.

Mit einem knappen Nicken bestätigte er: »Jepp. Dylan hat Shalisa vom Flughafen abgeholt. Sie meinte, Bob und sie hätten sich getrennt.«

Pam war fassungslos. Dann war das wohl die große Nachricht, die Shalisa ihr angekündigt hatte. »Weiß Andre das schon?«

Wieder nickte Hector. »Dylan hat Claire gleich eine Nachricht geschickt, damit die ihn vorwarnen konnte.«

»Sehr gut. Er hasst Überraschungen.« Vor allem freute es Pam, dass sie es ihm so nicht mehr sagen musste. Es war nicht schön, derartig zwischen den Stühlen zu sitzen. Pam vermied es inzwischen sogar, in Andres Beisein über Shalisa zu sprechen. Zwar waren die beiden nicht offiziell geschieden – was auch nicht so einfach war, wenn für einen Partner schon einmal ein Totenschein ausgestellt worden war –, sagten aber immer, sie wären es.

Hector fuhr fort: »Sie meinte auch, dass sie wohl länger bleiben werde.«

Pam seufzte. Natürlich genoss sie jede Minute, die sie mit Shalisa verbringen konnte, aber ein längerer Aufenthalt hier würde bei Andre vielleicht neue Hoffnungen wecken, vor allem, wenn Bob inzwischen kein Thema mehr war. Nun ja, darüber mussten sich die beiden wohl selbst den Kopf zerbrechen. »Du hast nicht zufällig Nancy gesehen, oder? Ich habe schon überall nach ihr gesucht. Ich bin sogar zu Marlenes Bungalow gegangen, aber da waren die Jalousien unten.«

Hector lachte leise. »Manuel ist vor einer Stunde angekommen.«

»Ah, damit wäre das geklärt.«

Jedes Mal, wenn Marlene hier war, kam Manuel aus San Salvador angefahren. In seiner Gegenwart kicherte sie wie ein Teenager, aber es tat wirklich gut, sie wieder lächeln zu sehen. Pam bekam jedes Mal einen Kloß im Hals, wenn sie an ihren alten Freund dachte. Inzwischen war Dave seit gut einem Jahr tot, trotzdem schmerzte die Tatsache, dass er das alles ins Rollen gebracht und dann nicht mehr miterlebt hatte, wie es endete.

*

Als Hank an jenem ersten Tag hier im Hotel hinter der Bar hervorgekommen war, hatte Pams Herz Purzelbäume geschlagen. Sobald er sie in seine Arme gezogen hatte, war sie von purer Geborgenheit erfüllt gewesen. Ein paar Tage später dann hatte Nancy allen bei einem Krug Margaritas und einem Eimer voller Bierdosen geschildert, wie sich die Szene aus ihrer Perspektive abgespielt hatte: Da sie mit Shalisa im Pool planschte und ihre Brille nicht trug, konnte sie zwar sehen, dass Pam einen Mann umarmte, aber nicht erkennen, wer es war. Also war sie zu Shalisa hinübergeschwommen, die mit einem breitkrempigen Strohhut auf dem Kopf und dem Handy auf dem Bauch auf einer riesigen Gummiente dahintrieb, träge einen Cocktail schlürfend. Nancy hatte das Aufblastier angestupst. »Hey, Shalisa, mit wem kuschelt Pam denn da?«

»Hä?« Gelassen hatte Shalisa ihre Hutkrempe angehoben, sich dann aber so ruckartig aufgesetzt, dass sie von ihrer Ente rutschte und direkt auf Nancy landete. Beide schlugen wild um sich, sämtliche Accessoires flogen durch die Luft, dann endlich bekamen sie die Ente zu fassen und klammerten sich keuchend daran fest. Doch erst als Shalisa kein Wasser mehr spuckte, schaffte sie es, hervorzustoßen: »Hank! Pam kuschelt mit Hank!«

Das hatte Nancy so schockiert, dass sie sich auf Shalisas Schultern hochstemmen wollte wie eine Synchronschwimmerin, wodurch sie beide untergingen, einander unter Wasser wegstießen und schließlich an den Rand schwammen. Noch während sie tropfend aus dem Pool kletterte, hatte Nancy gebrüllt: »Larry! Larry Clooney! Ich weiß, dass du hier bist! Ich bin's! Larry! Wo bist du?«

Vollkommen ahnungslos war der arme Larry aus dem Büro herbeigestürmt. Sobald er so nahe war, dass sie ihn auch ohne Brille erkannte, war Nancy über die Terrasse gerannt und hatte sich tropfnass in seine Arme geworfen. Das hatte Pam aus nächster Nähe miterlebt – ein Anblick, den sie wohl nie wieder vergessen würde. Nancys fleischige bleiche Oberschenkel, die sich um Larrys Körper pressten; seine Hände an ihrem Hintern, während er mit gebeugten Knien versuchte, das Gleichgewicht zu halten.

Manche Dinge brannten sich einfach unauslöschlich in die Netzhaut ein.

Während der nächsten zwei Tage hatte niemand etwas von Nancy und Larry gehört oder gesehen. Als sie schließlich wieder auftauchten, verkündete Nancy, dass sie nach El Salvador ziehen werde, und drängte Pam, gleich mitzukommen. »Weißt du noch, wie fertig wir waren, als wir dachten, sie wären bei der Explosion gestorben? Das ist unsere zweite Chance, Pam. Die müssen wir ergreifen. Unbedingt.«

Pam konnte sich schnell mit dieser Idee anfreunden, und nachdem das entschieden war, saßen die Freunde wieder stundenlang zusammen, ganz wie in alten Zeiten. Ein Platz an ihrem Achtertisch blieb stets frei, in stummer Erinnerung an ihren toten Freund. Sie besprachen alles, was sie getan hatten, und vor allem, warum. Je mehr Zeit verging, desto mehr Geheimnisse wurden enthüllt, und bald lachten sie wieder zusammen. Nur wenn sich das Gespräch zum wiederholten Mal der Frage zuwandte, ob Dave nun bei einem abgedrehten Unfall gestorben oder vielleicht doch auf Padmas Geheiß hin ermordet worden war, drängte Pam auf einen Themenwechsel; sie konnte es einfach nicht mehr hören.

Shalisas zweite Chance führte sie jedoch in eine andere Richtung. Auch sie hatte an jenem Tag am Pool ein Wiedersehen mit Andre gefeiert – wesentlich stiller und unspektakulärer als Nancy und Larry –, doch auch wenn die beiden überlegten, es noch einmal miteinander zu versuchen, war Shalisa eigentlich mit Bob zusammen. Sie nahm sich ein wenig Zeit, um alles zu überdenken, bat Andre aber am Ende um einen Neubeginn – ohne ihn. Und obwohl sie ihm damit den Boden unter den Füßen wegzog, antwortete er nur: »Für meine Königin tue ich alles.« Er wollte, dass sie das verflucht großartige Leben bekam, das sie verdiente.

Keiner ihrer Rentenpläne hatte so funktioniert, wie sie es sich ausgemalt hatten, aber funktioniert hatte es am Ende trotzdem. Auch wenn Pam noch immer nicht dahintergekommen war, wie ihre Ehemänner letztlich die Angestellten ihres Friseurs geworden waren. Andererseits schien es ihr logisch zu sein, dass er ziemlich beeindruckende Nebeneinkünfte vorweisen konnte; immerhin wusste sie, welche Summen sie Hector bezahlt hatten. Und am Ende musste sie einfach akzeptieren, dass sie wohl nie alles erfahren würde.

*

Pam warf Hector einen fragenden Blick zu: »Bleibst du zur Zeremonie?«

Er schüttelte den Kopf. »Ich werde Brenda zur Hand gehen. Schließlich weiß ich, wie ihr beide drauf seid, wenn nicht alles reibungslos abläuft.« Fröhlich zwinkerte er ihr zu. »Und mir wäre es lieber, wenn ihr mich nicht dazu bringt, irgendetwas zu bereuen.« Mit einem breiten Grinsen wandte er sich ab und ging über den Rasen davon.

Schmunzelnd sah Pam ihm hinterher und beobachtete, wie er im Vorbeigehen mit einem Faustcheck Hank begrüßte. Der war offenbar an der Bar fertig und hatte sich nun ein frisch gebügeltes Guayabera-Hemd angezogen. Während sie auf ihn wartete, musterte Pam ihren Ehemann nachdenklich. Hatte er sich verändert? Oder sie? Oder vielleicht sie beide? Oder hatten sie einander einfach weniger gut gekannt, als sie immer geglaubt hatten?

Früher war sie der Ansicht gewesen, Hank bräuchte all sein mentales Durchhaltevermögen, um ein Worträtsel zu Ende zu bringen. Aber dann war es Hank gewesen, der einen Plan B für sie entwickelt hatte. Und er hatte erkannt, dass Dylans Erfahrung im Bereich des Tauchtourismus ihn zum perfekten Kandidaten für die Leitung des Wassersportangebots im Hotel machte. Und dass Claire sich eigentlich überall nützlich machen konnte, wenn sie nicht gerade mit dem Baby beschäftigt war. Selbst das Geschäft mit den Hochzeiten am Pazifikstrand war seine Idee gewesen.

Shalisa hatte nicht mitgemacht, da sie sich in ihrer alten Heimat ihr neues Leben aufbauen wollte, weit weg von Andre. Auch dass Marlene ihre Wohnung in Florida nicht aufgeben und nicht zu weit von ihren Töchtern wegziehen wollte, hatte niemanden überrascht. Aber sie wandelte die fünfzigtausend Dollar Schulden, die ihre Freundinnen bei ihr hatten, in eine Beteiligung an ihrem neuen Geschäft um. Der Rest der nötigen Anfangsfinanzierung war, keine vierundzwanzig Stunden nachdem sie Hector und Brenda von ihrem Plan erzählt hatten, aufgetaucht. Der ehemalige Herrenfriseur war beim Frühstück an ihren Tisch gekommen und hatte ihnen eine Schachtel Donuts und einen Umschlag überreicht, in dem sich die fünfzigtausend Dollar Anzahlung befanden, die sie einst von ihm zurückgefordert hatten. Brenda und er wollten auch einsteigen, hatte er Pam und Nancy erklärt. Und diese Investitionen rentierten sich bald. Es lief sogar so gut, dass sie sowohl Hector als auch Marlene bereits eine erste Gewinnbeteiligung hatten auszahlen können und inzwischen auch selbst nicht schlecht verdienten. Ha! Vielleicht würden sie so doch noch reich werden.

Aber wen interessierte schon das Geld, wenn man eine Familie hatte? Im Hotel war es inzwischen ein alltäglicher Anblick, wenn Hank mit seinem Enkelsohn Henry vor der Brust hinter der Bar stand und Cocktails mixte, wobei er die neugierigen Finger des sechs Monate alten Entdeckers stets liebevoll im Zaum hielt. Allerdings waren sie recht großzügig mit den Fakten umgegangen, als sie ihre Familienangehörigen über ihre Eskapaden aufgeklärt hatten: In ihrer Version hatte das Casino den Männern etwas anhängen wollen, weshalb sie um ihr Leben gefürchtet hatten und geflohen waren. Und auch wenn sie nun in Sicherheit waren, sei noch immer Diskretion geboten. Den Teil mit dem Profikiller hatten sie weggelassen. Manche Dinge blieben besser ungesagt.

*

Als Hank nun im Schatten der Palme zu ihr trat, schmiegte Pam kurz die Wange an seine Schulter. Seine Körperwärme drang durch die luftige Baumwolle. Mit einem tiefen Atemzug nahm sie seinen Duft in sich auf: eine Mischung aus Zitrone, Meer und Schweiß, weil es hier einfach immer verdammt heiß war. Pam schloss die Augen und fühlte sich plötzlich zurückversetzt in den Moment bei *Goodwill*, als sie sein Sweatshirt aus dem Spendensack genommen und ihr Gesicht darin vergraben hatte; damals noch in dem Glauben, ihn niemals wiederzusehen. Was hatte sie doch für ein Glück! Sie drückte seine Hand und zog ihn mit sich nach vorne, damit sie sich zwischen den Gästen einen Platz suchen konnten.

Der *magistrado* stand wartend vorne an der Pergola. Ein leises Rascheln ließ Pam auf ihrem Stuhl herumfahren, doch da spürte sie bereits Shalisas Arme um sich. Mit einem begeisterten Schrei stellte sie fest »Du hast es geschafft!«, nur um gleich hinzuzufügen: »O mein Gott, geht es dir gut? Du glühst ja regelrecht!«

Shalisa winkte ab. »Ich bin das Klima hier nicht gewöhnt.«

Überrascht registrierte Pam, dass Andre auf dem Stuhl neben Shalisa Platz nahm. Als sie ihm einen fragenden Blick zuwarf, zwinkerte er nur, holte ein Taschentuch aus seiner Tasche und wischte sich damit die Stirn ab. Noch während Pam sich leicht verwirrt nach vorne drehte, standen alle auf und wandten sich dem Mittelgang zu. Weiter hinten tauchten Marlene und Manuel auf und eilten lachend über den Rasen. Sie gingen außen an den Stuhlreihen entlang und setzten sich auf die freien Plätze hinter Pam.

Die Musik schwoll an, dann bog Estuardo um die Ecke und schritt, flankiert von seinen Eltern, über den mit Blütenblättern bestreuten Fußweg. Pam kämpfte mit den Tränen, als die drei sich der Pergola näherten. Wenig später erschien aus derselben Richtung Paul, der Nancy – die wenigstens dieses eine Mal noch rechtzeitig gekommen war – und Larry an seiner Seite hatte. Trotz ihrer Sonnenbräune wirkte Nancy blass. Wo hatte sie nur den ganzen Nachmittag gesteckt? War vielleicht irgendein Problem aufgetaucht? Larry wirkte verbissen, als er an ihrer Stuhlreihe vorbeiging.

Der *magistrado* wies die Gäste an, wieder Platz zu nehmen. Estuardo gab seiner Mutter einen Kuss und schüttelte seinem Vater die Hand, dann gingen seine Eltern zu ihren Plätzen. Paul drückte Nancy einen Kuss auf die Wange und streckte Larry die Hand entgegen. Unwillkürlich hielt Pam den Atem an. Hank saß so dicht neben ihr, dass sie spürte, wie sich seine Schultern anspannten; als wollte er seinen Freund durch pure Willenskraft dazu bringen, das Richtige zu tun. Pauls ausgestreckte Hand wirkte wie in die pazifikblaue Kulisse hineinkopiert, während sie darauf wartete, von seinem Vater gepackt zu werden.

Was schließlich auch geschah.

Larry umschloss mit beiden Händen die Finger seines Sohnes, zog ihn an sich und umarmte ihn. Als er sich von ihm löste, ließ die Sonne die Tränen auf seinen Wangen schimmern. Paul wischte sich ebenfalls die Augen, als er sich Estuardo zuwandte.

Nun verkündete der *magistrado* die üblichen Warnungen zu

Gesundheit und Krankheit, guten und schlechten Zeiten. Pam wurde ein wenig unruhig, als er zu dem Teil mit Armut und Reichtum kam, entschied dann aber, dass sie am Ende auf der richtigen Seite der Gleichung herausgekommen war.

»Sie stehen heute mit Ihrem Partner vor mir, weil Sie beschlossen haben, den Weg des Lebens gemeinsam zu beschreiten. Aus welchem Grund auch immer Sie diesen Entschluss gefällt haben mögen, verankern Sie ihn tief in Ihrem Herzen, damit Sie ihn wieder hervorholen können, wenn es nötig wird. Denn wie Ihnen bestimmt alle Verheirateten unter uns bestätigen können, wird es mit Sicherheit irgendwann nötig werden.«

Wie wahr!

*

Die Sonne versank im Pazifik, und die Lichter auf der Terrasse funkelten. Die Band spielte, es wurde getanzt, die Kellner servierten Cocktails, und auf den Tischen am Pool flackerten Kerzen. Die vier Freundinnen saßen, wie so oft in all den Jahren, gemeinsam unter dem Sternenhimmel. Pam leerte die dritte Flasche Champagner in Nancys Glas und fragte: »Wo warst du eigentlich heute Nachmittag? Ich habe überall nach dir gesucht.«

Plötzlich schien Nancy sehr an der Tischplatte interessiert zu sein. »In der Cabana.«

»In der *Cabana*? Was zur Hölle hast du in der *Cabana* gemacht?« Nicht einmal die Dämmerung konnte die brennende Röte verbergen, die nun Nancys Hals hinaufkroch. Mit einem Ruck stellte Pam die leere Flasche weg. »Du hast dich mit Larry vergnügt. Und das, kurz bevor ihr mit eurem Sohn zum Altar geschritten seid. Igitt, das ist widerlich! Was, wenn euch jemand gesehen hätte?«

Nancy presste die Lippen aufeinander und fummelte an ihrem Champagnerglas herum.

Marlene schenkte ihr ein liebevolles Lächeln. »Was ist falsch daran, wenn die Eltern des Bräutigams etwas übermütig werden? Ich finde das sexy.«

Pam war entsetzt. »Ja, wenn man David und Victoria Beckham heißt vielleicht! Aber doch nicht, wenn man aussieht wie König Charles und Camilla.« Sie unterdrückte ein Würgen. »Absolut niemand will sehen, wie *die* es tun.«

Empört richtete Nancy sich auf. »Also hör mal! Wir sind vielleicht nicht Posh und Becks, aber wir sehen ja wohl um einiges besser aus als Charles und Camilla.«

»Was meinst du denn, wem ihr beim Sex ähnlich seht?«, fragte Pam herausfordernd.

Nancy dachte kurz nach und verkündete dann strahlend: »Kurt und Goldie.«

Nein, das konnte Pam nun wirklich nicht glauben. »Du bist ja noch nicht einmal blond.«

Marlene stellte mit gedämpfter Stimme ihre Überlegungen an: »Gute Wahl. Goldie ist ziemlich gelenkig, sie war ja mal Tänzerin. Oder Tom Hanks und Rita Wilson. Ich wette, die sehen auch noch gut aus, wenn sie es machen. Vielleicht Denzel und Pauletta? Ich würde ja auch zu Kevin Costner tendieren, aber der ist heutzutage nur noch mit Jüngeren zusammen, das wäre also nicht fair. Oh, jetzt weiß ich's! Matthew Broderick und Sarah Jessica Parker. Die haben bestimmt einen tollen Rhythmus, sind ja beide extrem fit.« Grinsend lehnte sie sich in ihrem Stuhl zurück. »Das wäre mein optisches Vorbild.«

Manchmal konnte sich Pam über Marlene nur wundern. Kopfschüttelnd stellte sie fest: »Trotzdem ist es einfach nur abstoßend, wenn die Eltern des Bräutigams es direkt vor der Trauung miteinander treiben.« Da Shalisa überraschend still war, erhoffte sich Pam von ihr ein wenig Unterstützung. »Habe ich nicht recht?«

Nun war Shalisa diejenige, die die Lippen zusammenpresste und an ihrem Champagnerglas herumfummelte.

Empört beugte sich Pam über den Tisch und fauchte: »Du hast mit Andre geschlafen. Shalisa!« Entkräftet lehnte sie sich zurück. »Deshalb wart ihr bei der Zeremonie alle so rot und verschwitzt.« Wieder drängte es sie nach vorne. »Du warst doch kaum zehn Minuten hier, bevor du dem Mann die Hose ausgezogen hast. Dabei hast du ihn ein Jahr lang auf Abstand gehalten. Sag mir jetzt bitte nicht, dass du ihn verführt hast. Er war gerade dabei, zu sich selbst zurückzufinden.« Eigentlich ging es Pam nichts an, und sie hatte sich auch noch nie schützend vor Andre gestellt. Aber wenn das nicht mehr war als eine kurze Affäre, würde ihn das fertigmachen, und sie müsste dann dabei helfen, ihn hinterher wieder aufzubauen.

Shalisa sah sich verstohlen um und sagte dann leise: »Manchmal muss man etwas ziehen lassen, um zu begreifen, dass man es haben will.«

Nun wurden auch die beiden anderen hellhörig. Schließlich sagte Nancy: »Wow, Shalisa! Du solltest dir aber schon sicher sein, dass *du* das willst. Denk dran: Du hast dir dein verflucht großartiges Leben verdient.«

Lächelnd entgegnete Shalisa: »Ja, ich weiß. Und das ist es. Oder das wird es sein. Andre und ich gehören einfach zusammen, das weiß ich jetzt.«

Verwirrt massierte sich Pam die Schläfen. Das hatte sie nicht kommen sehen. Sie sah sich am Tisch um.

Marlene richtete sich auf und verkündete: »Ihr werdet nie erraten, was ich aus der ganzen Sache gelernt habe.«

Spontan fiel Pam eine ganze Reihe von Dingen ein, die sie

alle »aus der ganzen Sache« hatten lernen können. Zum Beispiel, wie viel Platz fünfzigtausend Dollar in einer Handtasche einnahmen, wie hoch das übliche Honorar eines Profikillers war oder auch, welche Umstände gegeben sein mussten, damit man auch ohne Leiche eine Lebensversicherung ausbezahlt bekam. Sie seufzte nachdenklich.

Schließlich ging Shalisa lächelnd auf das Spiel ein: »Was hast du denn aus der ganzen Sache gelernt, Marlene?«

Strahlend antwortete diese: »Ich habe gelernt, jeden Tag zu genießen. Manuel nennt das *carpe diem*. Er spricht ja Spanisch, wisst ihr? Und genau so müssen wir es machen, Mädels. Gib dich heute der Liebe hin, denn wer weiß schon, was morgen passiert.«

Sie streckte ihre Champagnerflöte über den Tisch, und die anderen folgten ihrem Beispiel.

Dann fügte Marlene hinzu: »Außerdem habe ich gelernt, dass wir das Zeug auf ex trinken sollten.«

*

Nach dem Essen und den Reden auf die beiden Bräutigame saßen Pam und Hank zusammen am Pool. Neidisch beobachtete Pam, wie Manuel Marlene über die Tanzfläche wirbelte. Ihr blondes Haar flog, wann immer sie in seine Arme sank und wieder herausgerissen wurde. Ein Stückchen weiter schwoften Larry und Nancy, seine Hände ruhten auf ihrem Hintern, als wären sie Teenager. Pam schmunzelte. Außerhalb des schimmernden Lichtkreises entdeckte sie Shalisa und Andre, die sich heimlich davonstahlen. Die beiden hielten Händchen, er trug in der freien Hand ihre Stöckelschuhe. Vielleicht würden sie es ja doch schaffen. Pam hoffte es aufrichtig. An einem Tisch weiter hinten saßen ihre Retter. Wer hätte gedacht, dass ein Herrenfriseur einen solchen Einfluss auf das Leben anderer haben konnte? Und das nicht nur durch einen guten Haarschnitt.

Brenda saß auf Hectors Schoß und gab vermutlich gerade eine Geschichte aus ihrer Zeit als Privatdetektivin zum Besten. Neben ihrem Tisch hatte sich Elmer ausgestreckt. In diesem Moment wanderte Hectors Blick über den Pool hinweg zu Pam, und er prostete ihr zu. Sie erwiderte den Gruß. Sie sah, wie er Brenda eine Haarsträhne hinter das Ohr schob und sich dann zu Elmer hinunterbeugte, um ihm den Bauch zu kraulen. Brenda drückte Hector einen Kuss auf die Stirn, bevor sie ihre Geschichte offensichtlich mit einer Pointe beendete. Denn alle lachten, und Hector strahlte über das ganze Gesicht. Als die Band nun einen langsamen Song von Ed Sheeran anstimmte, stand Brenda auf und zog Hector von seinem Stuhl hoch. Auf der Tanzfläche schloss er sie fest in seine Arme, und sie sah aus, als wäre sie im siebten Himmel. Pam erinnerte sich noch an das einzigartige Gefühl, das erwachte, wenn man mit dem Menschen tanzte, den man liebte. Auch wenn es schon lange her war.

Sie nippte an ihrer Margarita, leckte sich das Salz von den Lippen und sah lächelnd zu Hank hinüber. War da irgendwo noch der Mann verborgen, den sie einmal geheiratet hatte? Er erwiderte ihr Lächeln, und in diesem Moment kam genau dieser Hank ganz deutlich zum Vorschein. Nicht alle Paare müssen tanzen.

Hank deutete mit dem Kopf zu den anderen hinüber. »Willst du auch?«

Wollte er sie veräppeln? »Du tanzt nicht.«

»Jetzt schon.«

Zweifelnd zog Pam die Brauen hoch.

Hank stand auf und reichte ihr die Hand, er grinste von einem Ohr zum anderen. »Ich habe Unterricht genommen.«

Im ersten Moment war Pam überwältigt, dann aber warf sie den Kopf zurück und lachte. Sie sprang auf, schlang ihrem Mann die Arme um den Hals und küsste ihn. O ja, ihr Leben war verflucht großartig.

Wieder.

POST SCRIPTUM

WIE DAVE STARB

Nach jenem schwülwarmen Samstagabend bei Pam und Hank – damals im Juli, als der ganze Ärger anfing – brauchte Andre ungefähr zweiundzwanzig Stunden, um zu begreifen, in was für eine Riesenscheiße er sich mit seinem Hinweis, Shalisa *müsse* diese Schokomousse-Käsetorte nicht unbedingt essen, hineinmanövriert hatte.

Die Heimfahrt im Uber verlief schweigend, was an sich aber noch nicht ungewöhnlich war. Er folgte seiner Frau die Einfahrt hinauf, sie trat beiseite und wartete vor dem umstrittenen Wacholderbusch, bis er die Tür aufgeschlossen hatte und ihr den Vortritt ließ. Wortlos drückte sie ihm die leere Springform in die Hand und verschwand nach oben. Nachdem die Schlafzimmertür mit einem entrüsteten Klicken hinter ihr zugefallen war, ging er in die Küche und schenkte sich einen Absacker ein. Eine Stunde später ging er ebenfalls hinauf – ins Gästezimmer.

Am nächsten Morgen schlief Shalisa noch, als er sich mit Hank, Larry und Dave im Hafen traf, um zum Angeln rauszufahren. So sah er seine Frau erst am Abend wieder, als er mit von Wind und Sonne zermürbter Haut nach Hause kam. Sein Magen knurrte, und so musste er unwillkürlich lächeln, als ihm schon an der Haustür der Duft von gegrilltem Fleisch entgegenwehte. Vielleicht steckte ja doch noch etwas Leben in seinem alten Mädchen. Er ließ seine Tasche fallen und ging in die Küche. Voller Vorfreude strich er sich über den Bauch.

Shalisa saß an ihrem mit Blumen geschmückten Küchentisch. Vor ihr auf dem karierten Tischtuch stand ein Teller mit einem perfekten Steak, frisch gebratenen Pilzen, die sogar noch zischten, und einer Ofenkartoffel mit einer ordentlichen Portion mit gehacktem Schnittlauch verfeinertem Sauerrahm. Andres Lächeln schwand, als ihm klar wurde, dass nur für eine Person gedeckt war.

»Wo ist meins?«, wollte er wissen.

Schnell suchte er den Küchentresen ab und spähte sogar durch die Scheibe des Backofens; vielleicht wurde sein Essen ja dort warm gehalten. Nein, wohl eher nicht. Er wandte sich wieder seiner Frau zu. Shalisa spießte gerade ein saftiges Stück Rindfleisch auf ihre Gabel, führte sie zum Mund, hielt aber noch einmal inne und starrte den Bissen an, bevor sich ihre großen, braunen Augen auf Andre richteten und sie sagte: »Ich dachte mir, du *musst* ja nicht unbedingt essen.«

Mit einem leisen Ploppen sog sie den Fleischbrocken von der Gabel, und er verschwand zwischen ihren Lippen.

Sie waren seit dreißig Jahren verheiratet. Deshalb war Andre schlau genug, sich zu entschuldigen, auch wenn er gar nicht mehr genau wusste, was er am Vorabend auf Hanks und Pams Terrasse zu ihr gesagt hatte. »Ich wollte doch nur helfen, Schatz.«

Shalisa kaute, schluckte. Dann zeigte sie mit der Gabel auf ihn. »Du willst mir helfen, Andre?« Die Gabelspitze wanderte Richtung Wohnzimmer. »Wenn du helfen willst, könntest du endlich tun, worum ich dich nun seit einem Jahr bitte, und den Wacholderbusch dort draußen entfernen. Und meinen Wünschen vielleicht den angemessenen Respekt entgegenbringen.« Nun richtete sich die Gabel wieder auf Andre aus. »*So* könntest du mir helfen.« Sie schnitt sich das nächste Fleischstück zurecht und spießte es auf.

»Wacholderbusch?« Verwirrt verzog Andre das Gesicht. »Was hat denn jetzt ein Busch damit zu tun?« Gereizt stützte er die Hände in die Hüften.

»Vor einem Jahr habe ich dieses verdammte Peloton Bike vor dieses Fenster gestellt, damit ich wenigstens nach draußen schauen kann, wenn ich das Scheißding benutze. Leider wird das aber durch diesen uralten, verwilderten Wacholderbusch verhindert, weil er die Sicht versperrt. Seitdem habe ich dich hundert Mal gebeten, den Busch abzuholzen. Wie kannst du das vergessen haben?«

Ja, richtig. *Dieser* Busch.

»Wozu musst du denn dabei aus dem Fenster schauen? Der Sinn eines Peloton Bikes besteht darin, dass man das Display im Auge behält, um sein Work-out zu verbessern.«

Shalisa sah ihn einen Moment lang durchdringend an, dann sagte sie: »Wenn du diesen Busch nicht abholzt, wirst du das für den Rest unserer Ehe bitter bereuen, das schwöre ich bei Gott.« Damit griff sie zum Messer und widmete sich wieder ihrem Steak.

Es wäre nicht die erste leere Drohung gewesen, die Andre zu hören bekam, und als er nun frustriert zum Kühlschrank ging, um sich ein Bier zu holen, überlegte er, wie viel Substanz diese wohl hatte. Er öffnete die Kühlschranktür, und sofort fiel ihm auf, was Shalisa dort alles vorbereitet hatte: Brathähnchen, frischen Lachs, selbst gemachten Obstsalat. Und noch während er all die Gerichte musterte, wurde ihm klar, dass er rein gar nichts davon bekommen würde, solange er nicht diesen verfluchten Busch abholzte.

Deswegen schickte er kurz darauf eine Nachricht an Dave und fragte, ob er sich seine Axt ausleihen könne.

*

Am nächsten Morgen war Dave bereits auf dem Weg zur üblichen Montagsübergabe mit Hank, als ihm plötzlich wieder einfiel, dass Andre ihn ja um die Axt gebeten hatte. »Verdammt!«

Er wendete, fuhr die paar Blocks zurück zu seinem Haus, brachte den Wagen mit quietschenden Reifen in der Einfahrt zum Stehen und stieg aus. Natürlich wäre es besser gewesen, schon am Vorabend in die Garage zu gehen und die Axt zu holen, aber das hätte unweigerlich eine Debatte mit Marlene heraufbeschworen, und darauf hatte er keine Lust gehabt.

Ohne den Blick vom Fernseher abzuwenden, hätte Marlene gesagt: »Weißt du, wozu Larry und Nancy ihre Garage verwenden, Dave? Sie parken ihren Wagen darin. Genau wie Hank und Pam. Einfach so, mitten in ihrer Garage. Weißt du, was bei uns mitten in der Garage steht, Dave? Unser Christbaumständer.«

Dann hätte sie weitergemacht: »In Larrys Garage hat alles seinen festen Platz. Sein Werkzeug ist ordentlich aufgehängt. Weißt du, wo unsere Schneeschaufel lagert, Dave? Sie lehnt einfach an der Wand. Wir haben Juli. Was meinst du, wie viel Schnee heute Nacht wohl fallen wird, Dave? Und Larry hat auch ein automatisches Garagentor. Die leben anscheinend schon im 21. Jahrhundert. Während wir unser Garagentor mit einem Seil aufziehen. Wie Höhlenmenschen. Ich schwöre bei Gott, Dave, eines Tages wird dieses Garagentor einen von uns umbringen.«

Dave hätte sich gar nicht erst die Mühe gemacht, Marlene darauf hinzuweisen, dass Höhlenmenschen sicher noch keine Garagen gehabt hatten.

Deshalb hatte er es an diesem Montagmorgen so eilig. Die Diskussion mit Marlene hatte er sich erspart, indem er in seinem Sessel sitzen geblieben war und die Antworten der Quizshow in Richtung Fernseher gebrüllt hatte – »Wie heißt die Hauptstadt von Argentinien?« Und »Wer sind die Rolling Stones?« –, anstatt in die Garage zu gehen und die Axt zu holen.

Nun würde er zwar zu spät zu seinem Treffen mit Hank kommen, aber Andre hatte geschrieben, er bräuchte die Axt so schnell wie möglich; er lag irgendwie mit Shalisa im Clinch. Also hatte er ihm geantwortet, er werde sie Hank am nächsten Morgen einfach mitgeben.

Und Dave war ein Mann, der sein Wort hielt.

Die Sonne brannte ihm ins Genick, als er sich bückte, den Griff des Garagentors packte und die schweren Metallsegmente über ihre Schiene nach oben schob. Dann richtete er sich auf, stützte die Hände in die Hüften und wartete, bis sich seine Augen an das Halbdunkel im Inneren gewöhnt hatten. Suchend ließ er den Blick über das Chaos wandern, bis er die Axt entdeckte: Sie lehnte an seinem großen, roten Werkzeugwagen. Er nahm die Abkürzung vorbei an Rasenmäher, Winterreifen und Eishockeyschlägern, schnappte sich die Axt, ging zurück und griff nach dem Seil, um das Rolltor wieder herunterzuziehen. Plötzlich hielt er inne.

Moment mal! Er brauchte doch noch etwas, oder? Er hatte Andre zwei Dinge geben wollen. Die Axt und … Reglos stand er da und ließ sein Gehirn auf Hochtouren laufen. Zwei Dinge. Er hatte sich vorgenommen, zwei Dinge zu holen. Was war noch gleich das zweite? Es hatte irgendetwas zu tun mit … Kaffee? Zufrieden hob er den Kopf.

Genau.

Vor drei Tagen war er im Casino durch den Korridor im Keller gegangen und hatte sich schon auf den Kaffee gefreut, den er sich gerade im Pausenraum geholt hatte, als plötzlich seine neue Chefin Padma Singh von hinten angestürmt gekommen war – ganz die aufgeblasene Wichtigtuerin, für die man sie allgemein hielt – und ihn angerempelt hatte. Dann hatte sie die Tür zur hauseigenen Bank aufgerissen und war verschwunden. Dabei war sie so auf sich selbst konzentriert gewesen, dass sie sich nicht einmal umgesehen oder für die Schweinerei entschuldigt hatte, die sie auf Daves Shirt und auf dem Boden hinterlassen hatte.

Da Dave sich gerade im Pausenraum mit dem Hausmeister unterhalten hatte, wusste er, dass dieser nicht so bald in diesem Bereich putzen würde. Diese Kaffeelache lud aber regelrecht dazu ein, in ihr auszurutschen und sich auf dem Betonboden den Schädel aufzuschlagen. Und Dave Brand war nicht der Typ, der so etwas einfach geschehen ließ. Also war er zur Herrentoilette gegangen, hatte sich erleichtert und dabei im Spiegel seinen neuen Haarschnitt bewundert – vielleicht wurde es Zeit, Hectors Trinkgeld aufzustocken, er mochte diesen Kerl wirklich gern. Anschließend nahm er einige Papierhandtücher mit, um die Lache im Flur aufzuwischen.

Als er noch ein letztes Mal nachgewischt hatte, um sicherzugehen, dass die Gefahr wirklich behoben war, hatte er es entdeckt: Aus dem kleinen Spalt zwischen der Unterkante der Tür zur Casinobank und den Bodenfliesen hatte ihm ein einsamer Spielchip zugezwinkert.

Dave hatte sich davor gekniet, ein Papierhandtuch in den Schlitz unter der Tür geschoben und es dann zurückgezogen. Anschließend war er aufgestanden und bewusst langsam zur Herrentoilette zurückgegangen. Dort hatte er die nassen Papierhandtücher weggeworfen und dann erst nachgesehen, welche Art von Chip sich in seiner geschlossenen Faust verbarg. Auf hundert Dollar hatte er gehofft.

Als sich seine Finger dann öffneten, schnappte er nach Luft: tausend Dollar!

Um seine Augen bildeten sich tiefe Falten, als er begeistert auflachte.

In den letzten Jahren hatten sie den Gürtel verdammt eng schnallen müssen. Da war dieser Chip wie ein Geschenk des Himmels. Andre konnte ihn einlösen, und dann würden sie ihre Mädchen mit diesem Tausender mal wieder richtig groß ausführen. Vielleicht konnten sie ihnen bei dieser Gelegenheit dann auch endlich von ihrem Rentenplan erzählen. Eine Art Vorab-Feier. Vielleicht sogar mit Champagner, denn nun galt ja: Hallo, süßes Leben, wir kommen!

Als er an jenem Freitagabend nach Hause gekommen war, hatte er den Jeton in der obersten Schublade des Werkzeugwagens versteckt.

Auch heute, an diesem heißen Montagmorgen, ließ er grinsend seine Grübchen aufblitzen, als er nun mit der Axt in der Hand den Casinochip aus seinem Versteck holte. Fröhlich warf Dave ihn in die Luft und überlegte, in welchem Restaurant am Wasser sie reservieren sollten. Er fing den Jeton auf, küsste ihn und wollte ihn gleich noch einmal werfen, griff aber zunächst nach dem Seil, mit dem er das Garagentor herunterziehen wollte. Dabei stolperte er über die Schneeschaufel. Sein ein Meter neunzig großer Körper fiel haltlos auf den schweren Christbaumständer zu – eine solide Stahlkonstruktion, das Beste vom Besten, weil Marlene es leid gewesen war, dass ständig der Baum umfiel. Sein Kopf prallte gegen den runden Standfuß, der Schwung seines Körpers ließ ihn herumrollen, der Spielchip flog durch die Luft, überschlug sich wieder und wieder. Instinktiv klammerte sich Dave an der Axt fest, als das Garagentor scheppernd herabrauschte. Der Jeton beendete seinen Flug und landete sanft auf Daves Brust, hüpfte noch einmal kurz in die Höhe, um dann flach liegen zu bleiben. Und während das Garagentor ungebremst auf ihn herabfiel, schoss Dave Brand ein letzter Gedanke durch den Kopf:

Meine Frau hatte recht.

DANKSAGUNG

Zuallererst möchte ich Bruce Springsteen danken.

Ich bin Dem Boss nie persönlich begegnet, aber damals in den Achtzigern hatte er viel über Träume zu sagen. Und ich saß mit meinen zwanzig Jahren auf dem Balkon im *Maple Leaf Gardens*, zweite Reihe, und gab ihm mein Wort, dass ich meinen Traum niemals aufgeben und irgendwann einen Roman schreiben würde.

Dann kam mir jedoch das Leben in die Quere – Kinder, Hypotheken, Nahrungszubereitung. Aber Bruce ist geblieben: Shows am Broadway, Tourneen, sein eigenes Buch. Und jedes Mal, wenn er wieder in Erscheinung trat, musste ich an dieses Versprechen denken.

Also: Vielen Dank, Bruce, dass du mir eine solche Inspiration warst während meiner *Glory Days*. Dass du niemals verschwunden bist, sondern mir stets einen Grund geliefert hast, daran zu glauben, dass meine *Better Days* noch kommen können.

Allerdings schafft man einen solchen Neuanfang jenseits der sechzig nicht ohne Unterstützung. So hat mir mein Ehemann Andy nicht nur jede Menge Stoff geliefert, indem er eben einfach nur Andy war, sondern er hat auch die vielen Stunden ertragen, in denen ich mich eingeschlossen habe, um zu schreiben. Auch wenn er jedes »Arbeiten« mit Fingergänsefüßchen versehen hat. Trotzdem hat er wieder und wieder den Fernseher stumm geschaltet oder sein Worträtsel weggelegt, um mit mir Ideen durchzuspielen.

Der Herzschlag meines Lebens sind meine Söhne Jack, Luke und Walker. Als Autorin veröffentlicht zu werden, ist schön, aber ich habe auch vorher schon in dem Bewusstsein gelebt, viel erreicht zu haben, denn ich habe drei fantastische junge Männer großgezogen. Sie haben mich zur glücklichsten aller Mütter gemacht und werden immer mein absolutes Meisterstück sein. Und wie sich herausgestellt hat, sind sie auch tolle Resonanzböden für Plotelemente. Ein Extraapplaus für Walker, der selbst die größten Zwickmühlen überstanden hat.

Ebenso ehrenvoll erwähnt sei ein Freund meines Sohnes, David Hopfer, der meine Webseite entworfen und bei Tischgesprächen über Mord und Auftragskiller nicht einmal mit der Wimper gezuckt hat.

Meine Schwester Jan Banting und meine Schwägerinnen Frances Hincenbergs und Kim Gilbert waren meine Erstleserinnen. (Wobei Kim immer wieder ungelesene Entwürfe an ihre Freundinnen verliehen hat.) Ihnen gilt mein Dank ebenso wie meinen Nichten und Neffen Jessica Sperry, Kate Banting, Loulie McMaster und Angus McMaster, außerdem meinen Schwägern Gord Banting und Al McMaster, deren Unterstützung von höflichen Fragen beim Thanksgiving-Essen – manchmal sogar mehr als eine – bis zu Tipps zum Überarbeitungsmodus von Word reichte.

Sollte dieses Buch irgendjemanden zum Lachen gebracht haben, so ist das meinem Bruder Bob Gilbert zu verdanken. Fast von Geburt an hat er mich derartig gepiesackt, dass ich einen extrem feinen Sinn für Humor entwickeln musste. Eigentlich tut er das heute noch. Beispiel: Vor ein paar Jahren habe ich mir sein Auto geliehen und musste ihn deshalb fragen, wie man die Zündung per Knopfdruck bedient. Und nun stellt euch die verblüfften Gesichter meiner Mitfahrer vor, als ich auf das Bremspedal trat, den Knopf drückte und dabei, an den Rückspiegel gerichtet, laut »starten, starten, starten« rief. Damit wäre alles gesagt, was man über Bob und mich wissen muss.

Ganz wie sein Vater, hält auch mein Neffe, Dane Gilbert, mich stets auf Trab. Ich muss zugeben, dass ich einige besonders treffsichere Pointen von ihm geklaut habe. »Nein, ich benutze keine Sonnenuhren, ich bin bloß mit deinem Onkel Andy unterwegs, der eben ständig spät dran ist.« (Dieses Geständnis hat keinerlei rechtskräftige Verbindlichkeit, eine finanzielle Beteiligung kannst du also vergessen. Auch wenn ich weiß, dass ich mir das ewig werde anhören dürfen.)

Dieses Buch basiert auf einem Geflecht aus Freundschaften, und die entsprechenden Stränge, die sich durch mein Leben ziehen, heißen Suzanne und Karl Brand, Sharon und Jamie Howe und Laurie und Jerry Sobie. Im Laufe der Jahre gab es bei uns so viele Lacher, dass es mir nur fair erschien, einige davon mit der Welt zu teilen. Ich habe keine Ahnung, wer von uns als Erster sterben wird. Aber ich werde auf jeden Fall dafür sorgen, dass bei ihrer oder seiner Beerdigung perfekte Eiersalatsandwiches serviert werden.

Und dann sind da noch die neuen Persönlichkeiten, die Bruce' und meinen Traum haben wahr werden lassen. Ich habe einhundertachtundneunzig Anfragen gestellt, bevor ich meine Agentin Rachel Neely fand. Ich bin unendlich dankbar dafür, dass Juliet Mushens meine ersten Seiten mochte und an sie weitergereicht hat. Rachel hatte sofort alles im Griff, sodass der Weg bis zur Veröffentlichung, der in meiner Vorstellung ein Marathon war, zu einem schnellen Sprint wurde. Ihr würde ich überall und jederzeit den Staffelstab reichen. Das Team von *Mushens Entertainment* mit Alba Arnau Prado, Liza DeBlock und Catriona Frida ist ein wahres Geschenk. Jenny Bent von der *Jenny Bent Agency* hat mich für Nordamerika angenommen, Anna DeRoy und Sanjana Seelam von *WME* haben sich für die Filmrechte starkgemacht.

Doch die wahren Helden eines jeden Buches sind wohl die Lektoren, denn wo andere nur Wörter zählen, sehen sie bereits Bücher auf Nachttischen, die man gerne an Freunde verleiht. Ich habe diese Geschichte so gut niedergeschrieben, wie ich konnte, und danach habe ich mir gewünscht, dass Experten sie noch ein bisschen besser machen. Dieser Wunsch wurde mir von Danielle Dietrich bei *William Morrow* in New York ebenso erfüllt wie von Jennifer Lambert von *HarperCollins Canada* und Ed Wood bei *Little, Brown Book Group* in Großbritannien. Der Moment, in dem ich erfuhr, dass ihr alle dieses Buch mögt, gehört zu den fünf schönsten Augenblicken meines Lebens.

Man braucht ein ganzes Dorf, um ein Kind großzuziehen, doch es ist auch unheimlich praktisch, wenn man ein Buch schreibt. Bianca Marais hat mir mit ihrem Podcast *The Shit No One Tells You about Writing* das Tor zu diesem Dorf geöffnet und mich mit verschiedenen Schreibgruppen in Kontakt gebracht. Bei diesen Zoom-Meetings habe ich zum ersten Mal objektives Feedback bekommen, und durch eure Kritik und Bestätigung habe ich schließlich zu meiner Stimme gefunden. Vielen Dank an: Donna Curtin, MaryLou Galyo, Kristina Johnson, Emily Bean, Genevieve Lyons, Jessie Ann Squires, Amanda VanOpdorp, Trish DiStefano, Holly Dunn, Vicki Gladwish, Heather Hooper und Kate Todd. Von denen ihr übrigens bald auch etwas in der Buchhandlung eures Vertrauens finden werdet.

Nun muss ich noch einmal zu meiner Familie zurückkehren, mit der eben alles anfängt und alles endet. Kommt der Erfolg erst spät im Leben, hat das den Nachteil, dass jene, die einen schon zu Beginn geliebt haben, ihn nicht mehr miterleben können.

Meine Eltern, Barbara und Howard Gilbert, waren stets von Büchern umgeben. Mir sind nie Menschen begegnet, die so voller Neugier waren oder das Leben so genossen haben wie sie. Von meiner Mom habe ich die Liebe zum Lesen geerbt. Aber vor allem haben sie mir immer gesagt, dass ich alles schaffen kann, wenn ich es nur selbst will. Natürlich könnte ich jetzt sagen, sie wären stolz auf mich, aber ich weiß, dass sie das sowieso immer waren.

Und nun zu euch, liebe Leserinnen und liebe Leser! Ich danke euch dafür, dass ihr mir eure kostbare Zeit geschenkt habt. Solltet ihr in diesem Buch eine Spur Herzlichkeit und Humor entdeckt haben, so liegt das daran, dass ich das Glück habe, in meinem Leben mit beidem reichlich gesegnet zu sein.

Ich danke euch allen.